U0688248

MINGUO TONGSU XIAOSHUO
DIANCANG WENKU

剑胆琴心

民国通俗小说典藏文库·张恨水卷

张恨水 ◎ 著

中国文史出版社

小说大家张恨水（代序）

张赣生

民国通俗小说家中最享盛名者就是张恨水。在抗日战争前后的二十多年间，他的名字真是家喻户晓、妇孺皆知，即使不识字、没读过他的作品的人，也大都知道有位张恨水，就像从来不看戏的人也知道有位梅兰芳一样。

张恨水（1895—1967），本名心远，安徽潜山人。他的祖、父两辈均为清代武官。其父光绪年间供职江西，张恨水便是诞生于江西广信。他七岁入塾读书，十一岁时随父由南昌赴新城，在船上发现了一本《残唐演义》，感到很有趣，由此开始读小说，同时又对《千家诗》十分喜爱，读得"莫名其妙的有味"。十三岁时在江西新淦，恰逢塾师赴省城考拔贡，临行给学生们出了十个论文题，张氏后来回忆起这件事时说："我用小铜炉焚好一炉香，就做起斗方小名士来。这个毒是《聊斋》和《红楼梦》给我的。《野叟曝言》也给了我一些影响。那时，我桌上就有一本残本《聊斋》，是套色木版精印的，批注很多。我在这批注上懂了许多典故，又懂了许多形容笔法。例如形容一个很健美的女子，我知道'荷粉露垂，杏花烟润'是绝好的笔法。我那书桌上，除了这部残本《聊斋》外，还有《唐诗别裁》《袁王纲鉴》《东莱博议》。上两部是我自选的，下两部是父亲要我看的。这几部书，看起来很简单，现在我仔细一想，简直就代表了我所取的文学路径。"

宣统年间，张恨水转入学堂，接受新式教育，并从上海出版的报纸上获得了一些新知识，开阔了眼界。随后又转入甲种农业学校，除了学习英文、数、理、化之外，他在假期又读了许多林琴南译的小说，懂得了不少描写手法，特别是西方小说的那种心理描写。民国元年，张氏的父亲患急症去世，家庭经济状况随之陷入困境，转年他在亲友资助下考入陈其美主持的蒙藏垦殖学校，到苏州就读。民国二年，讨袁失败，垦殖学校解散，张恨水又返回原籍。当时一般乡间人功利心重，对这样一个无所成就的青年很看不起，甚至当面嘲讽，这对他的自尊心是很大的刺激。因之，张氏在二十岁时又离家外出投奔亲友，先到南昌，不久又到汉口投奔一位搞文明戏的族兄，并开始为一个本家办的小报义务写些小稿，就在此时他取了"恨水"为笔名。过了几个月，经他的族兄介绍加入文明进化团。初始不会演戏，帮着写写说明书之类，后随剧团到各处巡回演出，日久自通，居然也能演小生，还演过《卖油郎独占花魁》的主角。剧团的工作不足以维持生活，脱离剧团后又经几度坎坷，经朋友介绍去芜湖担任《皖江报》总编辑。那年他二十四岁，正是雄心勃勃的年纪，一面自撰长篇《南国相思谱》在《皖江报》连载，一面又为上海的《民国日报》撰中篇章回小说《小说迷魂游地府记》，后为姚民哀收入《小说之霸王》。

1919 年，五四运动吸引了张恨水。他按捺不住"野马尘埃的心"，终于辞去《皖江报》的职务，变卖了行李，又借了十元钱，动身赴京。初到北京，帮一位驻京记者处理新闻稿，赚些钱维持生活，后又到《益世报》当助理编辑。待到 1923 年，局面渐渐打开，除担任"世界通讯社"总编辑外，还为上海的《申报》和《新闻报》写北京通讯。1924 年，张氏应成舍我之邀加入《世界晚报》，并撰写长篇连载小说《春明外史》。这部小说博得了读者的欢迎，张氏也由此成名。1926 年，张氏又发表了他的另一部更重要的作品《金粉世家》，从而进一步扩大了他的影响。但真正把张氏声望推至高峰的是《啼笑因缘》。1929 年，上海的新闻记者团到北京访问，经钱芥尘介绍，张恨水得与严独鹤相识，严即约张撰写长篇小说。后来张氏回忆这件事的过程时说："友人钱芥尘先生，介绍我认识《新闻报》的严独鹤先生，他并在独鹤先生面前极力推许我的小说。那时，《上海画报》（三日刊）曾转载了我的《天上人间》，独鹤先生若对我有认识，也就是这篇小说而已。他倒是没有什么考虑，就约我写一篇，而且愿意带一部分稿子走。……在那几年间，上海洋场章回小说走着两条路子，一条是肉感的，一条是武侠而神怪的。《啼笑因缘》完全和这两种不同。又除了新文艺外，那些长篇运用的对话并不是纯粹白话。而《啼笑因缘》是以国语姿态出现的，这也不同。在这小说发表起初的几天，有人看了很觉眼生，也有人觉得描写过于琐碎，但并没有人主张不向下看。载过两回之后，所有读《新闻报》的人都感到了兴趣。独鹤先生特意写信告诉我，请我加油。不过报社方面根据一贯的作风，怕我这里面没有豪侠人物，会对读者减少吸引力，再三请我写两位侠客。我对于技击这类事本来也有祖传的家话（我祖父和父亲，都有极高的技击能力），但我自己不懂，而且也觉得是当时的一种滥调，我只是勉强地将关寿峰、关秀姑两人写了一些近乎传说的武侠行动……对于该书的批评，有的认为还是章回旧套，还是加以否定。有的认为章回小说到这里有些变了，还可以注意。大致地说，主张文艺革新的人，对此还认为不值一笑。温和一点的人，对该书只是就文论文，褒贬都有。至于爱好章回小说的人，自是予以同情的多。但不管怎么样，这书惹起了文坛上很大的注意，那却是事实。并有人说，如果《啼笑因缘》可以存在，那是被扬弃了的章回小说又要返魂。我真没有料到这书会引起这样大的反应……不过这些批评无论好坏，全给该书做了义务广告。《啼笑因缘》的销数，直到现在，还超过我其他作品的销数。除了国内、南洋各处私人盗印翻版的不算，我所能估计的，该书前后已超过二十版。第一版是一万部，第二版是一万五千部。以后各版有四五千部的，也有两三千部的。因为书销得这样多，所以人家说起张恨水，就联想到《啼笑因缘》。"

不论张氏本人怎样看，《啼笑因缘》是他最有影响的作品，这一点毫无疑问，可以随便举出几件事来证明。《啼笑因缘》发表后，被上海明星公司拍成六集影片，由当时最著名的电影明星胡蝶主演，同时还被改编为戏剧和曲艺，在各地广泛流传；再有《啼笑因缘》被许多人续写，迫使张氏不得不改变初衷，于1933年又续写了十回，张氏在《我的写作生涯》中说："在我结束该书的时候，主角虽都没有大团圆，也没有完全告诉戏已终场，但在文字上是看得出来的。我写着每个人都让读者有点儿有余不尽之意，这正是一个处理适当的办法，我绝没有续写下去的意思。可是上海方面，出版商人讲生意经，已经有好几种《啼笑因缘》的尾巴出现，尤其是一种《反啼笑因缘》，自始至终，将我那故事整个地翻案。执笔的又全是南方人，根本没过过黄河。写出的北平社会真是也让人又啼又笑。许多朋友看不下去，而原来出版的书社，见大批后半截买卖被别人抢了去，也分外眼红。无论如何，非让我写一篇续集不可。"这种由别人代庖的续作，出书者至少有四种：惜红馆主《续啼笑因缘》、青萍室主《啼笑因缘三集》、康尊容《新啼笑因缘》和徐哲身《反啼笑因缘》。虽然远不如《红楼梦》续作之多，但在民国通俗小说中已经是首屈一指了。张氏在《我的小说过程》一文中还说："我这次南来，上至党国名流，下至风尘少女，一见着面便问《啼笑因缘》。这不能不使我受宠若惊了。"

《啼笑因缘》使张氏名声大振，约他写稿的报刊和出版家蜂拥而至，有的小报甚至谣传张氏在十几分钟内收到几万元稿费，并用这笔钱在北平买下了一所王府，自备一部汽车。这自然不是事实，但张氏当时收到的稿酬也有六七千元，的确不能算少。这样，他就可以去搜集一些古旧木版小说，想要作一部《中国小说史》。就在此时，日寇侵华的"九一八事变"爆发，张氏的希望随之化为泡影。作为一位爱国的作家，在国难当头的状况下自不会沉默，张恨水在1931至1937的几年间，先后写了《热血之花》《弯弓集》《水浒别传》《东北四连长》《啼笑因缘续集》《风之夜》等涉及抗敌御侮内容的作品。

1934年，张恨水到陕西和甘肃走了一遭，此行使他的思想发生了很大的变化。张氏在《我的写作生涯》中说："陕甘人的苦不是华南人所能想象，也不是华北、东北人所能想象。更切实一点地说，我所经过的那条路，可说大部分的同胞还不够人类起码的生活。……人总是有人性的，这一些事实，引着我的思想起了极大的变迁。文字是生活和思想的反映，所以在西北之行以后，我不讳言我的思想完全变了，文字自然也变了。"此后，他写了《燕归来》，以描写西北人民生活的惨状。

抗日战争全面爆发后，张恨水取道汉口，转赴重庆，于1938年初抵达，即应邀在《新民报》任职。抗战八年间，他除去写了一些战争题材的小说外，还有两种较重要的作品，即《八十一梦》和《魍魉世界》（原名《牛马走》），均先于《新民报》连载，后出单行本。抗战胜利，张氏重返北平，担任《新民报》经理，此后几年他写了《五子登科》等十来部小说，但均未产生重大影响。1948年底，张氏辞去《新民报》职务。1949年夏，他患脑溢血，经过几年调治，病情好转，张氏便又到江南和西北去旅行。1959年，张氏病情转重，至1967年初于北京去世，终年七十三岁。

张恨水一生写了九十多部小说，印成单行本的也在五十种左右。说到张氏作品的总特色，一般常感到不易把握，因为他总在不断地变。其实，这"变"就正是张恨水作品最鲜明的总特色。

张恨水是一个不甘心墨守成规的人，他好动不好静，敢于否定自己，这正是作为开创者必须具备的素质。读一读张氏的《我的写作生涯》，就会发现他总是在讲自己的变，那变的频繁、动因的多样，在民国通俗小说作家中实属仅见。……待到《金粉世家》《啼笑因缘》相继问世，张恨水的名声已如日中天，他在思想上的求新仍未稍解，他说："我又不能光写而不加油，因之，登床以后，我又必拥被看一两点钟书。看的书很拉杂，文艺的、哲学的、社会科学的，我都翻翻。还有几本长期订的杂志，也都看看。我所以不被时代抛得太远，就是这点儿加油的工作不错。"

追求入时，可说是张恨水的一贯作风，不仅小说的内容、思想随时而变，在文字风格上也不断应时变化。仅就内容、思想方面的变化而言，在民国通俗小说作家中也很常见，说不上是张氏独具的特色，但在文字风格上也不断变化，就不同于一般了。张氏在《我的写作生涯》中经常提到这方面的事例，譬如他曾提及回目格式的变化，他说："《春明外史》除了材料为人所注意而外，另有一件事为人所喜于讨论的，就是小说回目的构制。因为我自小就是个弄辞章的人，对中国许多旧小说回目的随便安顿向来就不同意。即到了我自己写小说，我一定要把它写得美善工整些。所以每回的回目都很经一番研究。我自己削足适履地定了好几个原则。一、两个回目，要能包括本回小说的最高潮。二、尽量地求其辞藻华丽。三、取的字句和典故一定要是浑成的，如以'夕阳无限好'，对'高处不胜寒'之类。四、每回的回目，字数一样多，求其一律。五、下联必定以平声落韵。这样，每个回目的写出，倒是能博得读者推敲的。可是我自己就太苦了……这完全是'包三寸金莲求好看'的念头，后来很不愿意向下做。不过创格在前，一时又收不回来。……在我放弃回目制以后，很多朋友反对，我解释我吃力不讨好的缘故，朋友也就笑而释之，谓不讨好云者，这种藻丽的回目，成为礼拜六派的口实。其实礼拜六派多是散体文言小说，堆砌的辞藻见于文内而不在回目内。礼拜六派也有作章回小说的，但他们的回目也很随便。"再譬如他在谈及《金粉世家》时说："以我的生活环境不同和我思想的变迁，加上笔路的修检，以后大概不会再写这样一部书。"诸如此类的变化不胜列举。

张氏的多变还体现在题材的多样化。他说："当年我写小说写得高兴的时候，哪一类的题材我都愿意试试。类似伶人反串的行为，我写过几篇侦探小说，在《世界日报》的旬刊上发表，我是一时兴到之作，现在是连题目都忘记了。其次是我写过两篇武侠小说，最先一篇叫《剑胆琴心》，在北平的《新晨报》上发表的，后来《南京晚报》转载，改名《世外群龙传》。最后上海《金刚钻小报》拿去出版，又叫《剑胆琴心》了。"第二篇叫《中原豪侠传》，是张氏自办《南京人报》时所作。此外，张氏还写过仿古的《水浒别传》和《水浒新传》，他说："《水浒别传》这书是我研究《水浒》后一时高兴之作，写的是打渔杀家那段故事。文字也学《水浒》口气。这原是试试的性质，终于这篇《水浒别传》有点儿成就，引着我在抗战期间写了一篇六七十万字的《水浒新传》。""《水浒新传》当时在上海很叫座。……书里写着水浒人物受了招安，跟随张叔夜和金人打仗。汴梁的陷落，他们一百零八人大多数是战死了。尤其是时迁这路小兄弟，我着力地去写。我的意思，是以愧士大夫阶级。汪精卫和日本人对此书都非常地不满，但说的是宋代故事，他们也无可奈何。这书里的官职地名，我都有相当的考据。文字我也极力模仿老《水浒》，以免看过《水浒》的人说是不像。"再有就是张氏还仿照《斩鬼传》写过一篇讽刺小说《新斩鬼传》。张恨水的一生都在不停地尝试，探寻着各色各样的内容及表达方式，他甚至也写过完全以实事为根据、类似报告文学的《虎贲万岁》，也写过全属虚幻的、抽象的或象征性的小说《秘密谷》，他的作风颇有些像那位既不愿重复前人也不愿重复自己的现代大画家毕加索。

张恨水写过一篇《我的小说过程》，的确，我们也只有称他的小说为"过程"才最名副其实。从一般意义上讲，任何人由始至终做的事都是一个过程，但有些始终一个模子印出来的过程是乏味的过程，而张氏的小说过程却是千变万化、丰富多彩的过程。有的评论者说张氏"鄙视自己的创作"，我认为这是误解了张氏的所为。张恨水对这一问题的态度，又和白羽、郑证因等人有所不同。张氏说："一面工作，一面也就是学习。世间什么事都是这样。"他对自己作品的批评，是为了写得越来越完善，而不是为了表示鄙视自己的创作道路。张氏对自己所从事的通俗小说创作是颇引以自豪的，并不认为自己低人一等。他说："众所周知，我一贯主张，写章回小说，向通俗路上走，绝不写人家看不懂的文字。"又说："中国的小说，还很难脱掉消闲的作用。对于此，作小说的人，如能有所领悟，他就利用这个机会，以尽他应尽的天职。"这段话不仅是对通俗小说而言，实际也是对新文艺作家们说的。读者看小说，本来就有一层消遣的意思，用一个更适当的说法，是或者要寻求审美愉悦，看通俗小说和看新文艺小说都一样。张氏的意思不是很明显吗？这便是他的态度！张氏是很清醒、很明智的，他一方面承认自己的作品有消闲作用，并不因此灰心，另一方面又不满足于仅供人消遣，而力求把消遣和更重大的社会使命统一起来，以尽其应尽的天职。他能以面对现实、实事求是的态度对待自己的工作，在局限中努力求施展，在必然中努力争自由，这正是他见识高人一筹之处，也正是最明智的选择。当然，我不是说除张氏之外别人都没有做到这一步，事实上民国最杰出的几位通俗小说名家大都能收到这样的效果，但他们往往不像张氏这样表现出鲜明的理论上的自觉。

张恨水在民国通俗小说史上是一位名副其实的大作家，他不仅留下了许多优秀的作品，他一生的探索也为后人留下了许多可贵的经验。

目　　录

1

自　序

　　身有所凄然不能受者谓之痛，心有所怡然自得者谓之快，不能受者，一旦极尽去之，而更令吾心有所怡然自得，斯则谓之曰痛快。痛快之言，吾人虽尝习闻于乡党父老，兄弟朋友之间，然而以其所习闻，故未尝当为人生哲学而一体会之也。今且思之，当人之发斯言也，孰有不眉飞色舞，发之于心，而洋洋乎于面者乎？是则人生之贵有痛快，不待言也。

　　虽然，痛则人生常有，快则未也。一人立身社会，上而父母赡养，下而子弟之扶持，微而细君之所盼望，大而国家乡党所予之负荷，兼之本人之言行，为衣食住行之奔逐，或为朋友社会所不谅解，将何往而不痛苦？凡兹所述，一人虽不必具备，而亦绝不能尽无，是真佛家所谓生之苦也。痛愈多，而快愈不可得。唯其不可得，于是古人有过屠门大嚼，聊以快意之可怜之言，盖形迹未可图得快乐，乃寄托之于幻象也。人生差有此幻象中之快乐，乃使无限怀抱痛苦之人，得一泄无可宣泄之情绪，而音乐家、图画家、词章家、小说家，应运以生矣，盖彼自宣泄者犹小，而足可以观者闻者亲近者，有所羡赏或共鸣，得片时之解忧者也。

　　恨水忽忽中年矣，读书治业，一无所成，而相交友好，因其埋头为稗官家言，长年不辍，喜其勤而怜其遇，常以是相嘱，恨水乃以是得自糊其口。当今之时，雕虫小技，能如是亦足矣，不敢再有所痛也。然一反观先祖若父，则不免有惭色焉。

　　先是予家故业农，至先祖父开甲公生而魁梧有力，十四龄能挥百斤巨石，如弄弹丸。太平天国兴，盗大起，公纠合里中健儿，维护一乡于无事。无何，清军至，迫公入伍，公出入战场十余年，死而不死者无数。及事平，于山河破碎之余，睹亲友流亡之惨，辄郁郁不乐；而清室将帅病其有傲骨，不因巨功而有上赏，临老一官，穷不足以教训子孙也。

1

恨水六岁时，公六十四龄矣。公常闲立廊庑，一脚跷起二三尺，令恨水跨其上，颠簸作呼马声曰："儿愿做英雄乎?"余曰："愿学祖父跨高马，佩长剑。"公大乐，就署中山羊，制小鞍辔，砍竹为刀，削苇作箭，辄令两老兵教驰驱射舞之术于院中。恨水顾盼自雄，亦俨然一小将领也。明年，公乃谢世，予虽幼，哭之恸。公有巨鞭，粗如人臂，常悬寝室中。物在人亡，辄为流泪。

先父讳钰，纯粹旧式孝子也，睹状乃益哀，谓："既思祖父，当有以继祖父之志。儿长时，我当有以教之也。"盖先父丰颐巨颡，生而一伟丈夫，读书时即习武于营伍间，为不负家学者；而生性任侠，苟在承人，虽性命有所不惜。予稍长，读唐人传奇及近代侠义小说，窃讶其近似，受课余暇，辄疑之而请益。先父曰："予曩欲儿习武，今非其时矣。予宦囊稍裕，当今尔赴海外学科学也。"卒不语。因之恨水于家传之武术，遂无所得。然灯前月下，家人共语，则常闻先人武术之轶闻以为乐。先祖有兄弟行，仕太平天国，后一溺于舟，一隐于樵，因之先人所述，又多荆棘铜驼之思。初不作成王败寇语，更甚觉先人胸志之扩爽也。

予十六，先父又弃养，江湖漂泊，几十余载，豪气尽消，力且不足缚一鸡，虽不至沿门托钵，以求生活，而困顿故纸堆中，大感有负先人激昂慷慨之风。

昔《水浒》写卖刀人不道姓名，谓为辱没煞先人，予一思之，辄为汗下矣。年来既以佣书糊口，偶忆先人所述，觉此未尝不可掺杂点缀之，而亦成为一种说部。予不能掉刀，改而托之于笔，岂不能追风于屠门大嚼乎? 意既决，而《剑胆琴心》遂以名篇，未敢以小道传先人余绪，而我所痛于不能学先人者，或得稍稍快乐云耳。予文不足称，亦无若何高深意思寓于其中，而读者于风雨烦闷之夜、旅馆寂寞之乡，偶一翻是篇，至其飞剑如虹、腾马如龙处，或亦忘片时之烦闷与寂寞乎? 是亦幻象之痛快，与诸君共之者也。

是书之成，乃逐日写之：发表于旧京《新晨报》，上半部既竣，报社即付印，予初无所闻知。及社中人索序于予，则且从事装订矣。粗疏之作，又未遑整理，则文意中之讹误不当，事所难免。谨叙为书缘起之余，附白于此焉，唯读者谅之。

民国十九年九月一日

第一回

卖酒秋江壁诗惊过客
舍舟中道袱被访高贤

英雄自古半屠沽，姓氏何须问有无？
起舞吴钩人不识，飘然散发走江湖。
几株古柳对柴门，犹有红羊劫后痕。
一样江湖摇落恨，秋来无计慰桓温。
飘零琴剑复何求？老去生涯一钓舟。
不见中原虬髯客，五湖隐去不回头？
扑去黄衫两袖尘，打鱼卖酒楚江滨。
客来不觉昂头笑，三十年前老故人。

这四首七绝，写的是四张条幅，悬在一家酒店的壁上。因为悬挂的日子为时很久，纸色已不是那样洁白。单说攀住这四张条幅的棉绳已成灰黑，分不出原来是什么颜色了。这酒店里常来的顾客，十之七八都是农夫渔父。他们不知道诗是什么东西，绝没有人来注意。就是临时来的顾客，无非是河下过往的商人旅客，一坐便走，也不会研究到四张条幅上去。不过主人翁对于它，倒好像很是爱惜，不让它破烂，也不让它污秽，挂在那里总保持它的原状，一直悬了七年之久。

这天居然遇到一个识者。那个时候，一轮红日已经偏向西方，渐渐要沉落到一带远山里去。一道金光射在河里，将波浪截断，随着波浪，荡漾不定。这河的东岸，便是这家酒店，店外一列几十棵高大柳树，参差站在水边，拖着整丈长的柳条，向水面垂了下去。柳树年代久了，树根叉叉丫丫由岸上伸了出来，两株大树根上，都有小渔船的系桩绳在上面拴着。柳上巢着几窝老鸦，纷纷地由别处飞来，站在树枝上，翘着尾巴乱叫。柳树外边，正泊着一只新到的船，叮当叮当，拖着铁链下锚。

1

这个当儿，船舱里正钻出一个中年汉子，站在船头上一看，只见树丛子里伸出一根竹竿，挑出一幅酒幌子来。酒幌子下面，列着一幢屋子，远望好像是个铺面。这汉子不由得笑了起来，说道："在洲湾子里躲了两天的风，闷得发慌，这遇到酒馆子，要喝他一个痛快！船老板，这是酒铺子吗？"

船老板在后舱伸出头来，笑道："柴先生，这是朱老头酒铺子，有的是好酒。他铺子还有两样好东西，你不能不去尝一尝，一样是糟雁，一样是咸鱼。他本来带打鱼，到了秋天以后，他打得大鱼，都把腌起来，挂在风头上一吹，留到开了春再卖。那糟雁是这江后湖荡子里用鸟枪打得的，他宰剥得干净，先是把盐卤着，后来就用自己家里的酒糟糟上。你要去喝酒，他大块地切了出来，够你喝醉的了。"

那汉子听说，跳下船去，向酒店里来。顶头就碰见一个六十上下的老人，后面跟着一个二十上下的姑娘。那个老头子穿了一件蓝布短夹袄，横腰束了一根青布板带，在布带里，斜插一根拴荷包的旱烟袋。一部花白胡子，由两边耳根下向下巴下面一抄。脸上虽然瘦瘦的，那一双眼珠可是还闪闪有光。头上戴了一顶薄片破黄毡帽，在帽子边下，戴着一束短纸煤儿。看那样子，就是一位精神饱满的老人家。

这位姓柴的拱了一拱手，然后问道："老人家，前面就是朱老头子的酒店吗？"那老头子用手一摸胡子，笑道："大哥，你认识朱老头子吗？"姓柴的道："不认识，我听说他家里的酒好，要到他家里去喝两盅。"那老人回头对那姑娘道："你去收拾船上的鱼，我带这位客人喝酒去。"这汉子听了，问道："你贵姓就是朱吗？"老人点头笑道："我就是朱老头子。"这汉子听了，很是惶恐，连道"对不起"。老人笑道："不要紧，我本来是老头子，不叫我这个叫什么呢？"他一挥手，那姑娘自向河下而去，他自带姓柴的到酒店里来。

这里敞着店门，正对着河下，拦着门也有两棵小些的柳树和一棵樟树。那樟树叶子红了一大半，被一抹斜阳照着，倒是好看。临着门外，架了一座小芦席棚，一列摆了几副干净座头。老人高喊道："蛮牛，有客人喝酒！"当时屋子里答应一声，走出一个粗眉大眼小黑胖子，他手上拿了一块抹布，将桌子擦抹了。老人道："你把陈缸里的酒给这一位客人打一壶来。"因又笑着对姓柴的道："你这位大哥，大概也听说我这里的咸鱼糟雁好吃，各样给你要一碟子好吗？"姓柴的道："好好！多来一点不妨。"

2

说这话时，看那老人取下帽底下的纸煤儿，在身上掏出铁片火石，敲着将纸煤儿燃着了，于是，取出旱烟袋，衔着口里吸旱烟，背了两手，靠住芦棚的小柱向河外看去。

蛮牛将酒菜送上，姓柴的一双眼睛，只向这老人浑身上下打量。蛮牛便问道："你这位客人，认识我们老爹吗？"老人一回头，姓柴的起来拱拱手道："老人家，我请你坐下来同喝两杯，好吗？"老人笑道："客人请便，我还要下河去收拾渔船。"回头对蛮牛道："这位客人要酒要菜，只管送来，不必算钱。"说毕拱一拱手，衔着烟袋下河去了。姓柴的连说"不敢"，他已去远了。

姓柴的喝着酒，便问蛮牛："这老人家号什么？一向就在这里卖酒吗？"蛮牛道："他老人家号怀亮，一向就在这里卖酒，可是人家都叫他老朱爹。"姓柴的道："他老人家很有精神，我看是个武艺高强的人。"蛮牛微笑道："他老人家只会打鱼，没有什么武艺。就只一层，他老人家好交朋友。你大哥要酒，我就去取来，他老人家说不要钱就不要钱的。"说毕，抽身就进店房去了。姓柴的见蛮牛不肯说，越是奇怪，见有一个十三四岁的小男孩子在扫店房里的地，便想问他两句。

一走进店门，只见左壁墙上，悬着那四首诗的大字条幅，笔力雄劲。一念那诗，"打鱼卖酒楚江滨"之句，又有"犹有红羊劫后痕"之句，似乎这不是古人所作的诗。最奇怪的是第二首，"一样江湖摇落恨，秋来无计慰桓温"，无论如何，这不是一家酒店里所应贴的字句，于是从头到尾，重新念了一遍，一面念着，一面点头。最后看见所落的款，乃是"留赠楚江春酒店主人，游方老道士江湖散人笑涂"，后面只写了干支，没有载明文字的年月，便长叹了一声道："英雄不遇时机，今古都是一样。但是既然不肯说出来，为什么倒写了出来？"

这时，那蛮牛出来了，问道："你这位客人，还要喝酒吗？"姓柴的道："我不要喝酒了，但不知道你们老爹什么时候回来？"蛮牛道："也许就回来，也许今天晚上不回来。你看，前面大江，一点风浪也没有。今天晚上，又是好月亮，说不定他老人家要出口去，到江里去打鱼。"他说时，指着对岸一片芦洲。芦洲之外，一片白色，和江南几点远山相接。那江水被晚烟笼罩，隐隐约约，不能十分清楚。这一片白色，便是滚滚大江了。

姓柴的看时，果然大江像一片白练，铺在地上，一点浪头也没有，说道："他老人家不一定今晚上回家，我也不在此多候。这酒菜我不客气，就奉扰了，不知道你宝号里有束帖没有？"蛮牛道："这个地方，哪里有束帖？"姓柴的道："没有束帖，找一张红纸也可以。"蛮牛道："那还可以找得出来，请你等一等吧。"去了一会儿，找出一张半旧的红纸片来。

姓柴的用手裁得整齐了，要了笔墨，在纸片上楷书了一行字："晚生柴竞顿首拜。"写毕，交给蛮牛道："你老爹回来了，请你把这个草帖呈送。拜托你大哥对他老人家说，就说我叫柴竞，是江西新淦人，因为到江南九华山去朝山，所以由此经过。我看他老人家，是一位不遇时的老英雄，愿意请教他老人家。回来了，请你到河岸上去叫我一声。那柳树外面，一只江西雕尾船，就是我们的船。你大哥叫一声，我就再来拜访。"蛮牛笑道："这倒可以，就是怕他老人家今晚晌不能回来。"柴竞道："不回来也不要紧，明天再来拜访吧。"说毕，告别回船。进了船舱，舱里已经点上油灯，同舱的客人，各人缩着腿坐在铺上，彼此闲谈。柴竞别有心事，舱里也坐不住，走出舱来，便在船头上闲眺。

这个时候，天色已然十分晚了。这是九月初头，一轮新月早临在天上，影子落入河心。这是通江的一道小河里，一面是渔村，三面是芦洲。芦苇长得丈来长，正是开花的时节。月亮下面，恍惚芦丛上面，洒了一层薄雪一般。晚风一吹，那鸭毛似的芦花绒，飘飘荡荡，在半空中乱舞，看去更像下雪，倒是有趣。河里被江潮簸动，也有点小浪，打着船舷，噼噼啪啪地响，越是显得这河下清寂，岸上也没有声息，就是柳树里和芦苇丛里放出几点灯火之光。

柴竞站立了一会儿，忽然一阵晚风由西南吹来，吹得头发向东飘动，因道："船老板，转了风了，明天一早就开吗？"船家推开篷，伸出头来一望，先说了一声"好风"，笑道："这样好的风，我们明天可以赶到殷家汇，后天可以到大通了。柴先生愿意在大通上岸，无论如何，月半前可以赶到九华山。"柴竞道："我和你商量商量，明天早上停半天开船，行不行？"船家道："那不行，我答应，这一船的客人也不答应。这好的天气，顺风顺水，不赶一程路，还等什么时候？"柴竞一想，船家所说也是，哪有遇到顺风不开船的道理？也就不再作声，因见岸上一片好月亮地，就站在船边，轻轻一跳跳上岸来。

他信脚走了一箭之远，有一个茅草牛棚，却没有牛，棚外便是一片草地，心想：这两天坐船坐得血脉停涩，不好舒展，何不在这月亮下的草毡上打两路拳脚，活动活动？于是更望前走，走到一排篱笆后面，忽听得有

4

一个人喝道："小鬼！老爹总告诉你不要动手动脚，你还是这样闹！你只管把本事拿出来，我是不怕的。若是打了碗，老爹问起来，不许赖我。"接上有一个小孩子的声音说道："你既然不怕，趁老爹大姑娘都不在家，我们较量较量。"

柴竞一听这两句话，不由心里一动，便轻轻地走到篱笆根下，用手扒开一些篱笆上的藤叶，向里观望。看那说话的两人，一个是蛮牛，一个是在酒铺里扫地的孩子。那院子里地下，一路摆着有二三十个石球，石球远看去，小的有碗来大小，大的就比人头还大，圆滚滚的，光滑滑的，没有窟窿，也没有柄。那小孩子蹲在地上，捡着石球，不问大小，就向蛮牛这里抛来。蛮牛离那小孩有三丈多路，左手托住一叠碗，站在月亮下。那小孩子将石球抛来，他只顺手一接，如接住棉絮团一般，轻轻地接着，就向地下一放；左手托着一叠六七只碗，响也不一响。

柴竞一见，不由心里连叫几声惭愧：这种既光又圆的石球，只要是巴掌握不过来，无论大小轻重，不容易抓起，那小孩子一伸手下去就抓起来，手下这种气力，就不可捉摸；这样沉重又圆滑的东西，蛮牛只随便在空中捞住，腰也不闪一闪，功夫更大了。柴竞一直看见那小孩子把地下的石球都抛个干净，蛮牛一个也不会漏下。那小孩子见石球已经完了，抽腿就跑。蛮牛笑道："这时放过你，等我把碗洗完了，我必得和你较量。"柴竞一看之后，自己警戒着自己道：像你这样的本领，还要在这里献丑吗？那真是班门弄斧了。抽转身，依然顺着来路，回到河下，就只轻轻一跳，站在船头上。

舱里的搭客，还是说得很热闹。柴竞心里事情未曾解决，钻进舱里也不说话，展开铺盖，倒身便睡。睡在枕头上一想：自己出门，原是想寻访名师，遇到这种人，若不去讨教，还待何时？现在西南风正吹得有劲，天一亮，大概就要开船。今夜若不下船，这机会便错过了。本待和船家说明晚上就下船，又怕客多了，疑神疑鬼反不妙。好在自己的船饭钱都给过了，暗下上岸，船家也不会疑是偷跑。因此趁灯火还是明亮的，有意无意地把一些零碎东西放在网篮里。自己行李本来简单，又没有带箱杠，拣齐之后，依然睡下。

船家在后舱听到有些响动，便问道："客人，前面什么响？"就有一个客人抢着答应道："我们还没有睡哩！天气这样早，还有什么毛贼敢上船不成？"又有一个客人道："我们一年之内，在长江内河里，哪月不走两三回？敢说一句大话，江湖上的事，大概知道一二。漫说我们是醒的，就是睡着了，船篷上掉下一根针来，我们也会听响动。"船老板道："但愿如此就好，我不过说小心为妙罢了。"说毕，大家就不再提。

柴竞听着倒添了一桩心事。睡到半夜，装着起来小解，推开舱门，便到船头上来。那一轮新月已经不见，剩了满天满河的星光。听听舱里边，那几个客人，睡得呼声震天。这且不去管他，走回舱轻轻地将铺盖一卷，夹在左胁下，右手提着网篮，复又钻出舱门。看看这船头，离岸只有五尺远，便带着东西跳了上去。

这个时候，要到村里去投宿当然不行，河边凉风也受不住，且到前面牛棚里暂住半夜。主意打定，便走进牛棚子里来，放下东西，坐在稻草堆里，就靠着铺盖卷睡了一觉。睁开眼时，红太阳已晒到牛棚外，于是站起来，整了衣服，提着东西，走出牛棚。一看河岸下自己坐来的船已不见踪影，大概天没亮就趁顺风走了。于是慢慢地走到朱家酒店门前，还在昨天的座位上坐下。

那蛮牛正在擦抹桌凳，见了柴竞，便道："柴先生你真早！这个时候，你就到了。"柴竞道："坐船的人是起得早的。朱老爹昨晚上回来了吗？"蛮牛道："回来是回来了，不过他老人家到家时，天快要亮了。这个时候，他还睡不多久，我不便去把他叫醒。"柴竞道："不要紧，由他老人家去睡吧。我的船已经开走了，我是特意留在这里拜会朱老爹的。你不看见我带着行李吗？我那个拜帖，你大哥一定送给朱老爹看了，但不知道他老人家说了什么没有？"蛮牛道："他老人家昨晚打了一晚的鱼，回来是累极了。你那张拜帖，看我是送给他看了，他老人家等着要睡，也没有吩咐什么就睡了。要不要喝一壶早酒？"柴竞道："早上不喝酒吧，还没有见着他老人家先就喝得酒气熏天，那也不恭敬。"蛮牛笑道："柴先生实在是讲礼，要见老前辈，酒都不敢先喝。我先给你预备茶水吧。"于是给柴竞张罗一阵，自去料理店事。

柴竞坐在芦棚底下，一直喝完两壶茶，太阳已经快正中了。看看朱怀亮，依然没有出来，本想问一声蛮牛，又怕这事过于冒昧，只得还是忍耐着。一直又到了中午，看看隔壁邻居的烟囱里，向半空里冒着一缕青烟，大概是人家烧午饭了，自己肚子里灌了两壶浓茶，枯坐了三四钟头，未免有些饥饿，就站起来，背着两手在太阳里面踱来踱去。踱了一会儿，又慢慢地走到河岸上看看江水。在自己看来，这又是好一晌子了。回头一看，酒店里朱怀亮虽没有出来，自己原来坐的桌上，却摆下许多饭菜碗。

蛮牛迎上前来，笑道："柴先生，天不早了，大概饿了。别的什么没有，昨晚上老爹打了许多大鱼来给你煮上一条，请你喝口鲜汤吧。你吃过饭，老爹也就醒了。"柴竞走上前一看，摆了许多荤素菜：一只大海碗，盛着一条红烧鳜鱼，一碗拳头般的大块牛肉，一碗糟雁，其余还有两三样青菜豆腐，另是一把小西瓜锡壶，盛着一满壶酒，一只小瓦盆，盛着一满盆子红米饭。柴竞一看饭菜这样丰盛，连向蛮牛道谢。

蛮牛笑道："不瞒你说，我是不敢做主，这是大姑娘预备的。菜只有这些，你要酒要饭，都可以再添。"柴竞真不敢喝酒，只坐下去吃了四大碗饭。吃完了饭，蛮牛问道："这就够了吗？"柴竞道："这半个月坐在船上，没有走动走动，饭量很小。这菜口味很好，我已算吃得很多了。我要问一句很冒失的话，你说的大姑娘，就是昨天跟着朱老爹下河去的那个姑娘吗？"蛮牛道："是她。大姑娘说，吃完了饭，回头要和你谈谈。"

柴竞昨晚偷看蛮牛抛石球，曾说过大姑娘的话，那意思很怕她。蛮牛那般大的力量，都不敢惹她，这大姑娘的本领，也就可知。现在大姑娘说要出来会面，自己又是欢喜，又是害怕：欢喜的是大姑娘要出来谈谈，她的父亲，当然也可以见得着；害怕的是大姑娘既有本领，若是她先施展出来，比她不过，一来没有面子，二来朱老爹也不肯见面。转身一想，我总是给她客客气气的，她未必就好意思和我为难。想到这里，心里又坦然下来。

蛮牛收去了碗筷，就听见屋子里面，娇滴滴有个女子问道："蛮牛，那个姓柴的客人，吃饱了没有？"柴竞想道：这就是大姑娘吗？怎样这般放肆？再听蛮牛答应道："他说吃饱了，说大姑娘的菜，做得很好吃呢！"一言未了，便是一阵阵嘻嘻的笑声，果然是那位姑娘出来了。

柴竞看她的打扮，和平常女子不同，也不垂辫，也不缩头，却在右耳上盘了个小髻，由左耳边横拦着一道小辫到这髻边。那个时候，女子的衣服正是又宽又短，仿佛像一件男子的大马褂。这姑娘穿一件蓝布印白花的夹袄，却很窄小，横腰又束了一根紫花布板带。更出奇的，她竟是一双天然大脚，穿了一双白布袜，薄底红绸盘黑云头的鞋子。柴竞是江西人，虽然常看见赣州女子有不包脚的，还穿的是尖头鞋，要像这位姑娘这个样子，竟是生平第一次遇到。那姑娘是一张圆圆脸儿，一笑就露出一口雪白的牙齿，美丽是美丽，只是一双眉毛很浓，隐隐的有一种英武之气。

柴竞见她出来，连忙起身拱了一拱手道："叨扰大姑娘的饭菜了。"那姑娘且不回礼，只笑一笑，便说道："听说柴先生是要拜会家父，不知道是什么意思？"柴竞道："我看老爹是一位隐名的英雄，要在他老人家面前请教一二。"姑娘听说，偏了头将柴竞浑身上下打量了一番，便微微一笑道："看这样子，柴先生很有点武艺。我自小跟随家父打鱼，倒也学过一点东西，我先要请教柴先生。"蛮牛在一边就插嘴道："大姑娘，人家是客，走来就要和人家请教，不大好。"姑娘眼睛一横，说道："用不着你多事，看这位柴先生走江湖的人，还怕一个小姑娘不成？"她是和蛮牛讲理的，这一句话说出，就没有顾虑到柴竞承担得起承担不起。柴竞听了这话，未免脸上有些不好意思，便道："我实在没有什么本领，就是有，也不敢在姑娘面前献丑。再说我是来请教的，怎样姑娘倒反向我请教起来呢？"

　　姑娘看柴竞的颜色和柴竞的口音，竟是愿意较量，便轻轻一蹿，蹿到芦棚外一片坦地上，两手一叉腰，笑着点头道："我就在这里请教。"柴竞见这姑娘一味地好胜，本有些忍耐不住，但是觉得这种举动不合礼，况且也不知道她本领如何，不能冒昧从事，便笑道："较量是万万不敢的，若是姑娘让我一个人献丑，我倒只好练一点小玩意儿。"姑娘道："那为什么？"柴竞道："老爹的本领，我是知道如山之高，如海之深。姑娘是老爹亲自传授的本领，自然也是高明得很，我何必找上门来栽筋斗？因姑娘一定要我献丑，我不从命，又太不知进退，所以折中两可，情愿一个人献丑。但不知大姑娘出个什么题目？"

　　姑娘见人家恭维她，眉毛一扬，不由喜上心来，笑道："既然如此，我也不敢强求。那岸下水边上，有我一根扁担、两只空水桶，是我忘了挑水，放在那里的。就烦你的驾，给我挑一担水来。"柴竞心里一想：我肩上虽没有功夫，但是一担水，极多极多，也不过一百斤上下。水边到这里，路又不多，我有什么挑不动？她不出题目则已，出了题目，不能这样容易，恐怕这里面还有什么玄虚。他这样一想，倒踌躇起来，就不敢贸然答应。

第二回

点烛高谈壮军戎马健
翻身下拜月下剑光寒

那姑娘笑道："这位先生，你就是要见家父，你也得拿出一点本领来看看。要是一点不会，家父就是出来谈个七天七夜，也是枉然。"柴竞也不能再忍，便笑道："我去看看那水桶吧。"说毕就走到河岸下来。只见水边横搁了一条半边竹枝扁担在沙滩上，也不过三指宽。旁边两只小空水桶，有四五寸浸在水里，却安安稳稳的，丝毫不曾晃动。他恍然大悟：论起木桶放在水里，应该是漂荡的，现在这空桶如此安稳，一定桶底十分沉重。凭这半条竹枝扁担，就是两个木桶水，也不能胜任，何况这是两个重底的桶。要是加上满桶的水，总在二三百斤。若是挑起来，绝不能用扁担挑，只有横起两只胳膊来挑了。俗言道得好：横托一块豆腐，也走不了五里路。要是伸开两臂，横拿两三百斤，非直举有千斤力量不可。自己估量着，那是办不到。但是答应下来了，也不能丢这个面子。心生一计，有了办法，便将桶底翻过来一看：原来是两层极厚的铁板。便含笑提了空桶，荷着扁担走上岸来。因道："这水桶倒是合用，唯有这根扁担太重了。不信，我试给你看看。"于是将摆着的一条板凳翻转过来，让它四脚朝天，把竹扁担斜放在板凳腿上，不慌不忙，腿一抬，人就架空踏在扁担上。这软摊摊的光扁担，竟会不像有一个人站在上面一般。柴竞站在上面，身子三起三落，然后笑着下来。说道："这样结实的铁扁担，怎样能挑水呢？但是这两只水桶，又太不中用了，怕它盛水会漏吧？"说时，将左臂横格，肘拐骨向外，右手提了水桶，把桶底向拐骨间一碰。咚的一声，那外面的木圈，震了个粉碎，右手就只拿了一只桶梁在手上。

那姑娘一看，知道他内功确有些根底，便向坦地上一跳。说道："果然是一位有本领的，我到底要领教。"

一语未了，那个朱怀亮老头子也不知道是从哪里钻了出来，站在姑娘

9

面前。将手上的旱烟袋向空中一拦道："不许胡闹！怎样大岁数了，还是不懂一点礼貌！"柴竞也不分辩，对朱怀亮一揖，就跪了下去。说道："晚生该死，在老前辈面前放肆。"朱怀亮道："请起，你先生怎样对我下这种重礼，实在不敢当。要是这样客气，我朱老头就不敢和你见面了。"柴竞站了起来，复又一揖，说道："昨天见面，就知道老爹是一位隐居在江湖上的老英雄。晚上在月亮下散步，又看见那位大哥和小兄弟在后院里抛石球，我就越知道老爹的本领，言语比不上来。因此不敢错过这个机会，就留在这里，愿拜门墙。刚才是大姑娘一再地要晚生献丑，晚生做不上那个题目，所以变了一个法子交卷，不想又恰好让老前辈看见了。"

朱怀亮摸着胡子笑了一笑道："要论本领，我老了，不敢说了。不过看你老哥为人，倒是个血性汉子，留在小店里喝两天酒，我们交个朋友，倒也不妨。拜门的话，千万不要提起。"

那姑娘听他两人说话，已是慢慢退到一边去，盘了腿坐在板凳上用一个手指头，蘸了水在桌上画圈圈儿，脸上却不住放出笑容。朱怀亮便问道："你笑什么？"那姑娘道："这位砸了我们一只水桶，我们不应该让他赔吗？"说时，低了头只耸肩膀。

朱怀亮道："越说你不懂礼，你就越装出不懂礼的样子来。还不进去！"那姑娘笑着，进店去了。过那门槛的时候，还轻轻地将身子一耸。

朱怀亮道："不瞒你老兄说，我熬到这一把年纪，先后讨两房家眷，就剩这个孩子，惯得不成个样子。在她十岁的时候，内人就去世了，越发是不忍管束她。所以到了现在，她一点礼节不懂。"柴竞道："不，我看姑娘就是一位巾帼丈夫。而且她那种性情，像老爹这一样痛快，尤其是难得。"朱怀亮听了，一面点头，一面用手理胡子，笑容满面，便吩咐蛮牛将柴竞的行李，一齐拿进里面去。另外泡了一壶好茶，在芦席棚下把盏谈心，朱怀亮道："我刚才看你老兄的武艺，内功确是不错，倒是同道中人，但不知道你老哥何以这样留意我老头子？"柴竞指着店里墙上那四挂条幅道："晚生虽然懂得一点拳棒，但是同时也在家里读过几年书，粗粗地懂一点文墨。这上面写的话，不但是平常卖酒的人家不配挂它，就是平常会武艺的人也不配挂。在这一点，我相信老爹就是一位不遇时的大英雄。"

朱怀亮听说，将凳子一拍，说道："我不料这江汉子里，居然会遇到知己。老弟台，我看你是个好人，对你实说了吧，我是翻过大筋斗的。"柴竞听了，就想追问一句。只见老头子摸了胡子，又仰天长叹一声道：

"过去的事，不提也罢。"柴竞道："老爹是一位慷慨英雄，难道还有什么不能说的话？"

朱怀亮道："我倒不是有什么亏心的事，不过我以前的事，是不能逢人就说的。一个不仔细，头和颈就要分家。老弟台，你以为我是一个纯良的百姓吗？"柴竞听了这话，心里扑通一跳，心想这老头子虽然精神矍铄，但是一脸的慈祥之色，不像是个坏人。难道他还做强盗不成吗？"便笑道："老爹这是笑话了，像你这样的好人，晚生活了二十多年，不曾遇到几个，怎样说不是纯良百姓呢？"

朱怀亮笑道："我这话不细说，你是会疑心的。但是我并不是浔阳江边的浪里白条，干那不要本钱的买卖。也不是在梁山泊开酒店的朱贵，把人肉做馒头馅子。你不要看我是一个卖酒的老头子，我从前做过一任官，抓过印把子呢！"说着，又哈哈大笑起来。又道："老弟台，人生就是一场梦，不要到了两脚一伸，才会知道这话不错。无论是谁，只要一想三十年前的事，他就觉得是做了一场梦了。这话不是三言两语可以说完的，今晚上温好两斤酒，我们慢慢地谈一谈。这个时候，总有来往的人，暂且不提吧。"柴竞听他如此说，也只好忍在心下。

等待到晚，朱怀亮吩咐蛮牛，在店房里点了一对大蜡烛，放在桌上。用锡壶烫了两满壶酒，煮一条大江鲤鱼，切一盘卤肉，煮上一只大鸡。这时都好了，来放在桌子当中，便要柴竞来坐下，对面酌酒闲谈。两只大蜡烛上的火光，像一条闪动的金蛇一般，抽着四五寸长焰头，照着人脸上红光相映。柴竞捧着酒杯道："老爹这样款待，晚生心里实在不安。"朱怀亮笑道："我这样虽然是款待老弟台，但仔细想起来，也是自己款待自己。因为三十年以来，没有人识破我的机关，我也不愿把我的心事，另外对一个人说。今天遇了老弟台，把我的心事猜透，算是我三十年以来，第一件的大快活事。我要自己喝两杯酒，痛快痛快。"说时，举起一个大杯子，仰着头张口喝了下去。然后将杯子翻转过来，对柴竞一照杯，柴竞也就陪着喝了一杯。朱怀亮自己复斟上一杯酒，左手将酒杯覆住，右手一把，将胡子一摸，然后对柴竞笑道："老弟台，我老实告诉你，我不是清朝百姓，我是一个长毛头子。三十年前，我不曾想到今日会在这江边卖酒。"说毕，把那杯酒又端起来喝了。柴竞道："老爹原来曾在太平天国做过一番事业，但不知道在哪位英雄部下？"

朱怀亮听到说哪位英雄四个字，觉得柴竞眼光很大，并不肯以成则为王、败则为寇的关系来对待太平天国。便笑道："这话说起来长了，我原是在英王陈玉成部下，后来英王失败了，我就转投忠王李秀成部下。长江一带，我是前后大战有十几年了。嘻，太平天国得了半壁天下，不料到后来就那样一败涂地！我朱某人一腔热血，生平的本领，都算白白丢了。我真觉得辜负了我自己。"说着将右手连拍了几下桌子。

柴竞正是个有心人物，自恨后生三十年，没有赶上洪杨那一场大热闹。小的时候，听见老前辈说长毛造反的故事，就十分爱听，而今亲自遇到了一个此中人，这真是做梦想不到的事。便笑道："事已过去，不必说了。据晚生看来，现在朝纲不振，胡运将终，迟早天下还是要还给汉人的。只要人心不死，成功不必在我。以前的事，又何必悔呢？晚生自恨迟出了几十年的世，没有看到大汉衣冠。若是老爹能够把当年攻城夺邑的快事，说上几桩，过屠门大嚼，也让晚生痛快痛快。"朱怀亮举着杯子，咕嘟一声，喝了一盅酒。将桌子又是一拍，突然站了起来。笑道："老弟台你真是个爽快人，说话很对劲儿，结交你这样一个朋友，也不枉了。"于是复又坐下，摸着胡子偏头想了一想，说道："我说哪一件事起呢？有了，我先说我第一次得意的事吧。我原是湖南衡州人，天国的军队，打过了湖南，到处都起团练。因为我有点武艺，团练里头，就要我当一个棚长。他们起团练的意思，本来是说天国兵奸杀掳掠，办了团练来打长毛。但是团练里的乡勇奸淫掳掠起来，比天国的兵还要厉害。是我气不过，就丢了家乡，穿过江西，到天国去投军。那个时候，英王还是十八指挥，功劳就不小。他的眼睛下，一边有一个大黑痣，远看着，好像是四只眼睛，所以清朝人都叫他四眼狗。提到了四眼狗，清朝的官兵，没有一个不害怕的。"

柴竞道："老爹既然随着英王打仗，像这江西安徽湖北三省交界的地方，一定是常来常往的了。"

朱怀亮道："这就是我说的第一件得意事了。现在我还记得那是咸丰八年的秋天，曾国藩的湘军，在江西过来，跟着英王的军队望北追。那个时候，合肥安庆，是南京两扇大门，一定要守住的。是英王带了一支兵马守住桐城，做安庆的右翼。听说翼王石达开在江西不利，曾国藩到了河口。曾国藩的老弟曾国华带着大将李续宾，由黄梅宿松攻过了潜山，直捣桐城。那个时候，我投军不过半年，还没有经过大阵。这回听到很会打仗的湘军来了，大家都担着一份心事。那由太湖潜山退来的军队，就像热天阶沿下的蚂蚁一般。我常常走到高的土墩上一望，大路上的人，无昼无夜，牵连不断地向北走。人丛里头，常常人头纷动，闪开一条路，那就是来往的探马来了。桐城内外，也扎有两三万精兵。英王就传了令下来，一个人也不许乱动，乱动的就斩首。因为这样，把退来的军队，完全让了过去，情形还是照常。后来听说曾国华的兵离城只有十里了，我们营里，还不见什么动静。忽然上面传来一个号令：城外的兵，分作三股，一股退进城，两股退到舒城。我是分到退舒城的，心里就想，不怕四眼狗本事大，遇到我们湖南人，也要望风而退了。我就这样糊里糊涂退到舒城，不几天听说桐城也失守了，湘军快要来打舒城了，于是乎我们这一支军队又退到三河尖。"

柴竞道："这是老爹失意的事，怎样说是第一件得意的事呢？"

朱怀亮斟了一满杯酒，仰着头先哈哈大笑了一阵，举起酒杯，唰的一声喝干，然后伸手一拍桌子道："痛快，我退到了三河尖，我才知道湘军中计了。这个地方，一连扎下十八座大营，都是由南京调来的生力兵。原来由太湖潜山退来的兵，不见一个，他们都埋伏了。这是十月的天气，田地里的五谷，都收割尽了，许多树木，也落了叶子。我们站在营盘的墙垛上看，一望都是平原大地，只远远地看到一些山影。这一天，曾国华的兵，离得近了。天国的兵都在营里，隐藏不动。老弟台，这是我开眼界的一天了。我们营里，四更天，大家就吃饭，吃完饭，天还不曾大亮。连营两三万人，听不见一点声音，抬头看看天上，满天的霜风，只有几颗稀稀朗朗的星，让风吹得闪动。我虽然有几斤气力，还没经过大仗。我看到营里这种情形，知道是等着湘军来了，有一场恶战，心里不免有些乱跳。我自己壮着自己的胆子，就轻轻地唱着湖南调，但是我唱的是什么东西，我自己都不知道。只听到啪啪啪的声音，由外面一阵一阵进来，过去一阵，又是一阵，原来这就是前面打探回来的探马。天亮了，风也停了，又得了一个号令，弓兵上墙。我在墙口里一望，只见一大片黑影子，在几里路之外，在平原上缓缓地移动过来，越走越近。先看清楚竖起来的旗号，后就看清楚是人，轰天轰地，就是一阵杀呀的声音。这就眼前一望，全是人马，太阳也出土了，晒着人手上拿的兵器，还一闪一闪地发光。我们这里，营盘外，挖有三四丈深的干壕沟，沟上原搭了浮桥，现在用粗绳子吊起来了，营门关得铁紧。壕沟外面，还有一道鹿角。什么叫作鹿角呢？就是把树砍了下来，用树尖朝外，树兜向里，树叠树，排成一堵墙一般。你想，敌人的兵，一时三刻，哪里就冲得上前。就是上前，墙上用箭去射，用铁炮去打，也难以近来，所以把守得十分紧。这样支持着，也不过半天的工夫，那湘军人堆里的旗号，忽然乱动起来，远远地听见有叫杀的声音。我们这十八座营盘里，四处都是鼓响，大家就一阵风似的，放下吊桥冲了出去。原来湘军后路，被卢江卢州两路的天国兵杀了出来，把后面的去路，已经截断了。周围的兵把清兵围在中间，四五万人，一个也不曾跑掉，曾国华就死在阵上。我看得打大仗还比小仗容易，胆子越发大了。我和二十四个兄弟打先锋，再回去打桐城。各人骑着一匹马，手上挺着一根长矛，腰里挎一柄腰刀，冲了五十里路，天色已经黑了。原来想着，清兵只有些人守桐城县，路上是没有兵的，我们只管向前走。在暗淡的月光下，走近一丛树林，我忽然心里一动，这里若是有一小队清兵，我们岂不要让人家活捉了吗？正在这个时候，果然有个人大喝一声——"

说到这里，柴竞也替朱怀亮捏一把汗。正要向下问，忽然一只白手，由烛光下伸出来，按住了朱怀亮的胳膊。朱怀亮刚端起一杯满满的酒，举着和下巴相并，可送不到嘴里去。柴竞抬头看时，那姑娘也不知几时出来的，笑嘻嘻的，按住了她父亲的手。

朱怀亮一回头，笑道："你为什么又不要我喝酒？"姑娘道："我在一边看着，你老人家带说带喝，这就有一二十杯下肚了。老是这样，今天晚上又得醉。"朱怀亮道："我说得痛快，就喝得痛快，不会醉的。我这么大年纪了，醉一场，是一场，你拦住我做什么？"姑娘道："不行，喝醉了，要茶要水，我又得伺候你老人家一个周到。"

朱怀亮道："我有话说，绝不会醉的，你让我喝吧。"那姑娘捉住手，哪里肯放。他没有法子，只得停下酒杯，笑道："这柴先生也是一位慷慨之士，不必回避，你也坐到一处来喝吧。有你在这里，你可以替我酌酒。我有个限制，就不会醉了。"那姑娘听说，更不推让，拿了一副杯筷，便横头坐。对柴竞笑道："柴先生，不要笑话，卖酒人家的姑娘，不懂什么礼节。"说时，提了壶，先自斟上一杯酒。柴竞见她露出一截手臂，既白而圆，丰若无骨，和那种弱不禁风的美人胚子，又别有一种丰致。那姑娘偏是知道了，笑道："柴先生，你看我的手做什么？"于是左手把右手袖口一掀，说道："你不妨试试看它有多少力量？"

柴竞先被她一说，倒难为情，她复又说到力量上，就有题目了。笑道："我正疑惑呢，姑娘的本领，真到了家，一点不露相，所以我看出神了。"

姑娘听见柴竞当面如此恭维她，心里非常高兴，笑道："不瞒柴先生说，这六七年来，除了前回来的那个刘老伯，我佩服他是个英雄而外，我就是看你不错。日里我要和柴先生较量，我就是看得起你。"

朱怀亮道："振华你这是什么话，太不懂礼了。"柴竞在无意中又知道了这姑娘的芳名，笑道："姑娘是心直口快，和老爹一样的脾气，晚生就最愿意这种人。"振华也笑道："我是交代在先，卖酒的姑娘不懂礼节呀！你老人家不要管我的事，还是告诉人家，听到大喝一声怎样，人家正在和你着急呢！"

朱怀亮道："你一打岔，把话耽搁了，还是往下说吧。老弟台，打仗这件事，实在全靠临机应变，有本领没有本领，还在其次。当时我听那人大喝一声，心里自然吓了一跳。还好，和我同来的二十三个人，都没有惊慌，勒住缰绳，站在林外。我因为听到那人说话的尾声，带一些湖南音。我就用湖南音答应：'是我，我刚刚败阵回来，不晓得口令。'林子里那人，果然是湖南人，他说：'胡哨官吗？'我说：'是的，今天我们全军覆没，曾大人李大人都阵亡了。长毛现在后面追来了，你们还不逃命吗？'他们大概也知道了不好的消息，他一听说，连叫'长毛来了'，林子里就是一阵乱。我估量着，恐怕埋伏了有四五百人，事到临危，若是往回逃，把纸老虎戳破，他们一定要追的。我们人少，他们人多，哪里逃得了？不如趁他没有亮起火把，我们给他一个不分皂白，先杀了进去。黑夜里打仗，长矛却没有多大的用处，而且在树林子里，马战也不方便。因此我们二十四人，大家弃矛下马，各人拿了一把马刀，齐齐地呐一声喊，冲进树林里。我们二十四个人，连成一排，却弯着分东西南三面进攻。他们起初不知道我们有多少人，就纷纷乱乱向树林外跑。我们二十四个同伴，一个也没有受伤。依着他们的意见，就赶快退回去。我说一退，清兵就要追来，还是送死。看看这树林子里，还有几十匹马，地下丢了许多兵器，我就叫他们各人拣合手的拿一件用。而且大家都骑上马，骑着剩下来的，也牵在一处。于是二十四个人，共分着三排，每排八个人，约有十几匹马。我骑着一匹马，拴着两匹马就是第一排第一名。我同大家约定，只拣人声嘈杂的地方冲去，马要跑得快，声音要喊得响。冲过去了，我们不要走，又拣人多的地方冲了回来。幸而大家都懂了我这条计，于是几十匹马，在呐喊声里，像一阵海潮一般，冲进人堆。他们原是在坦地里扎好了阵脚，要偷看我们的虚实。我们来势这样猛，他们站不住，就四散逃了。他们越逃，我们越拣人多的地方冲，因此冲得七零八落。到了天亮，大队人马到了，我们就不怕了。英王正带了队伍来收复桐城，见我二十四个人，只有一人，因马失前蹄跌了腿，其余不曾流一滴血，喜欢得了不得，立刻升了我做先锋队的右翼营官。我们这二十四人，同了这一层患难，就拜把子结为二十四兄弟。后来听到说这林子里，原是清兵一道卡子，共有七百多人哩！我们二十四个人把他追赶跑了，岂不是人生一件得意之事？"

柴竞听了，早端起酒杯，叫了一声干。朱怀亮笑道："这是应该喝一杯。"也端起来喝了。柴竞道："这二十四个人，后来大概都有一番功业。有本领的，大概要算老爹了。"

朱怀亮道："不，这里面有三个人本领好似我。一个是刘耀汉，现在还在当老道。"说着一指壁上的条幅道："这就是他写的，这是一个怪人，他五十岁以后才通文理，老来倒会写会作。我虽只粗认识几个字，我看他那副情形，就比一班秀才先生，要好十倍。他有两样奇绝的本领，能拿筷子，夹住半空中乱飞的苍蝇，百不失一；其二，他身上揣着一大把铜钱，在二十步之外，可以随便拿出一个钱来，打人的眼睛。钱又硬又小，简直嵌进眼珠里面去。打来的时候，一没有光，二不响，人是一点提防不了。"柴竞道："这本事实在闻所未闻，但是能拿筷子夹苍蝇，不大合实用。"朱怀亮道："怎样不合实用，靠这个就可以练习手法眼法。若是接什么暗器，无论是哪一个，也不能像他那样又快又准了。因为他眼快手快，所以他的剑法也好。"

朱振华忍不住了，接着道："那实在是真的，前七年他老人家到这里来，也是我一定要请教，他就在我面前舞了一会子剑。舞后，他问我怎么样，我自然说好。他说，我年纪小，决计看不出来，叫我摸摸耳坠子。我一摸，哎呀，两个耳坠子上的一片秋叶，都割断了，不知道向哪里去了。后来据家父说，那是用剑尖伸过来，向外挑断的。若是由外向里割，头颈就保不住。你看他在当面，割了我的环子，我都不知道，这快法到了什么地步。"

柴竞笑道："既然大姑娘都这样佩服，这一定是了不得的本事。还有那两位嘛？"朱怀亮道："那两位吗，一个姓万，当时的名字，叫人杰。他的跳跃功夫最好，他能抓着杨柳树条子，跳上树梢，我们都送他绰号盖燕飞。他因为身轻，并排八匹马同跑，他能由第一匹马背上，换到第八匹马背上去，而且还不用得要马缰绳和马鞍子。可惜跟着英王打小池口，早年就中炮阵亡了。第三个人姓张，现在还在，他有名字，可早就抹去了。我也不便违了老友之约，再告诉别人。老弟大概也总听见人说过，黄山上有一位骑白马的神仙，来往如飞，他就和这一类的人差不多了。"柴竞道："莫非这张英雄，就是黄山神仙？"

朱怀亮端起酒杯，喝了半杯，就微微一笑。柴竞道："晚生心里想着，世界上哪里有神仙？就是有，也不过高人隐士罢了。因为常听见人说，黄山上出神仙，说这人已经有五百多岁了，我就不大相信，疑惑是在山上高隐的剑侠之流。所以趁着同乡朝九华之便，要到黄山去看看。不料据老爹说起来，这位神仙，竟是一个当今怀才不遇的大英雄。既然真有这个人，我更要去拜访了。"朱怀亮摸摸胡子，微笑不言。振华就道："他老人家，和红尘隔断，在黄山顶深的里面住家，平常的人，那是见不着的。漫说是柴先生，就是我，没有家父给他老人家通一个信，也不会见的。"

朱怀亮笑道："你又胡说，通个什么信？"柴竞道："蒙老爹看得起晚生，许多心事都告诉了。为什么这一件事，老爹又不肯说呢？"朱怀亮道："不是我不肯说，我这位盟兄脾气很固执。我若把老弟给他引见，他一怪下罪来，怕坏了几十年的义气。"柴竞道："晚生虽本领很低微，但是自信是个血性汉，绝不会带一点奸盗邪淫的心事。既然老爹都可以相信，就是见了那位张老英雄，他不见得就嫌晚生是凡夫俗子，不足与言。"

朱怀亮道："我不是这个意思，你暂且在舍下住个十天半月再说。"柴竞道："能在老爹这里多叨教，那是很好的了。"朱怀亮道："老弟说叨教，我不敢担当。不过我们武术中人，第一层要讲究有涵养功夫，武艺功夫越好，涵养功夫要越深。不然，有点本领，动手就打人，岂不坏事？日间我看老弟站在竹扁担上，又砸碎了那个铁桶底，内外功都不错。对人说起话来，还是很谦逊。这是我很愿意的一件事，所以我愿留老弟多住两天，慢慢谈一谈。我今天真醉了，好几年没有舞剑，把酒盖住老脸，要在醉后松动松动。"

柴竞听了这话，喜出望外，连忙站起来说道："老爹若能让晚生开一开眼界，晚生死也瞑目。"说着推开椅子，向着朱怀亮毕恭毕敬的，弯腰就是一长揖。朱怀亮将杯子里余酒喝干，便对振华道："去，把我的那柄剑拿来。"

姑娘听说父亲要舞剑，欢喜极了，只一跳，走回屋里去，双手托着一柄剑出来。柴竞看那剑，用一个绿色鱼皮套套着。朱怀亮接了过来，左手拿住剑匣，右手只轻轻地一抽，烛光下只觉一道寒光，在眼前一闪，柴竞不觉心里一动，暗暗喝了一声彩。

朱怀亮拿着剑，微颤了一颤，笑道："久不用它了，今天遇到有缘的，我要舞个两套，我们到门外看看去。"说时，姑娘先开了店门，三人一道走出来。天上大半轮月亮，偏在柳梢头上，场地上一片白色。蛮牛和那小伙计听说老爹要舞剑，这是不易得的机会，也一同走了出来，站在芦棚下遥遥观望。

那个时候，秋露满天，一点风也没有，兀自寒气侵入。树不摇，草不动，万籁无声，只有三个人影子，横在月光地上。朱怀亮向天上一指道："今晚上虽然只有半轮月，月色真好，你们看看，天河都逼得轻淡无光了。"柴竞抬头观看，果然如此。

就在这时，忽然呼呼呼的一阵风响，却没有风来。一回头，不见了朱怀亮。离这里有三四丈远，发现一团寒光，映着月色，上下飞舞，恍惚是一条十几丈长的白带子，纠缠一团，在空中飘荡一般。那白光渐舞渐远，呼呼的风声，也渐渐低微，忽然白光向地下一落，如一支箭一般，射到脚底。刚要定睛看时，白光向上一跳，往回一缩，又是两三丈远。在白光之中，有一团黑影，正也是忽高忽低，若隐若现。那一条白光，就是刚才红烛之下，看的那柄长剑。黑影呢，就是舞剑的朱怀亮。柴竞早就听见老前辈说，武术中有一个剑侠神仙，古人所谓聂隐娘空空儿黄衫客昆仑奴那些人，飞出剑去，可以斩人头，自己总疑惑那是稗官小说无稽之谈。不过中国人对于剑术，三代以后，就讲求起来，至少也有二千年以上的历史。上自文人墨客，琴剑并称，播之诗文传记；下至匹夫匹妇，街谈巷议，谈到剑侠，就眉飞色舞。若说剑术这一道，并没有那回事，又有些不对，自己学了十年以上的武术，就是没有得到一个深明剑术的老师，引为莫大的憾事。现在看朱怀亮这一回舞剑，对于老前辈所传，才恍然大悟：原来所谓飞剑，并不是把剑飞了出去，不过是舞得迅速，看不出手法罢了。古人又曾提到什么剑声，心想剑不是乐器，哪里来的声音，现在听得这种呼呼的剑风响，也就明白什么叫作剑声了。看到这里，只见那剑光向上一举，冲起有一丈多高，望下一落，就平地只高有二尺。这才看见朱怀亮蹲着两腿，右手把下向上一举，身子一转，左手掌伸出中食二指，比着剑诀，由右胁下伸出面前，轻轻地将剑向下一落，人就站定了。

柴竞看得目定口呆，半晌说不出话来。一直等朱怀亮走近两步，情不自禁地就在月地上跪了下去，说道："晚生十年来，到处访求真师，今天遇到老师，就想拜在门墙，因为怕老师不肯容纳，总不敢说出来。现在看到老师这种剑，真是惊心动魄，弟子觉得这是一百年不能遇的好机缘，万不可当面错过。务求老师念我一片愚诚，收为弟子，将来有一点成就，总不敢有忘洪恩。"

朱怀亮道："这层且慢商量，你还是照我的话，在我这里先住十天半个月，然后再说。"柴竞道："老师收留不收留，就请马上吩咐。若是能收留，不必等到十天半月以后。若是不能收留，弟子是不堪造就的人，也不敢在这里打搅了。"朱怀亮道："我老了，本来要拣一个可传的人，把生平本领传授给他。不过做了我的徒弟，那人就要受我的戒律，所以不能轻易答应你。既然你非要答应不可，不妨我就答应了，好在我的本领，也不能马上就传授给你。将来我要看到你不合格，我就不传授。到了那时，你可不要说老师心地不好，有艺不传。"柴竞道："老师句句都是披肝沥胆、开诚相见的话，弟子愿意拜领。"

朱怀亮道："好，你且起来，明天拜过祖师，再正式收下你。"柴竞大喜，行了一个大礼，然后起来。振华也过来和他行一个礼，叫了一声师兄，笑道："既然是一家人，我也不怕献丑，让我那未入流的两个徒弟，也过来见见师伯。"姑娘说毕将手一招，蛮牛和那个小伙计都走过来了。

振华笑道："见过你师伯。"他两人真个和柴竞作揖。朱怀亮笑道："不要胡闹了，你倒真像收了两个徒弟呢！"因对柴竞道："这两个孩子，倒也老实，我就叫振华指点他一些武艺。四五年下来，他们倒有几种笨本事，不过也有是振华教的，也有是我教的，说不到什么师徒。"

振华笑道："怎么说不到师徒？不信，师兄当面问问他们看，是不是我的徒弟？"蛮牛和那小伙计都笑了。柴竞道："我看这两位，本事也不平常，倒是很怕大姑娘。大姑娘的本领，一定高妙得很。今天老师肯赐教我，不知道姑娘能不能赏一个面子，也让我开一开眼界。"振华笑道："日里师兄那样客气，现在怎样就要考考我，难道这就端出师兄的牌子来吗？"柴竞还没有答言，朱怀亮笑道："这倒不是师兄不客气，以为你都收徒弟了，本领一定了不得。既不是外人了，你何妨拿点本领给人家看看？若是光说一张嘴，人家怎么肯信呢？"振华正接住了那一柄剑，笑道："既然如此，我就舞一回剑吧。"柴竞道："好极了，老师的剑法那样高明，大姑娘一脉相传，那一定可观。"

说话时，大家正站在两株高大的杨柳树荫下，振华右手拿了剑，迎风亮了一亮，大家就各退出十几步外，让她好展手脚。姑娘说了一句献丑，展开剑势，就在树荫下飞舞起来。她的剑光，虽不及朱怀亮的剑，矫绕空中，但是上下飞腾，一片白色。柴竞看了，已经觉得她手腕高妙。振华忽然将剑一收，剑光一定，只见柳树的树叶子，犹如下雨一般，纷纷下落。低头一看地下时，地下落了满地柳树叶子。柴竞看她舞剑的时候，剑光也不过刚刚高举过头，怎样柳树叶子，就让她削了下来？这是想不到的事。就在那时，远远有两三声鸡啼，朱怀亮笑道："真是酒逢知己千杯少，怎样混一下子，就到了半夜了。"说着话，大家一同进店。朱怀亮安排了一间干净的屋子，让柴竞住下。

　　到了次日，依然是酒肉款待，柴竞暗想：自己和朱怀亮萍水相逢，蒙他披肝沥胆这样款待，实在意想不到。后来无意中和蛮牛谈起来，蛮牛就说柴竞有福气，老爹有一身神仙一般的本事，他说必得找一个文武双全，又要为人忠厚的，才能收为徒弟，把本领传给他，文才也不要深，只要能看得懂这壁上挂的字，就中意了。他常说不认识字的人学武艺，学会了也是一勇之夫，不能替国家做一番大功大业。好譬我姓牛，有了几斤气力，也不过和蛮牛一般，所以就叫作蛮牛。柴竞笑道："原来如此，那位小兄弟，你们都叫他小傻子，大概他就是说学了武艺，也不过是个傻子罢了。"蛮牛道："不是的，他叫赵国忠，是有名姓的。他父亲是个老实人，人家绰号他老傻子，早年坐牢死了。老爹看这孩子可怜，特意收回来养活他。又教他武艺。因为父亲是老傻子，所以叫他作小傻子。"

　　柴竞听了这话，心里不免一动。心想这里面恐怕还有曲折，这事不宜深问，当时也就将这话搁起，一过就是五六天。朱怀亮倒认为柴竞是个诚心拜师的人，就择日正式收他为徒。

第三回

索骥遍峰峦荒庵度夜
结茅在泉石古洞疑仙

有一天黎明，他们父女二人从长江里打鱼回来，朱怀亮叫着柴竞的号道："浩虹，我们师徒要小别几天了。今日下午，我就要带你师妹往上游去，大概有半月工夫才能回来。上次曾说，你要到黄山去，你就趁我不在家的时候到黄山去一趟也好。不过你若是不愿去，留在这里，也无不可。"柴竞从来没听见师父要到哪里去，今天一说走就要走，这倒很是奇怪。不过自己知道武术中人，飘荡江湖，各人常有秘密的行动，这事是不可问的。问了就要中人的忌讳。因此便道："师父既然不在家，我很慕黄山的风景，趁此秋高气爽，前去游历一番，倒也是个机会。若是有缘，遇到了那位张老师伯，也未可知。"朱怀亮微笑道："那也就看你的缘分吧，我这次到上游去，不过是去会几个朋友，现在不必告诉你，将来你自然会明白的。"柴竞哪敢说什么。只答应是。

到了下午，朱怀亮在店里搬了两坛酒，又是一些大米青菜，一块儿送到小渔船上。振华又将父女两人的衣物，打点两个包袱，提上船去。柴竞见包袱外面，插着半截剑匣，又是一个刀柄。又挨到晚上，残月未出，一江风浪，满天星斗，一望黑茫茫一片，只远远的地方，看见两三点渔火，在水面上闪烁。朱怀亮站在门外，见项下几根长胡子向右肩飘荡，笑道："好极了，转了东风呢！振华，我们趁好风走吧。"他父女二人，就在黑沉沉的夜色里，上了渔船。柴竞和蛮牛二人，都送到江边。

朱怀亮走上船，让振华去把守了船舵，拿了篙子站在船头，向岸上一点，船就开了，黑夜之中，只看见一道帆影，转出了岔口。

柴竞道："师父大概有什么急事，不然，为什么要黑夜开船。"蛮牛道："那也不见得，他老人家在水面上弄惯了，黑夜白日，都是一样的。"柴竞道："虽然是弄惯了，究竟也要有胆量的人才办得到呢。"蛮牛道：

"老爹的胆量，那还用得着说吗？久后你就知道了。"

柴竞听说，也默记在心下。回了酒店安歇一宿，到了次日，归束一个小包袱，由蛮牛送到华阳镇，搭了下水船，向大通而来。到了大通，只住了一晚，自己背着一个小布包袱，一直前往太平。

到黄山去，江南本有两条路，一条路在歙县境内，一条路在太平境内。柴竞因为太平路近，所以就拣了太平这一条路走。皖南地气温和，树木落叶稍迟，这个时候，满山的树叶，刚刚只带些微黄，远望深山重谷郁郁森森的。黄山有三十六峰，各处都有庙宇，庙宇的大小，虽然不同，但是不论哪一个庙里，都可以让游客借住。若是遇到仆从较多的客人，庙里的和尚事先得了引导人的信，就会披了袈裟，排班接出庙来。到了庙里，饮食招待，非常地周到，不过和游客结个缘，要几个香钱罢了。柴竞这是初到之地，路径不熟，先几日在各处游玩，耽误时间很多。庙里的和尚，见他衣冠简朴，又是自己背一个小包袱，料他也是个穷游客，没有什么川资，都不大接待他。柴竞先还不知道，以为在山上的和尚，都是这样傲慢的，后来看见他接待别的旅客，非常地恭敬，他这就把他们的情形看出来了。自己一人心里好笑，也不和他们计较。从此以后，就不去参拜大庙，只找一些小庙小寺里歇脚。

这一天，由天都峰头下来，日色已西，太阳照在山头上，恰好光着一截山尖，下半截没有日光的，就黑沉沉的，一直黑到人行的路上。这里两边，都是奇形怪状的松树，山谷里吹来的山风，送到松林里，淙淙铮铮，发起万顷狂涛的声浪，好像有几十处瀑布，流到山湖里去了一般。又好像一声江涛，因风而起，在无涯无岸的地方，上下汹涌。人走的地方，是一条小的山径，斜在一片山麓上，两边山头，壁立而起，前后两方，也是山头重重叠叠。仿佛四周的山，是仰着向天的盂口，这里是盂底了。人微微咳嗽一声，山谷里的回响，马上答应过来，四周一望，不见人迹。山上的秋草，像经月不梳头的人的头发一般散乱，高的有两三尺深。在这不成样的秋草里，只唧唧的有两三个虫子叫。柴竞觉得这种境界里，幽静极了，简直不是人世，呆呆地站着出神。心想人要在这种地方住家，见不着我们经过的花花世界，就用不着竞争权力。怪不得人说，黄山上出神仙，人到了这种地方，自然把尘念都取消了。

想到这里，忽然啪啪的，有一阵兽蹄之声自远而近。柴竞倒着了一惊：这种地方，哪有什么驴马。于是向旁边一闪，且闪在草里，看是什么东西。不多一会儿工夫，只见一道白影，由山坡下上来，越走越近，却是一匹白马，马身上没有骑人也没有背着鞍镫，悠然自得的，自走这里经过。马去了，柴竞心里一动，倒想起一件事来：人家不是说，黄山上有一位白马神仙吗？这一匹马，并没有人管着，也不像是个走了缰绳的神气，莫非这就是张神仙骑的那一匹仙马？这位神仙，据我师父说，就是我那张老师伯。这样曾经沧海的大英雄，而今却隐藏在黄山，他这种放得开收得拢的心胸，真是可以令人佩服。我心里想着，张师伯未必就在黄山，所以并不敢决定志向寻他，而今看这匹马的情形，绝不是野马，也不是平常人所用的马，不是他，谁配做这马的主人呢？张师伯一定离此不远，我何不趁这个机会，跟着马去寻他。若是遇见了他，得逢他这一位大大的隐侠，也不枉人生一世了。主意立定，在草堆里一跃而出，凭了自己练就一身耸跃的轻功，于是连跳带跑由着马走的那条路追了上去。

追过一个山谷，何曾看见马的影子。这时的天色，越发黑了，满山的松树，在星光下，摇动颤巍巍的影子，犹如几万天神天将，从空而下，狰狞怕人。夜色沉着了，松涛也格外响得厉害。柴竞虽然惯出门，这样的深山大谷，经过得不多，况且自己又是孤单一人，在这黑寂寂的山色里，不免有些心怯。他站住了，定了一定神，在夜色茫茫中，除了头上一片星斗，四周都是些嵯峨山影，也不知道向哪里去好。这深山之中，也不知道哪里有庙宇，若要找个安宿之所，恐怕不容易。本要在这松树下露宿一夜，又怕山上有野兽出没，大不方便，因此站在路上徘徊着，不能自定进退。就摸索着一块石头，慢慢坐下。他的行李，本放在山脚下一个古庙里，随身只带了些干粮，走来山上，现在夜风吹着，格外寒冷。山顶上露坐，有些受不了。复又站起身来，沿着山径向原路走。

走了一箭之地，是一个山峰的缺口，过了缺口，向下看看，也是黑沉沉的。忽然一阵风吹过来，松树影子摆荡着，却闪出一点闪烁的灯光。柴竞见有灯光，料定这山下必有人家庙宇，却向着那灯光，一步一步走下山去。但是走不了几步，那灯光又一闪，看不见了。复又站着定一定神。约莫一盏茶时，灯复又闪出来，那灯光明一阵暗一阵，柴竞也只好挨一步是一步，渐渐走近。那灯光却转到脚底下一个山凹子里去，那灯火就化一为二。接上剥剥剥，发出一片木鱼声，接上微微地又有一阵沉檀香味。

柴竞随着山坡，走过一丛竹林，便有两只狗汪汪地吠着出来，这才看见山坡下排着一带屋脊，看那样子，是一座不大的庙。柴竞走到门前未曾

23

敲门，那门就呀的一声开了，光一闪，一个和尚，右手上捧了一个蜡台，将左手掩了灯光，偏着头向外看了问道："这样黑夜是哪个在这里？"柴竞道："大和尚，我是游山失路的人，想在宝刹暂借住一晚，请方便方便。"

那和尚拿住了蜡烛，站着等他上前。他在灯光下见柴竞倒是一个良善人的样子，就让他进去。和尚关了门，执烛在前引导，穿过一个小小佛殿，旁边一列三间僧房，有个须眉皓白的老和尚迎上前来。柴竞先道了谢，就与和尚对坐在一对蒲团上。见蒲团旁边，一张小茶几上，列着一局下残了的围棋，兀自未收。墙上挂着一个酒葫芦，又是一条短小的马鞭子。料定这一盘棋，必是老和尚和一个远来的客下的。因为看见和尚像个有德行的人，只看在心里，却不便胡问。

那老和尚道："这位客人，恐怕还没有用饭。慧明，你搬点东西出来吧。"那个开门的和尚，就搬出蔬菜饭来给他用。柴竞吃完了，又送水来给他洗手脸。洗毕。用一把泥瓷壶泡了一壶好茶，送到桌上，给他和老和尚各斟了一杯。老和尚举着杯子笑道："客人，这是山上的好茶叶、庙边的好泉水，可以喝点。"

那两个和尚，尽管款待，始终不曾问柴竞的名姓籍贯，也不曾问他做什么职业，只是随便谈话。柴竞心里可就很诧异：这黄山上的和尚，不留心游客姓名职业的，可谓绝无仅有。人家既不盘问，因此也不敢深问人。坐了一会子，就由那年少的和尚，送去安歇。

次日起来，两个和尚，又请在一处用斋，吃过了饭，柴竞就在身上掏出一小锭银子，送与老和尚做香火钱。老和尚摇摇手笑道："小庙一共只有三个僧人，山上的产业，足够花费，用不着再找施主，客人不必客气。"柴竞早就知道这小庙和别处情形不同，他既不愿要钱，也就不敢勉强，收回钱，道谢出门。刚转过竹林，只见一个五十上下年纪的和尚，撩起一角僧衣，塞在腰下的腰带里，笑嘻嘻挑了一担蔬菜而来，彼此打了一个照面，挨身而过。柴竞见他精神饱满，和平常的和尚有些不同，就隔了竹林，向里看去。只听见有人说道："怎么这时候你才来，山上马昨天到庙里来了一趟，大概等着要菜呢。师兄，你就送去吧。"柴竞听此话，心下一想：这岂不就是送菜给张师伯去的，我跟着他去，那就更好了。主意想定，便先走到山口等住。不多大一会儿工夫，果然那个和尚挑着菜来了。柴竞先闪躲在草堆里，等他把菜挑过去了，就在后面遥遥地跟随。

经过两三个峰头，柴竞总远远看住他的影子，不让迷失。但是那路径越走越荒僻，后来索性没有路了，只是乱草土有一道践踏的痕迹，仿佛却是一条路。柴竞因为没有路，不敢远离，就跟随得近一点。那和尚偶然一回头，看见有人在后面，大吃一惊，连忙将担子歇住，迎上前来问道："你这位客人，为什么跟着我到这里来？"柴竞拱拱手道："我是来访我师伯的。"那和尚道："哪个是你师伯？"柴竞指住他一担菜道："吃这菜的，就是我的师伯。"和尚道："你究竟是谁？我这个地方，不能乱找人的。"柴竞也不相瞒，就说自己是朱怀亮的弟子，把特意来拜访张神仙的话说了一遍。和尚道："既然如此，倒是不妨。不过你跟着我来，他老人家岂不要疑心是我带来的吗？"柴竞道："好在我们都是一家，就是见着他老人家，比外人前来不同，他老人家也不能怎样重怪你我。"那和尚听他这话说的也是，就带他一路前去。

翻过一个小山坡，一重大山迎面而起。沿着山脚，一道山溪，在一丛深草里，弯着流了过去。溪里蹲着许多大小块石头，水由前面冲过来，打在石头上，翻起一层雪花，刮刮作响。两人跨着浪花，踏了石头过去。山脚一片平草地，有一丛小竹子，三间茅草屋，屋门口睡着一条大黄毛狼狗，看见和尚，跑着迎上前来。和尚在他头上抚摸了几下，回顾笑道："不凑巧，他老人家不在家，要是在家，这狗不会守在门口的。你幸亏同我来，要是一个人，保不住被它咬了。"说时，将那半掩的门推开，进去一看，倒也干净，但是桌椅，都是大块小块或圆或方的石头的。除此之外，大件东西，只有一张竹榻，两个厚蒲团不是石头。最奇怪的，靠壁一个大石头龛里，竟堆了几百本书。窗户前挂着一个酒葫芦，一条马鞭子，都是昨夜庙里所见的，不知如何，先到此处了。柴竞将屋子看了一遍，后靠着削壁，前面荒溪，用具不过是竹木瓦石，只觉古朴已极。那和尚将菜放在屋角上就要走。柴竞道："我既到了此地，岂可空来一趟？和尚请便，我在这里等着吧。"和尚再三劝他不去，只得把狗引了进来，拍着它的头道："豹子，这是一家人，来见老师的，你不要怠慢了客。"狗将眼睛对柴竞望望，似乎懂得，和尚于是就走了。

柴竞等了半日，不见人回来，就到门外散步散步，抬头四望，人在万山缝里。除了流水声和树叶声而外，什么响动没有。正在出神，忽然两样东西，打在头发里面，倒好像是什么暗器。柴竞一惊非小，跳将起来，连忙四处观看，却不见有一个人影。武术家的手足耳目，是一线功夫也不敢耽误的。柴竞头上中了暗器，来不及去摸头上，先去侦察敌人由哪里来的。及至不见敌人，一面仔细去寻着暗器由哪里来，一面伸手到头发里去摸索。摸索出来，出乎意料以外，不过是一个松珠，粘在头发上，还有一个，大概是滚到地下去了。心里想着：这是谁和我开玩笑，把这个东西来打我？正犹豫间，噗的一声，又是一个松珠打在头上，抬头一看，只见一棵老松树，长在石崖上，一支大干横了过来，正伸到当头。那老干上，窣窣窸窸的有些小响动发了出来，却看不出是什么东西响动。心想这却作怪，将身子一耸，站到一块大石上去张望。一看之下，不觉自己扑哧一笑，原来是一只长尾巴貂鼠，坐在老干上，将前面两个小爪子，剥松球里的松子吃。貂鼠见有人张望，唰的一声，顺着老松杆子就溜走了。柴竞看一看这茅屋后边，有一条小山路，可以爬上石壁，在石壁上长了许多山楂毛栗小丛树。因为一人在此也觉很无聊，便蹿上石壁，摘了许多毛栗，预备拿下山坡来慢慢剥着吃。

正走之间，忽然心里一动，这些小树丛，虽然长得杂乱无章，可是树丛之间，敞开一条缝来，山上的草皮，也光光的，似乎有人常在此来往的。于是放下毛栗不摘，跟着这一条可寻的路迹，缓缓走去。

这路越走越陡，就光剩石崖，一块大石迎面而起。转过石头，现出一个桌面大小的洞口。洞口上有一条小小的山泉，分左右流下来，因此石崖上长满了寸来长的青苔。那泉流得并不明显，只是在青苔里面，渗透下来，在青苔上冒出许多小小珠子。崖风由洞口上压下来，便有挟着水分的寒气，向人身上直扑。

柴竞探头望了一望洞里，黑沉沉的，远处却有一线微光。自己在洞口上徘徊了一会儿，还是进去呢，还是不进去呢？有张老师伯在这里，无论如何，是藏纳不住什么毒虫野兽的。这个洞必然有人进出，若论人，除了老师伯，哪还有第二个人可以出入？既是老师伯常常在这里进出，倒不能随便进去。因此就站在洞门口，观看山色。心想他不在茅屋中，也许在这石洞里，他一出来，我就看见了。忽然又转一个念头：他未必在洞里，他要在洞里，何以会骑了马走呢？趁未见他之先，将这洞见识见识，或者有什么发现，亦未可知。这洞近临大武术家的后面，可以料定没有危险，而且靠着自己一身本事，胆略也不小于人。因就摸着洞里的石壁，一步一步，缓缓走将进去。先是漆黑，后来有些亮光，挨着石壁周转，忽然当头显出一个向天的洞口，放进光来。洞口并不是敞开的，上面布了一大半藤萝。那长垂藤，拖到一丈开外，垂进洞里，被洞风吹着，兀自摇摆不定，看来很是有趣。

柴竞看这洞的形势，不完全是天生的，也有些人工的布置。大胆缓缓躅过这个地方，洞一折，转出一大片石堂，比走的地方约高个三四尺。石堂正面，横列着一块大红石，石头上铺着一堆茅草，却是编成了一张席子的样子。一个宽衣大袖的人，正侧了身子向里睡着。他苍白的头发，并没有打辫子，却是向顶心装束，打了一个朝天髻，分明是个老道打扮。心里忽然一惊：这不是张师伯还有谁？这里虽是洞底，在石堂的侧面，裂开一条大缝，仿佛开了一个窗子似的，亮光就由那侧面射了进来。柴竞看得清楚，他穿的是一件蓝布道袍，约莫也有六七个铜钱厚，袍上面紧紧密密的，用线来缝纫了。他和衣睡着，这道袍倒像是一条夹被将身子盖了。

柴竞肃然起敬，不敢上前，反倒退了几步，站在转角的地方。那张道人腿一伸，哈哈笑了起来，说道："对不住得很，贵客老远地来了，我都没有迎接。"柴竞抢上前一步，连忙跪下给道人行礼，说道："弟子冒昧得很，特意来给师伯请安。"

张道人用手一支，让他起来，笑道："你莫不是我朱贤弟的高足？他曾对我说，年一年二，要收一个徒弟。"柴竞道："是的，因为敝师说了师伯的道行高超，特意前来拜见。"张道人笑道："他也特多事，何必叫你老远地跑到这里来。我们自己人说话，你也当真听那些俗人说，我是个神仙不成？我和你师父，都是少林一脉相传，要出家本来就应该做和尚。一来我舍不得打过十三年天下的几根头发；二来我又爱喝杯酒，吃个飞鸡跑兔。荤不吃倒也罢了，酒是不能戒的，所以我就扮成一个老道。在山上住得久了，常常也下山去买杯酒喝，什么叫道行高超？"因指着草席笑道："哪有神仙睡这个东西呢？"

柴竞听说，也就笑了。他觉得这位师伯，慈祥和蔼更在自己师父之上。朱怀亮人是爽快，不失英雄本色；这位老师伯简直炉火纯青，不带一点拔剑张弩之气了。他是长长的一个面孔，一对长耳朵，几乎要拖到肩上，两鬓和唇下蓄着三绺五寸长短的苍白胡子，两腮上红红地发出两块小晕，这正是内功练到登峰造极的地方了。

第四回

搔痒撼丰碑突逢力丐
抚膺来旧国同吊斜阳

　　那张道人见柴竞只管打量着，便道："我这洞里，是我一个人独有的，连一个小凳都没有，我们同到茅屋里去坐吧。"说毕，他起身便走。柴竞跟他走出洞来，只见他大袖飘然，步履如飞，一会儿他就不见。柴竞赶到山下时，只见他抄着两只大袖向怀里，笑道："我是懒极，连桌椅板凳都不曾预备，只好用石头。"说着，从从容容地向下一蹲，把大袖一展开，却在地上露出一块三尺立体见方大石头。同时把右腿一蹲，右袖一展，地下露出一块石头，比以前的更大。这分明是他搬小凳儿似的搬了出来。估量那一对石头，大概也有七八百斤。拿了七八百斤的大石，夹在胁下，行所无事，这力气真也不容易形容了。

　　张道人自己坐在一块石头上，却指着另一块石头，让柴竞坐下。柴竞刚坐下，张道人笑道："天气凉，这里晒不着太阳。老弟，把凳子搬过去一点吧。"柴竞知道张道人要试试他的力量，非常惶恐。柴竞虽然有几百斤气力，看到张道人手拨千钧，如弄弹丸一般，能耐太大了，怎样敢在人家面前卖弄。因笑道："弟子如井底之蛙，怎敢班门弄斧？老师伯一看弟子这种庸俗的样子，也就不必我献丑，知道许多了。"

　　张道人笑着一弯腰，只将两手轻轻一掇，就把那块大石捧在怀里，对柴竞道："何妨搬过来，张神仙的朋友，还能怕一块小小的石头吗？"柴竞听他如此说了，不能再推诿，也就跟着把石头一捧，放到太阳光下，和张道人对面坐下了。

　　张道人将胡子一摸，微微笑着一点头，说道："你的气力和你的涵养功夫，都还不错。我在昨晚上已经看出你几分来路。我的老眼，还不算昏花啊！"说时，仰着下颏向天哈哈大笑。柴竞道："昨天晚上，那庙里曾留下半局残棋，那大概就是老师伯和老和尚下的棋了？"

28

张道人道："正是这样，我听你说话，声音洪亮，闪在屏后一看，见你气宇轩昂，筋肉紧张，我断定你就是一个学武术的人。学武术的人，独自一个跑到这种深山大谷里来做什么呢？因此我又猜你是来找我的。我在山上住了这多年了，也不曾见过一个山下来的朋友。当然我不能见你。不过我看你和老和尚说了半夜的话，你不曾乱问一句，我知道你很可取。不过要我出来见你，那也很冒昧。设若你不是要见我的呢？这一出来，岂不成了笑话？所以我在半夜的时候，就回了这茅屋，看你来不来？直等你一直找进石洞，我知道你是诚意了。"

柴竞一想：然则挑菜的和尚，正是引我来的。老师伯睡在洞里，也是试试我诚心不诚心了。老师伯有这一番深意，莫非想把武术传给我，这真意想不到的奇缘。于是就跪在张道人面前道："老师伯既然知道弟子是诚心来拜见的，就请老师伯指点指点，收为自己的弟子。"张道人道："那大可不必，有我朱贤弟那种师父，就够你学他一生，你又何必来拜我为师？不是我不奉承你，未必能跟得上你师父，哪里又用得着来学我？况且我所知道的，你师父也知道，你多多地跟着你师父用功就是了。"

柴竞道："师伯说的自是正理，弟子也不敢多求，只要师伯的随身绝艺，指点一二样，也不枉弟子和老师伯这一番相遇。"张道人理着胡子想了一想，点头道："这倒也在情理之中，你且在这茅屋里盘旋十天半月，然后再说。"柴竞见他给了一个进身的机会，心里很是爽快，马上站起身来，给张道人作了三个长揖。

自这日起，张道人就留着他在茅屋里，随便谈些古今大事，游览山水。柴竞就帮着道人烹茶煮饭。道人的那匹马，也是一只灵兽，道人若不叫它在家等着，它就朝出暮归。有时道人也骑着它出去，倒是奇怪，从来不曾备过什么鞍镫。

有一天张道人一人出去，到晚上骑马回来，一跳下马就对柴竞道："老弟，这是想不到的事，我要到南京去一趟。你若是愿意去，我们可同去玩玩。但是我到那里去，是最伤心的事，我实在不愿去呢！"柴竞听说，倒惊讶起来，问道："师伯从来没有到繁华地方去，为什么陡然变了意思，要上南京？"张道人道："我也是偶然想起一件事，你若是愿意同我去，到了那里，自然知道。我现在暂且不说，留着你去猜哑谜。"

柴竞见他这样说，倒也引为有趣，姑且不去追问，只跟着张道人的意思转。过了一天，张道人将细软东西，捆了一个包袱，交给柴竞背着，自己只在背上倒挂着一个葫芦。屋子里所有的东西，就都收拾了，一齐送到山下留云寺里去。马放在山上，让它自己去自游自食，狗也送到山下寺里去喂养。于是二人饱餐一顿，大步下山。柴竞原来在山脚下庙里存的包裹，也取了来，一处背着。二人因为是游玩性质，所以每日也不过走三四十里路，逢着相当的乡镇，就投宿了。

　　走了几天，到了宣城县。师徒两人，就在城外一家饭店里住了。休息了一晌，张道人就对柴竞说道："这城外都是重重叠叠的敬亭山，非常清秀，趁着斜阳未下，我们可以走出街外去看看，这个地方我有几十年没到，心里倒常挂念着。今天到了，我心里仿佛添了一种心事，只是不大安宁，我们散散步吧。"一面说着话，一面向街外走去。只见一座高峰，迎面而起，一条叠级的山路，蜿蜒插入山里。在这登山的地方，路边有一座八角凉亭。张道人走上亭子，反背着两手，在亭子里绕了几个圈圈，身子向下一蹲，坐在石阶上。微微一昂头，先摸了一摸胡子，接上将右手在右腿上轻轻拍了一下，叹了一口气。柴竞跟随这老头子也有半个月以上了，觉得他涵养极深，道气盎然，绝不受外物感动的。现在见他满腔幽怨，长吁短叹，显出一种踌躇不安的样子，像他这种遨游物外的人，何至于如此，也看得十分奇怪。

　　张道人看出他的情景来了，因道："老弟，你哪里知道我心里的事情，三十年前，有一天上午，我曾带了五千军马，耀武扬威地由这里进城。那个时候城外的居民，摆着香案，放了爆竹，迎接我们。我虽不是什么出人头顶的大将，但是穿了武装，挂着腰刀，骑在一匹高大的马上，真觉得男儿有志，应该这样。那个时候，这一所亭子，是这个样子，到了现在，也是这个样子。那个时候，仿佛记得这亭子外面，有几棵细矮的野树，你看这东边两棵杨柳，又高又大，树兜子用两个人都合抱不过来，由这个亭子上面，我就想到我那班曾经沧桑的朋友，应该要怎样牢骚了。"

　　柴竞道："老师伯那也不算什么，我们办的事虽没有成功，但是清朝……"张道人听他说到这里，就不住地摇头，以目示意。

　　柴竞站在亭子上，本靠住一块石碑，说话的时间，忘其所以，倒不留心什么。这个时候，就觉靠住的石碑微微有些摇动，心里大疑：这种坚厚重大的东西，怎样会摇动起来？一转身到碑后一看，只见一个长连鬓胡子的叫花子，背靠了石碑，坐在地下。他的头直垂到胸前，正睡得熟。停一会儿，背在碑上微微展动，去擦身上的痒。柴竞心知有异，便悄悄地站着，看他可说些什么。那叫花子擦了一擦背，慢慢地又睡着，一颗头却转偏到右肩上，口里的残涎，鼻子里的鼻涕水，泉似的，涓涓不息，流将出来。看他的脸上，又黄又黑，一种尘土脏迹，一直涂平额角。身上穿着一套由蓝转黑的破衣服，左一块补丁，右一个破洞，破得最大的地方，却用一根稻草秆，将衣服纠处，结上一个小疙瘩。两只脚上穿的白布长筒袜子，变成黑色的了，两只袜子之外，一只是布鞋，一只又是草鞋。身边放着一根竹棍，一个瓦盆，几头瘦小的苍蝇，由他身上飞到瓦盆里，由瓦盆里又飞到他身上，找不着油水，兀自忙着。柴竞见他是个极无赖的花子，就不再去理他。刚一转身，只见那一方碑，又微微地有些颤动。柴竞这看明白了，分明是这叫花子弄的把戏。便不作声，对着张道人使个眼色，转到碑后去，又对着这碑，连指了几下。张道人掀髯微笑，只摆了一摆头，且不作声。就在这时，听见那个叫花子，打了一个呵欠声。张道人道："我们回店去吧，口渴得很，我想吃一点茶呢。"柴竞领会他的意思，于是就跟着张道人一路回店。走着路，心里可就慢慢想着，心想那叫花子睡在石碑那边，分明听到了老师伯说话，故意摇撼着石碑，要试试我们。我们就这样走了，岂不是示弱于人？料他那一种浅近的功夫，万非我师伯的对手，为什么要躲开他？而且师伯是个道人装束，为什么他倒要和世外人寻衅？他心里正这样想着，不觉离开了凉亭有一箭之远。

柴竞正向前走，忽然见身旁伸出一只污秽的手来，接上说道："远路客人，请你打发一点。"回身一看，原来那个叫花子不知是什么时候，由哪一条路走到了前面来了。柴竞知道他是有所为而来的，见他一伸手，早就向后一退。他既然是要打发的，当然是给他几个铜钱就是了，不过他说话是别有用意，不知怎样打发为是。因道："你若是要饭吃，可以到我们住的饭店里去等着，我们身上没有带什么东西。"叫花子笑道："你带着一身的本领，还算没有带东西吗？"

张道人早就看到这个叫花子是来意不善，将身子一矬，矬到路的一边，便道："你这位大哥，不要错疑心了，我们是到南京去的过路客人，你不见我是这种打扮？"说着，将两只衫袖一抖。叫花子道："我知道你是一个修道的人。因为你是修道的人，我才要你的伙伴打发打发。"

张道人笑道："大丈夫不做暗事，有话就请说。你这位大哥，究竟有什么事，要请我们打发？"叫花子笑道："难道你还不明白吗？"

张道人正色道："我们修道的人，不愿意说谎话，实在不明白。"叫花子道："你一定要说不明白，我就告诉你吧。就是这十里庄余财主家里，要请一位教师，我的师弟，已经都快要约好了。但是他们中途变卦，把事情冷下来，据我听说，他们要改请你们武当派的人。这两天之内，就要来了。我昨天就遇见你们，觉得可疑，而今越看越像，不是你二人来受聘，还有哪一个？"

柴竞忍不住了，就插嘴说道："你这位大哥，全猜得不对，我们师徒二人，是黄山上下来，到南京去的。我们并不懂什么武艺，也没有什么财主来请我们。再说我这位老师伯，并不是武当派。"那叫花子笑道："你说话自己都有漏洞了，你说不懂武艺，何以你们师徒相称？你说你们不是武当派，何以他这一身道家打扮？"

张道人听说，不由哈哈大笑，说道："我看你大哥，也是一位过于老实的人。是的，现在天下武艺宗派，分两大家：一是达摩祖师传下来的，那是少林派；一是张三丰祖师传下来的，那是武当派。但是这两位祖师，虽然一僧一道，不见得传下来的弟子，少林派一定是和尚，武当派一定是道人。就如你大哥，听你的口音，好像是少林派，何以你大哥就不是僧家打扮呢？再说少林武当两派，不过是所练习的功夫不同，并不是意气上有什么不合，何至于见了面，就会认作仇敌？"叫花子道："我不是来找你讲理的，我要找你讲理，应该上茶馆了。"

他们说话的地方，是一条高低不平的石路。那叫花子见他师徒二人靠住路的左边，只一跳，跳到路的中间，抢了上风。柴竞一看这种形势，分明是他要动手，比较武艺，若不是平原坦地，上风是最要紧的，这未免让叫花子先占了一着便宜。但是张道人绝不理会，对柴竞道："你且退开，让我来和他讲理。"那叫花子笑道："就是你两个人，我也不怕！"他丢了饭篮和打狗棍，说到"你两个人"这一句话，伸出右手中食两个指头，直抵张道人的面部。这种办法，乃是叫花子偷巧的意思。张道人若是不曾提防，高一点，他可以取人的眼珠；低一点，可以点人家的人中穴。张道人外面虽表示到丝毫不在乎，但是叫花子一伸手来比，早就料到了他出手。只将他道袍的大袖衫凭空微微一摆，那叫花子两个指头，就如遇了刀割一般，将手向后一缩。正要找个机会，还他第二招，张道人就伸出左手的巴掌，对叫花子连摇了两摇。笑道："大哥，不要生气，我们有什么话，还是好说吧。"

叫花子身上，连打了两个寒噤。他起初不知张道人有何大本领，这一交手之下，才觉得这道人是功夫到了家的人。只向后倒跳一步，就跑走了。柴竞笑道："这个叫花子，大概也是今天初次栽筋斗，以后他应该小心不能见人就要打了。"

张道人正色道："老弟，你不要小看了他，他的本事，高出你几倍以上。不过他正在壮年，没有什么涵养罢了。我并不曾怎样害他，只伤了他两个指头，只要他好好地休养，有一两个月，也就可以恢复原状了。他已知道我的厉害，大概不会来找我，就怕他将来遇着老弟，有些放你不过去，你倒要留心一点呢。"柴竞以为老师伯小心过分，也就听了一笑。

师徒二人回到了店房，就让伙计洗米做饭。柴竞提了张道人那个大葫芦，到大街上去沽酒。刚一出店门，一个小伙子挑了一担行李，直冲进来。扑通一声，将葫芦撞了一下响，好在他是将那个葫芦上的绳子，虚提着的，一撞只把葫芦一翻身，并没有损坏，柴竞低头一看，葫芦还不曾碰坏，也不和他说什么，依旧提了葫芦要走。只见那挑行李后面，转出一个人来，口中再三说对不住，连连作揖。柴竞看那人时，穿着一件蓝布夹袍，胁下夹了一把纸伞，下面虽然穿了袜子鞋，那布鞋外面，却另有一双草鞋。裤子脚上，溅满了黄泥斑点，差不多齐平了膝盖。看那年纪，不过二十附近，虽然满脸风尘，倒还不失书生本色。因道："不曾碰坏，没有什么要紧。"那人见柴竞并不生气，又接上作了一个揖。柴竞点了头，提着葫芦，自出去打酒去了。

打了酒回来之后，只见那个少年正住在自己隔壁的屋子里。他一见柴竞，又点了一点头。柴竞见人家这样客气，不能漠然视之，就笑着对他说道："客人向哪里去的？"那少年道："到南京去。"柴竞道："那巧极了，我们也是到南京去的，可以同走了。"那少年道："啊，你这位先生，也是到南京去的，有伴了。"柴竞原是站在房门口，因为张道人正背着手由屋里走到窗口，观看天色，顺眼看见那少年的样子，将胡子摸了一把，头似乎点了一点。柴竞为他的意思，或者是叫守缄默，因此不曾多说，提着葫芦走进房去。张道人问他道："你何以认识这个小伙子？"柴竞就把经过的事对他说了。

张道人道："你不要看他满面春风，为人很和气，我看他的眉毛头皱得很紧。进门以后，抄着两只手只在屋子里踱来踱去。据我看，恐怕他另外有什么心事？"柴竞道："我倒是没有留心，不过我看他很是文弱，不像一个惯走风尘的人。"张道人道："只怕他还是有一件很重要的事，等着赶

33

到南京去办。"柴竞道："果然如此，我们倒多少要和他帮一点忙。"张道人笑道："你不要多事吧，刚才我们在凉亭上只说了两句闲话，还惹了许多麻烦。真是要处处打抱不平，恐怕不是我们一老一少，所能办得了的事。"说这话时，两只手捧了一个大葫芦，正向一只青花粗饭碗里倒酒。酒倒得满满的，放下葫芦，端起饭碗，咕嘟咕嘟，就喝了几口。另外拿了一只豌，倒上大半碗酒，放到柴竞面前，说道："你喝这半碗吧。"柴竞因为他这样劝酒，似乎含了拦阻的意思，也就不向下再说。

　　天色晚了，师徒二人，吃过晚饭，要了水洗脚，各自安睡。因为并不赶路，睡到太阳起东方很高，方才起床。柴竞走出房门看时，见隔壁那间屋子，门是掩着，偏头一看，屋里并没有人。问饭店里伙计时，他说起个五更已经走了。柴竞本想和他们一路走，问问他上南京的意思，现在他先走了，心里倒好像有一件什么事，不曾放下。

　　一会儿张道人也醒过来了。柴竞道："师伯，我看那人，一定有什么要紧的事。走长路的人，这样赶五更走是太吃力，容易受累的。"张道人笑道："一个萍水相逢的客人，为什么你总是放在心里？"柴竞笑道："我也不知道是什么缘故，大概就是为着他对我客气了几句话，我心里受了感动吧？"张道人笑道："多事是要添烦恼的，何必呢？"他接上一阵大笑，把这事支吾过去。用过了早饭，二人又背了包裹上道。

　　走过了两天的路程，已经遥遥望到南京的城墙。张道人就在一棵绿杨树下，找一片草地蹲着身体坐下，眼望着城墙里面几点青山，拍了膝盖，微叹几口气。柴竞心里明白：这是太平天国建都的所在，张道人国破家亡之后，宛比化鹤归来，遇到这种旧国旧都，焉有不伤心之理？站在张道人一边，也就搔耳挠腮，不知怎么说好。张道人道："今天我们不必进城了，就在城外找个客店暂住。你看，天色不早了。"

　　他说话时，指着半空，一阵一阵的乌鸦，正背了西下的夕照，向东边飞去。柴竞道："果然是快要天晚了。这夕阳西下的时候，本来是要让伤心人不快乐的。加上这金陵的夕阳，有六朝金粉兴亡之感，对着这一片钟山，半弯古郭，又是暮秋天气，也难怪老师伯有些感慨了。"道人听了这话，不但不伤感，反而含着微笑，说道："我以先只知道你是个读书人，据刚才你说的话看起来，你很有点诗书之气了。老弟，你以为我是对了这风景生出感慨，那却不是。因为当年曾军打进雨花台的时候，我由这条路逃往江南的，我今天在三十年之后，还由这条路回来。你应该猜到，我的心里，是怎样的不痛快了。"柴竞道："我最爱听太平天国的事，老师伯今天亲到了故都，何不告诉我一点？"张道人点了一点头道："那自然可以，不过那大路上不是说话的地方，等到了可以告诉你的地方，我再说吧。"

师徒二人，赶上一程，已经赶到水西门外，就找客店要投宿。无如客店里，客人都已住满，找了几家，都找不到相当的好房间。后来投到河边一家小店里，临着河有一个小屋，开了四五尺宽的吊窗，倒很宽敞。

张道人看了一看屋子，说道："就是吹一点河风，怕晚上凉一点，干净倒干净。"伙计过来说道："这是刚才一位老爷搬进城去，腾出来不多久的。你这位道爷，再来迟一步就要让别人占去了。"柴竞道："这南京怎么如此热闹？"伙计道："不是一年到头这样，这是另有缘故的。"张道人道："是啊，南京这地方，我也来过，从不见来的人有这样拥挤。"说这话时，极力望着伙计的脸。

伙计道："你有所不知，我们这里冯总督老太爷做八十岁大生日，三江两浙的人，都到南京来拜寿，所以城里城外，客人都住满了。"张道人微笑道："那就是了，我们倒来得好，赶上了一场大热闹。我问你，是哪一天的生日？"伙计昂了头，掐着指头算了一算，笑道："还有三天，你出家的人，问这种事做什么？"张道人道："我也想看看寿戏哩！"伙计还要说话时，前面另有客人叫唤，他自去了。

第五回

慷慨话当年重游旧路
凄凉吊夜月愁听寒涛

张道人靠着吊窗，对水出了一会儿神，然后对柴竞问道："你曾说对，我们带的盘缠快完了，不知道现在还有多少钱？"柴竞道："只有二两银子了。"张道人笑道："不要紧，明日我自到城里去借钱。"

说到这里，伙计送了铺盖茶水进来。张道人道："这附近有大茶馆没有？"伙计道："水西门一带，你要多少家？我们这斜对过就有一家大茶馆。"张道人点了一点头，休息一会儿，吩咐柴竞在饭店等候，他要喝茶去。柴竞一想：向来只听说老师伯好酒，没有听说老师伯好茶。为什么饭都不吃，就要去上茶馆？他老人家的言语行动，向来是不可测的，且自由他。他约莫去了两个时辰，只见他满面酒色，笑嘻嘻地回来，大袖一抖，在袖里抖出六七串小铜钱，笑道："小伙子，跟我走路，不会饿死的。无论走到什么地方，也可找到朋友借钱。"柴竞一听他这话，就明白了他的意思，他是向来不肯这样失言的，大概今天实在是吃醉了。当时张道人倒在床上睡下，两腿一伸，架在一张短凳上，就鼾声大作。柴竞捡起钱来，给他放在桌案上。

这时已晚，桌上点的一支烛，已经去了大半截，柴竞觉得很无聊，便把包袱里带着的一副牙牌取了出来，在桌上起牙牌数。刚刚起了两牌，就听见伙计喊道："就在这屋子里。"就有一个人轻轻一推门，伸进半截身子来，笑道："果然是这里，他老人家睡了。"一面说着，一面便走进来。柴竞看时，见穿一件蓝布夹袍，拦腰束了一根黑板带，衣服大襟由第二个纽扣起，胁下的纽扣，都未曾扣住，倒翻着有一小边在外。一张国字脸，加了许多酒糟疤子。柴竞便起身问道："你大哥找错了人吧？"他笑道："特为来的，哪有找错之理。"说话时，伸手到胸襟里去一掏，掏出一个小纸包来，便放在桌上，笑道："这里是十两银子，请你收下。"接着对床上一指道："设若他老人家醒了，就请你对他说一声，马耀庭亲自过来磕头问安，因为他老人家安息了，不敢惊动。这一点小意思，就请他老人家收下，明天上午兄弟再过来请安。"说毕，对柴竞拱了一拱手，径自去了。

柴竞看这人的情形，也不过引车卖浆者流，并不是手头宽松的人，何以一动手，就送人十两银子？而且向来没听到张道人说，有个什么姓马的熟人，何以他对于我师伯又是这样的恭维？这事不能不认为有些古怪。他心里这样想着，且把银子收起来，当晚也不去问张道人，另在一张铺上，展开棉被睡觉。

到了次日起来，张道人已先醒了，他笑问道："昨日不是有个姓马的来拜会我吗？"柴竞道："他还带了十两银子来，说是今朝前来请安。"张道人皱眉道："我一个修道的人，哪里能像他们那样讲一套俗礼？"柴竞道："他对老师伯很是恭敬，大概也是在弟子之列的人？"张道人微笑，然后说道："你惯走江湖的人，难道这一点都不知道？"柴竞也是一笑。

原来他看马耀庭那种情形，就料个十之八九，他是南北帮上的人。因为那个时候，吃粮当兵的，和在外面做小本营生的人，十有五六，都在帮上。在帮的人叫作在圈儿里，大家以义气为重，有祸同当，有福同享，最大的一件事，就是兴汉。他们这班人，就称作弟兄们，见了面，无论识与不识，只要行动上有些表示，两下就可以说起行话来。行话有个手抄的本子，这个叫作《水源》，两下说的话，和《水源》上的话相同，就可以认作弟兄，吃茶吃酒，谁有钱，谁会账，一点也不用客气。不但如此，就是路过的客人，短少川资，一说起情形来，他们就会送钱来。不过他们原来的祖师，是明朝的逸老，传下来的话，是要帮里人暗中结党，对着农工商三界，极力地去宣传，久而久之，就组织了一个南海会。这南海会，把社会上做秘密工作的人，几乎一网打尽，所以他们虽没有在政治上占着势力，在社会上的潜势力很大，和地方治安有极大的关系。这事闹得清朝知道了，认为是造反的举动，捉到了会里的人，格杀勿论。一来他们会里，识字的太少；二来他们守着老法，只是于通财两字上，用了点工夫，没有健全的组织。清廷一格杀勿论起来，他们就变了口号。清廷也看透了他们不能在政治上占势力，只要会里人不做案子，也就不去追究，这么一来，南海会也就越见得势力薄弱。柴竞本来也认识会里的人，也有人劝他入会，不过自己觉得入这会，没有多大的益处，所以不肯去。现在看到张道人的行动，分明也是圈儿里的老前辈。不过他在太平天国，做过很大的武官，何至于加入南海会，所以又很疑心。现在张道人自己也露出口风来，当然猜得不错。但是他何以如此呢？所以张道人一笑，自己也报之一笑，不置可否。张道人笑道："我说句行话，老弟，看你这样子，是个空头吧？"柴竞知道空头就是指着不是圈儿里的人。因道："柴竞实在是空头，老师伯……"说到此处，望了张道人的脸，不敢向下说。

道人看见柴竞疑惑的样子，知道他心里的一番打算，因笑道："你的意思必以为我这种人怎样入了江湖？其实我年轻的时候，早就知道了，什么未入江湖想江湖，入了江湖怕江湖。我的意思以为南北帮有这些人，什么惊天动地的事不能办？可惜他们把大事丢开，专干这些小信小义，一点也不中用。所以我抱着古人不入虎穴，焉得虎子的办法，也入了他们的圈儿里。那个时候，我的位子已经不小，所以拜老头子，也是最高一个字辈。在营里头，和弟兄们多了这一层情分，打起仗来，就好得多。我以为我跳进这里面，也不枉了。哪里知道湘军里面，差不多全是南帮人，他们彼此的情分重，反把天国的兵勾引过去了。他们只知道老头子传下来的话怎样，就怎样去办。我就为这一层，也觉得汉人实在不行了。这个南北帮，只好算是走江湖的人一行，没有什么指望，所以我死心塌地上山了。我既然上山，现在又为什么和他们往来呢？这倒有一层缘故。因为我有一个晚辈，为了一件私事，就在这种日子前后，要到南京来一趟。他向来和一班江湖有来往的，因此我又把旧招牌挂出来，和同行谈谈交情。只要我那个晚辈到南京来了，我就可以找着他了。不料我在弟兄们里一问，都没有知道他的行踪，我想他或者另有原因，不能来了。"说到这里，将头接上又摇了一摇，说道，"不能，这种大事他不来，还有什么时候他来呢？"

柴竞道："据老师伯这样说，这个人一定也是本领了不得的人了，不然老师伯不会这样留心。但不知道他到南京来，为了一件什么大事？"张道人微笑道："告诉你原也不要紧，但是等他做出来了，我再告诉你，那才觉得有味。现在我还不告诉你吧。"柴竞道："这个人有多大年纪？是怎样一副相貌？"张道人道："你问我吗？我也不知道呢。我要和他见过面，我就不必这样费力，到处来找他了。"柴竞道："既然如此，老师伯何以知道他有一件大事？何以又知道他又一定要来？"

张道人正盘了腿坐在床上，就闭了眼睛，昏昏欲睡。正好饭店伙计送了茶水进来，柴竞怕让旁人听了老大不便，也不向下问去。用过茶水，吃了早饭，张道人对柴竞道："南京是历代建都之地，不少名胜，我们坐在饭店里也是无聊，出去游游名胜，你看好不好？"柴竞道："好极了，我们先到明陵去看看。"张道人道："明陵太远，过天再去吧。我带你先到清凉山去看看。"柴竞道："清凉山不是一所庙宇吗？"张道人道："你不必问，随我去就是了。你若去了，我包你一定心满意足，你自己一定会相信比游明陵更好。不过你要和我去才行，和别人去，那又不过游一座小小的荒山罢了。"柴竞听张道人的口音，话里有话，心想就随着他去走走，莫非这荒山上还有外人不知道的古迹，于是带了些银子，又揣着几串钱和张道人一路出店门来。

这清凉山离水西门正不甚远，二人说着话缓缓走来，只见一片瓜田菜地，全是绿色。菜地中间，有一条鹅卵石砌成的小路，石路两边，草长得有一尺多深，就是路上的石头缝里，也长出一丛一丛的细草。柴竞道："这一样路很是幽静，大概平常不大有人走。"张道人道："唯其如此，才不负这清凉之名呢。"二人走过一片菜地，就是一带乱山冈子，挡了去路。山上并没有几多树木，无远无近，都是那两三尺深的长草。那草纷披散乱，西风一吹，在山头上起着几层高高低低草浪，煞是好看。在这山下，有一条小径，直穿入一丛清疏的树林里。

张道人站在这里，四围张望，将手一指山下，叹了一口气道："风景不殊，举目有河山之异。那山田里有一个小水池，就是我最痛心的地方了。当年湘军攻破南京城的时候，我已经在忠王李秀成部下，依着城里一班军官，早就要突围而出。忠王以为江北的捻子，已经快来了，只要他们能杀到庐州合肥，南京之围自解。然后收束大队到江西去，退可以回福建两广，进可以收复安庆芜湖。不料捻子的军队，老是不能来。曾国荃挖了几里长地道，在太平门轰去了城墙二十多丈。我和忠王带有一千多人，就向旱西门跑，打算冲出城去在皖南收集残部。不料湘军曾国荃的部下，正由旱西门杀进来，大家呐一声喊，就四散分逃了。我和忠王十几个人，逃到这附近的地方，就躲到一个种菜园的人家去。忠王说，太平天国的将领，只图富贵，自相残杀，早就该亡了。只有我还要争这一口气，所以把南京留到目前。现在我还不死，诸位也不要死。各人去逃命，逃得命出来，我们回福建两广再来，兄弟们记住。忠王说到这里，我们又气又恨，又是害怕。幸喜我还懂得一点水性，就跳下一个塘里去，折了一片大荷叶，盖住了脸，我就躲在水里有一昼一夜。在半夜的时候，我爬出塘来，只见天王府火光照得天上通红，一片喊杀之声，所有进城的湘军，都去打天王府去了，我就连夜逃走。真是命不该绝，在一所破庙里，捡到两把很大的旧伞。我拿了两把伞，逃上城墙，将两把伞打开，一只手撑着一把，就由城上向下一跳，靠着这两把伞的帮助，我没有死。我的痴心，以为忠王智勇双全，又得民心，必可设法逃出，靠他那一种能文能武的本领，无论到了什么地方，也可以白手成家。嘻！"说到这里，将双脚一顿，说道："不料曾国荃的部下萧浮泗，在清凉山一带，挨家搜索，到底让他寻去了。太平天国的军队，到了南京以后，那些封王的人，争权夺利，一天到晚，只贪图酒色。东王杨秀清，和天王洪秀全是患难弟兄，也弄得成了仇敌，实在是英雄难得。忠王一死，我灰心极了，所以我逃到黄山上去修道。其实我并不贪什么长生不老，只因我从前不服鞑子，养了头发。因为败了，又去剃头，不是大丈夫所为，所以我决计出家，不做那半截汉子。"因指着山下，哪里是自己逃命的地方，哪里是忠王话别的地方，哪里是自己跳水的地方。那个小水池，虽然小了许多，还不曾填塞，还可以认得出来。张道人认得逃命之所，不由得走下坡去，绕着岸，走了几匝。

柴竞虽然是事外之人，见张道人这样现身说法，也就听得呆了。张道人道："我今天引你到这儿来，不光是让你看看我逃难的地方，我还有一所故人的坟墓，可以带你去看看。"说毕，背了两只大袖，又由菜地踱到山下，走上山头，在乱草丛里，来回寻了几转，东张西望，只是现出失望的样子。忽然见一片敞地上，短草上烧焦黑了一块草，脚下还沾着一些纸钱灰。张道人道："啊，这个地方，好像已经有人先来过了，这事很奇怪了。"

柴竞笑道："老师伯你今天这闷葫芦，让我猜够了，这究竟是一件什么怪事？我很愿意知道。"张道人四围一望，然后低声说道："你知道马新贻这件案子吗？"柴竞道："我知道，那位行刺的张文祥，实在是一位英雄。"张道人指着那一团焦草道："这个所在，就是祭张文祥的了。当日马新贻被刺后，张文祥让官兵拿住了，是凌迟处死的。死后的尸体，东一块，西一块，也不知弄到哪里去了。他有一个徒弟，在半夜里偷上法场，想去偷人头来埋葬。无奈人头已不见了，只收了些剩下的骨肉，用衣服包了，埋在这清凉山上。这件事情，非常秘密，除了我们几个自己人而外，绝对没有别人知道。他这徒弟，今年还不过是中年人，常是想和他师父报仇。但是仇人是谁呢？若说是清朝，我们没奈何他；若说是马家，马新贻已经死了；若说是曾国藩，不错，当年是曾国藩奏的。可是曾国藩也死去多年了，难为他的后代不成？所以我对于这事，总愿意设法拦阻他。这次南京大做寿，我听到他的徒弟也要来。他来是为两件事：一来是找仇人；二来要分些寿礼。我在黄山脚下，遇到一个朋友，知会了我这个消息。我想这个人本领是了不得，倒要会他一会。因为张文祥是我最佩服的人。他的徒弟，也应该不错。至于他究竟来不来，我也不能断定。所以我一到南京，就到处打听他。现在这里有一丛纸钱灰，除了他来祭奠他的师父，哪有第二个呢？"

柴竞道："老师伯可知道这人的名姓？"张道人道："我只知道他姓罗，其余一概不清楚。但是他果然到南京来了，只要一会朋友，我就会打听出他的下落。却是奇怪，他到了这里，并没有拜朋友。我心里想，他或者没有来，现在看这堆纸灰，他又确是来了。他行踪这样诡秘，也许他要做一番怪事，我们慢慢来寻他吧。"

柴竞正是个好事的人，听了这种话，加倍地高兴，说道："老师伯，只要你告诉我，我就有法子找他了。他果然要做些事，晚上他总会出来，我想只在总督衙门前后等他，总可以碰到他。"张道人笑道："那个办法太笨了，而且也太险。我听说仪凤门外靠江边一带，新近开了许多码头，大小轮船，都在那里上下，也是一片繁华市面。我们何不去看看，也许他就在那里下了客店。"柴竞自然赞同，于是两人就向仪凤门下关而来。

到了下关，二人找了一所临江开窗的茶楼，对江品茗。看浦口那边两座山峰，上面的点将台，正和这边狮子山对峙，山下一片芦苇（此时尚无浦口），青青郁郁有几十里。芦苇里面，隐隐约约有些港汊露出。张道人指道："老弟，你看，那里岂不是水军很好的隐藏之地。你看，有这种天险，保守不住，岂不可惜？"说时，又用手对长江遥遥一指：那长江一片白色，两头接连着天的圆周，远远地两三处布帆，在水里漂荡，正像竖插着一片羽一般。一轮红日，直向长江上游落将下去，正有澡盆那大，照成半江红色，水里有万道金光闪动。两人看着长江景致，不觉到了天黑，那一轮八方圆的月亮，却又从长江下流头，慢慢向上移动。张道人道："那江边的月色，多年不曾领略，我们今晚索性不要回去，在这江边踏一踏月色，你看如何？"柴竞道："好极了，我正有这个意思，不料让老师伯先说了。"于是二人又在茶楼上用了一些点心，直待天色晚了，月亮在大地上现出了一片银灰色。于是会了茶账，一同下楼，向江边慢慢踱来。

二人溯江而上，越走越远，这岸上正也是一片芦苇之地，秋色已深，

41

都变了黄赭之色。江风吹来，发出一种沙沙之声，芦苇远处，排着一带古城。古城里一个黑隐隐的山影，那正是狮子山，真个是一幅绝好江城夜月图。回头再看这边，一轮新月，带领着一班稀松的星儿，高临天上，那天上的鱼白色，正和浩荡无边的长江，浑成一块，不过江里翻着一堆堆的浪花，破了浑茫的界限。这时已起了北风，浪风吹着，扑突一声，拍在那芦丛深深的岸上面，一浪响着歇了，一浪又起。在这寂寞荒岸上，只听了一片扑突扑突之声。张道人昂头对月亮望着，叹了一口气道："老弟，你可念过一首唐诗：山围故国周遭在，潮打空城寂寞回。淮水东边旧时月，夜深还过女墙来。这种诗，不是替我作了吗？"

柴竞道："老师伯的感慨太多，这种地方，以后少来吧。"张道人还未说话，忽然有人说了一句"好诗"。张道人和柴竞回头一看，那声音在芦苇深处，江岸上，跟着声音走去，原来在岸边横搭了一块跳板，板上盖了一间小茅屋。这屋敞着半边，兀自漏着星光。在星光之下，看见有一个人在屋子里扳罾打鱼。

这人见他两人走上前来，便丢下罾，迎上前来问道："你这二位，是走错了路，还是赏月的呀？原来还有一位道友。"张道人这才见他是个半老的渔翁，因他说话不俗，便答道："我不是走错了路，我们是踏月色的。"渔翁低了声音道："不是我多事，我看二位很高雅，忍不住说一声。前面的路走不得，你二位回去吧。"柴竞道："我看沿着这江岸，正是一条很平坦的路，为什么走不得？"

渔翁道："我天天在这里打鱼，这条路上走得走不得，我自然知道。我劝二位回去，自然是一番好意。"柴竞道："莫非前面有水荡？"渔翁道："倒不为此。"柴竞道："这是江边，离着码头不远，总也不至于出野兽，或者有什么歹人。"渔翁道："你那位大哥，真是少走江湖，说话太不留神。"张道人听他话中有话，倒不怪他，拱拱手道："我这位伙计，是个老实人，他实在不明白你老翁的话。既然是走不得，我们这就回去。多谢多谢！"于是扯了一扯柴竞的衣服，转身便走。走了不几步，只听那渔翁自言自语地说道："真是两个空子，我救了他两条性命，他自己一点也不知道。"柴竞和张道人又走了几步，停住脚轻声说道："老师伯，你听见吗？据他这样子说，他是一个圈儿里的，他说救了我们两条性命，莫非这前面有人干不妥当的事？他不说，我倒不在意，他一说破，我们非去看看不可。"张道人道："却是奇怪，在这种地方，离码头也不过两里路，哪里能容什么歹人？有我们两人，差不多的角色，也应付得过去。我们不妨去看看。"于是二人不走正路，直向芦丛中走了去。

这个日子，已是深秋，芦洲上并不潮湿，他们望着天上的星光，绕过渔翁扳罾的地方，继续着向前走，约莫走了有一里路的样子，隐隐听见有人说话的声音。张道人在芦苇丛里伸出头来周围一望。见靠北一带，芦苇深处，挖出一块坦地。在坦地中间，有一群人影，二人未免大惊失色起来。

第六回

踪迹不明梦中惊解纽
姓名无异身外托传书

　　张道人究竟是个老手，一看之下，恍然大悟，连忙伸手，将柴竞拦住，说道："快快快快蹲下！"柴竞见他如此张皇，果然蹲下。张道人移上前一步，对着柴竞耳边说道："怪不得打鱼的说，救了我们两条命，看这样子一定是帮上的人，今晚在这里开山门，不定是议论什么大事。他们在各路上，都有巡风的，若是撞上了，他一定不让我们过去。不过去倒不要紧，就怕不撞见巡风的，一直闯到他们一起去。他以为我们是来捉拿他的，决计不肯相饶。那时他们人多，我们未必能占便宜。"

　　柴竞知道开山门是帮上最重大的一桩仪典，不是办人，就是商议大事，走到这里来，实在无异走入魔窟。不过这件事，又是难逢难遇的，好容易碰到了，若不看看，又未免可惜。便对张道人道："我们不要走，躲在这里看看。"张道人虽然知道开山门是这么一件事，但是在这南京城里，大做生日的时候，他们忽然有这样多的人，在这里聚会，料到他们这件事，可以留心看看。于是鼻子里哼了一声，就算答应了柴竞的话。两人伏在地下，慢慢地向前爬了去，一直爬到那些人轻轻说话的声音，都可以听见了，暂止住不动。

　　柴竞由芦苇丛里向外张望，只见这前面空地，有一亩地大小，好像是故意在芦苇中挖出来的一块地。那些人，十之七八，都是短装，齐排排的，分着两边站立。正中有一个人，似乎坐在一个什么草堆上，紧紧地挨着他，站了四五个人，这是一围。其余的人，便是离开他们一点。然后站班似的，排了下去。在星光底下，明晃晃的，看见有几个人手上拿住了刀。人虽有一二百，可是只有一个人从从容容地操了南京土语说话。那个人若是停了话不说，就肃静无声，连咳嗽也不听见一下。这时，听见那人说道："这位梁家兄弟，我们不能不说他是一条好汉，他因为事情重大，没有来拜码头，不能说是他坏了规矩。众位弟兄，以为如何?"说过去，也没有人敢作声。他接上说道:"冯有才兄弟呢?"这就有一个人在人丛里走出去，答应道:"兄弟现在在这里。"那人道:"我听到说，你这两天手气很好，赢了多少钱?"那人答应道:"赢了三百吊钱。"那人道:"你现在用不着许多钱，兑了一百二十两银子，限明日晚上送给那梁家兄弟去。"这人连答应几声是，就退到一边去。

这时，那人忽然把嗓子一提高，说道:"马老九呢?"柴竞听了他这口音，似乎是要找人骂的样子，就格外注意，把头在芦苇缝里，伸了一伸，向前看去。只见人丛里，走出一个长彪大汉，站在当中。坐着的那人一发狠声道:"你在码头上多年，我一向认你是个好兄弟。你居然做出这种丧良心的事，骗人家寡妇的钱。破坏人家的名节。这寡妇因为要添孩子，就寻死了。这样办，你还不足，把她外面放的债，都扯得用了。我们江湖上的好汉，讲究的是锄强扶弱。像你这样办，一来坏了我们的义气，二来犯了淫戒，你这两条大罪，你知道应当怎样办?"

那人半晌没有说话，风由那边吹将过来，把那群人紧促的呼吸声，倒一阵阵送进耳里。柴竞一想:这人怕不免要受一顿重打，或者有人出来给他讲情。谁知等了一会儿，依然没有人作声。有一两个人咳嗽，声音都是极沉郁，恍惚咳嗽的人将衫袖握住了嘴。这人这才说道:"这件事实在是做错了，总求龙头饶恕。"那人道:"饶恕? 也罢，念你在里头上多年，留你一个福寿全归。来，把他做了!"

柴竞听了这"做了"两个字，不由得心里扑突一跳。只听得马老九道:"也罢，二十年之后，又是一条好汉。就是一层，我回去之后，我的家眷，请众位好兄弟照顾一点。"上面那人道:"那个你不必挂心，我们许多好兄好弟，绝不能让你老娘受冻受饿。你还有什么说的没有?"马老九道:"我没有什么说的了，请哪位兄弟动手吧!"上面那人道:"你既然是一条好汉，我们弟兄，也用不着动手，请你自便吧。"

就在这时，只见那一个人开着大步向江边上走，后有一群人跟着，似乎去看他做什么。不一会儿工夫，水里扑通一响，柴竞心里一想，这一定是那位马老九投水自尽了。帮上人是这样纪律森严，却不由得心里一阵跳动。张道人似乎看懂了他的意思，连连将柴竞的衣服扯了几下。柴竞会意，就对张道人点了点头。再又听那个人说道:"他回去了没有?"那人答应道:"回去了。"那人道:"今天已经无事，大家好兄弟回家去吧。"这一声说出，大家就纷纷地散开。

张道人等人走得远了，这才和柴竞一路走出芦苇，站在那坦地里看了一看，什么东西也不曾遗留。张道人道："你懂了没有？这是一个龙头，在这里行他的赏罚大典。别的事倒不去管他，他叫一个姓冯的兑换一百两银子去送姓梁的，这件事我有些疑心。这是一个什么出类拔萃的人，值得这样恭维他？"柴竞道："据我看，怕就是师伯要寻的那个人。不过师伯说他姓罗，这个却是姓梁，有些不相符。"张道人道："你所猜得不对，不过这人也是很可交的一个朋友……"

说到这里，张道人忽然止住话不说，眼光对一个地方，很用意地看去，因对柴竞道："我们说话，大概让人家把我们的话听去了。"柴竞道："谁听去了，他们不是走得远了吗？"张道人道："这个听话的人，绝不是他们一帮，像我们一样，也是来听消息的。我们粗心，倒让他知道了我们的底细。"柴竞道："师伯说这话，我不懂，哪里还看见什么人？"张道人笑道："老弟，你究竟经验少，对江湖上的事，不能十分透彻。刚才是我怕他们帮上人，还没有走尽，因此一面说话，一面四围观望。我的眼力，还算不错，黑夜里还可以看到很远。因为见这几十步外，有一丛芦苇，无风自动。若是下面藏了什么野禽野兽，它是无顾忌的，一定动得很厉害。这却不然，只是停一会儿，摆一会儿，而且不发出一点响声。我就猜定了，这下面藏得有人。可是当我去看的时候，那芦苇的摆动，由近而远，慢慢远到江边去。分明是他知道我在看他，他走开了。这不是人，别的东西，哪有这样聪明？这个人不是他们所说的那个姓梁的，那就是一位很能干的捕快，在这里打听消息呢。"柴竞道："据我说，也许是江边那个打鱼的，江边这一条路不好走，我们还是由芦苇里钻回去的好。"张道人点头道："多一事不如少一事，那样也好。"于是两个人依旧由芦苇里走回下关。因为天气太晚了，不能够回水西门，就在下关找了一家小客店住下。店里见他们没有行李不肯收留，张道人把原来住了饭店赶不回家的话，对店里说了，店里才让他住下。

第二日起来，柴竞的胸襟上，忽然失了两个纽襻，偏头仔细看时，在肩下只剩了两条组纽襻的痕迹，那纽襻一点点也不曾留着。一个人扣衣服，一个人自言自语道："昨晚睡起的时候，好像还在，何以忽然就丢了？"张道人不知道他是如何丢的，也就不甚注意。

二人在那饭店里用过茶水，会了店钱，就回到水西门饭店里来，伙计用钥匙来开了门，二人走进房去。柴竞哎呀了一声，张道人和伙计都望着他，他拍了一拍腰，笑道："不要紧，不要紧！没有丢，还在这里。"伙计因他如此说，也就走了。柴竞还未曾开口，张道人已经明白了。那张小桌子，齐齐地摆了两只纽襻，圈儿朝外，尾儿朝里，这何须说，一定是有人放在这里的张道人微笑道："这个人的本领了不得，居然在我的面前，玩了这一套大手段。"柴竞道："这话说出去，真是惭愧。自己胸襟上两个纽襻给人割了去，竟会一点不知道。我想这个人就是江边芦苇里那一个人，我们一个大意，他就跟了我们走。我们的话，全被他听去了。到了下关饭店里，我们又说明住在这里，他又不知藏在什么地方，听去了我们的下落。他知道老师伯是不可轻易惹的，所以在黑夜之间，在我身上试了一试。今天一早，他就把两个纽襻，送到此地。他的意思，分明是要我们知道他的本领，可不知道他是好意还是恶意？"张道人道："你忘了我们在宣城遇到的那个花子吗？那个花子虽不行，他的路上，自然另有高手。看这样子，自是那高手要和我们见个高下。若果如此，我倒要试试他的武艺，江湖上也可以多交一个朋友。"

说到这里，伙计送茶进来，柴竞便问道："我们去后，有人到这里来找我们吗？"伙计道："有，有一个穿长衣服的人，带了一个粗人，到柜上问二位的。他问住在哪一间房，我就指给他看了。"柴竞道："这就是你的不对，一个生人来打听我们，你为什么就老老实实地把话告诉他呢？"伙计道："他绝不是生人，他不但说出二位的姓名，连二位的模样衣服，他都说得很对，这哪会是生人呢？"张道人点一点头道："我知道了，不错，是我一个熟人。"伙计对柴竞笑道："我们的小店，开在大码头上，迎接四方客人，哪样的人看不出来？若是不规矩的，我们能对他胡说吗？"说毕，笑着去了。张道人道："老弟，我充一世的好老，这回要算在阴沟里翻了船。你想我们一点不知音信，人家把我们的年貌行动，打听一个烂熟，这也不知道在哪一日，就跟着我们一起，他要对我存一点歹意，我们早中了他的暗算了。据这样看来，一定是那个花子的同伴。他在宣城就跟着我们跟下来了，这事不是玩意儿。我今天晚上，必要等他前来，和他见个高下，看他究竟是谁？若不把他打听出来，我们二人都没有意思了。"

师徒二人一议论起来，都觉这事有些奇怪，柴竞道："别的罢了，他怎样有那样又快又轻的刀，把我纽襻剪去？"张道人道："不但剪去难，就是送来，也不会容易。我们这窗户是临着河的，所以出门的时候，一疏神，没有关起来。他由外面进来，自然是由窗户里来的。窗户上不靠屋，下是水墙临着河，没有功夫，怎行呢？"柴竞笑道："我们越猜越把这人看成神仙了，他还能在水面上走过来不成？"张道人道："这种能耐的人，我是早听见说过。若果如此，我们也只好甘拜下风了。"两人商量着，也是没有办法，且自由他。

吃过午饭，柴竞上街去闲玩，忽然遇到在宣城客店里同寓的那个布衣少年。他一见之后，远远地就是一个长揖，笑道："我到贵寓去奉看过两次，都没会到，不想在这里遇着了。"柴竞猛然听了这句话，不由得浑身毫毛孔里，冒出一阵热汗。心想：原来这两天玩耍我们的人，就是你，真是人不可以貌相了。也笑答道："实在失迎得很，兄弟也正是来访阁下的。好了，就请在茶楼上谈谈。"那人拱拱手道："正要候教。"柴竞心里想着：这可奇了，我又不曾和你有什么仇恨，何以你一定要和我为难？这个疑问，且放在心里，请那人先行一步，自己倒随在后面走。那人毫不疑虑的，就在前面走。

到了一家茶楼上，拣了一副座位坐下，柴竞是处处留心，不敢冒昧，即和那人对面坐下。一谈起来，知道他姓李，名云鹤，是皖南一个秀才，要过江去探望父亲的。柴竞如此留心，那李云鹤却丝毫不知，只是平平常常地谈话。

坐谈了许久，柴竞实在忍不住了，便问道："李先生，上次我们在宣城会面，匆匆地就走开了，不知道先生本领高强，真是抱歉。这次到了南京，才知道先生实在是高明，就连我师伯他都十分佩服，但不知先生几次赐教，究竟是什么意思？我看先生是个正人君子，有话必可直说。"

李云鹤听说，摸不着头脑，只翻着两只眼睛，向柴竞看，半晌，笑道："柴大哥，你莫非错认了人？兄弟虽然侥幸在庠，不过是个文秀才，并不曾考过武。你老哥说的这话，我是一点也不懂。"柴竞笑道："李先生你不要玩笑了。你先生的本领，我早已领教。"李云鹤正色说道："兄弟从来不肯说谎话，而且因为你大哥武侠之气现于眉宇，我一见就十分地佩服。前几天在路上被窃，蒙你老哥帮助，我很感激。所以到了南京接了你老哥写来的信，我就连去拜访两次。"先是李云鹤糊涂，现在连柴竞也糊涂起来，因道："李先生，你没有错吗？我们在宣城分手后，就不曾见面，哪里会帮助你？就是李先生到了南京，我们也不知道，兄弟哪里写过信呢？"李云鹤道："真的吗？这真奇怪了！这封信，我还藏在身上，不信，

48

请你看看。"于是在身上摸索了一会儿，摸出一枚叠着两折、裂满了皱纹的信封，双手交给柴竞，柴竞接过来一看，上写内信即交高升饭店李少爷收，旁边注着柴托。柴竞看了，心里已是一惊，及至拆开信来看时，信里写道：

云鹤仁兄大人阁下，敬启者：

宣城萍水相逢，备仰丰彩，一路相随荻花枫叶之间，早已心照矣。古人有倾盖成交者，一见如故，何我后辈？仆现奉敝师伯寓水西门外三元店，敢乞移玉光临，共倾杯酒。抵掌快谈，亦一乐也。如其惠然肯来，自当扫榻以待，肃此敬候起居，不尽一一。

愚弟柴竞百拜

柴竞看了，连说几声奇怪。李云鹤道："怎么样，这信不是你大哥写的吗？"柴竞道："委实不曾写，而且我和阁下在宣城一面，确是神交已久，但是我师徒走得很慢，决计追赶你老哥主仆不上。信上说的一路相随荻花枫叶之间，也不对得很。"说时，拿了那一封信，翻来覆去地看上几遍，究竟看不出来是什么人的笔迹。把信放在桌上，手按住了信，只是出神。李云鹤道："你大哥真猜不出来是谁吗？他为什么知道你住在三元店，又何以知道彼此在宣城会过面呢？"柴竞听说，搔了一搔头发，口里连吸了两口气，说道："这话真是说不上，你老哥曾说兄弟在路上帮过阁下的忙，这又是哪一个？难道成了鼓儿词，有妖怪出现，变一个兄弟出来不成？"李云鹤道："那倒不是，是另外一个人出面的。"

柴竞道："这话越说越长了，我倒要问一个究竟，请教那人是怎样和阁下见面的？"李云鹤道："就是离开宣城那天晚上，我们赶路，没有找到正当的村镇，就在大路边一家小客店里住下了。因为走路辛苦，一睡上床，就睡熟了。不料天亮醒来，我带的那一口小木箱子，锁已让人扭断，里面的衣服用物都不曾动，只是将盘缠银子全数丢了。"柴竞道："丢了多少钱？"李云鹤道："有三百两。"柴竞道："你先生走的路程不长，为什么带许多川资？"李云鹤道："这一笔钱，我是另有用途的，因为家父在江北有一点小事，非这个不可。"

他说到这里，脸色都变了，话说不下去，将桌上泡好的一盖碗茶，两

49

手捧着，就到嘴边，用力地吸了几口。好像这样吸茶，可以解除胸中一层烦闷。他将茶碗放下了，按了一按盖子，摇着头叹了一口气道："这是不中用的，尽我的力量去做罢了。可是有这三百两银子，我还可以想法子；连这三百两银子都丢了，家父的性命，就不能保，因此上就和店家理论。偏是这店家是个六十多岁的聋子，另外有个孙子，只十四五岁，他这两个人只是和我说好话，一点主意没有。是我心急不过，哭了出来。那一日，这小店里，还住了一个做小生意的人。他问起情由，说不要紧，他的主人，是个大绸缎商人，生平专做善事，三四百两银子，不算什么。现在和一个老道人到了宣城，正向南京来。他是先走一程，和主人办事的，现在可以走回去对主人说一声，要三百两银子帮我的忙。"柴竞道："他所说的这绸缎商人是谁？"

李云鹤道："他指明的，就是阁下了。他当日千叮万嘱，叫我住在那饭店里，不要走开，等他回来，自有好处。当时我虽不敢十分相信，好在他又不贪图我一个什么，总不会吃亏。因此又在那里住了一夜未曾离开。据他说，不用回宣城，在半路上就可以遇到东家的。明日上午，一定可以给我一个喜信，因此这一晚上，我在床上翻来覆去，未曾睡好。在半夜的时候，我似乎听见桌上的东西，有些响动。心里想着，这贼莫非要来偷我第二次。于是坐了起来，静静地听着，看他怎样下手。但是只响了一下就不再响了。是我放心不下，在枕头底下，摸出火石铁片，打了火，点了桌上的蜡烛。这一下，不由我吓了一大跳。原来桌上，齐齐整整摆着六只五十两的官宝，可不是三百两足数。有一只官宝下面，压着字条，我连忙拿起来一看，上面写的是：知君纯孝，特助小费，后会有期，前途珍重。柴竞留字。我拿了字条，倒疑惑是梦，自己不放心，把那银子，一个个拿在手上颠了几颠，可不是真的。看看屋子里，什么东西也不曾移动，只有那迎着天井的窗户，微微地露着一条缝，未曾关好。我心里明白，这一定是位江湖侠客帮的大忙。只望空作了几个揖，表示我感激之意。天亮之后，不敢耽误，我就收拾行李，赶路到南京来了。到南京以后，接到了这一封信，我才知道阁下就是在宣城饭店里遇见的人。这是这件事前前后后的实情，阁下若说没有给我银子，没有写信给我，这是哪一个干的事？天下只有冒名顶替去赚钱的，哪有冒名顶替送钱给人的。"

柴竞昂着头想了半晌，摇了一摇头，说道："若是照李先生这样所说，这个人我简直猜不出来。但是兄弟一来不曾做什么大恩大德的事，让人如此来替我传名；二来我是个无名之辈，何以江湖上有人知道我的名字，而且我住在哪里，他都知道。奇了奇了！"李云鹤拱拱手道："刚才大哥对我所说的一段话，我也是不懂，这又是什么意思？"

柴竞一看，附近座上无人，就把丢衣扣的一段事情，略略说了。李云鹤道："既然如此，这个人做的事，不能说是歹意。我想那位张道爷是江湖上的老英雄，恐怕有人认得他，和他有什么计较，也是势所不免。"柴竞道："除非是如此，不过这些，都应该让敝师伯知道，最好请李先生到敝寓去一趟。若是他有什么话要问，李先生一说，或者可以找些根由出来。"

李云鹤因为这事很是奇怪，也愿得个水落石出，于是慨然答应跟着他到三元店去。当时见了张道人一谈，张道人道："果然如此，现在大乱之下，江南北埋的英雄很多，有人见我出山，要和我比一比，也未可知。说不得了，我要会一会他，好在我是一个深山学道的人，栽了筋斗，也不要紧。"柴竞跟了张道人许久，深知他的本领高强，竟未曾见他和人比武为憾。现在他自己说要和人比比，这正是一个绝好的机会。因此便在旁边极力鼓动，说是后生小辈，也不知道老前辈的武艺高强，所以到处卖弄。给他一点厉害，一来告诉他老前辈真有本领；二来也教训教训他，免得他将来吃别人的亏。张道人也觉这话说的是，答应教训教训那人。

当日下午，留着李云鹤在饭店吃晚饭，曾盘问了一阵，也盘问不出什么理由来。李云鹤饭后去了，张道人开了面河的窗户，观看夜景，只见上流头一只小船的影子，飞箭也似的划了过来，划到面前。这时月亮未曾上来，一天星斗倒照在河里，来来去去的小船，载着一星火光，在水面漂荡。水底下的星斗，因水荡漾，也摇撼起来。至于船的本身，看不清楚，不过桨声篙声，打在水里，是听得清清楚楚的。那小船的影子，既然划到面前，忽桨声一停，张道人叫了一声好，那两片桨声，吱咯吱咯，接连不断，向下流飞驰而去。张道人且不管那船，回转身将桌上的蜡烛弹了一弹烛心，拿在手里，向地下一照，就笑道："我就猜到他是这个办法。"柴竞坐在屋里，先是听见地下扑突一声响，这时见烛光之下，地下有一个纸包，纸包是用细绳捆了，系在一块石头上。张道人捡起来，笑道："你要看热闹的机会到了。"

第七回

凉夜斗凉山戏玩老辈
客途听客话义救寒儒

柴竞不解所谓，便问道："这是什么意思，是他投来的什么信吗？"张道人道："当然是，我们拆开来看看，这里面究竟说的是些什么？"于是忙着将那纸包拆开，纸不很大，上面只写了九个大字：今夜子刻清凉山候驾。张道人哈哈一笑道："妙极了，这个所在，是一个可以放手打架的地方，但不知道他是许多人，还是一个人？他若人多，你不妨去看热闹；他若人少，我们去两个人，他还要疑我们两个打一个呢？"柴竞道："那要什么紧，我远远地站着就是了。"张道人道："那也好，若是遇到了割你纽襻的人，你揪住了他，可以和他比一个高下了。"

当时二人装着没事一般。到了半夜，张道人脱了他那道袍，先换了一条又短又黑的大脚裤，裤下露出膝盖下的大半截腿，将裹脚肚来捆扎紧了。上身穿了四周纽扣，缚住身子的紧身衣，外加一件软皮背心。这个衣服，就是夜行衣服了，裤脚很大，是为了大小便，浑身纽扣，是让衣服紧贴着皮肤，然后动手利便，那件皮背心，犹如一件软甲，保护胸前身后，可以抵抗兵器。柴竞是个武术家，自然知道，不过张道人衣包裹，早预备了这样东西，倒是未曾料及。他原来有一根铁拐杖，是系着酒葫芦的，这时把酒葫芦解了，又在衣包里取两柄鬼头小刀，长不过五寸，插在裹脚肚里面。柴竞在旁看了，笑道："师伯既带了夜行衣，何以没有预备一个百宝囊？"张道人道："我也带来了，不过今夜用不着它。既是要和人比武，就不须用暗器伤人，人家就是用暗器来伤我，靠我早年一二十年苦功，他也未必办得到。"柴竞点头称是，他是没有夜行衣的，只穿了短装，拿了一根板腰带，将腰束得紧紧的。原带了一把护身刀，就倒插在背后腰带眼里。两个人结束停当，轻轻地开了房门，站到天井里周围一望，各房间里沉寂寂的，只有一点鼾呼声。于是两个人轻轻一耸，跳上房头。

52

江南的房屋，不像北方，屋脊很陡，而且房上的瓦，又薄又小，就是这样叠起来的，并不曾有灰泥砌住。凡是在北方能飞檐走壁的武术家，到了南方，都不敢尝试。一个不小心就会把房上的瓦，踹得像放爆竹似的响。鼓儿词上的侠客强盗，动不动就上房，那都因为说评书的先生是北方人，只知道北方的屋顶，泥上铺瓦，高不二丈，又矮又平又稳，可以在上面飞跑，南方的情形，可大大不同的。不过张道人武功很深，柴竞又原来是习轻功的人，所以跳上了房，站得很稳，也不曾碎一层瓦。

此时街上已无行人，两人跳下房来只拣僻静的地方走。走到城墙脚下，张道人忽然哎呀一声，说道："这是我大意了，那个百宝囊未曾带来，一根绳子没有，你爬得进城去吗？"柴竞笑道："不要紧，这城墙上还有许多砖眼，慢慢地找脚步，总可以爬得上去。"张道人道："也好，让我先上去。若是上面有什么野藤，吊一根下来，那就更容易了。"说时，沿着城墙，四周去找。只见一根青藤，由墙上垂下来有一丈多长。离这藤下面一丈多。城墙砖缝里，向外长着一丛野树。他于是退了两步，起一个势子向上一耸，就跳得站在那丛树上。身子贴着靠了墙，两手张开，斜向上举，将墙扶住了。停了一停，身子复向上一耸，右手捞住了藤，两腿向上，人头朝下，成了一个燕子掠水式，右手斜向下插，撑住了城墙，身子腾空跃起有二丈多高。就在这个时候，已靠近墙的缺口，脚只一勾，人已在城墙上，身子一转，便腾出了左手，抱住城墙垛子。柴竞在城墙下面，只看见张道人凭空两耸，一个影子，悠然上升，不由得暗暗地喝了一声彩。自己哪里有这样本事，若是硬爬，未免显得太笨了。正在这里凝想，张道人在城墙上说话了。他道："好极了，我在城墙上摸到一大把野藤，把这个垂下来，你就可以抓住，好慢慢地上来了。"柴竞走到墙脚下，果然见一条粗藤，垂在头上飘荡。因此一手捞住，一手扶着城墙，借着青藤的一点力量，一步一步，爬上城去。这样到了城上，一点也不觉得费力。站在城上向里一看，面前一道山影，隐约可辨，那正是清凉山了。二人寻着下城的台阶，就飞向清凉山而去。

到了清凉山，那刚刚残缺的月亮，已东升有几丈高。一片昏黄亮光，照得全山的秋草，越发毛蓬蓬的。草里的矮树，一个一个的黑影子，在风里颤动。脚下踏着草，只觉一阵凉气袭人，原来是风露很深，把草都湿透了。柴竞道："天气……"一个凉字未曾说出口来，只见张道人举起铁拐，向风一迎，口里说道："来得好！"同时，在张道人当面，有一个人影，随着一道白光，上下飞跃。那白光飞跃的快法，简直没法可以形容，柴竞看见就知道那是一个舞剑的人，和张道人交手了。那白光时而高，时而低，同时，看到张道人那根铁拐，常常在白光里搅扰，所以现出一道黑影。这黑影有时看不见的，却听见一阵呼呼之声，似乎是有风在远处吹着响一般。两下总斗了半个时辰，一片风声，和一道白光不曾间断。那边的人未曾开口，张道人也不声张，只是闷着声音儿打。柴竞站在一边，只笼了衫袖，呆呆地向下看。忽然一阵脚步响，只见张道人身子，向后倒跌一下，离开白光有一丈多远。柴竞身上的三万六千毫毛孔，不由得齐齐地伸张着，向外冒出一阵热汗。他心里以为是张道人败了，谁知那白光一收，接上有一个人喊道："呔，出家人慈悲为本，不能下这个毒招！"

说时，张道人已蹿上前去，只听见叮当一声响，兵器相撞。那人哈哈大笑起来。柴竞心里，大疑惑之下：何以双方打架打到半中间，却会笑将起来？正在犹豫之际，忽听见张道人也说道："莫不是朱家老弟，何以这样和我玩笑起来？"那人哈哈笑道："到了现在，才让你知道是我！"柴竞一听那口音，正是师父朱怀亮来了，笼着在衫袖里的两只手，这才放下。两手犹如经过水洗了一般，衫袖里汗湿了一大片。但是在这个当儿，万万料不到师父会来了。这一喜非同小可，连忙走上前叫了几声师父。在黑影之下，只见有一个人在朱怀亮身后一闪。朱怀亮也穿的是一套短装，那柄剑已插入鞘内，将剑悬在腰带上。他后面站的那人，虽然一样短装，在月光下看得明白，他蓄了满头的头发，发髻绾在顶心，似乎也是一个道人。朱张的朋友，洪杨一系很多，就是有蓄头发的人，那也并不算奇，所以并不觉得是怪事。朱怀亮道："我来给二位引见引见，你二位不是要见那位梁大哥吗？这位就是。"那人果然上前，向张道人和柴竞各作了一个长揖，但是并不作声。朱怀亮道："柴家老弟，送纽襻到你饭店里去的，就是这位。"

柴竞一听，不免恼羞成怒，将背后的大刀向上一抽，说道："这位梁大哥的本领，实在高明，但是上次可惜我睡着了，不知道阁下的本领如何？今天凭着老前辈在此，我们可以来比试比试。"那人更不答话，唰的一声，抽出一柄剑就要交手。他先是站得远，看不十分清楚，这时他抽出剑来，只一跳，便跳到柴竞面前，左手伸开二指，向了眉尖，比着剑诀，右手将剑只一挥，便迎了月亮，平伸出来。柴竞这才看得清楚，向旁一闪，说道："且慢动手！我看阁下，好生面熟，请问贵姓？"

那人听到问话，只是站定不开口，柴竞道："阁下若再不开口，我就乱猜了，贵姓是朱吧？"那人禁不住咯咯一笑，说道："师兄，你不会猜到是我割了你的纽襻吧？"这人正是振华姑娘，改了男装了，不知道她如何跟着朱怀亮来到此地。柴竞丢了手中的刀，便向她拱揖问好。振华也笑着过来，和张道人重新见礼。张道人道："侄女顽皮，那倒罢了。老弟，你偌大年纪，怎样也是如此淘气？这满天的风露，引得我们半夜里到清凉山来喝西北风，是什么意思，你把我老大哥当玩意儿也罢了，连你自己的徒弟，都要耍将起来吗？"朱怀亮说道："罗大哥，你可以出来吧！猜了这样久的哑谜，也可以说破了。"

说时，深草里，突然又冒出一个人，口里操着江北口音，向前和张道人见礼。说道："晚辈该死，只因要看看老英雄的本领，没有机会，特意求我朱师伯定下这条计，把张师伯引到这里来比试。"张道人道："原来如此，令师就是张文祥吗？我这回到南京来，正是要访你。但是我只知道你贵姓是罗，不知道台甫怎么称呼，所以无处寻访。不知怎样和我朱贤弟在一处。"那人道："晚辈叫罗宣武，少在江湖行走，所以熟人很少，山上很凉，请下山到庙里去畅谈吧。"

这时夜色过深，天气也实在是凉，既然说山下有歇脚之处，于是一行人随着山路，迤逦下山。走不多路，果然有一丛树木，簇拥着一所小庙，挡住了道路。朱怀亮向前，也不曾敲门，只一推，门就开了。进到里面，有一所小小的院落，上面是重门，悬了一盏八角小风灯，由这淡黄的光里，看到上面是一座小小的佛殿。进了重门，大家不上佛殿，只一折，折到旁边一所小观音堂来。堂外边三间厢房，烛光闪闪的，走进去，并没有人，却是放了几件小行李，大概这就是朱怀亮父女下榻之所了。却是很奇怪，进来这些个人，也不见有一个庙里的和尚出来过问。大家坐下，朱怀亮便给姓罗的重新引见。柴竞见他，有四十以上的年纪，短小的身材，瘦削的面孔，唯两只眼睛，黑眼珠又黑又正，配着一双剑削的浓眉毛，却含有一种英气。只看他这样子，就可以知道他身手灵便，行动轻悄。一谈起来，他果是张文祥得意的门生。张文祥受刑以后，他便隐名埋姓，在江湖上做跌打损伤的外科医生。是他听到说，南京两江总督大做生日，马新贻的儿子，也在江苏做官，前来拜寿。他要将小马刺死，以报张文祥之仇，而且必要在南京再办这件事，才见得张文祥死而未死。他还不脱少年人的脾气，好名心重。隐隐地在江湖上散下一种风说，说有个张文祥的徒弟。

要到南京去走一趟，所以江湖上耳目灵通的人，都也知道了这件事。他是由湘南经过莲花厅，穿江西境前来的。他到了皖南，却不期和朱怀亮父女相会，因为同落一家饭店，朱怀亮看他是个外科郎中，约着一路走，便谈得把各人的实情说出来了。他叫罗士龙，一把单刀，使得最好，靠了身体灵便，飞檐走壁的功夫高人一筹。朱怀亮原是在上游把事办完了，想起了张道人，要来看看他。会到了罗士龙，索性邀了来大家相见。不料走到黄山一打听，张道人已经下山了。朱怀亮笑对罗士龙道："老弟，他是久不问世事的人，这回下山，一定是为会你去的，我们把他赶上吧。"

赶到了宣城，他们就住在张道人对面的饭店里。晚上，罗士龙跳上房，且听张道人说些什么，恰好走错了。在李云鹤住的房间里头，只听李云鹤对他的仆人说："我这回过江，不能把我父亲赎出来，我就跪死在那杆头的面前，不回家了。我这回半路上辞了馆，今年的馆事，已丢了二百两银子。那还罢了，把祖传的双股剑也当了，真是可惜。这样的好东西，就不是无价之宝，几百年传下来，也不止当二百银子。"那仆人说道："相公，俗言道得好，宝剑送与烈士，红粉送与佳人。我们有宝剑，当给那土财主，当然是当不到钱了。"原来那个时候，主人若是年少，又是读书人，下人就称他为相公。这种称呼，江南有些地方，至今兀自保存着。这一席话，让姓罗的听见了，认为李云鹤是个落难的孝子，回去对朱怀亮一说，都以为这人难得，明天早上，必要过去拜访。不料次日起来，朱怀亮向对面客店里一打听，饭店里随便答应一句话，说是昨晚来投宿的客人都走了。朱怀亮回店去，笑着对振华说："这张老头儿，太狡猾，知道我们来了，故意溜了，我们就在暗地里给他闹得坑坑，看是哪个玩得赢？"因此，便落后一点，遥遥跟随，让罗宣武先走几里。

不料张道人原没动身，追了一天，只追到李云鹤主仆，偏偏李云鹤初出远门，下的正是一家贼店。朱怀亮父女摸着黑自向前赶宿程，只留罗宣武暗里保护，后来李云鹤果然被店家偷了。罗宣武故意离开这店，黑夜里却回来，看那店家怎样。到了二鼓以后，那老店家，却才私开了后门，向外而去。罗宣武在后面跟着，约有半里之路，他敲门进得一家人家去了。罗宣武跳上房向下一看，那老店家和几个男女说话，是到了家了。他看在心里，到了半夜，点了两支闷香，抛进窗子里，然后拨开窗户，跳进屋去，这正是那老店家的卧室，打开箱子，那三百两银子就在这里，另外还有八只官宝。罗宣武一气，全拿走了。因怕李云鹤疑心，不送还他三百两银子，只送六只官宝给他。第二日，赶上一站，把话告诉了朱怀亮。振华跌脚道："这个老贼，饶他不得，非罚他一下不可！"朱怀亮道："他既不曾害人的性命，我们也不可害他的性命。"振华道："不害他的性命可以，我要割了他一只耳朵，他以后就不敢偷人了。"于是父女两个人又回去，连夜跑到那贼店里投宿，不说姓朱，只说姓梁，外面是装着极有钱的样子。那店家见一老一少，一男一女，是带眷出门的，当然有钱，也绝不是江湖上的人。因此贼心不死，晚上又去偷钱。这一下让朱怀亮捉到，剪了他满嘴胡子，又割了他一只耳朵，就打开窗户，跳着走了。

张道人走得慢，他到了南京的时候，这一件奇闻，江湖上就传遍了。那回罗宣武送李云鹤的钱，因为他和柴竞有一面之缘，就随便写了柴竞的名字。后来到了南京。暗中知道柴竞和李云鹤的寓所，索性假冒柴竞的名字，写一封信给李云鹤，让李云鹤去回拜，弄得柴竞迷离惝恍，就好中计。他们本住在清凉山下，一所万松寺里，知道本地的帮上打听出这个姓梁的，是保护一个孝子的，认为是个老江湖，要想法接济，他们虽然很好笑，却也很感激。这天夜里，下关江边开山门，朱怀亮知道了，三个人却偷偷去暗听，偏有那种巧事，遇到了张道人。罗宣武本就在想法子，要引得朱张二人较量，看看前辈的本领。于是就和振华姑娘商量，在客店里割了柴竞的纽襻，然后由振华送到水西门饭店里去。至于由河里抛进饭店窗户去的字条，也是振华干的，他们所以只逗引柴竞，不逗引张道人，一来是怕容易识破，二来也是不敢和长辈游戏。

大家把这一层缘由说破，张道人和柴竞恍然大悟。张道人笑道："柴家老弟，这样看来，我还不算是阴沟里翻船，是大湖里翻了船了。"罗宣武又拱手向张道人道谢道："晚辈只要瞻仰瞻仰两位师伯的本领，就忘了一切了。"张道人道："我不问那些过去的闲事了，我问你到南京来办的事情怎样了？"罗宣武道："晚辈初来的时候，就四处打听，那个小马竟自未来。不过晚辈曾到总监衙门去了两趟，这一回送到的寿礼，真是珠宝如山，我想这种不义之财，何妨取他一点来用用？所以打算这一两天之内，再去一趟，取来的钱，一来可以救济平民，二来我们可以办点事。"振华就插嘴道："我也要一点，帮帮那位李先生的忙。"朱怀亮道："这话不错，我看那位李秀才，少年老成，倒是一个纯厚的君子，总得帮帮他。"罗宣武道："大家也说得口渴了，我去取一壶热茶来大家喝。"说毕，抽身走了。不多一会儿工夫，提了一大锡壶茶来，茶壶嘴里，兀自向外冒着热气。他手上又捧着一个托盆，里面盛着一满盆热馒头。柴竞道："哎呀，我们来了这久，也不曾拜访这庙里的当家师，现在又要扰拿人家的东西，真是大意。"朱怀亮道："这样夜深，不要去吵人家吧，我们明天再去见他。"张道人道："这个人究竟是谁？不妨说出来，我想莫非是这位老英雄吧。"说着把大拇指一伸，不知他说出哪一位英雄来？

第八回

随手显功夫茶寮较力
细心分解数草地挥拳

　　大家在这庙里闹了半天，并不见主持的和尚出来。张道人一想，便笑道："我知道这是谁了，除了龙岩和尚，没有第二个人，可以容得上你们这样闹。"柴竞听说，便问道："这龙岩师是谁？我们没听见说过。"朱怀亮道："岂但你们后生晚辈没有听见说过，就是我们这一班辈的弟兄里面，也没有多少人知道哩！他是四川人，自幼出家，和你张文祥师伯是师兄弟，我们不是罗家兄弟引了来，也不会知道他住在这个庙里。他老人家是好静的人，不是他愿出来，我们是不敢去见他的。"张道人笑道："你还有什么话没有，他是你的高足，所以只要他一问，你就倾筐倒箧，完全告诉他了，一点也不留给我说啊！"朱怀亮笑道："不是那样，因为这老和尚一高兴，也许就出来了。这些后生小辈，哪里知道他老人家的来历，说话一个不留神，把老和尚得罪了，那就很不好。所以我在事先宁可多费一点口舌，让他知道一个实在。"

　　一语未了，只听见一个很高洪的嗓子，在窗外答应道："老和尚有那样难说话吗？"一面说着，一面走进一个和尚来。柴竞看那和尚也不过五十上下年纪，沿了嘴唇和两腮，长了许多斑白的胡楂子。身上穿了一件灰色僧衣，组上七八个碗大的补丁。他站在屋中间，一拂大衫袖，拍拍掌道："好，也有僧，也有道；也有老，也有少；也有男，也有女。这倒成了一场僧道斗法大会。"

　　张道人一见，早起身向前施礼，说道："老大哥，一别又是二十多年了，你很好，还是从前一样的康健。"柴竞心里纳闷：我张师伯至少也是八旬以上的人了，怎么倒反向这和尚叫老大哥？不料那和尚对张道人的称呼，居然受之不疑。笑道："老弟，你也还是这一把胡子，并不曾增多啊！"张道人道："究竟比不上你这样有功夫的人，我自觉得老了许多了。"

朱怀亮在这时候，早引了柴竞向前见礼，柴竞一想：这老和尚比张师伯年纪还大，看起来也不过五十岁上下，这真可以说是一尊活佛了，那和尚倒是不拘什么礼节，合着掌，略微一弯身，便对他和张道人浑身上下打量了一番。笑道："你二位，还不打算走吗？到了明日天亮了，你二位穿了这样一身衣服，怎样走回去？街上的人看见，恐怕要说是戏台上唱《时迁偷鸡》的小花脸儿跑了出来了。"

张道人一想：是啊，自己还穿的一身夜行衣服，如何能见人？当时就和柴竞道："你还可以在这里稍住，我是非回去不可的了。"柴竞笑道："我这样也是大不恭敬，同师伯一路回去吧，明天再同师伯一路来。"于是二人走出大门，越过清凉山由原路回水西门客店。到了店外，跳墙进去，客店里还是呼呼地睡着，并不曾有人知道。他二人晚上闹倦了，少不得有一场酣睡。

次日，却被一阵紧急敲门声敲醒了，柴竞起来，打开门一看，却是从前送钱来的那个马耀庭。他一见柴竞，就抱拳作揖，因问道："道爷起来没有？"柴竞道："他老人家起来了，请进来吧。"马耀庭走进房，见张道人身上穿了道袍，道袍下面，却露出一截包了裹布的腿，而且那裹腿布上，还沾上了好些黄色的尘土。这样看来，分明是在外面走长道而来。但是人睡在床上，哪有走长道的理，这一定是昨日晚上出外去了，回来很晚，来不及解裹腿，就睡觉了。再一看柴竞的床上枕头底下，露出一截刀把在外，心里就有数了。他走上前，给张道人弯躬一揖，那眼光早是闪电一般，将床面前的东西看了一个遍。张道人正坐在床沿上，于是将道袍下摆一撩，将脚一伸，露出夜行衣的裤子来。笑道："你看我这样子，是打了启发来吗？"

柴竞也知道打启发三个字，乃是他们帮上一句暗话，就是鼓儿词上的打家劫舍。心里一想：这老头子什么话也不顾忌，怎样连放抢的话，也随便说出来。马耀庭笑道："你老人家是世外之人，用不着钱财，打启发的事，决计是没有的。不过你老人家既然穿了夜行衣服，晚上或者是出去了一趟？"张道人笑道："你道爷不会撒谎，老实告诉你，昨夜里我和人较量来了。"马耀庭笑道："南京城里城外，所有我们自己人，晚辈都知道。凭了他们的能耐，绝不能够有那样大胆，敢在老前辈面前卖弄。"张道人道："我偌大的年纪，还会在你们面前说谎不成？实实在在的，昨天晚上，是有人和我较量。不但是他能够在我面前卖弄，就是我施展浑身本事，也不过和他杀一个对手。你能说南京城里城外，就没有能人吗？"马耀庭见张道人说得这样逼真，又不能不信，只好笑了一笑。张道人道："你今天一早到这里来，有什么事要和我说吗？"马耀庭道："不瞒道爷说，晚辈在这南京城里，还有点面子，只是一层，全靠了面子，办到这一步田地。实在说起来，一点本领没有。难得老前辈现在到了南京，我想在你老人家面前，当一个不成才的门生，但不知道肯收容不肯收容？"说这话时，他脸上那几粒白麻子，可就涨得通红，身子是微微地弯着，眼光也不敢向着张道人。张道人笑道："你这话太客气了，我在山上住了三十年，本领都转回去了，哪里还谈得到教门生？你问这柴家老弟，他跟了我这么久了，他只管是称我为师伯，一点什么也没有学去。"马耀庭也是心高气傲的人，张道人既然是推辞得干干净净，自己也就犯不上硬要拜门。因道："这位柴大哥，既是称你老人家为师伯，他的令师，一定是道爷的师兄弟，但不知这位英雄，又在什么地方？"张道人笑道："说远就远，说近就近。"马耀庭笑道："老前辈和晚辈说起哑谜来，晚辈如何懂得？"张道人笑道："这人远是不远，但是没有人可以见着他的，可也就近是不近了。"

柴竞生怕张道人尽管往下说，会把这事说穿，便插嘴说道："我们叨扰了马大哥多次了，一路吃早茶去吧！让我来会一个小东。"马耀庭听他的话音，明知柴竞的意思，是不让张道人把他师父的住所说出来。心里想着：我们江湖上，重的是义气。我既然有这一番好意，打听你师父，无非是恭敬之意，你也就应该照实地说。你不告诉我，或者有什么隐情，也未可知。但是张道人都说了，你为什么倒要拦阻他？如此一想，对于柴竞，就很不高兴。因为当面碍了张道人的面子，不好说什么，只得笑道："自家兄弟，谈什么会东不会东，我们这就去吧。"张道人因为自己道家打扮，是不肯上茶寮酒肆的，就是柴竞陪着马耀庭上茶馆去。

到了茶馆，马耀庭有心走上楼，靠了楼的栏杆边，拣了一个座位坐下，两人坐在对面各泡了一盖碗茶。这时盖碗的托子，多半是铜制的，尤其是茶馆里的茶托子，因为怕客人来砸坏，制的是格外结实。那马耀庭将盖碗取下，放在桌上。手里拿着那铜托子，一面说话，一面用三个指头捏着玩，不知不觉，把一个盘子似的盖碗托子，捏成了一根铜条。柴竞一见，明知道他是当面卖弄本领，心想体面所关，也不能含糊过去。笑道：

"兄弟是初出茅庐的人，什么也不懂，凡事都求大哥携带。好比滩河里的船，开到了长江，一篙子怎样能插到底？"他们所坐的地方，本靠楼的一角，一边栏杆，一边是墙，这墙的界线边，有一叠麻石。柴竞说话时，将右手一个食指，很随便地在麻石上面划，指头所划过的地方，便有一条半寸来深的痕迹。后来他说到一篙插不到底的那句话，指头向麻石上也是一插，却插出一个窟窿。

马耀庭看在眼里，也就知道他这点外功，很有根底，大家都没有说什么，一笑而罢。喝了一个时辰茶，只谈了些南京的人情风俗，柴竞记挂着要到清凉山去见老师，会了茶钱，先就告辞。马耀庭知道他有事，也不曾客气。柴竞回到店房，伙伴说："道爷留下了话，他先去了。你先生回来，就可以跟着昨日的路走了去寻他。"柴竞心里明白，也不耽搁，径自向清凉山来。

寻到了那庙，一看那匾额，原来是夕照寺，庙门口有一个四十来岁的黑胖和尚，拿了一把大竹帚，在门口扫落叶。见柴竞来了，扶着竹帚看了一看，并不作声，依旧去扫他的落叶。柴竞走到面前，拱了一拱手，笑道："师父，我是到庙里去寻我们老师的。"那和尚对他望了一眼，用手指一指自己的耳朵，意思他是一个聋子。那和尚一面扫着落叶，一面向柴竞身后看去，却微笑点了点头。柴竞不知就里，回转头看时，见远远地有一个人在那菜地里走路，并没别的什么，却也不去注意。

走进庙内，只见配殿上，正围了一群人在那里吃饭。张道人已先在那里，桌上摆了四个大盘子，堆了一盘子大块牛肉，一盘子五香鸡蛋，一盘子青菜煮豆腐，还有一个盘子，盛了一条大鱼，各个人都捧着一海碗白米饭，坐在那里吃。柴竞一见心里好生奇怪：怎么和尚庙里，如此大鱼大肉地干起来？心里这样想着，那龙岩和尚却站立起来，拿了筷子，对柴竞连连招了几下。说道："来来来，请下来吃饭。你不要奇怪，我这个和尚，是不忌酒肉的。好热的饭，好烂的肉，你快来吃吧。"柴竞见桌旁还有一个座位，便坐下了。龙岩和尚道："你张师伯说，有人请你到茶楼上去喝茶，不是好意吧！"柴竞道："是的，他把一只铜碗托子随便捏成了一根铜条。他分明是告诉晚辈，他有本领。"朱怀亮道："你呢？"柴竞当了许多人的面，怎敢说自己有什么本事，却只笑了一笑。龙岩和尚道："你若是不拿出本领给他看，他还罢了；你若是显了本领，一定胜似他，他绝不肯甘休的。"柴竞道："他不肯甘休，又有什么法子？"朱怀亮笑道："亏你问出这句话！他有什么法子？他要和你讲打。"柴竞道："讲打我是不怕的，有了这些老前辈，他要来献丑，那真是关爷面前耍大刀了。"龙岩和尚笑道："你不要用老前辈三个字来抬举我们，你自己闯出来的祸，我们是不管的，我们倒也落得看热闹。好在罗家老弟在这里，善治跌打伤。就是打伤了，马上就治得好。"柴竞吃着饭，脸上的颜色，微微泛出一阵朱砂色。龙岩和尚道："柴竞老弟，你有些不服我的话吗？那马麻子固然不是你的对手，可是他有一个盟兄，外号赵驼子，是江北人，数一数二的好手。马麻子要是搬兵，对付别人，就是这一个。他若是真来了，你倒要提防一二。"

朱怀亮见龙岩和尚当面说他的徒弟不行，面子上也未免有些不好看，不由得笑了一笑。说道："和尚说这人不错，一定有些来历。"便喊着柴竞的号道："浩虹，你能够有那大的胆，敢和赵驼子比一比吗？"柴竞明知师父的意思，是要他争一个面子。便道："我不敢说一定能比胜人家，但是合了龙岩师的话，罗大哥在这里，会治跌打损伤。我就是躺下了，马上可以把药敷上，总也不至于有性命之虞。"罗宣武笑道："果然如此，以后遇到许多同行，我就该走开，免得人家因为有外科郎中在那里，就放开胆来打架。这样看来医生不是好人，有了他，人家才不怕受伤哩！"龙岩和尚道："柴竞老弟，我是笑话，打不成的。大概人住在我庙里，绝没有那样大胆的人，敢找上来。"柴竞道："那是自然，有龙岩师这样的声望，哪个大胆的人，敢到这庙前庙后来，动一片树叶。不过晚辈在这里，有个大树罩住，若是走出庙去呢，他不是还要找着晚辈来纠缠吗？晚辈与其将来受人家的暗算，何不就在这个时候，挺了胸脯出去，和他比上一比。"

朱怀亮本来也就不把这事放在心上，只因龙岩和尚说的话太硬了，当了许多人的面，面子上磨不过来，所以说了两句光彩些的话。隐隐之中，倒是愿意他的徒弟和赵驼子比上一比。但是转身一想：那又何必呢？现在柴竞的意思，非常地激昂，好像是非比不可，他又未免有些后悔，便对龙岩和尚道："这些年轻的人，就是这样没有量，总要好个虚面子。"回头就对柴竞道："你当着许多老前辈，未免说话太不小心了，你以为你的本事了不得吗？我在这里，什么事，你就得听我的话，不许多说。"罗宣武道："龙岩师刚才说的，不过是笑话。南京哪有那种人，敢和我们比量？"朱怀亮道:"不然,十步之内,必有芳草,不能那样大意。况且他们师兄妹,功夫也早得很,不可以胡来。"

柴竞听了这话,倒也罢了,振华听了这话,一把无名火,由心窝里直冒上来。脚正踏在椅子脚棍上,啪的一声,把脚棍踏成了粉碎。脚向地下一落,把椅子前的一块大石砖,踏下去两个窟窿。朱怀亮回头一看,问道:"姑娘,这是怎么了?"柴竞以为姑娘的性情高傲,她听不得人家说她不行。姑娘这样发一阵子气,也就算了的,没有去理会。这个时候,姑娘已经恢复了女子的装束,走出庙来,看见那个聋和尚,在扫落叶。地下扫光一片,已经扫到山门下去了。她知道这和尚是龙岩一个高足,果然有赵驼子这样一个人,他必然知道。因走上前,对他笑了一笑,在地下用脚涂了一个赵字,又用手反过去指了一指背上。聋和尚笑道:"哦,姑娘,你问的是赵驼子吗?刚才还跟了人在前面菜园里张望,走去还不远哩。"振华就比着手势,问赵驼子家住在什么地方,比了半天,才把事情问出来了。他说:赵驼子住在四喜巷,他带着做外科郎中,门口有一块大膏药牌子的,那就是他家。

振华听了这话,记在心里,顺着路就找到四喜巷来。过了两处人家,果然有一家大门口悬着一块长牌,上面画一个葫芦,底下画了三张漆黑的大膏药。振华一想:这就是了,于是走了进去。便问道:"这里是赵家吗?"就在这个时候,有一个人从屋子里头走了出来,看他那样子,果然是个高出于顶的驼背。因为背一驼,头一缩,人就只有三尺来长。而且两只腿走起路来,迈不开一尺,活现是个残废人。他那脸上,有许多皱纹,很觉得苍老。鼻子下两条清水鼻涕,向下直流。他举起衫袖,横着在鼻子底下一拖,却笑道:"姑娘,买膏药吗?"振华将嘴一鼓道:"不买!"赵驼子道:"是请郎中看病吗?"振华道:"不是!"赵驼子见振华的脸色非常的严厉,说起话来,又有几分负气的神气,就猜了个五六成。不过看她是个姑娘,还不十分留意,便向前一步道:"不知道还有什么事?我就是赵驼子。"振华笑道:"你就是赵老板,久仰了。我听到龙岩师说,赵老板本领高强,特意前来请教。"赵驼子笑道:"龙岩师,那是说了好玩的。我有什么本领?姑娘听错了。既是自己人,请到里面喝茶,叫贱内出来奉陪。"振华道:"我不找你们老板娘,我就是要找你。"赵驼子笑道:"我并没有在哪里得罪过姑娘,何以姑娘要和我为难?"振华道:"你说不曾和我们为

64

难，刚才你为什么跟一个人跟到夕照寺去?"赵驼子这才明白，原来她就是柴竞一路。因道："不错，是有那一件事。因为我的把兄弟马耀庭，他对我说，上江来了一个姓柴的，不讲江湖上的义气，而且在茶楼上卖弄本领。我想这个人，能在南京如此作为，当然是了不得的人。因此私下跟着他走，看他是哪一路的弟兄们。一直跟到夕照寺，我才知道是自己一家人。自笑了一阵，就回家来了。这一件事，似乎没有什么对不住大姑娘，何以姑娘要和我较量?"振华道："龙岩师当着许多人面前，说我们兄妹，不是你的对手。我不服这一句话，要来比一比。"赵驼子本不是极有涵养的人，振华姑娘又逼得十分厉害，不给他一点面子。便笑道："既然要比试，我也辞不了。好在跌了一跤就爬起来，那也不算什么。不过小店地方窄小，不是比试之地。"振华道："龙潭虎穴，我都敢去的! 就请赵老板指定一个地方。"赵驼子一想，这位姑娘是这样任性，未必就有多大本领。我若把她打倒，在无人知道的地方，人家必定疑惑是我欺侮她。我就指定在清凉山上比试，靠近了夕照寺，那里有龙岩和尚出来做证，就不怕人说我欺侮她了。于是答应她道："就是清凉山吧，姑娘请先行，立刻我就跟了来。我们还是带家伙，还是空手?"振华一掉头道："随便!"这两个字说完，她已经离开了赵驼子膏药店。

她料到赵驼子必然带家伙来的，一口气跑到夕照寺，就走到自己另住的那个屋子里去，将自己惯用的那一柄大环刀抽了出来，一看院内无人，也不由大门出去，只一跳，跳上了配殿的屋顶，就向后山而去。恰好柴竞在厕所里大解出来，猛然看见一个人影，如抛梭一般，由里面抛出墙外。不由得暗叫一声奇怪，也来不及声张，马上跟在后面，追将出去。一直追过一重山冈子，这才看清前面是振华姑娘。料得她必有缘故的，且不去惊动她，且隐藏在一丛矮树丛里，看她做什么。这里是一片草地，正好是角力之处，只见她将一把刀向土里一插，然后转着身四处一望。柴竞藏在矮树丛里，那目光也就跟着振华的目光四处转。

不一会儿工夫，只见一个人远远地走来。走得近了，见他的背，堆起得很高，不用提，这一定就是那位赵驼子了。赵驼子走到振华面前，见她带了刀，就拱一拱手道："因为姑娘说随便，所以不曾带家伙。"振华在地下将刀一拔，向身后一丢，抛有几丈远。冷笑道："笑话，我从来不知道占便宜，只凭本事比较。"赵驼子道："那么姑娘相让一点。"说时，站着，朝振华一抱拳。这个意思，是让先打过去。

柴竞幼时所从的教师很多，少林武当两门，都有些根底。他看那赵驼子虽然身体矮小，他抱拳站住，臂如环月，身子微斜，不当敌手的正面。两只脚是个丁字式，但是很稳。他们内行一看就知，这是不取攻势的打法。再看赵驼子脸上带一点笑容，神气非常镇静。柴竞明白，他一定是武当派。武当派的拳，自己站稳，不去打人，人打过来，讲究合着金木水火土，实行"进""退""顾""盼""定"，你打得缓，他可以左右腾挪，躲了过去。你打得猛，他就借着你扑来的势子，闪开之后，取巧加增你一点力量，让你直扑过去。或者等你的力尽了，轻轻地在要害上点你一下，你就要受伤。武当派的拳法，总而言之，对自己是"定"，对人家是"巧"，现在赵驼子就是那一种神气了。

振华姑娘的武术本是家学渊源，一个少林武当派之分，决计没有见了面不认识的。所以赵驼子只一比势，她就知道不是同门，而且看他那样沉着，决计是个劲敌。她平常虽然任性做事，一到了动手，却自自然然地会精细起来。这时她按照规矩，右手伸开巴掌，握住了左手的拳头，只道了一声请，就伸手向赵驼子打去。振华两脚微蹲，人矮下去了七八寸，那左手的拳藏在怀里，右手的拳平伸出去之后，前肘向上翻，那正是要打赵驼子的脸门。这种打法，是很幼稚的，而且也太猛，赵驼子并不留心，只将左手微微一拨。柴竞在草丛里，不由捏一把汗，以为师妹如何这样粗心。这时振华的左边空着，赵驼子要在那里下手，只这一合，就要吃亏。殊不知振华并不是去打人，她探一探，赵驼子是不是真正的武当派，又看他的功夫如何，所以她的去势虽然猛，但是脚跟站得很稳。不等赵驼子左拳拨上来，右手早已抽回，高高地举过了头，这左手却伸开二指，由下向上挑，直点赵驼子的人中穴。这个时候，赵驼子果照柴竞的想法，出了右手！要打振华的肩穴，振华的手，恰好由他的胳膊下，缩了过去，肩是偏过了。赵驼子因为神志很定，眼法也快，要去打人，万来不及，便缩手回到半路，要来斩振华的手脉。振华是提防了的，向后略退。赵驼子原也是个虚势，同时也倒退了一步，退出三尺来远。

柴竞先是替振华着急，及至两人未曾交手，就向后一退，谁不打着谁，就不由得暗暗地喝了一声彩。后来两人一比手势，又打在一处了，赵驼子处处让振华打进，然后再凑空子还她的手。振华偏是不怕，总是取攻势，但是她攻出来，没有不变着手的，分明是上部，到了半中间，就改为打下部了，因为赵驼子加倍的小心，绝不肯轻易打出。约莫打了有半个时辰，振华举起右拳，向赵驼子顶门，便扑了过去。赵驼子见她来势凶猛，恐怕又是欲擒故纵，不敢讨她的便宜，把头一低，却要去打振华的乳部。振华却并不是去打他，借了这个势子，用一个燕子穿云式，双足一顿，架空而去，由他头上平着身躯直跳了过去。赵驼子万不料她是如此的打法，事前一点也没有预备，待要转过身来对敌，振华左脚，已落地。她并不要转身的功夫，右脚反着一踢，不偏不歪，踢在赵驼子的那驼峰上。赵驼子站立不住，向前一蹿，便扑在草地上。柴竞知道振华这样，是有心闹着好玩，连赵驼子那样稳重，都免不了中她的计，又实在可以佩服。振华回转身来，心里不免一惊。原来赵驼子扑到的地方，正是振华先前掷出去的刀的所在。赵驼子若拿了刀来，便必是拼命相扑，以报这一脚之仇。因此跳上前去，便想一脚踏住赵驼子。柴竞不由失口哎呀一声。

第九回

虽败犹荣埋名甘遁世
弄巧成拙盗宝枉追踪

就在这个时候，赵驼子在地下一个鲤鱼跌子式，双手扶了草地，两脚倒竖起来，正要反踢振华的脸。振华知道这是不能向下蹲着躲的，怕中了赵驼子的第二招，于是赶紧向上一跳，将头躲了过去。但是躲过去了头，躲不去胸脯，赵驼子两只脚正踢着胸脯。振华抵制不住，身子向后一仰，便也倒在地下。好在两个人都不是重伤，一骨碌爬了起来。两个人又互相对峙着。赵驼子笑道："姑娘的手段却是厉害。"振华笑道："你也不错。"赵驼子道："刚才我听见有个人说话，你莫非带了帮手?"柴竞在草里向外一跳，说道："我是来看热闹的，并不是帮手。"赵驼子道："这姑娘打赢了我，你就是看热闹的；若是打输了呢，你就不免要出来干涉我们的事了。"振华一红脸道："什么话，姑娘让人打死了，也无怨言，若是有一个人帮拳，那就算我丢脸。师兄，你回去! 我和他打下去，若是没有个输赢，打三天三夜，我也不休手。"

这句话说完，半空中一道黑影一晃，有人说道："就是这样完了，大家都有面子。"原来那龙岩和尚不知何时预先藏在一棵树上，这时却突然走下一落，站在赵驼子振华当中。笑道："这都是我不好。多说一句，惹出了这一场是非。姑娘的本事，实在不错，但是姑娘也必然相信我龙岩和尚，不是说什么谎话。大家就此一笑而罢，不要再动手。"那赵驼子看见龙岩和尚，先就软弱三分，向后退了一步。振华姑娘满心满意要把赵驼子打倒，不料到了最后，反吃了人一踢。她心中对于此事，十分地不服。只恨一时粗心，当着师兄师弟面前，丢了这样一个大面子。至少要把赵驼子重打几拳，重踢几脚，才能消这口恶气。现在龙岩和尚向中间一拦，看那样子，万万是不让打的。只气得满脸通红，两只手插在腰上，睁着眼睛，鼓着腮帮子，望着赵驼子。那龙岩和尚笑嘻嘻的，将手掌伸直，对振华摆了几摆。说道："不必，不必，都是一家人。"当他摇手的时候，有一阵冷风拂面而来，振华不由得打了两个寒噤。振华性情虽然豪爽，却不是个呆子，见龙岩和尚这种武术，知道是超群绝众，不可以乱来的。便笑道："不是侄女不肯休手，不过刚才和赵大哥请教，赵大哥说我请了帮手，我有些不服这句话。现在师伯来了，好极了，就凭着师伯当面，我们再比个三套两套，看看我们是不是要人帮拳？"龙岩和尚笑道："他说你请人帮拳，你也可以说他请人帮拳的。以我而论，我不就藏在树上吗？"柴竞也道："师妹可以休手了，你和这位赵大哥，正是棋逢敌手，一下子不容易分胜负的。"振华经柴竞一说，也就算了。

龙岩和尚就要赵驼子跟着大家一路到庙里去，拜见几位老前辈，赵驼子不能违抗，只得跟了来。他到了偏殿上，一见张道人，不免猛吃一惊。记得前晚在江边上打鱼，黑暗之中，曾看见两个人顺路过来，其中有一个，便是个老道。当时虽不曾看清他的脸色，但是他胸前洒着一部大胡须，那是认得的。再一听他说话，那声音，也很熟悉，分明就是这个人了。当时拱了拱手，依旧以晚辈之礼相见。同时他又一想，和老道一路来的，还有一个小伙子，那又是谁？肚子里这样默想着，就察看各人的言语动静。后来听他们说话，是柴竞和张道人先来南京的，于是就料到那天到江边上去的一定就是柴竞了。当时且不说什么，谈了一会子，告辞回去。心中暗忖：在南京充了半辈子的好汉，不料今日让一个黄毛丫头踢了一个跟头。虽然自己也回了她一脚，无奈，自己猛不防，让人先跌下。没有人看见也罢了，无奈让柴竞看见了，又让龙岩和尚看见了。连柴竞当面说，也只算我和朱家姑娘棋逢敌手，若是他在背后说，岂不说我输给她了吗？自己一面想着，一面走路回去，两只脚，只管一走一顿，两只手反背在背后，恰好像捧着背上那个包袱一般。这样一来，头是越发地低下去了，两只眼只看脚要去踏的石头，眼前的东西，全不曾理会。忽然有个人在肩上拍了一下，说道："赵大哥，哪儿去？"

赵驼子一抬头，不是别人，正是马耀庭。皱了眉将脚一顿道："都是你。"马耀庭道："都为我什么事？我没有得罪大哥啊！"赵驼子道："你没有得罪大哥，你叫大哥栽了大筋斗了！"马耀庭道："我怎么让你栽了大筋斗？我倒不懂。"赵驼子因就把刚才比武的事说了一遍，一顿脚道："我们兄弟，若是丢了这个面子，不能扳回来，在南京就不必混事了。"马耀庭因在路上遇见不便说话，陪了他到膏药店内说话。因道："赵大哥，凭我们的力量，绝不是人家的对手。据我看来，把这事丢开也就算了。"赵驼子道："他不但是我的仇人，还是我们大家兄弟的仇人。为了大家兄弟，我不能放过他。你猜他怎么样，当我们龙头在江边开山门的时候，那道人和姓柴的，他却私私地偷到那里去看。是我一番好意，把他们拦回来了，这样看来，他分明是有心和我们为难了。这一件事情，我不能隐瞒，我要去回禀龙头。"马耀庭拉住了赵驼子的手，低了声音，轻轻说道："我的大哥，你也不打听打听那个张道人是谁吗？论起辈数来，他比我们大得多，据我打听来的，你不要看他身子那样健旺，他有八十多岁了。在长毛手里，他就了不得，到了现在，他是不肯把底细告诉人，要论起来，恐怕比我们龙头的辈分还大，我们敢去惹他吗？你要说出来，准是找钉子碰。"

赵驼子听说，便翻了眼睛，只望着马耀庭，半晌没有说话。马耀庭道："先前并不是我怕事，我不敢上前，叫你去上当。我的意思，只要你和姓柴的，不要伤和气比上一比，让他知道我们兄弟也不是无用之辈。你索性要牵扯上那个老道人，你想他和龙岩师都是朋友，还有我们说话的位分吗？"赵驼子被马耀庭一说，一团火气，自软了半截，将手一拍头道："算了，我让了人家了。老弟，你的话很对。"马耀庭看他这种懊丧的神气，心里非常地后悔，以为自己何苦和姓柴的争什么闲气。自己争闲气罢了，又把赵驼子攀出来，让人家无故栽了个筋斗，在南京的一世英名，一旦付之流水，心里非常地过意不去。就对赵驼子连连作揖道："老哥，这实在是我的不是，连累了你老哥。不过我一日不死，我一日总记在心里，到了便当的时候，我总要报答你。"赵驼子伸了两只手，向马耀庭乱摇，说道："这件事，我们不谈了，我们不谈了。大概你还没有吃饭，我们到小饭馆子里去喝两杯酒去。"马耀庭笑道："好，一醉解千愁，我来请大哥。"

于是两个人出了膏药店，就往附近一家小馆子里去吃饭。赵驼子一坐下，就拍了桌子道："伙计，我们要上三斤花雕，把肥的盐水鸭子切上一只，另外加一碗红烧牛肉，煮一尾大鲤鱼。"马耀庭笑道："大哥，为什么今天这样大吃大喝？"赵驼子道："心里烦闷，就喝一个痛快！人生在世，知道有几回大吃大喝？像我们这样的好兄弟，又知道有几回在一处？我们还不是痛快一回算一回吗？"马耀庭明知赵驼子满腹牢骚，是强为欢笑，故意施大话来壮胆子，也就随声附和，带着笑陪他吃喝。一会儿工夫，伙计将杯筷摆上，赵驼子一看那酒杯，不过平常小茶盅那么大，便翻了眼向伙计道："你们卖酒，只肯卖三斤吗？"伙计摸不着头脑，笑道："岂但三斤，三十斤也卖。"赵驼子将酒杯一举，一直举到伙计面前。问道："既然卖酒没有限制，为什么把这大的酒杯子给我们？"伙计道："我们这里，最大的杯子，只有这样大。"赵驼子道："我们不是什么秀才先生，要斯斯文文的品酒，杯子小了，你不会给我们送两只碗来？"伙计自认识赵驼子，知道他是江湖上的人，往常他家吃酒，不是这样，今天也许另有缘故，且莫得罪他。笑道："要碗，有有有。常言道，开饭店的，不怕大肚子汉。赵老板，你尽管放开量来喝吧！"赵驼子道："还不是这一句话。"伙计不敢多言语，将两只饭碗，来分摆在二人面前。一大锡壶酒，烫得热热的捧了上来。

赵驼子提了壶柄，先向马耀庭碗里一斟，壶口很陡，他斟得又猛，那酒斟在碗里，团团地转将起来，当中卷出一个漩涡。那酒里的热气，随着酒，就由壶嘴里冲将出来，斟到碗里，更是腾腾上升。那一种酒香，不但赵马二人闻了个痛快，就是这一列几处座上，客人都觉得突然有一阵浓香扑鼻。赵驼子给马耀庭斟完了，自己也斟上一大碗，且不动筷子，端起碗来，先连喝了三口酒。笑道："耀庭，人生一世，草生一秋，遇到好机会，不寻点痛快，白到世上来一趟。钱算不了什么，生不带来，死不带去，妻财子禄，两脚一伸，哪样是我的？大丈夫只有做一点功业，留之后代，那是永传不朽的。豹死留皮，人死留名，人生转眼就过去了，只有这一点子，还是个想头。"马耀庭道："正是这样，不过像我们兄弟，虽然在江湖上有个几年，但是像我们的人才也车载斗量，哪有名可留？"赵驼子道："这就看各人的造化了。汉高祖是江北一个当地保的出身，朱洪武自小儿还出家做过和尚，到后来轰轰烈烈干下那一番大事。原来他心里，一定没有梦到。可是也有许多英雄，练就浑身的本事，由少至老，不但不能传名，连一个知己的朋友也得不着，成不成在天，干不干在我。"说时，端起碗来，咕嘟一声，喝一满口酒。接上叹一口气道："要一个名，也不容易啊！像我在南京充了二十年的好汉，几乎让一个小姑娘打败……"马耀庭连连摇手道："弟兄喝酒喝得很痛快，不要谈这种败兴的话。"赵驼子笑道："是的，不要说这种败兴的话。"这时那一大盘红烧牛肉，一大尾红烧鲤鱼，热气腾腾地放在桌上，更是引起人的酒兴。于是赵驼子叉了大块鱼肉，只管下酒，三斤花雕完了，赵驼子又要添三斤，马耀庭再三拦住，才只添一斤酒。酒喝完了。赵驼子红着一张醉脸，自抢到柜上去会了账。马耀庭赶来，他就拱了一拱手道："老弟，再会罢。"径自一转身，就走了。

马耀庭今天扰了赵驼子一餐，心里又加倍的过意不去。次日便揣了几两银子来见赵驼子，一来还席；二来为了柴竞的事，向人家赔个不是。不料到了膏药店门口，那一块膏药市招，不知所在。店门也没有下，闭得紧紧的。马耀庭可猛吃了一惊，走上前细看时，门上贴了一张红纸条，乃是声明歇业。上面写道：赵驼子在南京卖膏药二十年，近因回乡种田，自行歇业，所有欠人小款，都于一晚之间，分别还清；至于外欠本店之款，一来是多年的主顾，二来都为数无几，一律作罢。赵驼子做事，来清去白，转告好友知之。下署着年月日。马耀庭虽然认字不多，像这样的文字，半猜半认，也就认出来了。心里一想：真怪，昨天在一处喝酒，他没有提到一个字要走，现在突然歇业走了，这分明是因为争人不过，远走高飞。他虽然好胜，究竟是个有志气的人，心里很是佩服。这人去得奇怪，不能不让龙岩和尚知道。龙岩虽不是他的本传师父，但是一向照管着他，有个半师之分的。当时也不回家，一直到夕照寺来，他一进庙门，就见柴竞和一个四十上下的壮汉，挨肩而过。柴竞只拱了一拱手，就去了，看那神气似乎不愿意人知道他们的行藏。

马耀庭看在眼里，便一直到后殿来见龙岩和尚。他右手托了两个茶杯大的铜球，几个指头车轮般地转着，转得哗啦啦直响；左手却高抬起扶了柱子，昂着头看天上的云彩，似乎出了神了。马耀庭走进来，恰好和尚一低头，他先看见了，便大声说道："马耀庭，你是怎么样子混的？也不知道你在赵驼子面前说些什么？引得他来打架。我就早料到你有此招，把事挡过去了，现在你自己跑了来做什么？"那手上转的铜球越发快了，一片当当之声，可是瞪了眼望人，专等回话。马耀庭笑道："我又敢说什么呢？赵大哥就是那种脾气，你老人家还不知道吗？"龙岩和尚道："他既然是走了，那也不去管他，凭他那种本事，在江湖上无论怎样也有饭吃。不过你以后对朋友说话，要谨慎些才好。"马耀庭碰了一个钉子，不敢多说话，就告辞出庙。

当他走过配殿门的时候，却听见里面有人说道："那个李先生，能说他们本地方的弟兄，已经有人跟下去了，倒不要什么紧。这一场买卖，今天晚上不动手，就失了机会。罗家兄弟对于此事，要去办，是不费吹灰之力，加上还有柴家兄弟去帮忙，这当然办得了。不过他们两人，都是胆子太大，不要凭了他们的本事，拼命往下干，那就会出乱子的。我想这件事，还是我们派一个人跟了去的好，万一他们做事露出马脚来，还有我们在后面挽救。"又有一个人笑道："不要如此，他们年轻的人，都好的是一个面子，有我们这老头子在后跟着，必然疑惑我们老弟兄笑他无用，他更要卖弄了。"说毕，哈哈笑了一阵，声音就去远了。马耀庭一想：这是什么大事，还值得这样留心，我今天且躲在这里，看个水落石出。于是趁四顾无人，就向配殿后的夹道里一蹩。由这里过去，是一间柴房，由天窗上钻将进去，便在软柴草堆上，放头大睡一场。一觉醒来，已是天色昏黑，慢慢地溜到神橱后面，一看东厢房灯光闪闪，好些个人影子，在窗户纸上晃动，一片人语喧哗之声。就中有一个人说道："制台衙门我也去过一两趟，重重叠叠的屋，我们知道东西放在哪里？"又有一个人道："这也没有什么难处，我们捉住一个人，问他一个明白就成了。"

马耀庭一听，暗地里伸出半截舌头，心想他们的胆子太大，居然敢在制台衙里去撞木钟。不用说，这一定是听了做寿之后，收有许多寿仪，他们要到制台衙门里去代收一笔。俗言道：见财有份。他们既然去大大受用，我得插上一只脚，分他一点。于是且不作声，只在暗处相守，到了三更时分，却慢慢地踱过夹道，越墙而出，先隐在树下，于是大宽转地走到山前一条大路，隐在菜地里等候。不多一会儿工夫，果然见两个穿夜行衣的人匆匆忙忙向前而去。

马耀庭在南京城里，路途是熟的，就抄着近路，追到制台衙门附近，闪在一个更棚顶上，爬上墙去，恰好墙上长了一丛野树，借野树掩了身躯，便坐在墙头上。这时已是月底，月亮还未高升，一望衙门里房屋，一层层的黑影巍巍。满天星斗，倒是异常繁密，一阵阵的晚风吹来，好像把天上的星斗，都吹得清光闪闪地乱动。这里正临着后花园，那些树梢有些颤动，恍惚是有人藏在上面一般。久等夕照寺的来人，却是不见。心想：他们要是动手，绝不能自前向后，由大堂进来。若是走后面到上房，这里最便，何以我却看不见他们的人影？自己等得有些不耐烦，就跳下墙去。马耀庭的轻功，却是不大高明，突然向下一跳，就扑通一声响。这万籁无声的夜里，这样一下响，连自己都跳得受了一惊，赶忙一缩身躯，藏在一架葡萄架下。南方的葡萄架，冬天是不用收藏起来的，马耀庭以为藏在这里，总不会让人看见的，停了一停，这才出来。顺着路下去，园门却是开着，一看门闩，让刀劈开了，心里立刻一惊，人是由这里进去的。好在没有灯光，且摸索向前，所有的门户，完全都已打开，左右四望，只见左一道走廊，右一道走廊，上面是大柱林林的高屋，纸窗里面还有灯光，一片鸦片烟味之中，却有两个人在屋子里说话。自己心里立刻省悟：我来到什么地方，一个单人，被人拿住，还有性命吗？立刻转身就走，但是黑夜之间，盘盘转转地走进来，未免失了方向。要回去，却找不出路。偶然一回头，只见墙边，靠住一架长梯，不管好歹先逃出这一重险地为要。爬上梯子，走到墙头，这才分出四向。只得硬了胆子，在墙头上向后走，然后由厨房顶上，跳到煤渣堆上，再向花园去。自己来时一团雄心，不料到了这里，自己先胆怯，本来自己也太粗心，一点把握没有，反要侦察别人的行动，岂不是笑话？

正想到这里，忽听前面突然人声喧哗，大叫："拿贼啊！拿贼啊！"只这一声喊，四面八方，人声大作。马耀庭大吓，寻不到一个相当的路逃走。自己向墙上蹿了两次，偏是心慌，都没有蹿上去，听听人声，竟有一部分到后面来。这个时候，他心里自然是万分着急，周围一看，并无可以逃走之地。要说硬打，靠自己一个人，决计是打不出去。正在着急时，那园门里射出一道火光，好像就有人找将来，没奈何，只得跑到葡萄架下去。恰好这个时候，靠着墙发现了一道长梯。

马耀庭心里一喜，赶忙连爬带跳，爬上墙头，可是到了墙上，心里忽然省悟：这不是在前面上房里摆的梯子吗？怎么挪到此地来了？这梯子放在这里，究竟也是祸根，岂不是明明告诉人，我由此地走了？心里这样想着，就要低头去找梯子。不料刚一弯腰，梯子却毫无踪影，这莫非是梯子倒下地去了？但是一看墙根，又并没有梯子，分明暗暗之中，有人搭救了自己，连先前上房里那张梯子，也是这人摆的了。这人本事太大，能够在自己面前走来走去，自己却一点也不知道，这样的眼笨心粗，还要去暗中侦察别人的行动，岂不是笑话？这地方也不必久留了，赶紧回去，免得出丑。跳下墙去，顺着小巷，就要向前走。却有人在身后喊道："前面有栅栏，去不得，快走后面吧，再过一会儿，人就赶上来了。"马耀庭慌里慌张，被这一喊，却没了主张，不敢更向前。就望后走。这一回头，看一个人影，在前面跑，星光之下，似乎反过一只手来，对自己招手，马耀庭料得那人是搭梯子的，总不会相害，就跟了下去。但是无论如何，隔了十几丈路，总没有法子追上去。那人虽然跑得极快，脚下没有一些响，看看追近一道栅栏，那门自然开着，恍惚他前头还有一个人，先开了门。约莫追了五六里路，那人总是若隐若现，一直追到一片菜园边，那人忽然不见。

这菜园有一道大鹅卵石砌的围墙，高与腰齐，忽然红光一闪，墙头上着了一把火，原来是有一卷碎纸在墙上烧起来了。走上前一看，火纸堆边，却放着一个四方的木盒子，上面有一张白纸，上写"见财有份，留作善举，柴竞罗宣武同赠"。打开木盒子，黄灿灿的，是盒赤金叶子。马耀庭看到，先不由心里扑通一跳，心想原来就是他二人，不但救了我，而且还分我这些钱，我守了一天一夜，真是有眼不识泰山。抬头一看，东方发白，一小钩月亮，刚刚上升。这般时候，大概是夜已到了寅初，索性在这里缓步一回，等天明了，将木盒揣在身上，才走回家去。闹了一夜，人也自然困倦，且休息自睡，一直到晚半天，方才醒过来。在家里将金叶子称了一称，足够六七百两银子。心想在南京混了几十年，只是糊口饭吃，从没发过许多钱的财，现在突然得了这多钱，我不能不去谢一谢人家。又过了一天，复到夕照寺去，要面谢柴罗二位。不料一见龙岩和尚。这个哑谜，就让人家揭破了。

第十回

匕首横飞此君来不速
刺痕乍裹孝子感尤深

那龙岩和尚，眯了眼睛一笑，对马耀庭道："凭你这样的本事，就打算捉人的错处，未免胆子太大一点。人家总算讲交情，不但不怪你，而且还分你一笔小财喜，你不觉得这事有意思吗?"他道："我正是来谢谢他，这可以说是江湖上的好朋友。"龙岩和尚道："不用谢了，他们走远了。不过那柴家老弟的师父，倒还在这里，你若愿意，我可以引你去见一见。"马耀庭道："不用引，我认识他的，我得向他老人家面前去谢一个罪。"于是龙岩和尚，便引他到配殿里来。

马耀庭以为柴竞的师父，必是张道人现在却在廊檐下，站着一个五十上下的老人。他穿了一齐平膝盖的蓝布棉袍，腰里捆着板带，那棉袍掀起一只角，却塞在板带里面。下面穿着一双薄底布鞋，套着长筒袜子，一直上达膝盖。走廊的壁上，斜靠了一个蓝布伞套，二个包袱。这老头儿反背了两手，只管昂了头张望天上。龙岩和尚道："我就说了，你父女二人，在这里也是玩，过江去也是玩，怕要下雨呢，何必忙着要走。"那人道："我这人就是这样的脾气，说要走就走，若是不走，心里总不会痛快。"

一语未了，那厢房里走出一个女子，穿了一套深蓝布衣裤，横腰也系了一根青色旧丝绦，上罩了一块红布，是两块瓦的样子，拼着合盖了头发。她道："爹，我们今天总要走才好，一切东西，我都收拾好了。"马耀庭一想：难道那打倒赵驼子的姑娘，就是她?不由得又仔细地将来的姑娘看了一看，见她红布罩下，犹露出黑发一弯，配着白中透红的嫩脸，有不少的妩媚。却猜不透这般一个人，倒有那样大的本领。龙岩和尚便对他道："这是朱怀亮老叔，这一位是朱大姑娘。"马耀庭早上前作揖，自道是马耀庭。振华姑娘听到马耀庭三字，就突然向院子当中一跳，两手一叉腰，说道："来来来，错过了这个机会，你就赶不上姑娘了。这边是我家父，那边是你的师伯，请两位老人看守住。打得躺下了，不许哼一声；若哼一声，不算是好汉。"龙岩笑道："我的大姑娘，看你这一股子劲。人家是来道谢的，不是来打架的。"朱怀亮在他的板带里将斜插着的短旱烟袋抽出，凭空一拦，笑道："你这个孩子，就是这样，不分好歹，开口就讲打。我问你有多大的本领？"马耀庭便赔着笑脸道："过去的事，请不必提，算我姓马的不知好歹。这一次来，是专门来谢谢柴大哥的，不料他又走了。"

振华见人家一赔笑脸，这就心软了，叉着腰的两只手，就不由得慢慢地放将下来。因道："并不是我爱讲打，不过这位曾请过救兵来打我们的。"马耀庭拱拱手，只是含笑，因回头对朱怀亮道："老叔，我看这样子是要出门，但不知上哪里去？"朱怀亮道："我想到扬州去走一趟，一高兴，也许由着运粮河就到山东直隶去，也未可定。"马耀庭道："这样说来，老叔一定是走泗阳经过的。到了那里，托老叔给我们打听一个人。"朱怀亮道："江北的弟兄们，我可是不大熟悉，怕不容易打听出来。"马耀庭道："只要你老人家向当地的好朋友一问，就会知道的。别的不必说，只问南京有一个姓韩的人，回去了没有？"振华便抢着说道："这事我们早已知道，你何必这样藏头露尾地说。这个姓韩的，不是去帮那个徽州李秀才，替他父亲赎票吗？"

马耀庭被她一言道破，倒弄得目定口呆。振华笑道："老实告诉你，我们爷儿两个就是为了此事过江的。"马耀庭道："原来朱老叔就打算如此，我们南京弟兄，正因打听得他是一个孝子，要帮他一点忙。不料老叔也是为此而去，有老前辈这样亲身出来，就看在江湖义气上，我想他们不能不笑应。我马上回去告诉我们龙头，和老叔大姑娘饯行。"朱怀亮走向前，一把将马耀庭手臂挽住，对他道："我们差不多是世外之人，不但各处弟兄不肯多见面，就是几十年的老朋友，都轻易不见一回，何必还讲那些客套？不定一月二月之后，我由江北回来，再去拜本码头的弟兄。"马耀庭道："既然如此，晚辈也不敢勉强，但不知道这位张道爷柴大哥到哪里去了？我们也很愿将来有重会面的日子。"朱怀亮笑道："张道爷吗，我不知道。那姓柴的他是我的徒弟，有点私事，到四川去了。长江一带，少不了是要走的，自然后会有期。"到了此时，马耀庭把一番猜忌的心事，都变成了敬仰之意。听说朱怀亮要坐船渡江，就一定要亲自送他们到水西门上船。朱怀亮也觉情不可却，就和他一路到水西门去。马耀庭又买了许多点心路菜，送到船上。把李云鹤父亲被绑的地方，南京派人暗中帮助的话，大略说了一遍。至于李云鹤本人，却并不知道有这些人帮他。

原来这李云鹤在南京勾留一两天，原是打算向柴竞商量，请他帮忙帮到底，凑足一千银子。知道他们这些武术家，身上虽然无钱，只要肯帮忙，去找个千儿八百银子，那是很容易的，偏是和柴竞会了一面之后，连找两趟，不曾遇见。因为自己去搭救父亲，一个时辰，也不能轻易放过的，不要为了筹款，反倒误了正事。因此第三天就让他同来的长工李保，挑了行李，搭那渡江的红船过江。到了瓜洲，要进淮河，这就是上水了，上水行船，日子很慢的，因此主仆二人，还是登陆走旱道。这里到清江浦，沿着运粮河一条大道，人物往来，路上原是不断的。

这一日到了西坝，再过去五十里就是泗阳了。这时已是太阳偏西的时候，李云鹤因为要打听这里的情形，暂且不走，就找了一个客店歇下。这客店正是面着运河开门，门外一连排着十几棵柳树。这日子已是冬初，河水落下去很深，柳树现得高高在上，柳条上的叶子，十落八九，只有些稀稀落落焦黄叶，在一抹斜阳影里，还是不停地纷纷落下。不过这河岸那边，却是一片旷野，所有的庄稼是收拾了干净，一片平芜，直接杈杈丫丫，其色蒙蒙的树围。因为这旷野的地方，一望平坦，只有各处长的树，挡住了眼界。这种树，远近不一，四处都有，望到了远处，仿佛树和树相连，把这旷野围将起来了。有些树低的地方，却露出一片白光。李云鹤看了一会儿，也不知那白色是什么，正迟疑间，头上一片咿咿呀呀之声，见一排雁字，由头上飞过，直向白色的地方而去。那雁字越飞越远，飞过那丛树围，成了一条黑线，向下落去。李云鹤想起来了，这不是别处，正是有名的洪泽湖了，因此慢慢踱到柳树下，看那若有若无的湖景。心里正稍觉安慰之时，忽有一个人在身后说道："天气很好。"回头看时，却是一个三十来岁的汉子，头上戴了古铜色毡帽，身穿了蓝布袍，外罩一件青洋缎大襟坎肩，倒像个中等生意买卖人。不由得随意搭了一句腔，说道："今天的天气很好，倒不像交了冬天。"那人说道："听你先生的口音，好像是皖南人。"李云鹤道："是的，敝处是皖南祁门，阁下贵处呢？"那人道："我们是大同乡了，敝县是当涂。"两人说了一阵，这人自道叫韩广发，是到江北来收账的。李云鹤也就随口说是到江北来就馆的，不过两人都住在这一家客店里，又加上一番亲近。那人虽然是个买卖人，倒没有江湖气，说话很是痛快，因此彼此倒也投机。

78

晚饭的时候，李云鹤主仆，都在店堂里桌子上吃。那韩广发却在河下买了一尾鲜鳜鱼，调了姜蒜，自己下厨做出来，用了个大盘子盛着。他见李云鹤主仆二人共饭，把饭也搬来一桌吃，看见门口有卖烧食的，索性买了一盘猪头肉、十个卤蛋，放在桌上请客。李云鹤笑道："我不客气，我们饭已吃一半了。"韩广发道："要什么紧，出门人点头之交，也有三分缘法。我看你先生，为人太好，就不讲什么虚花规矩。"李云鹤将筷子指着李保道："他是在我家帮工的，我们平常就是和家里人一样。现在出门在外，更是要同舟共济，谈不到什么规矩了。"

韩广发虽是生意人，倒懂得这句同舟共济的话，笑道："李先生这话很对，漫说是同舟共济，就是同住在一家饭店里，大家都要有个照应。兄弟为人，一生没有别的好处，就是服软不服硬，专爱打抱不平。你先生是个读书的，不知道这江湖上是不容易啊！我们明天还同走一条路，若有要兄弟帮忙之处，兄弟可以帮忙。"他们彼此说话，却没有留心靠店门的一张桌上，有个人伏在那里打盹儿。那人忽然醒了，将头一抬，对韩广发露齿一笑，一昂头，转身走了。李云鹤道："韩老板，你认识那个人吗？他为何对你冷笑？"韩广发先是脸色有些变动，一刻儿脸色就安定了。笑道："不认识他，可是他认识我，倒未可定。因为这一条路，我是常来常往的。"李云鹤见他如此说，就也不放在心上。

到了次日，李云鹤又和李保上路，向泗阳而去。这韩广发刚正也是往那里去的，因此又同走了一日的路程。这样，彼此就更熟识了。到了泗阳，同在一家客店安歇了。李云鹤看这韩广发，实在是个豪爽之人，而且他又说常到江北来，这地方熟人不少，因此想到他大小可以帮点忙，所以很愿和他交朋友。歇了客店之后，大家要水洗了脚，李云鹤就掏出钱来，叫店家买了一只肥鸡，二斤肉，一尾鱼，又打了二斤酒，预备好了，就算回韩广发相席。韩广发倒并不客气笑道："我身上正有些发寒，能够喝一点酒，冲一冲寒气，倒也不坏。"于是将酒菜摆在柜台外，和李云鹤对坐喝酒。李保坐在下首，就给二人斟酒。韩广发笑道："我昨天不是说了吗？江湖上的事情很是难说，变化出来，常是出人意料以外的。遇到这种事，可要放大了胆，不要放在心上，给他一个不在乎。这就是他们北方一带人说的——有种。"说时，端起酒杯，咕嘟喝了一口。然后将左手大拇指一伸，张口哈哈大笑。李云鹤却看不出来他这是为着什么，也只有向他赔着笑脸。酒刚喝了个一半，忽然有个矮小的汉子，由外面闯了进来。他浑身穿了青布短衣，脚下打了紫花布裹腿。一走进门，双手叉了腰，向店房里四围一望，看见韩广发坐在那里高饮，却对着他拱了拱手，含着笑说了一大套。那话有懂的，有不懂的，不知道说的是什么意思。韩广发却也拱了拱手，并不起身。那人一弯腰，伸手一摸着裹腿布，只望上一抽，一道寒光射目，却是一把雪片的小匕首。李云鹤见那人进来，先就觉得有三分奇怪，不住地对他望着。这时他一弯身之间，突地抽出一把匕首，李云鹤心里吓得要叫，口里却说不也来。韩广发却只当没事，拿过桌上的壶，自斟了一大杯酒，举起来喝了。这时，他一只大腿，可伸出了坐的凳子以外，好像并不理会那人有什么举动。不料那人却直奔了他去，他反捏着拳头，将刀握在手里，对着韩广发的大腿，就扎了下去。他扎下去之后，将刀拔了出来，接上又是一下，一直扎了三刀，然后那人将匕首还是向裹腿布里一插，对韩广发拱一拱手道："好的，我们再会。"他掉头就去了。

李云鹤看得呆了，哪里还说得出去一句话来。韩广发一直让他扎完了三刀拱手而去，还不曾放下酒杯子。李云鹤忍不住了，偏头一看，只见他的腿上已是血糊成了一片。便道："韩老板，韩老板，你不觉得痛吗？"韩广发这才放下酒杯子，回头看了一下，对李云鹤摇了两摇手道："不要紧的，不要紧的。我自己带得有药，一擦就好了。"这才见他咬着牙齿，一只手扶了桌子，撑住身子，站了起来，慢慢走向他的屋子去了。李云鹤神志定了一定，就埋怨李保，看见那人抽出刀来，正在他身后，为什么不抢下来。李保道："哪个敢管这种闲事，不要八字吗？"李云鹤道："他拿刀杀人，我们抢下刀来，为什么就要命？"李保道："这个是江湖上的规矩，叫着三刀六眼。凡是彼此之间，有什么不信服，先就这样来试试。你受不了这三刀六眼，不但不把你当好汉，另外还有法子处服你；受了三刀六眼之后，大家都要说你是好汉，就不敢藐视了。"说到这里，饭店里的伙计过来了，将李保的衣服扯了一扯，又看他一眼道："出门的人，少说话吧。"

李保会意，就不说了。李云鹤也恍惚听见什么三刀六眼，万不料就是这种事情。那姓韩的原说到江北来收账的，这样看来，他也是个跑江湖的人了。他遇到这种大变，神色自若，连受三刀，哼也不曾哼一声，实在可以佩服。分明他事先是知道的，所以他告诉我们说，江湖上的事，常是变化莫测，要放大了胆。他这样好人，何以要受这种处罚？莫非为了我的事？昨日在西坝饭店里，他说了那一遍大话，就有人在旁边冷笑一声走了，难道这就为了那人而起？这倒不能不去看看他去，于是摸进客房里去看他。

只见韩广发已换了裤子，靠住壁子坐了，面上的神色，都有些变动。靠墙下桌子上，有一张纸上，尚托着许多药末。李云鹤本来要安慰他两句，又怕话不相符，犯了江湖上的规矩，因此只进门叫了一句韩老板。那韩广发却微笑道："李先生大概你没看见过，以为很奇怪吗？"李云鹤听说，倒笑了一笑。韩广发一手撑住了桌子，一脚落地，站了起来。对李云鹤点头道："请坐请坐。"李云鹤看他那样子，咬着牙齿，像很吃力的样子。便道："不必客气了，请坐下吧。江湖上的事，我是一点也不知道，生怕说错了话，又在兄弟头上生出事来。"韩广发微笑了一笑道："你先生怕事情会牵扯到你头上去吗？其实真要牵扯到你头上，不说话也是躲不了的。"李云鹤听了他这话，未免一怔，只望了他不说话。韩广发将手指了一指，说道："请你把门关上。"李云鹤一回手，当真就把门关上。韩广发招了一招手，又点了点头。李云鹤会意，就走到床边，和他并排坐下。韩广发然后低声说道："李先生不瞒你说，我这三刀六眼，是为你受的。"李云鹤听说，就为之愕然。韩广发道："这话一说出来，你先生是不会相信的。但是我是实实在在说了，不过我先要声明一句，我说出来了，你可不要疑心。"李云鹤道："韩老板也是一个讲义气朋友，我早就看出来了，若是真为了我的事有这意外之灾，我是十二分的感谢，我哪里有疑心之理？"

韩广发一听到讲义气的朋友五个字，眉毛一扬，一阵笑色，就涌上脸来，点一点头道："所以我看你李先生就和我们对劲儿，你先生不是到这里来救令尊大人的吗？我念先生是个孝子，所以不辞路远在江南就跟了下来。到了这个地方，是要现面的了，我本打算迟一两天再说，现在等不及了。"李云鹤道："韩老板何以知道我这件事？老远地跟了来，我真是不敢当。这样说，阁下一定是一位风尘中的侠客，何幸相逢，还望多多相助。"说罢，连连作揖。韩广发笑道："侠客两个字，那何敢当，这种人一百年也许遇不到一回。像兄弟这种人，不过是走江湖的人罢了。我何以知道阁下的事？为什么老远地跑来？你先生都不必问。等到要知道的时候，自然会知道，好在我总不是来坏你的事的。"

李云鹤看他受三刀六眼的那种痛苦，丝毫不动声色，已经觉得这人有骨格。现在他说出话来，样子非常地诚恳，绝不能说人家还有别意。连忙说道："那是什么话，你老兄既然老远地跑来，又为我这样吃苦，我只有感激的位分，哪敢生疑？但不知怎样帮在下的忙？"韩广发道："你不要问我，我倒要先问你，令尊原来在此做什么的？何以被绑？那绑匪又要多少钱赎？"李云鹤道："家严前十年，曾在扬州一个盐商家里当过西席，后来就回家了。上半年他老人家听说旧主人家境败了，他不相信，亲自来探望探望。不料到了扬州，旧东家果然一败涂地，房产都变卖了。他听说还有一支后代在这一带经商，所以又跑来看看。这是我在他老人家的家信上知道的，从此有四五个月，不见消息。最近有一个人，说是受家严之托，带了一封信给我。那一封信上，就是说他老人家被绑了，开的价目倒不大，只要一千银子赎票。"韩广发道："那么，如何被绑，你是不知道。但是既然将令尊绑了去，何以又只要这一些钱？"李云鹤道："我也是不明白，不过据我揣想，他们原来以为家严是盐商家里的老人，一定是有钱的。后来把家严绑了去，仔细一问，知道是真没有钱，所以只要一千银子。仁兄，你想想，我一介寒儒，哪里去谋一千银子？只得把田产变了，折合得三百多银子带来，打算舍死忘生，自己去和首领哀求。不瞒你说，路上还出了一场风波，结局倒是转忧为喜。"于是把路上银子被窃，及得人搭救，和柴竞又助了几百两银子的话说了一遍。因道："有了这些钱，已经过了一半的数目了，也好办一点。而今又遇到仁兄，定是家严命不该绝，屡遇救星。只要家严能平安出来，兄弟就是粉身碎骨，不忘大恩大德。"

说到这里，他脸上竟落下两点眼泪，双膝一屈，向韩广发跪了下去。韩广发连忙扶起道："千万不要客气，若是这样，反嫌带虚套了。去这里不过五六十里，在湖边是有一股弟兄们在那里结合，首领叫老曹鹞子，倒有一身本领。我想令尊必然是在他那里，就算不在他那里，他们同在一地的股份，必然彼此通气的，我可去和他说说看。我们是先礼而后兵，总和你办个水落石出。"

李云鹤听到这里，又跪了下去，韩广发一皱眉道："咳，你这就不足取了。我们办事和说话，都要图个爽快，动不动下跪磕头，这是你们拜孔夫子的人干的事，我们干不来。"李云鹤自己起来，连连说是，便问道："照韩兄的说法，要先礼后兵，将来岂不要动武？那事就闹大了。韩兄纵是有本事，他们的人多，恐怕不容易。"韩广发笑道："他们人多，我们也不少啊！你不看见刚才那个拿刀来扎我的人吗？这会子也是我的朋友了。有了他这个朋友，就可以引出许多朋友。真是要动武，他们要帮忙的。"李云鹤听他的话，料着是指本地帮上的人。便道："既然可以帮忙，为什么他倒先要扎韩兄三刀？"韩广发笑道："你不见和尚受戒吗？头上要烧九个窟窿眼，那真和这事的意思差不多。我们昨日在西坝说了大话，今天到了这里，不能做半截汉子。我也正为要给点本领与本地弟兄们看看，所以硬受他三刀。我只要休养三天就会好的，好了，我就去和你办那件事。这三天之内，你暂且忍耐，只在饭店里睡觉，免得又生枝节。"李云鹤听说，自是千恩万谢。

到了第三日正午，正在行李里找了一本书，倒在床上看，忽然听到店房里有女子的声音道："我们又不少给一个钱，为什么不给我们找一间上房？"又听店伙计低声道："姑娘，我们有上房，还不愿让客住吗？这厢房你能住就很好，若是不能，就请到别家去。"那女子又道："什么？到别家去？你说话怎么如此不和气？"又听见一个人道："一个做伙计的，我们和他计较什么？就住在一间厢房里吧。"这话说未多久，自己的房门忽然啪的一声开了。李云鹤起身向外一看，只见一个少年女子，行装打扮，脸上红红的，还有太阳晒着的颜色。先就听她说道："这不是上房？"门一开，她肩膀向后一缩，笑道："原来里面有人。"她退过去了，走过来一位五六十岁的老者，向房里拱拱手道："对不住！对不住。"便顺手带上门。李云鹤见人家这样客气，索性迎上前，给人家回礼道："都是出门人，不要紧的。这位老伯还带有女眷出门，那是要有上房才便当点，我是随便哪里都可以住的。请你等一等，我可以让出来。"那老人笑道："不必了，女孩子说话是不懂事，不必理她。"说毕，他自带那姑娘走了。

第十一回

逆旅晤蛾眉青垂寒士
轻车弄虎穴巧服群雄

　　过了约一个时辰，李云鹤正走到天井边昂着头看天色，伙计却拿了一张红纸帖过来，上面印着朱怀亮三个大字。他递给李云鹤看道："这位老人家，他说要到你先生屋子里来拜访。"李云鹤正要说不敢当，只见那老人已换了一件长衣，在屏门下站着，老远就是一拱手。李云鹤还揖道："老前辈太客气了，请过来喝杯茶，还要领教。"朱怀亮听说，就和他一同走进房间，彼此坐下，通过籍贯。

　　朱怀亮先道："李先生由南京来，可曾认识一个姓柴的？"李云鹤道："他莫不是单名一个竞字？"朱怀亮拈着胡须道："那就是小徒。"李云鹤道："哎呀，那是我的大恩人！原来老前辈是柴先生的师尊，晚辈一定要孝敬一番。"朱怀亮连连摇手道："你这话全不要紧，我问你那个姓韩的现在哪里？"这一问，怎不让他一怔呢。李云鹤心想：江湖上逢人且说三分话，韩广发的行踪，如何可以随便说？便道："老前辈所问，是哪个姓韩的？晚生只带了家里一个长工来此，却是同姓。"朱怀亮笑道："李先生，你何必相瞒？我还没有到这里来，在南京我就听见有这一个人到此了。大概阁下知道他，比我知道他还要迟许多日子，你还能瞒我吗？不过他到此地来，是不愿我事外之人来多事的，请你也不必对他说。将来他有为难之处，我自然会来帮你的忙。据我算来，你大概还差个三四百银子，这个款子，你不必忧虑，全包在我身上。"说时，将胸脯一拍。李云鹤连忙站起身来作揖道："果然如此，老前辈就是晚生的两重恩人，只等家父出来……"

　　朱怀亮一皱眉道："我们现在不是谈客套的时候，我有一样东西，先送给你。"说时，在衫袖笼里一掏，掏出一根三四寸长的断箭杆，上面却还连着一个大箭镞，箭杆上面，有些火烧的花纹，仔细看时，像是一只猴

84

子。李云鹤道："这种东西，不知有什么用处？"朱怀亮笑道："这就是你赎票所差的三四百银子。到了票说不妥的时候，你只要把东西包了这根断箭，送给当事的人，只要说这是一个朋友送的，转送给这里的杆首，无论如何，他必然把令尊设法放出来，不再为难的了。"李云鹤听了这话，却也将信将疑，把那根断箭收下。朱怀亮道："我自己还有点私事，要离开这里三五天。三五天之后，我再到这里来。可是一层，你千万不要对那位韩大哥说我来了。"李云鹤一时也分不出事情好坏，只得都答应了。朱怀亮将话说完，拱手而去。李云鹤拿着那断箭，自己呆呆地出了一会儿神，且将它收下。过了一会儿，自己加上一件马褂，又到朱怀亮的房子里去回拜。

那振华姑娘正侧着身躯，给他父亲装水烟。朱怀亮斜躺在一张大椅上，手扶了烟袋，闭着眼睛抽烟。李云鹤一进门，振华笑道："爹，来客了。"她说时，也就和李云鹤微微点了点头，并不回避。朱怀亮将李云鹤让在屋里坐下，振华就斟了一杯茶送到李云鹤面前，同时微笑道："刚才鲁莽得很，不要见怪。"李云鹤便起了身子，勉强笑了一笑。自己虽然是二十多岁的男子，从来不惯和女子来往，而今一个生女子和自己客气起来，急忙中找不到一句话去回复人家，未免脸上一红。那姑娘见他和父亲对面隔了桌面坐下，桌子除了一方靠墙而外，还空着一个下方，她于是端了一个方凳子，横头摆着，向上面一坐。右腿放在左腿上，两手交叉抱住膝盖，笑吟吟地看了主客说话。李云鹤看姑娘这样落落大方，对于自己生性拘束，未免自愧。再见姑娘圆圆的面孔上，泛出一道红晕，配上一对睫毛极深的眼珠，两道凤眉，妩媚有余，而温柔则不足，正是刚健婀娜，北方之美人。这时她已除了罩头的那一块布，在右耳上梳了一条横辫，绕过后脑，在左耳上盘了一个圆髻，髻下垂着一挂短短的红线穗子，倒是两耳上不戴长环，只挂了两个小金丝圈儿，一笑那丝穗子一摆，别有丰致。

李云鹤是个读书的敦厚君子，向来不肯偷看人家的妇女，更不要说作平视了。现在既认朱怀亮是两重恩人，对于他的小姐，当然不能存有丝毫坏意。所以起初进门，简直未尝看到这里有个女子，现在振华坐在身边，又是大马金刀，毫不介意，令人见了，不得不多看几下。心里却是纳闷：生得如此漂亮的一位姑娘，竟带了很重的男性。而且心里这样一转念头，也就局促不安起来，只是正着脸色对朱怀亮谈话。朱怀亮也似乎看出他的性情来了，就指振华道："我是一个粗人，不懂教训子女，所以她也像我，

85

很是放浪，不懂礼节，李先生不要见怪。"李云鹤道："不然，我看姑娘是个豪爽人，这样才不愧古人巾帼英雄那句话。这样的人，正是不可多得，我很佩服的。"姑娘最爱人家说她有英雄气概，李云鹤如此说来，她就眉毛一扬，两道笑痕，直漏出嘴角。便插嘴道："李先生说我是巾帼英雄，我不敢当，不过我一点小小武艺看来，差不多一二十个男子，未必他是我的对手。"李云鹤对朱怀亮道："原来大姑娘有一身好武艺。"振华微笑道："刚才李先生说我是巾帼英雄，原来还不知道我懂武艺，因看见我爽快，所以就称赞一声。这样说，女子只要爽快一点，就可以当英雄的。这英雄两字，未免太便宜了！"李云鹤一时失言，被她驳得不知如何对答，只红了脸。朱怀亮道："嘿，你这孩子，说话太放肆了。"又对李云鹤拱手道："先生不要见怪，我刚才说了，我是不懂教训子女的。"李云鹤笑道："老前辈这样客气，我就不敢当了。晚生虽是一个书生，读那些游侠书，向来是拜服的。今天遇到老前辈和大姑娘，恍惚就像书中说的那些人。听了姑娘的话，正可以把穷秀才这一股子酸气，给它冲洗冲洗，只觉痛快，哪还有见怪之理？"朱怀亮点点头道："李先生，你这人不俗，这话不是平常书呆子说得出来的。晚上无事，我和先生痛饮几杯。"李云鹤道："饮酒可以奉陪。不过晚生有事在心，痛饮就不行了。"朱怀亮道："这话有理，好在我们还有聚会的日子，酒留到将来喝吧。"李云鹤又谈了一阵，告别回房。

这天晚上，韩广发踱到他房里来，对他说道："我想李先生救令尊，像救火一般，哪里能久等？我这腿完全平复，总要些日子，等腿好了再去说票，岂不误了你的大事？我已经雇好了一辆小车，明天一早，我就坐了去。我已探听明白，这事八九成和曹老鹞子有些关系。曹老鹞子住在柳家集，离这里四十七八里，明天赶到那里，天还不黑。倘若有人来到饭店找你，你千万不要声张。他们最是怕走漏风声，一走漏风声，事情就全坏了。"李云鹤听说，只是道谢。又道："韩大哥伤口还没好，到了那边，千万望和平一路说。真是没奈何，兄弟另外还有一点救济之法。"韩广发以为他无非说的是钱，却也不放在心上。

这晚好好睡了一宿，次日一早起来，那雇的一辆人推小车，已经在饭店里相候。韩广发和车夫各吃了早饭，就向柳家集而去。由这里到柳家集，是一条小路，平常不过是一些乡下人往来，不很见到外路客人的。韩广发因口音不对，在路上总不说话。走了二三十里，却也无事。看看走了半天，太阳一半偏西，来到一个三岔路口。那车夫将车子向下一歇，说道："这里分的那边一条路去，就是柳家集。不过我是本地人，本地事知道比客人清楚，有话不能不说。客人有没有亲戚朋友在柳家集，若是有，可要说得很准；若是没有亲戚朋友，到这里是另外找人，那就不如不去。因为这个地方，是乱去不得的。"韩广发道："你这个人，真是傻极了，我雇了你的车子，路远迢迢地到这里来，自然有我一个缘故在其中。不然，我由城里几十里路跑下乡来，一点事没有，自己拿自己开心不成？"车夫道："不是那样说，因为你若是新来这里找人的，这一路去，处处有人问，走路很难。一个说得不对劲儿，恐怕脱不了身，我实在不敢送。"韩广发道："我老实告诉你，我是来说票的。"车夫不等他说第二句，连连摇手道："我的爹，你这样冒冒失失去说票，岂不是……"说到这里，回转头四周一望。又道："你随便给我几个钱就是了，我只能送你到这里。"韩广发道："钱我还是照样给你，你不去我也不逼你，你只告诉我到柳家集的路是怎样走就行了。"车夫道："由这里过去两里多路，有好几个柳树林子，你逢着柳林就穿过去，到了一座石桥头上，下面有一个村子，那就是柳家集。不过在柳林里走路，你千万小心。"韩广发笑着点了点头，给了他车钱，就顺着左边大路走去。车夫站在路口，扶了车把，望着他摇头而去。

韩广发身上并没有带什么包袱行李，一个人就慢慢走去。果然不到三里路，就遇见了一所柳林。穿林而过，这是武术家一桩大忌：第一就是怕人暗算，第二也就容易引起同行的误会。所以他走到这里，就离得远远的，对树林端详了一会儿，觉得无甚可顾虑的，便走过去了。过了这丛柳林，不到一里半路，又遇到一丛柳林。他以为那所林子安然过去了，这一所林子也不要紧的，坦然地走了进去。不料走不到二十步，柳林边有一丛芦苇，呼的一声，一样东西一踊而出。这声音虽在旁边，却是离身不远，若说要躲，万万来不及，只好向前一跳，索性把这种响声抛在身后。一直奔出好几步去，才回身转来，看是什么东西。原来是一个短衣人，拿着一根齐眉棍，站在身后。韩广发拱了拱手，先说了他们一套江湖上的行话，然后才道："兄弟来此，人地生疏，不懂规矩，都请海涵。"

那人见他如此，一只手拖了棍子，笑道："听老哥是南京口音，莫非是前几天到的那一位韩大哥？"韩广发知道他们成股的土匪，虽然和城里帮上不同谋，但是彼此常有来往。自己既然托重城里的同帮，这就不必隐瞒，因此一口就承认了，说是拜访这里曹横将。横将，是他们对匪首的一种称呼，是很客气的话。而且没有本领，没有身份的人，也不敢乱来拜访。那人见韩广发不算外人，便道："朋友，你要见我们横将，我就可以带你去。不过横将住的地方，外面来的兄弟去见他，有些费事，不知道你能去不能去？"韩广发笑道："既然来到这里，哪有不去见之理？若是不去见，我又何必来呢？"那人点头道："好，我可以在你前面引路，一路上也省掉许多繁难。刚才莽撞，不要见怪。"韩广发听那人的话，似乎怕走前面。笑道："我韩某到了贵地，遇事都要请指教，哪里敢有别意。要不然，韩某无礼，就往前走。"那人将棍子一抛，笑道："朋友，你爽快。我们就走。"

他于是带了韩广发，穿过两所柳林，都平安无事。遥遥只见一丛水竹子，绿成个大圈圈。竹子梢上，露出一两处屋角。左屋角边，有一根冲天旗杆，上面却空荡荡的，别无一物。那人道："这就是我们横将的庄子上了，我要走前一步。"说时，他抢上去十几步，慢慢地走到竹林边，只见二三十条如狼似虎的大狗，一声不响，飞奔前来。那人竖起一只手，吆喝了一声，那些狗便停住了脚，昂着头向那人看看，然后垂着尾巴，陆陆续续地回去了。韩广发看见，心里倒不免扑通一跳：今日若不是有人带了来，先就莫奈这狗何了。这竹林子边，紧靠着挖了一条活水沟，跨着水沟，有几条麻石头搭了平桥。那些狗乱窜过沟，早就有两个短衣人站在桥头上，那人先过去说了一阵。韩广发直垂着两手，等他们的回话。当时进去一个人，不多大一会儿，由里面出来，站在桥头上，向韩广发招了招手。韩广发走上前，对他们拱了拱手，他们也只笑笑。这里桥头上的人，派一个引他进了水竹林子。一片敞地，上面是一座土墙庄屋。庄屋外，钉了七八个马桩，上头随拴着几头牲口。大门口石阶上，有几个人坐着在那里说闲话，见韩广发有人领着，都不理会。韩广发偷眼看他们时，见他们都穿着灰尘布满了的衣服，横腰束着各样的板带，脚上一层黄色的土迹，由鞋帮子上一直涂到膝盖。这样子，似乎是从什么地方出门而来的。韩广发一律看在眼里，都不作声，跟着引路的人，进了大门。他却不直引进正屋，旁边一趔，趄进一间小暗屋子里去。这屋子虽然没有窗户，稍微有一点光。那人又向前推开一扇门，抢前去一步，捧出来一个泥蜡台，上面插了半截红烛，他出来道请，又引韩广发进去。

韩广发明知这个屋子，是关闭活票的地方，自己进去，凶多吉少。然而既然来了，却不可退缩，便毫不畏惧地跟着他走。进去一看，里面只有一张破桌，两条板凳。桌上只放了那个泥蜡台，什么也没有。那人道："我们横将，已经知道你老哥来了。不便相见，请你老兄在这里稍等一等。"说着话，随后有人送了茶壶水烟袋来，倒不像是恶意。不过这烛光，照在黄土壁上，影黄黄的，四围不曾有一丝墙缝。屋顶也是平的，糊泥土，这倒像所土牢。茶烟送过之后，就有一个人陪着闲谈。据他自说姓马，就叫千里马。韩广发是个老江湖，谈吐之间，自然也不会流露什么痕迹，说得他很高兴。谈了许久，千里马出屋子去了一会儿，回来告诉他道："我们横将，因为几个弟兄打启发（即抢劫之谓）回来，很有些油水，预备了一点酒，大家痛喝几杯，不敢把你老哥当外人，就请在一块儿喝两杯淡酒。"韩广发道："自己人原用不着客气，既然横将有这番好意，我也不推辞了。"千里马听说，就引他出来，走到天井里，满天是星斗，这才知道已是晚上了。

　　趱过两重院子，上面一所屋中，灯烛煌煌的，油纸窗户上通出光来。走了进去，一张大圆桌，四围围住八把太师椅；桌子下面，两个满堂红的锡蜡台，插上胳膊粗细的大蜡烛；屋梁下垂着一根细铁链，拴着一只铁碗油灯，大把灯芯草，燃着三四个灯头，火光下，照着一桌大盘子，盛了大鸡大肉。屋子里亭亭树立七个人，有长的，有短的，有胖的，有瘦的，中间有一个三十多岁的黑小个子，穿着枣红绸袍，外罩着玄缎卧龙袋。卧龙袋一路散着纽扣，露出袍子上束住的青绸板带。韩广发一看，就知道这是曹老鹞子，便向前拱揖。曹老鹞子自己通了名姓，又把在屋子里的人，都代为引见了。其中有两个人，一个是罗大个子，一个是胡夜猫子。那胡夜猫子黄黄的面孔，两只眼珠带着一种绿色。两个人的脸上，却都是横肉。韩广发现了，自不免多看两眼。大家照着规矩，让韩广发登上座，七个主人分左右坐下，只空了摆烛台的下方。喝了几口酒，曹老鹞子将面前的酒杯，捧了一捧，然后说道："韩大哥老远地到这里，一定有什么指教，但请直说无妨。"韩广发道："原是陪伴一个孝子，路过贵县，因为横将在江湖上大有名声，没有路过不拜之理，所以前来奉访。"曹老鹞子听到，却也相信了，只是那胡夜猫子因韩广发一见面，就目光注射到他身上，他心里有些不愿意。这时他听韩广发说保护一个孝子，便道："这样说，韩大哥一定有过人的本领，倒要领教领教，让我兄弟们开开眼界。"韩广发笑道："兄弟并不懂什么，就是懂什么，难道还敢班门弄斧不成？"罗大个子道："韩大哥既然有这种义举，一定是个有本领的。若是不肯赐教，就是

89

瞧不起愚兄弟。"韩广发连称不敢当，但是在座的人，都说要领教，若是一味推却，又似乎不给人家面子，也是不好。只得拱了拱手道："吃完了饭之后，一定献丑。"自己暗下想着：一把单刀，曾练过几十年，回头我就练一趟单刀。于是喝了一杯酒。

忽然觉得左肘上，有东西碰了一下，接上听到地下一声响，低头看时，是一块小小瓦片。别人因为没留心，都不知道。韩广发却心里纳闷儿：这瓦片何来？正在犹豫，那右腕上又让东西碰了一下，一响一看，还是一块小瓦片。韩广发心里恍然大悟：这当然不是有人来暗算，必定是给我个什么信儿。我且退席，绕到这屋后去看看，究竟有什么人在那里。当时借着小解为名，就由堂屋里出去。这正屋之后，是所院子，正是小解前去必由之路。韩广发走到后面，只看见正屋的后窗，灯光明亮，那里大概便是座后。但是四周一望，并不见有什么人，这院子里只错综交互的，有许多树木。韩广发徘徊了一阵，不见什么，只好依旧归席。只在这一推双合门之间，在座的人起身一点头，韩广发还是上座。那坐在左面的吴得标，忽然对胡夜猫子道："大哥，你头发上插着什么？"胡夜猫子摸下来一看，却是一根三寸长的芦秆，芦秆头上，却是用刀削了的，有一个尖头，分明是人工加制的了。胡夜猫子道："奇怪！这是哪里来的？啊！吴大哥，你摸摸看，你头上也有一根。"吴得标一摸，果然也是照样的一根。曹老鹞子道："慢来慢来，你们大家头上都有了，我呢？"伸手一摸，也是一根。这桌八个人，除了韩广发而外，竟是人人一样，头上都插了一支芦秆袖箭。胡夜猫子一想：这一定是韩广发刚才出去一趟，小小施了手段。若是他用了真的袖箭向各人咽喉一下，在座的七个人，就都会没有性命。由此看来，韩广发的本事，实在是了不得。曹老鹞子斟了一杯酒，首先向韩广发致敬意道："韩大哥果然手法高超，请喝一杯。"说时一举杯干了。

韩广发现他们头上都有那一根短短的芦箭，心里果然诧异，但是这东西由何而来，自己也不十分明白。这时在座的人一致疑惑是他弄的手腕，自己想倒可以惊异他们一番，倒也是乐得承认的一件事。不过转身一想，刚才掷瓦片的人，大概就是现在放袖箭的人，这人放出袖箭，不过是刚才一转眼的工夫，当然没有远去。现在若掠人家的美，承认袖箭是自己放的，那放袖箭的人在一边听见，随便一现身，自己就站不住。这样冒失的事，是万万行不得。不料自己这样犹豫着，那曹老鹞子已站立起来，举杯敬酒，自己没有安然受之的道理，也只好站立起来对干了一杯。当时在场

90

的人一阵喧笑，都夸韩广发的本领好，说是有什么相商，只要办得到，一定办起来。韩广发道："承诸位弟兄们好意，我的事，不能丝毫隐瞒，我不是说了保一个孝子路过吗？其实这个孝子，就是到这里来的。因为他父亲现在还留在贵处，他备了款子前来求情的。"曹老鹞子听到这里，听入神了，将手按住酒杯，偏着头听完。才道："这人姓什么？"韩广发道："姓李，是徽州人，在盐商家……"曹老鹞子道："有的有的，这人叫李汉才，倒是一个老实人。有你老哥来了，话极好说。但是大哥来得不巧，这人现时不在我这里了。"韩广发道："所有的活票，都是在贵处的，谁还能要了去？"曹老鹞子道："你老哥有所不知，因为我这里有一班兄弟们，他们要自立门户，另分到一边去了。他们也不能白手成家，是我把所有的东西，分了一半给他们，所以也分了十几名男女票去。老哥所说的这个姓李的，正分在我那兄弟手上，要放回这个人，那要和他商量。兄弟这边，不能做主。他那里叫大李集，离我这里还有二十里路。"韩广发听了这话，大为扫兴，便道："这也实在不凑巧，好在是由这边分去的弟兄们，总也是朋友，可不可以请横将赏个面子，派一位兄弟和小弟一路到那边去？"曹老鹞子听了这话，尽管为难起来。便道："实不相瞒，就因为这班弟兄们不听约束，才分开了出去的，要兄弟出来说话，还不如你老哥自己去说的好。"韩广发知道这班人是最重义气的，也就全靠义气二字，头领可以约束部下，若是不顾义气，一朝翻了脸，就没有法子收束。当时也就默然饮酒，不再多说。

当时曹老鹞子留他在庄上歇下，不是那个暗屋子了，是一间极干净的上房，一样的设有床帐。韩广发一想，白跑一趟，实无脸见人，要一人到大李集去，又怕李云鹤久等无音信，心下着急，在床上翻来覆去，不曾睡着。约莫有四更时分，忽听到窗户咯吱咯吱几下响，连忙抬头向外一看，月亮之下，果然见一个人影子，在昏黄的月光之下，隔了窗户纸一闪。

第十二回

兔起鹘落梦酣来恶斗
目挑眉语马上寄幽情

武术家规矩：晚上在屋中遇到了意外，先吹灭屋子里的灯烛，然后拿一样东西向门外或窗户外抛了出去，借着门外人躲闪的机会，就可以向外一蹿。这时所幸屋里没有灯烛，韩广发连忙起床，向床头边一闪，先抓了一把木椅在手，眼望窗户，只要窗子一开，马上就把椅子抛了出去。不料窗子外那人，也预防了这一着，只将手里的武器，把窗子挑开，人是闪在一边。韩广发手里的椅子向外一抛，一点响动没有，已被那人接住。韩广发虽然腿上创痕未好，然而在这生死关头，也只得奋勇蹿出去。那人见他走来，手里持着明晃晃的刀，占了一个势子，侧面就剁。

韩广发自幼学过一种空手入白刃的打法，毫不畏惧，看那刀剁近腰时，向上一跳，抓住屋檐，趁了机会，就用脚去踢他的头。那人不等脚来，也就向屋上一蹿。韩广发怕他用刀剁手，一个鲤鱼跌子势，脚向上一翻，便睡在屋上。自己虽不怕人，然而这里是贼巢，一声张起来，群贼并起，自己寡不敌众，绝难讨便宜，且逃走为妙。这屋里便是墙，墙外就是一片草地，正好逃走。他并不起身，就由屋上一滚，滚出墙去。自己由草地站起，那人也由墙上跳下，提刀相逼。不过那人虽逼得厉害，但他自己却也处处防备，一把刀紧紧护住了身体，不肯散开来刺杀。交手几个回合，他忽然说话道："你怎样不用袖箭？"这声音很尖，恰似一个女子。

韩广发向旁边一跳，大声喝道："你是什么人？"一面说时，一面在月光之下，仔细看去。这一看之下，可不就是一个女子吗？那女子将刀向怀里一收，也站住了。她答道："我听说你的袖箭，神出鬼没，猜不透你是怎样的放法，我不相信，倒要领教领教。"韩广发这才明白，是个爱才的朋友。但是她口里如此说，究竟存什么用意，不得而知。便道："既然如此，你并不是恶意。明日还有天亮，我又不连夜逃跑，你尽可等到明日再说，你为什么这样更深夜静，提刀动杖来逼我呢?"那女子道:"这也有我的理，我要试试你心细不心细，胆大不胆大?"韩广发道:"若不是心细胆大，也不敢到贵地。但是这又和你什么相干?"这一句话问出去，那女子不能答应了。默然了一会儿，他忽然一跺脚道:"你这人好不知进退，为什么说话这样不客气? 难道你以为我怕你吗?"横了刀，向月光之下一亮，一个灵蛇吐舌的势子。她身子向下一蹲，左手在怀里一抱，右手举着刀，直把那刀尖来挑韩广发的咽喉，所幸月光之下，看得很清楚。韩广发身子微往后一仰，也向下一蹲，已躲过刀尖。左脚一勾，右脚向上飞了出去，直踢那女子右手的手腕。

武术家的刀法，和剑法正成一个反比例，剑要风流，刀要凶猛，所以武术家对单刀，叫作拼命单刀。单刀一向是右手拿着，但是功夫不在右手，全看他不拿刀的左手拳法高下。拳法高的人，这右手一把刀，尽管排山倒海，向敌人杀去，左手却要处处照管敌人，保护那刀。这种杀法，原是单刀对武器而言，现在韩广发手里没有武器，那是空手入白刃的法子，在那女子，更应该用拳法来帮助。武术家原在乎武器厉害，但是有功夫的人，一根旱烟袋，可以破长枪大刀，一条板凳，可以破阵，这全在虚虚实实，借人之力，攻人之短。论到空手入白刃，也是这个道理。空手入白刃，名曰空手，实在是靠脚去制人。第一是踢敌人的手腕，把武器踢开，第二是踢敌人的要害，因为躲避武器，身子必然闪开，只有用腿，由武器之下，打了进去，所以韩广发第一着，便是踢那女子的手腕。那女子刀已伸入空中，已来不及抽回，左手伸开巴掌，就向韩广发踝骨上剁来。韩广发这一脚，原是虚踢的，早已收回右腿，伸开左腿，就地一扫，来一个拨草寻蛇。这一下，实在不是那女子所料到。她伸出去的左腿，首先就被韩广发的左腿扫了一下，站立不住，人就向右边一歪，自己知道万万收不住脚步了，索性跟了这势子向右边一冲，冲出去有一丈之远。她立定了脚，说道:"姓韩的，你很不错，我们明天再见。不过有一句话请求你，今天晚上这件事，除你我之外，你千万不要和这里第三个人说，你若是对第三个人说了，恐怕你就没有命回去。话说到这里为止，信与不信，全听你的便。"说毕，她身子一耸，跳上了墙，自进去了。韩广发像做梦一般，在月亮下发了一阵子呆。

这时，四野沉沉，万籁无声，晚风吹动人的衣襟，很有些凉意。猛然之间，听到两声狗叫，自己知道这里狗是厉害的，不敢惹动，遂连忙跳上墙去，依旧由窗户里回房。所幸并没有声张，这一场恶打，无人知道，因为如此，这一晚晌，都不敢安心睡觉。时时提防人来暗袭。

到了次日，曹老鹞子还是派人来款待，到了正午，又请到一处吃午饭。韩广发偷眼看看，对于昨晚的事情，他是否知道，不料他神色自若，并没有一点动气的样子。韩广发想是无事，这才放心下去，就在酒席上对曹老鹞子拱手道："兄弟到此地，蒙横将这样看得起，心里十分感激。不过那位李先生正等我的回信，我若久住不回去，他疑惑事故决裂了，更是着急，而且我要赶回去和他商量一个挽救的法子。"曹老鹞子道："既是如此，我也不勉强相留，你老哥这次来很辛苦，回去不能让老哥走了回去。我这里有牲口，我叫人送了老哥回城。"韩广发知道他这几句话，是指着自己大腿受了伤而言，就道谢领受。依韩广发本日就要走，曹老鹞子说："天气已经不早，送的人怕赶不回来，又不便在城里住，约了明天起早再走。"韩广发也就答应了。下午无事，就走出他们这里的庄门，看看野景。曹老鹞子并派两个弟兄，陪着他闲游。韩广发由东边来的，现在却由西边出去，一走过野竹林子，便是一片平原。平原之间，一条很宽的道路，直到一带远村子树边，才看不见。陪韩广发的两个人，有一个就是昨日引见的千里马，比较熟识一点。韩广发问道："昨天晚上，有许多朋友在一处吃饭，那都是这里的首领了，不知道还有我没见着的没有？"千里马道："我们这里人多，你老哥哪里能够个个都遇得着。"韩广发道："我在南京就仿佛听人说，这里有一位女英雄，何以不曾看见？大概这又是远方人多事，造的谣言。"千里马听了，只和那一兄弟微笑。韩广发道："若是真有这样一个人，我倒很愿意见她一见。女人懂武艺的，我倒会见不少，但是真有能耐的，我却没有会见过。"千里马笑道："这话不能那样说，不到泰山不知泰山之高，不到南海不知南海之深。"韩广发听他的话音，似乎说到这个女英雄的事，却又有些真。便道："大概这女英雄是真的了，不知道这位女英雄在这里是什么地位？既然是英雄，光明磊落，是不怕事的，何以对外面倒像有些隐瞒的样子呢？"千里马受不住他的话一激，便道："老实告诉你吧，她是这里横将的干姑娘，很听横将的话。横将只要她管家事，所以她不出马。真要说她的能耐，的确不容易找到几个。你不信，她一会儿就要由这里过，你看看她那样子就知道。"

话谈到这里，只见大路的远处，一条黑影，靠住了地皮，箭一般的快，奔将过来。韩广发吓了一跳，连忙闪在一边。千里马笑道："我们来宝回来了。"让那东西奔到近处一看，这才看明，原来是一条黑毛犬。那狗跑到这里，才放慢了脚步，但是依然一跳一跳地走去。韩广发道："你们这里的狗，训练得真好，很能帮主人的忙。"千里马道："这不是护院的犬，乃是我们大姑娘的猎狗。每次姑娘出猎，都是带了它去。它回来了，大概姑娘也快来了。这不是来了吗？你看。"

韩广发望前看，只见有六七匹马，拥在一处，向这里跑来。跑到近处，马上的人，除了一个女子之外，其余都是短衣壮汉。那女子的马在最后，因为快进庄了，马已改了便步。她骑在马上，回头一见韩广发，连忙揽住缰绳，拿了手上的马鞭，指着千里马道："老马，你们同来的哪一位是谁？"千里马道："就是昨天来的那位韩大哥。"她听了，微微一笑。韩广发偷眼看她时，约莫有二十岁年纪，雪白的面孔，梳了一条长辫，辫根上扎着一大截红线辫根，穿了一身青绸短衣裤，横腰束了一根红腰带。在腰带里，又塞住一条很长的薄绡红巾，在马上被吹得飘飘然。她未带武器，倒是在鬓边插了一束黄色野花。看她身体很是娇小，不但不像个有本领的人，而且不像一个能骑马的女子。听她说话的声音，却和昨晚对打的那女子声音一样。因为那女子既然相问，当着众人的面，不便不理，便躬身向前点了一个头。

那女子笑道："你就是韩广发吗？听我干爹说你很有本领，今日一见，名不虚传啦。"因指千里马两人道："你过去对他们说，我在外面还要遛两趟马。"那两人听了这话，不敢停留，马上就转身进去了，那女子见身边没有人，嫣然一笑，对韩广发道："姓韩的，你认识我吗？"韩广发也微笑一笑道："怎么不认识？我只听大姑娘的声音，我就知道了，何用得看见？"那女子笑道："你们由南京来的人，比我这里一班蠢材是和气得多啊！"说这话时，眼睛对着韩广发又瞟了一眼。韩广发笑道："我们是客，还要望做主人的包涵几分。"只这一句，就不多说了。

原来江湖上的人，除了重义轻财之外，其次就是力戒这个淫字，在形迹上图个爽快。固然不必分什么男女，但决计不许说一句笑话，或者放出一点轻薄相来。韩广发昨晚听那女子嘱咐，不许对人说，已觉事涉于暧昧，现在和这女子见面，她又不住地目挑眉语，料得这女子未免有点轻狂。她既然是曹老鸹子的干女儿，自己为尊重曹老鸹子朋友交情起见，对于他的干姑娘，自然也要尊重。因此便拱了拱手道："姑娘你请吧。"那女子道："你很客气啊！"将马头一勒，马上就走。只在这一转身之间，不知如何，她身上的那一条红绡巾，竟飘落下来，坠在韩广发身边。她加上一鞭，马飞也似的去了。

韩广发现她落下一条红绡巾来，正要招呼人家，无如人家马去得快，一个字不曾喊出，马已跑得无影无踪了。这东西又未便让它就掷在地下不顾，踌躇了一会儿了，只得将绡巾捡起来，绡质是很薄很稀的，紧紧地折叠起来，只有一小卷，不管是否可以还回人家，只有先藏起来再说。当时把那红绡巾揣在身上，就慢慢走回庄里。自己心里是非常地疑惑，据千里马说，这个姑娘，是曹老鹞子的干女了。昨天晚上，为什么和我有这一场比武？今天又何以和我这样情致缠绵？看将起来，这个女孩子，显得有些不庄重了。自己在这里是客，千万不能做出一点轻薄相的。况且曹老鹞子待自己很好，自己也绝不能对他的眷属稍为不敬。这一条红绡巾，照理是要送回那位姑娘，无论她是否有心落下，这样一来，就可以避了自己的嫌疑，然而内外不通。这东西叫谁送去呢？自己是不能送去的了，若另外托人送去，自己纵然说是在路上拾来的，但是人家未必相信。想来想去，总想不出一个好法子，由白天想到晚上，到了晚上，更不能送去了。不过自己倒宽了心，知道那姑娘绝不会加害。夜中关好房门，却是放头大睡。第二日自己起床，却见床柱上插了一把匕首，心里吃了一惊。连忙拔起来看时，刀柄上有两根红缘丝线拴着一个八节赤金戒指，刀拿在手，戒指兀自摇摆不定。韩广发一想：这不用揣摸，一定是那姑娘送来的了。她这样一次二次送东西给我，知道的是她来挑拨我；不知道的，以为我和她还有什么勾结，岂不冤枉？这种地方，多耽搁一刻，就多一刻的是非，赶紧走开为妙。于是把刀和戒指都收藏好了，然后再开房门。一面就托人告诉曹老鹞子，马上要走。曹老鹞子知道他去意坚决，也不挽留，当日就派了两名小土匪，牵了三匹马，送韩广发回泗阳城。

他们是由上午起身的，约莫走了二十里路，后面泼风也似的，有一匹马追来了。马上的人，连叫慢走慢走，送的那两个小土匪，已经勒住了马。韩广发却不理会，将马跑出去有四五十步之远，然后才勒转马头来。马一边正有一棵绿树，他们要有什么举动，自己正可借着这棵树藏躲藏躲。身子骑在马上，一手勒着缰绳，一手攀住了一根粗树枝，两只眼睛，就看定了来人的手上，是否做发暗器的姿势。那边追来的人，见韩广发一人躲开，便在马上喊道："韩大哥，我们有事，不能再送了，前面树林子里我们另外有人在那里候驾，请便吧！"他们三人，将马头并在一处，唧唧唧喁喁地说了几句话，向这里拱一拱手，径自走了。

韩广发心里一惊，暗忖道："他们把护送的人就抽出去了，分明是前面有埋伏。我一个人闯过去，不是送羊入虎口吗？"这样一想，十分为难，就在马上呆住了。心想：要不上前去，这里道路不熟，不知道走哪里好，硬要走上前去，寡不敌众，又怕中了别人的机关，心里非常的踌躇。但是和曹老鸹子并没有什么恶感，料他也不至于下什么毒手，因此放松了缰绳，让马一步一步地走去。走不到三里路之处，又到了一丛树林，知道所谓等候的人，必在此处。因此下得马来，手里牵着马，慢慢地走进林子去。心里算着，若是人家人多，只和他讲理不动手。但是走进林子以后，四围不见一点动静。心想，在这里，莫非还在前面？越走得远越好，离城一近，不是他们范围所可及的地方，那就不怕他们了。慢慢地穿出林去，已安然无事，奓着胆子，向马背上一跃，打算又要骑着走。不料就在这时候，一个样东西咄的一声，打在马肚子上。那马一惊，后蹄一弹，几乎把韩广发掀下马来。韩广发知道有变，连忙又跃下马，将马牵横。先躲在马后，隔了马背向林子里一看，果然见一个人影子在树底下一闪。韩广发便问道："树林子里是哪位弟兄，有话只管请说，若是不放心我韩某人回城去，大丈夫做事，光明磊落，来清去白，我依旧可以回来。何必在暗中和我为难呢？我是一人在此，而且手无寸铁，要我怎样就可以怎样，这是用不着这样躲避的。"韩广发这一篇不卑不亢的话，以为总可以让那树林子里的人出头，不料他默然受之，不出面，也没有一句话回答。韩广发等了一会儿，不见他出头，心里就急了。因道："是哪一位和我闹得玩，再要不出来见面，我就要破口大骂了。"这一句话说完，林子里才有人答道："不要骂，不要骂，我们是见过面的，我还怕见你吗？"

这说话的声音，竟是个女子。话说完了，她已骑了一匹马出来，韩广发一看，不是别人，正是前天夜中比武，昨天马上坠巾的那个女子。她一马上前，到了韩广发身边，也一翻身下马。韩广发退到一边，连连拱手道："原来是大姑娘在这里，不知有何见教？"那姑娘抿了嘴一笑，对韩广发望了一望道："请你猜一猜，我究竟为着什么呢？"韩广发道："姑娘心里的事，我怎么能够知道？但是无论如何，姓韩的不曾得罪姑娘，姑娘在这里等候，当然没有坏意。"姑娘笑道："自然没有坏意，我问你，我们已经认识两天了，你知道我姓什么？"韩广发原不知道，但是想加上她和曹老鸹子的关系，却故意道："既然大家称为大姑娘，自然姓曹。"那姑娘笑道："你这人糊涂，姓曹的多大年纪，我多大年纪，他生养得我出来吗？"韩广发被她一问，也说不出什么所以然来。那姑娘道："我老实告诉你，我姓胡，我是曹老鹞子的干女。他虽是一个干爹，就喜欢管我的闲事，我要顾全两代的交情，我不能不听他的话，要说真要管我……"说到这里，鼻子一哼，眉毛一扬，微笑道："那就管我不下来，你我也交过手，你想我是一个怕人的人吗？"韩广发听她这话，料到她和曹老鹞子虽有父女名分，情形还不十分相投。若是托她帮一点忙救出李云鹤的父亲来，也未可知。因道："原来姑娘是个讲义气的人，我这一回的来意，姑娘大概知道，现在一无所成回去，实在无脸见我朋友，我想来求姑娘帮我一点忙。"

姑娘且不答他那话，用手指了鼻尖一笑，现出两个酒窝来。问道："你知道我叫什么名字？"韩广发道："贵地少到，倒没有听到姑娘的大名。"姑娘道："你去打听打听，江北有个飞来凤没有？那就是我。人家当我的面都叫一声胡大姑娘，背后谈起飞来凤来，都是谈得很高兴的。我没有拜老曹做干爹以前，江北这一带地方，提起我父女两人的名字，江湖上不要说动武，先要看我们情面三分。只因我们胆太大了，有一回官兵把我们包围了，苦杀不出，在庄子里的天灯柱上，挂了十八个告急灯笼。这回官兵围住我们的庄子，大概有一千人上下，各处的弟兄们，力量单薄，都不敢来救。最后就只有曹老鹞子，他念了江湖上的十年义气，只带了一百五十多个人，在黑夜里杀开一条血路，将我一家救出。我父亲身受重伤，住在他家里，病重死了。我的母亲，我的妹妹，现在还住在他这里。老曹这东西，没有安好心眼，他见我长得好看，就想对我母亲说，把我讨了去。他那样大年纪，你想我能嫁给他吗？"韩广发笑道："这是大姑娘的家事，我们事外之人，不敢打听。"胡大姑娘道："你不是要我帮忙吗？你要我帮忙，就不能不知道我的家事。我因为老曹有那个意思，我就拜他做干爹，断绝了他的念头。他这家伙也坏，收了我做干女，他就不许我一个人和男人见面。无论到什么地方去，都派一班人看守住了我。我因为母亲妹妹都在他家里，像被软禁了一样，不敢和他为难。一为难，她两个人先就没了命。我看你倒是一个好汉，只要你肯帮我的忙，把我娘我妹妹救出他家来，我就帮你的忙。你不要以为姑娘们和你谈这话，不知羞耻，我也没法，我说话就是这样爽快，你以为如何？"

韩广发听了这话，着实为难起来。答应了她，倒是一个好内助。但是若办得不好让曹老鹞子知道了，马上就要大翻脸，自己性命危险不危险，还在其次，必定要连累李云鹤的父亲。想了一想，因道："大姑娘这一番意思，我都明白了。不过我朋友的父亲，现在也是在老虎洞里，我不敢得罪那里的人，也像胡姑娘不敢得罪这里的人一样。"胡大姑娘道："这一节，我也替你想到了，但是你知道我和他翻脸是明的，你和他翻脸是暗的。你帮了我，他未必知道。再者，我还有一层意思要和你说，但是我就不说，你这种老走江湖的人，也应该知道。"

　　说到这里，那两个酒窝，又现了出来，红着脸，低头一笑。韩广发道："大姑娘还有什么话说吗？"胡大姑娘笑道："像你这样仗义的男子，千里迢迢，跑来救人，那是很难得的，但是你府上知道不知道呢？"韩广发道："在江湖上混事，哪里顾得了许多家事。"胡大姑娘笑道："你这话很正大，家里还有些什么人呢？"韩广发心想：这里很紧的时候，为什么说这样不相干的话？因道："家里人口很单弱，就是有一个老娘，一个兄弟。"胡大姑娘道："你自己呢？"韩广发道："我自己是常常出门。"胡大姑娘道："我知道你常常出门，你自己名下的人呢？"韩广发道："我自己名下没有什么人。"胡大姑娘一跺脚道："你这人太老实了，我索性说出来吧！你有了家眷没有？"韩广发听她这话，已很明了她的意思，很踌躇了一会儿才答道："早有家眷了，而且还有两个小孩子。"胡大姑娘道："你不要胡说，你既然有了家眷，就答应我有家眷得了，为什么要想了一想再说呢？"韩广发道："我因为不知道大姑娘是什么意思要问我这一句话，所以我得先想想。"胡大姑娘道："不问你这话是真是假，日久我自然可以打听出来的。"韩广发道："这是很不要紧，用不着说假话。"胡大姑娘道："无论是真是假，你能对天起句誓吗？"韩广发笑道："像这种事，和大姑娘并没有什么相干，真也罢假也罢，那是自己的事，大姑娘为什么一定要我起誓？"胡大姑娘道："你是故意装呆，我的心事，你还有什么不知道的？我的意思，没有别的，就是想嫁你。你有没有家眷，怎么和我不相干呢？"

　　韩广发想：一个大姑娘，哪里有和人当面议婚的道理？她嘴里说得出来，自己倒反而不知道怎样去答复，红着脸说不出一个字来。胡大姑娘道："你为什么不作声，我说的话，不中听吗？"韩广发道："不是不中听，我和曹横将虽然是初交，倒也意气相投，哪能够做欺负朋友的事？"胡大姑娘道："你原来是没有妻室了，你不要说我找不着丈夫，这样来将就你。你要知道我一来看你有义气，二来看你本领好，所以和你提亲。你不愿

99

意，我还用着相强吗？我曾送你两样东西，你带在身边没有?"韩广发怎能说没有收到，便正着颜色答道："不错，我这里有大姑娘一条红巾，还有一只戒指。"胡大姑娘听说，又嘻嘻地笑了。因道："那条红巾是我落在地下的，怎说是我送给你的，我几时又送了你一只戒指?"韩广发道："今天早起，床壁上插了一把刀，刀上有线，拴了一只戒指。我想这不是姑娘，也没有别人把这东西抛进来。"胡大姑娘道："这样说，你并不呆。不过你既无心，我也不必有意。我的东西，你给我拿回来。"韩广发巴不得她这样，连忙在身上将那戒指和红巾，一块儿取出来，双手递给胡大姑娘。胡大姑娘且不理他，手只在马背上一拍，身子平地一跳，就坐在马鞍上了。手拢着缰绳，将马一勒，转头笑道："呆子啊，我们后会有期。"说毕，两腿将马一夹，那马四蹄并起，飞也似的跑走了。

第十三回

是鬼是仙塔尖飞野火
疑人疑我道半释强俘

韩广发觉得这事很奇特，而且有些害怕，以为胡大姑娘若把这事泄了，自己跳到黄河里也洗不清。要摆脱这一场是非，最好不在泗阳。不能离开泗阳，对着胡大姑娘，就不能够敷衍到底。自己坐在马上，一路想着回城来，只是不曾有一个解决的法子。离城也不过五里路的样子，路旁树林里，走出一个短衣人，只一伸手，那马就站住了。韩广发看那样子，知道这是曹老鹞子手下的小喽啰，翻身下马，便把马缰绳递给了那短衣人。那短衣人对韩广发浑身上下看了一眼，也不说什么，拉了缰绳，把马就牵走了。

韩广发慢慢地踱着进了城，到了客店，还未曾进自己客房，那李云鹤早笑容满面地由身后跟了来。进得房来。未曾坐下，李云鹤就连作了几个揖，口里说道："辛苦辛苦。"韩广发道："咳，我很不好意思回来见你，这事情弯子绕大了。"李云鹤道："怎么样了？家父有什么变故？"韩广发道："你放心，他本人身上，还是安然无恙，不过他现在不在曹老鹞子那里，已经搬到大李集去了。"于是就把这次和曹老鹞子相见的话，从头到尾说了一遍。李云鹤听了这话，立刻把脸色沉了下来，伸着手只抓头发。韩广发道："事已至此，不必焦急，我慢慢地和你去想法子。"李云鹤道："我倒有个朋友，是个有肝胆的人，曾答应我无可如何的时候，可以帮我的忙。只因韩大哥这样热心，我就没有提起来。"韩广发道："是真吗？这人现在哪里？是怎样一个人？"李云鹤就把朱怀亮父女的事，说了一个详细。

韩广发人虽忠厚，好胜的心事，却不让人。当时听见李云鹤说朱怀亮的本领高强，又说到朱怀亮给了他一根断箭杆，上面用火纹烧了一只猴子，说是急时自然有用。但是自己在长江下游走了半生江湖，就没有听见说一支断箭的故事。心里疑惑他所说的人，是江湖上骗子一流，有心来骗李云鹤的银钱的。因此笑道："李先生不瞒你说，江南江北在江湖上有名的朋友，我虽不能全认识，也都知道他们为人，从来就没听说过有个什么姓朱的。"李云鹤道："江湖上的人，隐姓埋名的很多，恐怕这两位，也是不露真名实姓的英雄。"韩广发道："那如何能够？就是依李先生所说的那形象而论，也没有这样一种人。"

李云鹤见韩广发一口咬定没有这种人，也不便和他辩驳，只得罢了，只是坐在一边发闷。韩广发道："你不用发愁，这件事我既承担下来，我总要和你通盘筹划，想出一个妙法。而且这回我在那边已经替你安了一条内线，万一不成功，从权办理，也无不可。"李云鹤道："韩大哥为了我的事太受累，我预备一杯酒，给韩大哥洗尘，请到我房里去坐坐如何？"韩广发闹了一天，肚子也正是饥饿，就慨然地和他去了。

及至吃喝回来，由天井里经过的时候，忽然觉得一样东西，直插入头发，戳了一下头皮。他伸手一摸，却是一根小芦秆。赶快拿到房里，就着灯光一看，哎呀，这种芦秆，和在曹老鸹子席上所见的却是一样。这一子，忽然浑身上下，如走进了蒸笼一般，只管向外冒热气。将那芦秆拿在手里，灵机一动，赶快将灯吹灭，身子一闪，便闪在门后面。侧头向门外一张望，看见天井里半边天星斗，却不见有什么人影。停了一响，不见动静，自己心里想着：这个放芦箭的人，在曹老鸹子家里，帮我的忙帮大了。无论如何，他不是有害于我的人，我何必怕他？像他这种来去无踪的能耐，我就是要怕也怕不了。我就不如点了灯候他来，或若还可以和他请教。主意想定，于是就把灯点亮了。窗户洞开。当自己要伸手去开窗户的时候，唰的一声，一样东西，直射入自己手指丫里，看时可不也是一根芦秆。当芦秆刚刚插入手指丫之际，同时放在窗户台的一只茶杯当的一下响，低头一看，原来是大拇指粗细的一颗鹅卵石。他这才恍然大悟，自己先就疑心，这芦秆是极轻飘的东西，怎么可以随手发放，射中远处的人？现在看到这一块鹅卵石，才想到他发箭之时，石子和芦秆，是同时发出去的，石子必安在芦秆的下梢。芦秆射出来，正是借着石子那一点力量。这个人在那小小一点玩意儿上，都有这样考究，那武艺一定是功超绝顶。无论他是好意是恶意，总以不得罪他为妙。心里想着，手里拿了那根芦秆，就只管出神。看到芦秆上，这回有些不同，用了黑笔，涂了大半截。仔细一看，又不是乱涂的，乃是许多朱字。这人的意思，大概是怕光写一个朱字在上面，人家不会注意看到，所以多多写上些字，把芦秆都弄黑了，你自然要看一看了。李云鹤刚才曾提到朱怀亮，自己不肯信有这样一个人，大概我们说这话，他正在一边听见，所以给我一个信。如此说来，我到曹老鸹子那里去，他也曾暗中保护我的，自己小看了他，他所以要和我为难。不过话已说出去了，没有法子收回来，为了自己的体面，这时马上去问李云鹤，也怪难为情。目前先搁在心下，等有了机会，话里套话，再和他提起，当也不迟。因此一人闷坐了一会儿，就关窗想睡。

不过心里有了事，总是抛撒不开，就捧了一管水烟袋，一面抽着，一面走到李云鹤房里，那样子却很像是随便闲步，踱到房子里去的。李云鹤听房门外踏着鞋子的脚步响，伸头一望，见是韩广发，便迎了出来道："韩大哥，你今天累了，应该早点休息，何以这时候还没有睡？"韩广发道："心里烦躁，只是睡不着。"李云鹤道："何不请到我房里坐坐？"韩广发听说，就捧了烟袋走进去。因见李云鹤的床被，并没有展开，便问道："李先生，你没有打算睡吗？"李云鹤道："咳，不瞒你说，我前后有两三个月，不曾睡安稳的觉了。夜里听到鸡叫才睡，那是常事。"韩广发道："李先生，你也不必忧虑过甚，他们把令尊扣住，至多不过是要几个钱。只要我们肯出钱，慢慢地总有法子想。刚才你不是提起那个姓朱的吗？他是哪里人？"李云鹤道："他说的湖南口音，大概是湖南人。"韩广发道："这就难怪了，上游的人，和我们下游的人，不能个个都相识。你所说这个姓朱的，或者是个修养田园的老前辈，所以我们年轻的人，不曾知道。他走这里过的时候，可曾和李先生提到了我？"李云鹤道："他已提了，而且据他所说，在南京他就知道了这个消息。"韩广发道："在南京就知道吗？这很奇了，南京有哪个把这话告诉他呢？"

李云鹤看他问话的神色，在惊讶之中，似乎又有一点钦佩的样子，这个不是假装的。于是就把朱怀亮的高足柴竞救助自己的话，从头至尾说了一遍，因道："他的徒弟，都是这样侠气的人，他本人自然不失信于我们。他曾说了我有为难之处，他一定来帮我的忙，我现在也算为难，不知道他晓得不晓得？"韩广发道："他果然说了这句话，那么，你为难不为难，他一定知道的。这回来了，你一定让我和他见一见，好不好？"

李云鹤一个好字不曾答应出来，只听见街上的人声，喧嚷成了一片，连着本店的人，也同时乱将起来。只听到说"快看去，快看去"。韩李都忙着跑出来，就问店伙道："什么事你这样乱？"店伙道："我们这里东门外有一座古塔，塔顶都坏了，从来不能有人上去。现在这塔顶上忽然发起火来，就像戏台上撒的焰火一般，只管一阵一阵冒出来。满城的人都轰动了，说是那塔上出妖怪。"李云鹤笑道："胡说！哪里来的妖怪，我不相信这一句话。"店伙道："你不相信，出了这街口，东头有一片敞地，你站在那敞地上看看就知道了。那个地方，现在有许多人在看，这也不是哪一个人可以看不见的事。哪里能够随便造谣言？"李云鹤好奇心动，就向韩广发道："韩大哥，不问有无，我们且去看看。"韩广发初听这话，也是不相信的，就和李云鹤出了店门，一路走上敞地上来。

那一片敞地，足有二三亩大，人都挤满了。跟着大家的视线望去，果然见东边半空里，不时冒出一阵火光，火光一冒，就看见半空里一个黑巍巍的影子，不必提，那自是那座古塔了。火光并不是烧着不断，老是停一晌子，就放两把火出来。有火的时候，可以露出塔影，而且还隐隐地现出塔上长的一丛野树，没有火的时候，长空更觉黑漫漫的。这片敞地，看的人就议论纷纭起来。有的说，这古塔上本来有一只大蟒精，伸出头来，塔身都会摇动。有的说，不是蟒精，是海里一只螺蛳精。因为螺蛳精像塔，所以它藏在塔里。有的道，前两天我亲自见的，是一只大蝙蝠精，现出原形来，有桌子大小。有的说，不是蝙蝠，是二尾玄狐，它就常常变作白胡子老头儿，到城里来卖酒。有的人说，它自己哪里会出来，不过打发它手下的小妖儿们出来罢了。那小妖儿们，是变作十五六岁的男孩子，在人堆里混。有的说，这话很对，我们这些人里头，这许就有，小心一点吧。人丛中有两个小孩听到了，就哇的一声，哭将起来。这不知人丛中哪个人说了一句妖怪来了，快跑快跑。这一声喊了出来，看热闹的人就是一阵乱，一传十，十传百，都说妖怪来了，大家提脚就跑。有几个跑得摔在地下，乱嚷乱叫，顷刻之间，人像滚浪一般，簇涌出巷口去。星光之下，只见人头滚滚，不多大一会儿，人跑了一个干净。

李云鹤不肯相信有妖怪，站定了没有动。韩广发这是要看一个究竟不曾走。于是这敞地上，就只剩有这两个人。李云鹤笑道："这些人真是天下本无事，庸人自扰之了。但是这塔上的火焰是从哪里来的？仙怪我是不相信，要说是人，爬到塔顶上去放火，那又是什么意思？据我看，这里面怕另有别的隐情。"韩广发道："若论起这古塔，实在不易上去。我曾走那里经过，塔下是所破庙，上塔的塔门，都用乱砖塞死了。若说是由外面爬上去，第一层塔四周就有飞檐，如何着手？若说不是人，我和你先生一样，这是一个不信妖魔鬼怪的人，这又是什么东西在那塔上呢？"李云鹤道："天下之大，无奇不有，我们所不知道的事很多很多，哪里就能说没有？"韩广发且不答应他的话，站在星光之下，遥遥地望着远处古塔上的火光，只是出神。李云鹤道："韩大哥，你想什么？"韩广发轻轻地说道："这件事可大可小，我想这一定是江湖上的人，有什么举动。放的火，乃是他们的信号。所以在塔上放，正是因为地方高，可以让四处八方人都看见。其二，塔顶上放火，又不伤害无辜的百姓人家。其三，也可以装神鬼，不让人家疑惑旁的事情上去。我的意思就是这样猜法，可不知道对不对？"李云鹤一顿脚又是鼓掌，连说道："对极了，决然是这样无疑，但不知道他们为的是什么事？"韩广发道："这就难说了，连我刚才猜得对不对，我还不敢说定。究竟为的是什么，我哪里又能知道？"说到这里，这火这就灭了，两人一同回店。只见店中主客，议论纷纷，十个有八九个说是妖怪，一两个说是鬼。李云鹤听了，也就暗地里好笑。

到了次日，李云鹤还未曾起床，就听到有人拍房门响，连叫李先生。李云鹤起来开了房门一看，正是朱怀亮父女两人，这一喜非同小可，连忙将他两人让了进来。李云鹤道："我是天天想念你老人家，不知你老人家什么时候可以回来？"朱怀亮道："令尊的事，办得怎么样了？"李云鹤皱了皱眉道："把我那位韩大哥白辛苦了一趟，家父已经不在柳家集。"朱怀亮道："虽然不在柳家集，也离柳家集不远。真论到得力的人，还是这里的曹老鹞子，因为分出那一班兄弟，绝不是他的对手。只要他和那班人一翻脸，真打起来，那一班人没有不退让的。"李云鹤笑道："这是小说上曾说的，叫作火并了。但是他们相处得很好，如何肯火并？"朱怀亮拈着胡子微笑了一笑。振华姑娘坐在一边，就忍不住了，站起来道："你这人真是……"

朱怀亮连忙止住她道："不要胡说。"振华看了李云鹤，用牙咬住下嘴唇微微一笑。李云鹤对朱怀亮拱了拱手道："老叔所说的事，无非是搭救家父。既然是搭救家父的事，晚侄自然不肯自己泄露机密。"朱怀亮道："你这话也是，不过帮你忙的人，不止我一个，各有各的做法。我的办法若是全说出来了，倒反是不妙。你在这里三天之内，必定有一个山东人到这里来投宿，你就将那根断箭交给他，说是有你父亲这样一件事要托重他，他听说必然满口答应。不过你的钱，也不能省下。你就把你原来预备的钱，都交给他。他得了你这一笔钱，事情就办得很快了。我和你住在一

105

家饭店，多有不便，我是另在东门外找了一个客店，你也不必去寻我，我自然会常来看你。"说毕，一拱手便走。

振华正坐着听她父亲说话，她父亲突然要走，倒出乎意料之外，所以她父亲走到了房门口她才知觉，一手扶了桌子，微笑地站将起来。朱怀亮见姑娘没有走，又退了回来，因道："你怎么不走？"振华红了脸道："我怎么不走呢？你走得太快，我没留心你就先走了，好像是抢着要去赶什么一样。"朱怀亮道："不是别的啊，他这里那位韩大哥，很放心我们不下。我们暂且不和他见面，省得见了面，大家有点不合适。"振华道："这话我倒是同情的，李先生你不要告诉那姓韩的，我们只管各干各的事。"一面说着，一面走出房门去。到了房门口，将手一挥道："李先生，你们再见，你不要忘了我父亲告诉你的话。"说毕，她又向着这边点了一点头，一笑而去。李云鹤也猜不透他父女二人这样倏来倏往，是什么用意。不过他既然叮嘱明白了，不可对韩广发说，也就搁在心里，不肯说出来。

这日下午，也不知道韩广发由哪里回来，满脸是笑容，一拍手道："李先生，这件事情不至于闹得很大，可以和平办理。"李云鹤道："和平办理，是怎样的办法？"韩广发掩上了房门，将李云鹤同拉住在床上坐下，因低低地说道："自从我由柳家集回来以后，我就暗下思忖，怎样上大李集和你去说票？这大李集，究竟是什么人在那里为首？今天我才打听得明白，不过是个三等角色，没有什么声名，只是他曾拜常州曾元亮为师。这曾元亮是江南有名的拳师。曾元亮师父，在太湖里打鱼为生，长毛手上，听说带过兵。这人真姓名不传，二十年前到峨眉学道去了，江湖上却知道他的外号叫火眼猴。他的一身绝技，不必多提，就是撒手的武器，什么袖箭、飞刀、紧背低头弩、金镖、飞石，没有一样不好。论辈分说，他就是这里大李集的师祖了。你说那位姓朱的送了你一支断箭，上面还有火纹烧画的猴像。据他说，那东西一拿出来，就可以救急，莫非那断箭是火眼猴的东西。有了他的东西，那大李集的首领，就和接着师祖的号令一般，漫说我们还给钱赎票，就是不给钱，凭这根断箭，他也不能不把人放了出来。我已经托了我一个朋友相陪，明天一早，就到大李集去。银钱我不敢过手，请你把那根断箭交给我，让我去试一试。"

这一来，李云鹤又为难起来了。刚才朱怀亮来说，说是两三天内，就有人到这饭店里来投宿，叫我和他商量，这一根断箭也交给他，现在韩广发这要，我还是给不给呢？我要是不给，怕韩广发又要虚跑一趟；要是给了，若是果然有人来，我自己又把什么东西和那人商量？倒委实为难起来了。韩广发现他沉思之下，还没有作声，便道："李先生，你不要生疑心，我想这断箭一定有关联。不然，那位朱老前辈，何必拿这种不相干的东西给你？况且那上面画的猴形，很像是火眼猴的记号。这也是求官未得秀才在的事情，你尽管交给我，不成功也不要紧。"

李云鹤因韩广发的箭逼得太紧，念到人家为自己的事，还受了三刀六眼，他的热心，倒不可打断。他明天就是要走的，朱怀亮说的那人，又不知道哪天才实在能到，不如把那东西先交给他带去这好。若是不拿出来，一定要把朱怀亮的话说破，究竟也是不好。于是就依了韩广发的话，把断箭交给他，晚上又备了酒菜，和韩广发饯行。依着李云鹤要把韩广发所托的朋友，也请来饮几杯。他却说那朋友不大愿露面，暂且不见的好。李云鹤不敢勉强，也就算了。

次日韩广发起了一个绝早，找了那位相陪的朋友，骑着两头驴，同向大李集而来。这朋友是泗阳城里一个帮上的弟兄，一向也在社会上做点公益事情，原名赵魁元。朋友们因为他姓名三个字，都是占在最先的地位，给他起了一个诨号，叫三头大。在淮北提起三头大，倒也有不少的人知道。这天他和韩广发各骑着一头驴，在驴背上闲谈着，不觉一走就是三四十里。到了半上午时分，走到一所草棚饭店，二人便下驴打中尖。因为驴子系在平地下一个瓜棚短桩上，二人不进店，就在草棚下一张桌子上坐下。这时有一个短衣人，嘴上长着一撮黄毛胡子，两手捧了胳膊，衔着一根八寸长的短杆黄竹旱烟袋，有一下没一下地抽烟，却不住地看韩广发。第一就因为他是一口南京话；第二见他精神抖擞，不像个平常人。韩广发见那人只管向这边看来，心里倒有些惊慌，便不住地对赵魁元以目示意。赵魁元略微将头摆一摆，好像说是不要紧。那短衣人抽着旱烟袋，愈走愈近，一直走到桌子边。赵魁元将一只手扶了桌子角，却把那个食指向里勾着，勾得很紧。这正是他们帮上人一种通信的暗号。那人看见，也勾着食指，抱拳和赵魁元作揖，接上说了一大套江湖话。韩广发跟着一谈，不是外人，也就很相得了。那人自述他们的首领魏万标，手下共有五百多人，在这里聚首，倒很相得。听说韩赵二人是要来拜访的，他愿意先回去报告一声，就拱了一拱手，先步行走了。

韩广发和赵魁元将中尖打完了，就慢慢地向前走。快要到大李集了，就不断地碰到一队一队的短衣人迎面而来，挨身而去。后来改走了小路，逼近一带荒树林子，林子外面，不时有几个人探头探脑地张望。赵魁元和韩广发丢了一个眼色，就一同滚鞍下驴，一人手上牵着一条缰绳，背在身后，一步一步地从树林子里走来。穿过树林子，是一带小小的土坝。一翻过土坝去，只见有四五百短衣人肩手相并，斜斜地站着，成了一个一字长蛇阵。好在这些人都是空手，却不带一点武器。为首一个人年约三十上下，身上穿着对襟短衣服，当胸一路排扣，拦腰束了一根紫花布板带，倒显得腰身挺立。他扁扁的脸，一双金鱼眼，倒有些凶煞像。赵魁元认得，那就是这里的首领魏万标。那是江湖上的规矩，同班弟兄，若是摆了队子迎接一位来客，那是很隆重的礼节。不过这种礼节，若是对外不是对内，那么，来的宾客不是对这一股人有什么恩惠，就是有极大的本领，拿出来现上一现，不然，就下不了台。赵魁元在泗阳虽有名声，但是地位不高，韩广发呢，更是一位不相干的远客。现在看到魏万标用这样隆重的礼节款待，却是出于意外。此时已过来两个人，给他们牵着驴，韩赵腾出手来，连忙和魏万标躬身捧拳，连称不敢当。因为江湖上的人，认为请安是蒙古族的礼节，不适用的。凡是他们短衣束带，也和戎装差不多，是不能磕头的，所以最大的礼节，他们还是捧拳作揖。那魏万标抢上一步，将身躬着，头低了和他抱的拳相碰，连道："难得二位兄长光降到敝地来，弟兄们欢喜得很。前夜韩大哥来了，事先一点不知道，失迎得很。"韩广发心想：我何曾到这里来？他莫非误会了。不过他的话事出有因，糊里糊涂不认，恐怕也是不妥当，只好含糊连称几声不敢，那些站队的人，见首领已和客人会谈。就掉转身，向村子里鱼贯而行，沿着庄门屋门，一层层地两列排班。由魏万标引导，一直把韩赵二人引上正中的堂屋，这礼越发隆重了。

　　赵魁元也疑惑起来，以为韩广发别有来头。魏万标他却丝毫不觉得他这礼仪过重，总是笑容满面，陪着韩赵两人周旋在一处。这屋子正中，摆了两张大椅，他三番五次，一定让韩赵二人坐下，自己只坐侧面一张椅子侧身相陪。韩广发道："兄弟远道来此，原是受人之托，有事相烦。若像横将这样款待，兄弟实是承担不起。"

　　魏万标笑道："韩大哥这样的义气，自己虽不肯说起来，我却不敢相瞒。"因对阶檐下排班一些人说道："今天为什么迎接这两位来客，我不说明，诸位也不知道。前天我走上大道，遇了一个少年客人，带了一车子行李，据我看来，里面是很有些油水的。我看那人年轻，很像个文弱书生的样子，便大了胆子，想一人接收过来。那个年轻人骑在驴背上，也不开口，也不理会，只管领了车子走，并不理我。我身上原带了一把腰刀，由腰里拉出，将鞭子拦住对他说把东西留下。他还是不说话，只拿了他手上那一根不到二尺来长的驴鞭子跳下驴来，向我微微一笑。而且他头上戴了一顶宽边细梗草帽，总也不取下。我想世上哪有这样从容不迫和人放对的？因此，我很不敢小视他，拿刀按了一按，倒退一步，向他面前平伸过来，试他一试。他见着了，将鞭子来挑开，而且身子也往后一退，因为我不曾用刀，刀和鞭子不曾相碰，鞭子也没有削断。不过我看透了他是一个冒失鬼，并没有什么本事了。我也不忍就伤害他的性命，不过叫他知道我的厉害罢了。因此我举刀只由下向上反挑，想把他帽子削去半边。不料那人是个十足的行家，先是不忙，等我的刀快要伸到，他用鞭子只在我手脉上一拍，我就痛入骨髓，拿不住那刀。他再起个飞腿，在我手腕上一踢，我的刀就落在地下。这个时候，我当然没有工夫去捡刀，只好空手和他去打。这样一来，我自然更不是他的对手了。他是有心和我玩耍，一时并不把我打倒，只拿了那根鞭子，左盘右旋，左抽我一下，右抽我一下，抽得我满身是伤痕。

　　"到了后来，他一脚把我踢倒。那人就把车上带着现存的绳子，四马攒蹄，把我捆好，放在车子上，回头望泗阳城里推。看看天气黑暗，已到了晚上了，离城也不远。我料到我一交官，这条命是完了，死不算什么，这样一来，也不知道在牢里要坐多久，死也不能够痛快。我在这里想着，不知哪里跑来一个人，和那人就动起手来。大概他两人的本领，不差上下，打了许久，到底还是后来这人有点真武艺，打退了那少年，在车上抱起了我就走。一口气跑了一里路，他才将我的绳子解开。我因为他是救命的恩人，我一面道谢，一面问他的姓名，何以来救我。他只说一句：'一二日之后，我就来拜访你。后会有期，现在你不必多问了。'说完他就走了。后来我仔细想，哪里有这样的人来救我，我和这人又没有什么情义。但是我想到，这样有义气的人，一定言而有信，一二日之内，必定会来的。所以我告诉你们，这三日之内，要天天聚合，接我们一个恩人。诸位想想，设若把我提了去不能回来，你们就不是曹老鹞子的对手，还要占在这大李集，恐怕是不能够。所以这位恩人，不是救我一个人。我连日都派人在路上打听，不料这位韩大哥今天真来了。"

　　他这样前前后后一说，韩广发这才知道又是一场误会。心想我原是来救人的，他越看得起我，我就越好说话。我猜救他的，没有别人，又是那个神出鬼没的朱怀亮，只不知捉他的那个少年是谁罢了。他既认定了是我，我不妨冒充一下，把李云鹤的父亲救出来再说。将来我见了朱老头子，和他赔个不是，他念在我是救人上面，当然不会计较。主意想定，便笑道："这一点小事，也是我们自己人应有的义气，何足挂齿。"

那些排班的人，先听魏万标说，那个少年是如此的英勇，已经觉得很欣羡，后来他更说出韩广发飞将军从天而下，把那少年打跑，便不由得都把眼睛射到他身上去。韩广发很自在地坐在那里，只是含着笑，一点不动声色的。大家疑惑他是有涵养的武术家，越发加倍地钦仰。魏万标道："诸位兄弟们，先请回去，等我和韩大哥约定一个时候，大家请教请教。"

大家听说，哄然一阵，各有喜色，那意思就是愿看韩广发的本领。韩广发听他们的话音，大概又是要自己现一点本领，天下没有那样巧的事，这回又有个朱怀亮出来，给自己暗中放芦箭。不过这一回献艺，更是义不容辞的了，推诿倒不免现出自己畏缩怕事，便笑道："只要大家兄弟们肯赏光，兄弟少不得献丑。"大家听说，更是欢喜，这时只呆了赵魁元。这几天是常常和韩广发见面，何曾听到他说有打人救人的一件事？况且现在到了匪巢里，一举一动，都要十分谨慎，他受了人家恭维，一口就答应练本事给人看，觉得有点冒失。不过他这人向来很持重的，若是一点把握没有，似乎也不至于胡乱答应，因之他们只管说话，自己却在一边装呆，一句话也不说。

第十四回

绝艺惊人空手入白刃
狂奔逐客黑影舞寒林

魏万标等迎接的人散了，这才将赵韩二人迎到自己的一间小客堂里去。其实这种客堂，也不过一个名罢了。墙上挂了一幅关羽的神像，下面一张条桌陈列一只香炉，一对蜡台，屋正中摆了一张四方桌，四条板凳，两边黄土墙上，挂了几样武器，两卷草编的大绳，预备放鸟枪用的，此外并没有什么陈设。魏万标请他二人坐下，陪着谈话，家里的人，不住地送汤水。到了晚上，点起了大蜡烛，先烫上一大锡壶酒，放在桌子角上，然后将四只大瓦盘子，热气腾腾地端上桌来。

魏万标一拱手道："对不住二位大哥，这里买不到肉，只宰两只鸡鸭，明天再放一口猪款待。"赵魁元道："我陪这位韩大哥来，一来固然是拜访，其二也有点小事商量，若要这样款待，如何承受得起？"魏万标道："说什么商量二字，只要能办到的，我总极力承担。"韩广发听他的话，有这样恳切，逆料请他放一个活票，总不会有什么为难的。便道："这事说起来，似乎冒昧一点，但是我们一见如故，想你一定不会见怪的。我有一个姓李的朋友，是徽州人，据说，他的令尊大人，就在尊处。"魏万标丝毫也不犹豫，便站起来说道："韩大哥提的这个人是李汉才？"韩广发道："不错，是他。"魏万标道："在这里，在这里，既是韩大哥的朋友，这话好说，就让他和韩大哥一路去。"韩广发站起来，对魏万标拱了拱手道："多承抬爱，我这位朋友，也不是糊涂人。他很守规矩，他已经带七八百银子在身边，打算送给这里弟兄们买一杯酒喝，这一点款子，自然很少，但是另外还预备了一点小礼奉送。"说毕，就在身上一摸，把在李云鹤那里要来的断箭，双手交给魏万标道："请你看看。"一边说这话，一边就偷看魏万标的颜色。

他先看见这东西，似乎不大经心，及至接过去，将箭杆上的标记一看，不由得哎啊一声，手里紧紧捏住。眼望韩广发，复又望着赵魁元，见他两人，还是自然的样子，便道："韩大哥，这东西在你朋友手上有多久？"韩广发道："那个我不知道，当我和他分手的时候，他曾说了，这东西虽然是残缺的，倒是无价之宝。"魏万标坐下去，自斟了一大杯酒，喝了一口，慢慢地将酒放下，在桌上按了一按，很有点力气，似乎在这一按之下，心里放下了一块石头，又另决定了一个主意。他道："韩大哥，你和这位姓李的交朋友，是原来就认识呢，还是新近才认识的？"韩广发一想，他说这话，一定是要查一查李云鹤的来历，以为这一根断箭，和他究竟有什么关联。自己对于李云鹤的家世，虽不清楚，但是这根断箭如何落到李云鹤手里，自己是知道的。不过一说出来，要把朱怀亮抬出，不免要露出些破绽来。因道："兄弟和李先生还是一个初交的朋友，倒是性情相投，不能当作平常朋友看待。"魏万标啊了一声，端一杯酒喝了一口又道："不瞒你说，这根断箭大大有些来历，无缘无故怎样落在李先生手里？就是无意之间，落在他手里，他也不会知道这东西是无价之宝，也不会知道这东西送给我就值钱。我很想借一点机会，和李先生见一面。不过要我进城去，我的干系太大，不敢那样冒昧。不知道李先生能不能赏光，到我这里来玩玩？"

韩广发听说，觉得这话太奇特了，自己来说票的，绑了的人未曾送出去，怎样又送一个人来。这一件事，无论如何也是不能答应。因道："这个兄弟不能代他答应，等兄弟回城去，再和他商量。我想他有令尊在此，一定是肯来的。"魏万标笑着打了一个长哈哈，因道："那笑话了，难道我也把他父亲押住，勒逼他来吗？"赵魁元倒怕双方因各有些疑心，把事就弄坏了，因道："那位李先生，我也见过，倒是个真正的斯文人。横将要会他，我可以陪他来。"魏万标道："我不过要会一会他罢了，并没有什么要紧的事。韩大哥在敝处宽住几天，将来可以和李老先生回城去。就着今天这一杯残酒，就请出他来和二位见面。"说毕，一回头对伺候饭菜的人说了几句，不多大一会儿工夫，果然引了五十上下的一个人来。韩广发看他和李云鹤的相貌有些相像，料定他就是李云鹤的父亲李汉才。他走进对着大家就是一揖，还未曾开口，魏万标道："恭喜恭喜，令郎派人来接你来了，这两位就是来接你的人，请你出来吃一杯酒，让你先欢喜欢喜。"于是在下方添了一把椅子，让他坐下。李汉才被绑快到一年，家里并没通过一个消息，家里是否来营救，并不知道。加上这来接的两个人，不但面生，一个是南京口音，一个是本地口音，非亲非故，自己的儿子，何以托他来接？自己是给这里的土匪管怕了，也不敢问。魏万标叫他喝酒，他就喝酒；叫他吃菜，他就吃菜。韩广发赵魁元不知道魏万标是什么意思，也不敢对李汉才说明来意，因此一餐酒席，只是这样糊里糊涂地下去。

酒到半酣，魏万标高兴起来了，便端了一满杯酒，站起身来，将杯子一举道："这里并无外人，我要向韩大哥请教请教了。"他说时，只管举着杯子，静等韩广发的回话。韩广发也端了杯子，陪着站了起来，笑道："好在无外人，兄弟献一献丑也可以。有不到之处，都请海涵。"说毕，于是对饮了一杯，翻着酒杯，露出杯底来。魏万标道："痛快！我就欢喜人不玩那些客套，不知道韩大哥欢喜用哪样兵器？"韩广发道："横将不是说那天遇见的人，手不带兵器，能踢掉你的刀吗？这种本事，不过是平常的空手入白刃，兄弟并无别长，若论这件事，倒可以勉强试一试。"魏万标回头一看门外，只见院子里一片白光，铺在地下，正是很好的月色。因用手将酒杯子一按道："我们的酒，就到此为止，趁着浑身酒热，就出去试一试。肚子饿了，回头再来用饭。"赵魁元也很高兴，先就离座起身，说道："这样解酒，比吃水果喝醒酒汤好得多了，兄弟奉陪。"韩广发一看魏万标满脸酒色，把大鼻子下边几颗白麻子都涨得通红，事到如此，料是推辞不得，也就站起身来，魏万标对李汉才道："事情过去了，我们都是好朋友，你也去看一看。"李汉才不敢说不去，笑了一笑，也跟在后面。

于是四人离开了这客堂，一同走出大门。这大门口正是一片打麦场，四周种了一匝树，地下倒了一片黑影，此外平坦坦的，在月光下一片好平地。大家走到月光地中间，已经零零落落，有好些人站在树荫下远远地张望。魏万标道："韩大哥说是要练空手入白刃，当然要找一个对手了。我来好吗？"便将手一拱道："唱戏的话，我来帮帮腔吧。"韩广发也拱手相还，只道提携一二。那魏万标成心要难他一难，对家人说了，不用刀剑，取了根枪来。本来短手破长手，在武术里面，就是一样很难的工作，所以练刀练剑，目标就在怎样破枪法。现在魏万标取了枪，却要韩广发空手来破，更不容易了。但是果有空手入白刃的功夫，对于长器短器，倒没有什么分别，只看本人的跳跃腾挪工夫如何。若是夺短器，不可近敌人的身，免得碰上剑峰刀口，夺长器恰好在反面，总要缠住敌人的身体，让他有武器打不起，扎不出，自己却可以伸出两手抢那武器的柄。所以魏万标取了枪在手，韩广发倒先放了一半心。

当时二人在月光之下，迎面站住，魏万标一挫身子，两手握枪，平伸出来，他的意思，在探这边虚实。韩广发身子斜斜一侧，偏去一尺有余，已离开那枪尖，身子向下一蹲，索性躲入枪下。魏万标一看，就知道他果有把握，不敢放肆，一摆枪尖，便跟着扎过来。

韩广发一看他的枪式，就是杨家枪法。杨家枪的第一长处，是长器短用，能够避免刀剑的短破，因之他也十分细心，不敢胡来。先战了十几个回合，只是远窜近躲，不着枪尖。这时比武的消息，早传遍了庄上，看的人越来越多，将这打麦场，围成了个大圈圈。大家看见韩广发在枪尖上跳来跳去，已经替他捏了一把汗。魏万标杀得兴起，手就放开了，将枪法一变，来一个青龙献爪式，右手拿了枪把，直伸出去，身子变成侧面，左手弯回，平到太阳穴。杨家枪是九尺长，加上右手伸直，长度就在一丈以外，枪尖微昂，直刺敌人的面部，这在杨家枪法里也是二十四式之中一个杀着。当敌人远避的时候，可以出其不意把他扎上。可是韩广发不但不怕，却认是一个机会，人向下一蹲，低过枪尖一尺有余，就地一滚，进来七八尺，举起右拳，用了黑虎偷心式，要捶魏万标的胸口。魏万标若是用左手来招架，右手伸出去了，右肋岂不为敌人所乘。因此他不管此，身子反正面迎将过来，枪一个风摆柳，平成一字，左手握住枪中间，柄儿朝上，尖儿朝下，斜横在前胸，左腿高抬，一面预备扫敌人，一面预备变步法。说时迟，韩广发早已逼近身边，更起左手，要来托他的脚。魏万标只微微一跳，左脚落地，身子复侧过去，便将枪柄向韩广发肩上一拦，那时快，他身子一转，已转到枪柄后面，双手并举，已经把枪柄握住了。

这几手打法，看的人早看得目定口呆，最后枪让韩广发夺住。果然空手可以破长枪。大家齐齐地喝了一声彩。这要照真实的打法，韩广发已转到魏万标身后了，只要拿起拳头，在他要害上随便敲他一下，让他受伤，就可把枪夺了过去。不过自己来是做客的，不可太让主人翁下不去。因此哈哈大笑道："献丑献丑。"说毕，就放下手，站到一边去。魏万标这才知道韩广发果然有一手，若是往下打，手中的枪，是非让他踢去不可的。现在韩广发既然适可而止，自己也就乐得见风转舵，因把枪一丢，笑道："韩大哥真有实在的功夫，差不多的人，是不敢出这一手的，领教领教。"说时，就不住和韩广发拱手，韩广发走向前握住了他的手道："这是横将谦让的，兄弟冒失了。"两人对着哈哈大笑，同进屋去，赵魁元也由后面跟了来。

三人走到那小客堂，正要洗盏更酌，魏万标因不见李汉才入座，便问道："李先生呢?"赵魁元道："出去的时候，我们原站在一处，后来看二位比武比得高兴，我就不知道他到什么地方去了?"魏万标道："大概是这里的小弟兄们，不放心他在外面，又把他带进屋去了。"遂叫人去问那些小喽啰，哪个把李汉才带走了。但是大家一问，都不知道，这样一来，韩赵魏三人，同时焦急起来。韩广发和赵魁元有两种猜法：一种是李汉才逃走了；一种是魏万标把人收起来了，却要来混赖。魏万标也是两下为难，一来怕韩广发疑心，二来自己家里都会把人丢了，面子上很是不好看，便道："这件事，兄弟面子上太下不去了，兄弟在江北一带，小小有点名声，绝不能做口是心非的事。刚才答应了放他，绝不能又把他收藏起来，就是我藏起来，无非是多要几个钱，迟早是要说明的，我岂不怕江湖上的人骂我吗? 这一层，我想二位一定可以相信的。"韩赵都连说相信。魏万标道："这就奇了，要说他跑了吧，我看他是一个斯文的老实人，在我这种地方路途不熟，绝跑不出去，要说有人来救他出去了吧，我这种地方，人就不容易来。况且我们在门外的时候人很多，他不是吃老虎心豹子胆，也不敢带了一个人走。"

　　韩广发他是知道江湖上的怪人尽多，而且自己也领教过的，对于魏万标所持的论调，倒有些不以为然，便道："贵处自然是有名的地方，差不多的人，不但不敢来，恐怕一定要走这里经过，也只好绕道而去。不过江湖也是没有边沿的地方，焉知不是一个有能耐的人做出来的事?"魏万标道："这事我实在解不开，不管他是逃走的，或是救了去的，我总要查出一点形迹来。我马上就到庄子前后去看看，究竟有什么动静没有?"赵魁元道："横将要去，我兄弟二人奉陪。"魏万标道："那我的胆子就更大了，我想这李先生他是个斯文人，他要和人走，决计走不快。若是把他背着，那背的人就是会跑也要走慢些。这里西北两面是湖，无路可走。他们不向东，就是向南，向南是到泗阳去的大路，他要逃出去，以走这条路为宜。现在我们分两条路追赶，让小兄弟打着灯笼火把，往东追去，我们三人骑三匹马向南追，一定可以追上。"韩赵也都觉这法很是。

　　他们这里，灯笼火把都是向来预备好了的，魏万标说一声走，顷刻之间，就齐了二三十人，举着火把，带着武装，赶出庄门。韩魏赵三人也在门口骑了三匹马，在月光下，向南路追去。他们一行三人，走出庄门，在月亮光下，追下去有四五里，却不见一点什么踪迹。再回头看那一条路上，一条火光，只在空里照耀，正是魏万标派的一班人，他们由庄后找寻回来了，看那样子，也是没有寻到。魏万标勒住缰绳，在马背上对韩广发道："韩大哥，这样子人是逃走已远了，我们不必追吧。这件事，只是我对你不住，且到舍下去再作计较。"于是三匹马都掉过头来，沿着路缓缓而走。在离庄不远的地方，有所树林子，一半是柳树，一半是枫树。那枫树叶子，经过初霜，已落十之八九，只有几片零零碎碎的，挂在枯枝上，被风吹得呼呼作响；柳树更是凋零，只剩了一些秃条，在风里荡漾，月亮摇作一闪一闪。但是这些树林之中，犹有两棵老松树，长得层层密密的。走到林下，寒气很重，人在马上呼出气来，在月下看见，犹如一团一团的轻絮。赵魁元道："大概夜深了，天已经下了霜。"说时骑在马上，便连打了两个呵欠，第三个呵欠未完，不由得哎呀了一声。三匹马他是在最前面，他蓦然向后一闪，几乎要滚下马来。韩广发用腿夹着马腹上前一步，因问看见什么，赵魁元也说不出话来，用手向空中指着，呵呵了两声。

韩广发看时，只见枫树头上，悬着一片黑影，长长的瘦瘦的，有手有脚，可是那手脚似乎很软，被风吹得飘摇不定。月亮之下，看这种黑影，清清楚楚，绝不是眼花。韩广发虽然胆大，看见活鬼出现，也不由得浑身毛发悚然，猛吃一惊，说不出话来。魏万标究竟是个绿林人物，平生惯走黑道，不大怕鬼，便策马上前要仔细去看。就在这个时候，那黑影突由空中钻入松树梢，到树林子里面去了。魏万标迟疑了一会儿，说道："这绝不是鬼，若是鬼，不能这样从从容容在半空中飞动。这松树里面，恐怕藏有别的东西，我要进去看看。"韩广发道："去不得，若是鬼呢？他已经躲开我们了，那就算了，我们犯不上去追他；若是人呢？他在暗处，我们在明处，我们糊里糊涂地上前去，仔细中了他的毒手。"魏万标一想，这话倒是很对。不过已说在先，要进去看看，这时若停止不上前，倒好像自己有些怕事。因一翻身下马，丢下缰绳，说道："不要紧的，这松树的树干有六七丈高，人是不容易上去的，那上面未必藏的有人。"一面说着，一面已经走到林子下面，昂着头只管遥遥对松树出神。韩、赵二人既是同来的人，不能看见人家冒险，自己在马上袖手旁观，有点说不过去。因之二人也就跟着下马，走到树林子下去，看那松树在月明之下，只有让风鼓荡着那种轰隆轰隆的松树声。松树既老，枝干很大，虽然有风吹来，不过那一丛一丛的松枝，在月明中颤动，却也看不出有什么东西藏在那里。看了许久许久，似乎没有可疑之点，于是慢慢地又走上一些，一直走到一棵大的松树下。正在出神观察之际，忽然一道黑影，由一支横干上蹿了出来，这一蹿，约有三四丈远，却蹿在一棵大枫树上。这个黑影，和先前的那个黑影，有些不同。先前那个黑影，不过是飘飘荡荡，仿佛像个人模型，现在这个黑影，却是落实的，完全是个人。魏万标便叫起来道："这是人，这是人！我们追上去！"他虽这样说着，韩、赵二人，便觉得人家居高临下，亲近不得，只是站着未动。那黑影听见人说话，不但不闪开，而且由高树枝上向低树枝上一跳，唰的一声，在树枝上打了几个旋转。那树上将落未坠的焦黄叶，被人这一惊动，早就纷纷落将下来，犹如下了一阵叶雨。接上那黑影发出一阵笑声，向地下一落，一溜烟似的就飞跑了。魏万标明知道是夜行术有根底的人，却是初次遇见，也是惊慌得说不出话来。韩广发现他这样，知他是吓住了，便拉住他道："他已逃走，我们也不必计较，回去吧。大概李汉才不见了，和这事是有些原因的。"魏万标自忖：这样来往飘忽的人，是不能和他讲打的。他只好借雨倒台，依旧出了树林，骑上马，回转庄去。

到了家里，在另一条路上寻找的人，也打着火把回来了。他们一路之上，都是不住地喧嚷。到了门口麦场上，正和魏万标的马相遇。有两个好事的头目，便举着火把，前来报告。有一个手里，拿着一张纸剪的人形，被晚风吹得高飞过头。魏万标先哎呀一声道："我明白了，原来我们刚才看见的黑影，不过是一张纸。你们这纸是哪里来的?"一个头领道："我们走出庄后小石桥的地方，忽然半空中洒下一把沙，出其不意，大家吓了一跳。抬头一看，只见半空里有个黑影子飘飘荡荡，活像一个无头的人，在半空里飞。当时我们虽然很害怕，但是人多，也不退后，大家就高举了火把，仔细向上看，看了许久，才看出来是无骨风筝，有一根绳，拴在桥边大槐树上。他们先还不敢上前去动，看了许久，实在没有什么东西，才砍了一根野竹子，将绳子挑断，把这东西取到手了。但是奇怪得很，这一把沙子是从哪里洒下来的，我们就不明白，难道这张纸还会洒沙不成? 大家就疑心槐树上藏得有人，这纸影子，就是他拴在树上的。我们就在地下，找了许多石头子，向树上乱砸。砸了一阵子，也不见树上有什么动静，因此在小石桥前前后后，找了许久，却也不见有什么东西。"魏万标都听在心里，也不作声，将韩、赵二人引进家去，收拾一间干净客房，让他们住了。

次日，韩广发和赵魁元一商量，来救的人，现在已经不在这里了，久

117

住在这里，也没有一点意思。不等吃午饭，便和魏万标告辞。魏万标这倒
为难起来，不让他两人走，留在这里，人家没有意思，让人家走了，他曾
带来老祖师遣下的一根断箭头，以老祖师面子，都换不去一名活票，简直
是无义气。想来想去，这话还是不能搁在肚子里，就老老实实的，对韩、
赵两人说了。但是韩、赵二人来援救的目的物已去，在这里实不能安心住
下。当时便对魏万标说，现时且回城去看一看，或者在城里可以找到一点
形迹。魏万标一想也是，就让他二人回城去了。韩广发一人想着，这件事
情，除了朱怀亮，没有第二个人能做得出来。那老头子行踪飘忽，如鬼如
仙，要去救一个人逃出匪巢，也不是难事。况且昨晚是打麦场上比武，看
的人很混杂，那里又四周没有遮拦，只要他将话对李汉才说明，尽可以大
摇大摆地走。由这上面想着，就有几分相像，若说不是他，这事和别个人
就不大相干，也犯不着担惊害怕，到这种危险地方来。一路走着，一路思
忖，简直就越想越对。因把自己的意思，告诉赵魁元，请他决断决断。赵
魁元说："朱怀亮既是来救李汉才的人，他不愿把这个人情让给旁人，也
未可知。若果是他救的李汉才父子，他要赶快跳出是非圈，恐怕昨天晚
晌，连夜就离开了泗阳。"

二人彼此猜说，到城里之后，就一同赶到客店。只见那李云鹤背了两
手，站在门口向街头张望，好像是等人。他一见韩广发，便迎上前来问
道："韩大哥回得快啊！家父是在那个地方吗？"他这一问，分明是李汉才
并未逃到这里来。当时且不说破，摇着头叹了一回气道："这真叫是好事
多磨，我们到店里去再说吧。"赵魁元这时也和李云鹤认识了，于是就一
同进店去。李云鹤请他们在屋子里坐，茶烟款待。韩广发冷眼看他的颜
色，究竟是怎样，若是他知道父亲已逃出了匪窟，像他那样孝心很笃的
人，一定喜于心而现于面了。可是仔细看他，面子上很好很欢喜，其实眉
宇之间，隐隐含有一种愁痕。这分明是想到他父亲没有救出来，又不好当
面得罪朋友。倒不像是做作。关于昨晚的事，似乎不必隐瞒，因就从头至
尾说了一遍。

李云鹤听说，脸色更现着十分忧郁，那两道眉尖，几乎要合并到一
处，低了头许久，不能作声。半晌，他才说道："这一去，又不知挪到什
么地方，知道是祸是福呢？我不明白他老人家何以运气这样不好？韩大
哥，你是在江湖上多年的人，赵大哥又生长本处的，家父这一去，究竟是
哪个引带的，会落到什么地方？"韩广发道："据我想，此地绝没有这种

人，若说是外方人做的，令尊又不是江湖上闻名之士，魏万标那里被绑着的人也很多，他们又不带走别人，单单带走令尊，我想总有些原因。李先生也想想，朋友路上，有没有这种能人？"李云鹤道："我是一个酸秀才，韩大哥还不知道吗？我的朋友路上，哪会有这种能人……"说到这里，忽一拍桌，身子向上一起道："哦，我明白了！韩大哥以为这事，是那朱老叔做的吗？那就错了，昨天点灯时分，他还到我这里来了一趟，问此处有好医生没有，说是他姑娘病了。"韩广发道："他住在什么地方，你能告诉我吗？"李云鹤道："这个连我也不知道，我怎么能告诉你？不过他昨日下午，确乎到这里来了。不信，你去问问店里的伙计，是不是这样？"韩广发听他说得如此恳切，这话当然不会假。自己心中，只认为是朱怀亮所做的事，现在说是朱怀亮没有离开县城，当然疑不到他。人心难摸，或者是魏万标敷衍从事，把李汉才收藏起来了也未可知。昨晚在麦场上比武之时，看的人很多，那都是他们一党的人。若说有人到那里去把李汉才带走，似乎也不容易。像昨天晚上那种黑空横影，事情太玄虚，未见靠得住，恐怕也是魏万标布的疑阵。自己离开大李集太快，匆匆忙忙的，没有探个虚实。好在魏万标对我的交情还不错，我不如再去一次，看看他的形势，究竟如何。他若是把人收起来了，就不能安定的，只要看明白了，说他对江湖朋友，没有信义，他自然无辞以对。因和赵魁元商量，明日再到大李集去一趟。赵魁元道："我看还是你一个人去吧，那里的人，你都认得了。一个人去，也是不要紧的。我在城里，也好和各位兄弟们商量，给我找一点消息。李先生令尊，若真是让人引出来了，这两天他少不得要寻出路。只要我留点心，多少要找出一点消息来。若是跟你走了，就失却这个机会了，你看对不对呢？"韩广发一想，他的话也对。在饭店里吃过晚饭，便洗了脚，早早地安睡。次日起了一个绝早，二次起身望大李集去。城里的事，托了赵魁元，说是有什么消息，随时告诉李云鹤，好让他安心。

李云鹤听到说父亲在匪巢里失了踪，自然凭空添了一桩心事，终日埋头在客房里坐着，总是发愁。过了一天，韩广发也未曾回来，朱怀亮也不见来访，自己行李里面，曾带有几本佛经，于是拿了一本《金刚经》，靠在窗户边念，以解愁闷。正在看得心地豁然之时，忽然听得外边有一个很宏大的声音说话，倒着了一惊。抬头看时，有一个彪形大汉，穿着紧身黑布棉袄，左肩上背着一个斗来大的蓝布包袱，左手却垂着一根短鞭子。鞭子上端的绳子，在手掌上绕了两个圈圈。他站在院子里对伙计道："不管什么屋子都行，我是肚子饿了，急于要吃东西，赶快做了，给我送来。"说话时，把包袱掉到左肩上去背着，在怀里抽出一块毛巾来，不住地揩擦额角上的汗。好像是骑着牲口，由长途赶了来的。店中伙计把他引到李云鹤斜对过的一间屋里安顿了，两方的窗户，遥遥相对，正好看个清楚。那边窗户，正摆了一张桌子，他面窗坐了，左手拿着茶杯，右手提着茶壶，尽管一杯一杯地斟着。斟了便又仰着头一喝，接上咳了一声，好像那样喝着，很是痛快，他斟了又喝，喝了又斟，直见他斟得壶嘴慢慢滴水方才休手。他喝完了茶，手依然按住了茶壶，昂然望着窗外的天，好像有什么心事，尽管在那里沉吟似的。半晌，他用手一伸，将桌子一拍，似乎又对什么事下了决心一般。这样看起来，这个人的情形恰也是可疑了。

第十五回

此理不明卧地惊怪汉
前疑可释举火会高明

这时，伙计就送了东西进去了。遥遥地看去，一大盘堆起来的大馒头，看去大概有四五十个。另外两只大海碗盛了两大碗菜，也是堆过有几寸高。他左手拿了馒头，向口里一塞，一咀嚼就是一个，右手拿了筷子，整大夹的菜，又了起来，就向口里送。他一口一个馒头，一个馒头之后，接上就是一夹子菜，这样吃着，不多大一会儿，就把馒头吃了一个干净。馒头吃完了，两只手捧了那只大海碗，咕嘟咕嘟仰着下巴颏，一口气喝了个不停留。李云鹤坐在这边，都看得呆了。

他吃完了，站起身来，将手在脸上一摸，又咳了一声，那样子是好像是吃得很痛快。伙计一会儿送了茶水去，他就和伙计谈话，听他的口音，完全是山东话。李云鹤想起一件事，朱怀亮曾告诉过自己，有一个山东人，不久要在店里住下，可以把话去告诉他，他可以相救。现在看这人气宇轩昂，很像是一个有来路的人，而且他说一口山东话，和朱怀亮说的那人，多少有些相合。管他是与不是，且和他兜揽兜揽。是的固然就可以趁此求救，不是的不过白说一声，也不会丢了什么。这样一想，就装着散步的样子，由屋子里踱到天井里来，慢慢地也就踱到这人窗户边。

恰好那人一起身，向窗外探身一看天色。李云鹤道："今天又来一位新客人。"说话时，故意和那人一点头，那山东人也回礼一点头。李云鹤道："这位客人说话，贵处好像是山东吧?"那人道："是的，敝处是泰安。"李云鹤笑道："好地方啊！是圣人之邦啊。"那人听到他这样夸赞，也就禁不住脸上露出笑容，拱拱手道："你这位先生夸奖了，我不过是个老粗，泰安地方，出我这样的老粗，正是玷辱孔夫子。先生何不请进来谈谈?"这正是予李云鹤一个好机会，便跨步进来，因道："这位客人，真是爽快，我们南边人说北边人性直，那是有缘故的。"那人起身让座，彼此

121

问了姓名。他说叫孔长海，正是圣人后裔，因为在福建做生意回家，所以路过此地。

李云鹤看他那样子，绝不是经商人的样子，这样一说，更可疑了。自己暂时也不说出真话，只说到淮北来就一家私馆的。谈了一会儿，便谈到本地的人情风俗。孔长海道："我虽新到这里来，在路上倒先听到本地一桩奇闻，说是本地东门城外塔上，黑夜里冒出两把火来。"李云鹤道："这话是真的，兄弟亲眼得见，塔顶上起火，本也没有什么奇怪，只是这塔下面几层，门户都封塞了，不是飞鸟，没有东西可以进去。这火一阵阵偏是由塔最高一层分射出来，就有些古怪了。我向来不信什么鬼怪之说，照这件事看起来，不由得人不相信。你老兄是跑四海的，见闻很广，以为如何？"孔长海笑道："你先生以为是鬼是怪呢？"李云鹤道："我是个读书的人，照我的本分说，我不能信他是鬼是怪，但是据我所看见的而论，我又不能不信他是鬼是怪。"孔长海笑道："清平世界，朗朗乾坤，哪里来的鬼怪？这里面另有一段缘由。"他说到这里，忽然顿住了口，故意昂着头想了一想道："我想这或者是人做的事。"李云鹤道："漫说那座塔不容易上去，就是容易上去，一个人又不疯不癫，为什么跑到塔上去放火？"孔长海昂头看了一看窗户外头，说道："李先生，你是个规矩读书的人，哪里知道外面的事情？"说到这里，把声音又低了一些。然后说道："这淮北一带，哪里不有江湖上的朋友，他们神出鬼没，耍弄些勾当，我们事外之人，哪里会知道？我不过是这样想，李先生，你看对不对呢？"

李云鹤先还是不留意，现在孔长海说得这样吞吞吐吐，倒猜了个实在，逆料他必定与这事有关。心里就好笑，老实人要撒谎，是撒不来的，朱怀亮所说的山东人，这样看来，必定是他无疑。因拱拱手道："孔大哥，我给你提一个人，不知你可认识？"这一句无头无脑的话，平常人听了，是不应该留意的，但孔长海一听，却突然一惊，两眼注视李云鹤的面孔，问道："是个怎样的人？本地的吗？"李云鹤道："我也不知道他是哪里人，可知道他叫朱怀亮，是一个有本领的老前辈。"孔长海道："咦？奇怪了！你怎么认识他？他果然在这里吗？"李云鹤道："兄弟和他很熟，这位老前辈，是一副菩萨心肠。兄弟漂流在此，有一番不得已之处，他老人家，一口答应帮我的忙。前几天他对我说了，说在这两三天之内，有一个山东客人从南路来，会歇在这店里的。我若有什么事，可以求这位山东客人，你老哥正是山东人，莫非朱老前辈说的就是你大哥？"孔长海道："实不相瞒，我就是来寻这位老前辈的。我在江南，曾听到人说，他到江北来了。我有一个师妹，现在南京，对我说了，若要找他，过了江，遇着有洪字的客店，就去投宿，迟早就会遇见。所以一路之上，遇到有洪字招牌的客店，我不投宿，也要进去探望探望。我在路上，听到泗阳塔上有放火的事，我就知道他在这里。"李云鹤道："那是什么道理？"孔长海笑道："我是心里搁不住话的；但是我也不能糊里糊涂地告诉，我先要问你先生和这姓朱的是怎样一段交情？"李云鹤心想：既然有求于他，也就无须隐瞒，就把自己由家中到此地的前因后果，说了一个详详细细。孔长海笑道："原来如此，难为他居然知道我要来。我来到此地，不一定是要和他做个朋友，他为什么叫我帮你的忙？"李云鹤道："这一层兄弟哪里会知道，不过他还另外给了我一样东西，他说你老哥看见这东西，一定会帮忙的。"孔长海道："是什么东西？"李云鹤道："是一根断箭，箭杆上有火印画的一只毛猴。"

　　孔长海听说朱怀亮还留下一根断箭杆，说话之间，倒沉吟起来。便问道："这根断箭在哪里，请你拿来我看看。"李云鹤道："我原来很相信他的话，把这根箭杆留住，打算等到你老哥来了，我才交出来。可是这里另外有个仗义的人，他也是来帮助我的，我就先交给他了。"于是把韩广发前前后后的话，说了一遍。孔长海道："你这事我明白一大半了，这姓朱的在哪里，可不可以约他来和我见一见。"李云鹤道："不行，他住在哪里，始终没有告诉过我。"孔长海听到这里，只是垂头不语。他那两道浓眉毛，皱着起了几道眉峰。右手上拿了一只粗瓷茶杯，眼珠只管望着出神，手里却不住地把杯子转着。李云鹤看他那种沉思的样子，不解是有什么为难，却又不好意思去追问，只得先告辞回房。过了一会儿，那孔长海竟走到他这屋子来，追问韩广发到大李集去，是一个人呢，还是有人引见呢？李云鹤道："这城里有位赵魁元大哥，带了他去的，这人兄弟认识，一天必定到我这里来一次。"孔长海道："我很愿和这人见一见，若是他来了，请你通知我一声。"说毕，他也没有多话，就回去了。李云鹤觉得这人爽直有余，而精细不足，看去总是一个好人。

　　等到晚上，赵魁元来了，他知道了这人，也是急于要见一见。李云鹤便先到那边屋子里去通知，走去看时，门已关了。里面呼声大作，大概是睡了。因门缝里露着一条白线似的灯光出来，就向门缝里张望，这一看不由得十分奇怪起来。他暂且不敲门，轻轻地放轻脚步，走回自己屋子里来。因问赵魁元道："赵大哥，你们江湖上的规矩，出门也有不许睡床这一条吗？"赵魁元笑道："笑话了，江湖上无论哪样和平常人不同，吃饭穿衣睡觉三件大事，总是一样。"李云鹤道："这样说，更奇怪了，请你跟我来看，这究竟是什么缘故？"于是他牵着赵魁元，仍然轻轻地走到孔长海房门边，便将手对门缝指了一指，赵魁元会意，也就俯着身子将头靠近门缝向里一张。只见桌上一盏瓦碟菜油灯，点着了好几根灯芯草，灯光烧得有蚕豆那样大，照得屋子很亮。那张木板床铺，上面只剩了光板子，板上的两床草席，却铺在地下。那孔长海将包袱当了枕头，将饭店里的棉被，盖了大半截身子，他却睡在地下。

赵魁元将李云鹤的衣服牵了一牵，复走回屋子里来。因道："这是一个极有内功的人，并不为江湖上什么规矩。"李云鹤道："有内功就不睡床铺吗？"赵魁元道："那也不是，武术里面，有一样功夫，是练着穿铁衣，穿铁鞋。这功夫从小就练，譬如铁衣吧，衣服里面给他装上铁片，慢慢地往上加，可以由四两加到几十斤。这件铁片衣服，无论或起或睡，总是不脱。到了后来，将铁衣一脱，身子陡然一轻，就可以飞墙走壁了。这是苦功练出来的，不过是容易飞腾。若加上一运内功，浑身就铜皮铁骨，刀砍不入，这又叫着铁布衫。练这样功夫的人，自小就不能睡床铺，只睡石板，一睡惯了，他到后来，就会觉得睡软的反没有睡硬的自在。"李云鹤道："凡是有功夫的人，都要睡在石板上的吗？"赵魁元道："当初原不要睡石板，但是身上装了许多铁片，加上铁鞋，多至一百多斤，此外还有本身的重量，就有二百多斤了。平常的床上，就是放了一块铁，也怕受不起，况且是一个铁人，在床上乱滚，哪有不将床压坏之理。所以练穿铁衣的人，当时就不睡床，到后来，睡床就会睡不惯。我看那屋子里的床铺，非常之薄。"李云鹤连忙接嘴道："我明白了，大概他怕把床铺睡断了，是也不是？"赵魁元道："你这话又外行了，凡是练穿铁衣的人，脱了铁衣，都是身轻如叶，哪会压坏床铺？"李云鹤道："既是身轻如叶，何以用刀砍不入呢？"赵魁元道："这是两件事，懂轻功的，未必懂内功。但是他穿了许多铁，轻功成就了，学内功自然容易。轻功原分两种，一种是飞墙走壁，一种是操练身体。"赵魁元谈到武功，说得就忘了形，不住地手舞脚踏，声浪也是一句高似一句。李云鹤生怕他说话惊动了那位高卧的旅客，连忙拉住他的手，用手对他摇摇，叫他不要作声。赵魁元会意，便笑着摇了一摇头。于是二人一同走到天井里，李云鹤就对着孔长海屋子喊道：

"孔大哥，没有安歇吗？"孔长海正睡得香，李云鹤连叫了几声，他忽然一个翻身坐了起来，口里连忙答应道："是李先生吗？等一会儿，我马上就可以开门。"说毕，只听得屋里扑通几声响，接上哗啦一声，把门开了，孔长海就由里面迎了出来，笑道："我是走路辛苦了，不料打一个盹儿就睡着了。二位请到里面坐。"

赵魁元将孔长海浑身上下一看，见他体格魁梧，声音洪亮，倒是一表人才，却也看得中意，先就抱拳相让。一路进得房来，早见他已把草席重新铺到床上，地下倒撒了一地的碎草。李、赵二人，怕孔长海疑心，对于这一点，都装不知道。赵魁元和他通了姓名，他接上又说了一套江湖话，彼此已证明是同调了，孔长海就笑道："兄弟这次来，不为别的事，只为了东门塔上那几把火。"赵魁元听说，很是惊讶，问道："这件事，兄弟早就疑心，但是猜不出所以然来。据孔大哥这样说，难道说这里面真有什么道理吗？"孔长海两只手按了桌子，仰起头来微笑了一笑。赵魁元道："果然这里面有缘由，孔大哥何不说出来，也让小弟见识见识。"孔长海道："我们既是自家人，有话都可说。李先生是个君子人，有话也不必隐瞒着他。我请问你一句，还是在这地方好兄好弟，你都认识吗？小弟这句话并不是藐视大哥，原因在这里面。"赵魁元道："小弟虽生长在这里，但是并不懂得什么，若论自己人，大概我也熟悉。这里就是有一位老前辈，有三十年不曾露面，小弟只知道他姓名，只知道他武艺高强，但是他住在什么地方，做什么事，不但小弟，就是淮北的老前辈，也没有人知道。据人说，他在洪泽湖里打鱼，可是也没有人遇见过他。"孔长海哈哈大笑道："你老哥能知道许多，也就不错了。"赵魁元道："你老哥的意思，以为这把火是这老前辈放的吗？"孔长海道："虽不是他放的，却是为他放的。"

他们两人这样一说，把旁边听话的李云鹤，却弄得莫名其妙，对这两人，左一望，右一望，因道："为什么要为人在塔顶上放火呢？"孔长海道："这话不说明，无论如何，外人是猜不出来的。这个缘由，我也不知道，我不久前听见老师说了，我才明白的。他说无论是多年不见的老朋友，只要知道他住在某县某乡，就容易会面，这也没有别的什么好法子，不过在最高的地方，黑夜里，放上一把火。这一把火，无论要找的那个人看见不看见，事情总是会让人传说出去的。旁人都把这事当了奇谈，可是他们知道这件事的哩，就算得了一个信，可以追着放火的地方，去会他的老朋友了。所以东门外宝塔上这一把火，不是鬼怪，也不是神仙，不过一

125

个老前辈到泗阳来找一个老朋友。因为找不着，就上塔顶上放火，放火的不是别人，就是李先生说的那个朱怀亮。他要找的不是别人，就是三十年不曾露面的那位老前辈。"赵魁元脚一顿，将腿一拍，说道："对对对，决计就是那个缘故。"李云鹤忍不住了，便问道："这位三十年不曾露面的那位老前辈，又是什么人呢？"赵魁元听了此话，倒是顿了一顿，脸上的颜色，也就庄重了几分，好像这个人的名字，是不许轻易说出口的，同时他还用眼睛望着了孔长海。李云鹤听他所说，竟是俨有其人，心里很是疑惑，便问道："这位老前辈既是不问外事的人，这位朱老叔要寻访他，还有什么事情托他吗？"孔长海笑道："这个我们也不能明白，不过这种人，都是仗义行侠的，绝不会做害人的事。李先生不要疑惑，令尊是他背了去的。不过那位韩大哥也实在荒唐。那朱老前辈既然把那根断箭交给我，自然是由我拿去赎票，何必要他多事，中途劫了去。劫了去之后，又不能把令尊救出来，反而把人丢了，这人实在不够朋友。"李云鹤因为赵魁元是韩广发的朋友，孔长海这样骂人，未免使赵魁元难堪，连忙赔笑道："韩大哥也是一番好意，家父失踪，其过不在韩大哥。况且韩大哥为了这事，不辞辛苦，第二次又下乡去了，哪里能说他有一点不诚心呢。"

孔长海听了，只是垂头发闷，半晌，他伸出右掌，左手捏了拳头，向右手心里擂了两下，说道："嗐，我来迟两日了，我要早来一天，我就会看出那事的根底。"赵魁元见他满脸有一种抑郁不乐的样子，就不便和人家多说话，因道："孔大哥风尘辛苦，我们把你吵了起来，心里很过意不去，请你安歇安歇吧。"说时，对李云鹤一望道："我们先告辞。"李云鹤也看出孔长海不乐的情形来了，点头说声有扰，和赵魁元也就走了，当晚自然也不把这事放在心上。

次日一早起来，却不见对门的窗户打开。一问伙计时，他说那个姓孔的客人，说是要赶路，一早就走开了。李云鹤一想：昨天我们谈话原谈得很好，后来他虽然有些懊悔的样子，并不像有什么很急的事，何以他不声不响，起了一个老早就走了。这人的样子，我原看是很老实，现在看起来，也是和别人一样，喜欢神出鬼没这种样子来的了。过了一会儿，赵魁元来了，李云鹤把这话告诉了他，他也是奇怪得了得，当天不过惊异了一会子，过了身也就算了。到了次日晚上，约莫有三更时分，李云鹤脸上被冷东西一冰，惊醒过来。只见屋子里已吹灭了的油灯，复又重亮起来，一个彪形大汉，站在桌子边。李云鹤定睛看时，不是别人，就是那前天不知去向的孔长海。自己还未曾开口，只见他伸着两手，只管乱摇。李云鹤料他并没有恶意，就坐起来，问道："孔大哥半夜三更至此，必有事见教。"孔长海低声道："说多了话，怕惊动别人，我只告诉你几句要紧的话。你的令尊大人，我已救出来了，现在寄住在二十里铺南头，一家小客店里。你把铺盖行李，都放在这里，起一个绝早，到那里去父子会面，千万记住，不要误事。"说毕，他就由那已打开的窗户，向外一踔，踔出去了。向上一耸，上了屋脊，就风不吹，草不动的，不知所在。这个人忽然而来，忽然而去，倒像做梦一般。不过看看灯已点了，窗户开了，又绝不是做梦。他一人迟疑了一会子，也猜不透这是何缘由。后来忽然想开了，朱怀亮总是一个老走江湖的仁厚君子，他曾对我郑重地说，让我向孔长海求救。这人既然是可以求救的，当然不是坏人，他对我既无所图，也无仇无怨，何至于来骗我。这样一想，这孔长海的话，只可信其有，不可信其无。不然，难道知道我父亲已经救出来了，我还不去见他？这样一想，就把为难之处，置之度外。他跟来的那个长工李保，因为主人是个读书人，向来好静的，就不敢同住在一个屋子来打扰他，向来都住在隔壁一个小屋子里。这时听到主人在那边床上翻来覆去，便问道："先生，怎么这时候醒了？"李云鹤道："你醒了很好，到我这边来。我吃坏了东西，在泻肚呢。"

李保听说，披了衣服起床，就看见壁缝里露出一条一条的灯光来，真以为是主人病了，在黑影里摸索着，就摸到这边来。李云鹤不等他近身，已经开门相候。李保一进门，他先摇了两摇手，让李保不要作声。李保一看见主人的颜色，见他面上有些惊喜不定的样子，知道有缘故，就不作声。李云鹤于是就把刚才的事说了一遍，因道："既然如此，我不能当他是谣言，免得错失了机会。你暂留在这里，替我看守银钱行李，我稍微带些钱，起个绝早就走。有人问起我，就只说我找那个朱老叔去了，一半天就回来的。"李保听主人要走，心里倒替他为难，口里吸着气，不住地搭着嘴响。李云鹤道："你千万替我瞒住，若是走漏风声，我父子二人的性命，就都没有了。"李保虽是个粗人，但是江湖上的情形，也略为知道一点，李云鹤既如此说了，也深知这事的利害，就说了依他的话办，决定一点消息不漏。

两人商量了一阵子，天色也就快亮了。凡是开饭店的人，向来起得早的，好伺候旅客茶汤。古人的诗说："鸡声茅店月，人迹板桥霜。"所以陆路的旅行，没有日高几丈，方才上路的，都是不等天亮，就要出饭店门。这时饭店里的伙计，早已惊醒，李保就说自己的主人有事，要出去，催店伙起来了。店伙给他预备了些茶水，见他是一个人出门，又不带一样东西去，当然是不相干，所以也不曾加以留意。

李云鹤赶着满天星斗，出了大门，走上大路就向二十里铺来。那个地方路头上，果然有一个小茅棚饭店。因为这时太阳还只有三丈高，阳光照在土墙上，还没有脱尽黄黄的朝色，墙边下放了一条窄木板凳，有个白发皤皤的老婆子，捧了一瓦火罐，对着阳光坐了，在那里打盹儿。李云鹤走到她身边，咳嗽了两声，她睁着眼站了起来，对李云鹤看了一看，因问道："你这位客人是要打尖，还是要喝茶?"说话时不住地对他浑身上下打量。李云鹤道："我找点茶喝吧。"老婆子听他的口音，又问道："你是要找人?"李云鹤被她问得目定口呆，不知所云了。

第十六回

茅店相逢老妪奋大勇
荒庵小住少女现轻功

那老婆子向他也打量着笑道："书呆子，我不是歹人，有话你直说吧。"李云鹤回头一望，并没有人，便低声说道："不错，是找人。我姓李。"老婆子招了招手道："你随我来。"她带着李云鹤进店去，直到后进，推开一扇破板门，却是一间堆柴草的房子。李云鹤心里正疑惑为什么把我引到这种堆柴草的屋子里来，就在这个时候，听见一种哽咽欲绝的声音，由柴草里叫出一句云鹤来。这声音绝熟，不是别人，正是自己朝朝暮暮营救不出的父亲。只在这一句云鹤声中，他的父亲李汉才突然向上一站，头发上沾了许多零碎的稻草，一张瘦脸上的颜色，也不是哭，也不是笑。李云鹤只叫得一声父亲，其余的也就说不出来，就跪了下去。李汉才由柴草中爬了出来，说道："你起来，着实辛苦你了。"于是父子二人就在这柴草房里，叙出离情来。据李汉才说，这一次逃出匪巢，完全是得着这饭店里于老婆婆的力量。李云鹤听说，很是惊异，像这种白发皤皤，龙钟入画的老太太，难道还有这种力量不成？及至李汉才详细一说，才明白了。

原来朱怀亮由南京动身北来的时候，他本想自己一力去救李汉才，逆料韩广发的力量是不行的。及至到了清江浦，他忽然想起一件事来：当年太平天国瓦解的时候，有一个宫娥的教练官，武艺超群，当时原是个中年妇人，因见洪杨内讧，群王争权，知道天下事已不可为，就老早地辞官归隐。这人和自己虽没有多大的交情，但是她曾和龙岩和尚称师兄妹，似乎他们也曾同堂学艺，远远地说起来，也是一家人了。龙岩和尚的一门，内外功都超绝顶，听说他的师父摩空和尚，在水面行走，如履平地，有人见他在运河上追一只催稍船。这话说起来，有些近乎神怪，好像把有价值的国术，形容得成了无稽之谈。然而不然，少林的始祖，谁也知道是达摩祖师。达摩祖师一苇渡江，这又是后人传为美谈的事。一片芦苇叶子，不说他是否能载一个人，它的叶面，宽不到二寸，人站在上面，又能借着它多少的力量。所以没有此事则已，若有此事，更不是载得住载不住一个很简单的理由。若说神仙幻术，他就直接用幻术渡江得了，又何必借一片苇叶呢？这就实在说起来，就是轻功练到极顶了，就可以借水面张力，步行过去。试看许多轻功好的人，到了南方去，在那种脆瓦的屋顶上，并不踏碎一片瓦，这就是个明证。所以达摩祖师渡江，完全是真功夫，那一片苇叶，要不要没有关系。从前既有这种人能一苇渡江，那么，后辈在运河上步行，就不足惊奇了。当年朱怀亮听了这种话，很想寻找摩空和尚，学这一套武艺，无奈无机会可乘。因这一点，他把于老婆婆这人，印在心里很深。当时她原不叫婆婆，一样有名字，后来归隐了，极力装成一个平庸的妇人。她丈夫早去世了，有两个儿子，在洪泽湖打鱼。她却在二十里铺开一座小客店，不但本乡人不知道她是一位大侠，就是江湖上一般后辈，做梦也想不到她隐在此处。朱怀亮北上，走到运河边，由摩空和尚就想到于婆婆。于婆婆正是泗阳人，而且江湖上还说她隐在洪泽湖。朱怀亮逆料这里的后生小辈，有她一句话，没有不唯命是从的。像她这样的人，不要说武术已练到炉火纯青，这个地方，也是她的本乡本土，纵有同班辈的，她要指挥他们，也非常容易。所以朱怀亮一想，若是她能助一臂之力，一定可以把李汉才救出来，因之他到了泗阳，一面去打听于婆婆的下落，一面就爬上塔顶，去放几把夜火。这种放火为号的通信法，在朱怀亮这同班辈的人，对于这个通信法，都是知道的。朱怀亮心想，于婆婆不在这里便罢，若是在这里，放了把火，她一定会来见访的。因此，他父女二人，不住在李云鹤店里，住在古塔附近的一家店里。

这于婆婆住在二十里铺，当天晚上，就看见放一把火，心想二十多年，和同道没有通过音信，这个日子，有哪个到这里来找我？但是除了我，这里也没有第二个人能懂这一件事。无论是与不是，自己总去看一看，才能够放心，因就在第二日到泗阳塔下来打听这一件事。她落的店，就是朱怀亮所住的，她这样一个老迈龙钟白发婆婆，别人哪会知道她有绝大的本领。她来的这一天，朱怀亮出店去了。振华姑娘闲站在门口眺望，只见一个七十上下白发婆婆，左手提了一只竹篮，右手拿了一根黄竹当拐杖，一步一步将竹棍点地，走将过来。她那脸上弯弯曲曲全是皱纹，嘴唇皮卷着向里，下巴颏微向前伸，越是现出衰朽的状态。不过她走路之时，眼光却是微微垂下，不肯一直地向前看。振华事先只听见父亲说，要在这

130

里找一位于师母，于师母是怎样的人物，并不曾提到，所以于婆婆走到面前，她一点也不留意。于婆婆一看她年轻轻的姑娘，倒有些雄赳赳的样子，就知道她不是平常的女子。心想塔上这把火，难道是她放的？因慢慢地走到她面前问道："大姑娘，这个地方还有空房吗？"振华笑道："老人家，我不是这店里人，请你进去问吧。"说到这里，朱怀亮正好由外面出来，他一见于婆婆就好生诧异，赶到她正面，见她目光下垂，不抬起来，心里就恍然大悟。连忙向前作揖道："于大嫂，多年不见了。"于婆婆道："客人，面生得很啦。"朱怀亮笑道："我是朱怀亮。大嫂不是接了我的信才来的吗？"于婆婆这才抬起炯炯照人的目光来一笑道："原来是朱家兄弟，你的声音还是这样洪亮，没有改啊！"振华这才明白，就攒她进店去，重新见礼，对店家说，不过是来的一位亲戚，人家也就不疑心。

　　于婆婆等无人的时候，就问道："我是三十年不问外事的人了，兄弟叫我来有什么话说？"朱怀亮道："兄弟因搭救一个人，来到此地。因想起这是大嫂的家乡，所以请来见一面。"于是就把李云鹤父子的事，从头至尾说了一遍。于婆婆笑道："你要见我是假，你要我帮忙是真。依说这一点小事，我本犯不着出来，不过曹老鹞子这一班东西，一天比一天猖狂，把他们除掉了也好。常言道：老鹞鹰不打巢下食，我最恨他们专吃巢下食。你父女既来了，可以和你们办完这件事。"朱怀亮道："我就疑惑这件事。泗阳这地方，既然有于大嫂在这里，何以还有这样大胆的人，敢在这里为非作歹？"于婆婆道："说将起来，这些人不是亲戚，就是朋友，我原不肯十分得罪他们，只要他们安静些，我不问此事已有三十年，还管他做什么？不料他们近来越弄越不是，绑票绑到本乡本土来了。要说江湖上的义气，曹老鹞子和魏万标自己先就打起吵子来了，我们事外人，还客气些什么？我所以还没有动手，也就是嫌势力孤单，我两个孩子，人太老实，我也不敢告诉他们。现在既然要救李汉才，只好先动魏万标的手，我也想了，这事不一定要打，魏万标那孩子比曹老鹞子老实得多。就是明天，由大姑娘扮一个客人，推一车东西上大李集去，引着他的人出来，将他拿住一个。我们两人，就在暗里头看着，拿得住很好，拿不住我们再出去一个人，总可以拿着的。拿着了之后，把人解上泗阳来，在半路里再出去一个人，假装把他救了，他一定感激我们的。两三日之后，我们再到大李集去赎票，看在这一点交情上，他也会把李汉才放了；真是不肯，我还有一个法子，我师弟火眼猴就是魏万标的老师祖。火眼猴后来保了二十年镖，都

131

是把自用的箭杆为号。我家里现放着一根断的，只要取了来，叫人拿去赎票，恐怕比万八千银子还要值钱。不过有一层，我们拿去，就很没有面子，在江湖上混白了头发，这一点事，还要卖老招牌吗？"朱怀亮笑道："一别三十年，大嫂还是这样心细，这个办法最好。前几天，我在扬州街上，遇到一个大个儿，一口山东话，人是粗极了，他倒说是由福建做生意回来的。我看了很是疑心，直跟他一晚上，见他和一个自己人打听大嫂的下落，而且龙岩和尚有话，叫他暗里帮韩广发的忙。他还是照着老规矩，遇到有洪字顺字做招牌的客店，就进去问一问，两三天之内，他必然是会赶来的，这件事就交给他办吧。"于婆婆也很合意，当天晚上，她跑回二十里铺，取了断箭来，交给朱怀亮，次日就假扮圈套向大李集去。原来的意思，只要抓着大李集一个小头目就行了，偏是事有凑巧，就遇到魏万标。魏万标对人说，被一个少年拿住，那少年就是振华姑娘。后来有人把他救了，这人却是朱怀亮。

于婆婆这一着棋下好了，满打算次日就去见魏万标，不料韩广发、赵魁元两人，倒冒了名实受其惠。这天晚上，于婆婆带着振华到了大李集，在暗中一打听，气得振华姑娘跳脚，心里一急，就要由屋上跳到魏万标客堂里去，说明此事。于婆婆将振华拦住，却绕到大门外，在牛棚里隐藏了。当韩广发和魏万标比武之时，她走到李汉才身边，将他衣服牵了一牵说道："你不要作声，我是来救你的，你跟了我去，我从南海来的，你要明白。"这李汉才生平就信观音大士，他心里一惊：莫非菩萨为我儿子孝心感动，前来救我？于婆婆见他这样子，已是肯信了。就对他道："无论怎么样，你总不要作声，你跟了我走就是了。"她将李汉才引到牛棚里，引着和振华见面，笑道："这是我的伙伴。"李汉才在月光底下虽看不清楚是怎样一个人，但看那苗条的身材，知道是个少女。是了，这是观音菩萨带来的龙女，不免更加着一番诚敬。正要和于婆婆行礼，只见她身子一耸，犹如一个小猴子一般，已经跳上了牛棚顶。李汉才就是一惊，一个老态龙钟的老婆子，怎样有这样好的本领，不是菩萨现灵，还有谁人？

不多一会儿，于婆婆跳了下来，将李汉才在胁下一夹，就夹着跳上了牛棚，因道："不多大的工夫，他们就要来寻找你的了。这牛棚的稻草很厚，你就钻到草堆里去，只要留鼻子透气的地方就行了。他们只还往远处找，绝不会料到你还在大门口的。到了半夜，我自然会来带你逃走，千万不要移动！若是他们知道了，不但你永远跑不了，恐怕性命难保。"李汉才到了这时，只有答应是字，哪里还说得出别的来。于婆婆嘱咐已毕，就把带来的纸剪人，跑去大李集后路，在树林上挂了一个。挂完之后，复又回转身，到前路树林上来挂。那个时候，魏万标三个人，已经骑了马追过去好几里路，于是于婆婆叫振华躲在远处，自己却在树林上对魏万标三人，现了那一手绝技。魏万标回家后，她二人也跟了来，却将拴在柳树桩上的马，解了三匹，带了李汉才，各骑着一匹马跑回二十里铺。这却是救李汉才的经过。

过了一日，于婆婆安顿李汉才在店里柴房里住了，只有她所用的一个小伙计知道。她复身又到泗阳来，和朱怀亮商量剪除两股土匪的法子。朱怀亮道："这可不能鲁莽，我们先得探一探大李集的虚实，看看他们究竟有多少能动手的？"越是武艺高的人，越是做事谨慎，于婆婆也就很愿意照他的办法行事。吃过早午饭，三人扮着一家人的样子，就向大李集而来。到了晚上，走到离大李集两里路的地方，遇到一所野庙。这庙叫留云古刹，在小路边，原来有一个老和尚，一个香火道人。因为所有的庙产，都让魏万标手下霸占去了，和尚道人都走光，只剩了一所空庙。他们三人行到此处，见庙门半掩，正好认为是藏身之处，就推开一扇门而进。那一扇门坏了户斗，却把一块大石柱墩将门抵住了。那个时候，太阳放出淡红色，斜照在东边墙顶上，殿里面已是昏沉沉的。殿门也是半开半掩，倒了两扇窗户，由外面看见殿里隐隐有几个佛像影子，殿檐下面，牵着许多蜘蛛网子，被风吹了一闪一闪，有四五只很大的蝙蝠，只管在檐外面飞来飞去。振华道："在路边下的庙，怎样狼狈到这样子？"朱怀亮笑道："强盗巢里，容得住佛爷吗？这庙放在这里倒很好，我们正可以先掩藏在这里，到了半夜，再由这里出去，就便当得多了。"于是索性将庙门关上，大家同到大殿上来，先就觉得一阵霉味，冲人的头脑。振华突然向后一跳，一手捏了鼻子，一手摇摆着道："受不了！受不了！我不进去了。"朱怀亮道："这是什么地方？容得你这样大呼小叫！今天晚上我们不知道要怎样闹一顿，这个时候，还不安静些！"振华听说，站在阶檐微笑。

那于婆婆一个人却在殿前殿后，看了一周，手上却捧了一大抱零碎木棍木片来，笑道："这庙里什么东西也没有，回头天色黑了，我们又冷又暗，那怎么好？我在后殿拆了一扇窗户，把这个点了，我们烘了火，又点了灯，岂不是好？"说着，她将木片抱进大殿，堆在地下，黑暗中和菩萨说了一声对不住，摸着佛龛边破帐幔，就向下撕了一大片。把身上的铁

133

片火石砸出火来，先燃着纸煤儿头上的灰，再将纸煤儿吸着，就把这帷幔烧起，塞在堆的木片架子下。这些都是干燥之物，烧起来非常之容易，一刻儿工夫，便觉烈焰飞腾，火势大盛。这才照见正中是纱帽圆领的神像，帽子上两个翅，右边一个已经失去了，嘴上的胡须，只剩左边腮上一小绺，其余全是一排黑点，座位下两个站将，一个断了一只腿，一个只剩了半截身子。振华蹲在地下，向着火道："这样的庙，简直是糟蹋菩萨，不如把庙烧了，倒还干净。"于婆婆笑道："庙里别的什么也没有，后殿破楼上，我看见倒悬一口钟，把庙烧了，也烧不了那钟，这火落得放，不过是烧了一所破庙架子罢了。"

三人围了火说笑一阵，于婆婆在身上解下干粮袋，倒出来却是一大块牛肉干，十几个冷馒头。朱怀亮笑道："点心很好，可惜一点喝的都没有。"振华道："这事交给我了，我去找来。"她一起身就走出殿去。于婆婆道："姑娘太爽快了，她这一去，不会误事吗？"朱怀亮笑道："大嫂子，这话你幸而不在她当面说，你当面说了，今晚上她不定又要惹出什么祸事了。"他说这话，以为姑娘听不见。不料姑娘走出大殿，正在观看墙势，哪里可以跳出去，只在门外一犹豫，就把这话听了正着。她冷笑了一声，向墙上一耸，四周一看，见离庙后不远，有一星灯光，在沉沉的月色里闪动，料是一所人家，便飞快地跑向那里去。

这事碰个正巧，走到那里，是一所茅屋，那火光由土墙上一个小窗里射将出来。振华身子一耸，两手伸着扒住了窗洞，伸头一看，正是人家的厨房。灶上热气腾腾的有些黄米饭香，灶边放了几只碗，一只大瓦壶。心里笑道：真是不要我费一点力了。正想要怎样进那屋子去拿那东西，忽然里面一阵咳嗽，灶下钻出一个老婆子来。这一看，心里立刻有了主意，放下手来，看见墙角上面有一块大石，搬了过来，高高提起，就向墙角下一倒，同时一耸身跳上了茅屋。自己翻过屋脊，到了天井上，就听见那老婆子道："狗儿妈，我们同出去看看，外面什么东西倒了一下响，只怕又是酒鬼喝醉了回来了。"振华看见一道灯光，移了出去，接上呀的一声，开了门响。她趁这个机会，轻轻向下一落，走进厨房，提了茶壶茶杯，复又跳出来，绕过那个人家，奔回那庙，仍旧是跳墙进来。

当她由墙上跳下，到了大殿之时，却噼啪一声，听到墙上落下一块砖来。回头一看，却也不是什么踪影，大概是自己刚才落脚落得过重一点，踏动了一块砖，过了许久才落下来的，也就算了。提了壶上大殿，将壶向火边一放，说道："办得怎么样，现成的一壶茶。"说毕，两手叉了腰，望着于婆婆微笑。于婆婆看那提梁大瓦壶，壶口上，叠了两只大茶杯，茶壶嘴里向外冒热气，兀自还有些粗茶香。于婆婆知道年轻人好胜，便笑道："大姑娘身子是很灵便的，可以说是心细胆大了。辛苦一趟。坐下来吃一点东西吧。"于是就把身上带的单剑，把牛肉干来切成三块，然后却把剑头子穿了两个冷馒头，挨着火焰去烤。恰好三人带的都是剑，也如法炮制起来。馒头烤得热了，三人一面喝茶，一面吃着。于婆婆道："我们这里糊里糊涂去拿人，知道那些头儿住在什么地方？我现在想了一个主意，我们在东边那个破殿里，堆上一些碎木头，走的时候，将火烧着，我们到大李集，这里火也出头了。一个野庙发了火，他们不能不出来看看。靠我们这三把剑，就可以杀他个措手不及。"振华道："设若他们头儿，见火不出来呢？我们岂不是白白地烧了这一所庙？"于婆婆道："那也难说，我们见机行事吧。"

三人吃得饱了，站在殿外一看，月色朦胧，北斗星升到天中，半空里自有一阵严冬的寒气，向人身上扑来，这大概是夜已二更了。朱怀亮道："不宜太晚，我们可以走了。"于是走到东边配殿下，拆下几扇窗户。又拆了一扇破门，堆在一处，然后将正殿里烧着了的木片，取了过来，将火引着了。三人便齐齐地跳出墙去，向大李集而来。这里一带有三四十户人家，都让魏万标霸占了，成了匪巢。魏万标的屋子，就在最前一家，于婆婆来过的，就引了朱氏父女，跳下附近的一所屋藏住，静等那庙里火起，好惊动这些土匪。但是回头看去，只在昏茫的夜色里，看见那边庙的所在，一丛黑沉沉的树影，一点火光也没有，三人都焦急起来，只疑走得匆忙了，火没有引得好。朱怀亮就打算改变法子，先去找魏万标一个人。正要起身时，忽然半空中，一阵吭当吭当的宏声，发生出来，在这寂寞消沉的冬夜里，一切的声音，都已停止了，这种宏大的沉着的声浪破空而至，最是令人惊心动魄。这不是别的声音，正是庙里一种钟声，听见钟声的来处，恰是在那破庙里，这真奇怪了，三个人都到这儿来了，这种钟声是谁打出来的？莫不是三个人的行动，已经让人看破，他这面却来鸣钟集众？但仔细一想，又没有这种道理。大李集有事，却跑到二里外的荒庙里去撞钟，那是什么缘故呢？

大家都在惊讶的时候，那野寺的钟声，格外震动得厉害。朱怀亮就在暗中约会于婆婆，且不要起身，看他们究竟有什么举动。那钟声并不停歇，只管响了下去，一会儿工夫，大李集的人就纷纷地向外跑，人声也轰乱起来。连这茅屋里的人，也惊醒了几个。朱怀亮在屋顶上向下看去，隐隐之中，就见魏万标的家门口，那一片稻场上齐集了许多人。这茅屋里，下面开了门，也有两个人说着话，一路脚步声，慢慢地向着远处走去了。不多一会儿，听到有一阵马铃马蹄声，由前面驰了过去，大概是向那所野庙去了。就在这时那沉着洪亮的钟声，依然未曾停止。朱怀亮听了，更是奇怪，这种钟声，究竟是为何而起？这打钟的人，到底为什么？那稻场上的人，也是格外纷乱，就听到又是一阵杂乱脚步声，随着马去的那条路走了。这样看来，那钟声绝不是这里匪巢的号令。他们听了这种声音，也是一样莫名其妙的了。

朱怀亮暗暗地将于婆婆和振华各牵拉了一把，三人便爬起半截身子，相约向屋下一跳，这里正是屋的隐僻处。朱怀亮就对于婆婆道："据我看来，这钟声一大半是为我们帮忙的，趁他们都出来了，我们不管怎样，先打个措手不及。"于是三人绕出屋子，悄悄地由干稻田里，走近那一丛人后面，三把利剑，泼风似的杀向前去。

136

第十七回

三侠同攻众幺遭痛击
群英偶集一老阻忠谋

朱怀亮父女和于婆婆抽出剑来，便杀上前去。这地方一群人，第一个正是魏万标，此外还有他两个把兄弟，一个是刘秃子，一个是郝大胖。他二人都是盐枭出身，打起来，几十个人近身不得。刘秃子正和魏万标站着，说道："大哥，这个钟声，我们不该理他，藏在屋不出来，看动静最好。现在仔细中了人家调虎离山之计，你赶快叫人赶上去。把去的人都赶回来，我们都在这里拿了家伙等候。没有人和我们为难便罢，若是有人来，我们在这里静候他上前，看着他动手。"魏万标一想也是，就打发一个人，骑了马赶上前去，猛然间刘秃子叫声不好。同时魏万标也听到呼呼的风声，自身后而来。刘秃子就大喊道："那来的人是舞剑的，他们人少，我们千万不可放过，一拥而上啊！兄弟们，你们要命，就一拥而上啊！"

这里一群贼，大概有二百上下，被他一喊，心慌意乱，各拿着兵器，向着这舞起的剑声，拥了上去。大概有本领的人，不愿和人混战，混战是有害无利的。有本领人，若受人家混战上来，也是困难，不是杀人过多，就让你分不出敌人的强弱，下手难分轻重。魏万标那边是知道逢着了大敌，计出无奈，拼命乱打。这边朱怀亮一看，四围的人拥上来，本不难先搠倒两个，但是这小喽啰都是不足道的人，杀了他们真是冤枉。因此和振华、于婆婆二人站成三角形，背对着背，顾着三面，那些人虽然刀枪并举，无如这里三把剑，舞成一片，连水也泼不进去。

这时云里面的月光，忽然将全身探将出来，云流水似的过去，眼面前清光一闪，刘秃子在人丛里看见来者有两个女子，越发心惊。因为武术家最忌逢着女子，其次才是出家人。这种人若不是有真实本领，他是不肯胡乱出头的。因想这三个人丁字式地站着，守而不攻，分明是不肯乱伤人，要捉头儿，打人先下手，先放倒他一个再说。于是身子向后一退，跃出四五丈路。看见旁边有一棵柳树，一耸上去，打算居高临下，用袖箭来射倒一个。但是朱怀亮和于婆婆都是千军万马中跑过来的，遇到这以少敌多的场合，岂能不防备人家放暗器。刘秃子一耸上树，于婆婆远远就看见了，笑道："好孩子，你倒先下毒手了。"腾空一跃，向前一耸，只听噼啦噼啦两声，接上扑通一下，柳树去了几枝大树丫，刘秃子由树上倒栽将下来。

朱怀亮到此时，也觉得不给他们一些厉害，他们不会休手的，便嚷起来道："你们这些人，不必和我们动手。我要真不放过你们，你们早没有性命了。只要你们交出为首的来，我就不和你们为难。你们若不相信我的话，我先割下你们几只耳朵还试试看，你相信不相信？我先割拿长枪的，再割这个大个子，我就这样挨着割下去。"话未说完，果然有几个人丢了兵器就跑，这样一跑，他们自己就先乱起来。有一半大胆的，还挣扎住不肯走，那些受了伤的土匪，听到朱怀亮说明了，然后再动手，就知道这人的本领大。况且让人砍下一只耳朵，都不知如何被砍下来，这种人哪里还可以和他对敌，早是跑得远远的了，这里几个拼命挣扎的人，心里也慌，跟着就跑；只有魏万标和郝大胖两个人，究竟自恃着几分本领，带战带走。朱怀亮只一耸，由他二人头上跳了过去，反站往他们的前面，将手一摆，魏万标觉得有一阵凉风，拂面吹来。

他恍然大悟，这是内家功夫，也顾不得郝大胖，闪到一边。拔步就走。朱怀亮和振华都站住了，只是遥遥地望着。郝大胖也料到万不是敌手，也由侧面走了。不多大一会儿工夫，只见于婆婆高举着一只火把，从荒田里走出来，那火焰让晚风吹得呼噜作响，偏到一边，有一尺多长，照见她那矮小的人影，晃动不定，越是龙钟了。她笑道："真是不济事，一个能挡两三下的都没有，几个会动两下手的，我们都把他放倒在地下了。"朱怀亮道："擒贼先擒王，我们只把魏万标拿住，这些人一赶就跑的。不知道……"

一言未了，一阵啪啪之声，由黑暗之中，冲将过来。朱怀亮也来不及说什么，抢过于婆婆手中的火把，迎着那声音抛了过去。黑夜之间争斗，最忌的是我在明处，人在暗处，所以他首先把火把扔到对面。这就在昏黄的夜色中，看见一排马有四五十匹，冲了过来，要躲避万来不及。三人都跳了上前，各用腿去踢马上的人。朱怀亮和于婆婆都把马上的人打下，取而代之。振华究竟气力不够，而且她迎上去的那匹马，又离开得远，她一起一落，却落在马头边，一伸手先抓住马的锁口链，打算阻止马冲过来。

那马来势很猛，振华站立不定，倒退了十几步。马上那人先是颠得慌了，这时身心定，举起手上大马刀，砍将下来。振华一松手，侧身向左边一偏，左边也有一匹马冲到，而且那马上用的是枪。马上加枪，用短器的人，最是招架不住，振华只好一跳，在马尾上斜跳过去。脚一落地，第三匹马，又冲过来，无论怎样，是不容躲的了。心里一慌，正不知如何是好，忽然有人一把抓住，自己身子被人提高了几尺。回头看时，一个大个子骑在马上，把自己救出了险地。振华也一脚钩了马鞍，那人一松手，她跳到马这边来落地，那人就为她做了屏障，挡住敌人。那人似乎是拿了一根棍子，早将对面的一个人打将下来。振华心里明白，一个飞步，跳上那马。那人勒转马头，叫起来道："快随我来！"那人一马先走，振华这时才看到父亲和于婆婆也骑了马冲出来。于是两脚一夹，跟了出去。一行四匹马，约莫跑开半里路。

西沉的月亮，这时正挂在枯树丫上，反映着有些白色，似乎是树上的枝丫，已经罩上一层浓霜。半空寒气压着马背，人杀了一身热汗，到了此时此地，心地为之一快。朱怀亮将马快上几步，跟到引导那匹马的身边，便问道："这位是谁？引我们到了这里来。"那人不作声，只见他双手一拢缰绳，马又跑上前去十几丈路。又这样跑了一里路上下，那人勒住了马缰绳，停马不走。朱怀亮道："那位大哥，你究竟是什么人？"那人在马上哈哈大笑道："朱师叔，你不是知道我要来吗？怎样见了面倒不认识起来了？"朱怀亮一听他说话是山东口音，这才想起来了，便问道："你莫非是由南京来的孔长海大哥？"孔长海道："正是小侄，那一位老太太，一定是于师母了？"说着他滚鞍下马，和大家见礼。朱怀亮三人，也下了马。

这时听得大李集那边，依然是人声鼎沸，远望有几丛火光，在月色之中，分作几处在半空里照耀。朱怀亮道："看这样子，他们还在寻找我们呢。"孔长海道："这是到柳家集去的一条路，他猜不到我们会到这里来的。"于婆婆笑道："寻来也不要紧，他们多送掉几只耳朵罢了。刚才也是我太粗心，魏万标那孩子我是认得他，上次不是我救了他一回吗？还有跟他在一处的那个郝胖子，他在乡下犯过强奸案的。他们两人一走，我就暗中追了上去。那魏万标看见我手上有家伙，我又年老，他就先动手。我倒不忍伤害他，暗中点了他的穴。倒是那胖子赶到，我刺了他一剑，我因为怕打错了人，又到大路上抢了一根火把来照一照，不料倒引起他们这班马贼来，几乎让大姑娘吃一个亏。"孔长海道："从小就听说于师母了不得，

139

果然是这样武艺超群。我有一件事，要求一求师母。"说毕，他就在草地上跪了下去。于婆婆道："你不用说，我知道，你不是因与魏万标是同门兄弟，你叫我救活他来吗？"孔长海道："正是这样，我和他同一个老祖师。"于婆婆道："你的祖师，就是我的师叔，这事何消要你说得？我要伤他的性命，何至于去点穴，不拿剑扎他呢？但是他是头子，不把他去了，他们这班人不会散的。"孔长海道："总求师母先救活了他，他若是不知道改过，小侄可以先把他杀了。"于婆婆道："既是如此，我先去把他带来问一问。你且起来。"孔长海听于婆婆答应了，又起来作个揖。

四人牵着马，走到一所小土地庙。庙边有一棵冬青树，黑巍巍的不辨根干，有如一座大楼，不见灯火，高入云汉。相形之下，这庙格外渺小。大家将马系在土面上穿出来的大树根上，就在土地庙前，一方石板香案上坐下。于婆婆道："你们在这里少等一等，我去去就来。"说毕她奔上小路，一刻儿就不知所在。这里朱氏父女和孔长海谈话，他说早就来了，先走那庙外边，看见振华跳进庙去，很是奇怪，就跟下来了。因跳得慌忙，墙头上还落下一块砖。到了庙里暗中一听，知道是同道。后来大家留火烧庙，他想未必能惊动人，所以独藏在庙里敲钟。自己的意思，赶掉强盗是好的，他不愿意人家多丧性命。后来赶到大李集，得了一匹马，就救了振华了。朱怀亮也告诉他，李汉才已经救出来了，这是于婆婆的意思，要为地方除害。二人谈了一阵子话，路上一条黑影，飞也似的到了。到了面前，只见于婆婆胁下夹着一个人，就轻轻放在石案上，看那人犹如死去了一般，软绵绵伏在石案上。于婆婆一伸手，在他背上拍了一下，他马上哼了一声，缓缓地也就四肢展动起来。

原来这种点穴的方法，并不是次次有救，也不是次次可以杀人。这里面分点、打、闭、拿四大种，点穴是用指头点，人被点之后，马上倒地。打穴并不用得触着人的皮肤，远远地对人一掌一拳，就中了人的穴。南方有一种掌心雷打穴法，离人四五丈远，将手掌一扬，人就中了伤。不过这样的打法，可以用跌打损伤的药治好。闭穴法，和点穴法差不多，就是闭住别人身上的血道，让人麻木而死。一个人周身血脉不流动，自然是会死的。拿穴法最厉害，可也是最损德。在人穴上暗暗拿中了，当时受害的人，不觉怎样，可是迟则三月半载，快则两三天，必须口吐鲜血而亡。而且这种拿穴的人，在动手的时候，多半不是明的。甚至假装和人作揖打拱，趁便在敌人穴头一拿，敌人哪里知道。刚才于婆婆向魏万标动手，是用的闭穴法。这种法，由原来点穴的人，按着血脉停留起伏的关系所在，对另一个穴头一拍，将穴打开，那人立刻回复原状。所以于婆婆刚才对魏万标背上一拍，并不是雪上加霜，乃是替他开穴。

魏万标血脉一流动，浑身筋肉一伸缩，就不觉哼了一声，人也回复过来了，他睁眼一看，见有几个人，围住了他。立刻回想到以前的事，就想起了于婆婆和他交手的情形，恍然大悟，自己是让人家点了穴，现在回生转来，是捡了一条性命。不过身边都是敌人，料定了也逃跑不脱。当时定了一会儿神，就向于婆婆说道："你们几位，我一个也不认识，不知何仇何怨，有劳诸位的大驾。"于婆婆是说本乡话的人，她不愿开口。朱怀亮就答道："我们并没有私仇，不过因为你在此地做强盗，不分良善亲疏，乱绑乱杀。地方的百姓，都受不了。我们学武艺的人，对人是要除暴安良，对自己是保全身家。你们这种人，学了武艺来害人，也是我们同行的羞耻，所以我们要把你的巢穴扫平。也是我们这位大嫂，念在一门的义气上，没有伤害你的性命，把你捉了来，和你说明，你赶快把同伙的散了，自己也改邪归正。君子一言，快马一鞭。你是个汉子，愿不愿你就当面说了。你若是愿，我们放你回去；你若是不愿，就请你和我比上一比。赢得了我这口剑，你就走。"

魏万标是刚刚死里求活，哪里还敢说打，一口就答应明天就散伙不干。朱怀亮道："你既然说了不干，我也很相信，你就请回吧。山高水远，我们后会有期。"说时对他拱了一拱手。魏万标道："今天遇到诸位，从此改过自新。这一位老婆婆，又没有丧我的性命，总算是我的恩人，不知道各位高姓大名？"朱怀亮道："朋友，你要打听我们的姓名做什么？预备将来报仇吗？哈哈，那是不行的。我们说近在眼前，说远在天边，你到哪里去找我们呢？"魏万标也就不敢多说，和大家一揖。那一轮月亮，黄得像金脸盆一样，去地只一丈高。一个孤单的人影，在荒凉夜色里回去了。

这里男女老少四人，依然坐在大冬青树下。这夜的寒霜，下得格外的重。此处有浓密的树叶遮住了，霜下不到人和马的身上。可是看看树荫以外，月色昏黄的地下，有一层薄薄的白色，正是下的寒霜，已积着铺成一片了。于婆婆笑道："你瞧我们闹了这一晚上了，我们该回去了。那位李老头虽然藏在我那里，究竟出不得头，不如让他早些脱离虎口吧。哪个去通知他儿子一声？"振华连忙答道："我去。"于婆婆道："要去就是马上去，趁着天色没亮，偷偷地进他的房去告诉他，叫他就一早赶到我那里去。"振华先是率然地说出口她要去，这时于婆婆一来就说趁天没亮，二来又说偷偷地进他的房，论到行侠仗义的人，趁天没亮偷偷地进人的房，原不算一回事，更不要说提到这神话，不必介意了。可是现在振华听了这话，就觉得异常刺耳，不是黑夜之间，大家看不清颜色，那振华的脸上，就要十二分难为情。就道："爹你去吧，我不去了。"朱怀亮道："你最是好事的人，为什么不去？刚才在马队里吃了一个小亏，一个人不敢去了吗？"振华道："我怕什么，就是天气冷。"于婆婆笑道："这话更不对了，年轻的人怕冷，倒叫老人家出马不成？"振华一扭身子，又一跺脚道："我不是这样说，你们不懂。我不说了。"这时大家醒悟了，乃是她觉得前去不方便。人家是个黄花闺女，既然说不去，自然不能勉强，倒默然了。孔长海这就说道："我看还是我去一趟吧。"朱怀亮道："这倒可以，你到店里通知了他，你就到东门塔下饭店里去会我。明天晚上，我们一齐在二十里铺会面。"大家说着话，各上了马，仍回头插上大路，才分手而去。

那天晚上，就是孔长海通知李云鹤的那一晚上了。李云鹤父子见面之时，于婆婆引他们到后层夹厢屋里，将详细情形一说，李云鹤便首先对她磕头相谢。李汉才已经是谢过数次了，这时也跟着儿子跪了下去。于婆婆道："老先生，你起来吧，你也是一大把年纪的人，不要行这样的大礼。老实对你说，我和人家有仇，不怕人家报仇，若和人家有恩，可是怕人家报恩的。不说别的，就以你们父子而论，你谢一回，我就和你客气一回，这不是找罪受吗？"李汉才听她这样说，觉得也是痛快，说道："你老人家说的是，大恩不言报，我们把这事今生今世记在心里就是了。"于是二人道了一声谢起来。

于婆婆笑道："孔夫子门里出来的人，总是这样酸溜溜的，连说不谢不谢，可是又谢起来了。"李汉才父子一想，也笑起来了。这屋子里原是四围不开窗的，只屋瓦上在当中开了一个通气的天窗。这时又因为天气冷，把天窗来闭上了，所以屋子里越是黑沉沉的。屋子里别无所有，中间放了一张旧黑板桌子，四条板凳。桌上有一个黄泥六角墩子，插上一支油淋淋的蜡烛。靠黄土墙边，又用土砖砌了一个灰池子，堆了许多糠灰，中间烧着几橛大红木炭。虽是白天，屋子里倒是火光熊熊，映着那黄土墙，更如深夜一般。那于婆婆将李氏父子安顿好了，她自己出去了。

在这种浑浑暗暗的屋子里，两个人影，也不甚清楚。李汉才凝着神摸了一摸短胡子，又把指头在嘴里咬了一咬，点头道："哼，大概不是梦。"

142

李云鹤怕父亲神志不清，回头一看，那灰池子红炭边下，靠着放了一把瓦壶。壶里扑突扑突，向外出着热气。那灰池子围砖上，又放了几个粗瓷杯。于是站起身来，斟了一杯热茶，放在他父亲面前，让他喝着提一提神。接上又斟了一杯，放在自己面前。李汉才不转睛地望着儿子，见他脸上比从前瘦了许多，而且又黄又黑，因道："哼，不是梦，云鹤，你害了病了吗？"他答道："没有，倒是我看你老人家脸色非常憔悴。哎呀！头上的白发有一大半了，从前哪里有许多呢？"说着，两手撑住了桌子，站起身来，向他头上逼近来看。李汉才望着他儿子，两目直视，忽有好几点眼泪落了下来。直等眼泪落在桌上，自己才发觉，赶快就把右手牵着左手的长袖，在两只眼眶上揉了几揉。李云鹤见父亲这样，知道他有很深的感触，便道："蒙许多人将你老人家救出来，总算不幸中之大幸。我谢了诸位，马上就送你老人家回乡，以后我们同守田园，不必在外求名求利了。"一面说着，一面坐下去看他父亲的脸色，格外沉郁了。半天，他哽咽着说道："苦啊！孩子……"李云鹤看他父亲这一种苍老样子，胜于一别十年，他很是黯然。停了一停，笑道："我们应该欢喜，为什么伤感呢？这小镇上，我看见有酒有肉卖，我去买点东西你老人家来吃。"李汉才道："你一早跑了来，坐一会儿吧，早上我不要吃什么东西的。让我来问一问家事。"

李云鹤见父亲这样说，就不走了。李汉才道："我见了你好像有好些话要说，但是这刻儿工夫，我又不知道问你哪一句话好？"李云鹤道："你老人家不必问，让我先把这一路来的情形，说一说吧。"于是从头至尾，将由家起身，直至昨夜孔长海报信的事，大致说了一说。提到了韩广发，李汉才道："是啊！这一位我还和他同过一回席的。论起来，人家千里迢迢跑了来，为我们受了三刀六眼，为我们两次三番到土匪巢子里去，那样的大恩，我们不要忘了人家。"

说到这里，于婆婆推门进来，说道："是啊，我也正要打听这个姓韩的，可是奇怪得很，昨天我们在大李集那样大闹，并不见这位姓韩的出头，这是什么缘故？难道他在泗阳没有走吗？"李云鹤道："不，家父被救出来，他究不知道是凶是吉，在城里耽搁一天，一个人就回大李集去了。"于婆婆道："若果然是到大李集去了，他应当出来帮着我们，就是不知道我们为了什么去的，那也当跟着魏万标出面。一个在匪巢里做客的人，外面闹得这样翻天覆地，他还躲得不出头？没有这个道理。"李云鹤道："这位韩大哥，实在是一位热心肠的朋友。若是为了我们的事有什么参差，那

143

我们就是终身之恨了。"于婆婆道："那大概不至于此，若是真有什么事，看在江湖的义气上，我一定和他报仇。"

一言未了，只听见外面有一个人插嘴道："又是哪个得罪你老人家，你老人家又要报什么仇？"随着这声音，却有一个人推门而入。李云鹤见他是一个三十多岁的汉子。面孔黑黑的，倒是用一块蓝布将头来包了，并没有戴帽子；身上不穿长衣，却罩一件黑布卧龙袋，胸面上一路纽扣，全没有扣上，大襟上的黑羊毛向外翻着，看见他里面的袄子上，束着一条宽板带，横腰系了一个大疙瘩，垂出一尺来长两个疙瘩头儿。就这样的装束看去，一望而知是个强壮汉子。他见屋子里有两个人，便笑道："好哇！我这里不曾找到，你们倒在这里。"李云鹤听得慌了，只睁了眼望着他，身子却移动不得。于婆婆笑骂道："黑子，你是在哪里桌上吃饱了东西，要挨几下？人家是受了惊吓的斯文人，哪里禁得住再受惊吓。"他道："娘，不是我说你老人家，你老人家又要管这样不相干的事，不分日夜替别人奔波。而且出门去了，也不先告诉我们一声，闹得我担了一晚上的心。"于婆婆道："胡说！我要你担什么心？难道老娘做事还不如你？你说担心，怎么昨晚上回来，你并不在家里候我？"他笑道："半夜里起来小解，听到街南头掷骰子的人，吆喝着四五六，非常热闹。我找去一看，是王瞎子家里赌钱，他们硬拉着我凑上一个。我也是运气，赢了二两多银子。"

于婆婆道："你在娘面前撒谎，我一脚就把你踢上街心去。人家硬拉你凑上，是到你家里来拉的吗？我这一生，就不知道什么叫赢钱。王三瞎子家里那些赌棍，都是油滑一万分的东西，有钱让你赢了来吗？"她说着，左手食指，按住了大拇指，就要向他一弹。吓得他缩着头连忙往后退。他笑道："这个来不得，上次你老人家隔着一丈路对我一弹指甲，我手膀上就痛了半个月。"于婆婆道："我给你引见这两位李先生。"那人过来，于婆婆道："这是我第二个孩子于国豪，老娘儿从小就姑息惯了，这样大还是顽皮，二位不要见笑。"于国豪进来，对李氏父子作了一个揖。他们都起身来让座。于国豪道："娘，我听小三儿说，你老人家昨天在大李集闹了一夜。其实那些人都是胡闹，没有什么本领。倒是曹老鹞子手下这班东西，非常可恶。现在他又新出了一个规矩：每天派人到柳家渡口上，每天和我们渔船上要十条大鱼，七八十斤重的，他都拿了去。我真忍耐不住，几次三番要动手，哥哥都把我劝住了。"他说着话，一只脚站在地下，一只脚踏在板凳上。他一气，脚一使劲，噼啪一声，那条板凳，拦腰中断了。于婆婆道："你这是怎么讲，奈何人不得，跑回家来，拿我的板凳出气吗？"于国豪也笑了。一面搬开那条板凳，一面道："娘，你要是去打曹老鹞子，我和哥哥都去帮你老人家一手。添个棒槌轻四两，总能做一点事，要不要我兄弟两个人去？"于婆婆道："去是可以让你们去，不过你们在江湖上的日子多，你打了他，仔细他们将来暗算你。"于国豪道："他们那里几个有本领的人，我都知道。我们这一回破了面子去，不杀他个落花流水，也让他远走高飞，难道再让他们在乡下和湖边猖狂吗？"于婆婆道："去可以，我教给你那一套刀法会了没有？"

李云鹤见他母子二人大谈杀贼，都听呆了，心想凭她这样一个白发苍苍的老婆婆，如何有这样的能耐？若不是听父亲所说，亲身目睹见她救出来的，真要疑心这老婆婆说的是一篇鬼话。心里这样想着，眼睛就不住地向于婆婆看来，看她究竟有没有特异之处，于婆婆笑道："李先生，你听我说要和曹老鹞子较量，你有些害怕吗？不要紧的，今天晚上，等我们伙伴来了，我们就商量一个绝妙的法子，把你父子先送过江。这里的事，我们不办就不办；若是要办，就办个痛快。你父子住在我这里，虽然万无一失，但是我们要办事，就不免一心挂两头。我活了这么大的年纪，功名富贵，什么也没有挣下来，只得着这两个大头儿子。这两个大头儿子，孝道是什么，那自然是不懂。不过很听话，我要他们做的事，没有不办的，将来我就让他们送你们回去也可以。"

她说这话时，笑得鼻子边、眼角上，纵起了许多皱纹，嘴唇皮往里瘪着，还缺了几个牙。一笑时，老态全露出来了。李云鹤先见过张道人朱怀亮，那样年老还是精神矍铄，现在一看于婆婆，更是不同。她的武艺，犹如生龙活虎不可形容。可是她的外貌，一般的和平常老人那样衰朽，有些时候，竟比平常人还要孱弱，真是炉火纯青，练习得一点也不形诸颜色。一个人有本领不算奇，有了本领，还让人家看作是个无能之辈，这实在是很有兴趣的事了。他这样想着，觉得学武术是一件极有意味的事了。当时放在心里，且不说出。因于婆婆说了，将来可以让她两个儿子，保护过江。就站起身来，两手微微一动。于婆婆笑道："你打算怎么样，又要作揖道谢吗？"李云鹤想起刚才她拒绝道谢的事，笑着便坐下了。于婆婆笑道："你老远地跑了来，只顾父子畅叙离情，还没有吃一点东西，不饿吗？小黑子，你陪他们谈谈，我去弄点东西给他们吃。"说毕，顺手一带门，使出去了。

那于国豪走过来将瓦壶提起，拿着粗瓷茶杯，先斟了一杯热茶喝了，接上又斟一杯喝了，昂起下巴一喝，就咕嘟咕嘟中间也不会停留一下。喝完了，将茶壶茶杯放下，一伸腿跨过那条板凳，向下一坐，然后笑道："你二位看不出我母亲是个有能耐的人吧？你们若是见她就以为奇怪，若把她平生的事说出来，你们更要奇怪了。我这张嘴总是禁不住爱说话，但是她老人家的事，我半个字也不敢提。一说起来了，我就挨不起打。所以我们住在二十里铺三十年，人家由于奶奶叫到于婆婆，只知道是个平常的老人家罢了。现在遇到你二位，她的事，可以说明白了一半，不过求求你二位，在生人面前，千万不要提起恩人二字，免得连累她老人家。她老人家这一生只好做一个不出名不出面的英雄罢了。"说毕，他两只手扶了桌子，昂着头长长地叹了一口气道："咳，人生一世，草生一秋，像我们一辈子在洪泽湖里打鱼，就有天大的本事，哪个知道？"李云鹤道："她老人家就如我的重生父母一般，大哥说怎样办就是怎样办，在人面前决计不提到一个字就是了。"李汉才道："她老人家真是一个游戏人间的侠客。据大哥说，她老人家的事，现在只让我们知道了一半，还有一半，想必更要惊天动地吧？"李云鹤连忙笑着摇摇手道："江湖上的事，我们哪里懂得，不必问了。"于国豪听了，也就笑着点点头。

过了一会儿，于婆婆捧了一大托盘东西来，都是热气腾腾的，放在案上。看时，一大盘红烧肉，又一大盘韭菜煎鸡蛋，乱堆着几十个馒头。于国豪先拿一个馒头向嘴里一塞，只管鼓着两腮，嘴嚼着要往下吞，手里就在托盘里将东西向案上移。于婆婆笑道："这里还有客，你也是这样吃嘴吃舌！吃吧，我还有呢。"说毕，她又出去端了两盘子东西来，一盘子是一尾煮的大鲤鱼，一盘子是蒜花椒盐蒸的芋头，另外还有两大壶酒。托盘一放，于婆婆自掀衫袖，也一跨凳子坐下。将杯子一举道："黑子，先替我斟上一杯，昨晚上跑了一整晚的，喝两杯带点醉意，先去大睡一觉。"因举起筷子，向盘子点了几点，笑道："老李先生，小李先生，这是我儿子带回来的鱼，随便吃一点。"李氏父子见她自己都如此，也就不能客气了，各人随便吃喝。醉饱已毕，于婆婆先起身说道："我不能奉陪了，李先生不要行动，晚上我们商议好了再说。"说毕，她自走了。这于国豪却带了一个十几岁的小孩子，将案上的食具收了去。

李汉才父子果然遵守于婆婆的吩咐，并不曾离开那黑屋子一步。李云

146

鹤也是起了早的人，到了下午也就睡了。晚饭之时，于氏母子，还是酒肉供养。李云鹤现在欣慕武侠的心事，已到了极点了。他听到说今晚上有于婆婆的伙伴来，就留意要偷看是些什么人。他和父亲，本是睡在那柴房里，上半夜睡得足了，下半夜不肯睡着。约莫有三四更天，果然听到有轻轻说话的声音。轻轻地起来偷在门缝里一张，见那黑房里坐着五六位男女，全是熟人：有朱怀亮父女和孔长海、于婆婆母子，另外还有一个白发老头子，却是不认得。那老头子和于婆婆对着说话，似乎在争论什么。李云鹤静心静意，极力地用耳力去听。只听得老头子道："这事不动手就算了，动手没有不伤人的。无缘无故，把人家现成的局面打翻，你们图着什么呢？于大嫂，不要倚仗自己道行高。他们既然把我请出来了，我不能看着曹老鹞子他们白送死。"于婆婆道："没有张大哥出来，这事情还可以私休，现在他把你这老前辈请出来了，我若是休手，放着朱大哥和着孔家老弟朱家妹妹在这里，倒说我无用，不是说我们上了一点年纪，犯不着和小辈淘气吗？明天我就和张大哥较量较量，曹老鹞子那一党呢。不用多，我有两个儿子，加上孔家兄弟，朱家妹妹四个人，就行了。朱大哥算是老前辈，请他袖手旁观，不必动手。你说，这算哪一边人多势众？"说毕，挺起胸来，两手一叉腰。那老头子见于婆婆这一番情形，突然站起身来，将手一理胡子道："既然如此，就听尊便了。"走到阶檐下，将手向大众拱了一拱，衫袖向下一拂，趁个势子，将身子一耸，人就不见了。

李云鹤还未尝见过这样耸跳利落的人，一想他偌大年纪，还有这样轻灵的身体，武艺如何，可以想见。明天他们真要比起武来，那还了得，自己在门边迷迷糊糊地站着，不觉碰了门扑通一下响，于国豪带忙问道："是谁？"李云鹤见全是熟人，也不适得藏身，便走了出来，于婆婆道："幸是那张老头子走了，若是你早一脚出来，岂不坏了你自己的大事？他就知道你父亲是我们救出来的，还料不到把你父子藏在这大路边下的小茅屋里，若是知道，你父子还有命吗？"李云鹤听了这话，却也不免陡吃一惊，说不出话来。朱怀亮笑道："不要怕，凭着我们一班人在这里，既然把你救出来，当然保住你父子二人的性命，不过要不让他们知道你在这里方好。"于婆婆道："人藏在我这里，除了这老头子，再也没人敢来，你们只管安心住下。"孔长海道："这张老头，刚才从哪里来的？何以知道于婆婆住在这里？"

于婆婆道："二十多年以来，知道我行踪的人，慢慢地都死完了。只有这张老头，他的寿比我还长，他向来就不是好人，这也干干，那也干干，翻来覆去有好几次，后来就当土匪了。他洗手不干，也不过十七八年。所以有些土匪头子，还可以和他通消息。不过他有三分怕我，我不说破他，他也不敢说破我。"孔长海道："这样子说，他今天晚上来，一定是魏万标告诉了曹老鹞子，曹老鹞子又求了他来的。"于婆婆道："这是自然，这淮北一带，像我这样的婆子，哪里还找得出第二个?"孔长海道："他的本领如何?"于婆婆道："从前我们也交过手的。他是我手下败军之将，现在有二三十年没交过手，不知他有没有进步? 但是这个你们倒不必挂心，我一个人准可以抵制得了他。"孔长海道："这件事若果是魏万标这东西说出来的，这人太不讲信用。明天我若见着他，我就先动他的手，让他学个乖。"

李云鹤坐在一边，原没有说话的位分，听到魏万标不顾信义一层，也是愤愤不平。靠着墙坐下，两脚抵了地，身子只望后一仰，浑身都在出力。好像这样出力，就可以把胸中的愤恨，发泄出来似的。振华姑娘笑道："爹，不要说我们大家都生气了，你看看李先生那样子，差不多都要把堵墙挤倒呢!"大家看了李云鹤的样子，都为之一笑。李云鹤倒弄得很难为情，勉强笑道："我原是个酸秀才，不懂什么。但是这些时候，跟了诸位往来，长了不少的见识，宽了不少的心胸，可惜我没有一斤气力，我若是稍微有一点气力，我愿意丢了秀才不做，丢了书不教，跟着诸位一块儿在江湖上走走。我看诸位来去无常，不争富贵，不怕权势，不挨饥寒比做什么还要快活。"朱怀亮笑道："好是好，也不能像你那样说得好，你若愿意这样，将来你把令尊送回府了，你就跟着我学武艺去，我包你能成功。"朱怀亮原是一句笑话，振华倒认了真，笑道："李先生这样大年纪的人，还能从头练起来吗? 筋骨上吃不了那大的苦吧? 依我说，学一点柔软的功夫，活动活动血脉，也就行了。再说李先生有他正当的事情，将来还靠在读书下考场，望个出头之日呢，当真就让人家跟着我们去吗?"

朱怀亮觉得自己姑娘太老实了，却又不便说出来自己是说笑话，因道："傻孩子，你知道什么。"说着就回头对于婆婆道："你这里地方小，挤了许多人在这里，很不方便，快要鸡啼了，街上的人醒了过来，我们就不好走了。现在我们先走，大家在五里墩树林子相会。"于婆婆道："这两位李先生的事呢?"朱怀亮道："就是照我们先说的话那样办。"于是他父女和孔长海都告辞而去。于婆婆只送到小堂屋门边，就回转身来，也不曾去开大门，也不听见大门响，这样客就算走了。

李云鹤见人都不在这里了，因向于婆婆拱手道："你老人家说了，和大家商量好了，就可以送晚辈回去了。晚辈在泗阳城里，还留着一个长工呢。蒙各位相救，晚辈预备的那一点款子，都还存在，难道还带了回去不成？我也想交了出来，请各位和我想一个用途。"于婆婆点点头道："你这倒是识大体的话。不过你的事情，我们都想好了，你不用过虑。明天我们大家都要到柳家集去，这里我们照顾不到，我劝你父子什么事不要问，整整睡一天就行了。"李云鹤听了这话，虽猜不透这是什么用意，但是他们做的事，神出鬼没，没有什么办不到的。他们要怎样办，依着他怎样办，总不会错，因此也不曾问其所以然，便答应下了："明天准睡一天，并不起床。"于婆婆笑道："李先生真是老实，可以画圈为牢了。我要你睡，不过是说你可以在家不要露面，并不是说连床都不起。一个人睡觉之外，还有吃喝啊，若是只许你睡，岂不是罚你一天不吃喝啊，你又犯了什么罪呢？天快亮了，你去睡吧。"

第十八回

白首誓双拼骄翁败北
绿林付一炬大寇潜踪

　　李云鹤也不作声，心想：看你们怎样？次日起来，已经是日高三丈，那柴房外面，一架石磨上，拴着一头黑骡子。一个四十上下的黄瘦汉子，嘴上长有几根短桩胡子，歪戴着一顶黄呢毡帽，口角上衔着一管尺把长的旱烟袋，靠了骡子站着。他的脸，正对着柴房的门。李云鹤冒冒失失地将门打开，看见这样一个生人，倒吓了一跳，突然又将身子向后一缩。于婆婆恰由前面走了来，笑道："这也是我打鱼的儿子，叫于国雄。"李云鹤听说，这就走出来一揖相见。于婆婆道："我两个儿子都来了，这就要动身了，你小心一点。"说毕，喊了一声黑子。于国豪手上，拿了一只生白薯，在嘴里一边啃着，一边走出来，口里咀嚼着说："时候还早，让我睡一觉再走，不好吗？"于国雄笑道："老二，我看你真有些像猪八戒，又好吃，又好……"睡字未说出，于国豪拿起白薯，就对他头上砸来。于国雄将头一伸，口一张，却把一只白薯咬住了。

　　于婆婆笑骂道："两个这样大的人，倒像两个三岁的小孩子一般，尽管闹到生客面前来。我们走吧！"于婆婆说时，伸手在墙上取了一只布袋，向骡子背上一放，顺手又一拉拴骡子的绳疙瘩儿。那骡子倒是像懂人的意思一样，马上就向大门外跑。于婆婆并不耽搁也跟了出去。于国豪道："小三儿，看住门，我们走了。"不知道他一刻儿工夫，在哪里又找了一只大白薯，又放在嘴里，一口一口地啃着，也就随着哥哥，一路走出大门。于婆婆手上牵了骡子，正站在门口等候。于氏兄弟出来，两人扶着她的手臂，助她上了骡背。于国雄在前面牵着绳子，于国豪在后面赶着骡子，就由街南出口，转上小道。于婆婆斜着身子坐在骡背上，只是闭了眼睛打盹儿，人家遇到她的，都说她又有病了，儿子带她到湖里渔船上修养呢。

　　三人一路尽管在荒僻小道走着，到了五里墩，朱氏父女孔长海都在那里。朱怀亮坐在那里抽旱烟，振华和孔长海各坐在一棵树根上，靠了树儿朝太阳睡觉。朱怀亮一见于婆婆到了，站将起来，笑道："叫我们好等，大嫂这个时候才来。"于婆婆跳下骡子道："我就猜你们三个人并没有回泗阳，由我那里就直奔这里来了。"朱怀亮道："你只猜到一半，我们赶到柳家集去了。那地方是我一条熟路，我怎样不会找？找到那里，倒让我打听出一件事来，曹老鹞子把姓韩的关起来了，他说姓韩的和我们是里应外合。"于婆婆道："这种人，关起来也好。我送给你的那根断箭，他倒拿了去冒充！"

朱怀亮笑道："你不要说这个，正是这东西害了他了。我听那个张老头子说，我们老师伯，哪里还会留下东西，来救一个漠不相干的李汉才？这于婆婆和老前辈以先是常能见到面的，这断箭一定出在她那里。她叫姓韩的来把人诳出去，又装着不是一路，好藏在我们里面打个里应外合。你把他关了起来，一点也不冤枉。那张老头子又夸下海口，说是我们这里去多少人，他们也用多少人来抵挡，说是大嫂和他交过手的，大嫂胜不过他。他因为大嫂是房门里的人，让你三分，所以二十多年以来，隐名埋姓，各不相犯。"

于婆婆原有点摆头风的毛病，一听这话，气得把头摆个不住，一头白头发，颤巍巍的，怪叫起来道："张海龙啊，好哇！你在后辈面前，这样糟蹋老娘。我要不在后辈面前显一点手段给你看看，你也不会知道我的厉害。他们不是说我们去多少人，他用多少人来抵挡吗？这倒也好，若是他们果然不是整批的人上来，你们不用管，统统交给我一个人去办，你看我吃得消吃不消？"她说时把骡子背上的那只口袋，解将下来，向草地下一倒，倒了满地的东西。有两把大环刀，和一只铁链锁好的九节鞭。朱怀亮道："大嫂今天高兴，又换了一套兵器。"于婆婆道："这自有我的道理，回头你就知道了。"

兵器之外，草地上还有十几块干牛肉粑子，几十个连壳茶盐蛋，又是几十个馒头。于国豪也在骡子背上解下一只大牛皮袋来，袋口上拴着一个葫芦，正中有两个小铜搭扣，解开搭扣，却是两把瓢。原来往年江湖上有什么远道的事情要做，大家一样带干粮炒粉，喝的饮料，却是用牛皮做的袋盛装，既可不漏，而携带也很方便。若是要跑得快，就不带牛皮袋。或者光带葫芦瓢，随地舀冷水喝；或者买了几十文冰糖，一个人分一块，将冰糖含在口里走路，冰糖在口里自生津液，就可以当饮料了。当时他解下牛皮袋来，朱怀亮就问道："究竟是老办事的，连喝的都带来了。"于是大家屈腿坐在枯草地上，将刀来切开了牛肉粑子。把口袋放在草毯上，牛肉鸡蛋馒头，分作六份摆下。于国豪将瓢在皮袋里先舀了大半瓢水酒，向左递给振华；又舀了大半瓢水酒，向右递给于国雄。三个人共一把瓢，分递着喝酒。一会儿吃喝的东西，均已干净。朱怀亮抬头，看了一看太阳。笑道："时候不早，我们该去了。"于国豪把布袋和牛皮袋束在一处，紧捆在骡子背上。在骡子屁股上轻轻拍了一下，笑道："用不着你了，你回去吧。"那骡子两只带着一圈白毛的耳朵向上一耸，四蹄掀起，就向原路跑将回去了。

这里男女六人，身上各带着武器，向柳家集而来。约莫走了五六里路，一道高石板桥上，远远地站着两个人，看去好像是在那里闲谈似的。他们看见这边来了一群人，就只管呆看，突然走下桥去，就不见了。朱怀亮道："他们观风的人走了，看他们倒把这事看得很郑重。"于婆婆笑道："管他看得郑重不郑重，他来一百人我不怕，来一千人我也不怕，好歹打发他们回去。"大家走到桥上，远望有两个人，飞跑而去。于婆婆道："他们既是预备得好好地和我们来干，我们就索性慢慢地走，等他预备完全了，再来动手。看他怎奈老娘何？"说毕，哈哈笑了一阵。一言未了，忽然有人在桥下答应一句道："好大话儿。"说毕，一个人在桥下向旁边岸上一耸，一阵风也似的，飞跑而去。

朱怀亮看得真切，在袋里掏出一支袖箭，就打算赶上前去。于婆婆伸手一拦道："不用，迟早可以拿住她。这柳家集有个女土匪，自称胡大姑，人家都叫她九尾狐。黄毛丫头，哪里懂得什么？不过两条腿还快，能跑几步路。"于国豪笑问道："她长得标致不标致？"于婆婆道："长得标致又怎么样，抢了来给你做老婆吗？"朱怀亮听说，摸着胡子微笑了一笑。于国豪道："我因为她叫九尾狐狸精，一定长得标致。哪个要这种女土匪做老婆？曹老鹞子，就不是好东西。他手下的女将……"于婆婆道："蠢东西，不要说话，这里还有大姑娘呢！"于国豪伸出手来，在自己头上打了一巴掌，笑道："我是个糊涂虫。"说着，抱着拳头，对振华拱了一拱笑道："大姑娘不要见怪，我说话，向来是这般不留心。"振华看了他这样子，只抿嘴微笑了一笑，却没有说什么。大家这样一路说说笑笑，哪里觉得是舍死忘生和人家去拼命比武？说起话来，走路就不觉得远，只管走去。于婆婆道："不要再说话了，他们人来了。"大家见于婆婆警戒起来，逆料离着敌人不远，便都站定脚，各抽出兵器来。

不到一盏热茶时，只听见遥遥有一阵喊杀之声。路上的尘土，也飞腾起来几丈高。看看那尘头走近，约莫也就有百余人，各人手上都拿着明晃晃的兵器。看见于婆婆这边六个人已慢慢走近，他们相距十几丈路就停住了脚，一字儿将阵式摆开。这一群人面前拥出七八个人来，胖胖瘦瘦，高高矮矮，都对这边瞪了大眼睛。那个老头子张海龙却隐在人丛里面，没有出来。这里只是曹老鹞子领头站在最前面，他首先挽着手上的单刀，拱了一拱手道："有劳诸位老前辈和好兄弟们远来，做晚辈的是极愿意领教。做晚辈的有不对之处，总请诸位包涵。诸位只要稍抬一抬贵手，兄弟也就过去了。"于婆婆身子向前一挺道："说什么闲话，你们来这些人打架，倒叫别人高抬贵手。"说时，手向许多人扫着一指，笑道："你们这里，就只这几个人吗？不止吧，怎么不一齐上来打？我们这里人也不少，除了我还有五个呢！"说毕，回过头来，对站在身后的人，笑着看了一看。张海龙站在一丛人身后，听到她说这些俏皮话，先忍耐不住，就抢了出来道："你老人家不要说我们来的人多。来多的人，那是不算数的。你若是怕他们暗中动手，我可以叫他们站得远远的。"于婆婆冷笑道："漫说百十来个人，再加上个十倍，你于婆婆哪会放在眼睛眶里？"说毕，将手上抱着的一捆木棍和铁链，当啷啷一声抖开。张海龙看了，先就吃上一惊。

原来他所善使的，乃是一支梅花枪。从前他和于婆婆较量的时候，自己使的是单刀，于婆婆使的是长枪，手脚稍微笨一点，就战于婆婆不过。这十几年来，丢了短器，就专门练长枪。这一管枪凭他这十几年的苦练，当然非同等闲。况且他又是武力有根底的人，功夫一到，把一支枪，直使得神出鬼没。这次要和于婆婆较量，并非特别有什么把握，他自己很明白，有几手枪法，还是到江南向一个老师叔那里学来的。从前和于婆婆较量，觉得她并不知道这个，这一次就要凭这几着和她见个高下。不料于婆婆这次来，并不用长枪，却用的九节鞭。这九节鞭乃是三截棍化生出来的，平常的三截棍，共是三根二尺上下的棍子，用钢链子锁住，使起来能软能硬，长短兵器，都有法子破。唯是其中间有两节钢链，不容易练到家，所以会的人很少。现在于婆婆使的，却是九节鞭，中间有八节钢链，比三截棍又要难练好几倍。三截棍这样东西，只要使得好，就善能破长枪。九节鞭又比三截棍加上六截，自然更是难练。现在于婆婆拿了出来，岂有不精之理？今天这一管长枪，又不见靠得住了。事到头来，也就缩手不得，便上前拱一拱手道："兄弟今天专门领教，来的这些人，让他们一律退后。"于婆婆喝了一声道："和你们动手，难道还用得着一个比一个吗？你有多少人，只管一齐拥上来！"

张海龙听说，怒气已是忍耐不住，在后面站着的人手上夺过一支长枪来，向空中抖了一抖枪缨，叫道："来来来！我把这颗白头输给你吧。"于婆婆拿着九节鞭在手上，还是颤巍巍的。听了一声说打，将九节鞭向上一伸，便使了一个朝天一炷香的式子。这样钢链锁起来的九节连环棍，竟会笔直一根，犹如一根长棍一般。不用细说，可以知道她手上的力量，由下直上，一直透到了最后一节了。她使过这一个式子以后，立刻精神抖擞起来。鞭往下一落，她双手握住了中间，只一飞舞，就如拿了两根短铜。张海龙横枪刺将来，两下便实行交手了。这两个白发苍苍的老人家，杀得犹如一条生龙，一只活虎。两边的人，都看呆了。张海龙的枪法，固然是不错，无如于婆婆的这个九节鞭，练得成了自己两只手，要长要短，要曲要直，随心如意。张海龙的枪刺到近处，她可以变成双刀，或挑或拨，枪若或上或下，这鞭直了出去，比枪还长，一样能扎能刺。张海龙一支枪算是抵住人家长短兵器，哪有不吃力之理，曹老鹞子看见，知事不妙，万万不能和人来一个对一个，便拔出刀来，迎着阳光一挥，他那伙人，就一拥而上。朱怀亮和孔长海怕于婆婆有失，一人使刀，一人使剑，一跃上前。一个站在于婆婆左，一个站在于婆婆右，恰好成了一个品字式。

这时，有一个妇人喊道："这不反了，居然有人敢到太岁头上来动土！"这时振华和于氏兄弟，还站在路边一个土墩上，替三个交手的照料身后。她听见有女子的呼声，睁眼一看，原来是二十上下的女子，头扎了一块绛绸包头，斜躺在马背上，飞跑来了。只见她背上抽出一把大砍刀，两脚一蹬，早就离了马鞍。飞奔到人丛中，举起了大砍刀，对着于婆婆这边杀来。振华早是无可忍耐，提了剑也迎上去。于国豪道："怎么样，我们还等什么？"

兄弟两个正要上前，只听见遥遥地一阵扑突扑突之声，向远处一看，大概又有一两百人冲上前来。于国雄道："这样看来，他们是认定了几个打一个的了。这一批人，不要让他过去，我们杀上去吧。"两人说毕，各举着手上的刀向上一跳道："不怕死的过来！"那些跑过来的人，远远也看见这边杀成一团，突然见有两个人抢着刀，挡住大路大叫，不由得不停住了脚，看一看究竟。于国雄道："哒！你们不是柳家集发来的救兵吗？你

154

们的人，都快要死完了。你们还不快些去救吗?”他们看见这兄弟两个人，将路一拦，恶狠狠地要打，倒不知是什么路数，反为难起来。于国豪道：“我们干啦!”于是兄弟二人，大喊三声干，两人一蹲身子，向大众丛中，便冲了进去。原来他弟兄二人，个子都不甚高，用平常的武艺和人较量，总差一点，因之他二人特意练就一套滚地刀，作为和人较量取胜之着。这刀法是人身子向下一蹲，这刀由前而后，由左而右，遮住了周身，只向对方逼了去。人家看不清楚，就如一团飞雪，滚将来了似的，所以叫滚地刀。滚地刀这种武艺，一个对一个，还现不出他的长处来，最是滚进一群人里面去，他可以冲着就砍就扎。人家彼此截杀，还会乱撞起来。现在于氏兄弟，又是一对滚刀，联络着一左一右，冲了进去，大家猛不提防，当头的少不得先向旁边一闪，再来还手。在他这一闪之间，就会碍着第二个的手脚，人家也不能不一闪。因此他兄弟两个这一杀把来救的人，杀了一个落花流水。本来这班人就是三四等角色，没有够得上大干的。加上于氏弟兄这一趟滚刀，若没有破法，漫说百十人，就是上千人，也只好让他直进直出。所以这些人乱了一阵子，反而逼着向后退去。

那边张海龙让于婆婆九节鞭管住了，一点展不开，曹老鹞子四五个头领，也只敌得了朱怀亮一柄剑。孔长海放开了身子，倒是愿意帮哪个就帮哪个。这里倒是胡大姑和振华两个女子纠缠上了。振华的那一柄剑，得有乃父真传，一飞舞起来，真是无隙可乘。胡大姑她使的是一把单刀。两人使的恰是一文一武的短器。那胡大姑原来恃着自己几分本领，只管向振华进攻。哪知道振华的剑法，虚实相生，舞法又快，简直看不出她的解数。分明见她的剑劈面而来，胡大姑将刀绕着项，低了头，预备由侧面去砍，不料她的剑早已收回，使一个龙抱柱，倒提了剑，由上向下一插，若是逼近，正让她的剑插着了。这样的解数，胡大姑也不知道遇了多少回，都是看到是便宜，上前就要上当。幸得她的步法最快，腾挪躲闪，随时可变，因此还没有吃振华的亏。振华听到于婆婆说，她是江北有名的九尾狐，总恐她有绝招儿，不肯孟浪地动手。现在一见胡大姑只知道贪便宜，并没有妙招儿，料得她的本事，不过尔尔，就放开手来杀。在得意之时，侧着身子，剑横平了肩，向回一拖。胡大姑以为第二下，她必是或扎或斜刺，却不料振华剑向前一伸，使了个灵蛇吐舌，剑端微微上升，直刺上胡大姑的面孔。她要后退，已来不及。头向右一偏，躲过剑头去。但剑比人更快，已伸到了。振华轻轻一挑，就削去了胡大姑一子儿鬓发。胡大姑究竟是本领不凡的人，那剑虽快，觉得自己身上不免受伤，非逃走不可。但是她并不直逃，趁振华的剑刚收回去，身子向下一蹲，将刀向振华的左腰便剁。振华见她来势凶猛，且向左一闪，不料她刀到半路，已经收回，一个倒箭步退回六七尺，脚跟站定，转过身来，抽腿便跑。振华见她走了，也不去追赶，便加入于婆婆这一边，帮着打退这些混战的人。振华还是那样想，这些人总是没有本领的人，自己和他去比较，犹如拿石头去砸鸡蛋一般，那是何苦。所以他们的兵器，都只对着那几个头儿，这些摇旗呐喊的角色，不是他们砸上人，却不去管他们。张海龙看一看形势是不好。自己的枪头，总是让于婆婆的九节鞭缠住，没有法子摆开。他料定是不能取胜的了，将枪使个毒龙出洞，在九节鞭中间，使力一绞，故意让九节鞭的两稍缠住。趁着于婆婆腾不出手来，一耸身子就跑了。曹老鹞子平辈的角色，自更不是这些老前辈的敌手，也跟着在张海龙的后面跑。丢下这些伙伴，却不去管他。于婆婆昂着头笑道："你大胆地跑，这个时候不来捉你。但是你也跑不出我的手掌心！"这时，柳家集那些散匪，蛇无头而不行，也像倒了蜂子窝一般，漫田漫野地跑。于氏兄弟对敌的那些人，更是跑个干净。

说也奇怪，这两群人，没有一个丧性命的，只是于氏弟兄搠了七八个倒在地下。于国豪见于婆婆这里并没有躺下一个，跌脚道："今天只算白来一次，一个土匪头没有捉到。"于婆婆笑道："他们若是还要三分面子，好意思还在这里做强盗吗？你们不要急，今天晚上，好歹我了却这一桩公案。但是这前后的村庄，十停有七八停通匪的。我们还要走回去几里路，找一家店打尖。到了晚上，你们随便把一个人和我去看看，就知道我说的话不错。"大家听到于婆婆如此说，却也相信，于是一齐跟着于婆婆向后走，在小路边一家小饭店里住下。他们只说是由乡下进城去的，饭店里人听于氏母子说话，是本地口音，却也相信了。他们睡到晚上二更以后，于婆婆就在暗中摸索，悄悄地起来。朱振华她是和于婆婆同床睡的，无论于婆婆起身如何轻悄，总要掀开棉被来的。振华心里有事，原就不曾睡着。她觉得有一阵凉气袭人，赶紧就向上一爬。于婆婆走过去，一手按着她轻轻地说道："姑娘，你要去，只管去，不要作声。"振华只要能跟着去，心里就是高兴的了。果然一声不响，就和于婆婆开门出来。这屋后面，便是菜园，由菜园里短墙上跳出来，并不用得费事。两人刚一跳过墙来，暗中就有人扑哧一笑。两个人影同时在星光下一幌，于婆婆仔细一看，是自己两个儿子，便道："嘻，我正要瞒住你两个人，偏是你两个人知道了。还要你们去睡觉，也是不行，你就跟着去吧。"于是四个人顺着小路向柳家集而来。

到了柳家集，于婆婆轻轻喝道："你兄弟两个，重手重脚，只在屋顶上，不要下去。打起来了，你再看热闹。"于是认定了曹老鹞子的庄屋，大家都越墙而进。上面正屋里，火光由窗户里射出来，黑暗中正好看得清楚。于婆婆越过两重屋脊，伏在身子，顺了屋檐，轻轻地向下一溜，倒过身子向正屋里一看，只见上面点着几支大蜡烛，屋正中摆了一桌碗碟，曹老鹞子，张海龙，和着几个短衣人正喝得酩酊醉，围住桌子说话。曹老鹞子道："张老叔，我明天一早就走，这里的事，都交给胡夜猫子老弟，这庄屋放一把火烧了。他们要寻来的没有了我，没有了庄屋……"张海龙不等他说话，把面前的烛台，忽然一把推倒。于婆婆见他打倒烛台，知道他在里面，已经有了准备。不等他将第二支烛台打倒，手就是一扬。曹老鹞子在屋子里哎呀一声，接上叫道："我的眼睛瞎了。"就在这时，屋子里一阵乱，烛台都已推倒。一阵风窜出来七八个人，振华也已伏到瓦檐上，哪里还让他们蹿上来。只在他们刚要跳时，将剑向下一扎，先有一个躺下。其余那几个人，抽出家伙，在星光下抵敌。

于婆婆怕振华有失，在屋檐上翻将下来。只伸脚凭空一踢，就踢倒一个。其余几个，几次想要逃走，都让振华的剑锋逼住，抽身不得。这其中第一个就是胡夜猫子，第二个是罗大个子，都是刚才在阵上和于婆婆交过手的，知道她的武艺了不得。日里那些人围在一处，也找不着她一点便宜，现在只有这几个人，她们却有两个好手，逆料万逃不脱。且战且退，剩有五个人，又退进上房屋子里去了。这上房已经灭了火，里面黑洞洞的了。于婆婆和振华，都怕关进屋，会中别人的暗算，都站住了脚，不敢进去。胡夜猫子一进屋门，脚下却让东西绊了一下，伸手一摸，是个人卧在地下。身上带有火刀石，连忙砸着纸煤儿，对着地下一晃，原来是曹老鹞子，自己操起刀来，抹了脖子了。刀还放在胸面前，脖子上有血向外流，便叫道："这是怎么说？大哥自己裁了。老二怎么办？"罗大个子一拍肚子道："老三，你看不见我吗？我在笑了。我们长了一颗好头，不能让人家来砍。大哥去得不远，我这里赶上他去了。"罗大个子说完，接着就听到扑通一下，以后声音就寂然了。胡夜猫子道："老二，你去了吗？好，有种！哈哈，等一等，我也来了。"拿起地上那把刀，用劲在颈上一抹，血往外冒，也倒下去了。

于婆婆在门外站了一会儿，没有动静，便喊道："有人吗？呔！快出来！我要放火了！"这里面，本来还有几个小土匪，先听到外面天井里，一阵声音乱响，就知道不妙。在一旁边张望，看见有一个老婆婆在内，早闻名了，大家的脚犹如钉住了一般，哪里移得动。有两个胆大些的，要向后院去报信。后面早是红光一亮，烈焰飞腾，放了一把火。这样子是前后夹攻，哪里抵得住。大家三十六计，走为上计，都抽空偷偷地溜走了。于婆婆见后面着了火，以为是他们自己做的事，不能不防备，索性和振华跳上屋檐，再观动静。不多一会儿工夫，果然有两个人从后面屋脊上飞奔而来。于婆婆心想！果不出我所料，正要迎将上去。振华扯着于婆婆的衣服道："慢来慢来！"说时，有一人飞奔前来，提剑便刺。于婆婆方要躲闪着还手，那人已经停住了手，向于婆婆扑哧一笑。于婆婆这才看出来了，是朱怀亮。后面还跟着一人，那自是孔长海了。朱怀亮道："这里人都跑完了，还守他们做什么？"于婆婆道："这屋子里还有几个人，我要等他出来结果了他。"

说话时，那屋后面已是火光熊熊，高映天空。人在屋顶，火光映着，看得狼清楚。朱怀亮道："屋子里的人，大概走了。若是还在屋里，岂有不出来之理？"于氏兄弟因为母亲嘱咐了，只远远地在屋脊上蹲着。现在看到有四个人站在火光之中，却不让他兄弟两人上前，真有些忍耐不住。两个人就跑了过来。嚯嚯啪啪一阵瓦响。于婆婆一回头，问道："你们来做什么？像你这样子在屋上走，先通知人然后再动手的。"于国豪道："好哇！我们人全来了，为什么大家都站在这里？"于婆婆手指着屋里道："他们都躲在那里，死也不出来。"于国豪对于国雄道："嘿，我们去。"两人早是扑通两声，跳到天井里。于国豪看那门是虚掩的，一脚将门踢开，便使着滚刀，滚了进去。那屋后有两扇户眼，早是火光照着屋子里通亮，看见地下横一个直一个，六个人都自刎死在地下，并没有活人了。屋上几个人恐怕他弟兄有失，早也是跟了进来。现在看到屋里如此，于婆婆道："都完结了，怎么独不见张老头子一个人？"朱怀亮一指屋梁道："他由这里走了。"大家抬头看时，屋梁边捣了个窟窿，大概他是跳上屋梁由这里走了。于婆婆道："嘻，可惜，这老头子心眼最坏。这一逃走，就不知道他又生出什么是非来的。"

正说时，有两个火星，由天窗里落将下来，还是红的，那烟烘气还一

158

阵紧似一阵。朱怀亮道："火要来了，我们走吧。"于是大家也不上屋，就由大门而出。大门外正来了一批救火的，各人拿着铁钩水桶。看见他们从屋里出来，又扯腿跑了。于婆婆道："你看，这些人见我们就跑，除了他们的头子，他们还做的什么事？只是把那张海龙和九尾狐跑了，便宜了他。"振华道："我们忘了一件大事，那个韩大哥，不是说关在这里的吗？哪里去了呢？"孔长海跌脚道："这件事，是我们大意了。我和朱老爹来的时候，先就去救他。正碰到那魏万标，他不怕死倒先动手。我劈了他一剑，也不知道劈在哪里，他就倒了。这韩广发就是他看守，他死了，哪里去打听消息？"朱怀亮笑道："你不要着急，姓韩的绝死不了。找着那个九尾狐，就找着他了。那九尾狐玩耍老韩的那件事，在老韩第一次到柳家集来的时候，我就在暗中看了一个够。"于婆婆道："果然是那九尾狐带去了，那倒不要紧。这韩大哥得了一个老婆，还要发财呢？"朱怀亮道："既然如此，我们就不必问了。"于婆婆道："决计没有什么事，若是有什么事算我姓于的话说错了，栽了筋斗。"孔长海他总觉得韩广发是同门兄弟，而且由南京动身的时候，龙岩和尚就对自己说了，好好地照应着韩广发，这人谨慎有余，应变不足。现在眼睁睁韩广发失了踪，却不去救他，觉得于婆婆究竟是妇人度量窄。为了那一支断箭，还有些放不过他。当时也没有说什么，跟着众人走。大家并不是到二十里铺去，却是向洪泽湖边下来。

第十九回

轻薄数言惩顽过闹镇
苍茫四顾感遇渡寒江

　　原来于氏兄弟早把渔船湾在这里，预备大家来歇息的。他们这种办法，把那个张海龙又气上加气，更结一层冤了。因为他料到李氏父子，必定藏在于婆婆家里。由曹老鹞子家里捣出屋顶之后，就直奔二十里铺。心想你们人都来了，那里只剩李氏父子。我除了他们，让你白白忙一顿，二来也可扫你的面子。

　　这个时候，已经天色将近五鼓，张海龙匆匆忙忙赶到二十里铺，以为一定是很清静。不料远远地就听到嘈杂的人声，心里不由一惊。那为什么呢？难道柳家集的人，先到这里来报仇，那总不至于。因之绕了一个弯，绕到大路正面，只当是早起赶路的人。由这里经过。及至走到正街上于婆婆小饭店门口，却有许多人围住几堵破墙，地下堆着杂乱的瓦砾，兀自左一丛火焰，右一丛火焰，向上涌了出来，这地方就是于婆婆的小饭店了。围着这火场的人，拿了长竿短棍之类，四处拨火，有几个人，拿了许多水桶水盆，站在四处向火里泼水。但是火虽烧得这般厉害，事主家里，并没有一个人在火场上。就这种情形看来，分明是于婆婆家里，自己放下一把火了。于婆婆真是想得周到，不但李氏父子早带走了，就是她这一所小店，也消灭个干净。以后这二十里铺，又永不见她的面了。打不过人，计策也弄不过人，真是招招让人。张海龙高声叹了一口气，掉头径自走了。

　　原来这一场火，正是于婆婆家里人所放，她料到这两回大闹，于婆婆三个字，必然是闹得四处皆知，二十里铺是大路头上，如何还能驻脚。所以把这房店烧了，索性不留一点痕迹，自己就永远不回二十里铺了。当火未着之前，李汉才父子正睡得稳熟。忽然有人拍着房门道："李先生，快起！快起！柳家集的土匪要来了。"李汉才睡梦惊醒，睁眼一看，却是送饭食用具的小伙计。连忙问道："什么样土匪来了？"小伙计笑道："不要紧，离这里还远。不过怕让他赶上，你二位是快快逃走的好。我们后门口预备有两头骒子，可以骑了去，不要慌张。"李云鹤道："三更半夜，叫我们往哪里走？"小伙计对着他二人看了一看，笑道："不要紧，我们婆婆留下了一个有本领的大个子，和你两位先生保镖。"李云鹤对于婆婆留下的话，当然是相信，抢着穿好衣服。这小伙计倒想得周到，预备了两大碗热水酒，请他两个人喝，说是晚上霜重，喝了这个，冲冲寒气。李汉才父子早是没了主意，在昏昏沉沉的烛光之下，只是乱转。小伙计叫喝酒，也只好喝。

喝过了酒，小伙计引着他们钻过一层篱笆，篱笆外果然有两头牲口，在月亮光下，鼻子孔里只向外面喷白气。李汉才道："小兄弟，你说于婆婆给我们留下来保镖的人呢？"小伙计笑着将胸脯一挺，伸了一伸大拇指头道："二位先生看我怎样，能办得下这件事吗？"李云鹤听说，倒吃了一惊：这小孩子，不过十二三岁，头上披着一匝刘海发，脸上黄黄的，瘦瘦的，身上老是罩蓝花布袄，平常把他当个乳臭未干平常的孩子，不料他有这种气概。当时他也不说第二句话，复又钻进篱笆去。

李汉才父子骑在骒子上等候，不多大的工夫，他却手上提着一把明晃晃的刀，由篱笆头上跳了出来。他一落地，喝了一声，骒子好像懂话一般，掀开蹄子就飞跑起来。李汉才父子猛不提防，那两头骒子一跑，又勒制不住，拉着缰绳，只得让它跑去。跑了有一箭之地，李云鹤正想将骒子拉住，那个小伙计不声不响的，却跑到骒子前面去了。回过头来对李云鹤道："李先生，你不用管是向哪里去，只让骒子跟着我跑，就不会错事。"说时，口里又作一种嘟嗫之声，两匹骒子，各竖着两只耳朵，拼命地跑。李云鹤见骒子一点抑止不住，只得由着骒子跟了小伙计跑。

说也奇怪，无论这骒子跑得如何快，总赶不上他，他离这骒子不远不近总有七八丈路，一口气跑去，约莫有二十里路。那骒子四蹄如飞，一路之上，只有一片嗫嗫之声。李氏父子不曾说话，那小伙计更不见回一下头。先走的路还像是有人来往的小路，到了后来，那路越走越窄小，到了最后，不是道路了，只是在一片荒滩上走。那荒滩上有些七零八落的干芦苇，骒蹄子踏着那芦苇秆子，只是噼噼啪啪作声。李云鹤到了这时，万万忍耐不住，便叫道："小兄弟，你不要再跑了，这不像是路啊！"那小伙计并不理会，还是跑他的。李氏父子，都是南边人，并不善于骑牲口。骒子只管跟小伙计跑去，又不敢十分强迫他停住。

161

又跑了一会儿，还在荒滩上。朝前看去，只是混混沌沌的一片平原。半空中，似乎有一层白雾，面前还是高过于人的败芦残苇。抬头一看，凉月半钩，歪在天上，昏昏暗暗，景致越是荒凉。李云鹤又提着嗓子叫道："小兄弟，你停住不停住？你若不停住，我就滚下骡子来了。"那小伙计听了这句话，怕李云鹤真个跳下来，那可不是玩的。于是停住脚，将手向上一扬，同时又吆喝一声。那骡子看见这手势一扬，马上也停住了不跑，慢慢地走到小伙计身旁去。李汉才一翻身下了骡背，走到小伙计前面，握住他的手道："小兄弟，你有什么主意，我们都能依你。你不告诉我们，把我们引到这里来，我们不明究竟，实在有些害怕。"小伙计道："并不是我把你二位寻开心，实在是于婆婆吩咐了，叫我不要告诉你。"李汉才道："那为什么？怕我不来吗？"小伙计道："到了这里，我不妨老实说了。这里不但逃开了土匪，这里到那土匪巢柳家集，只有十几里地，路近得多了。"李云鹤听了这些话，陡然吃了一惊。一滚下骡便道："怎么样？莫非于婆婆到柳家集去？这件事不大好。果然如此，求求小兄弟，把家父放走。有天大的事，我都敢去。"小伙计道："唉，什么事都没有，你跟我走就是了。"

一语未了，只听得远远有人问道："都来了吗？"小伙计道："都来了，你快来吧！他们两个人，都不肯走呢！"李汉才父子两个，听了这话，都吓破了胆，靠了骡子站定作声不得。眼看那小伙计，腰带上插了一把明晃晃的刀，他又会跑，跑了许多路，两匹骡子都没有将他追上，这岂可把他当作平常的小孩子吗？事到如今，要逃走也逃不了，只有听他摆布了。那人说着话时，已走近前来。月光之下，虽然看不清楚，可也是一个短装人。让他走得近了，他就笑嘻嘻地低了声音，和小伙计说了一阵话，唧唧哝哝，却不知道他们说了一些什么。李汉才是匪巢出来的人，再送进去，只当没有被救出来，倒也没有什么。只是李云鹤千辛万苦，好容易把父亲救了出来，眼睁睁又把父亲送到匪巢里去，实在于心不忍。因此上很是着急，便挺身上前对小伙计道："于婆婆一片好心肠，把家父救出来，把我杀了，我也死而无怨。但是你们要怎样，尽管对我说明，何必这样鬼鬼祟祟的？我们都是文弱书生，难道还跑得了吗？"来的那人笑道："李先生你不要急了，我们难道还有歹意吗？你再过来看看，这是什么地方？"

李云鹤到了此时，怕也不行。父子二人牵了骡子，又跟着小伙计走过去。那残芦却越长越密，忽然澎湃一阵响，却仿佛是水浪打岸声。走过去几步，只见一片汪洋，眼面前水色无边。先前看到月光下一片白雾，大概就是这水月相映之光了。这地方，水岸凹成一个缺口。有一只小渔船，放倒了桅杆，将一根长竿子插在船头上，将船插住了。李氏父子见了正不知所云，忽然船上跳下一个人来，走到李汉才面前躬身作揖道："哎呀！老爷。你老人家果然出来了。"这正是李汉才的家乡声音，听到了是非常的悦耳。在月光底下仔细一看，果然是家乡人，不觉又喜又惊。李云鹤也看出来了，便道："李保，你怎么也到这里来了？行李东西呢？"李保道："行李东西，一点也没有失落，都带到这里来了。是这位孔大哥对我说，老爷救出来了，叫我赶快收拾东西赶来，好一路回家。我想行李是不要紧的，还有那些救老爷的款子，那是遗失不得的，所以当时不敢答应走。就是这天晚上半夜里，我睡醒过来，那个朱老爹站在床面前。屋子里的烛，本来是吹火了的，他又点上了。他对我说，我的钱，他都拿去了。我来不来和老爷一路回家，那由在我。我连忙去开箱子，果然箱子开了，银子不见了。他又说，一毫银子也不动我的，因为我顾了银子不走，所以把银子拿到这来了。我想朱老爹是个正人，决计不会做歹事的。银子已经拿去了，我不走也不行，只好答应走。今日一大早，那孔大哥和一个人带了两头牲口，到饭店里来，骑了一头牲口，行李又堆在一头牲口上，就到这里来了。半路上，孔大哥他说有事走了，叫我只管来。我怎样拦阻得住他，只好跟着那接我的人走。到了这里，那人带了牲口走了，银子倒是一封一封放在船舱里，一点没有失落。据这船上的王家兄弟说，半夜里，他的兄弟一定会把老爷送来，不料果然来了。"李云鹤听到，虽还不能十分明了，这事有朱孔做主，必不会错事，就安心上那小渔船去了。小舱里正有一张床铺大小，展开了行李，却好安歇。那小伙计和船伙，也在后艄安歇。

寒瑟的夜里，只听到两头骡子啮着草根声，和不时地打喷嚏与弹蹄响。不多大一会儿，听见远远地有一片桨声，那桨声越来越近，接上又是篙子点水声。隔着水就有人问道："都来了吗？"这边后艄上答应："都来了。"接着这小船重重地摆着，好像是大船碰了一下。李云鹤忍耐不住，就将头边的舱篷一推，向外一看，已经是天色大亮。正是一只大些的船，紧紧地并排靠了岸。那边人声很熟，正是于婆婆等。李云鹤这就更放心了，叫醒他父亲，一同过船去道谢。于婆婆道："李先生，我们总算够朋友的了。我三十年不出面见江湖上的朋友，都为你们犯了戒。我要不留痕迹，他们出了我那小店，店也先藏了火种烧了。"说毕，对朱怀亮道："我

163

们现在可以各干各的了。"

朱怀亮还未答言，振华姑娘两小酒窝儿，先是一旋，然后笑道："我们都各干各的，这两位李先生怎么办？设若让曹老鹞子手下人看见，到哪里也是没命，况且他们还带着那些银子。"于婆婆笑道："姑娘，你太老实了，我救人救到这种地步，我会把他们带到这湖汉子里来，将他丢了不成？走旱道是不大方便了，我和孔家兄弟还要谈谈，让他上我那只小船去。这里大船，叫我两个儿子驾着，送他主仆二人到瓜洲。到了瓜洲，他们可以自己雇船渡江了。"振华道："爹，我们还是趁船呢？还是起旱呢？"脸向着朱怀亮，又笑了一笑。朱怀亮道："自然是搭这不花钱的船。"于婆婆道："那也好，我们后会有期。我也不客气了，有你父女一路，连过江他们都有了伴，我更放心了。"大家商议一阵，就决定了这样办，于是李氏主仆三人，就把一切行李，搬到这边船上来，船上早预备下一大锅热饭和鱼肉之类，摆在船头上。大家晒着太阳，饱餐一顿，就各自分手。于氏弟兄整理桨橹，马上开船。两边的人，都站在船上相望，说着话告别。两船越走越远，先说话听不见，到后来连人也不看见了。这大船上，是两个舱位。后舱小一点，让振华住了，李氏主仆和朱怀亮、于氏弟兄都在前舱。

冬天河道水浅，走了四日，才到邵伯镇。一路之上，朱怀亮谈些江湖奇闻，和太平天国的轶史，倒也很不寂寞。遇到水码头，李云鹤就买了大批鱼肉上船，由振华做出来大家享用，更是快活。只是一层，打不到好酒喝。这时到了邵伯镇，太阳已经偏西，镇上一排临河的人家，都在淡黄的阳光里。有两家酒馆，挑了酒幌子高出屋顶，在风里飘荡。于国豪在船头上摇着橹，口里嚷道："这卖酒的人，实在可恶！故意把酒幌子挑得这样高，过来过去的人，在船上都看得见。"李云鹤听见，由舱里伸出一个头来道："于大哥，我们不湾船吗？上岸买一点酒来喝好吗？"于国豪笑道："李先生真是读书的人，知道我们的心事。"于是七手八脚，便靠了岸。李云鹤拿出二两银子来，让他去买酒。

他们一时粗心，却湾在一只运漕公事船一处。这漕河衙门里漕丁，最是喜欢兴风作浪。于氏弟兄，在岸上抬了一坛原封花雕回来。振华在后艄看见笑道："好家伙！够喝的了。"偏是这个时候，那隔船上的漕丁，有七八个人，站在船头上晒太阳。他们听到娇滴滴的声音，叫了一声好家伙，大家就不约而同地，目光随声而至，他们见振华站在船艄上，笑着眼睛一转，一排白牙齿一露，真有几分娇态。有一个就笑着说道："呔，好美人儿。"又一个道："一块好羊肉，落在狗嘴里。"这些漕丁，向来是这样没遮拦闹惯了，一来是恃官家的权力，二来他们人多，三来是当漕丁的都有几下武艺。料得人家吃一点小亏，也不敢惹他。况且这振华在一只小船上，料定了她不过是平常一个船家女，还有什么反抗的力量。所以他们也不管女子听了这话，脸上是否下得去，只管说了下去。振华最是一个不能受气的人，早是眉毛一扬，鼓着两片腮帮子。于国豪也知道这几个人所说的话是指着振华，若是平常的时候，一定不能依他。无奈现在船上有李氏父子在内，是要赶着过江的，究竟不便和人争吵，免得节外生枝。因之也不理会，将这坛酒抬上船去，只当不知道。那边漕丁又说了："你看他们快活吧，带着美人儿，抬了整大坛的酒去开心。"于国豪觉得他们越说越不像话了，从舱里伸出头去，对那些漕丁望了一眼。一个漕丁笑道："你望我们怎么样？你再望挖了你一双贼眼！"

于国豪到了这时，真忍耐不住了。走到船头，身子一耸，就跳在干漕上。横着眼睛道："我们让你，你倒只管寻祸，你大爷不是好惹的！"那些漕丁，无事还要生风，现在于国豪跳到岸上去，竟有要打的样子。他们一共有八个人由大船跳下来，一拥而上，就把于国豪围住。于国豪身子向下一蹲，不等他们近身，使了一个旋风腿，早就扫倒了两个。那六个人，这才知道于国豪是有一手的，大悔当时大意，先让人家扫了面子去。有一个就跳脚道："这还了得，太岁头上，也有人来动土了！"这六个人举起十二把拳头，四面围着于国豪动手。于国雄怕兄弟吃亏，跳下船，将于国豪后身一个漕丁，先行用腿扫倒。其余五个人更不是对手，早跑得远远的。有一个跑上码头去，回转身来用手指道："矮胖子，你是好汉，你不要跑！我找一个有本领的和你来比一比！"于国豪笑道："你只管去搬兵，你大爷不怕。"说这话时，躺在地下的都起来跑了。船上的朱怀亮，才跑下船来，挽着于国豪的手道："你兄弟两个，一时怎么糊涂起来？这地方的漕丁，要叫多少有多少，我们怎么和他们此？"于国豪道："我们难道怕人多？"朱怀亮道："人多是不怕。他们是官兵，你打了他们，能用官法治你。赶快开船走吧，不要把这祸事惹大了！"他也不管于氏兄弟意思如何，一只手挽了一人，就拖他们上船。上船以后，朱怀亮就帮着他们开船。振华心里不服，父亲为什么这样怕漕丁。船刚掉过头，船头离岸有二丈多远，她却轻悄悄地一耸，跳上了岸。

165

朱怀亮看见，正要靠船来拖她时，码头上就有几个人拥了前来直奔振华。那些漕丁，平常见了女子，便是苍蝇见血，而今看到振华这样漂亮的一个女子，更是魂飞天外。他们见她在荒滩上一站，码头上下来一二十个漕丁，便将她围住，振华站在中心，两个酒窝儿一旋，冷笑了一声。有那不识事的，站在她身后，以为可贪一点便宜，上前一步，向她腰上就伸手捏一把，振华只当不知，让他手伸得近了，身子微微一闪。那人的手，已经伸将过来，她顺手一把捞住，只趁势一带。那人身子向前一栽，已栽到振华前面。振华身子早已往下一蹲，又捞住了他一只脚，身子向上一站，将人横拿在手上。站住了脚，只转身一旋，笑道："对不住，权拿你当家伙用一用。"说毕，将人就向四周一扫。那十几个漕丁，一来怕伤了自己人，二来也不是振华的对手，早已七零八落地散开。振华将手上拿的人，轻轻向沙滩上一抛，两手啪啪啪，在身上扑了几下灰土笑道："邵伯镇上这样无用的东西，也动手打人，不要打脏了我的手！"说毕，走到水边，起一个势子，就要跳上船去。只听见码头上面有一个人喊道："姑娘你若是不怕打脏了手，这里还有一个无用的东西，要领教领教！"

振华回头看时，见码头上有一个四五十岁的黄面瘦子，穿了件油腻的黄布棉袍，手上捧了水烟袋，踏着鞋，踢踏踢踏，由码头阶沿上下来。振华看那样子，从容不迫，不是个容易对付的人，便迎上前去，站在荒滩中间。那人依然吸着水烟，缓缓上前。振华笑着双手一抱拳，意思让他先打过来。那人站着离她有四五尺远，一蹲身子便放下水烟袋。振华见他右手的烟袋，交到左手，然后由左手放下地，料得他施用内功动手。若是随便放下烟袋，就不是这样费事了。因之不等他动手，身子早已偏过。果然那人右手抓着拳头，暗中向前一撤，但是已打到空处去了。那人见这一招都伤不到，这女子却是一个不容易对付的人了。因之变了手法，举起双拳，向振华就劈。振华料得这是虚着，却不去迎那拳，反一头钻进去，直扑他的胸口。那人果然不曾理会，振华一拳已经打到乳房边。打是打着了，可是其硬如铁，手都振麻了，那人不料振华胆子这样大，手法又这样快，伸去的两拳，本来想一变式子，抓着振华的两手向水里一抛，来一个原璧奉还。势子未变，振华已扑过来，当然来不及抓着她。因此身子向后一退，就想一腿把振华踢倒。

朱怀亮在船上看得清楚，这人内功过深，振华不是他的敌手。因此也一跃上岸，便站在两人的中间。对那人一摚手道："小女孩子不懂事，不要和她一般见识。"于是就和那人拱拱手。那人觉有一阵冷风拂面，犹如冬天的西北风，刺人肌骨，因向旁边一闪道："兄弟很不愿动手，令爱第一句，就藐视全邵伯镇，兄弟有些不服。"朱怀亮道："对不起，未请教贵姓是？"那人听到问他贵姓，将身子向后一缩，又离开了一丈多远，然后将右脚在地上画字，左脚却是独立着。那字写得有一丈多见方，凹下之处，有一尺来深。朱怀亮看时，却是一个冯字。

朱怀亮心想：你这种本领，也不很算什么，值得对我卖弄？身子一跳，跳到那字的上面。拱着手道："原来阁下姓冯。"上面说话，底下两只脚，却随随便便地在地下拨弄几下，立刻成了一个一尺来深的土坑，把那字迹全消灭了，笑道："路过贵地，不敢卖弄本领，不过结识一个朋友吧。我们后会有期，再见了。"说毕，拉了振华的手，就跳上船。因对于氏兄弟道："我们快走，再要在这里耽搁，这些漕上的人，闹起来是没有了的。"让振华掌着舵，自己也帮了于氏弟兄去摇橹。还没有开到一里路，后面两只快划子，每只上有十人划着短桨，飞也似赶了过来。朱怀亮道："这些东西，也算上当不拣日子，要在水面上和我比比吗？我们且不要理他，只管走。离得邵伯镇远远的，让他们不能再搬兵，就可以随便摆布他们了。"

约莫又走了一里河路，划子究竟划得快，有一只看看却要赶上，约莫离着有十几丈远，他们就停止不划了。振华叫了一声不好，喊道："这些东西下毒手，要烧我们的船了，快走吧！李先生，请你来看着舵，我叫你扶哪边，就往哪边，我帮着摇橹去。"她说着，就在船篷顶上一跳，跳到船头上去了。李云鹤也觉得事情吃紧，便挣扎出来，伸手扶了舵，管领着船往前走。船头上四个人，飞也似的摇着橹，不敢稍停一下，那后面跟上的一只小划子，就有人端几根鸟枪来，向这边噼噼啪啪乱放。还有几个人，在箭头缚着火种，弯弓向这里射。所幸他们这船，是直着划走的，又是由上流向下流去，走得很快。有几支火箭射到船篷上去，李保拿了一根洗船布的扫帚，抢着扑灭了。那几根鸟枪，却有两颗散子，打到了船上。李云鹤的手膀上，却穿过了一粒弹子，当时只觉得一阵痛，还忍着扶住了舵。不到一会儿，那血像涌泉似的，由手臂上直透过衣服，把大半截袖子都湿透了。看看后面的划子，也赶不上了，这才哎呀了一声，站在舵楼上，伏着船篷上枕住了头。

李保连忙走了出来，扶住了李云鹤连叫不得了。朱怀亮看到事不要紧了，便丢下橹不摇，跳到后舱上来。让李保扶着舵，将李云鹤扶到舱里去，连道："不要紧！不要紧！"就解开行囊，取了一包跌打损伤的药末，给他脱下衣服来，给他按在创口上。这一阵忙碌，耽搁时候不少，船已算脱离了险境。振华钻进舱来，先就叫道："李先生伤在哪里？有枪子在里头没有？"朱怀亮笑道："事情都闹了这样久了，你才来问。就是中了枪子，你还有什么法子吗？"振华没有话说，将篷底下粗绳上悬着的毛绒手巾，取了下来擦着头脸笑道："这一阵摇橹，比打架还要受累，出了一身汗。"说这话时，靠住了船篷底，望着对面的李云鹤脸上有些苍白，问朱怀亮道："爹，这李先生的伤，不轻吧？你看他脸上都变了色。"朱怀亮道："不要紧的，他是流多了血，伤了神。吃一点东西，休养一半天就好了。"振华道："那是没有留下枪子了？"李云鹤见人家一再地问，本是躺在被上的，这就只得勉强昂起头来，因道："枪子是走我手膀穿了过去的，也就流一点血罢了。"振华也没有说什么，只对他笑了一笑。这时，天色已经昏黑，早星临水，暮霭横河，两边河岸，渐成了黑影。依着于氏弟兄，就要靠岸。朱怀亮道："这里离邵伯镇还不算远，若是他们赶了来，依然还要中他的毒手。我来看舵，趁着天气不冷，我们还赶个几十里路吧。"振华道："那也好，我们把酒坛打开，烫上两壶酒，让你老人家喝了，加件水皮袍子。就是李先生，也可以喝一点。爹，这酒不是活血的吗？"朱怀亮笑道："喝倒是可以喝一点，不过不见得有多大效力，最好是喝一点荤汤。"振华本应该做晚饭的，将火舱底下的猪肉，先熬上一大块，然后再做别的菜。菜都好了，又烫了两壶酒。一齐送到中舱来。她却替朱怀亮接替了管舵，让他进舱喝酒。船头稍微歪着，不用撑篙摇橹，顺水溜了下去。

朱怀亮一进舱，看见一大碗肉汤，就说："很好。李先生多喝一点。"李云鹤知道这是振华姑娘，特为给他熬上的肉汤。究竟是血流得多了，头有些发晕，支持不住，还是倒在铺上。大家吃完了饭，轮着振华进舱吃饭。振华一见李云鹤还是躺着，因道："你这人真是没用，受了伤，流了血，怎么也不多吃一点。你不知道受了伤的人和害病的人，情形是两样的吗？"李云鹤见她的话音如此之重，心里倒是好笑。心想：要人家吃东西，总算是好意，哪有像你这样说话不客气的呢？当时也不便怎样答振华的话，只得微笑着点了点头。振华倒是吃得很痛快，把汤和菜倾在饭碗里，稀里呼噜就吃上一饱。将筷子碗一放，扯着绳子上悬的手巾，昂着头便擦了一擦嘴。笑着回头向李云鹤一看道："上次我在大李集，几乎被马踏死，那伤比你受得重，过后我也是这样吃。要这样，身子才硬朗起来。你懂不懂？"李云鹤不能说不懂，点着头说是是。李汉才在一边看见倒是好笑：自己的儿子，真是斯文过分，让这个姑娘大马金刀地说上了一阵，他倒反没有话说，一个男子反不如一个女子胸襟开豁。心里想着，眼睛望着李云鹤，不由得又微笑了一阵。李云鹤也很知父亲的意思，但是自己生性如此，不如人家一个女子，也就只好不如她了。当天晚上，李云鹤手痛难禁，差不多就要哼出来。因为怕振华笑，忍住了不哼。这船因为赶了大半晚的路，已经过了仙女庙，离着瓜洲不远了。大家休息了小半天，重复向下游开去。

这天下午，就到了瓜洲，于氏弟兄上岸打听了回来。明天一早，就有过江的船，要到镇江，要到南京，都可以。朱怀亮因为李氏父子还带有那些钱，走水路为是，便决定坐船到南京。安息一宿，次日清晨，李云鹤拿出二百银子，送给于氏弟兄，于氏弟兄原是不肯收。振华说："大哥二哥就收了吧，李先生他也是想破了，设若他在泗阳要拿钱赎票，这些钱，岂不全是人家腰包里的了？他现时在一千多块钱里面，分出二百两银子来送给你两个人，真算不多，你二位为什么不收？你就是不收，他也不能见你的情。应收的不收，真是两个呆子了。"李云鹤自觉是一个很好的人情，经振华一说，倒成了一个大钱不值。可是碍着面子，又不好说什么，只望着于国豪于国雄发笑。振华道："李先生，你只把钱丢下来吧。他们不收，也不会把银子抛到江里去。"那话越不像话了，还是李汉才看着不过意，对于氏弟兄拱拱手道："这一点款子，实在不算什么。论起令堂救命的大恩，就道我父子供着长生禄位牌，也不算过分。这一点款子，只算请二位多买两坛酒喝罢了。我由家里搬出几百两银子，本就不够，如今得了许多人帮助，还好意思搬回去不成？所以就是剩下的那点款子，我也另有一番打算，不然我就全数奉上了。"于国豪连连摇着手道："你错了，难道我们不受，还是为了钱少不成？既然是这样，我们就留着喝酒了。"于是大家一笑，各自分手。

朱怀亮父女，陪着李氏主仆上了渡江船。这一只船，就是他们包下的，并不搭外客。当时江上布着一阵彤云，刮着悠悠的东北风。江里的浪，翻着开花的白头，寒气袭人，看天气大有雪意。李汉才道："天气不正，我们今天怕开不了吧？"朱怀亮道："不要紧，我们可以挂半篷东风，抢风过江。到江那边，看看风色再走。"李云鹤听了这话，引起他一肚墨水，笑道："这很好，孤舟蓑笠翁，独钓寒江雪。江上的雪景，是非常有意味的。何妨在雪里开船，大家赏赏雪景？那于大哥的半坛酒，恰好送了我们。我们饮酒赏雪，是多么好！"振华笑道："李先生今天高起兴要喝酒吗？你倒是用得着，多喝一点酒，可以活一活血。"李云鹤想：朱姑娘真是挂念我的伤，总是让我多吃多喝，我就多喝一点吧。这样的冷天在水上走，正用得着酒。就是醉了，也不要紧，倒在床上大睡一场就是了，便笑道："我酒量是没有，不过喝下去既然可以活血补伤，我就开怀喝一醉吧。"这样说了，于是就催船家开船。这大江边的船，把风浪看得十分平常，下雪自然没有多大关系。客人既愿意走，船家还怕什么，因此就扯着布帆，抢着风开船。

　　船到了半江，天越黑了，把这一江水，倒反映成了白色。那风越刮越小，雪却来势勇猛，白茫茫一片，下得分不出东西南北。在近处犹如无数白色的小鸟，在空中飞舞，再向远望，可分不出什么是雪片，只是混混沌沌的，下了一江的白雾。船行到此，也就分不出东西南北。李云鹤由船舱里爬到船头上来，四周一看，简直是身入白云阵里。平常人说，水天一色，这真是水天一色了。雪落在船板上，船篷上，立刻也就堆积起来，全船是白成一片，这样的景致，是生平以来所未曾看到的。背靠船桅，不觉诗兴大发，就随口吟道："披雪驾白凤，飞过沧海东。"李汉才也是个秀才先生，听到儿子吟诗，兜起一肚子墨水，也就缓缓地由船里爬出，也站在船头上，笑道："好雪景啊！"正要说第二句时，振华却也从船里伸出手来，扯着李氏父子长衣的下摆道："你这两位先生真是书呆子，这样大雪天，不说迷了东西南北，行船不容易。就是在岸上，我们也应该缩到屋子里烘火。没有看见你两个人，不怕死，又不怕冷，站在风雪头上读文章。船上冻得很滑，一失脚落下水，那可不是玩的。"朱怀亮喝道："你这孩子，真是放肆，怎样说出这种话来？李先生不要见怪。"李汉才道："哈哈，谈不到见怪两个字。大姑娘是个直心肠的人，心里怎样想，口里就怎样说，这种人我最是佩服。"说着一缩身子，就退入舱里来了。

　　李云鹤见一片白雪雾，越下越紧，苍茫四顾，看不见长江两岸。只有江里的水，滚滚向下流去。这才看见哪是上下，哪是左右。但是就以看水势而论，也只看到船外几十丈远，再远一点，就是一片糊涂了。李云鹤想到宇宙之大，造化之奇，真是不可思议。这样大的长江，又下了这样大的雪，我们坐在这几多块木片拼的船上，却安然地渡过去。别人要在高处看到我们，多么危险。设若一有不慎，船要翻了，我这一番救父的辛苦，岂不是付诸流水。天下事是无处不险，只因人常在险中，所以倒把危险看成了平常。就像他们行侠仗义的人，动不动就提刀仗剑，一个不小心，就是流血五步。但是看他们的行为，不但安之若素，而且有几天不出一身汗，心里就不好过。正想到这里，一阵雪块纷飞，向他身上打将下来，浑身上下，突然堆了一层深雪。原来这船是抢风走的，原挂了半截布帆，这就叫着半篷风。因为风虽不大，但是天气冷，雪冻在布帆上。布帆若上下不得，风势有变，船就要让布帆按歪倒了。挂了半截帆，就是为了好起好落。现在布帆上雪积得多了，船家不敢再扯开，绳子一松，帆向下落，所以又扑了李云鹤一身雪。这雪扑在身上，寒气十分重，不由人不打一个寒噤，情不自禁地叫了一声好冷。振华在船里笑道："这应该进来了，李先生！"她一再地要李云鹤进去，倒弄得他不好意思。李汉才也就在船里叫道："还不进来？难道你真个不怕冷？"

李云鹤钻进船里笑道："我并不是不怕冷，我看到朱老爹于婆婆这样仗义行侠的人，不问冷热，不怕水火，只要是一高兴马上就去，实在令人羡慕得很。"李汉才笑道："就是羡慕，也不过空羡慕一番罢了，难道像你这样已近中年的人，还能弃文学武不成？"李云鹤笑道："行是行，恐怕不能学得十分高明罢了。据朱老爹说，我若是愿意学，他可以教我。"朱怀亮听着没有说话，理了一理项下的长胡子。笑道："有这句话吗？我倒不记得了。"振华道："说是说过的，不过像李先生这样斯斯文文的人，要跟着我们学把式，那可是不容易。"李云鹤道："那要什么紧，只要功夫深，铁杵磨成针。"朱怀亮道："别的什么事，可以这样说，练武艺是不能这样说的。因为人的年纪长大，骨骼都已硬了，筋肉也固定了。若练那些苦功夫，不但练不好，而且有害身体。像你李先生这样斯文惯了的人，就是要练武艺，也不过练些平常的拳棒，只能做到强身活血的地步。或者不见大敌，也可以防身。也要像我们这一样，东奔西跑，那是不容易。而且你个读书的人，自然可以早求上进，又何必要吃这个苦呢？"李云鹤笑道："我就是看到诸位闹得有趣。"李汉才笑道："人家都是出生入死的勾当，你倒当着有趣。"振华笑道："怎么不算有趣？我若有个几天不松动，我就会觉得浑身不好过。"李汉才道："就像大姑娘这种本事，那才会有趣！像云鹤这种人，无缘无故，也要松动，那不是找死吗？"朱怀亮笑道："我这女

171

孩，说话很是任性，不要信她。她哪里有什么本事？这一次在泗阳，就险过好几回了。照说我们在江湖上交朋友，处处要谨慎，就不当任性的。我因为自己一岁老似一岁了，不会久在江湖的。她呢，我早早地和她想个安身立命之所，改头换面地做人。就是心直口快一点，还留着她一点天真，我也就随她去。常言道：'江山易改，本性难移。'实在也不容易纠正过来，只好看她将来的造化。遇到什么地方，就是什么地方了。"

他这一番话，本也是随口说出，无所用心于其间。不料振华听了这话，好好竟会把头低了起来。她在船舱里，身向后仰，靠住了船篷，两手抚弄衣角，一句也不作声。李汉才见振华对李云鹤一再注意，已经认为可怪。现在朱怀亮说出这种话，她也仿佛有一种羞不胜情的样子，心里更是有些奇怪。一在心里这样一盘算，眼睛就不由得在各人身上绕了一遍，朱怀亮是微笑抽着旱烟，振华低头看着胸，手弄衣带，李云鹤伏在舱口，看江上的雪。这一来，他于是更有所悟了，少不得又添了一桩心事。

第二十回

踏雪为书生情深觅药
分金赠壮士义重衔环

却说李汉才看到朱怀亮他们三人的情形，心里不免为之一动。心里想：看他父女二人的意思，倒不嫌我们是寒酸的秀才，大有联为秦晋之意。像这样的亲家翁，这样的好儿媳，我们若是错过，亮了灯笼也无处可找。不过仔细想来，觉得他们走江湖的人，眼光和平常的人是不同。他们一不求名，二不求利。只讲个意气相投，才力相配。说到意气相投，只是他们千里迢迢，救了我们父子两个，我们有什么义气？说到才力，那更是一文一武，一动一静，道不同不相为谋。由这处看来，这是说不通的一件事了。这样想着，也就摆在心里，等着见机而动。若是朱怀亮再要提起到儿女婚姻上的话，倒不妨探探他的口气，问他要一种怎样的人。当时心里这样想着，便问朱怀亮道："朱老爹为什么微笑？又想起一段好故事吗？何妨讲给我们大家听听。"朱怀亮依然微笑着抽烟，一直把旱烟袋头上那一球烟烧完了，拿过一只竹兜烟灰筒子敲在里面，将烟杆插在船篷上，拍了一拍手，笑道："我并不是想到什么故事，我是想到各人的性情，虽都天生成的，也就看这人所生长的地方是怎么样。譬如我这女孩子，跟了我这一个老子，所见所闻，没有一样是斯文的。所以她也就不知不觉，只管淘气起来。又像这位小李先生，他从一读书，斯文惯的，所以就是遇到什么很混乱的地方，他一样的还是很斯文。"李汉才笑道："男子汉总要大丈夫气概，才能够做一番大事业。像他这样斯文，倒成了一个姑娘小姐了。"振华笑道："老先生，你这话有些不对。难道说当姑娘小姐的人，就应该斯文吗？"这一句话很是平常，可是反问李汉才，要说应该斯文吧，没有那种勇气，要说不必斯文吧，自己又打了自己嘴巴。倒只好对振华微笑了一笑。朱怀亮笑道："老先生你看怎么样？这孩子不就是这样没有教训吗？"李汉才笑道："不然，这话在别位姑娘口里说出来，好像有些可怪。

173

但是大姑娘一说出来，就有她的大道理了。古来像聂隐娘红线红拂这些女侠客，成就了千古的大名。若是都要斯斯文文的起来，她的事业哪里还会让后人知道呢？"朱怀亮笑道："那样前辈大侠，她如何比得？老先生，这个侠字，谈何容易？像我们所认识的一些朋友，不过可以说是江湖上的正经人罢了。"李汉才道："于婆婆这种人，还不能当上一个侠字吗？"朱怀亮道："说起来是可以，不过她不肯做罢了。因为行侠的人，有那副心肠，有那副本领，还要自己肯去做才行。像于婆婆偌大年纪，又经过许多风波，心灰意懒，什么事都不问，哪里能算是侠？这次出来救你贤父子，她也是一时高兴。所以事情办完了，连二十里铺的房子都自己烧了。其实真正行侠的人，不应当这样。应该和平常人一样，出来和世人接近，暗里头专做除强扶弱的事，而且还不让人知道。"李汉才道："云鹤，你听见没有？行侠是这样不许胡来的。你一个名利心重的人，哪里能够做去？"

李云鹤这时不看江上的雪景了，也转过身来说道："你老人家说我名利心重，无非是说我读书想做官。其实是因为我读了书，不能不向求功名这条路上做。若是我丢了书不读，换过一番境地，我自然也就可以不求功名了。"振华道："你就是愿入江湖，也要有一样本行啊！你丢了书本子，你还干什么呢？"李云鹤笑道："认得字的人，改行很容易的，好比就在大铺子里给人家当一位管账先生。再不济，当一个街上卖卦的先生，也可以糊嘴。"振华道："你要当卖卦先生，挣钱不挣钱，我不知道。你若是愿意当管账先生，我们家里倒现成的有一个缺。我家开的那一所酒店，就是我爹自己管账。他老人家不是三天漏两笔，就是一两银子算八钱，真是糟不可言。"朱怀亮笑道："你不要说得津津有味的。人家李先生是一位在庠的秀才，只要往前干，金马玉堂三学士，出将入相，有些什么大事业，而今都料不定。倒会抛了一切，跑到江汉子里来管账？那是什么盘算呢？"振华道："这话我有什么不晓得？李先生刚才不是说了吗？他不要做官了。"

朱怀亮用手连摸了几下胡子，笑道："少年人主意是拿不定，今日随便说的两句，就能算数吗？"李云鹤道："怎么不算呢？"朱怀亮道："少年人都是这样啊！现在你先生看见我们能跑能跳，无往不使，有什么不平，马上提刀动杖闹起来，心里很是痛快。这是有些思慕江湖上的人，有一天看到读书的人做了官，坐了八人抬的轿子，前呼后拥。鸣锣开道，进出三炮，那是多么热闹。到了那个时候，恐怕你又以觉得做官热闹了吧？老弟，不要说是你，多少道力很坚的朋友，守了半生穷苦，世上的事，样样都看定了。到了后来，究竟因为报效皇家一句话，就出了山。其实皇家哪得他的报效？他也不过去做一个小官，挣几个钱，养活妻子儿女罢了。做官有什么意思？封侯拜相，转眼成空，到头来总是那一堆黄土。这话别人说出口，好像是一篇不相干的大话……"说时，他头昂了，张嘴呵呵一笑，复道："这话由我朱某人说出来，那就是阅历之谈，一丝一毫，也不错的。别人且不说，于婆婆李先生是知道很久的，你看她现在的样子，仿佛成了一个穷婆子。其实几十年前，她也是出将入相的位分……"

振华不等他往下说，就把船篷上塞的碎纸片，搓了一个纸团团，向朱怀亮眼睛上一抛，笑道："你老人家又没喝酒，为什么说上这一篇酒话？"朱怀亮把头一伸，嘴一张，将那纸团衔住，吐了出来笑道："要什么要，两位李先生还算外人吗？"振华在一边插嘴道："回头你老人家又要说我多嘴了，你老人家先是说什么金马玉堂三学士，这会子又说做官是空的。这样一说，到底是做官好，是做官不好呢？"朱怀亮哈哈一笑道："啊呀，我说话都不留神，倒让她捉着了我的空处去了！"李汉才笑道："朱老爹说得对，大姑娘说得也对。因为朱老爹说做官总是空的，那是指着他们这一班侠义心肠的人说；他说不容易丢下前程，是对一班平常人说。"振华笑道："你倒看得我们了不得，自认是个不凡人了。"李云鹤笑道："我倒想做一个不凡的人，不过朱老爹说我是身份不够的人，我只好做个平常的人罢了。"振华笑道："难道说到我们家里写账，那倒是了不得的事吗？"

李云鹤心里何曾这样想，振华这一点破，倒加上一层很深的痕迹。他这一份窘，简直无言语可以形容。所幸这个时候，船头一阵铁链响，大家齐向外看。原来船已走到岸边，也停船了。一个船夫，正拿竹篙，向雪滩上点，在那上面正是一片荒洲。荒洲上盖了这层厚雪，一白无际，上不见天，下不见地，浩浩荡荡，混混沌沌，不见一点什么东西在半空里。李云鹤道："这景致真是妙啊！犹如一条船走到九霄云里来了一般。"朱怀亮笑道："你欢喜这样的景致吗？我在江边住了二三十年了，老头子没有别的什么，倒是这点清福，人家比不过我。"李汉才道："人生在世还求什么呢？只要能享清福，也就不错了。"朱怀亮见他父子二人说话，总是极力迎合自己的意思，也微微地受了一些感动。当时他就应着一笑，将这件事敷衍过去，不再向下说。这时江上的雪，仍旧继续下着。船家就抛了锚，这天打算不开船了。

江南的雪天，是不会延长的。过了一晚，次日清晨，天已大晴，日光射在一白无垠的江岸上，倒射出一种光彩来，亮晶晶的，里面似乎还有一种红绿的彩色，越是照耀人的眼帘。李云鹤究竟不能脱书生习气，船趁着水势，抢了风上走，他就伏在船口上，只管赏玩这一江晴雪。这时，也有几只早行船，高挂白帆，在江上行驶。白色的乾坤里，随风飘动几片白羽，这是多么雅洁的风景。李云鹤伏在船舱口，心里就默念着"千山鸟飞绝，万径人踪灭"的诗意，也就忘其所以。约有烧一餐饭时，忽然头晕起来，一阵恶心，胃里有许多东西，要向外翻将出来，哇的一声，就向船舷上呕吐一阵，接上又吐了许多黄水。李汉才道："哎呀！怎么样好好地大吐起来呢？"李云鹤止住了不呕，用手扶着头道："头晕得厉害，心里又难过，大概是中了寒了。"说毕，身子向里一歪，就在船舱口爬到设被褥的铺上去。振华在舱里看见，便道："这分明是刚才在舱口上喝了一口风，中了寒了，这是不要紧的。喝一碗滚热的姜汤，将棉被窝头窝脚一盖，出一身汗，马上就会好的。不知道船上有姜没有？"船家在后艄上答道："有一小块煮鱼剩下来的老姜，但是没有红糖。"振华道："在船上找丹方，哪里能够那样齐全？也只好有一样算一样。你把那块姜拿来我看看。"

船家在火舱里找了好久，找出一块小指头粗细的老姜来，看那样子，也不过一二钱重。振华拿在手里颠了两颠，笑道："这简直把老姜当人参看了！这样吧，船老板，你估量着这附近哪里有村庄，就靠了船，让我上岸去买一点生姜胡椒和红糖来。"船家道："这沿岸都是荒洲，哪里来的村庄？"振华道："沿岸自然没有村庄，但是走进去几里路也没有村庄吗？"船家道："村庄是有，荒洲上这大雪，你怎么走？就是找到村庄，有没有老姜和红糖卖还是靠不住的。"振华回头一看，见李云鹤躺在被里，只是呻吟不绝，因对船家道："你不管买到买不到，你将船靠住了岸，让我上去找着试试。"李汉才道："大姑娘，不必去买了。荒洲上一片是雪，连草根都不见了，哪里分得出路来？"振华道："不要紧，向里走就是了。只要看出村庄，就可以找得出路来的。"说时，她站起来，将衣服整一整，找了一根长带，束住了腰。便叫道："船老板，靠岸！"船家心里想：这个大姑娘，真有些孩子气。岸上雪盖了，分不出东西南北来，她倒要上去，我就把船靠岸，看你怎样的走法。于是将船开离岸很近，就把布帆落将下来。船离岸大概有两三丈远，振华等不及，起了一个势子，身子一耸，就跳上岸去。她向雪地里一站，两只脚插到雪里去有好几寸深。船家在船上看见，早是叫了一句"哎呀"。振华并不理会，拔出脚来，飞也似的向这琉璃板上，印着一条脚印，向洲里而去。

这一所荒洲，正有六七里路阔，振华跑了许多路，还不见有人家，心里倒有些着慌。心想这里不要是江中间的荒洲，那就走通了头，那边也是水。空着一双手回去，那真是很难为情的了。周围一望，全是其平如镜的雪，连一点波浪和皱纹都没有。也许人家在左，也许人家在右，自己这样一直走了去，恐怕是错了。正在这样为难，忽然一群黑点，半空而起。飞到近处看时，乃见几百只乌鸦，在半空里绕着圈圈儿飞。振华一见大喜——没有树木，没有村庄，不会有这些寒鸦。于是决定了方向，仍旧向前走。

又走了二三里，遇到了一所洲堤。走上堤去，堤里果然不少的村庄，只看那一丛一丛粉饰着积雪的寒林，在树中间冒出一缕青烟来，可以知道那是人家的炊烟了。振华跳下堤去，就向着烟起的地方去。到了那里，果然是一所小村庄。问起来，这里并没有村店，要买东西，顺着这堤再往下去七八里，那里有一个小镇市，差不多的东西，都可以买得到。振华心想，既然有小镇市，那更好了。又从雪里走上堤去，沿着堤岸，一直向下走。俗语说：家门路不算路。乡下人说起门口来往的路程，因为走得惯了，总不觉远。所以说的七八里，差不多有十七八里。振华一阵兴奋只管走，约莫也走有七八里，但是哪里看到什么村镇呢？走了一阵，看见堤里不远有人家，又下去问。据说，有是有一个村镇，离着还三四里路，振华才知道上了当了。但是既然来了，绝无中止不前之理，还是沿着堤走。

这堤上不是先前走的所在一白无垠了，也有些人兽的脚迹。她看见这脚印，好像证明了这不是无人之乡，越发增加了她的勇气。又跑了五六里，只见堤头上，一列有十几家茅草屋，都把门对荒洲开着！也有几家人家，黄土墙外，砌了一层土砖柜台，柜台上有几块木板格拢来的窗户。因为这样大雪的天，都把柜台上的窗子关起来了。振华一想：所谓小镇市也者，大概就是这里了。有一家茅草店，门口有半边草棚，黄土墙上，写着黑字油盐杂货、高粱烧酒。振华生长江边溪村的，知道这里就是什么东西都有卖的商店了。那里正掩着半扇门，里头黑洞洞的。一有一个发须苍白老人家，手上捧着木火桶，桶里放着一瓦钵子火炭，放在一张破桌上向火。振华由那扇小门，探进半截身子去问道："老人家，这里有生姜红糖卖吗？"那老人原缩着一团，这时才伸腰向外一望。他道："客人，生姜没有，红糖倒现成。你要生姜，那头有家药材店，大概可以买得到。"振华听说有，就侧身进来。

不料自己走得仓皇，忘了带钱。这时在身上一摸，却想起来了。再要回船去拿时，来回二三十里，这就太耽误时候了。到了这时，就不能顾全面子。因在左耳上，把一只银圈环子取下来了，先托在手上，对那老人道："不瞒你老人家说，我们是江上过往的客人，因有人中了寒，上岸来买点红糖生姜，冲姜汤喝。我走得忙，忘了带钱，要回去拿，满地大雪，又不好走。我这里有一只耳圈，倒有四钱多重，随便你算多少钱，给我们一些东西就行了。"那老人且不答复买东西的话，偏着头就着阳光，对她面上看一看，不由得哎呀一声道："那是病了什么人呢？沙洲上这样深雪，一个大姑娘来买东西。"振华道："因为没有人来，我也是没奈何。"老人道："病的是你什么人？"振华怕这老头子胡乱问，便道："是家兄。"老人点了点头，然后才在她手上拿耳圈去。先仔细端详了一番，然后又放到嘴里咬了一咬。点了点头道："银子是不假，姑娘，你打算做多少钱哩？"振华道："随便拿些糖给我就是了，哪里还能一定算多算少呢？"那老人听她这样说，便四儿四儿地叫了几声，由里面走出一个十三四岁的女孩子来。那老人让她守了店，却拿那只耳环子去了。去了好大一会儿，这老人才回来。他一进门就笑道："这是好银子，我让好几个看了。姑娘你不是冲姜汤吗？我这里有胡椒末，益发卖几包给你。另外我还找你三个铜钱，你可以到药铺里买点老姜。哪里不是积德之处，我们哪里看死了做生意？"这老人倒是一肚子慈悲为本的心事，给她四包胡椒末，约莫有一二两红糖，另外找三个铜钱，这就算振华那一只银耳圈的代价。

她急于要回船去，哪里肯和店家计较那些。拿了东西再向前走去，果然有一家茅店。黄土墙上粉了一小块白粉，白粉上写着"回春堂药铺"几个字。振华推开半掩的店门，问了一声："老板，有老姜吗？"那土柜台里站了一个中年的汉子，穿着宽大的长衣，蓄着一寸长的指甲，瘦瘦脸面，倒是一派斯文的样子。他就答道："现成现成，你不是过路的客人吗？卖姜冲姜汤是不是？"说时他的目光就注射着振华两只耳朵上。振华料得杂货店里那老头子，已经是到这里来了一回，早就告诉这药店老板了，因也就点了一点，掏出三个铜钱买姜。那人道："有限的事，不给钱也不要紧的。我看稳当一点，你把病状告诉我，我给你拣一剂发散的药带回去，那要好多了。这附近十几里路，都是我看病，提起汪郎中，没有人不知道的。不信，你去打听打听。"振华这才知道他是附近一位名医，怪不得他那样雍容文雅。因道："多谢先生了，船上什么都不方便，只冲一碗姜汤，先让他喝着，等到了大码头再说吧。"那汪郎中见她并没有什么信仰心，就大大不以为然。

正想驳她到大码头再说这一句话，只听店外有人喊道："姑娘，你真是胡来，你叫我好找哇！"振华回头看时，却是她父亲来了，胁下还夹住了自己一件棉衣。振华笑道："我买了东西就回去的，你还追来做什么？"朱怀亮站在门外，两只脚不住地顿着，以便顿去脚上腿上沾着的雪块。因答道："你倒说得好，这样冰天雪地的生所在，我能放心让你来吗？"说时，把胁下的棉衣牵开，就披在她身上。因问："东西买了没有？赶快回船吧！不要又冻了一个。"店老板看了这样子，大概是药方开不成。便用戥子称了一块老姜，放在柜上，找了一把剪子，正想剪下一块。振华道："你不用剪，让我拿回去自己用刀切吧。"店老板道："不，你们要的三个铜钱生姜，这总够三个半钱。我要切下一块来。"朱怀亮在身上一掏，摸出几个钱，向柜上一抛。一只手拿了姜，一只手挽了振华，拖她就跑。她笑道："做什么？怕我不肯回去吗？"朱怀亮道："你知道什么？要不跑出一身汗来，这雪地里寒气袭到身上去，又要病了。你还是这样，说走就走，不是雪地里好寻脚迹，我到哪里去找你呢？"振华道："不找又什么要紧，难道我还会丢了吗？"朱怀亮道："我倒不怕你丢了，但那李先生一老一少，见你冒了这大的雪去找单方，人家心里实在过意不去，望着岸上只叫怎样好怎样好。我想你万一弄出什么岔子，人家心里就会格外难过，所以我只好自己来把你追回去。"振华笑道："拿刀动枪，什么事我也不怕。大雪里走几步路，这又算得什么？"朱怀亮也不和她多说，只拉了她跑。跑到原来登岸的地方，各人身上，都出一身汗。

李汉才站在船头上，伸着头望呆了。这时看见他父女回来，心里一块石头才落下，早是向着这边连连地作了好几个揖。他父女二人跳上船去，振华一直就跑到后舱，拿出刀来，将老姜一阵乱切，砍成了姜末。找了一把壶，将红糖胡椒一齐配下，便扇火煮开水。朱怀亮上船叫船家开了船，已换了一身干衣服，坐在旁边呆看。振华却心不二用，只管去煮那一壶开水。一直等水开了，将姜汤冲好，送进前舱来，然后才觉得汗凉了，两条腿已冷成了冰柱。一个人在后舱笑道："爹，两腿冷得不是我的了。"朱怀亮道："为什么不早换衣服呢。"振华道："不要紧，这还有大半壶开水，我来洗一洗两条腿，不就暖了吗？"李云鹤喝了半碗姜汤，正将被把头盖了，要等身上出汗，听了振华说这句话，连忙伸出头来道："那个法子要不得！要不得！"振华听说，就问道："李先生拦我拦得这样着急，热水洗不得脚吗？"李云鹤道："千万洗不得！无论是身上哪里，冻得狠了，还是要用冷水洗，一用热水洗，马上皮肤就会开裂的。朱姑娘是让雪冰了，最好是用雪在脚上去擦。擦得脚上有点热气了，然后再穿上棉衣，这才能够平安无事。"振华笑道："幸而李先生告诉我这句话，要不然，今天这两条腿不会是我的了。"

说时，船家在后面扶了舵，都听到了。他早看到了振华这种行动，却疑惑她是走江湖卖把式的女孩子。至于李汉才父子是什么人，却看不出来。而且他们斯斯文文，却又和卖把式的非常要好，实在不可解。因之对于他们也是很注意。现在看到振华和李云鹤冲姜汤，李云鹤又和她说洗脚的方子，却不由得笑了。他这一阵笑声，恰是很大，连前舱的李云鹤都已听到。李云鹤究竟是读书人，觉得人这种笑声，笑得尴尬，就对他父亲道："我现在要盖住头，出一出汗了。"于是向下一缩，手把被头向上一扯，将头盖了一个不通风。而他们这一笔疾病相扶持的账，也就含糊过去了。不过他们有了这番好意，李汉才那一种不肯高攀之心，却又退了一点。以为他们这种人不是谈什么金钱门第的，只要才情品学，各人心目中都看得过去，这婚姻就可结合成功的了。李汉才是这样想着，再看看朱怀亮的意思，却也很爱慕读书人。若是和他谈起婚姻，他也未必就嫌我家身份低。他心里存了这一番心事，就免不得想探探朱怀亮的口气。但是这又有一层为难了，婚姻中的主人翁，一男一女，都坐在一只船上，当了他们的面，怎么好开口？况且这位姑娘，又是并剪哀梨，有话就说个痛快的人。成则罢了，若是不成，相聚一处的人，怎样抹得开面子？因此李汉才和朱怀亮谈起话来，总是有意无意之中，谈些家常事情。朱怀亮从小就过些流落生活，却无家常可谈。李汉才说时，不过含笑听着罢了。

180

过了两天，船到了南京，停泊在水西门外。朱怀亮先上岸，去看好了一家饭店，然后就和李汉才父子一路搬上岸去了。原来李汉才早就和朱怀亮说了，韩广发为了他父子，至今生死不明，心里很过意不去。听说到韩家还有一位老母，自己赎票的这笔款子，并未用去，打算送到韩家去。朱怀亮说："江湖上的好汉，既然出来救人，就不问人家是不是报答他。你先生这一番心事，倒是不错，等我到了南京，把自己人问个清楚，他是不是逃回来了。"所以大家到了南京，李汉才就督促朱怀亮去打听韩广发的下落。因为陆路行程比水路快，韩广发若是由陆路逃走，应该比他们先到南京，自然可以访到。朱怀亮把一行人安顿好了，自己单独就到清凉山夕照寺来拜访龙岩和尚。

　　这个时候，已是夕阳在山了。朱怀亮看着庙外的景致，慢慢走来。却听庙的院墙外，断断续续，有一种噼啪噼啪的声音。朱怀亮倒猜不出这是什么响，且不进庙，绕过院墙，看是什么东西动作。弯过墙去，只见龙岩和尚卷了双袖，昂头看着树枝。看了一会儿，身子向上一耸，一伸手就扳断一枝。扳下来一枝之后，依旧向树上望着，然后又是身子一耸，手一伸，搬下一枝。他就这样闹得不歇，满地都是长一丈横八尺的树枝。朱怀亮便喊道："和尚，你这是做什么？树枝子和你有仇吗？"龙岩一转身笑道："你冒冒失失叫起来，倒吓我一跳。你几时来的？"朱怀亮道："刚才到的，一下店我就来看你，你为什么扳倒这些树枝？"龙岩道："这些树，横七竖八地长着，很不好看，而且也不成材料。趁这冬天把不相干树枝删去了，明年开春，树就会一直向上长了。"朱怀亮笑道："这倒省事，你两只手，又当了斧子，又当了锯。"龙岩和尚笑道："据你这样说，学一身的本领，也不过是当一个打柴的罢了。"

　　二人说笑着，一同进了庙。朱怀亮将到淮北的事，略说了一说，就问韩广发回南京来没有。龙岩道："他回来不回来，应该问你，怎样问起我来呢？"朱怀亮道："他原来是让曹老鹞子的干女儿九尾狐带走了。但是，我想他是一条好汉，不应该这样。"龙岩和尚笑道："好汉虽然是好汉，但是你可知道有烈女怕缠夫那一句话。一个女子还受不了男子的歪缠，何况男子的心，本来就是活动的，怎样又受得女子的歪缠？"朱怀亮道："怪不得于婆婆说，这人暂时不回来了。"龙岩道："于婆婆说广发现在在哪里？"朱怀亮道："她说不在泗阳，应该先到徐州去。到了徐州，或者到山东，或者到河南，就不得而知。不过广发跟了九尾狐走，她绝不会害广发的。"龙岩笑道："于婆婆她只猜到了一半，姓韩的现在到四川去了。"朱怀亮道："真的吗？怎么你知道？"龙岩道："我原也不知道，前几天来了一位四川的兄弟，他说川东现在有几股人，闹得很厉害，最出名的是红毛番子。这红毛番子本名叫胡老五，是九尾狐的堂叔。他虽然是江北人，幼年就走川路。这几年来，索性在四川活动，不出来了。他听说曹老鹞子霸占了他的侄女，本要来救她，又怕自己的事做得太多，逃不过官场的耳目。只好忍住一口气，常常叫人带信，劝他侄女到四川去。现在他正闹得轰轰烈烈，九尾狐在有家难奔的时候，不投奔他，投奔哪一个去呢？"朱怀亮道："原来这样，这红毛番子现在有多少人？"龙岩道："川东一带，到处都有他的人。他自己只带一二百人，在大路上出没。他那班弟兄，很能走得路，人家都叫他爬山虎。"朱怀亮道："若是广发真让他带到四川去了，这很是不好。因为一到了那里，少不得跟这班爬山虎来来往往。有一天若让官兵捉住了，做了一世的人，到底落个半截的汉子，岂不可惜？"龙岩笑道："一个人跟着了一个女人，让女人迷了，砍了头也是愿意的。这一层你就不必管了。"朱怀亮于是把李氏父子感谢他的话说了一遍。龙岩道："有钱还怕送不了吗？广发有一个老娘，还有一个兄弟。他兄弟叫作韩广达，在信局子里跑信，人是很老实的。他若没有出门，每日早上，都在水西门大街第一楼上吃茶，你可以去寻他。"朱怀亮当日在夕照寺盘桓了半天，然后回到饭店，把话对李氏父子说了。李汉才父子报恩心切，次日清晨，一早起来，就到第一楼茶馆里去喝茶。

江南的茶馆，早上最忙，这时楼上楼下已坐满了人。李氏父子上得楼来，找了许久，才在楼角边找到一张靠墙的桌子。四围一望，全是半截人身乱晃，在座的人，都是对着茶碗有说有笑的，声音闹成一片。跑堂的伙计拦腰系了蓝布围裙，耳朵上夹了几根纸煤儿，手上提了一把锡壶，在桌子缝里乱钻。李汉才叫了好几句跑堂的，他才走过来。他手上早是托着两只相叠的盖碗，他把盖碗在一人前面放一只，提起壶就冲，冲了转身就要走。李云鹤道："跑堂的，我有话和你说。"他听了，将那把锡壶依然提着，左手随便在一张桌上，拿了一支长水烟袋。烟嘴上原来架着正燃烧的纸煤儿，烟袋边有一小木头杯子烟丝。他一齐拿过来，放在李云鹤面前。李云鹤道："我不要烟，我问你，有一位韩广达老板，他来了没有？"伙计手一指道："那不是？"李云鹤看时，有一个二十岁左右的汉子，正上楼来。穿了一件黑布袍，大襟上一路纽扣都没有扣上，搁腰却系了蓝布板带，敞着半边胸襟；头上戴一顶黑毡帽，帽檐下插了一卷纸煤儿。那样子倒很有几分像他哥哥韩广发，不过毫无芥蒂的精神，却与他哥哥有些不同。他由扶梯上来，站在楼口，先向四周望了一望，然后和一张桌子边的人点了点头，就在那里坐下。李云鹤这就过来对他一揖，笑问道："你大哥贵姓是韩吧？"

韩广达站起来，望着李云鹤道："面生得很，你先生在哪里相遇过？"李云鹤道："我虽不认识大哥，但是和令兄在江北相识。"韩广达听了江北二字，立刻兜动他一腔心事，连道："是是。"说到这里，却只管向李云鹤周身一看。李云鹤告诉他在一边看茶座，于是走过来和李汉才见面。比及通了名姓，韩广达就恍然。问他哥哥的下落，李汉才轻轻说道："这茶楼说话，有些不便。敝寓离此不远，请到敝寓谈谈，有没有工夫？"韩广达想了一想道："可以，请你先去，我随后就来。这茶楼全是熟人，一同去不大好。"于是李汉才父子在茶楼上又坐了一会儿，便回饭店去。

约有半餐饭时，那韩广达就也跟着来了。李云鹤请他到安歇的屋子里坐下。韩广达开口就问道："李先生的事，我都知道。我现在要问的，就是家兄的下落，现在怎么样了？据我看或者有些性命不保。"李云鹤见他说话是这样爽快，事情就用不着隐瞒。因就把韩广发和胡大姑娘的事，略说一遍。韩广达听着，先是一言不发，后来长叹了一口气道："英雄难逃美人关。"李云鹤道："看你大哥是个洒脱人，当然是不拘俗套的。兄弟想令兄一走，家中用度自然是不够，兄弟为了营救家慈，还多一点款子，想奉送你大哥做家用，还望收下。"说时，早把预备下的八百银子，一齐搬在桌上。韩广达想了一想，微笑道："李先生，你莫要看我是个穷人，在银钱上是看得很透彻。"李汉才便上前，向他一揖道："原来知道你大哥是仗义疏财的人，不过奉赠这点微款，我们还另有点意思。"韩广达笑道："老先生的意思，我已知道。在你自然是应该，不过我手糊口吃，足可以养一个老娘。家兄又是没有家眷的，请问我拿了许多钱回去做什么？难道还要借着这一笔财喜，做个小财主不成？钱，我也不是就这样不要，你让我回家去，和老娘商量商量，我要找我哥哥去。若是我老娘让我走，少不得找李先生要过三五百两银子安家；若是走不动，读书人的钱，来得不容

183

易，你带回去吧。"李汉才听了韩广达这种斩钉截铁的话，料得是不错，便道："韩大哥既然这样老实，我们就不必客气，就是明日听韩大哥的回信吧。韩大哥不肯收，一定要他受，倒让心里不安了。"韩广达点头微笑，说是老先生说话有分寸，很高兴地去了。李云鹤事后与朱怀亮谈起，朱怀亮笑道："你这个礼，一定送得成功的。他既起了这种心事，要去找他哥哥，就是说没有钱，他的老娘也不容易拦住他。现在你既助他一笔大款，他有了安家费，更壮了他的胆子，他为什么不走？"李云鹤笑道："这笔款子，也不完全是我们的。我们还有些慷他人之慨呢？"朱怀亮连摸了几下胡子笑道："你的意思，不是说这款子里面，我帮了一点忙吗？俗言说，送字不回头，送了你就是你的了。我朱怀亮若是在银钱上分个你我二字，如今也不飘荡江湖，像个卖把式的了。"说着昂了头哈哈地一阵笑。李云鹤自知失言，也就不敢再向下提。

到了次日，那韩广达一早就来了。走进李云鹤屋里，对他连作了两个揖，笑道："李先生，你送我的钱，我现在要愧领了。少了自然不够，多了我也用不着，你一齐送我六百两吧。我拿五百银子安家，一百银子做盘缠。我到四川去，就是有三长四短，不能回来，一个五十多岁的老人家，有了五百银子，足够过她一生了。四川地方，我早就想去，不料今日居然去成了。"李云鹤见韩广达自己开口要钱，心里很是痛快，便道："韩大哥既然肯赏脸，何必又留下两百呢？"韩广达道："我有这些够用了，我就只要这些钱。拿了你的辛苦钱我去大吃大喝，那又何苦？你送我的钱，是知恩报恩，又不是什么假意，我用着和你客气？我是个粗人，说话粗鲁，先生不要见怪。"他这样一说，倒弄得李云鹤不好说什么，只得照他的话取出六百两银子来。这银子五十两一封，原是五十两一包，六百银子，就是十二包。这十二包银子，一齐放在桌上。韩广达笑着，说了一声道谢。便右手拿了银子向左手衣袖里塞，一十二封银子都塞在一只衫袖里。他将银子塞完收好了，对李云鹤父子拱了一拱手相谢道："你二位这种好处，我兄弟是一世不会忘记，我们后会有期了。"说毕，对着李氏父子又是一揖，从从容容走了。

李汉才道："呀！这人的本领是不在小处。你看他衣袖笼里，塞着许多银子，就像没有收藏东西一样，真是不可思议。六百两银子是三十七斤半，这比在手里拿了一样三四斤重的家伙，自然是要吃力。况且这一种东西重沉沉的，聚拢到一处，最是不好拿。他笼住了以后，还和我们作了一揖，哪里看得出他有一点受累的样子哩?"李云鹤道:"那是自然的事，他哥哥有那样的好本领，他有这些力量，才像是他的兄弟。我们听得朱老爹说，四川土匪最多，他若没本事，他还敢去找他哥哥吗?"李汉才点了点头说是，因就把这事告诉朱怀亮。朱怀亮道:"可惜他没有请教我。他若对我一提这事，四川路上，我还有许多朋友，可以请他们帮他个忙的。"李汉才道:"你老人家既有这番好意，何不到他家里去访一访他，把这话告诉他呢?"朱怀亮道:"我不认识他，我去得不是很冒昧吗?"李汉才道:"你老人家有这种好意，我就陪你老人家去一趟。"朱怀亮道:"他是刚回去的，我们马上就去，倒有些不方便。我们到了下午再去吧。"李汉才一想，跟着人家背后追了去，好像有什么逼迫人家一样，果然不对。因俄延到太阳偏西的时候，他们才到韩家去。

第二十一回

佳偶可成娇容窥醉色
良缘志别宝剑换明珠

他们住在饭店里，李氏父子是一间房，朱怀亮自己是一间房，振华是一间房，振华的房恰好和李氏父子的房对面。这时两位年纪老的人出去了，李云鹤在饭店里闷得慌。这天上午，在书店里买了几套书，便拿了一套，横躺在床上看。看到得意之际，不觉脱了鞋子，架着脚在床上摇曳起来。振华由房里出来倾洗面水，却看到李云鹤架起脚板来，把那双袜底露出两个大窟窿。一见之下，不由扑哧一笑。倾水回来，斜靠着门，看李云鹤嘴里念得哼哼有声。脚板还是尽管摇曳着，把那袜底垂下来的一块布，摇得一摆一摆。振华踌躇了一会子，便轻轻地咳嗽两三声。李云鹤一抬头，将书丢下了，便坐将起来，笑道："大姑娘没有出去?"

振华见他已踏了鞋坐起来，这话没来由，又不好说，不觉倒笑了。李云鹤见她这一笑，凭空而来，摸不着头脑，也就跟着一笑。振华将牙咬着下嘴唇，勉强忍住了笑，问道："李先生，你们出门的时候，衣服鞋袜，只洗换不缝补的吗?"李云鹤道："自然也缝补的。不过不是时候忙得来不及，就是找不着人补，总是模糊过去了。"振华道："你和我一路出门，不能算找不着人。我虽不能挑花绣朵，但是打个补丁，缝个袜底子，这很容易的事，不见得不会。"李云鹤拱了拱手道："多谢，以后我要破了衣服，破袜底，我就要烦大姑娘的驾了。"振华笑道："不必谈以后，目前你就该烦我的驾。"李云鹤听了这话，想起刚才振华一笑大有原因，便笑道："我衣服哪里破了吗?"说时掉转头，就周身去找伤眼。振华身子向后一缩，缩到门限里，笑道："不在衣服上，脱了鞋子找一找吧。"说着一扭头，咯咯笑个不了。

李云鹤大大难为情，连忙走回去，将鞋子脱下来一看，可不是袜底破了两个窟窿吗?这才恍然大悟，因自说道："朱大姑娘说了半天的话，却

186

是绕了一个大弯子，要给自己补袜子。"于是换了一双干净袜子，却把那破袜拿在手上，要向振华屋子里送。送到门口，一想事情不妙，又退回来了。振华看见笑道："你拿来我补就是了，客气什么，又要拿回去。"李云鹤站住了脚笑道："不瞒姑娘说，这袜子是穿得好些日子，忘了换去。现在恐怕有些气味，不便让大姑娘补。"振华笑道："你这人倒有自知之明，有气味也不要紧，我不会先洗后补吗？你丢在那椅子上吧，让我给你先洗一洗。"李云鹤当真就把袜子丢在椅子上，因道："我父子二人的性命，都是姑娘救的，你姑娘又这样和我们客气……"说到客气两个字，自己觉得有些不对，这并不是客气。但急忙之间要想找句话来更正，也是来不及。忽然之间，就停顿了。振华笑道："洗一双袜子罢了，很轻微的事，这也用不着谈些什么报恩报德的话。"

李云鹤原未便走进振华的房，只站在门口和她说话，便一手扶了门闩，斜靠了门笑道："我和姑娘认识这样久，受姑娘教训真是不少。姑娘为人十分痛快，有话便说。我原来那种酸溜溜的秀才气，让姑娘治好了许多。我若是有姑娘这种人常常拿直话来指教我，将来我一变二变，也会变得像姑娘这一样的痛快了。"振华笑道："那很容易啊，你跟了我爹爹去学艺，我们常常见面，我就可以常对你说痛快话了。但是我这种说话，是得罪人的，你不讨厌我吗？"李云鹤道："古人说寻师不如访友，有朱老爹这样的老师，又有大姑娘这样一个师妹，还有什么话说？但是也不必一定要跟朱老爹学艺……"他说到这里，也不知应该怎样一转，就这样站住了。

振华见李云鹤不好意思，也不去管。自去舀了一盆水进房来，将他的袜子，洗得干净。然后送到饭店后一个小天井里，放在一条凳上晒。店伙计看见，便道："大姑娘，已经快没有阳光了，晒在这里，也是不容易干的。到了晚上，投店的客人多，来来往往，也怕碰了人，你不如在屋子里悬着，明天再晒吧。"振华踌躇了一会子，只好把原物带回，走到房门口，一想：自己屋子里，晒上一双男人的袜子，究竟不大好。便站在李云鹤房门口笑道："李先生，你的袜子我给你洗了。我屋子里不大透风，还是在你自己屋子里晾上，晾干了再拿来，我就可以和你补齐。"李云鹤连忙出来一拱揖笑道："真是对不住，那样的破袜子，倒要姑娘给我拿去洗。"振华将两个指头，夹住袜子尖上提了，笑道："咳，你接过去吧，这哪里值得你作上许多揖！"李云鹤仍然道谢不已。振华道："你这人太啰唆！"说毕，将袜子一抛，由李云鹤头上抛了过去，直抛到他的枕头上。李云鹤口里还叫多谢，振华只一转身，已不见影子了。李云鹤将袜子在床上拿起，便搭在椅子靠背上。背了手在房里踱着，口里不觉把"洛阳女儿对门居，才可容颜十五余"几句诗，唧唧哝哝念将起来。口里念着，踱来踱去，就忘了神。

房门一推，李汉才由外面进来，却和他撞了一个满怀。李汉才道："趁着无事，正可以在南京城里城外游览名胜，你一个人在房里踱来踱去，又在想什么？"李云鹤多少中了些子曰诗云之毒，却不肯欺瞒他的父亲。但是自己心里所思慕的事，又怎能和他父亲说，也不过一笑而已。因问道："你老人家去找韩家的，找着没有？"李汉才道："韩广达这人做事太痛快了。他今天有了钱，今天就走了，连亲戚朋友，都未曾辞行。我们找到他家，他母亲出来见了我们，说已经走远了。"说着，两手一扬，向椅子上坐着一靠道："这种人难得啊！"李云鹤连忙抢上前，扶住他父亲道："靠不得！靠不得！"李汉才回头一看，原来椅子背上，放了一双湿袜子，便笑着站起来道："好好把袜子洗了做什么？"李云鹤道："不是我自己洗的，是朱大姑娘给我洗的。"李汉才道："这更不对了，你一双破袜子，怎么好给人家大姑娘去洗？"李云鹤道："我哪里敢请大姑娘洗，原是大姑娘自己要洗的。"于是就把洗袜子的经过，对他父亲从头至尾一说。李汉才摸着胡子微微笑了一笑，点了点头道："这姑娘人是很好的。其实她是我们的恩人，我们的恩还没报，我们怎好再去累人？"他一个自言自语的，不觉却在屋子里也踱将起来。

朱怀亮正在屋子外边走过，把他父子二人所说的话都听了，一个人站在天井里，也就不住地掀髯微笑。李汉才一开门出来，见朱怀亮手摸着下颏，抬头望天，便搭讪着问道："朱老爹又在看天色，打算怎么样？看好了天色，打算回府了吗？"朱怀亮道："我们这回出门，原没打算过多少日子，现在已经有三个月，天寒地冻，客边实在没有意思。我想回去过年了。"李汉才道："朱老爹要走，我也是要走的。但不知老人家哪一天走？"朱怀亮道："明天耽搁一天，后天再耽搁一天，到大后天，我总可以走了吧？"李汉才正要说时，振华姑娘忽然由屋子里跑了出来，笑道："爹，你决定就是这样走吗？怎么在事前一句也没有告诉我。上次到南京来，什么地方都没有玩到，这次到南京来，又玩不到，那要算白到南京来一趟了。"朱怀亮笑道："这样冷天，你还想到雨花台，游莫愁湖吗？"振华道："有什么不能去？在大雪地里，我们还渡过江来哩！"朱怀亮道："我原是这样

188

说，你若是一定要在南京玩两天，我可以多耽搁些时候。"振华笑道："你老人家说了要算话，可不要骗我哩！"朱怀亮道："这是很平常的事，我也值不得骗你。"李汉才听了朱怀亮要走的话，站在屋外着急；李云鹤听了这话，站在屋子里着急。但是心里虽然着急，却没有法子挽留得住。现在他父女二人，倒是自己留住自己，这就用不着旁人家去劝架了。李汉才便对朱怀亮道："你虽有几天走，我们也就不久要分手了。我想请你今天晚上到酒楼上喝两杯，赏不赏脸呢？"朱怀亮听了李汉才要请他酒楼上喝酒，脸上却露有三分微笑，便道："这倒是我愿意的。但是我看令郎的酒量就有限，老先生的本领怎样，能和我老朱拼上一二百盅吗？"李汉才道："今天晚上我请朱老爹一个人喝酒，用不着别人。"朱怀亮笑着点了点头，说是一定去。

到了晚上，李汉才多多带了几两银子，穿好衣衫，便先到朱怀亮屋子里来奉请。朱怀亮本来是愿去，李汉才这样恭请，更是要去了。二人一同上街，刚刚也是灯火上街。等到喝了酒后回来，已经快到三更天了。振华先因为父亲没有回来，还未曾睡。这时父亲一回来，她便走到这边屋子里来伺候茶水。一看见她父亲满面通红，颈上却是紫色，露出一根一根的筋纹；鼻子里呼出来的气，老远便是酒味喷人，笑道："我有半年多，没有看见你老人家这种样子。大概今天的酒，喝得实在不少了。那位李老先生倒也是个海量，居然把这老酒缸子打倒。"朱怀亮一歪身向床上坐下，下巴颏向上一翘，手理了一理胡子，望着振华先笑了一笑。然后说道："他量是没有量，今天我让他灌醉了，是有些缘故的。你愿意听这一段缘故吗？"说时，将两只巴掌，自己鼓拍起来，哈哈大笑，点了点头道："大姑娘，你猜一猜看，老先生为什么好好地请我喝酒呢？他实在有点意思的呢！"振华听他说话的声音，越来越大，就笑道："我知道你老人喝酒醉了，夜深了，不要惊动了大众。睡吧！"朱怀亮伸了一个懒腰，哈哈大笑道："明天说吗？也好。就是明天说吧。"振华让她父亲一人睡下，就不陪他说话。

到了次日，还是坐在房里，就不曾出来。到了吃饭的时候，振华才板着脸一同吃饭。这一路之上，朱李两家，一共五人，都是在一桌吃饭的。平常振华最爱热闹，有说有笑，今天这一餐饭，她可是鸦雀无声的，一句话也没有说。吃过饭，她首先就离席了。饭后，李氏主仆三人，一同出去游览去了。朱怀亮将振华叫到自己屋子里来，笑着先让她坐下，然后笑道："这一件事，你应该知道的。就是那李先生父子，倒要和我们联亲。"

说到这里，朱怀亮就正襟危坐在椅子上，眼光也正了，望着振华的面孔。振华见父亲这样郑而重之的说话，也就不敢像平常一样调皮，便低了头，静静坐着，听她父亲向下说。朱怀亮道："我有这一把年纪，你是知道的了。俗言所谓风中之烛，瓦上之霜，知道哪一日死？设若一日不幸，我两脚往那里一伸，只剩下你一个年轻的姑娘，孤苦伶仃，你又靠着哪一个人？倒不如趁我没有死之先，把你安顿好了，我才好放心。不过这一件事，不能鲁莽从事，总要看看人家如何，人才如何，是不是可以和我们联亲？论到这李氏父子，第一是为人厚道，的确是个君子，我们这种人家，难道还望荣华富贵的门第不成？只要是清白人家，良善君子……"那朱怀亮道："咦？我和你说话，你倒睡着了！"

振华倒不是睡着了，她听她父亲说话，置之不理，固然是不好；光听父亲说，翻了两眼望着他，也是不好。所以索性低了头，右手剥着左手的指甲，默然不语。直到朱怀亮问她睡着了没有，她抬起头来笑道："哪个睡着了呢？"朱怀亮道："你既没有睡着，我问你的话，你听见没有？"振华道："我一不是聋子，二又不隔十丈八丈远，怎么听不见？"朱怀亮道："你既然听见了，那就很好。我说的话，你意思怎么样呢？"振华又无言可答了，低了头，还是剥她的指甲。朱怀亮道："我也知道，小李先生是个文弱书生，和你有些谈不来。"振华突然站了起来，将脸一转道："我几时说过这话？"朱怀亮笑道："你原不曾说这话，我见你有些不大愿意的样子，以为讨厌他是个酸秀才哩！"振华起了一起身子，正想说什么，因见她父亲望着她，把话又忍回去了。朱怀亮道："平常你是嘴快不过的人，这倒奇了，总不见答应一个字。"

振华见她父亲逼得厉害，索性不说了，就起身回她自己房里去。朱怀亮看那样子，似乎可以答应。料到硬做了主，是不要紧的。等了李氏主仆游览回来，故意对他们露出高兴的样子。李汉才见朱老头子满面是笑，也就明白了，也是望着他嘻嘻发出笑容来。朱怀亮道："你们玩得怎样，有趣吗？"李汉才两手拱着高举过头顶，连道："很是得意，很是得意。"李云鹤虽然口里不曾说什么，然而也是满脸春风的，只管笑着。

到了吃晚饭的时候，振华说是头痛，要躺一会子，不来吃晚饭。饭后，朱怀亮走到振华屋里去。见她对了一盏孤灯坐着，右腿架在左腿上，两只手十字互交，抱了右腿，只管向灯焰上看着，又望着那墙上的影子。朱怀亮一进来，什么话没有说，她一低头，先就笑着红了脸，一阵羞晕，一直晕到颈脖子上去。朱怀亮道："你为什么不吃饭？"振华笑道："我头痛。"朱怀亮道："胡说，你也能说，也能笑，哪里有什么头痛？这会子你不吃饭，到了半夜，你要是饿了，这饭店里是没有地方去找东西吃。"振华道："半夜里吃不到，这个时候，总有的吃的。赶快吧，就趁着饭是热的，叫伙计送到房里来吃。"朱怀亮只有一个姑娘，不能不让她恃着几分娇宠，也就由了她，将饭送到屋里来吃。在一边看时，她一口气倒吃了个三大碗。朱怀亮笑道："你这是有病的人？一吃就是三大碗，若是没有病呢？"振华笑道："那也是三大碗。"朱怀亮正着脸色说道："我们和李氏父子共过患难的，也就可说和家人父子差不多，一路相处得很好，现在既然加一层亲戚之谊，更要随便，何必还要这样藏藏躲躲？同住在一家饭店里，总不免彼此见面的。若是这样一躲一闪，见了面更是难为情了，还是大大方方地吧。"振华一顿脚，头一扭道："我不知道。"

这边屋子里，朱怀亮说得他姑娘杏脸生春；那边屋子里，李汉才老先生，觉得是可以公布的时候了，也就和他令郎李云鹤，把和朱家求亲以及朱老爹慨然答应了的经过，说了一遍。说毕，脸色正了一正道："像朱老爹这样的人，我们是不能把他当平常人看待的，就是他的姑娘，也可以说是一个女丈夫。我很喜欢她不带平常妇女那种小家子气象，你不要以为她能提刀动杖，不能够治家。"李云鹤虽然是正襟危坐，静静向下听着。李汉才说到这里，他就忍不住笑道："我何尝说过这种话呢？"李汉才道："我也知道，你不曾说话。我总觉得心里有点挂虑这层，以为她或者不能治家。只要心里原来明白，那更好了。"李云鹤听父亲的话，不由得只是微笑。李汉才道："朱老爹也说了，我们一言为定，不要拘那些俗套。大家都在饭店里。突然认起亲戚来，也怕人家疑心，大家还是照平常一样，让我来定个日子，就借夕照寺庙里，你去拜见岳父。我们再放下一点定礼。"李汉才说一句，李云鹤就答了一句是，心里这层欢喜，简直没有法子可以形容。依着他的心事，恨不得跳上两跳，才可以把满心的乐趣发泄出来。当天晚上，也就不解是什么缘故，自己一点睡意没有，在床上总是睡不着。只想到将来成了婚，怎样可以和她学些武艺，又教她一些为妇之道。由上半夜里一直想到鸡啼，都不曾睡稳。

正在蒙眬之际，却听得朱怀亮屋子里有些响声，连忙爬下来，开了门。朱怀亮屋里已经点了蜡烛，由门缝里放出火光来。他一开房门，李汉才也就醒了。李汉才见李云鹤开门，就问道："对门朱老爹到这时候还没有睡吗?"李云鹤道:"大概没有睡,他屋子里还点着灯呢。"一句话未了,朱怀亮屋子里的门就开了。朱怀亮轻轻走出来,反手带上了门,便踱到李汉才屋子里。这屋子里,也就亮上烛来了。朱怀亮衣服齐全,果然不像曾睡了的样子,他对李氏父子笑了一笑,点了点头,便递上一张纸条给李云鹤,他又转身回去了。李云鹤拿了纸条,在灯烛下一看,那条上写道:

前二日,有同道二三人,曾在制台衙中携去寿礼不少。因为长江上游同道穷兄弟甚多,打算变卖周济也。南京官场追究甚急,捕快四处打探,至今未休。今晚龙岩老师到店中来报告,我辈自江北来,颇易为注目。老汉何惧,只恐连累贤父子耳,因此不曾安睡。通知贤父子,即刻收拾行李,天亮便起程,我父女当相送至城外十里亭,一切在路上再谈。

李云鹤一看,不由心上一阵发热,个个毛孔向外冒热汗。捧了纸条,作声不得。李汉才也不知道什么事,接过字条一看,才明白朱怀亮在南京站不住脚。读书的人比江湖上的朋友,自然要小心一层。朱怀亮说是要走,当然不能停留,连忙收拾行李,捆扎停当。一面叫醒李保,通知店家,结清账目。这陆道上的客人,起早歇晚,原是常事。所以李汉才父子说是要走,饭店里却也不以为奇,便点了蜡烛和他们结账。

账目结完,天色刚是黎明,李氏主仆就要上道,朱怀亮胁下夹了一把行路伞,便来送行。振华也起来了,垂了头,跟在她父亲后面,一句声也不作。李汉才心里明白,就不曾谦逊。朱怀亮倒是先说:"李先生,客边聚首一场,我送你一程吧。"李汉才假答道:"这就不敢当了。但是一路之上,我们说说也好,不过……"说到这里,便对振华望了一望,那意思好像说是不敢当。朱怀亮道:"女孩子也让她送一送老伯吧。"振华正想说一句话,说到口头,嘴唇皮动了一动,又笑了一笑。一行五人,也就不再多说,一路走上江南大道。一路之上,李氏父子在前,朱氏父女在后,李保挑了一担行李,走在最后。振华在一挑行李之前,走得却是较别人慢,常常让李保的行李撞着了身后。李保笑道:"大姑娘你是会走路的人,怎么倒走不过我?你走上前去一步吧。"振华回头说道:"你不说自己挑得不好,倒说我路走得慢?"朱怀亮向后退一步道:"你就上前如何?"振华却一扭身笑了。原来朱怀亮的前面,就是李云鹤。朱怀亮不由得将手理了一理胡子笑道:

"你怎么也是这样不大方起来？"李云鹤在前面走着，听到心里自是欢喜，不过说不出来罢了。

越走天色越亮，到了十里街一个风雨亭边，大家走进来歇下。朱怀亮先就说道："这回事，两方都是出其不意，一点不能预备。至于我们的两家婚姻，有言在先，一言为定。我们两边也不必要什么聘礼定礼，随便在身上解下一样东西，就可以了。"李汉才道："啊哟，那如何行得？未免太不恭敬了。再说云鹤是个书呆子，从来就不像花花公子一样，身上带个什么？这样吧，行李里面还有一点文房用品。"朱怀亮笑道："那太累赘了。"说时将手上抱的伞一抽，由里面抽出一柄短剑来，将手托着，交给李云鹤道："贤侄，这一把剑，是我少年时用的，这几年就交给女孩子了。一来交与贤侄，做一个信物；二来这种东西，也是文雅之物，读书人也可以把来当古玩。请你带着，以壮行色。令尊以为没有随身带的东西，很是为难，我倒看中了两样东西了。"说着，一指李云鹤戴的瓜皮小帽道："那不是？"李汉才恍然大悟，也就鼓掌哈哈大笑起来。

原来李云鹤这帽子上缀了一块小翠玉牌子，两粒珍珠，东西虽不高贵，倒是真的。李云鹤将帽子取下，把上面缀的两粒珍珠，从从容容摘下。振华在一边侧眼看见，便道："爹，我看有两粒珠子，就行了。帽子上光秃秃，也不好。"朱怀亮也就连忙说道："是是，有两粒珠子就行了。那片玉牌子还让它缀在帽子上吧。"李云鹤听说，果然停住了手不去摘下。手掌上托了两粒珠子，就递给朱怀亮。他接过去放在裤袋里，笑道："很好，这定礼很不俗。"李汉才笑道："我们这就是亲戚了，云鹤上前拜过岳父。"李云鹤听说，就朝着朱怀亮拜了四拜。朱怀亮含笑弯着腰，将他扶起。李汉才也走过来对朱怀亮作了一揖。振华扶了亭子上一根柱子，却背过脸去，看亭子外的风景。朱怀亮道："振华也过来见公公。"李汉才连连摇手道："这是大路上，有人来往，很不合适，不必拜不必拜。"朱怀亮道："我们两家既成了亲戚，放了定礼，若是孩子们不在当面，自然不相干，孩子们既在当面，那却不能当着不知道。振华过来行礼。"振华还是背立着，头却低了下去。朱怀亮放重了声音道："怎么样？难道你这大的人，一点礼节都不懂吗？"

振华原是有些不好意思，听了她父亲这话，她可有些不服。就掉转身来，对着李汉才，一低头正要跪下去。李汉才笑得眼睛都合了缝，伸着两手，向前虚虚一拦，口里说："不必行大礼了，这不是行礼的地方。从权吧!"但是振华已经跪下去了。她真个翩若惊鸿，只一眨眼工夫，又已站立起来，依然掉转身，站到柱子边去了。朱怀亮道："你看太阳已经出山，不便聚谈，你们走吧。"说时，对着李汉才拱了拱手。李汉才踌躇道："这回走得太匆忙了，有许多话，还未曾和亲家说。"朱怀亮道："不用说，我都明白就是了。明年三月十五，百花开放的时候，我准送小女到府上去完婚。其余的话，不会再重似这个。"李汉才拱手道："好，我们告辞了。亲家自己保重，在南京不必留恋，免得兄弟挂念。"于是将朱怀亮送来的宝剑，插在行李上，携着李云鹤的手，先走下亭子。李保挑了一挑行李，就开步走了。

第二十二回

避险白门送一肩行李
逞才蜀道弄几个轻钱

振华原是向亭后背转身去的，及至回转过身来，只见李氏父子已走上大道外，有几十步远了。不觉得自亭后便转到亭前，半晌下了一步石阶，呆望一阵。望了一阵，又有意无意的，信着脚步再下一段石阶，走到平地。看那远去的李云鹤，还不时地回头，向这边看来。一直走得看不见人影子了，振华回过头来。却见朱怀亮坐在第一层石阶上，因笑道："你老人家还坐这里做什么？不应该回去了吗？"朱怀亮站起来道："我是在等你呢，你倒说是要等我吗？"哈哈一笑，这就和振华一路回水西门。

约莫行了四五里路，经过一家拦路的茶店。忽然身后有人喊道："早哇！起半夜赶进城去的吗？喝杯茶再走吧。"朱怀亮回头一看，不是别人，乃是龙岩和尚。他在一张桌子前横坐了，一只脚架在板凳上，两手伏着桌子沿。对朱怀亮父女含着微笑，不住地点了几点头。朱怀亮一看见和尚，心里就明白他是有意而来。就笑道："好久不见了，喝杯茶也好。"于是和振华一同坐下，和龙岩和尚先说了几句闲话。后来龙岩和尚用手指头蘸了茶碗里的茶，在桌上写着字。写字的时候，非常随便，好像是借此消遣似的。写了一个，就对朱怀亮望了一眼，一共写了五个字，乃是"南京去不得"。

朱怀亮把身上带的旱烟袋抽将出来，嘴里斜衔着，正在有意无意地抽烟。看了字，扛着肩膀，微笑了一笑。龙岩和尚又在桌上写了几个字："小心为妙"。一面写，一面就把写了的抹去。朱怀亮虽然是艺高胆大，但是对于龙岩和尚，是相当佩服的。现在看龙岩和尚的样子，一再说要小心，好像他都不能十分放心，这事多少有些扎手。便和他丢了一个眼色，起身先走。

约莫走了一里路，和尚就在后面跟来了。朱怀亮回头一看，附近并没有人，便笑道："和尚有话你就说，鬼鬼祟祟地做什么？"龙岩道："你不知道，头回跑走的那个赵驼子，是你大姑娘打跑的吧？他有一个师兄弟在江宁县当捕快头，那却罢了，不算什么。这人有一个师叔，绰号布袋花子。这人有一种不可思议的内功，还带行走如飞，每日走二三百里路，两头不天黑。他随时只带一个布袋，南走湖广，北走口外，哪里都去过。他听说江南还有能人，特意在江南来往，要去会上一会。只因为宣城有人请教师，他误认张道人是被请的，曾当面试过一试。你可以知道，我不是假话。"振华道："不错，是有的，是有的。张师伯告诉我们，在宣城遇着一个花子，几乎着了他的手，就是这人吗？但是他让张师伯打跑了，手段并不高的呀！"龙岩道："说起这布袋花子，他不见得是令尊的对手。但是他若帮捕快在一起，他有官场壮威，不是南京城里只有我们上他的当，不见他会上我们当。况且他们捉人，是当小偷当强盗办，我们不躲开他，和他硬来，难道自认是贼是强盗吗？"朱怀亮道："那都不去管他了。他们怎么知道这事牵涉到了我？又怎么知道我到了南京？"龙岩道："当捕快的人，就是老守着江湖上往来的人，加上这个捕快，又是赵驼子的师兄。并想，我们彼此往来，他怎样会不知道？自昨天起，我就知道他们在店里左右看守你们了。今天你们又一早由城外回去，你们不要紧，设若他们访出你们送的人，跟着寻了下去，岂不连累你们所送的人？"

朱怀亮一想，这层倒是，不要把这对大小书呆子牵连上了，因道："和尚，你给我想个法子，应该怎么样呢？"龙岩道："你们最好是在这个大路上守个大半天，不要让他们追下去。到了下午，他们不寻来，就不会知道了。到了晚上，轻轻悄悄的，你回到饭店里去，把行李拿了出来。愿意在南京住，就在我庙里住几天，不愿住，可以连夜就赶回家去。你一个浪迹江湖的人，也犯不着和官场争那一日的短长，你看我的话对不对？"说着话，越是向南京城走近了。龙岩和尚道："你父女二位，暂在这里等等，不要向前走了。"振华道："师伯，你真胆小呀！幸而我们的行李放在城外店里，若是在城里呢，晚上进不了城去拿，也只好丢了。"龙岩笑道："是了，人家送了一点礼给你父女二位，你是不放心那白东西，是不是？"朱怀亮道："我们没有得人家的钱，得钱的是那位姓韩的。"龙岩道："韩广发回来了吗？怎么我不知道？"朱怀亮道："不是韩广发，乃是韩广达，拿了几百银子做安家费。他自己单身到四川去了。"龙岩道："走了没有？"

朱怀亮道："昨天就走了。"龙岩跌脚道："这位李先生送他几百两银子，算是好意，实在是送了他一条命。多少外江好汉，都到四川路上送了性命，何况他那种平常的本领呢？"朱怀亮道："说起来都是江湖上的人，要什么紧？"龙岩道："四川的朋友们和外路不同，你由外面到那里做什么的，他先要打听一个清楚。这韩老二是去叫老大回家的，这就和那班人有些见外。再说川路上的官兵，此时正在川东一带兜剿。韩老二此一去，很容易让人家当作汉奸。他这人做事又任性，难道有不出乱子的吗？"朱怀亮道："我倒没有想到这一层，那怎样办？"龙岩道："我不知道这事就算了。既然我知道了这事，我总得想法子把他救回来，这事少不得还有拜托你之处。今天晚上，你在水西门外福佑寺等我，那里住持是我的师弟。"朱怀亮还要问时，龙岩摇手道："有话晚上再谈，我要去找人了。"说毕，他已匆匆进城去了。朱怀亮父女，在大路上徘徊了半天，并没有看到有公差模样的人由这里经过。料得捕快是未尝追下来。就照龙岩和尚的话，去找福佑寺。

那也是一座中等的寺宇，朱怀亮父女一进庙门，就有一个长脸的和尚，长了一脸络腮胡子，掀开阔嘴，迎将出来。他道："我猜你是朱老爹了，我师兄今天来了，说是朱老爹要来。"朱怀亮一面和他答话，一面打量他的神气。见他由大袖里伸出来两只手，又黄又紧，犹如鼓皮一般。那十个指头，秃得一点指甲都没有，在这上面可以知道他也是下了一番武艺苦功的和尚。尤其是那十个指头，是个久经磨炼的样子。当时和振华同到了禅堂上，问明了那和尚叫灵峰，和龙岩正是同门弟兄。彼此谈得投机，一直谈到晚上，并且同在庙里晚膳。

看看到了二更时分，朱怀亮打算要回饭店。庙外忽然来了一个挂单的和尚，一根硬木禅杖，排了三个包裹。那和尚戴着大笠帽，罩到了眉毛边，看不清他的脸。他一直走进禅堂来，其中却有两个包裹，正是朱怀亮的。振华突然迎上前道："咦？这是我们的东西。"那和尚且不理会，将背在身后的一只手伸过来一看，手上拿了两把雨伞出来。振华一看，这也是自己的雨伞，这倒奇了，这和尚是什么人？哪里会把自己的包裹雨伞拿来？朱怀亮一看到这种情形，料定那个和尚是熟人。走上前，就把他头上的笠帽一掀。就在这一掀之间，那人哈哈大笑，不是别人，正是龙岩和尚。朱怀亮笑道："你这和尚又弄这个玄虚，吓了我一大跳。"龙岩道：

"是我刚才走那饭店门口过，想起来你也是要去的。与其等你去拿，何如我顺便给你带了来呢？"朱怀亮道："这是我要谢谢你的，你叫我在这里等了大半天了，你有什么事要和我商量？"龙岩指着灵峰笑道："他和你说了这半天的话，还没有说上正路哩！他是早有意思上峨眉山去走一趟的，可是没有定日期。今天我别了你到这里来，向他一阵鼓动，他就答应明天一早到四川去。我要你来，就是为了这个事。川路上你的朋友少，两湖你的朋友多。你可告诉他几条路子，让他一路之上，多有几个熟人。若是知道了你徒弟柴竞下落，在川路上有几个帮手，那就更好了。"朱怀亮也未悉龙岩和尚另有别意，就开了一张人名单子，交给灵峰。当晚在福佑寺住了大半夜，一到鸡啼，朱怀亮父女和灵峰就背了行李上道。因为僧俗男女，不便同行，灵峰和尚就走快一点，赶上前一站。也打算趁了韩广达未到川以前，在半路上将他赶上。

哪知道韩广达比灵峰和尚更急，起早歇晚，不到半个月，已经到了秭归。这是川鄂交界的地点，再过去就是川境了。这个地方峰峦交叠，就是土匪出没之所。韩广达到这里，已经有一番戒心。好在他一路之上，随处和江湖上的人来往，就不至于误事。这里到巫山，是东大道上的一段，山路也就格外险恶。韩广达原是跟了一大队小贩商人走的。虽然是孤身行客，但是在路上走路，容易和同行的人混熟，谈些闲话，也不寂寞。这大中午正在一排山腰的大路上走，朝上一望，是峰高插天，仰不可攀；向下一看，又是百丈深崖。那崖陡的地方，几乎像一堵壁子，下面青隐隐的。风声吹着那峭壁上的崖松作响，与泉声相和，犹如不断地轰着微雷。这山路宽不到五尺，由外向着里走，对面也有一座山，高可插天，在半山腰里插着人行路。那路上人来往，在这面也就看得清楚。但是据同行的人说，看在眼面前，要绕二三十里路才能到那边去。由这里向前走，不断地都是这样的路，所以古人叫作蜀道难了。韩广达心里暗想着：怪不得这地方容易出强盗，既是人行大路，偏偏又是一行前后三十里无人烟，怎样不容易让歹人起坏心事？

一路之上，注意山势，到了一个上岭的山道下，崖前有一片敞地。靠了山，面着路有几家山店。那一行小贩商人，到了这里，就歇下不向前走了。这时太阳虽被山峰遮住了，但是山下原不容易见着太阳的，也不过半下午。韩广达心里觉得奇异，以为怎么这个时候，就歇店不走。因问同伴，何不走上一程。就有人答道："翻过山岭去，要走十几里路才有人家。我们要赶到那里去，天色就很晚了。这个地方还有爬山虎……"他一句话还没有说完，就有人喝道："刘老二，你是怎样子说话！你不要你的七斤半吗？"说话的人，用手将他的头一摸，缩了颈，就走开了。韩广达在南京就久闻爬山虎的厉害，但还认江湖上自己人一种传说。照现在这两个同行的说起来，爬山虎这三个字，人家都不敢提，这威名也就可想见一斑。自己一个人到了这里，是生地面，也就不敢大胆上前，便和大家歇在这山店里。山店隔壁有一座小油盐货铺。韩广达把自己行李歇下了，踱出饭店门，就看看四围的山色。只见先前和自己搭话的那个刘老二，端了一只小粗瓷碗，昂了头只管喝，那粗瓷碗底都朝了天了。顺便走过去，就问道："刘二哥，喝什么？这地方有酒卖吗？"刘老二将小碗对油盐铺子里一指，笑道："有有，下酒的还有咸豆腐干、油炸麻花、煮鸡蛋。"他说着话，将碗送到店里柜台上去。韩广达一把拉住他，一定请他喝四两高粱。于是各捧了一碗酒，又拿了鸡蛋豆腐干，放在敞地里一块石头上。两人对着面蹲在地下喝酒，随便谈话。谈到了爬山虎头上去，刘老二道："你老哥是好人，这话不妨告诉你。前两天爬山虎的头儿，正由这里转到湖北境里去了。他的人很多，我们哪里可以瞎说他的事。"韩广达道："他们还回来不回来呢？"刘老二道："他们就靠跑来跑去弄钱，怎样不回来？我们就怕在路上碰着了他，丢了钱货不要紧，就怕他们捉了我们去挑东西，又吃苦，又担心。官兵捉到了，还要当歹人办。所以这两天我们在这条路上走，格外小心。"说着他端起酒碗，咕嘟一口，放下碗笑道："并不是我喝了你老哥的酒，才说出这话。我看你老哥，是个初到川地的单身客人，不能不晓得这一件事。"韩广达看他有五六分酒意，不敢多问，免得问出别的事情来。这已知道红毛番子，就在这条路上。若是胡大姑娘把哥哥韩广发带来了，那就可以在这里去找他，不必深入川地了。心里这样盘算，晚上就在睡觉的时候，要想一个找他的法子。一人在稻草铺上，正翻来覆去，苦睡不着。

忽然有一阵杂乱的脚步声，由远而近。立刻山店里几只狗怪叫起来，人声也就随之而起。这山店里，是不点灯烛的。这是冬月初八，月亮起得早，月轮业已正中，由石墙洞里放进一块白影，房子有些亮光。韩广达伸头一看，正要下床，只听到轰咚一声，好像是大门倒了。立刻有许多的脚步声，说话声，已经到了店里。隔着门缝，射了火光进来。外面火光照耀，已是一片通红。有人喝着说："把店老板找了来！再要不来，就先砍了他那颗狗头！"韩广达听说，就由门缝里向外张望。见许多人拿着火把，跑来跑去。

韩广达一想，这一定是爬山虎到了，这倒要看看他们是怎样一种人。于是轻轻地开了门，由后檐跳上屋去，慢慢地爬到前面屋瓦上。向下一看，只见堂屋正中放了一把太师椅子。椅子上，端端正正地坐了一个人。那人扎了一块花布包头，穿了一件长袍，拦腰束了一根草绳。远远望去，包头上插了一样长的东西，只是飘荡不定。原来和戏台上的人一般，头上插了两根野鸡毛。他那长衣，非常宽大，不过袖子却是短短的，有如行脚僧的僧衣一般。大襟撩起一角，塞在草绳上，露出脚底下穿的一双靴子。原来这川路上有一种哥郎会，他们的领袖，都是这样打扮。包头和野鸡毛，表示一种武人的气概；长衫和靴子，却是文士的风度，拦腰一根草绳，那又说他们身在草野，不忘江湖的意思。由这正面坐的人而论，他当然是个领袖，可不知道他是不是那个红毛番子。只见他由下巴边向上一兜，长了一嘴络腮胡子，倒是一派气概轩昂的样子。屋周围站了许多长长短短的人，各人拿了一根大火把，竖将起来，照得屋里屋外通红。不多大一会儿，几个人将店老板拖将出来。他一见那胡子，便跪在地下，口称大王饶命。那胡子道："我并不为难你，你为什么先不开门，开了门又不见我？"店老板只是趴在地下叩头，只叫大王饶命。那胡子站起踢了他两脚，说道："哪个要你这条狗命，我们兄弟们饿了，快去煮饭来吃！"那店老板哪敢说半个不字，战战兢兢地爬起来，下厨房做饭去了。

韩广达因为这些人拿着火把，火光也是在屋顶上一闪一闪的。若是由他们照将出来，他们人多，一定要吃眼前亏。因此他复爬到屋后，由檐上坠将下来。正要进房，对面一个强盗，打着火把来了。他老远地就喝了一声，问是什么人。韩广达道："我是这店里的过往客人。"那人见他毫无害怕的样子，说话的声音又很是利落，笑道："咦？你这人胆子不小，带你去见一见我们大哥。"走上前，一手拖了韩广达就走。韩广达正想借一点机会，和他们认识。他要拖去见头领，正中下怀。因此并不抵抗，就跟了他一路到堂屋里来。那胡子一见，便问提了这人做什么？提人的道："我刚才到后面去，黑漆漆地见他在那里探头探脑。一问他时，他说起话来，又是外路口音。我怕他不是好人，所以带了他问两声。"那胡子在火把下将韩广达看了一看，又坐上椅子去，指着韩广达叫跪下。韩广达道："我既不曾得罪你，你又不是管我的人，我见了你为什么要下跪？"胡子眼珠一瞪道："哈哈！这一只山羊，倒还有几手！"因将一个指头指着自己的鼻子道："你大概是初次出门的小伙子，你知道我是什么人吗？你知道四川路上有爬山虎吗？"韩广达道："怎样不知道？我正是来拜访他们的。"站在一边的那些人，看见韩广达这样强硬，就有一个人走上前来，一抬腿想踢韩广达一下。这胡子看到，便对那人摆了一摆手。及至听了他说正要来找爬山虎的，便道："什么？你也是来找爬山虎？你知道爬山虎的大哥是哪一个？"韩广达道："我怎样不知道，他叫胡老五，是我们下江人。"那人道："你既然是独身来找他，当然有些本领。不知道你是长于哪一样？"韩广达道："本领我是不敢说，不过学点防身的本事，好走路罢了。"那人道："你有防身的本事，我愿领教领教。"

韩氏兄弟向来都会柔进的功夫，最善于空手入白刃，这一层功夫，现给生朋友看，是让生朋友惊异的。韩广达除此之外，却还有两种绝技：一种叫金钱镖，是用随身的制钱去打人，多至一二十，少至一个，都能百发百中；一种叫板凳花，就是拿坐的板凳做武器，有时身上未带寸铁，遇到了不测，只凭坐的一条板凳，也可以对敌人家的刀枪剑戟。这两种武艺，随时可用，说起来真可以名为防身的本领。当时韩广达见那胡子要见见他的本领，他一想也正好借此机会卖弄卖弄，就可以和他们攀成交情。因此一摸袋里还有几十个铜钱，于是握了一把在手上，笑道："领教二字，兄弟不敢当。随身有点小东西，我变一个把戏，让诸位看看吧。"说时，将握了钱的手抬起，摸了一摸耳朵，那胡子见他微笑着，半晌并没有动静，疑心他并没有什么本领，就笑道："你以为我们这些人是大话可以吓倒的吗？"韩广达道："我有言在先，不过是小把戏，哪里敢说本领？把戏我是变了，不说明，诸位不知道。"说着，掉转身来，向先前要踢他的那人头上一指道："这位大哥，你摸摸你头发里有什么？"那人果然伸手一摸，摸到一个铜钱。他以为韩广达真是变戏法，不由得笑将起来，说道："奇怪！这钱是哪里来的？"韩广达笑道："不但头发里有，你侧过身子来，让我再找一找。"于是一指他的耳朵道："那里也有。"一言未了，那人觉得耳朵圈里有一样东西扑了进来。再一掏，又是一个极小的沙皮钱。一堂站了二

201

三十人，看了都笑起来。韩广达见对面一个人，特是笑得厉害，张大了嘴，收不拢来。韩广达道："你嘴里有一个大的。"手一指，那人觉得舌头尖上，让一样东西打了一下，向外一吐，一个大制钱，当的一声，落在地下。可是舌头也打麻了，半晌说话不得。韩广达道："那位眼珠里有钱。"大家明白，这钱是他手上发出来的。他手指着哪里，钱就打到哪里；他说到哪里，也就指到哪里。若是他说到眼珠，那钱打到眼珠里来，恐怕有些不大好受。大家哄的一声，转身就走。那胡子看见不成样子，将他们喝住。一面握着韩广达的手道："果然是一位好汉，幸会得很。"韩广达道："这样子，你大哥要认作朋友吗?"那胡子笑道："对不住！对不住！兄弟有眼不识泰山，望大哥海涵。"他说着就屈服了。

第二十三回

奇器求生连环成巨炮
只身服敌两手破单刀

韩广达这时和那人一谈起来，原来他叫鲍天龙，外号穿山甲，是红毛番子手下第一名大将。现在一看韩广达有这样的绝技，心里很是欢喜，就拉了韩广达坐在一处谈天。他因韩广达说是特意到四川来的，问他用意何在。韩广达哪里敢说是来找哥哥，只说是在下江听得川路上诸位兄弟都了不得，心里很是羡慕。新近因为在下江犯了一点小案子，站不住脚。没有法子，只好躲到川路上来，还望诸位大哥念小弟是一只孤雁，携带一二。说时，抢上前一步，给鲍天龙打拱作了一个揖。鲍天龙连忙扶住韩广达的手，笑道："四海之内，皆兄弟也，谈不到什么携带二字。我们原是想走远一点，到宜昌前后，去找一点油水。无奈那边的官兵，实在逼得我们厉害，一刻也停留不住，我们只好退回。今天上午，我们已经交了一回手。他们人多，我们吃了一点小亏。我们是回家的人，犯不上和他们去比试。所以我们今天连夜赶路，却和他们离得远远的。你老哥若是愿意见我们胡大哥，最好是今天晚上就跟了我们走，免得你老哥一人去找。这山里头的路，也是很不容易寻到的。"

韩广达巴不得如此，便道："难得鲍大哥这样爽快，小弟愿跟了去。"鲍天龙毫无疑虑，引着韩广达和他手下几位头目相见。大家在一起饱餐一顿，乘着半天星斗，在山色沉沉的道上，亮了火把就走。韩广达背着自己的包袱，也随在他们队里。及至走到天亮，韩广达前后一看，这一队人，统共也不过一百名上下。其中有一大半人，把粗绳系了一个铁圈负在背上。这铁圈子，是扁的铁板环，约莫有两个指头宽窄。不过圈子大小不一，大的大似盆，小的不过如碗口一般。那铁圈各有两只钩，好像预备钩别的物件使用。他看到心里却是奇怪，这铁圈背在身上，爬山越岭，都不卸下，是什么用意？难道这种铁圈，也能算是武器吗？若是说武器，那种东西，怎么能打人？若说不是武装，他们又何必不论高低远近，老是背着？这个疑问放在心里，又不敢问人，免得人家笑话。

这样走了二三十里山路，山的缺口处，已经放出阳光来。这正是太阳起山已久，有半清晨了，鲍天龙就告诉大家，在这里休息一会儿，然后好找个地方吃早饭。韩广达是这一队人中的客，常是和鲍天龙在一处。这时两人同坐在一块石头上，鲍天龙指着面前这些人道："韩大哥，你看看我们川路上的弟兄们，比外江的怎么样？跑起山路来，这是人家赶不上的啊！"说时，那一团毛蓬蓬的胡子，上下抖颤。他正张开毛团里的红肉口，哈哈大笑。

就在这一片笑声之间，轰的一声，引起了一声冲天炮。鲍天龙起身一站，骂道："这些狗养的山狗子，又追来了。他们这样苦苦相逼，这次非要和他见一个高低不可。"原来这川路上的强盗，自居是老虎，指官兵是山狗子，以为他们犬不能和虎比。鲍天龙一站起来，他们这一班人，立刻集拢在一处，站了半个圈圈，背朝着山，面向着外。这时东西两面，都响应着先那一声炮，轰通轰通，响了几炮，这种冲天炮，是不打人，专门做信号用的。乃是一根硬木棍上，顶着四个铁筒。每个筒子里，灌上一筒火药。筒子下面，各凿了一个眼，安上线。将引线点着，高高一举，炮向着天上放去，就响声很大，可以让四处听到。

当时炮声四起，早见对面山头上，拥出一队官兵，约莫有二百人。鲍天龙道："凭他们这班野狗，就敢来犯我们吗？兄弟们不要慌，等他们过来，我们显一点手段给他们看看。"这韩广达心里，倒有些慌了，自己是一个清白身躯，无缘无故，和强盗打起伙来。这一让官兵捉去，跳到黄河里去也洗不清。好在自己还有一点本领，说不得了，只有帮了强盗打官兵，先逃出这一场是非巢。不然，让官兵拿住，在川路上，也就危险更大。因此对鲍天龙道："兄弟既在一处，有福同享，有祸同当。有用小弟的地方，小弟死也不辞。"鲍天龙一拱手道："好朋友，请你老哥就守住这里。我带二三十个兄弟先迎上去，给他们一个下马威。无论是胜是败，我们都得保住后路，不要让他抢过来了。"韩广达道："这事兄弟办得到。"鲍天龙一拱手，在旁人手上，取过一把刀，交给韩广达。自己口里喊了十几个人的名字，立刻有一群人，拿出明晃晃的兵器，向着对面山上，就飞跑地迎了上去。

那边官兵，见这里迎上十几个人，一队两边一散，中间露出一丛人，端了枪，就向这里放了过来。这个年月，我国所用的枪，最普通的叫红枪。乃是由枪口上打进火药去，塞下铅条铅子，在枪的尾端，安上艾绳火线。一按机子，火线一触了火药，枪就响了出去。高一等的，才是来复枪。乃是尾上有一个嘴，嘴上临时罩上豌豆大一个铜帽子，铜帽子里有磷片，将枪一按，机子罩在铜帽上，枪就响了。这一队剿匪的官兵，却只带了一二十管红枪，分着三排。前一排开枪，中一排预备放，后一排上火药。前一排是跪一只腿地放了枪，退到后排；于是中排变了前排跪下，后排跟了中排鲜定，这样轮流不息地放枪。当时抵制这种车辆枪战的办法，只有短刀藤牌和连环马。因为马可以拼了死，人冲上前去，藤牌用来护了身体，人缩着一团，连藤牌滚上前去，然后将短刀去砍人。鲍天龙这一班人，不过是一小股流寇，哪里来的藤牌和连环马。官兵迎头这十几管枪，放起连环枪来，闪避是来不及。要抢上前，又是离得远。一行十几人，砍排竹一般，早是倒了七八个。

鲍天龙知道火枪厉害，只一耸，耸上了身边一棵大松树。由大松树上一个箭步，向官兵丛里一扑，只剩了相离四五丈远。官兵队里要用刀接杀上前，就来不及放枪了。跟随鲍天龙前来的，还有六七个人没中枪。见鲍天龙已围在敌人中间，不敢怠慢，扑上人丛来帮助。大家既杀在一团，官兵的枪，就没有多大用处了。在后路把守的爬山虎，见两百官兵，围上自己七八个人，恐怕上当。大家也是一拥而上。韩广达叫留下几个弟兄把守后路，哪里叫得应，自己没有一人袖手旁观之理，也只好跟了他们杀上前去。那些官兵虽然也有训练的，无奈这些强盗都是亡命之徒，拼了命来砍杀，官兵不得不向后退，这些强盗，恼恨着官兵苦苦追赶，现在杀败了，哪里肯放过他们，索性向前一阵苦逼。

鲍天龙究竟有些见识，看到官兵虽退，退得还很整齐，怕官兵的枪炮在后，有什么伏兵。他身上带了一只海螺，拿起来在嘴上一吹，所有他们这一班人，立刻停住了脚。鲍天龙站在一块石头上叫道："诸位弟兄！这里有一条小路，抄上山口的，快点退回去，不要让他们抢去了。"内中有受了官兵包围过的，知道这后路是要紧的所在。便有几十个人，向前去抢山口。但是走到一半路，鲍天龙又吹起海螺来。他因为站得高，已经看见官兵在山口子外，发现了正面的官兵，还没有退远，后路山口，又被官兵抢去了。两面夹攻，简直无路可走了。鲍天龙先还以为是这边的官兵分了一支，抄到后面去了。现在看见，并不是这里官兵一样的旗号，分明是另外迎接前来的一支官兵了。那队兵由山口里钻出，轰通轰通激起山的响应，就向这边放了几枪。那边放枪，这边的枪声也起来。两边的枪声，两边山谷中的回响，这沉寂的山谷里，立刻响成了一片，好不热闹。鲍天龙虽然一生都在劫杀中过日子，也不得不着慌。这地方两面都是山，南山平坦，是官兵占住了。这条大山路，正由那边斜插过来。北山是壁陡高峰，山腰是路，闪出一块平坦地方，一直抵山口，那里也是官兵占住。这一些时候，官兵料得爬山虎有一支队伍要由这里回去，早先就埋伏在丛林里，分守两旁山口。这个地方，靠南是山涧，足够军士们的饮水。一块平原，两道山口，又正好让强盗进去以后，两边截杀。官兵有了这个陷阱，只愁强盗不来，强盗若来，正是瓮中捉鳖。所以他们也不肯迎上前去，只是以逸待劳，用那连环枪的战法。强盗一上前，就放起枪来。再近一点，他们人多，也可以抵拒。他们的枪队，腾出工夫来，又可以退到阵后，以防不测。

韩广达杂在他们人丛中，心里很是着急。若是强盗不抵抗，要中了官兵的毒手，那自己也是玉石俱焚，逃不出去的。看看鲍天龙，一会儿爬上树去，一会儿又跳下树来，站在石头上。他只是这样的瞭望，大概也没有安全的计划可以逃出罗网，时间越俄延，那两头的官兵越是布置得周密，强盗反正是围在山凹中了。你不冲出去，他也不必来进逼，好让你饥渴交加，精神懈怠。

韩广达一看到这种情形，料是不能持久，便牵了鲍天龙到一棵大树下，低低地对他说道："鲍大哥，我们是新朋友。差不多的话，是不敢乱说的，不过现在到了生死关头，我也忍不住了。现在官兵两面截住，我们困在中间，不吃不喝，兄弟们的心思，一刻比一刻慌张起来……"鲍天龙不等他说完，他那一丛络腮胡子，又颤动着笑将起来了。他将手拍了韩广达几下肩膀，笑道："韩大哥，你没有知道，爬山虎不是徒有其名的。漫说是些笨狗子围了两条路，就是他们把这四面都包围起来了，我们也要和他拼一个你死我活，哪能够眼睁睁让人家提了去？你等一等，看看我们这爬山虎的本领吧！"韩广达听了，心里想着，莫非是他们真有爬山虎的本领，由这悬壁上爬过山顶去？但是我却没有这种本领，岂不让官兵拿住吗？自己又不好示弱，叫鲍天龙携带，心里好生焦灼。鲍天龙似乎也看出一二分情形，只是从从容容地说："不要紧，在川路上爬山虎不会栽大筋斗的。"韩广达心里一横，想道:好吧，我把这条命拼了。看看他们究竟有什么

206

本领，可以逃出罗网？便笑道："好极了！我第一天就可以瞻仰这许多朋友的高才。"鲍天龙也不多说，微笑着，走出树前来。他们这一班人，也有站的，也有坐的，虽然并不怎样说笑，但是态度很镇静，并不见得慌张。

约莫相持了有半个时辰，那前面的官兵却不曾动，后面的官兵倒探头探脑地向这里张望。鲍天龙看见，突然站在一块高石上，胸脯一挺。喊道："兄弟们，扣炮！"只这一声，那些人立刻齐集起来，大家都把身上挂的圈圈取下，大家凑在一处，拼拢起来，一个铁圈扣上一个铁圈。所有的铁圈还不曾扣完，就成了三尊大炮。同时就有人拿出很粗的几根杠，互相一架，就成了几个三叉架子。将炮放在架上之后，他们在身上，多摸出一个布袋来。布袋里有的是火药，有的是铁块铁条，分尊配好了，由炮口里向炮膛里一倒。又在炮尾后插上引线。这三尊炮，各用二十人抬着，一尊跟着一尊，向后面的山口走了去。走三四十步路，鲍天龙吩咐将一尊掉过头来，守住追兵；其余的两架，还只管移近后路的山口。把住后路山口的官兵，见强盗慢慢地向这边逼近，料得他们是要冲过去。各拿出了兵器，等到他们近了，就要动手。不料强盗的队伍向两边一分，现出两尊大铁炮。轰通轰通，火发烟飞，两声大炮，向这山口直飞了过来。那烟中的铁块铁条，成了大火星，向人丛乱飞。前面的人，就是在这一阵烟雾横飞之间，倒了一大排。官兵队里，做梦也想不到强盗有这种厉害的武器。

受了这两大炮的轰击，兵心一散，哪里支持得住阵脚。鲍天龙又吩咐把朝那面一尊炮，也点着火开了。只这一声，山谷回响，官兵更是纷乱，两下里乱跑。强盗趁了这个机会，分作两批交战。手上拿了兵器的，上前冲开出路；后面的强盗，就三下两下的，把那大炮拆卸了，跟踪接上。无论什么大小战事，只要军心一散，就不可救药的。这山口上的兵，受了那两大炮，已经无作战之勇气。爬山虎作两次冲了过来，如何抵得住？呐一声喊，都退走了。好在鲍天龙的意思，不在截杀官军，只要逃出生命就行，也不去追赶。将打死的打伤的弟兄们，抬的抬，背的背，寻了山中小道，与官兵分开走了。韩广达逃出重围，身上干了一把汗，这才知道爬山虎还有这种妙技，能把铁圈圈扣成大炮。而且他们一人带着两三个铁圈，有大有小，就是其中短少几个带圈的人，炮还是拼拢得上，他们真是设想周到。韩广达一路想着，鲍天龙伸手拍了一拍他的肩膀，笑道："老大哥，你现在相信我们爬山虎不是好惹的吧？"韩广达向他伸了一个大拇指道："不错，爬山虎名不虚传了。"鲍天龙因他同过一场患难，又是这样夸奖，绝不疑惑他来此还有别的用意，谈谈笑笑，犹如自己一家人一般。在路上又走了两天，伤的人还背着，死的人已经在路上埋葬了。那所走的路，全是高山峻岭，羊肠小道，往往走上半天，也遇不到一个行路人。

这日正午，他们一群人都说要回家了，路也就越走越窄小。这虽是冬天，可是山上的荆棘乱草，带着焦黄枯白的颜色，长得还有一人深。后面人往往只听见前面人的脚步声咳嗽声，可是看不见那边的人影子。韩广达若不是跟大队人走，绝料不到这里还有人行路。一个匪巢，藏在这里面，怪不得别人不容易搜寻了。但是草这样深，里面一定不少毒蛇猛兽。他们的人，由此进进出出，怎么不受伤？难道这也是经有一种训练吗？在这深草里又走约有二三里，经过两块相峙的一个石峡，忽然面前平平坦坦，闪出一条人行大道。两旁的松竹，由路边直达山顶。这正是两山之间，一道平谷，不像川路上别处险恶的形势。韩广达一想，胡老五的总巢，大概在此了。心里正以为这是平安之境，忽然扑通一声枪响，将头上的树枝，啪地打断一根，不由得又是一惊。鲍天龙却在一边笑道："这又是顽皮的大姑娘，和大家闹着玩了。"说时，提了嗓子喊道："大姑娘，你在哪里？我老早地对你说了，不要开枪玩！打了人是不好，自己伤了也不好。"韩广达听了，心里一想：莫非这个大姑娘，就是那九尾狐？她真也走得不慢，怎么老早就来了？因问鲍天龙道："是哪里的大姑娘，倒会开枪？"鲍天龙笑道："那是个了不得的孩子，岂止会开枪？她就是胡大哥的姑娘，将来她的本事，不在胡大哥之下呢！你看，她来了。"说着，将手向前面一指。

韩广达顺着他的手指的地方看去，一个小土堆上，爬一个十三四岁的女孩子，穿件红袄裤，手上拿一杆红枪，比她的头还高。她头上左右绾两个辫搭子，一跑一跳，把两个辫子，跑得一摆一摆很有趣的。韩广达这才知道不是胡大姑娘。她走近前来，将枪一抛，交给旁边一个人。却一手拉了鲍天龙，一手指韩广达道："这个人我不认得，是哪里来的？"鲍天龙笑道："大姑娘不要顽皮，人家是远路来的客。对人要客气一点才好。"那女孩道："他是远路来的客吗？是哪里来的？"鲍天龙对她实说了。她听了一言不语，忽由一群人中，夺过一把单刀，向路前一跳，刀一横拦住了去路。鲍天龙笑着，连连拱手道："大姑娘，不要玩！惹出事来，你爹又说我不管事。"那女孩子将刀向空中亮了一亮，笑道："这一位大叔既然是从下江来的，自然有些本领。我先请教请教，有什么要紧？若是怕事，那就不该来。"说时，脸色慢慢地沉下，就横了眼睛，望着鲍天龙道："我会惹

208

什么事？难道这位韩大叔，还敌不过我手上这一口刀吗？果然敌不过，只要韩大叔地下一躺，我就扶他起来，油皮我也不能碰破他一块。"韩广达虽然看是一个小孩子，不计较她的话，但是她当着许多人面前，羞辱了人一场。若是忍受了不回复，倒好像自己一点本事没有。看她这不懂事的黄毛丫头，未必有什么大本领。靠了自己这点功夫，总也不至于躺下。因拱了拱手道："大姑娘一定不让我过去，我也没有法子。只好请教。"那女孩笑道："你放心，我摔倒了，马上就爬起，不会怪人的。你这位大叔远方来的客，就是跌倒了，大家哈哈一笑，也就算了。我们这些伙伴手上，都带了家伙。你愿意什么家伙，请你随便拿！"韩广达道："不必了，我用惯了自己的家伙，人家的是不称手的。我就只凭一双空手，和姑娘玩几趟。"那女孩子听他这样说，倒为之愕然。曾听别人说，有一种人，能空手和刀枪相拼，叫作空手入白刃。不过这种打法，是家伙丢了，没奈何才使出来。哪有放了家伙不要，情愿空手和人家拼的？

鲍天龙原知道韩广达有些本事，可是却不料他先使出空手入白刃的手腕来，在一边却替他担心。说时迟，那时快。韩广达不等那女孩动手，举起双拳，就向她迎面劈下。这女孩手上有刀，用不着惊慌。等那拳头来得切近，她举了刀口，就向上一挡。这不必去回韩广达的手，他的手只向下一沉，自就够苦了。但是韩广达双拳原就不曾打下，在刀口未举起来之前，他两手左右一分，已收回转来。那女孩刀举过头，正空了下半截。韩广达身子向下一挫，右脚一伸，一个扫风腿，直向那女孩腰部扫来。女孩见来势凶猛，来不及用刀去抵抗，只一顿脚，身子向后一退，倒退了有三四尺路。那一脚虽然没有扫着，但是那女孩退得慢一点，衣服上已沾了一点微尘。鲍天龙不由得在旁边抹了一把汗。韩广达身子向下一蹲，做了一个定马桩，抱住了两手，再等那女孩向前。那女孩见他站定了，右手执着刀把，左手按了一按手腕，身子一侧，横拖了刀尖。那意思，也是等韩广达上前，然后再动刀。一方面也预备他扑过来，好乘机躲闪。韩广达见她不向前，也不追过来。双方这样一等机会，就停了半晌。究竟那女孩年轻忍耐不住，一蹲身子，将刀向韩广达胸部一扎。这空手入白刃的打法，是专在躲开对方的刀锋，注意下部和侧面的打法。那女孩是蹲身向下部打来，上法就不适用了。他于是改变了打法，两脚齐齐一顿，身子向上一耸，从那女孩子头上跳了过去。且不转过身来，就把右脚向后一弹，要踢那女孩的脑后。那女孩却也算是机灵，她不肯回头来抵抗，反向对面空扑

209

过去，蹿过去几尺路。她估量离得远了，这才回转身来。彼此一看，相距在一丈路以外了。

那女孩见几次近韩广达不得，而且几乎着了他的道儿，心里又急又羞。一横心，顾不得许多了，使了一个燕子掠水式，右手挑刀，刀口向上；左手扶了右腕，左腿坐实；右腿虚伸，只用劲一耸。那刀尖自下向上，直挑将过来。而且她的身子略偏，不当对手的正锋，让人不好打。四周看的人起初觉她太冒险了，怕中了韩广达的圈套。不料她一直挑过去，韩广达都未曾躲避。看看那刀尖如箭般，直要刺到他脸上，大家都不觉地心里跳了一下。这女孩子，已经是生了气的，她不会用虚着了。那韩广达他并不惊慌，直待刀尖逼近，他人一偏，只把身子侧开四五寸去。那女孩的刀，已由空间伸过去二三尺。她的身子也就和韩广达相并。韩广达身子半坐，右腿向里扫，右臂反过去向外格。那女孩向前奔，身子已奔得虚了，哪里收得住；知道下面抵不住，且向上一跳，扫来的腿，是让她跳过去了。但是韩广达反手那一横格却未曾防备，正在肩上被打了一下，人就向下一栽。韩广达反手捞住她的胳膊，她才站定了。那女孩被韩广达拦腰一格，也自度必倒。不料不等自己倒地，韩广达又一手将自己拉住，总算站住了，在人前没有栽筋斗。然而自己拿了一把刀，会让一个赤手空拳的打倒了，自己先前一番好胜的气概未免一扫干净，脸上这一番害臊，简直无言可以形容。韩广达觉得和这么一点小姑娘比试，有些胜之不武，很是对人不住。那女孩也不说话，半天哇的一声哭将起来，一低头钻向前边跑了。这一下子，真让韩广达难为情，便回身对鲍天龙道："这真对不住，兄弟一时失手，请你老哥对胡五哥说明。"

鲍天龙也觉韩广达是一个拜山的新客，未到家门，就先让主人翁的大姑娘栽了一个大筋斗，就是自己，也不好怎样措辞，只得勉强笑道："本来这大姑娘就很调皮，我们胡五哥也是知道的，就不说也不要紧。"他虽然是这样说法，可是看他的面色，却很是忧郁，似乎把这话和胡老五说有些为难。自己已经做出来了，悔也悔不转来，也就默然无声，跟随大家走。既而一想，好在胡老五也是一个好汉，不能不分青红皂白。他姑娘是先和我动手，我屡次让不开，有许多人在面前为证，也不能说我是故意在他面前显手段。事已至此，到了那时再说。心一横，就慢步跟了众人走。

只一转过山嘴，忽有一人哈哈大笑，迎上前来。韩广达看时，是一个四五十岁的黄瘦汉子。长长的脸儿，嘴上长着稀稀的两撇短桩黄胡须。身上反穿着一件黑毛布袍，并没有扣上纽扣，只把一根绛色绸带拦腰束住。大拇指上带了一个翡翠扳指，表示着是个有钱的武人。深山大谷之中，有这样装束的人，这用不着猜，就是红毛番子胡老五。因为他蓬着一把发辫，正是黑中带些红色。自鲍天龙以下的人，见了他，齐齐地就是一拱。胡老五且不理这些人，忙向前对韩广达一拱道："这就是那位远路来的韩大哥了？"韩广达弯腰带屈膝，向他施礼道："小弟罪该万死，刚才路遇大姑娘，她一定要和小弟比试。小弟一时失手，对不住大姑娘。事后追悔，也是来不及。现在已到五哥大寨，但凭五哥治罪。"胡老五哈哈大笑道："若是那样说，我红毛番子是个不懂好歹的混账人了！"说着，连忙将韩广达扶起，携了他的手，并排地走。

这时已到了红毛番子的老巢。群山之中，有一块山田。沿着山崖，有几十幢房屋。一半都是红石砌的墙，茅草盖的屋，还不脱山家的样子。房屋之前，也有许多菜圃，虽然是隆冬，却还长着青青郁郁的菜蔬。有七八口肥猪，正在菜圃外捡着人遗下的菜叶吃。看见人来，一支箭似的，甩着大耳朵跑开了。接上又有两只大犬，吠了出来，见是熟人，就摇摇尾巴立住了。韩广达仔细一看，这里完全是山家的景象，不带一点凶恶的样子。他们住在这里，是如何安乐，也可以想见了。正在这里观察，那女孩子手托一把三尖叉，又奔了出来。她见胡老五和韩广达携手而行，便将叉柄撑在地上，一手执了叉柄中间，一手叉了腰，瞪着眼睛相望。胡老五对她招了一招手笑道："不要顽皮，来见一见韩大叔吧！"那女孩道："你不帮我，我也不听你的话。"说毕，将叉杆横着，极力向地下一掷，一抽身就回转屋子去了。胡老五倒不把这事放在心里，把韩广达引到屋里去，极隆重地款待。而且另备了一间屋子让韩广达住下。韩广达面子上，总只说是在下江犯了案子，躲到四川来，总不说别有意味。胡老五看他光身一人，又不曾带一点东西，很像匆匆忙忙出门的样子；而且他谈起话来，对江湖上的情形，非常之熟悉，是一个自己人，绝不是冒充内行的，因此也不曾有什么疑心。

山中是闲居无事的，每日在一处闲谈。韩广达这才知道他手下管的弟兄们，足足有三四千人。不过那些人一大半都各有职业，平常不过是互通声气，还不曾聚在一处。真和胡老五左右出来打启发的，不过一千人上下。这一千人又分作好几股，每股出去一趟，除了钱财之外，还要把山中缺少的东西，大大小小，尽量地掳了回来。所以胡老五虽然住在深山大谷

211

之中，却是足衣足食，比平常的富商巨贾，还要享福几分。韩广达住在这里，自然是安逸的了。约莫过了五六天，在一日晚上，灯下韩广达和胡老五酌酒谈心。胡老五笑道："韩大哥，明天是初一，你起一个早，看看我们躲在山里做草头王的，是怎样一个威风？"韩广达道："小弟拜访大寨，原是要见识见识。有这样的机会，小弟一定要瞻仰的。但不知是什么盛典？"胡老五摸着他那根黄胡子，微笑了一笑，又点一点头道："也不算什么盛典，不过关起门来做皇帝，却也有个意思。"说毕，哈哈一阵大笑。

第二十四回

胡帝胡天山王重大典
难兄难弟魔窟庆余生

　　韩广达见他如此，却也不必多说了，当晚上便早早地安歇。当夜窗外鸡鸣，自己却醒了，也就听得屋前屋后，不断有人的笑语声。韩广达一骨碌爬起，暗中摸索得了铁片火石，打着了纸煤儿，亮了桌上的蜡烛。不道蜡烛一亮，门外就有人问道："韩大哥起来了吗？我们大哥吩咐来请的！"韩广达答应着，将房门打开。只见两个壮汉，都是穿长衣服，束着绸板带，头上扎了红包头巾，板带里斜插着一把刀。韩广达未曾说话，他两人就向前弯身一拱。说一声："我们大哥请。"韩广达一看，这是什么意思，难道说对我还不怀好意吗？可是要躲闪，又让人见了笑话。于是换好衣服，戴了帽。那两人又劝他束上一根板带，然后大家一路出门而去。

　　走出大门，青白的天色上，罩着四周模糊的山影，中间闪闪烁烁，有几颗亮星。闪烁的光中，吹来晓风，人脸上割得还有些刺痛。但是天气虽这样寒冷，庄前空地上人来人往，已非常的热闹。朦胧的曙色里，看见他们都是扎了头巾，束了板带。稍微高一级的头目，头巾上都插上两根野鸡毛，却也有一派威风。这些人纷纷翻过右手的山冈。山冈那边，咚咚锵锵，正响着锣鼓。韩广达跟随着众人的后面，也过了那山冈。向下走去，正是一片平地。所有翻山冈来的人，一班一班，分了八方站立。一个方向，都有长竿，悬了几面旗帜。那旗帜有四方的，有三角的，有长的。不过天还未亮，还分不出些什么颜色。这两个引韩广达过来的人，且不下那平原，只沿着那山冈，上了一块平台。这平台是在一个岗子上凿平的，正是半弯半曲。正面列着公案，摆下许多大小椅子三面环列。韩广达站立的所在有两面大鼓，几面大锣，又有几根长号。那两个对他道："韩大哥，你在这里，只管看。无论遇到什么事，你不要作声。"韩广达也不知他们是闹些什么，都答应了。

平原上那些集合的人，纷纷攘攘，谈笑不歇，发出一种嗡嗡的声音，并不是像天晓时候。不多一会儿，咚咚的一阵鼓响，所有嗡嗡然的声音，立刻停止。除了晓风吹着山上的树声，和那旗帜刮刮地拂着而外，这平原上站有一千人上下，听不到一点响动。接上锣声三下，跟着大号向空中长鸣。那平台后的山林里，有一群人执旗、伞、兵器簇拥而出。胡老五打扮得和鲍天龙的装束差不多，缓步走到平台公案边。就在这个时候，锣鼓长号，一齐停止。扑通扑通，在人丛中放出十几响大炮。胡老五在那公案正中间坐下，在那平原上的人，就整整齐齐地跪了下去。远远看去，那乌压压的一层人影，忽高忽低，却也很有趣。看那些人，朝着胡老五这样跪拜，他并不回礼，坐在那里，右手拿了一大把佛香，点着火焰高张，向上直冒着青烟，左手拿了一束稻草扎的龙头，坐着动也不动。据他们里面人说，这些跪拜的人里，难免不有大富大贵的。这种人的福气，或者比会首的福气还大。会首若是受不了他的跪，这就算对那炷佛香拜了天。至于那个龙头，原是会首的一种装饰，表示他是群龙之首，所以会首又称龙头。而且这龙有九五之尊的气象，会首拿着它，同时可以抬高自己的身价。不过由韩广达局外人看来，胡老五这种装束和这种打扮，倒好像城里出会玩灯的小孩子，做那些人家门首屋檐下的小朝廷一般，肚子里直忍住要笑出来。

经过了这一幕朝拜之札，鱼肚色的天，慢慢白将起来。这才看见那些旗帜，分着青黄红黑四色。旗上下两端用木杆横着撑住，所以很平正地垂着。旗中一个大白圈，圈里写着一个斗大的胡字。旗杆上边有两只红白灯笼，大概是预备晚上用的。这大旗之下，有两把伞，一把是黄色的，一把是红色的，高高地举着。伞之外，列着两行站班的卫士，一个个身上交叉着披了红布，头上扎着红巾。各人手上，有拿着刀的，有拿着叉的，由平台上分着两面的山坡，一直地站了下去。那些人的衣裳，一律都是平常的。因此长长短短，新新旧旧，并不一致。不过站着的排列，却很是齐整，不曾有一点喧哗的声浪。只听得扑通通一片鼓响，把人越发镇静了。鼓毕，鲍天龙还是穿了一套前次见面的服装，站在平台口上，向下面喊道："兄弟们有什么事情通禀大哥的没有？分了班回，上来说！"鲍天龙喊毕，站在公案后去。马上就看见有人上平台，站在胡老五面前，直挺挺回着话。不过说话的声音不高，韩广达又距离有十几丈路，却听不到他说什么。那胡老五并不多说，只点了点头，那人又下平台去了。自此以后，陆

214

续也上来有六七个人。胡老五也有给好颜色的，也有不给好颜色的，大家都是肃然而去。最后听胡老五喝道："带他们上来！"只见山坡下面，有三个年轻的壮汉，一路上台，站立公案面前。胡老五问道："你们犯了我们的山规，知道吗？"那三人都用微细的声音答应，好像说是知道。胡老五一回头，对旁边站的卫士道："把他们做了！"于是出来十几个人，押解那三个人，往平台左角而去。那地方正是悬崖陡壁，下临万丈深涧。

韩广达看到这里，心里不免一跳。心想他们这是什么玩意儿？只见这一刹那间，其中的一人，就向崖下纵身一跃。他跳下之后，又跳下一个。还有一个不愿跳的，在后押解着的人，就是刀叉乱下，一齐逼着到崖下去。韩广达才知道是匪党里一种私刑。那样深涧，下面又是乱石嵯峨，并不平整的。这不死于水，也当死于石。这个刑罚倒巧，把人杀了，看不到惨状，也用不着收尸。这样看来，胡老五的威风，并不算小，居然有操生杀之权。

那几个人跳崖之后，押解的人上平台回话，胡老五只点了点头。接上便有几个人上前，各拿了一束香，放在胡老五面前一块平石上。有旁边站着护卫的人，拿了一把刀，给其中的一个人。那人接过刀去，对准了一束香，砍将下去，将香头砍断，于是放下刀，退到一边肃立。第二个人拿起刀，照样的办下去。轮到第五人，却是一个女子。韩广达虽不能十分看清楚，仿佛看出那女子年纪不大，约莫有二十上下。心想这砍香的样子，分明是立誓入会。何以这女子也要跑到这深山大谷中，来做一个强盗手下的喽啰？倒要看她有什么动静。那些人砍香以后，胡老五就在那草扎的龙头上，拔了一根草茎，送给他们。他们都插在包头下鬓角边，后来探得，这却是算了龙身上一鳞一爪的意思。这一幕仪节完了，扑通通又是几声大炮。就有几个人抬了一把大圆椅子上来，放在公案面前。椅子两边，又各缚了一根大木杠。木杠头上，又缚着一根横木。两根木杠，正好成了四个十字。这种式样，分明是山大王的仪轿。胡老五一点不踌躇，走下公案，便坐到椅子上。于是前后有十几个人，将椅子抬起。列在公案两边的护从，各撑着旗伞，便直拥着要下山坡，向那平原中间人丛中去。一架大木椅上，坐了一个扎红巾插野鸡毛的人，这事情太有趣。韩广达是个任性做事的人，就忍不住哈哈大笑了。

韩广达这一笑不打紧，将站在他身边的人，吓得脸无人色。那椅子后面跟随的人喝了一声："把他做了！"韩广达先还不知道是说着自己，正在呆望。忽然他后边站的两个头目，就来挽住他的胳膊。韩广达这才知道要把自己做了，赶紧向后一退，跳出二三尺路。那胡老五坐在椅子上，回过头来摇了几摇手。这些人看他的眼色行事，就不动手，他也坐了露天轿子下山而去。韩广达吓得形神不定，呆呆站立。还是鲍天龙看见，远远地抱着拳，走过来笑道："没有事，没有事，他们弄错了。以后这里是操演，都是些不相干的本领，不必看了。"韩广达也觉得自己失仪，大概是不容站下去，就也还揖道："兄弟来自山外，不懂规矩，还要众位包涵。"鲍天龙摆了一摆手道："不要紧，不要紧，这是兄弟们错了，以为老哥是山里人。他们莽撞。还要你老哥海涵呢！"说着就引韩广达回到庄屋。

韩广达这时不会想到有什么意外，仍旧回到自己安歇的那间屋子里去。不过有点小事不对，往日吃饭，都是由胡老五请到上进堂屋里去，由几个上等兄弟，一同共饭。今日却不来相请，只将大提盒，把饭菜送到屋里来吃。房门口有两个小伙子静坐在板凳上伺候。要茶要水，都由他们送来。韩广达一想，这种样子莫不是监视着我？靠你们这样几个小毛贼，我也不会放到眼睛里去。你们要怎样摆布我，我就等着你们摆布，且不理他，吃过午饭，索性倒在床上，补足昨晚没有睡足的觉。那在房外伺候的人，却也没有什么举动。

一觉醒来，已是红日西下。自己一时忘了今日上午的事了，想到屋子外面来，松动松动，遂缓缓地走了出来。一直走到大门外，忽然省悟：今天他们待我的形势，却有些不对，但是我走出门来，他们又何以不加拦阻，莫非是我错疑心了？这时，一轮红日，正衔住在山洼里，那金黄色的阳光，斜射在这一片场圃上。那菜地里几个农人正引了山涧上流入小沟的水，用长勺子舀了，向菜里泼。水点在阳光中，一阵一阵的，就如一匹白练，泼在菜叶上作响。韩广达徘徊了许久，不知不觉之间，有一块小石头打了手背一下。这石头不知从何而来，还落在脚边，弯腰正要捡起来看，又有第二块石头落在脚边。韩广达再一抬头，只见正面菜圃篱笆下站了一个妇人。那妇人背向这面立着，手也反背在后，却拿了两块小鹅卵石在搓磨。

韩广达想起来了，看这妇人的衣服，好像今天早上和胡老五说话的那一个。她将两块石头打我，似乎是给我一个知会，绝不是无意的。我且慢慢地走上前去，看她有什么意思？于是假装看菜，大宽转地绕到菜圃那一面，一看正是那妇人。她见韩广达走到面前，眼皮一撩，向韩广达望了一眼，便对那浇菜的一个老人道："老人家，这山上天气好冷。太阳一落山，就冷得很厉害了。今夜里三更天，是冷不过。"说到这"三更天"三个字，格外地沉着脸向这里一偏，那浇菜的老人道："山上是比山下冷的，在山下住惯了的人，山上是有些住不惯。"那妇人又道："住在这样深山里，野兽一定是不少。不知道晚上天冷，野兽出来不出来？"老人笑道："野兽自然是晚上出来，它怕什么冷？"那妇人道："三更天就会出来吗？"老人笑道："何必要到三更天哩？天一黑就出来了。"韩广达听她又说了一个三更天，这不能不留心。看那妇人，倒有几分姿色。说话也是和胡老五的声音差不多，一定是胡老五家的人。她两次说到晚上三更天，莫不是晚上三更天，胡老五要动手害我？这又奇了，这妇人分明是一党，胡老五要害我，与她有什么关系？要她做这种汉奸？先来通知我。自己一人盘算着。那妇人又看了他一看，就悄悄地走了。

韩广达想到防人之心不可无，她既然暗暗告诉我，我今晚上且不要安睡，看看有什么动静没有。于是也缓缓地走向屋去。那房门外两个伺候的小伙子，依然在那里守着。韩广达笑道："你们贵寨，实在是谨慎。外边要进来的人，整年可以摸不到来的路，里面若有什么人要逃出去，大概也是不容易。"那两个小伙子听说，同时都笑了起来，却不说什么。韩广达心里明白了，一定这出去的路上有人把守，不然，自己今天出去，何以他们放开了手，一点不留心？当时也就不和他说什么，进了房去。乡居的人是睡得早的，山居的人睡得更早。韩广达听到晚上三更天那一句话，料是目前无事，进房之后，便息了烛躺在床上，先养一养神。因为心中有事，却是睡不着。先还听到房门外，那两个有一句没一句地说话，后来这谈话声音也没有了，屋子里是十分沉寂。只是屋外，山摇地撼一般，有一种风吹树木，泉石回响之声，牵连不断。这屋墙是鹅卵石砖的，墙中间挖了一个洞，有一尺多见方，洞里搁了两根粗木，这就算窗户了。因为天气冷，洞里又塞上一把稻草，以免风吹进来。这时稻草忽然现出两个窟窿，月亮由稻草中射到漆黑的房里来，好像两块大玉牌落在地上一样。韩广达忽然灵机一动：这一团草，为了防着寒冷起见，一点缝也不露。现在漏出这两个圈圈，这绝不是风吹的。那妇人说的三更天，莫非到了时候了？且不管他，依然躺着。他们要奈何我，总也不敢进门就拿，我要看他们怎样动手。但是坐了许久，依然不见有什么动静，慢慢地也就睡得有点模糊了。

正有点似梦非梦之间，只听嘡当的一声，好像一种小件瓷器，在床面砸了一个粉碎。猛然惊醒，突然坐将起来，看房门还是关闭。窗户里塞的草，那眼更大了，而且两个小眼变成一个碗口大的眼。漆黑的屋里，看见四向，正由这碗口大的眼里射进来的月亮。是了，刚才有砸碎东西之声，定是由这里抛进来的。自己手上并无兵器，俯着身子，摸了一摸，恰好屋里有两条粗木板凳，便都搬了放在身边。暗中颠颠，有一条板凳重些，竖立起来，用手扶着。心想这窗户里是不能进来的，有人进来，一定是破门而入。先下手为强，他一进来，我就得先打倒他。于是平气敛息静静坐着。有半餐饭时，只听门外微微有些脚步声，暗中点着头，知道快到了。步履之声走到门边，便停住了。那门只摇了几下，就听到门闩一下响，大概是用刀尖剔门了。韩广达连忙夹了一条板凳，又拿了一条板凳，将身子一闪，就闪在门后，将背紧靠了墙。那门慢慢开了，突然一推，一个人抢步进来。接上啪的一声，床板有一下响，这分明用刀劈来的了。那人呀了一声，已掉转身躯。韩广达见机，比他更快，就在这时先将手上板凳，向门外一抛，然后跟着板凳跳出去。这里是很长的夹道，屋檐下露进月光来，见一人飞跑地走出。韩广达这一想，你无非是去报信。事到如今，我是一不做，二不休，你就是不去报信，我也是大闹起来的。因此只看着那人跑来。并不理会，却向旁边一闪。等那人正要跑过身边，举起板凳迎头就是一下。那人总以为韩广达是逃走了，不料他还先行动手，措手不及，便倒在地下。

韩广达也不管他是死是没死了。这夹道地方太窄小，不是交手之地，便跑出夹道，挺立在院子里。刚到这里，对过角门里，便拥出十几个人来，月下看得清楚，来的人各使着明晃晃的枪刀，向两旁一分。看那意思，分明是要用包围的手段，将自己围住。自己是个生地方，绝不能抵敌许多人，赶快倒退一步，将背靠住土墙。手捧住那条板凳两头，当胸横着，静待旁人上前。有一个胆大的，手上使那把大刀，跳将过来，迎面就是一刀。这种解数，最是不能去敌板凳。韩广达等刃切近，将身一侧，两手竖了板凳，横面一碰，卟一声，将刀碰在地下。本想拿脚由板凳下面去踢他，但是同时三根枪刺将来。韩广达身子向下一缩，倒转着板凳，四脚朝外，只两手这样一绞，三根枪都被板凳绞住了。韩广达只向怀里一拖，三根枪齐齐都被他拖过来。那三人一时也不肯放手，各使劲向回一抽。韩广达正好借了这个机会，让三根枪纠在一处，凭空搭了一座架子。自己身子左右摇摆，躲过左右两边的家伙。不过他究竟是一个人，经不住来的人刀枪乱下。一条板凳，舞得泼风似的，总还是抵挡不住。

正在为难，忽然一个人从外门里跳将出来，喝道："住手！许多人打人家一个，不算好汉。"韩广达听了声音，首先就知道是个妇人。那妇人这一喝，颇有力量，大家的刀枪都已收住，静待后命。那妇人道："诸位，我刚才和叔叔说了，人家住在我们这里，而且又是一个人，我们许多人打他，捉住了他，也笑我们没有本领。我们能丢了这个面子吗？诸位且退下去，让我来捉他。"就在这个时候，那妇人一蹲身，将刀背向上一挑，已把那三根枪挑过一边去。人向上一直，将刀舞开了一个门面。对韩广达道："姓韩的，你认明白了人，只管放开手来打，我是不怕的！"韩广达听她这话音，分明话里有话，答应道："好！许多人我都不怕，我哪里还会怕你一个？"说着，将板凳一顺，就把板凳腿里夹住的一根枪拿在手里，把板凳丢往一边。手里有了武器，胆子又跟着壮了许多，把枪使了一个灵蛇吐舌，枪尖朝上，斜刺里向对面一绞。

这一种解数，并不是破单刀用的，正是探一探敌手的虚实。那妇人好像是避开这一招，向后倒退了两步。韩广达看她这情形，又记起日里所说的话，就十分明白：她是来开放自己的，并不是来和自己为难。于是不靠着壁了，跳到院子中间，和那妇人空刺了几着虚枪，那妇人一把刀，虽然是左右前后，砍了过来，而总不十分逼近。恰好是旁边人看不出，自己却又不用费力去抵挡。如此约莫有三四十个回合，那妇人喝了一声，然后迎面砍了过来。韩广达明明地看到她是向左边砍了来，自然是向右边躲闪。那妇人扑了一个空，一直砍到壁上去。韩广达一看是时候了，将枪尖向地上一点，身子一耸，便跳上了墙头。在墙上站着一看，左边是重重叠叠的房屋，右边是几间草房，一片菜地。菜地过去，正是一条出山的路。这个机会，不可失掉。赶快向菜地里一跃，向前就跑。那妇人却也是厉害，跟着跳过墙来，也向菜地里追下来。她跑得快，已赶到身边，举刀又砍。韩广达将枪柄拨开，正要回身提枪来扎。她却低声说道："这条路不能走，你由这屋后山腰上去，我可以送你一程。"韩广达还想问话。这里已经有人跟着上墙，知道顷刻不可耽误，急忙跳出菜园园墙，向屋后山上而去。那妇人离着有七八丈远，也由后面跟上来。

看看转过屋角，就要走近山腰的矮松林，一个不留神，脚底下不知道是什么东西一绊，人就向前一栽。接上一人哈哈大笑道："我早防备你这一着，你哪里跑得了？"那人说着话，早已由枯草丛里跳了出来，一脚将他踏住。后面那妇人叫道："叔叔，把他捉住了吗？我来帮你绑上。"那妇人抢步上前，俯着身子，就拿住了韩广达的两手。那人放开了脚，一手帮着将韩广达按住，一手解了腰带，结结实实地将韩广达一捆。韩广达这时才明白了，捉住自己的，正是这里的首领红毛番子胡老五。那妇人叫他叔叔，莫不就是九尾狐？但是她果然是九尾狐，自己的哥哥，又哪里去了？在这时间，那妇人将他扶起，笑道："你这人虽然诡计多端，无论如何，也赛不过我叔叔。你会跑，我叔叔还会捉哩！你要是在我手里，就算让你跑了。"

韩广达听她这话，也只看了她一看，不说什么，只低了头跟着她走，复又转到胡老五庄屋里去。这就另外有七八个彪形大汉，另找了一条铁链，捆住了他两只手，将他拥到一间石墙屋里，堵住了房门，将他看守。韩广达看这样子，他们是破了面子做的，今晚未必能逃出他们的手。那妇人已随胡老五去了，她未必能再来相救，看看自己只有坐以待毙了。自己且靠了墙，坐在一把椅子上，低了头假睡。但是一个人死到了头上，哪里还睡得着觉，且闭着两眼，听这些看守的人，还说些什么。起先，他们也是有一句没一句，谈些闲话。后来加上一个人，他们就唧唧咕咕地谈论起来。韩广达越是留心地听，越是装着睡熟。仿佛之间听到一句："那位新来的大姑娘，说念他是条好汉，赏他一个全尸。"过了些时，又听到一句："今天晚上没有事了，你们睡觉吧。"谈了一会儿，房门就已反扣。听到房门的摇撼声，知道他们是靠着门睡了。这屋子里更没有窗户，只墙上一排有三个碗大的透气眼。而且每个透气眼，相隔都在二三尺远。这墙是山上红石砌成的，怕不有二三尺厚。要想逃出去，是万万不能够。好在今天晚上是没有事了，到了明天，再作道理，于是心里又安慰了一点。

正睡意蒙眬间，忽然觉得有一样东西，打了脸上一下。睁眼一看，是一支一尺来长的芦管。门依然闭上，又没有人进房，这长一支芦管，由哪里射来？抬头一看，又是一支芦管射在脸上。原来屋顶上已揭去了好几片瓦，露着星光。韩广达心里一喜，明白是那妇人相救来了。同时屋顶伸进一只手来，指了一指桌上半截烛，又摇了一摇。韩广达会意，轻轻将烛吹灭。屋上那人先垂下一根粗麻绳，然后抓着绳，落将下来，一点响声没有。他下了地，先用刀割断了捆的绳子，其次解下了铁链，韩广达腾出身子，那人就对着他耳朵轻轻说道："你抓了这绳子先上去，在屋上等我。不要慌张，还有朋友在外边帮忙，你准可以逃走的。"他说着，捞着了空中的绳头，黑暗里交在韩广达手上。韩广达也来不及问那人是谁了，捞着绳子盘上屋去。站在屋上一看，四周并没有人，脚下堆了两大叠厚瓦。这个来相救的，已经是费力气不小了。随后那人也上了屋。这时月亮已下了山，星光下看那人身体，很是灵便，穿了一身黑色紧身衣，是个男子。便握住了那人一只手轻轻问道："朋友，你是什么人来救我。"那人道："没工夫说话，你快跟我走!"那人说毕，转身便走。韩广达跟着他越过两重屋脊，然后跳下屋去。

约莫走了大半里山路，那人才停住了脚。韩广达仔细走近一看，失声道："呀！你不是我哥哥!"那人正是韩广发，便道："兄弟，正是我。我没有到这里，我就听他们伙里人说，有个会打铜钱的姓韩的来了。我想这一定是你。既然是你，你必是来寻我的。这里附近一两百里山路，都有他们的党羽。进得山来，若是不得他们的欢喜，就是铁打罗汉也难逃性命。因此我立刻和她商量，我的姓是瞒不了的，暂时改一改名字，免得胡老五疑心。就是见了面，也装着不认识。不料不先不后，你昨天闯了那样大祸。在他们开山的时候，你当面笑了胡老五。他们这班强盗，是关起门来做皇帝。你这一笑，就是冒犯了当今万岁。胡老五当时就想把你做了，因为怕你的本领太大，捉起来伤多了人，和他的面子攸关，所以晚上预备下你的手。我得了这个信，再三求她讲情。她说山头上的规矩，无论谁犯了法，也不能讲情，只有暗里救你的一个法子。我们两人为了你，整整忙了一夜。"韩广达道："哦，那位就是嫂子。"韩广发迟钝了一下，又叹了一口气，因道："这说起来话长，再告诉你吧。现在快要天亮，你也逃不出山。我日里就在这悬崖下，找到一个石洞。我在洞里仔细看了，现在不像藏有什么东西的样子。你权在那里躲上一天，我已给你放下吃喝的东西了。"他说时，就把韩广达引到那山洞里去。又搬了几块大石头，将洞门重新塞上。然后把山草弄得蓬乱了，再绕道爬上山去。

韩广达匆匆忙忙，躲到这里来，也不知道胡老五他们是什么情形，好在有哥哥在外面照应，料得不至于寻到这里来。闹了一天一夜，人也实在疲乏了。黑暗中摸索了一阵子，摸了一大堆碎草，做了枕头，就放头睡下。一觉醒来，塞住洞门的石头，还漏着几道大缝，由石缝里放出光来。看到这洞里，有一丈多深，三四尺阔。洞的底角上，堆了许多枯碎的干草，里面还杂有好些野兽毛。草里还剩有几块干的兽粪，将脚一踏，便成为碎粉。分明这是一个兽洞，年久不曾有兽藏在里面。身边有一个大竹篮，里面生熟山薯干牛肉巴子炒米粉，还有一大瓦罐凉茶。这藏在洞里一天，恰不用得愁吃喝，也就安然地困守在这里，整整过了一天。

到了晚上，月亮升到半天，实在忍耐不住，将两块石头，轻轻挪到一边钻出洞来，要看有什么动静没有。爬上崖头，只听到四围的山上，一片松涛之声。山顶上常常翻成一片一片的白色，那正是松梢摇动着月光。这境地是十分沉寂，不见一只虫蛾飞动。韩广达一想：这样除了天上的月亮，什么东西也不会照顾到来。趁此机会，不如逃走了吧。于是走上山来，四下张望路径。无如这是荒山，并没有行路，而且峰峦包围，也不容易分出东西南北。正在犹疑，猛然由短树丛里跳出一人，笑道："哈哈！这里总算让我寻到了。"

韩广达料到他要动手，便先下手为强一脚踢了去。那人并不回手，向旁一闪，就大叫起来。韩广达倒不由得抹了一把汗。只要他的喊声，让他们听到了，自己就休想活命。但是那人，只喊得一声，要喊第二声时，就突然倒在地下，自己身后另跳出一人。韩广达正待打去，那人接住他的手，低声道："兄弟，是我。你怎么一个人跑出来了？真是险得很！"韩广达这才缩住了手，因道："你叫我缩在那洞里，整整一天一夜，怎样不闷？"韩广发道："幸而我来得快，抓起一块大石头，砸了他的头。若是等他喊叫起来，你就不免连累我了。现在你赶快跟我走！"于是就顺着山坡，溜了下去。

这山坡很高，溜到山脚，是一条干涸的山沟。韩广发就拉着韩广达的手道："兄弟，你这回是来寻我，倒几乎送了你的性命。照理我应当同你一路回家，你要知道，我一走，她就会告诉胡老五。这里我们是生路，他们是熟路，两个口音不对的人，哪能逃得出去？你若是走了，我留在这里，一来我可以想法子，拦住他们不追；二来保得性命，迟早我总也能回去。你顺着这一条干沟向下走，约莫有二十里路，和一条湿沟会合。又顺着湿沟向上走，沟边有一幢小庙。你尽管敲门进去求救，自然有人救你。你记着千万不要卖弄本领，只要哀求就好了。这些话都是她告诉我的，绝不会假。现在已经半夜了，你走吧。"韩广达踌躇了一会儿，点头道："哥哥，你的话都对。你只不要忘记了老娘，得着机会就回去。"说罢，抽身便走。走了几步，韩广发追了下来。将手中一把刀交给他道："这一路二十里，你一个孤人，总怕碰着野兽。你带了这刀，到前面去砍下一根杉木当护身棍，也免得意外。"韩广达接了刀道："这个我自然晓得，哥哥你先

222

找路回去吧，免得别人生疑心。"相对立着一会儿，告辞走了。刚下一道石坡，韩广发再追了过来，低低叫道："兄弟，你到了那庙边下，你就把刀埋了，不要带进庙去。回家告诉老娘，就说我抽不动身，只好在这里暂等几时。无论如何，我不会做强盗。周年半载，我也就回来了。"韩广达道："只要把持得住，迟一点回江南去也不妨。家事我自会照顾，你放心吧。"韩广发道："你走吧，我要望着你走过这山嘴。"韩广达怕哥哥久候，让人知道了，老大不便，就低头走了。

第二十五回

世外有天人手牵猛虎
目中无鼠辈心恕妖狐

　　韩广达一路走着，路上逢着一棵细条杉树，果然砍下，削成了一根护身棍。一路之上，所幸并没遇到大野兽，不过遇着一只孤行的豺狗。举起棍子一比，也就跑了。这样地顺着山涧走，果然有一道水泉，和这干沟会合。于是折转上山，也不到半里，沿着山洼，有一大丛凤尾竹林，星光下看到黑巍巍的一片。中间挑出一只屋角，由屋下转到大门口，是一座小小的庙门。仔细察看，门上悬着一方匾额，乃是"白衣庵"三个字。韩广达一想，既然是座庵堂，这里面应该是有尼姑的了。这样的深山冷洼，如何有妇人在此出家。我哥哥要我在此求救，莫非向尼姑求救吗？这时，万籁俱寂，听不到庙里面一点响动。在门缝里向里张望，也不见一点光亮，只是黑漆漆的。事已至此，是不容自己退缩，于是丢了刀和棍子，且大着胆子，拍了几下门。这就听到庵里有人问道："这个时候，哪个打我们的庵门？"

　　韩广达听到声音，仿佛是个老妇人，便答道："老师父救命，我是走迷了山路的人。"里面答道："这又不是来往大路，如何更深夜半，在这里迷了路？"韩广达道："师父，你且开了门，让我进来细说。"里面答道："我是一个六七十岁老尼姑。开了门让你进来，你要是歹人，我有什么法子？你且先说。"那老尼一面说着，一面就开了房门，慢慢地又走近这大门。韩广达在门外听她的举动，很是清楚的，知是她已在门里，静静站定了。心想迟早是要把真话告诉她的，又何必等着。就把自己的行为，略略地告诉她一点。她拍手在门里笑道："如何？我知道是个平常人，半夜里不会在这山里走着。门我是不能开的。你真有那种本领跳了进来，我就让你进来吧！"韩广达一看那庙墙，不过一丈一二尺高，不说跳，扒也扒上去了。她叫我有本事跳进去，绝不是把这一堵墙来试我。真是有本领的

224

人，若是跳不过这一堵墙，岂不成了笑话？我哥哥曾再三地叮嘱我，叫我不要在她面前卖弄本领，我还是小心一点，等她开门吧，便道："老师父，还是求你老人家救我一救吧！你老人家若是不开门，我就跪在这大门外等着。等到明天天亮，你老人家总会开门的了。"老尼姑笑道："你果然这样小的胆，何以又敢到胡家寨来寻你哥哥呢？"韩广达道："我知道你老人家是神通广大的师父。我们后生小子，怎敢在你老人家面前卖弄？"老尼姑笑了一笑道："你这人说话很懂礼，我给你开门吧。"说着话，已把庵门打开了。

韩广达在暗里看时，这老尼姑也并没有拿着灯烛，黑魆魆的中间，颤巍巍地慢慢走将过来。韩广达一看，就很疑心：难道刚才说话的，就是这个老尼姑吗？听她声音，倒很是清脆的，看她的情形，却又非常的衰弱，这简直是两个人了。当时迎上前，就和老尼姑作了两个揖。老尼姑缓缓掩上门，对韩广达道："你随我来吧。这样夜深，庵里是没可以吃喝的东西。弥勒佛座前，有两个大蒲团，暂在上面安歇到天亮。有什么话，你明天再说，我还要去睡觉呢。"老尼姑将韩广达引到过堂门前，让他坐下。暗中摸索，点了一支剩残的蜡烛，插在石香炉灰堆里。韩广达才看见这是一所茅屋，上面一个白木龛，供了一尊大肚罗汉，连帷幕也没有。不过倒是打扫得很干净，地下一列摆着三个高蒲团。老尼姑指着蒲团道："只好请你在这里打一个盹了。"说毕，摇摆着她那枯瘦的脸，径自向后殿去了。

这里是个尼姑庵，尼姑又是个年老的人，韩广达也只好委屈一点，就在蒲团上坐下。但是远远地传来一种呼噜呼噜的声浪，好像是一个壮年的男子，睡得极酣。这倒不由他不猛吃一惊。于是静静坐了一会儿，再向下听去。那一种呼声果然继续地呼吸下去，并不曾停止。韩广达一想，这庵里的老尼，在这样的荒山里，本来很险。用一个壮年人做伴，也不算什么。但是刚才老尼说话，好像这里就只有她一人，不便让我进去，何以这庵里，现在又有男子的呼声？难道这老年出家的人，还当面撒谎不成。于是随着那呼声，慢慢地、轻轻地走出这小殿。听到鼾呼声，却在东边矮墙下面。那地方，只堆了一堆班茅草，却没有房屋。心想这是一个什么人，不睡在屋里，却睡在屋外。走到草边，伸头望了一望，原来并不是人，是一只牛。那牛蜷着身体，正睡得浓，呼声更响了。仔细一想，不对，牛不会那样打呼的。看看那牛，头上没有那两只角，身上毛茸茸的，圆滚滚

225

的。星光下虽然看不十分清楚，似乎那毛上有斑纹，头是圆而扁的。哎呀！这正是一只老虎。幸而它还是睡着的，若是醒的，岂不是个白送了性命？心里一阵慌乱，身上的汗如雨一般，只管流将下来。自己骂自己，我还站在这里做什么？还不应该赶快地跑。倒退了几步，才跑进小殿去。那半截残烛，并不曾灭了。赶着将那两扇殿门一关，把烛吹灭，在黑暗中向外张望。

就在这一跑之间，就把那只虎惊醒了。不到一会儿，只见它远远地走下那茅草堆，东张西望，复又起一个势子，向草堆上一耸，上上下下把那长尾子，只在空中一剪一拂。韩广达一想，怪不得老尼姑说要是有本领就由墙外跳进来，那一跳到墙里，岂不正是送进虎口？心里想着眼睛只管朝外望，看那老虎是否过来。手里摸摸这佛殿门，只有一道小木闩，并没有大门杠。那老虎若是来了，只要向前一扑，就会门和老虎一路打将进来。这殿里什么当家伙用的东西也没有，只绳子悬了一截木料，是撞钟的柱。现时屋子里没有光，也解不下来。这也没有第二条妙策，只有守着殿门的窗棂下，向外看守。若是老虎果然来了，它进来，我就打破窗户，跳上屋去。料得老虎虽厉害，也不会追上屋来。他就是这样，守着过了一刻钟，又过了一刻钟，总是见那老虎在那草堆上，跳上跳下，却并不走。似乎这老虎有东西拴上了的，跑不开来。心里才放宽些，心口震荡次数，慢慢减少。不过自己守着这窗棂，无论如何，也不敢再睡了。

这样一直守到天亮，这才看明白，那不是一只巨额斑斓虎！项颈上围着一条大铁链。铁链那头，盘在一棵围如斗大的木桩上。看那样，虽然十分雄壮，但是并不暴躁，似乎受过许多训练的了。这就料着无事，开了佛殿门，走上正殿。这正殿是石片瓦，又是石块墙，虽然不大，看去很坚固。那老尼姑拿了一把扫帚，在墙下扫地。看她约有六十上下的年纪，光着一颗头，头发茬子有半寸长，直森森地竖着，已经苍白。脸上瘦瘦的没有一点皱纹。穿了肥大的僧衣，把她那矮小的身躯，越像风中之烛一般。韩广达这时才看出来了，她确是个力量含在骨子里的老前辈。因又上前拜了两拜，恳求道："老师父，请你念我来求教的一片诚心，救我一救吧！"老尼姑笑道："你是怎样知道我住在这里，来向我求救？"韩广达也未便隐瞒，就把哥哥所告诉他的话，照实说了。老尼道："你哥哥信老婆的话，倒这样相信我！这胡家大姑娘，不帮了她的叔叔，倒帮着你们兄弟，这真

226

是女生外向了！"说时举了手上的竹叶扫帚，哈哈大笑。

正在她这一笑之中，只见她身后石墙上，有一块二尺见方的石板，自己挪动起来，向外一折，立刻墙上现出一个窟窿。窟窿里有一个人面，翩然一闪。老尼道："你出来！庵里来了生客。"里面答应一声，那石板又和墙合上了，立刻佛殿后跳出一个人来。韩广达看时，那人也穿着僧衣，却绾了一个高髻，似乎是带发修行的女尼。看她年纪，不过二十多岁，圆长的面孔，一双画眉眼，却有几分姿色。老尼道："客人，你起来。有年轻的人在这里，跪着不像样子。"韩广达只好站起，和那少尼作了一个揖。那少尼板下一副冷静的面孔，只微微一合掌，老尼道："这是我徒弟佛珠，她还只二十三岁。不要说我们佛门地，容不得你们动杀机的人，你看我这样年轻的徒弟，怎能容你在这里？"韩广达道："弟子哪敢在这里打搅，只要师父指我一条出路，我就感恩匪浅。"老尼道："我不是鼓儿词上的骊山老母，又不是南海观音菩萨，怎么指一条出路，就救了你？"韩广达让老尼一揶揄，不知怎样说好，站定了没个理会。老尼笑道："也罢，我看你怪可怜的，我答应帮你一点忙。我后殿有一所厨房，你且帮我们烧火煮饭，我叫你时你才出来，我就可以救你了。"韩广达心里半信半疑，也就只好照着她的话去做。

做过一餐早饭，也没有什么动静。到了正午的时候，老尼来了，招招手叫他跟着上正殿。她拿出一条棉衲来，交给韩广达，叫他把棉袍帽子鞋子，一齐换下。韩广达问道："老师父要我的衣帽做什么？"老尼道："你只管照我的话办。说破了，就不灵了。"韩广达虽猜不出所以然，料得总是救他，也就照吩咐把衣换了。老尼一指殿上的横梁道："你先爬到这上面去，那墙上有一个钱眼，你且在那里向外看看。"韩广达由旁边鼓架上爬上横梁，果然那墙上有一个钱眼，可以看到前面殿上。老尼在下面昂着头说："韩家兄弟，你只可以守在上面，不要乱动。看见什么，你也不要作声！"韩广达听说，也就依了她。不多一会儿，只见那少尼佛珠，改了男子打扮，换了自己衣服。走到东墙下，将那锁住老虎的铁链，由木桩上解了下来。拿着那粗铁链，像牵猴子一般，牵着那老虎。那老虎比一头耕牛还驯服，在她身边慢慢地走出大门而去。韩广达暗将舌头一伸，半晌缩不回去。老尼姑自盘膝在佛殿蒲团上坐着，手里敲着小木鱼，口里念念有词，和着剥剥之声。韩广达心想：这是什么意思呢？念经就是救我吗？他

227

这样忖度着，门口就有人敲着门环响了。

老尼放了木鱼，由蒲团上站起，走到佛殿前。喊道："迟不来，早不来，这个时候来！耽误我念经了。不是胡家寨来的人吗？你进来！"她喊罢，果然由庵门外进来七八个人，鲍天龙胡老五都在内。他们见了老尼，都躬身作揖。老尼道："你们的来意，我都知道了。不是寨里走了一个人，到我这里来找吗？"胡老五赔笑道："师父，你老人家怎么说这话？我们早求过你老人家，不要问我们的事。人在这里，愿意交还我们，我们就领去，不愿意交还我们，只要师父说一声。他不出去和我们作对，也就算了。"老尼冷笑道："你们又不是走了一头牛，跑了一头狗，要人家交还你！不错，昨晚上，是有一个人由那里到我这里来。但是我的徒弟下山去了，我没有人烧饭，留下他烧饭来。你不信，你到我厨房里去看看，水沟边还有他的脚印。"胡老五笑道："这个我不信。听说庵里是铁桶挑水，又是深灶烧水，一把大火钳有几十斤哩！除了小师父，别人是办不来的。"老尼道："你以为他没有多大本事吗？你看看！"说时，老尼用手指着墙外对过的山坡。

那男装的少尼佛珠，正牵着那匹壮虎，一步一步向山上走。胡老五那班人一看，见山坡上果是韩广达。胡老五倒着了一个虚惊，幸是在寨里不曾亲自和他交手。若是打起来，岂不要吃他的大亏？老尼道："我的话说明了。你们愿意，就请回去，若是不愿意，我一个出家人，也不能和你动手。他人在对面山上，你们可以找他去。"胡老五估量着，未必可以将韩广达拿到手，就赔笑道："既是他在这里，替老师父做事，我们看老师父面上，跟他和了。"老尼笑道："你们跟他和了，还没有跟我和。那佛殿下有两只木盆，你们一个人给我舀一盆水来，给我洗洗阶沿石。算是冒犯了佛爷，和佛爷赔个罪，若是一个不字，我不甘休。"胡老五笑道："可以可以，平常要巴结师父一点小事做，还巴结不上呢！"于是这一班人就轮流到佛殿后山沟里去舀水。胡老五自然是首先一个去做，果然看见沟边有一道男子脚印，在水沙里印得很深。大家将水泼完，胡老五说："老师父还有什么事没有？若没有什么事，我们就要走了。"老尼笑道："你们走就走吧，这一回算我放过你们。第二次再来，我就要不客气了。请便吧！"那些人也不敢多耽误，就相率出门。抬头一看对面山坡上，只见那只老虎，在草上打滚，牵虎的站在一块大石上呆看。大家都摆了摆头，不作声地走了。

老尼见他们走了，便对梁上招了招手道："现在他们走了，你可以下来吧！"韩广达跳下来，向老尼连作了几个揖谢道："难得老师父这样搭救，做了这样的圈套，他们以后不敢再来为难了。"老尼道："他们虽不敢来，但是你永久住在这里，也怕迟早要中他们的毒手。"韩广达道："我本也要赶快逃出山去的，今天是来不及了，明天一早我就走。不过这里的山路，节节都有胡家寨里的人，恐怕他们不肯放过去。"老尼道："今天胡老五领教你的本领了。他们的弟兄，未必还比胡老五胆大，敢来动你。只是他们今天才回去，你的本领，还没传扬出去。你暂在我殿外，住下十天半月，等他们把事说成了鼓儿词，你才可以放胆走。"韩广达这时将老尼当作了活佛，她怎么样说就怎好，于是依了老尼的话，在庵里住了半个月。

这半月里，老尼有多大的本领，并未看出来。只是这少尼佛珠，真是一位不常见的女武士。每到东方刚要发亮的时候，她就在外殿旁一座小山冈上，迎着东方朝阳练习武术。她练习什么，却看不清楚。那殿后有两把大石锁，约莫有百十斤一个。她每日早起，由山下跳上山头，如猿猴跳竿一样，非常矫捷。上去时候，总提了两把石锁，下山来依然又带到原处。韩广达在窗棂里偷看不止一回，心里倒很疑惑，这样的年纪，这样好的人品，这样大的力量，何以却出了家？这真不可解。有一天是下半午，天气很好，老尼完了功课，端了一大盆山薯，放在那老虎面前，背了手，看那老虎咀嚼。韩广达忽然想起一件事，因道："师父，我们都知道，老虎是吃荤的，何以师父养的这只老虎，却也是吃素？难道也是老师父训练出来的吗？"老尼道："这只老虎，是我在山上捡来的小乳虎，从小就喂养，喂到这大了，一个生成吃肉的东西，硬把它变成吃素。一来是佛法无边，二来它也是不得已。我们养这一只老虎，就像养一只狗一样，永久不让它看到什么是肉，它就不知道吃肉了。出家人为什么要躲在深山里来？就是为了不让他看到花花世界，不去起那些邪念。"韩广达道："老师父道德高深，说的这话很有意思，我也懂得一点。老师父在这山上，大概多少年了？"

老尼微微地笑了一笑，摇摇头道："我住在这里，还不到三年哩。我出家三十多年了，心早定了，不像这老虎，不能见它的同伴。我住在这里，全为陪着我那徒弟。"韩广达道："哦，师父是中年出家的。"老尼道："出家人不撒谎，老实告诉你吧。我从前也是富贵场中的人，而且轰轰烈烈干了些大事。我的丈夫跟着天国的大王，做了一场大梦，这种人就是你们叫的长毛子。后来大王到了大事不可为，以为这四川四围是山，进可以战，退可以守，就带了他的部下，由南京一路杀进四川。这一条长路，到处是敌人，杀进来已是人马困乏。他又没想到部下都是两湖三江的人，到了这地方，人地不相宜。最后还是道路不熟，让土司捉住。我的丈夫也就阵亡了。因为我还有点力量，千辛万苦，逃到川中，在一个庵里出了家。阿弥陀佛，起初出家，我也勉强的，实在是逃命，心里却十分难受。于今我才知道，哪个人若没有几分缘，一定要劝他出家，也是一种罪过。"韩广达道："原来如此，老师父那样自繁华场中过来的人，都看破了红尘，何况我们这样手糊口吃的人？老师父，我也要跟你出家了。"老尼笑道："什么？你也要出家吗？小兄弟，这个事情比什么都难，不是口说办就办得来的。不但是你，就是我那徒弟，我也不能让她剪发哩！我现在想起来了，我索性人情做到底，明日就找一个人送你出山，顺便我还要办一件事。"

韩广达原苦没有法子出山，现在听老尼要送他走，又想起数千里跑来找哥哥的，现在反将哥哥丢在这里，未免心里恋恋。看老尼师徒既然有这样大的本领，就是到胡家寨把哥哥救出，胡老五那班人，又未必是她们的对手。因此跪在老尼面前道："老师父，我不知足，我还有点事要求求你。"老尼道："你不必说，我已经明白了。你不是想救你哥哥吗？这事在你心里，也是一片至诚，不能怪你。但是你要知道，我在这里所以能安然无事，一来是胡老五有些怕我；二来也因我有言在先，他不来犯我，我决不去干涉他。我要是把你哥哥救出来，既拆散了他的婚姻，又失了我们的信约。"韩广达听她的口风，还不十分拒绝，索性跪着不起来，因道："你老人家若是救我的哥哥，并在算是对他们失信，因为我哥哥绝不做强盗的。把我哥哥救出来，不伤他们什么事，谈到婚姻，我哥哥不过是让人家绑了票罢了。"老尼因韩广达只管央求，笑道："你这人有点过河拆桥，你不是那九尾狐，你焉能逃得性命？现在你逃了生路，怎么样你又把她的婚姻拆开吗？"韩广达半晌说不出话来，只好站起，给老尼作了两个揖道："老师父说的是，这也算是人心不足。我以后由他去，不提这事了。"老尼笑道："他在这里做山大王，有吃有穿，又有老婆，多么的好。你又何必要他下山呢？"韩广达自知理短，就此不敢再说什么。这一番话，也就过

230

身忘去了。

　　到了次日早晨，老尼把他叫到后殿里去，对他道："今日天气很好，你就今日下山去吧。我在这山上三年，也不曾出这前后几个山头，我也不能为你下山。我早给你约了一个朋友，在前面岭上山神庙等你。你一路上要用的干粮川资，都在那新朋友身上。你要说是我这里的，他自然知道。"韩广达都答应了，先拜谢了老尼，然后又请那少尼佛珠，作揖道谢，这就告谢而去。

第二十六回

不谋而合无心得哑侣
胡为乎来故意斗尼僧

韩广达到了庵外，把先前埋的那刀，从土里挖将出来，带在身上。顺着庵外一条小路，一个人下山。走到一个高岭下，抬头看见顶上一丛大树，树影里有些屋脊，大概那就是山神庙了。此时肚子有些饥饿，心想找着那个新朋友，或者可以得到些吃的，因此一口气赶上那山。约莫有七八里山路，在山缝里钻来钻去，不曾停留。

走到那山顶上，果然有一座山神庙。庙边有三四家人家，门口晒着一片药草，乱堆着许多篾编的用器。这并不像是店家，也不知道能否求到食物。走到为首一家门口，只见一个毛发苍白的老头子拿了一把短刀，站在阳光下破竹子。他见韩广达，先问道："你大哥不是姓韩吗？"韩广达答应："是的"。他道："你那伴计丢下了一袋干粮，请你拿去用。你要是喝茶，我家里备下了热茶，你可以随便喝，不要钱的。"韩广达道："我那位朋友呢？"老人道："你那位朋友，在这山岭下柳家洼等你。那里有座饭店，上山采药买山货的人，都在那里投宿的。"

韩广达心里纳闷儿，这朋友是什么人？既和我同路走，为什么又不在这里等我呢？这一带胡家寨里人多，自己又不敢乱问人，免得露出了破绽，便依着老人的话，走进屋里。在一张破桌上，拿过一只小干粮袋，又喝了一瓦罐茶。身上本不曾带钱，这也无须太客气，和老人道了声谢，就出了门。那干粮袋提在手上，却有些重颠颠的，心里未免有些奇怪。这袋里原来装着是些炒米粉和干薯片，不会十分沉重。伸手在袋底下一摸，却有一大块硬东西。于是坐在路旁，将粮袋解开，伸手直向袋里一翻，翻出一个大纸包。打开纸包来一看，是二百个铜钱，还有一包散碎银子。手里托着颠上一颠，约莫有五六两重。这时胆子就壮了许多了。就在路上遇不到那位朋友，也不愁着房饭，不过要提防胡家寨有人出来为难就是了。

走不到半日，又走到一个山林。当头一个人家，是黄泥巴墙，墙上东倒西歪的，写着盆大三个字，乃是柳家洼。韩广达毫不经意地走着，不料就走到了。深山里头，太阳落得早。这时太阳虽看不见了，天上还是亮的，要赶山路，似乎还可以赶过七八里。只一转那墙角，忽钻出一个庄稼人，迎面拦住道："你这位客人，不是庵里来的吗？"韩广达道："是的，你怎么知道？"那人指着韩广达手上提的干粮袋道："那不是和你过去的一个朋友拿着的一样吗？"韩广达笑道："这倒算你会认识，我那朋友呢？"那人道："他下半午就过去了，你要追他，今天来不及了，要十几里路，才赶得上宿头。你那朋友叮嘱你就在这里住下了。"韩广达心想：我自信是个赶路的了，他却比我走路还快。这一路上，似乎他都很熟，只管照应着我，却又不和我会面，倒奇了。

当晚在柳家洼住了一宿，次日起一个早便走，就想把这位朋友赶上。走到半路，有一个过山亭子，亭子外一道好清的水，由那小鹅卵石里，翻着水晶珠似的浪花。亭子边有一家小茅屋，门口砌一个泥灶，灶门口烧着干竹片，倒有一股子清气。灶上放了两把瓦壶，在那里烧水。韩广达一口气跑了一二十里路，口也有点渴。便在亭子里石凳上坐着，对茅屋里一个烧水的汉子道："你们这里卖茶吗？给我送一壶来。"那人听着他说话，看了一看他的干粮袋，就泡了一壶茶，送到石凳子上。

韩广达一面喝茶，一面四处张望。猛抬头看见石柱上张贴的告示，上面起头一行大字，却是四川开县正堂王，似乎这地面就是归开县管辖了。依着自己下山的道路，应该是由夔州向东走，怎么现在倒反由开县向西呢？因就借着要那人添水，顺便向他打听路程。据他说，这里只有一条下山大路，通到开县。此外的小路，都在山里绕，客人可走不得。他说这话，又望了望那干粮袋。韩广达一想，怎么这一条路的人，都看这粮袋，莫非这袋上有什么暗记号？我且把这袋收起来，看有什么事没有。自己由南京带来的那些银子和包裹雨伞都没了，随身就带了一把刀，原来有皮套子的，插在腰里。这只剩一个干粮袋了，因脱一件罩衣，将干粮袋打了包裹。烧水的那人，见把干粮袋包上，倒很是奇怪。因为这是人家的东西，爱怎样办就怎样办，也没有法子去干涉，只好由他。韩广达给了几文茶钱，仍旧顺着大路走。心想，既然有这一条大路走，到了开县，我再想转向东路的法子。一人低了头，只管一步步地向前走。沿路都是乱竹林，夹着一些杂树，路上荒寒极了。树叶里常常有些貂鼠和野禽，刺溜一声，让人惊骇而去。一个人这样走着，往往走得面前的野竹和刺丛拦住了路，都由草棵里钻了进去，脚下踏着乱草，窸窸窣窣地响，心里倒反有些害怕。若是这草棵里跑出一只野兽来，倒叫人无法抵挡。心里这样想着，脚步就放得迟一点。

约莫赶了一里路，忽然见一阵青烟，由野竹丛中，向上直冒出来，韩广达不由得把脚步停住，想这个地方，哪里会有人家。这路途上，恰有一株弯腰的秃树，树上绕着指头粗细的枯藤，正在风中荡漾。韩广达两手一扣那枯藤，身子只一摆荡，便耸上了树颠。在树上向冒烟的地方看了去，原来是靠着高地砌了一个土窑，有四五个人在草地里来往，正搬着乱柴向土窑眼里塞。看那样子，乃是烧木炭的，却也不足介意，便由树上跳了下来，依然向前走去。那路上的草还是蓬松着，人在里面走，把许多草叶带得唏唆地响。他只管赶着路，却没有注意旁边的事。正走之间，草里忽然跳出几个人来。韩广达看这些人手上，都带有武器。啊哟一声，待要拔出刀来，无奈自己发觉太迟。只觉头上一阵大痛，眼前一阵黑暗，便什么都不知道了。

一觉醒来，只见身子在一张草单上。屋顶是很矮，似乎举手都可以摸着。人是昏昏沉沉的，挣扎不起来，开了一开眼睛，复又闭上。仿佛之间，头上好像有什么东西绷着。要抬手去摸，却是过来一人，将他的手按住。看时，那人虽是粗鲁的样子，倒也满脸放下笑容来。他道："你头上敷了药末，不要去动吧。"韩广达道："这是什么地方？我怎么样到这里来的？"那人道："你的伤还没有好，还是多睡一睡吧。这里虽不是好地方，可也不会害你的。"

韩广达听了他的话，便不作声，慢慢地想到没有发晕以前的事。心里这才明白，是中了人家的暗算。本想跳起来，无如头顶上还隐隐地有些痛。看这屋子里，除放了一张草单，只有两条小木凳，一张三只腿的桌子，便已塞满。也是英雄无用武之地，且只好由他，在这里静睡。又睡约一个时辰，却又来了一个人，抱了拳对韩广达拱拱手道："我们真不知道你老哥是庵里来的人，多有得罪。你老哥的包裹，都在这里，兄弟没有敢移动。这一件事，还要你老哥包涵一二，不要让我们胡当家晓得。"韩广达心里捏了一把汗，原来他们倒是胡老五的同党，便道："我也不知道诸位在这里歇马，所以敞着胆子过去，要错是大家错了。"那人见韩广达并不见怪，心下很喜，陪着他谈天。过了一会儿，他取了一只干葫芦来，说是由城里买来的酒。又是两只大瓦盆子，热气腾腾的，盛着两盆菜。他们说一盆是山萝卜炖野猪肉，一盆是两只山鸡，都是山头上打来的，不曾花钱买的。他们一伙五个人，请韩广达一同坐在地下围了盆子，互递着葫芦，捧了喝酒。

韩广达坐在地上铺的草把上，斜着身子向外看去。只见一个人穿了一件大袖子棉袍，头上戴了披肩风帽，慢慢地走了来。快走到江边，又见他戴着一副黑晶风镜，风帽下的两块护脸，罩着那人的脸，只剩鼻子眼在外面。看去那脸色黄中带些晦气，好像是个病人。他走出了门，却靠在门柱站着。原来这座土窑旁边的窑屋，都用的木头架支柱，四围披着长茅草。面前木架子口上，用班茅叶子，编成扁的一块，那就是门。所以他们虽在屋里吃喝，外面来人，却还是看得清楚。那人走近前来，手中也提着一粮袋。这里吃饭的人，大家啊呀一声，说是庵里来的。那人并不作声，用手指了一指嘴，哇呀哇呀了几声，看那样子，大概是个哑巴。韩广达心里一动，所谓我那同伴，莫非就是他？看那人用手向自己指了一指，眼睛在眼镜里转动，似乎是把他肚子里的意思，告诉自己。就站了起来，和他点了点头。那人将手向他招了招，好像要他走，转过身去，就先走了。韩广达见这人来得这样突兀，料得是有用意的，便站将起来，对大家拱拱手道："在这里打搅诸位了。"他看见粮袋腰刀，都放在草单边，便齐拿起来，大步走将出去。那些人却也不敢丝毫拦阻，都躬身送到门外草地上，连说："多有得罪，望你大哥海涵。"韩广达望着前面那个戴风帽的人就跟了下去。眼睛看去，离那人也不到一箭地，因此加紧脚步，就赶上前去。那人似乎知道后面人要追他，也赶快走了几步，走进了那野竹丛里。韩广达到了那地方时，那人就不见踪影了。心想这人的行动，煞是有些奇怪，一路之上，神出鬼没，大概都是他。他既然不肯和我在一处，我苦苦追上了他，他也是不高兴的，且自由他，因此还是一个人走。

约莫走了半天工夫，却走上一条大路。路上来往的人，也接连不断。问一问路上的人，这里到县城只有五里路了。路边有一家小饭店，且走进去歇息。因为时候还早，打了中尖，让店伙泡了一壶茶，自己在拦门一张桌子边坐下，看路上过往的人。因想到路上把干粮袋收起来，吃人家打了一闷棍，几乎伤了性命。这干粮袋委实是一样保镖的东西，倒不可埋没了。因此正正当当，摆在桌上。这饭店里打尖歇伙的人，先也没什么人对这个注意，后来有一个游方道人，也在这里歇伙，却在对面桌子边坐下。

韩广达见他长长的脸儿，嘴上留着几根黄鼠狼胡子，一笑，几根胡子都耸起来。那道人见他不住打量，便看了一看桌子上布袋，却一笑起身拱手道："无量佛，这位客人从庵里来的吗？"韩广达便起身答应是。道人笑道："真是不失信，说来就来。怎么不见两位师父？难道我老道就无缘相会吗？"韩广达听了老道的话，好生不懂，心想我和他并没什么约会，怎么说我不失信？心里这样想着，就站起来望着老道发呆。老道冷笑了一声道："如今的事，真是初生的犊儿不怕虎了！"说毕，一拂道袍的袖子，就走开了。韩广达直望着他出了店门，转过路角，才复坐下来，心里不住地狐疑：看这道人好像和庵里有些过不去，既不对我说明来意，又不容我和他分说一句，这是什么意思？江湖上的异教人，多少都有些本领的，不知怎样招上了他？他既然寻到了我，料是躲闪不了，且追上他，和他说个清楚。打得赢他，何必和一个无冤无仇的人为难；打不赢他，更是犯不着。于是付了店伙钱，跟着道人的去路，追了下去。追过这条弯路，便是一片荒地，却并没有道人的影子。四周盼望了一会儿，只是不见那道人。料得是找不着的了，也就提了那粮袋腰刀，回城里去找店歇下。

这种山野小县，城里没有热闹街市，在饭店里用过茶，也不曾出去游览，就在房里睡下了。一觉睡醒，屋子里桌上，已经点上了一支蜡烛，大概天色已晚了。起来打开房门，向外看了一看。只见门外空屋里，昏昏暗暗的，屋檐底下，点了一只纸糊的檐灯。风吹着檐灯，像打秋千一般晃动，将那一种淡黄的光一闪一闪。这饭店里似乎也没有安歇多少客人，情形是很沉寂的。正想张嘴叫店伙，只见一个人影子在檐灯光下，闪了出来，走向自己这边，那样子却是一点不踌躇。韩广达便开了房门，让他进来，在烛光下一看，正是路上遇的那个哑巴客人。他还戴着风帽，罩着墨晶眼镜。他不等韩广达开口，把风帽除了，把眼镜摘了，同时说起话来道："你以为我真是哑巴吧？"

这一来，倒让韩广达猛吃一惊，正是少尼佛珠。不过原是雪白的脸子，现在却上了很厚的黄黝了。不由得呀了一声道："少师父，你为什么这样打扮？"她笑道："这有两层缘故，一来是一僧一俗，一男一女，同路走起来，有些不便；二来我自己还有点事，不能让人家知道我的本相。所以我在山上，用荷叶泡水洗了脸，又戴上这风帽和眼镜。我上午就进了城，我在城门口等你，看见你歇了这家饭店，所以我也跟了来。这店里的人，只知道我是个病人，不知道我是个哑巴，也不知道我是个尼姑。所以

236

我藏在屋里，不曾出来。"韩广达道："师父，你真走得快啊！我下山的时候还和你辞行的呢，况且我在路上，又都是赶着走。"佛珠道："现在不是说闲话的时候了，今天晚上我们要掉一个房间睡才好，请你现在就到我那房里去睡。"韩广达道："少师父，这不是也不便吗？"佛珠先是随便说出来的，绝不留意。现在韩广达一反问，倒不觉低了一低头，因笑道："阿弥陀佛，现在顾不得许多了。请你就去，我也要借你这屋子坐个大半夜。"韩广达道："这是什么意思，莫不是我不在这房里住？"佛珠微微一笑道："韩二哥，你难道还不明白？"韩广达道："今天我在路上，曾遇见一个道人。他疑惑我是庵里来的，和我曾提到老师父少师父，莫不是他会来寻我？"佛珠点头道："正是他。论起你韩二哥的本领，未必就怕他。不过他们人多，得罪了他一个，他们会有许多人上前，让你防不胜防。我也是得罪了他们一个人，他们就和我结仇结怨，已经有了两年。"韩广达道："他们居然敢和二位师父为难，这也就了不得！我怎样敢惹他们？"佛珠笑道："我也不算什么本事，不过像我师父，是有点了不得。"韩广达道："这是难得的机会，我要看看。"佛珠道："他已经错把韩二哥看作我们一党了。他若是看见韩二哥，不见得肯放松。"韩广达道："我不露面，总也不要紧。"珠佛低头想了想道："你真是要看，也可以，不过请你远远地离开。现在请你卷着棉被，睡在床里边，静等他来。"韩广达也是好奇心重，就依了她的话，和着衣服，睡在床里边，用棉被将身子一卷。

这时候本就有二更多天了，过了一会儿，将近三更天。佛珠两手相抱，斜撑住了桌子，守着那一截剩残的蜡烛。她突然站将起来，一口气吹灭了火，接上啪嚓一声，两扇窗门洞开，早见一个人跳了进来。又听到当的一下响，似乎落了一样兵器在地下，这就听到地下一阵杂乱的步履声。韩广达掀开一角被头，向外一张，果然是佛珠和人在屋子里交起手来了。黑暗之中，看到一个矮小的影子，窜来窜去，料得那便是佛珠。走近左边的墙，只听到轰通一下响，那墙自己倒了一个大窟窿。由那窟窿里，随着一阵寒飕飕的晚风，露着一片星光。就在这时，佛珠先由墙风洞里跳将出去，随后那个人也追了出去。韩广达再也耐不住跳了起来，就伏在洞口偷望。

这洞口外是一片敞地，有一边堆着一些乱柴，星光下已经比在屋里看得较为真切。两人手上，都没有带着武器，空着身体散打。这种打法，武家说是截手，内外功夫都可尽量的使出来。韩广达这可以大大见识，因此轻轻地绕到柴堆上，居高临下地看着。只见他二人一来一去，一起一落，打得非常的热闹。但是手脚轻悄，一点响动也没有。佛珠耸跳利落，时时对那人扑击过去。不过那人举动倒十分稳重，只是一个手法跟着一个手法应接下去。正是那长江大海，滔滔不绝的长拳。只在这拳法上，可以知他是张三丰祖师父的嫡系，当然是白天所见的那个道人。这种长拳，第一是主守，然后凑空打人。韩广达见那道人行如轻猿，立如泰山，这是内家极有功夫的人。佛珠虽然力量充足，武艺不凡，一来是不容易打着他；二来就是打着他，他乃内家，是铜筋铁骨，刀棒不怕的，又何况是空手。因此佛珠和他相持了许久，各不相下。

韩广达呆着偷觑了一阵，只见他二人一动一静，老是不分高低。心想着那道人以逸待劳，这样打下去，佛珠恐落不出一个好来，心想帮助她一下。但是佛珠的气力，自己是知道的。她对于道人，都不能取胜，何况自己？因此还是伏着，要等那相当的机会。那道人斗到最后，忽然两手向外一挥，喝道："停手！我有话说。"佛珠早是一个倒跳，退后七八尺路，也答道："你有话且说。"道人道："今天下午，我在路上遇见你们庵里的人，怎样不见，又换了你？"佛珠道："冤有头，债有主。你找的是我，我就来了，你还有什么话说？"道人笑道："你的功夫果然进步了。我找不着你一点便宜。"佛珠也道："你就是这句话吗？我知道你够累了。你要是知道打我不过，你趁此走开。我也就不难为你，让你回去。"道人笑道："好大的话！我并不是怕和你打，因为刚才倒了一堵墙，不免惊了店家，在这里比下去，有些不方便。过去有个观音堂，庙后一大片荒园子，我们到那里去，再比一个结果。"佛珠道："好！你先去，我就来。"那道人便不答，只轻轻一耸，便越墙走了。韩广达在柴堆上跳出来道："少师父，我早在这里了。"佛珠笑道："你看得有些替我担心吧？告诉你，这道人虽然内功很深，他不过是四两拨千斤，借我的力量来打我。但是我练了三年的苦功，就专门练那借力打人的法子，哪里会中他的圈套？"韩广达道："我看了这久，少师父打得是好，奈那道人只守不攻，投机取巧。"佛珠笑道："你不见我在山上喂老虎吗？我常是放开老虎的铁链，左扑右跌，和它闹一两个时辰，这才练就了好打人，又好躲人，而且不怕人家以逸待劳。"正说到这里，只听那屋子里，当啷一响。回头看时，那墙洞里露着灯光。抢上前看时，原来是店老板来了，蹲在地下只抖。他面前打破了一把夜壶，衣服湿了大半边。他见韩广达来了，只叫好汉饶命。韩广达看见倒好笑，也不暇和他解说，又走出来。

这一走出，却不见了佛珠。心里明白，转身回来，向店老板问明观音堂所在，自己掏了一把铜钱在身上，抽出腰刀，便越过墙跟了下去。走过一条冷巷，果然有一座庙。跳进庙去，绕路绕到庙后，便是一所荒园了。那荒园之中，已是呼呼作响，一片剑锋之声，似乎佛珠已和那道人比起剑来。自己知道这二位是了不得的人，只慢慢地绕着路，隐到一丛野竹子边下去，由竹林里向外张望。恰好东边墙上，已经又来了一钩残月，照着两道剑光，如闪电一般，只在一丈高低的空中，闪腾飞耀。不过这两道剑光，有一道在高，一道在下，一道追逼，一道躲闪。仔细地一看，那躲闪的剑光，正是佛珠的剑。先是这边的剑，还不断地向外回击。到了以后，却只是闪躲，不能回去，看看佛珠气力渐衰，不免要趋于失败了。

韩广达心里想着：我不来则已，我既来了，我不能袖手旁观，眼睁睁看她打败。那道人纵然内功深，他一双眼睛总不会变成是铁打的。因此伸手在袋里抓了一把铜钱在手，看那道人使剑一扎，佛珠就向地下一缩，正好把那道人身子腾了出来。韩广达对他头部认得真切，一扬手接连抛了三个制钱出去。有一个制钱，正打在道人右眼泡上。虽是未打到眼睛珠子里去，这地方是功夫所练不到之处，道人着了慌，赶紧向后一跳，喝道："小尼，我们比本领，赢了算一笔账，输了是死而无怨，向来是硬比硬，今天你为什么用暗器伤人?"佛珠被道人剑法所逼，正斗得一身热汗淋漓，道人忽然跳出圈外，倒十分诧异。现在道人说她使了暗器，她就明白了，一定是韩广达藏在一旁，见了她要败，所以帮助她一臂之力。此时承认是自己放暗器，未免示弱于人；不承认呢，分明有第三个人。道人要比试起来，就要伤害韩广达的性命，因此踌躇不能答应。韩广达在野丛里听道人说得清清楚楚，料得道人不肯甘休，便索性伸出手来，又抛了两个制钱出去。那道人究竟有些心慌了，便跳上墙去。喊道："好，我们再会了!"说毕翻过墙去就走了。

239

第二十七回

手指数伸强梁驴上去
灯花一闪倩影座中飞

　　韩广达见道人走了，他也就由野竹丛里走将出来。佛珠见着便道："韩二哥，多谢你帮我的忙。但是这个忙你帮坏了，趁着天没亮，我带你出城去吧。"韩广达道："怎么坏了事，难道他们还会来寻仇吗?"佛珠道："这一个道人，两年前和我师父比过功夫的，样样功夫都比不过我师父。后来两方请了许多朋友要比梅花桩。我师父知道他内功很有根底，这样功夫没有深练过，不肯和他比。他又奈何我师父不得，只好罢休。两年以来，他常常要我师父再比，不然就要带了他的徒弟，打上山去。我师父在前十天，就约了让我和他比。我也知道他的本领，所以不怕他。就是梅花桩，我也苦练了两年，可以试试了。他今晚上动手之后，先比了一场，后来到这里来，我找了剑来，他也带得有剑，于是乎就比起来了。我是师父所传的峨眉剑，在四川只有一个师祖相传。老师祖有九九八十一个解法，传了五代到我师父，只八八六十四个解数了。我知道得更少，是七七四十九个解数。不料道人也有这道剑法，似乎与我师父不相上下，我实在不能取胜。这道人是很可恶，他一剑逼近一剑，他的意思，非把我杀死不可。我本要败走，又怕丢下韩二哥一个人在这里，更要吃他的亏。所幸韩二哥帮了我一下，把他惊走，不过他还从从容容地走了，他一定会报仇的。这县城里有不少他的徒弟，随处可以和我们为难，所以我们得赶快地逃出城去。这里前后几县，都有他们一党的人，所以我送你走，又不能不走他们的地面。"韩广达道："何以这道人有这大的势力?"佛珠道："这县城西头有一座玄妙观，就是他的总寨。凡是学道的人，都短不了和那观里来往。加上他们练习武艺，专和流氓土匪作对，人家练了武艺，可以保住身家，怎样不和他一党呢?"韩广达道："这样说，那道人也算是好人了，为什么倒和两位师父作对?"佛珠道："他原不和我师父作对，只因为和我过不

240

去，就连我师父也是他的仇人了。"韩广达道："他和少师父又有什么仇呢？"佛珠默然了半晌，然后才说道："这话很长的，不说也罢。"韩广达因她不肯说，也就不便再问。二人回得店去，叮嘱店主不必声张，给了他一两银子，各自拿了东西，就越墙而出。

这时已过三更，街上并没有一个人走路。佛珠在前引路，找着一个城墙缺口，和他一路跳出城去。在路上走两个时辰天才大亮，佛珠还是戴了风帽，罩着风镜，一路之上，佛珠也不曾说什么话，只是默然地在前面走。到了中午，走过一个小村镇，两人便在一家拦路搭棚的小饭店里打尖。却见一个黄脸瘦子，骑着一匹爬山驴子，直冲到天棚里来。佛珠正端起茶杯喝了一口，一个不谨慎，呛了嗓子，便伏在桌子上，只管咳嗽起来。她越咳嗽越见厉害，桌子下面，却用脚踢了韩广达两下腿。看那瘦子虽然皮里见骨，但是精神非常的好。他未进天棚之先，那一双光灿灿的眼睛，已经在棚里一扫。

韩广达看他这样子，已经是很留意，现在佛珠暗中一递消息，心里就十分明白了。二人也不再说什么，缓缓地喝茶吃中尖。偷眼看那瘦子，将驴子系在天棚下一根木头柱子上，在黄土墙边，一张小方桌边坐下。他抬起一条腿，半蹲在板凳上，像是很不在乎的样子。店家将茶水送到他的面前，他却轻轻问了几句话，接上他就微微笑了一笑。韩广达心里更是一惊，料得这人不是无故而来。若是在这里动起手来，佛珠少不得露出原形。佛珠来送自己，本是光明正大的事，但是这样打扮跟在一处走，旁人哪会肯信。第一招是先离开这里为妙。正想起身，那佛珠尽管咳嗽，一只手提了包袱，一只手反背过去，捶着自己的腰，就慢慢出了天棚，走上大道去了。

韩广达坐了一会儿，给了饭钱，也就跟着走去。走了半里路，已将佛珠追上。佛珠回看身后无人，轻轻对他道："这是那道人的师弟，大概是要报你昨晚上放暗器的仇。此人武艺不在道人以下，名叫郑九狗子，听说会放飞刀。韩二哥，你要防备一点。"韩广达笑道："有少师父在一路，我是不怕的。"

说到这里，遥遥一阵叮叮当当之声。回头一看，那郑九狗子骑在驴背上，转过一带树林，追将下来。佛珠暗叫韩广达看她眼色行事。韩广达洋洋一笑道："不要紧，好歹我要打发他回去。"因此二人不动声色，在大路上一边走着。郑九狗子骑着驴子，来得很快。那驴蹄子嘚嘚嘚地一路响着，一阵风似的挨身而过。当那驴子过身这时候，韩广达和佛珠都侧转脸来望着他，以免中了他的暗器。然而他远远鞭子一扬，只在一阵乱铃声中，便已过去。佛珠对韩广达道："这前面山下，有一丛大树林子，大概他是到那里去等着我们了。"韩广达笑道："他要是个歹人，我没有他的法子；他是还讲江湖上三分义气，用不着和他动手，三言二语，就可把他打发走了。"佛珠听他说得如此容易，也就一笑。

二人约莫走了三四里路，果然左近有一所猛恶的树林子，有松树，有杉树，都是合抱不拢的材料，树里间杂些大竹子。这虽然还是冬天，然而这些长绿的叶子，正密密层层结在一处，遮盖了左面一半山的半截。佛珠停住脚道："大概就是在这里。"正说这句话时，只听得唰的一声，发生在头上。昂头一看，只见身边碗来粗的竹子，横中插了一把一尺长的弯刀。刀由竹子这面穿过竹子那面去，这边的刀柄上，悬了一块红布，在风里只管飘荡着。韩广达心里明白，这就是所谓飞刀了。因昂头笑道："哈哈，这算什么？我的手腕要拿出来，人家还不知道呢？"佛珠正愁着照应得了自己，照应不了人家。现在韩广达说这样大话，越是替他着急。但是势成骑虎，躲是躲不了的，于是同着他一路走入树林。

二人走过来，先就看到那匹爬山驴子，拴在一棵小松树上。由那驴子身边一转，只见郑九狗子，将一条长不到一尺的驴鞭子，绕在左手中指上，笑嘻嘻地走过来，抱拳向这边拱拱手。韩广达走在前面一点子，只觉迎面一阵寒风吹来，犹如三九天气那雪后的西北风，刮人肌肤一样。便将脚步停住，让佛珠抢上前一步。佛珠早知道那人内功是有根底的，也向他抱拳还揖。只见郑九狗子身子摆了两摆，似乎很吃力的样子。郑九狗子将身子定了一定，然后笑道："你老兄的本领，却是不错，但是我不是找老兄的。你们有一位年少的女师父呢？"佛珠将风帽风镜，一齐摘下，笑道："就是贫僧了，你老兄要怎么样？"郑九狗子倒猛吃一惊，因道："原来是你，据我师兄说，少师父有一样高妙的本领，一边和人动手，一边还能放出暗器。蒙你高抬贵手，昨日不曾伤我师兄的性命，我们弟兄都很感谢。但不知这种暗器是什么样子。叫什么名字？我兄弟特意赶来见识见识。兄弟也略懂一点暗器，倒想和师父比一比。"

佛珠还不曾答话，韩广达却走上前一步，答道："姓郑的，你的本领，我已领教了。真要比起来，恐怕没有你说话的地步。你不是要领教我少师父的本领吗？我少师父早就现了一套给你看了。我这话你是不会相信的，

242

你伸手摸摸你的头发里面看，暗器早在里面了。"郑九狗子听他这话，倒很是惊讶，抬起手来，在耳朵边头发里一摸，摸出一个康熙铜钱来。心里原是奇怪：自己并没有把铜钱藏在头发里去。这个铜钱，由哪里而来的？倒想不出。但是他嘴里却不肯承认，因笑道："我头发里面，并没有什么东西。不过有这样一个铜钱，是我自己放在里面的。"韩广达道："这个不用得狡赖，若是你自己放的铜钱，是什么字号，你一定知道的。"郑九狗子笑道："那我自然晓得，这是一个康熙钱。"韩广达笑道："朋友，你还不肯说实话吗？你光知道是康熙钱，那不算奇，我还知道满字那边，另外还有一个福字，磨去了半边。你拿着仔细看一看对不对？"

郑九狗子托钱在手一看，果然是和他所说一点不差。那面上的颜色，这时就不能像先时那样镇定，踌躇道："你大哥所说少师父的本领就是这个吗？"韩广达伸出右手一个大拇指，向上一举，挺着胸脯微笑道："这样的本领还算小吗？不告诉你，你也未必知道。刚才我们在路上走的时候，你骑了驴子抢过来，少师父只轻轻用手指头一弹，这个铜钱就打进了你的头发，算先寄你一个信。但是你一点也不知道，骑了驴子飞跑。我想刚才若是不用铜钱，把别的什么东西寄你一个信，恐怕你受了一点伤，你还不知道伤是从何而来哩！"郑九狗子本来就有几分惶恐，韩广达如此一说，他越是说不出什么来，只呆立着。

佛珠站在一边，心里明知道这事是韩广达所为，他却有本领不露，反赞扬旁人。自己要认了这话吧，有点掠人之美，不认这话吧，又恐怕郑九狗子看出破绽。所以她也不好说什么，只管站着笑。韩广达又道："姓郑的，你还有点不服吗？这用不着我们少师父再动手。就是兄弟，也勉强可以比比。"郑九狗子正没有法子可以转身，找住了这样一个话锋，便笑道："我也要当面领教一二。"韩广达并不答他，自在一棵大松树的露根上坐着。郑九狗子道："老兄说是可以指教，何以又不赏光了？"韩广达偏了头斜望着他道："我们是不是要比暗器？"郑九狗子道："难道说了这久，你还不明白我的意思？"韩广达道："既然是比暗器，那自然是暗好明不好。"说着，身子站起来，两手一拍道："我早就献丑了！你老兄洋洋不睬，我倒有些不好意思。"郑九狗子笑道："青天白日，不要说梦话。我几时看见你拿出什么暗器来了？"韩广达道："口说无凭，要指出你看了，你就无话可说了。"因用手指道："你再摸摸你头顶心头发里面。"郑九狗子见他说得神乎其神，自己也就捉摸不定。伸手一摸，却是作怪，头发里面，摸出两个蚕豆大的小鹅卵石来。他原是这几天没有戴帽子，毛蓬蓬的一头头发，不料这头发里面一次两次中了人家的暗算，竟会不知道。韩广达见郑九狗子已经有点发呆的样子，料得他中了自己的计。便笑道："这两块小石头，总不会是你先藏在头发里吧？老实说，我们虽使暗器，却不肯出手伤人。若是像老哥使用飞刀一样，今天就有十个姓郑的，也不见得留有性命。你老哥有什么本领，我们也愿意领教。只是暗器要暗使，不要明使出来才好。"郑九狗子拱了拱手道："我很佩服你老哥的本领，不知道你老哥高姓大名？"韩广达笑道："像我这样不相干的材料，何必逢人提名道姓。而且兄弟经过贵处，今日一别，天各一方，留下姓名做什么？"郑九狗子道："好吧，我们再会。"只见他一句话也不多说，牵着驴子走出树林。只平地一跳，把竹子上那把飞刀拔将下来，跨上驴背，仍旧由着来路回去了。

佛珠眼望郑九狗子去远了，便对韩广达笑道："韩二哥真是一个性子豪爽的人物，若照刚才的事看起来，你倒是个足智多谋的人了。"韩广达道："不瞒少师父说，我当年跟师父学艺的时候，师父就不肯教我放暗器的本领。他说放暗器的人，一要精明，二要稳重。我为人，正好和这两样相反，所以我求了多少次，我师父总是不理。后来我自己用功，每日揣了一把小石子在袋里，见了东西，找着一个小记号，拿了石子便打。抛完了一袋，又抛一袋。"佛珠听了一笑。韩广达道："少师父，你不要说我像小孩子一般。我就是这样自己用苦功，除了吃饭睡觉而外，无时无刻，不是抛石头子。抛了两年下来，我就进步得多了，三十步之内，我用极小的铜钱，可以叫什么打什么。我师父知道了，他很是欢喜，就告诉我说暗器这种东西，要远处使劲，近处使智，暗处使劲，明处使智。知道我是不会使智的，就把他平生使智的几回妙计告诉了我。我一共记得三条，今天这就是一条了。"佛珠笑道："这话我有些不相信，难道你师父当年也会同着一个尼姑走？碰到这人要和尼姑较量，他就把自己的本领移到尼姑身上去？"韩广达道："怎样不是？不过不是一位师父罢了。我师父说，也是有人要和我师母比本领，他说自己不过如此，说我的师母本领了不得。说着话，早放了一袖箭，插在人家帽顶子上。后来告诉那人，说是我师母放的。人家明知道我师母不如我师父，她的本领这样好，我师父更了不得了。那人不曾比武，就走开了。我因为今天这情形很相像，所以……"佛珠先还只管往下听，后来见他越说越不对，便板着脸道："韩二哥，你不要再向下说了，怎么可以乱作比方！"说毕，她先走几步。韩广达心里一想：出家

244

人真规矩重，随便说了一个比方，就让她生气，自己实在太不检点了。心里这样想，跟在后头就不敢多说。

　　二人这样不作声的，又走了三五里路。还是佛珠在前面走着，忍不住地笑将起来。韩广达因为先前话说错了，几乎收不转来。现在人家虽然发了笑，什么原因可不知道。要和人家说话，却又不知道怎样说好。心想不要因为这一点，又把人家得罪了，所以他始终还是不作声。佛珠回过头来对韩广达笑道："你怎么不作声？难道你还生我的气吗？"韩广达道："岂敢，岂敢，不过我是个粗人，怕又说错了话，对不住师父。"佛珠笑道："并不是什么对得住对不住，你要知道出家人和人家不同，说话做事，有一点不对，比人家罪孽更大。"韩广达听她这话，不明白是何理由，也就不敢追问，只随着她身后，一步一步走去。走了半天，远远望见小山冈子上面有一列市镇。佛珠便停住脚，对韩广达道："前面是红花铺，由那里拐弯上去，便可以到东大路了。我们男女僧俗，委实不便在一处投宿，我只送你到此地为止了。"韩广达对她拱拱手道："有劳师父了，只是师父一人，到了这般时候，又到哪里去投宿呢？"说着一指西边山头上将落的一轮红日。那淡红的彩云下，正有七零八落的几阵飞鸟，由枯树梢上飞将过去。佛珠笑道："不要紧的，荒山上住了这多年，胆子早吓大了。深夜里我在山上，还独来独去呢！何况是这平原上，到处有人家。"韩广达于是和佛珠道了谢，又叫她问候老尼，就和她作别。望着人家屋顶上的炊烟，直奔向山冈子上来。

　　到了山冈子上，原来是沿着山道一条由西向东的荒街，经过一家铁铺，几家杂货铺，便是一家客店。客店里安歇了几批客人，有的要买菜饭，有的要打水洗脚，正在店房前左角大灶边忙乱着。右角七横八竖几张桌子，也坐了好几批人。店伙看见他背了一个包袱，包袱外还有一截刀柄，料是长路客人。便道："客人，你歇店吗？没有了上房，后院有两间披房，小一点，行不行？"韩广达道："出门人只要有地方安身就好了。"那伙计听了他说这话，就把韩广达带到后面屋里去，安顿了灯火床铺，因道："你若要吃东西，请到前面店里去。这里的房门，我和你锁上。"韩广达也觉得店里吃东西便当一点，因道："好。"就跟着店伙计到前面来。刚一过屏门，只见一个黑小汉子坐在一张桌子上喝酒，面前堆了一大盘子豆腐烧肉块，右手拿了筷子，左手拿了酒一杯，一面喝，一面吃，吃得非常酣畅，嘴里滴答有声。客店里许多人，虽然都看着他，他却有旁若无人之

245

概。韩广达看那人好生面熟，却一时想不起来在哪里会过。那人见着他，倒先站了起来了，笑道："大哥，你也在这店里投宿吗？昨天我们款待不周啊！"韩广达忽然想起来了，这人正是昨天炭窑边下打闷棍的那群人中之一个。因为昨天打得头昏脑晕，看不清人，所以不记得。他一说，现在就恍然大悟了。那人只管向他招呼，韩广达不能不理他，也就拱手答礼，说了一声昨天叨扰。那人让韩广达在桌子边坐下，和店伙计要了一只大酒杯，斟上一杯酒，放在他面前，笑道："菜不如昨天，酒是比昨天的好。"韩广达心里暗忖：怎么他口口声声只管提到昨天的事，难道要我还他的饭钱不成？那人喝了一杯酒，就向着韩广达微微地笑道："昨天我们错把韩大哥当着庙里的人，怠慢了远客了。"

韩广达见他识破了行藏，左手将酒杯一按，右手扶了桌子，便站起身来。那人微笑着，向他摆了一摆手，依然低着声音道："韩大哥不要多心，这个地方不是胡家寨的人，可以出面多事的所在，绝不会和你大哥为难。我是到万县去的，你老哥若是也要上东大路，我们倒可以做个短路的伙伴，并没有别的用意。"韩广达道："你怎么知道我姓韩？"那人道："那一条路上，哪一天也有我们的人来往，一说起来就明白了。到了胡家寨里去的朋友，若不是斩香头拜了盟，想好好地逃出来，却有些不能够。你老哥居然逃了出来，实在有本领。我冒昧得很，很想攀攀交情，和你做个朋友，不知道你老大哥肯不肯？"韩广达睁着眼睛望着他，倒不知是什么用意，停了一停，笑道："我还是很糊涂，不曾问你老兄高姓大名。"那人并不答言，却用筷子头蘸了酒，在桌上写了薛跳马三个字。他将筷子放下，轻轻笑道："你老哥不要作声，我的人缘不大好。"韩广达听他说这话，倒有些疑心，怎么他也是不敢露名姓的。这也无法，只好搁在心里，不能说破。当时勉强陪那人喝了几杯酒，叫店伙做了一小锅饭，也坐在一处吃。薛跳马约了明日一同走路，回房休息去了。

韩广达心里这又拴上一个疙瘩，要了一壶热茶，也走回自己房去。站在院里，就看到窗子上的灯光，有一个人影子一闪。心想这屋子里哪里先有人，莫非是走错了？仔细一看，确是自己住的屋子，并不曾走错。在门外踌躇了一会儿，究竟还是推门而入。这倒出乎意料以外，屋子里坐的不是别个，正是佛珠。倒不由得先呀了一声，然后问道："少师父你怎么又来了？"佛珠笑道："并不是我好管闲事，实在因为韩二哥刚转背，我就看见胡家寨来了一个人。那人乃是川东有名的飞贼薛跳马，他若是和韩二哥为难，恐怕要受他的暗害。所以我特意跑转来，知会你二哥一声，要留神一二。"韩广达道："啊哟，果然他不是好人！"于是就把薛跳马投宿在这店里，和他喝酒的话，说了一遍。佛珠道："他既然在这里，那也好。你索性把他请了来，我当面说他两句，让他不敢起什么歹心。"韩广达道："防人之心不可无，我去请一请他也好。"说着，正要起身，忽觉得自己右腿，却让人用手抱住了。低头看时，那薛跳马却由桌子底下钻了出来，笑道："不用去请，我先来了。"说着，向佛珠一揖，叫了一声少师父。佛珠一见，便微笑道："领教你老哥的本领了，大约刚才我说的几句话，你都听到了，我也不必相瞒。这位韩二哥，是我们师父的朋友。我师父吩咐了，叫我送他平安回江南，所以路上有和他过不去的，我不能不出面和他解围。"薛跳马笑道："少师父，我有多大的本领，你还不知道吗？就凭韩大哥一人，我也不敢冒犯。何况这一路之上，还有少师父暗中保护，我怎敢胡来？"佛珠道："很好，既是你这样说，你也是一个朋友，当面说的话，总可以算数。我们是山转路不转，总有相会的时候，现在也不必多说，一言为是了。"说着，她站在桌子边，两手合掌，微微向薛跳马一弯腰。这桌子是下面支架的，并不是四条粗腿，桌子无端摇荡起来，把桌子上清油灯里灯草，震得向下一缩，灯碟里的清油，把火焰矮得成了一个小豆点。佛珠一伸手，就要用灯勺子去挑灯草，一不留心，灯花一闪竟把灯弄灭了。

韩广达身上，原带了铁片火石，赶紧拿出来一敲，燃了纸煤儿，将灯重新点上。屋子里原来三个人，现在却短了一个，那少尼佛珠，却不见了。这屋子里门是虚掩的，窗户是紧闭的，不动不响，绝不像是走了人出去的样子。抬头一看，只有屋顶上开了一个天窗，是侧着向南的。倘要走，只有由这里上去的一条路了。刚才薛跳马是不声不响而来，所以她也不声不响而去，完全是显一点手段给薛跳马看了。韩广达想着，不由得怔住了。薛跳马出于不料，也怔住了。还是韩广达先笑道："这位少师父，我早就知道她的本领了不得。但是这样来去无踪的本领，却是今天第一次看见。据薛大哥看看，她的本领如何？"薛跳马微笑道："她一家人都不错，她自然也不错了。"韩广达因为这老尼少尼二人，都不愿别人问她的姓名籍贯，所以在一处虽然相处了半月之久，可是并不知道她们是什么来历。现在薛跳马说佛珠一家人都不错，似乎他很知道佛珠的底细，本想跟着问一问。但是自己是佛珠一路同行的人，不应该把这话反问人家。若是

247

不问，心里又闷不过，便道："她一家不错，你也知道吗？"薛跳马笑道："这件事，大概除了我，还没有第二个知道。你老哥问我，你也未必知道吧？"他这一句反问，倒弄得韩广达急得脸上泛红。薛跳马道："我告诉你吧，在她老子手上……"说到这里，他突然停住，摇了一摇手，轻轻地道："恐怕这少师父还在这屋前屋后，我信口胡说，不要惹了是非。明天我们要赶路，早早安歇吧。"说毕，拱拱手，他便走了。韩广达心里听了这话，更加疑惑起来。据薛跳马说，佛珠的老子，也是一个有本领的人。她却为了什么缘故出了家？又为什么大家都不明白她的身世，偏偏薛跳马知道？把这事搁在心里，总放心不下。正狐疑着，忽然啪的一声，天窗里落了一件东西，正与他想着的事情有关。

第二十八回

暗碎心房酒家逢铁块
独开眼界松谷见猿桥

却说韩广达正在屋子里踌躇着，猜不出佛珠是什么来历。忽然听到啪的一声，由天窗里落下一样东西来。连忙捡起来一看，却是一块白木板子。板子上用黑焦炭写着几个字，乃是"请勿多言"。看那黑字的痕迹，还浮着一些炭屑，分明是刚刚写得的东西了。这板子不先不后，由天窗里落下来，当然是佛珠听到薛跳马说的那一番话，她不愿人家把她家世说出来，所以暗中知会一个信。自己与她并没有什么关联之处，何必苦苦打听人家的私事？由她这样一知会，也就不必说了。心想这东西是刚刚由屋上下来的，大概人也去了不远。因此开了房门，走到院子里来，打算追上她，说明两句。但是四周一望，屋上屋下，哪里有一点踪影。由此处可以看到她的本领，不在小处了。当时且回房安歇，把这事放下。

到了次日清晨，自己还未起床，那薛跳马已站在房门口，噼啪噼啪打门，喊道："韩大哥，还没有醒吗？要起来赶路呀！"韩广达一个翻身坐将起来，连忙开了门笑道："昨天走路辛苦了，所以一觉睡了，就不知道醒来。薛大哥倒言而有信，在这里等着我哩！"薛跳马道："我已备下了早饭，等韩大哥同吃。你请用茶水，我到前面去等你了。"说毕，他便先走。

韩广达心想：我以为他走远了，他倒预备了早饭和我同吃。没有法子，只得洗漱完了，便到前面店堂里来，和他共饭。那薛跳马预备了一大碗豆腐肉，又是一大盘子韭菜炒鸡蛋，还热了一壶酒，两人喝了吃了。薛跳马说："房饭钱我都会过了，请韩大哥马上就登程。"韩广达见他老是紧紧地追随，倒有些疑惑。但是谅他武艺也不过手足轻快而已，一处走路，未必就会上当。况而他既居心要一路跟随，就是要躲，也躲不了的。便大着胆子，和他一路走着。一路之上，打尖喝茶，都是薛跳马代会了钱，晚上歇店，他又买了酒菜，一处吃喝。他却对店家说，他有一种失眠症，和人同床，或和人同房，都会睡不着。要一人占一间小单间，多算几个房伙钱，那倒不要紧的。韩广达一想，我正怕和他同房出毛病，既然他是要分房，倒是他见谅，也就只管装糊涂不去理会。

到了次日，二人依然同路，依然还是薛跳马会了房伙钱。一路走着，又是太阳晒着当头，远远望到对面山洼里参差上下，露出一些屋脊。有些屋脊上，在太阳里正奔腾着一缕缕的炊烟。韩广达指道："那是什么地方？我们该在那里打中尖了。"薛跳马笑道："那前面是赵家岗，很好一所山镇，酒菜都有……"韩广达便抢上前，横过身来，拦住了去路，笑道："我有一句话声明在先。一路之上，都花费你老哥的，我心里过不去。现在到前面镇上，我非做一个小东不可！若是不让我做东，我们后会有期，就此分别，兄弟要先走一步了。"说毕，向薛跳马一拱手，等着他的回话。薛跳马笑道："你老哥要做东，这还不是容易的事吗？我就让你老哥做东便了。但是我老薛一路做东而来，也并非对你老哥格外客气，就因为我曾发了一个誓愿，左手进钱，右手一定要花去，若是不花去，我这人就会生灾生病。我做东是把钱花去了，不做东也是把钱花了去，所以你老哥虽然一路领我的情，我倒是不写在人情账上的。"韩广达沉吟着道："一个人许下什么都有，论到立誓花钱，我却有点不信。"薛跳马笑道："那少师父不是对你老哥说了我是做什么的吗？"他说着，前后一望，见大路上并没有行人来往。又低着声音笑道："常言道得好，江湖江湖，将糊将糊。我不敢留钱，就是为走江湖，不能不这样了。"

韩广达这就想起来了，他原来是个飞贼，所花的全是不义之财。一路之上，吃了贼钱，就是分了贼赃，一个清白君子，为什么沾上这样污辱？这样想着，就加倍不高兴。而且听他的话音，是一手进款，一手花钱。那么，今天他花的钱，说不定就是昨晚上偷来的。若是犯了案，自己还要少不得受累，迟早避他是了，便笑道："你老哥既然明白了，我就不必领你老哥的情。但是我随身还有一点盘缠，不必走'将糊将糊'这一路的。"薛跳马笑道："韩大哥说这话，我明白了。但是我薛跳马做事，是不连累朋友的。"

二人说着话，又顺脚走起路来。不多一会儿，已经到了镇市上。果然一家连一家的店铺，倒也有点小热闹。两人挑了一家干净些的客店，一同进去。薛跳马还照样挑了一间单房。韩广达却抢了他的先，掏出一些散碎银子，交给店伙，叫他预备饭菜。店伙问道："客人，我们这隔壁是一家小鱼行，今天来了一批新鲜货，好大的山塘鲤鱼，和你买上一尾，好不好？"韩广达道："若是新鲜，烧口汤喝也好。"店伙笑道："不瞒客人说，这一条街上就属我会做鱼，回头，做出来客人尝尝。"于是他高高兴兴地安排菜饭去了。这饭店进门来，是一个店堂，罗列了几副座头，正是卖临时茶饭的。店堂向西一转弯是一所厢座，那里起了大灶，这时候火正烧得红红的。两个店伙忙上忙下。韩广达因天色还未曾晚，要了一壶茶、一碟蚕豆，和薛跳马坐在店堂里，闲向街上眺望。呷着茶，嚼着蚕豆，倒也有点兴趣。

忽听到啪的一声，桌子拍了一响。回头看时，旁边一个座位，来了一个穿黑布棉袍的客人。他头上戴了一顶黑毡帽，却黑成了一块。桌上堆了一堆黑魆魆的零碎东西，看不出是什么。只见他瞪着眼问道："这饭店开着门不做买卖吗？怎么我来了大半天，还不见有一个人来理会！"店伙就跑过来笑道："客人，对不住！天色黑了，我们在厨房里忙，看不见有人进来。你要什么？住店吗？"那人道："我不住店，我要吃要喝。吃喝完了，我还要赶路。"店伙见他那样子，来意有点不善，便笑道："吃喝都现成，我先给你泡一壶茶来吧。"说毕，转身就送了一壶茶来。又问还要什么，那人两手按了桌子，把鼻子耸了几下，只管向空中嗅着。笑道："这是哪里一股煮鱼的香味，极其好闻。"

韩广达听了，不由得微微向薛跳马一笑，店伙也就不作声走了。那人倒了一杯茶，右手举起来喝，左手摸着桌子角边一堆小黑块子，却颠来倒去地玩弄着，碰着桌面的咚咚地响。韩广达一想：这人玩些什么东西，倒也有点奇怪？那人玩弄了一会儿，将那小黑块子向桌上一扑，叫道："伙计，来来来！"那店伙早笑着迎上前道："饭快好了，马上就端来。现成的菜有咸菜豆腐干，若是要好些的，可以去买来现做。"那人又把鼻子向空中嗅了一嗅说道："你这里不是煮鱼吗？和我送一尾鱼来就行了。"店伙笑道："客人，对不住，这鱼是那两位自买了来做的。"说着，就向韩广达这面手一指。那人看了这面一眼，也就不说什么了。过了一会儿，店伙先端了一盘热气腾腾的豆腐煮肉，送到韩广达桌子上来。接上又是一只大瓷钵子，摆着两尾首尾齐全的熟鱼。鱼上面放着青的蒜叶红的辣椒丝，煞是好看。鱼盘子由那人面前，捧了过去，那一阵香味越是浓厚。店伙将菜放到那桌上，接着又提了一壶酒过去。薛跳马先斟了一杯子，一仰头喝了一口，嘴嗒着响了一下。那人瞪了一眼，用脚在地下一顿，用手又轻轻一拍

251

桌子，正待要发作了，韩广达站起来，对他点了一点头道："那位客人何不到一处来用饭？"薛跳马也就站起来相让。那人笑道："彼此萍水相逢，怎好叨扰？"韩广达笑道："酒菜现成，不过添一双杯筷，不算什么。"那人笑道："这鱼实在香，我嗅到那一股浓气味，很是想吃。既是二位诚意相请我，就不必客气了。"他一面说着，一面就走过来。

韩薛二人将上首让他坐了，吩咐店伙添杯筷，于是一同吃喝起来。韩广达敬了酒，便请教他的姓名。他笑道："兄弟姓李，因为常拿一串铁块，人家都叫我李铁块。声音叫得讹了，又叫我李铁拐。我是常在山上采些药草，到成都重庆去卖。这一回折了本回来，心里少不得有些不快。刚才那副情形，二位不要见笑。"说着，他拿了勺子，先舀了一勺子鱼汤，先喝了一口，哎的一声，赞着鱼味，笑道："好汤！好汤！"韩广达道："既然爱喝鱼汤，不如先吃饭。我叫他们盛饭了。"李铁块点了点头，店伙便将饭盛了来。李铁块将饭碗拿在手上，举起来看了一看，笑道："这样小的碗，怎么吃得痛快？你拿一只大空碗来！"店伙听说是要空碗，就拿了来。

他拿着空碗在手，把桌上盛的饭，向空碗里一倒。对店伙计笑道："你就论碗不上当吧？"他说着高兴起来，也不用勺子了，两手捧着钵子，向饭碗里倒鱼汤。放下鱼钵，举着筷子，连饭带汤，稀里呼噜，一口气把一碗汤饭吃下。韩广达见他这样老实，不免有些诧异：这人莫非饿疯了？这样萍水相逢的朋友，却是毫不拘束一点礼节。不过看薛跳马，他一点也不敢烦腻，倒是很恭敬的样子。当他端起钵子淘汤的时候，右手背上，露出一搭朱砂印。薛跳马脸上猛然变色，好像是很惊讶的样子。李铁块倒并不理会，又叫店伙送饭来。店伙一送三碗，又向饭碗里一倒，连汤连饭，不曾停了一下筷子，又倒将下去。放下碗笑道："吃得很有味，还和我添三碗吧。"那店伙又添上三碗，一齐端上。他也不管韩薛二人要吃不要吃，将三大碗饭吃完。店伙先问道："客人，还要不要呢？"李铁块望着店伙道："开饭店的难道还怕大肚子汉不成！你问什么？"韩广达倒不觉他吃得多，只惊他吃得快。便对店伙道："你还不盛饭？"李铁块将筷子一摆，笑道："慢来，我已有七成饱了。就这样，倒也足矣。若是让我吃得十成饱，二位的菜，恐怕没有了。"韩广达道："我既然请老哥吃饭，就让你老哥吃饱，把菜吃完也不打紧。有钱再到街上买去，还怕饭店里不做出来吗？"李铁块将手轻轻地在韩广达肩膀上拍了一下道："老弟，你说得真痛快！就凭你这句话，我也应当勉强添上三碗。"店伙也不必等他再吩咐，已经就添上三碗来了。他这回不淘汤了，却将饭向钵子里一倒，他笑着对韩薛二人道："我不恭敬了。"就将钵子捧到面前，就了钵子吃。吃完之后，伸手将肚子一拍，笑道："这一餐饭，对得住它！"

韩广达见他这样，倒也好笑。那薛跳马却成了一个呆子，一言不发。李铁块拱拱手道："不瞒二位说，我吃了饭就要赶路，不能相陪，我就走了。"掏出了块青布大手巾，将嘴一抹，又揣到衫袖笼子里去。顺手捞起那桌上黑块，只一提，原来用东西穿了的，他拦腰作腰带束了，拱拱手径自出了店门。店伙在后面叫道："客人还有茶钱哩！"他回头向韩薛一指道："都归他们了。饭都请我吃了，还省这一壶茶钱吗？"说时人已去远了。

韩广达答应店伙，茶钱也一齐算了。薛跳马脸上才放出笑容，向韩广达伸了一伸舌头。韩广达道："这个人，我看有些来路，你看如何？"薛跳马轻轻地道："险得很，我几乎没有命了。不瞒你说，我面子上陪着他吃饭，但是我身上穿的这一件小褂子都湿透了。"韩广达道："他是什么人？你……"薛跳马摇摇手道："这里说不得，我们到屋里去说吧。"于是将韩广达引到屋里，告诉他道："这人一来，我就有些奇怪，莫不是江湖上叫的铁先生？但是我还猜他不至于这一副情形。后来我见他手背上一块朱砂印，我就猜准是他了。这人的本领，我就说不出多大。只是他若要人的性命，你无论如何也躲不了。像我干这种买卖，恰好是他容不得的，我怎样不怕？"韩广达道："看他不过是个爽快人罢了，也不见得他的手腕就怎么辣。"薛跳马笑道："你还是不明白。他这个人并不是江湖上的人，凡是做不要本钱的买卖，他最是痛恨。他要和你比比，重则伤了性命，轻也让你自此以后，绝不能再做买卖。我今天遇见了他，我猜总要丢了半条性命。不料他倒一些也不和我为难，我真侥幸极了。你老哥初次到四川来，并不曾知道有这一位大侠客的本领。你若是去问问五十岁以上的老前辈，他们都要伸出舌头来，缩不进去哩！"韩广达道："据你这样说来，他不是我们平辈了。他有多大年纪？"薛跳马笑道："刚才你称呼他老兄，我就忍不住要笑。若是真论起弟兄来，恐怕要我们的祖父才配呢！他多大年纪，我也不知道。我们的父辈做小孩子的时候，看他就有四十多岁了。如今呢，他也不过四十多岁。我没有见他之先，我以为他总还有四五十岁，不料见了他，他比我猜想的还要年轻许多，所以我原来也猜他不出。"韩广达道："原来他是这样有本领的人，这川路上江湖上的人，有不怕他的吗？"薛跳马低头想了一想，然后又摇了一摇头道："实在没有这样大胆的人。记得胡家寨里的人，做了一票生意。后来打听了这家人家，在重庆开有一家药店，常收买铁先生的药草。他们怕铁先生见怪，迟早要问罪的，所以就把东西暗中退回去。"他说这一套话，本是无心的，韩广达一听，却凭空添了一桩心事。他想胡家寨的人既然怕铁先生怕得这般田地，那么我哥哥现在关在那里，若是能求他出面，说个三句两句话，我想不难把我哥哥救了出来。一人默然了半晌，并没有答应薛跳马的话。薛跳马以为他也让铁先生吓怕了，说不出话来，也不追究。

当晚二人在饭店里，各自分屋而睡。到了次日，还是同路行走。韩广达在路上说着闲话，就问薛跳马："这铁先生是住在什么山上？"薛跳马道："现住的所在我们只听过人说，没有去过。那里在夔州境内，是一所无路可上的高山岭。"韩广达道："这话是传说过分，只要他不是一位腾云驾雾的神仙，总要靠了两只脚走上去。有了脚走的地方，那便是路，如何说无路可上呢？"薛跳马说："这样的人，能说他不是腾云驾雾的神仙吗？"韩广达虽然听他这样说了，心里究竟不能十分相信。好在这里到江南去，夔州是必经之路，铁先生果然是了不得的英雄，到了夔州，总会有人知道他的所在。心里存下这个念头，也不去和薛跳马再商量，一路到了万县。投了一家客店，韩广达以为这里到夔州有水路可去，当天就到江口去看定了一只下水客船，搭船东下。临别之时，薛跳马请他喝了一顿酒，又送了两荷叶包路菜。不但没有一点为难之处，而且非常客气，这倒觉得以先防备是过虑了。

由万县到夔州，江流水顺，不二日就到了。韩广达在城外找了一家客店住下，打算休息半天，再打听铁先生的所在。当店伙送了茶水来的时候，无意之间，问他一句："此地可有一位铁先生？"店伙望了韩广达脸，呆了一会儿，问道："客人为什么打听他，这是我们四川一位大侠客啊！"韩广达道："我也是听了他的大名，不知道他住在什么地方。"店伙摇着头道："这个说不定。不过据我们这里传说，他住在夔州下游三十里一座靠江的山上，那山叫作铁角山。山上出猴子，一出来，便是整百个。靠江这边是一方陡壁，山脚下有一条上水船的纤路。后山那一边，虽也有上山的路，但是也很难走。有些地方，不能直了腰走，要用手爬上去。况且那山上的猴子，又万分淘气。若是一个单身客人，它把你捉到，要把你身上衣服鞋袜，脱一个干净。把衣服剥干净之后，他就扯你胡须，扯你的头发。

254

你纵然不死，也要丢了半条性命。所以他住的那地方，决计没有第二个人敢去。他是不是在那山上，我们也不知道。"韩广达道："既然靠江这边有一条纤路，就走那条路上去就是了。"店伙笑道："客人你到四川来，难道是走旱路的吗？这江上的纤路，是石壁上凿开一条横路，宽也不过三四尺，刚好容两人扯纤。那路只是和江水一样平，如何走得到山顶？人在那路上，若要抬头看山顶，还要落下帽子来呢！"韩广达听了这话，心里想着，若是铁先生也由后山上去，后山总也有一条路。他能上去，我就也能上去。猴子多也不要紧，那并不伤人的动物，总可对付得过他。

当时且不声张，到了第二日，用过了茶饭，且照店伙所说之处，慢慢走去，探那上山的路径。先还有路，走了十六七里，便见深草里面，一条若隐若显的痕迹，是草倒下去变成的，不成路了。这路也有四五处人家，和他们打听铁先生回来没有，他们都说确是住在这山上，有两个月不见他下山了。韩广达道："前三天我还在万县遇到他呢，怎么没有下山？"那些人便微微一笑。韩广达看他们这种情形，料得铁先生上山下山，是不愿人知道。现在且不管铁先生回来不曾回来，我总要由这条路走上山去看看。就是铁先生不在山上，我也要走到他住的地方，留下一点记号，让他猛吃一惊。这样想着，便觉得格外有意思。于是振作精神，顺了这微微的草径，走上山去。

走过去两三里路，山势更见崎岖，人在草皮上走着，只顾滑着要向后退。抬头一看，只见半天云里，一丛绿树，簇拥着一个大石崖，石崖上有一个八角小草亭子。看由这里到那里，不过隔了一个山头。心想莫非那地方就是那铁先生家里？这也不见得怎样难上去，何以外人那样夸张呢？这可见得凡事耳闻不如面见了。于是手抓着山上的草树，带走带爬地上山去。但是爬到山头上一看，这才大失所望。原来这个低山头，和那边的高山头，并不相连的。脚下的山，突然向下一闪，闪出一条深隐隐的山涧。由这里到那边山头上，要走下这条山涧，渡过水去，然后才能往上走。脚底下的山涧，约莫有一二丈。由这里向下看，犹如站在城上看城下，那边的山势，亦复如此。所以两山之间，却成了一条山巷。漫说由这里不能走下山涧，就是走下山涧，在那边又如何爬得上去？自己站在山头，踌躇了一会儿，张目四望。在山上倒生长了不少老松树，风刮着松针在空中摆动，轰轰作响。脚底下泉水，在石头上冲激，也是作响轰轰。这山下两种风水之声相和，闹成一片。但是远远近近，又不见一点人影。他虽然刚在山里面出来，像这样沉寂中反现热闹的情况，今日是初次相见。可知天地之间，人所不到的地方，偏有许多奇景。这风景不是人所常见的，也就格外显得奇怪了。

正沉思着，又听到稀里哗啦之声，由远而近，并不像是风，也不像是水，不由得吓了一跳。向那声音来的地方看去，却是大大小小一群猴子。那猴子有在树枝上跳的，有在草里钻的，有在山头上爬的，一齐向这里跳过来。韩广达看这猴子有一二百头，耸跳灵巧，口里边唧唧啾啾作声。心想只好让它为是，于是将身子一缩，缩在一丛茅草里面。只见那群猴子走到石崖上，转向右面，却向山崖下一个缺口地方而去。韩广达虽觉得这猴子不可惹，但是这整百个猴子，也是生平第一次所见的事，不可不跟在后面，侦察一番。因此轻轻地走出草丛，蹲了身子，沿山崖而走。走到缺口边，两手抓着崖上的草，探头一望，只见这地方一个斜坡，一直通到石壁半中腰，成了一块小平坦地，猴子就群聚在那里。那里有两棵松树，一棵稍直，一棵歪倒在崖上。有一个猴子，走上那棵歪松，两手两脚，抱了一枝斜干，将身子歪成一把弓似的。韩广达心里想，这真奇怪。一看接上又来了一个猴子，两手两脚，把那猴子抱住，顷刻之间，一个猴子拖一个猴子，连成一大串，悬在松干上。估量着数目，约莫有四十多头。那最下一个猴子，将身子一扭一扭，摆动起来。这一串一链，就如打秋千一般，在那山涧之中摆荡起来。最后的猴子，是两脚勾着别个，倒转身子，伸手向前。三摆四摆，它将手只一捞，它却把山涧那边一棵枫树捞住。于是这一串猴子，在两边山崖的树上，横空一拦，倒好像在两山间架了一座天桥。

韩广达望得呆了，这真是闻所未闻，见所未见的奇事。心想这头先一个猴子，要有多大的力量，才能拴上许多同类。那些相环抱的猴子，上要抱人，下要人抱，也是了不得的本事，怪不得人家说是这山上的猴子厉害了。韩广达正觉得奇异，可又不知道这些猴子架了这座天桥，是什么用意。只在这个时候，这些没有架桥的猴子，却在这猴桥上，一个一个地爬了过去。顷刻之间，这一百来头的猴子，都由这山渡过了那山。那边抱住松树的猴子，突然一放。这一串猴子，立刻像一串链子一般，在空中一摆，就摆到了那边石壁下。然后一个一个，又次第放手。一群猴子，立刻解散，一齐向那边山顶上飞快地爬去了。韩广达手抓住两把草，半天释放不得。心里估量着，这位铁先生，不是天神，不是地仙，猴子都不容易渡过的山，他倒在那里住家，决定不是等闲之辈！怪不得薛跳马说四川这地

256

方，没有人不怕他的了。既然是这样，就越非见这人不可。有了他一句话，我哥哥一定可以逃出胡家寨的。今天天色已不早了，要想渡过这山是来不及的。就是渡了过去，如是见不着他，也是白费工夫。不如把他打听得实在了，我再去找他也不迟。于是变了计划，立刻转回身来，仍旧下山而去。

第二十九回

舍命访奇人兽林下拜
腾身救远客鹰啄飞来

　　到得万县城下，果然是夕阳在山，暮色苍茫了。这天在街上，定打一捆船篷索，又在铁匠店里，定打了两套铁钩。各事预备齐妥，不免又耽搁了两天。这样料铁先生也就该回山了，把东西带好了，又上山来。这船篷索本来有几丈长，现在索性把许多索来连成一根，所以每根索都有几十丈长。然后绕着圈圈成了一大捆，把索圈分着两捆，用一根扁担挑了。这次上山，他不像从前那样胡闯。在经过的几家农家，都走上去客客气气地和他们说话。说自己有一件要紧的事，要求铁先生，不知铁先生回来没有。那些人还是那样说，并不曾见他下山。最后有一个老头子才说道："我看你倒有些诚心来找他的，老实告诉你吧，他在山上山下，我们是说不定的。我们许久不见他下山，可是他早就下山了，有时分明见他下了山，但是他并没有走远，当天就回家了。你老哥既是诚心诚意来访问他，你就只管上山去，找得着找不着，你都不必问，你只管到了那里。他不在家，你就等上十天半月，大概不见得会愁着吃喝。"韩广达觉得这老人的话却很实在，谢了那老人，挑了绳索，又向山上而去。

　　走到山崖边那个缺口子的地方，把钩子深深地钩进土里，然后把索子系在钩上，顺着崖向下放去。恰是不长不短的，索头垂到斜坡下那坦地上。他先把没有解的索，都抛了下去，然后手握着长索。两腿垂直，向下一溜，平平安安就站在那一个平地上。手抱着松枝，探身向下一看，距离山涧，还有一二十丈高。只看见那急水打着石头，翻了一片雪花而去。韩广达看了许久，一想这要是落了下去，万无生理，不是让石砸死，也会让水浸死，怪不得这猴子都渡不过去，要架天桥了。估量着对岸一会儿，觉得自己万万是由水里渡不过去，就把篷索寻出一个头来，将钩系上。于是拿索在手，对着对面石壁上那一棵枫树上抛了去。钩子钩着树枝，只在空

258

中一绕，把树干连连绕上几匝。韩广达手上拿了索子这一头，使劲扯了两扯，觉得已是缚得结实。于是把没有解的索圈圈在肩上，把挂住树枝的索头捆好了自己的腰，两手上伸，握着索子中间，两脚一顿，离开了这边的悬崖。人就如飞鸟一般，悬着摆到石壁的那边去。

这两山之间，相隔有十几丈远。一个人悬在索上，突然摆将过去，这一种摇摆的力量，比什么东西撞击力还要大。韩广达心里计划已好，等到离那石壁将近，身子反转向外一扭，以免和石壁相撞。但是这种摆动，比放箭还快，哪里由得韩广达扭转，已是向石壁上直扑过来。所幸这边的石壁，比较的倾斜一点，所以下面两只脚首先相撞。因之脚尖微微一点，把身子定住，这才复摆回来，垂在枫树之下。韩广达定了一定神，然后两手抓住索子，一节一节地向上爬了上去。爬到了枫树干上，前后一看，这枫树下是一片斜坡，若向下走，也是陡壁，若向上走，抓着崖上的垂草，还可一步一步爬了上去。韩广达坐在树枝上，对这方斜坡，估量了一下，约莫有二里路上下高。若是一口气爬上去，精神怕有点不够，因计划着应该在哪里停歇一下。

正在估量之间，忽然有一截树枝，噗的一声，打在头上。初以为这是树上落下的枯枝，也没有去理会。但是不到一会儿工夫，又是一截树枝抛了下来。这树枝抛的势子是斜的不是直的，而且还来得很凶猛。抬头一看，只见一个大猴子，坐在树梢上，又拿了一截树枝在手，正要向下抛。韩广达喝道："你这畜生，倒先来欺侮我！"那猴子仿佛懂得人骂它似的，刺溜一下，直溜到韩广达的头上。

韩广达见它来意不善，料得在树上等着，决计不是它的对手。身子一偏，就由树上向下一跳。一时匆忙，忘记了直至现在还不曾解散捆在腰上的绳索，索性让树杈丫绊住了，把韩广达悬在空中。韩广达待解腰里的索头时，那猴子又由索上溜了下来，伸着爪子，揪住韩广达一只左耳朵，将他的头只是摇撼。索头解开，人向地下一落，猴子也随着直落下来，却压在韩广达身上。韩广达向上一跳，猴子便闪到一边，手扶了一丛矮树，向人张望。韩广达怒不可遏，也忘记了这山上的猴子厉害，反过手去，拔出背后的一把单刀，向猴子一扬，跳着脚道："畜生，我要捉住了你，我就先割下你两只耳朵！"那猴子见韩广达亮出刀来，它似乎也知道这是杀人的东西，掉转身躯，沿着石壁，就向上跑。韩广达虽然没有猴子那样矫捷，但是居心要捉那猴子，却也不肯丝毫退后，一步一步紧紧跟着。那猴子恰是作怪，跑了一小截路，它又停了脚，回头来望望，待韩广达追得相近，它才再跑。韩广达见猴子这样，分明是有心玩弄，越是不肯放松，只管随着猴子后面追下去。那猴子所过的地方，虽不是很好的路，然而在壁上，恰是有一层插脚之处。因此韩广达在后面追着，也不见十分困苦。这样追着，不知不觉，却已追到了石崖头上，把这一方石壁竟爬了过去。一看脚下，已是山地，那猴子也不知道怎么一翻身，却跑得无影无踪了。

韩广达定了一定神，再回头一看，不由得吓了一大跳。原来自己身后，正是在下面望着上不来的一方石壁。自己只管追猴子，倒不知道如何容容易易的，爬上了一座石壁。若不是这猴子引导，要由自己一个人慢慢向上爬，恐怕直到现在，还是在山壁下哩！刚才逞了一时之怒，要追这猴子，不料反得猴子的助力，这倒不能不谢这猴子。不知道这猴子玩弄我，是有意还是无意的。自己在这里出神，却听得一阵叮叮当当的响声，很猜不着这是什么东西。跟着这声音寻去，只见一线白光，在深草里一闪，韩广达吓了一跳。看那长而蜿蜒作态的样子，莫非是一条大蛇？于是握紧了刀，慢慢向前去。及至睁眼看明，这却好笑起来，原来并不是什么蛇，乃是深草之间，伏着一道清泉。

这一道清泉，远远而来，有时流在石上，有时流在深草里，时隐时显，只是曲曲折折，一道宽不到一尺的清水。那一种响声，却有水由草上流到高低不齐的石上撞击出来的。这种风景，很是有趣。于是沿着这泉，一步一步向前走。走不多时，又吃了一惊，原来水边石沙里，却有几处人的脚印。看了这脚印，分明是人来去的山路。莫非铁先生用的水，就在这里？常听到老前辈说，在山上失路的时候，顺着有水的地方走，总可以找到人家的。我且顺了这水找去，或者就可以寻得铁先生的所在。于是沿着这一道泉路，曲曲地找着走。

翻过两个小山坡，便发现在隔山望到的那一丛绿树，和一个亭子。由这里去，只隔了一个小山坡。料得就是再有陡壁，也不甚高，总可以上去。于是抛去泉路，向着亭子边走去。走到山坡上一看，不知道从何处而来，也有一道小山涧，当前一拦，山那边果是一方小山壁。那树和亭子，就是在这上面了。这石壁虽不甚高，也有五六丈上下，却不是一跳就可以上去的。而且这石壁光滑如油，连青苔也不曾长，就是要爬，也无处措手足。先以为容易上去，如今看来，又是错了。韩广达站在石壁之下，端详了一会儿，实在没有法子可以上去，于有沿着石壁脚下，由前面绕到后面去。一直绕到山后，这里却是一山套一山，一峰连一峰，连到很远。由下向上，一直仍是石壁，并没有可以上去的路。纵然有路，四川的山路，已经是领教过的了。分明已在目前，却要绕着几里路，或者几十里路，都未可知。铁先生既然择定了这地方住下，当然是不容易上下的，且不要糊里糊涂绕路，先在正面等上再说。因而在小山涧里，拣了一方干净的石头，坐将下去。停了一会儿，也想不出什么主意，看看天上的太阳，又慢慢有一点偏西了。心想若是再想不到上去的法子，直等到太阳下了山，那个时候，要上山是上不去，要下山又来不及，难道就在这露天之下，静坐一晚不成。但是真要下山去，千辛万苦，上得山来，又一点结果没有，岂不可惜！站起身来，在水边徘徊着。

忽听得扑通一声，溅得水花乱飞。回头看时，却又是那个猴子，站在石壁崖上，手上拿着一块石头，正要向下抛下来了。韩广达心里想：先烦了这猴子引导，才得爬上这山来，不能把恶意对待它了。因对着这猴子点点头道：“先蒙你把我引上山来，你能再把我引上去吗？”那猴子看了一看，又跳了几跳，就在石崖上拿了一根粗藤，向下一抛。恰好站在下面的人，伸手可以握住了藤条。正要两脚起势，向上跳去，那根藤条却只管向上抽动，不用得自己费力，竟一截一截让那猴子拉上石壁来了。到了石壁上，猴子又不见了。四周一望，却是出乎意料以外，原来却是一片平坦之地，四周遍栽了丛密的树木。树木的里面，一条小路进去便是三间石块石片砌成的一所小屋。这虽是冬天，那石崖上爬满了苍藤老葛，只有窗子和开门的地方，空上大小两个洞。韩广达走到屋外，见是一片小小的药圃，知是铁先生的住所，不敢造次进去。便放慢了脚步，走到门边，轻轻敲了几下。但是停了许久，并不见有人出来。韩广达想着，或者铁先生不在家，还没回来，我且撞了进去。于是站在门外轻轻咳嗽了两声，然后爹着胆子走了进去。

走到里面，果然是一所空房子，并无一个人在内。屋子里面四壁都挂着大小药草捆子和黄色葫芦。人一走进来，便有一种药草香味。恰是奇怪，这里除了一些几案古玩之外，靠着旁壁，还有三所大书架，上面齐齐整整地摆列着许多书卷。这些东西，都不是这深山穷谷里所应有的，如何都搬了来？于是就更见得铁先生不是平常的江湖之辈了。靠了东壁，另外有一扇门，门上有铁丝穿挂的小铁片，犹如百叶裙子一般，一层叠着一层，都颤动起来。韩广达住了脚，心里狐疑着道：这更是奇怪了。外边的

261

门敞着，里边的门却又闭得这般紧，这是什么用意？本想张望一下，那门让铁片掩护了个周密，不曾有丝毫的缝隙。两手待要用力推去，忽然吃了一惊，原来这门的铁丝上，恰穿了一张纸条，上写着五个字：此门不可推。这山上不但没有生人来，而且也没有熟人来，何至于挂上这一纸条子？分明是铁先生知道我要来，这张条子，乃是对我而发的了。由此看来，今日他一定在山上，不曾远去，我且在屋前屋后，找他一找。

走出屋来，随着树丛的小径，穿到后面，便另是一个小山峰，走上那山峰，闪出一个大山洼。山洼之底，又发现了一群猴子，它们却不是架猴桥，倒另有个奇怪的玩意儿。所有的猴子，围成了一个大圈，猴子肩上，再堆一层猴子，一共堆了好几层，活像一座猴塔。那些猴子，前臂相连，只管围圈圈儿。口里还唧唧喳喳乱叫，是那最下层的猴子，回头一看，看见山冈上站了一个生人，哄的一声，将圈圈儿散开了。上层的猴子，便如倒了萝卜担子一样，满地乱滚。韩广达看见，不由笑将起来。但是这猴子散了，却现出一个人来，这个人大概是当猴子堆宝塔的时候，他藏在宝塔中间。心里不免一喜，这正是自己特意来拜访的铁先生。还不曾开口，那铁先生将手一扬，伸入空中，叫起来道："是哪里来的人？你好大的胆！一直跑到我家里来了。"

韩广达抢着下了山洼，走到铁先生面前，翻身便拜，然后作了一个揖道："前次会面，有眼不识泰山，还求老前辈宽谅。晚辈事后得知，又是后悔，又是惭愧，因此特意上山来请罪。"铁先生笑将起来道："莫不是我叨扰了你一餐，你今天来讨账的？山头上钱是没有，除非你要几个大小葫芦，我这里倒现成，不拘新旧，都可以奉送。"韩广达道："晚辈有天大的胆，也不敢和老前辈讨账。不过有一点小事来求求老前辈。"铁先生笑道："如何？你还不是来讨账的吗？"韩广达道："并不是讨账，因为这一件事，除了求求老前辈，就没有第二人可求了。"铁先生笑道："你这人说话，倒也开门见山。你既是老实说了，先到家里去谈谈。我能帮忙，就帮你忙，不能帮忙，或者还可以和你想一个法子。"于是他在前面走，让韩广达在后面跟着。

他所走的，并不是原来的路，不知道怎样在一块石头上一转，却转出一个石洞来。下了那石洞，慢慢地开展，虽不十分光亮，却是看得清楚，这里是一所小小的洞屋。这洞里面有两条路，当他们走到两路口分岔之处，仿佛是几只猴子。由暗处走了。再由亮处走来，却慢慢地向上，走出洞门口来，又不知如何却转到一间屋子里来了。屋子里横架了一根小木梁，梁上站着一只大鹰，睁着光溜溜的眼睛看人。那鹰约莫三四尺高，远望去好像是一只小犬。它见了生人，忽然嗤的一声，将两扇大翅膀伸开来，只有一尺多宽。把头一伸，便张开了那铁钩嘴。铁先生将手一挥道："不要淘气！"伸手一摸它的头，那大鹰就缩了脖子，半开着那光溜溜的眼，蹲在横梁上了。韩广达见那鹰虽然驯服，但是并没有加什么锁链的。若是直扑将来，倒叫人有点不好支持，还是稳当为妙，便闪藏在铁先生身后。铁先生把门闩一拉，只听得叮叮当当的响声，一看正是先前看到的那扇铁片门了。铁先生请他在外面屋里坐着，自己燃了炉灶，烧茶水给他喝，又捧了一大捧炒黄豆和干薯片来，都放在桌上。笑道："这山上没有什么可以敬客的，倒是这东西，可以助助谈趣。"他说着话，抓了一把黄豆在手上，一粒一粒，不断地放进嘴里去咀嚼。他坐的椅子，仿佛像架秋千，四根绳吊在屋梁上，下面悬了一块方板子。人坐在方板上，不住摇撼，慢慢地却把两只脚架到桌子上来。

韩广达见他老是带一点玩笑的意思，自己郑重不起来。自己要说的那一番要紧的话，也就无法可说。因看见铁先生腰上，系着一根穿了铁片的腰带，大大小小的铁片，约莫有三四千片。有缚紧的，也有垂下来的，看去很是累赘。心想这个人时刻不离这一串铁块，这是什么用意呢？我不如就借问这个，慢慢地就可以谈到救我的哥哥了。他还不曾开口，铁先生笑道："你看这些铁片做什么，奇怪吗？知道我的人，他就不敢看我这东西，怕的是丢了性命哩！"韩广达道："晚辈有一肚子话要说，又不知道从哪里说起好，既是问不得的，我索性就请你救我哥哥吧。"铁先生哈哈笑起来道："你这人太不会说话，但是我倒喜欢不会说话的人，听了可以笑笑。你的事不必多说，我知道了。你哥哥有九尾狐那个漂亮老婆，在胡家寨又做上一个二路山大王，快活得很，为什么你要把他弄出来？"韩广达道："这事老前辈怎样都知道？胡家寨里的人，也不知道我们是兄弟啊！"铁先生道："我怎样知道，你不必问，我也不要你问。但是你为什么跑来找我，要我救你哥哥？"韩广达道："老前辈，你愿意年轻人做强盗吗？我要不救他出来，他一生恐怕也逃不出胡家寨了。我想你一定肯帮我的忙，要不我也不会舍了命爬上山来拜求老前辈了。"

铁先生站起来笑道："好吧，你不要说这多了，多了就不值钱。你该吃饭了，我预备一点东西你吃吧。"他说着，打开了那一扇铁片门，将手拍了一下。那大鹰只张了双翅一跳，就跳到他肩上来站住。他回头对大鹰道："今天有客，给我弄一点吃的来。"那大鹰似乎懂得人的话，由他肩上向地下一跳，就地张开两翅，掠地而飞，飞出大门去了。铁先生等鹰去了，却在门口呹唤了两声，重新去燃烧炉灶。不大的工夫，只见四只猴子抬着一桶清水，由那铁片门里出来，经过堂屋一直向旁边灶下而去。猴子是用两根木杠抬木桶的，看它抬得挨挨挤挤，真有意思。而且那桶水抬得很平稳，不曾洒了一滴水在地上。铁先生对于这些事，真经过惯了似的，一点也不在意。那几个猴子，放下水桶，就举起来将水向缸里一倒，倒完了水依然将木棍穿了桶梁，抬着空桶去了。韩广达正在诧异之时，只见大鹰唰的一声，由外面飞了进来，收了两翅，在地上站定，嘴里却衔了一只带血的野鸡，然后跳着送到灶下去了。铁先生用手拍了一拍它的背道："今天有远客，这一只鸡不够吃的，你再去找一点东西来。"说着，将手一挥。大鹰听了话，凝神一会儿，展翅飞出去了。依然不多大的工夫，却衔了一只兔子回来，还是一直送到灶下去。接上又有两个猴子，各捧了一捧青菜，一走一跳地拿进来。

韩广达看了，心里只是好笑，不用学铁先生别的什么本事，光只学他差使禽兽，就是人生一件大大的乐事了。那铁先生行所无事的，只管做他的菜饭。那些猴子纷纷地来往，比平常人家用的家童小厮，还要柔顺许多。一餐饭做好，碗碟俱备地摆上桌来，最奇怪的，居然还烫了一壶酒出来。铁先生笑对韩广达道："山上的野味，倒是不少，就是一样，弄不到鱼吃。所以上次相会，叨扰你老哥一餐好鱼汤，直到于今，鲜味还在口里。我还是忘不了呢！"他说时，便自行坐下来，举杯便喝，举筷便吃。韩广达肚子本也就饿极了，料得不能容着谦逊，就陪着他吃喝起来。吃喝之时，韩广达也曾提到救他哥哥的事。铁先生说："吃得快活，不要谈这种分神的事。"韩广达总让铁先生满意，便不说了。将一餐饭吃完，天色也晚了，铁先生说："喝醉了，要睡觉，有话明天再说。"他便另外在屋里设了一个床铺，让他睡了。

到了次日，铁先生陪他看看山上的景致，约他吃喝谈笑，只是提到救韩广发的事，他便用话来闪开去。韩广达在此时，要说是不可，不说是心里闷得难过。到了第三天上午，韩广达实在忍不住，就老实地先说了，因道："老前辈让我说时，我便在山上打扰一两天，不让我说时，我在这里打扰老前辈，太无意思，晚辈马上告辞。"铁先生笑道："年轻人总是性急。老实告诉你，并不是我不帮你的忙，但是怕救了你的哥哥，却误了你的事。"韩广达道："晚辈虽没有读过书，倒也知道手足义气为重，只要能救出我哥哥来，我无论吃什么亏，都不要紧。"铁先生道："话虽这样说，但是样样事你或者可以吃亏，唯这件事却怕你不肯吃亏。"韩广达道："只要救得出我哥哥，我性命都舍了，哪里还有贵重似性命的事情？"铁先生低头想了一想道："你既是这样说了，我不能不看在你义气一层上，和你去走一遭。不过从此以后，在你身上，怕少不了一番纠葛。"韩广达又斩钉截铁地说："只要救出我哥哥，其余都不管。"铁先生道："那也好，我走一趟。你且在我山上住个十天半月，你要吃喝的，我都和你预备下。一直等我回来，你再下山，你能不能在此等候？"韩广达毫不思索地答应了。

韩广达在山上住了一宿，次日起来，已不见铁先生的踪影。屋子里正中桌上，却放一张纸条，把他紧腰的那一串铁片压住。抽出看时，上写"请在山上暂住几日，我下山去了"。韩广达看了这字条，料定铁先生救他哥哥去了。韩广达看过了，且安心在山上住下来。果然铁先生将一切饮食东西，都预备好了，除了飞鸡跑兔而外，粮食蔬菜，都整堆地放在灶前。铁门现在开了，那大鹰已是不见了，大概也是随了铁先生下了山。倒是那屋子里进进出出的几只猴子，已经有些认识，还是照常送柴送水。这山上虽没有人来往，但是屋子里还有书可看。出去看看山上的景致，又有那些猴子，闹出种种玩意，颇觉有趣。一住五天，也还不寂寞。到了第六天下午，只见那只大鹰，也不知从何而来，已经飞到门口，站在树上。韩广达很知道这只鹰猛鸷异常，触犯它不得，就向屋子后铁门屋里躲。还不曾退进去。铁先生已经由石洞里钻将出来笑道："躲那大鹰吗？不要紧，我回来了。"他身后接上就有人在后面叫了一声兄弟。那人走上前，不是别人，正是哥哥韩广发，不由得叫了一声哥哥。三人一同到外面屋子里，韩广达先向铁先生下了一跪，说道："老前辈这样大德，我兄弟感恩匪浅。"铁先生一把将他提起，笑道："为喝了你一碗鱼汤，连累我来去跑了六天的路程。这几天住在山上怎么样？短吃喝的吗？"韩广达说一些不短，又向他道了谢。铁先生道："我原不知事情办得这样顺手，所以已经预备下了十天的食料。我还不在乎，你哥哥实在饿了，赶快预备饭吃吧。"韩广达这几天住在山上，烹调的事，倒也弄得熟手了。一面做饭，一面和哥哥说话。韩广发也笑嘻嘻地来帮着兄弟。

韩广达这才知道，五天以前，铁先生到了胡家寨。他不是走去的，也不是骑牲口去的，是由半天落下来的。铁先生听了他这话，便笑起来道：
"你听了他这话，不要疑心我是一个神仙，会腾云驾雾，我全靠了它的那
一张尖嘴，把我衔了去的。"说着，用手向屋里一指，那大鹰正横梁上缩
了一只脚，一面还是打瞌睡呢。韩广达心里想：怪不得他出门还丢不下这
大鹰，原来还有这样大的用处呢！韩广发又说："铁先生一到，胡老五就
吓慌了，不知道怎样应酬才好。后来铁先生说明，我们家里还有老娘，不
能把我关在山里，不许我回家。胡老五说是一点不知这一件事，一口气就
答应让我回家。"韩广达道："嫂子那要大大不愿意的了，她怎不说呢？"
韩广发道："那倒不要紧，只要她改邪归正，难道南京那地方还不许她住
家吗？她若不能丢了本来的买卖，我也不要她，就不必见面了。连胡老五
都怕这位活神仙，她哪里还敢说一个不字！她倒说了几句大方话，说是不
能为了夫妻的情分上，离开我的母子。但是她从来没有说过这种话，不过
是落得一个人情罢了。"他虽这样说着，有一口闷气想叹出来，却忍了回
去。广达知道究竟他有些恋恋，也就不说了。

第三十回

萍迹聚东川良朋把臂
花容窥北艳有女同舟

　　韩家兄弟二人说着话，已经一餐饭做好。吃过饭之后，铁先生道："你兄弟二人，明日一早，就可回夔州去，遇了下水船也好早些走。若是还在四川，遇到胡家寨的人，把你们再捉了去，我却不好意思一次二次地多事再去救你们了。"韩氏弟兄一同答应着是。便依着铁先生的话，在山上休息了半天，到了次日一早，告别了铁先生要行。铁先生引了他们由铁片门那间屋子，下了石洞。在石洞里三转四转，转了出来，却是屋下面那山涧。这洞口恰有一块大石头盖住了，向外一点也不露出痕迹。所以在山壁下走的人，绝对找不出洞口的。

　　铁先生送出洞口，一直到那大石壁上，那一只大鹰，也不知何以知道，已经先站在一棵老树上等候了。铁先生一见，便笑道："它倒来了，你二位是让它送过山去呢，还是让它先牵上绳子，然后你们自己吊过去？"韩广发听说，却怔了一怔。韩广达道："料也不妨事，我让它先送过去。"铁先生让他把腰带的疙瘩系得紧了，将手向大鹰一招。大鹰飞了过来，看到韩广达系紧了腰带，仿佛告诉了它一样。它口啄住了他背后腰带的中间，两只大爪子，复向中间一抄，将韩广达抱住。于是两个大翅膀子伸开，只拍了几下，便飞过对面石壁子上去了。飞到那边，飞得离地只有三四尺高，才将人放下，韩广达已是平平安安站在那边了。他隔着山涧叫道："妙极了，哥哥你让那鹰送过来吧，这实在是个玩意儿啊！"韩广发在山峰那边，看见兄弟轻轻易易过去了，料着无事，也就束了一根腰带，让那大鹰衔过了山涧。当自己两脚落地以后，再看山那边，已无铁先生的影子了。就是那一只大鹰，只在这一转瞬工夫，也看不见了。韩广发道："兄弟我们自信江湖上的事，差不多是无所不知，你看四川山上，有这样一位大侠，我们哪里知道一点？从此以后，我们要少谈江湖上的事了。"

韩广达道："正是这样，江湖跑到老，江湖学到老，我们还得多多地学些。大哥，你在后面走吧。这山上的路，我来去了两趟，比你熟得多呢!"他说着话，便在前面引路，遇着不大好走的地方，他便停住了脚，告诉他要小心些走。

到了夔州，不过是正午刚过，兄弟二人在客店里用了一些菜饭，还有小半天时候空着，就一同到江边船码头上去打听下水船。二人一路在街上走着，问了两处，都不大中意。正在继续打听之时，前面有两个人走路，有一个却说的是一口南京话。韩氏兄弟听了，都不由得一震，就不约而同地停止了说话，只是跟了地上两个太阳影子。只听那个说南京话的道："我们的船，恐怕要做三次搭，第一次到宜昌，第二次到汉口，第三次才能找往南京去的船，我们可同船坐到湖口的了。"那一个道："我不一定到湖口下船，或者还要到马当去找我的师父。"

韩广发听了到马当去找师父的话，心里忽然一跳，想起朱怀亮的酒店，就开在马当华阳附近，莫非他是朱怀亮的徒弟？再听那人说时，他又道："不过我师父在南京和我分手的时候，他也说了，他若是不做生意，在马当那里就不会住下的。所以我又想去，我又不愿空跑一趟。我也只好到了汉口，找着熟人，打听打听我师父的下落再说。"韩广发越听那人的口音，越发像是朱怀亮的徒弟。有心要交接他，又怕过于冒昧，心里计划着，也不知在人家后面走过了几条街道。一抬头，那二人见路旁有一家茶馆，便走进去喝茶去了。韩广达道："大哥，刚才那两个人，也有一个要到南京去，我们何不和他约着一同坐船走？"韩广发道："这两个人，其中有一个好像是朱怀亮的徒弟，若然是的，一定也是本领了不得的人。我正想和他交个朋友，何不到茶馆里去喝碗茶？"韩广达道："这容易，我们可以走进去，和那个说南京话的，先攀起同乡来。"

他说着话，已是走到了茶馆门口。韩广发看见兄弟要进去，索性走快一步，先进去了。先前进来的两个人，已是在店后临着江岸的窗户边坐下。韩氏兄弟搭讪着要看风景，也在窗户边拣了一副座位坐下了。韩广达道："大哥，我看这吃茶的风味，无论南北哪一省都是这样。"那边座上的人，听到韩广达说话是南京口音，也猛然地一惊，手按着桌子，昂着头便向韩氏弟兄浑身上下打量了一遍。韩广达再也忍不住，便和他拱拱手道："听阁下的口音，好像是我们同乡。"那人也就起身拱手道："敝处正是南京城里，二位也是的了，请问贵姓是？"韩广达一点头，也不隐瞒，就把姓名行程全说了。那人也笑道："这可是他乡遇故知了，你们贤昆仲在南京，我就闻名的，只是无缘相会。这位是柴浩虹大哥，大概二位也听人说过柴竞两个字了。我便是罗宣武。"韩广达道："原来是二位，不料今日在四川遇见，我们要爽快谈谈了。"说着话，不问三七二十一，就自行坐到一张桌子上来。茶馆里伙计过来问道："四位是一处的吗？"韩广达道："我们都是好朋友，怎么不是一处？"于是四人分着四面坐下了。韩广达道："不瞒二位说，刚才二位在街上走路，我们在后面听到二位说话的口音，就跟了来的。这也幸而我们是攀同乡的，若是我们是歹人，计算了二位半天，二位还不知道呢？出门的人，虽然是小心，但哪里又小心得许多哩！"韩广发道："兄弟，你嘴太直了，好在二位不是外人，要是不然，这种话人家听了，岂不要说我们有心取笑？"柴竞笑道："二哥为人，只是爽快，我倒很欢喜，我们何不搬到一家客店里同住？今天晚上，先痛饮几杯。"韩广达道："好极了！我马上回去，先预备下酒菜，二位就可以搬去。"罗宣武笑道："韩二哥也不曾告诉我贵寓在哪里，我们挑了行李向哪里搬去？难道说满街去瞎找吗？"韩广达哦了一声，自己竖起手来，在头上打了一个爆栗，笑道："我这人太没心肝了，我们住在河街中间，一家三元店里。左隔壁是药材店。石柜台上有一个石狮子，那地方非常好认识的。"罗宣武道："这样好寻的记号，那自然是容易找到了。我们回去收拾行李就来。"

韩广达听说，付了茶钱，和他兄长先行告辞。柴竞也就和罗宣武回了客店，收拾了包裹，清了店账，沿着河街，一路来寻三元店。寻到一家药材店门口，果然有一方石柜台子。柜台上有一个石狮子。停了脚，正要看客店里招牌，突然有一个人走向前来，将包裹接了过去。柴竞回头看时，却是韩广达。他笑道："我在门口望了好久了，就是这家饭店。"于是将他二人引了进去，恰好住的是一间大屋，正有铺位，安顿好了，谈笑之下，好不快乐。韩氏弟兄已早给了店伙的钱，让他预备了酒菜，喝了一个痛快。日暮之时，打听得有一只船后日开往宜昌，四个人便包了一个舱。

次日空了一天，并没有事，同在城里城外游览游览。到了半下午回家，只见店门口围上一大群人，有人叫着道："你这和尚，好生无礼，出家人慈悲为本，就是化缘，也要好言好语去求人家。给了你钱米，你又把我招牌石狮子拿下来，坏了我们生意人的兆头。这石狮子是这样的重，这样的大，你拿了下来，我们怎样搬得上去？"韩广达听了，插身进去一看，果然是一个化缘的和尚，便道："和尚，这是你不对呀！人家既然给了钱又给了米，你为什么还要胡缠？"和尚道："我也并没有和他胡缠，不过是叫他们店里出来一个有用的人，将石狮子搬上柜台，我马上就走。"韩广达道："若是搬不上去呢？"和尚道："搬不上去也不要紧，我看见这河街上，有一座观音堂庙门塌了，请他宝号答应修好那座庙门，我就替他搬上柜台去。"店伙道："师父，你明见一个当徒弟的人，他哪里有许多钱修理一所庙门？"和尚道："徒弟不好，那是你们店老板之过。徒弟出不起钱，这钱就该店老板出。"韩广达听了这话，觉得这和尚简直有些不讲理，无奈自己的力量，又没有多大把握，要不然趁一口气，就把这石狮子抱了上去。心里这般犹豫着，眼睛便望了石狮子发怔。罗宣武走上前，对和尚拱一拱手道："你无非是要将石狮子搬还原处罢了，这倒不算一件什么难事。"说着，将右脚抬起，踏在石狮子头上，摇了一摇，那石狮子座下，便移出一道土痕。他便一弯腰，一手拿了石狮子前脚，一手抄住石狮子的尾巴下，只向上一捧，便直了腰，捧得与胸脯相齐。笑着问店伙计道："你们这石狮子，原来是放在什么地方的？"店伙计看呆了，不曾留神问他，一时答话不出来，只将手向石柜台乱指。罗宣武两手索性向上一举，将石狮子举得高过石柜台。回过头来笑道："和尚，你且说应该放在什么地方？"四周围着看的人，早是哄的一声，喝起彩来了。那和尚也不料突然会钻出这样一个过路的人，把石狮子举了起来。待要和罗宣武理论，见他们有四个人在一路，料不是对手，便笑着点了一点头道："随便你放到哪里吧，我们再会了。"说毕，一合掌就由人丛中挤出身子而去。

罗宣武将石狮子轻轻地向柜台上一放，拍了一拍手上的尘灰，回转头来，面不改色。看的人又哄的一声，二次喝彩。药店里伙计因为罗宣武解了围，走过来作揖，再三道谢。罗宣武道："我并不是要帮你什么忙，不过我看这和尚的样子，太自负了，难道这石狮子就没有第二个人，可以拿得动不成！所以我也拿一个样子让他看看。以后你们说话，总要小心一点，不要太藐视人了。"说着就和韩氏兄弟一同进饭店去了。柴竞埋怨他道："你这祸事，我看惹得不小了。这和尚绝不是无用之辈，你今天当着众人羞辱了他一场，他哪里能就此罢休！"罗宣武道："我们明天就走的，他到哪里去找我。况我们一共有四个人，就是像他这样的和尚，再来一两个，我们也不至怕他吧。"大家一想，罗宣武这话也很对，就不十分挂在心上。

270

到了次日，已是搭的船要下行之期，因此大家搬了行李，一同下船。他们四人，共包了一个中舱，并没有另外的搭客，起坐倒是很方便。前面两个舱，都是散的搭客，舱板上铺位相连，一点缝隙也没有了。这后面一个后舱，紧连着舵舱，却是空的，并没有搭客。一直到了船将要离码头的时候，才见码头上陆续挑着几担行李箱件，先有一个粗大汉子，将东西一件一件，由船舷上搬进后舱。随后却扯开两张草席，把舱门给挡住了。韩广达轻轻对韩广发道："老大，这实在不凑巧，我们紧靠住人家有家眷的客人。这一来，说话行动，都要格外守一份规矩。"韩广发道："哪里有家眷？"韩广达道："你看，不是有家眷，为什么把舱门都挡起来呢？"一言未了，果然岸上直抬下一乘小轿来。轿子歇在船头边，掀开轿帘子，走出来一位十六七岁的小姑娘。她是旗装打扮，穿着一件绛色旗袍，上身紧紧地套着一字琵琶襟，蓝色小坎肩。她一转身，又露着头上一条松辫，下面垂着一大绺丝穗子。身子一动，那一大绺穗子和长袍的下摆，都摇摆起来。船家看见，早由船头上伸出两根竹篙到岸上去。那姑娘笑嘻嘻地扶了篙子，就由跳板向上走。后面有一个五十上下的旗装老妇，手里拿了一根旱烟袋，操着一口京腔道："我的格格儿，可了不得，这水边上不是玩儿的。瞧我吧。"说着话，她已抢上前来扶住那个姑娘。一个汉子在前面引导，一个老太太在后面卫护，沿着船边，到了后舱去了。韩广发望着韩广达，皱了眉道："出门的人少说话吧，前后都是人，闹出笑话来，大家都不好。"韩广达也自知失言，只是默默无语。可是这后舱就热闹起来，一批一批送行的男女，都操着纯粹的京腔说话，隔窗听了，犹如听戏子在戏台上道白一般，实是好听。及至船老板捧了香纸鞭炮到船头上去，接上响起锣来，这是马上要开船了。这里送行的人，就也陆续而去。

　　柴竞一行人闲着无事，推开篷窗向外看船家开船。只见船伙抽开跳板，扶起竹篙，正一篙子向岸上点去。忽然有两个人，一老一少，从岸上飞奔下码头来。那一个老的对船上连连招手道："船老板，你收了我们的定钱，怎样不等我们到，你就开船了？"说着话时，随后有一个人挑着行李也跟了来。船老板由船舱里钻到船头上去，就对那人道："客人，我不是早已对你说的，今天下午，一准开船吗？"我们船上搭了一船的客人，不能为你二位，都耽搁在这里久等。你总算赶到了，就请你上来挤一挤吧。"船伙复又搭好了跳板，让一老一少上了船，行李都搬放在船头上。船老板一望舱里，铺盖相连，哪里还能加入。呆呆地对着一挑行李，却没有个做道理处。那年老的道："我们上是上了船了，但是绝不能就这样站在船头上，你要把我们安插到舱里去才好。"船老板进舱里商议了一阵子，那些搭客都说："只要是让得出地方来，都可以让的。你只顾自己得钱，也不问这舱里人堆得怎么样，我们不能花钱找罪受。"说着话时，大家一唱百和，都说船老板不好，轰起来。船老板一看情势不对，也不敢再向下说了。就转过来对那老人道："不是我故意怠慢客人，委实是二位来晚了。我当是不来，把空位搭了别个客人了。二位若是愿搭别条船，我情愿把定钱退出来。"老人道："若是今天有别条船可以搭得上，我也不在这里挤了。明后日都是忌日，你们同行又不开船，我们若不搭你这条船，就要耽搁三日的行程了。我们偏是有事，一天也耽搁不得的。你真没有地方，我们也来晚了，自认一个错。你随便找一个所在，只要能伸伸腿坐下去，我们就心满意足了。"船老板见他说得如此迁就，再要不答应，自己心上也过意不去。因道："有是有个地方，只是委屈一点。那个地方日里要把舵，是露开船篷，晚上我们伙计都睡在那里，也挤得厉害。"那老人道："出门的人哪顾得许多，我都将就了。"船家听了，就叫两个船伙，把他的东西，一齐搬到舵梢上去了。随后两个客人，也扶着船篷背，由船边走向后面。

当他们走过来，柴竞等仔细看着他们，那年老的五十上下；这年轻的也不过上了二十岁，只是脸上纸一般白，似乎有了病。罗宣武笑着轻轻地对他们说道："这条船上的后舱，配成对了。有一个老太婆陪着小姑娘，就有一个老头子陪着少年书生。"柴竞道："有些不对。"将嘴向后舱一努道："这二位分明是主仆之分，刚才过去的老头子，虽不是那少的父亲，身份却差不多，总是少年的长辈。他二人不知道有什么急事，倒非坐这条船不可？这少年一脸的病容，这种江风再一吹，岂不要弄出大病来。"罗宣武道："他既是愿意去，我们还和他当什么心？"柴竞一笑，也就算了。船行了半日，柴竞因为要大解，就走到后艄上来。回时经过舵楼下，只见那老人缩得像刺猬一般，靠了行李卷，两肘撑了膝盖坐着。那少年用一条厚被，将身子卷了，睡在船板上，只伸了两只手在外，捧了一本书看。看那样子，正是受不住江上风吹。柴竞走回船舱来，就对大家说了。韩广达道："我们这个舱，再添上两个人，也不见得挤，就把他让到舱里来住吧。既是读书人，一定很懂礼节，不会让我们讨厌，大家的意思如何？"大家还不曾答应，他已推舱篷出去了。

去了许久，笑嘻嘻地提了一捆行李卷进来，随后一老一少，他跟着他走进舱内。那少年进了舱，就对着各人一揖，说道："多谢诸位大叔推爱，到了宜昌，再行重谢。晚生是个有病之身，实在不能受风吹，要不然也不敢搬进来打搅。"大家都说出门人大家方便，不算什么，也安慰了那少年一阵。韩广达道："这又是那一句老话，四海之内，皆兄弟也。这算什么？"说着，就把自己铺好了的铺盖，移了一移，腾出一块地方来。那老人连连拱手道："这样相让，委实不敢当，愚叔侄只要有一隅之地，可以躺下，就很好了。"韩广达道："你这位老人家，就是这样不爽快。我们既然把你请进来了，何争多让他占些地位？我们若是把你让进来，还是让你受委屈，那就不如不让你进来了。"那少年笑道："五叔，我们恭敬不如从命，就这样住下吧。"少年说话时，似乎带点气喘，却是很吃力，便坐在舱板上，靠住了船篷壁。那老年的解了铺盖卷，先让那少年睡下，然后他才整顿别的东西。

大家和他谈起来，这才知道他们是叔侄两位，姓秦，叔叔名慕唐，是浙江绍兴人，在四川游幕的；侄子名学诗，随着叔父出门，也来学幕。近来因为慕唐找不着好东家，潦倒得很，学诗又身上有病，有些不服水土。慕唐年老灰心，觉游幕没有什么好处，因此下了决心，索性送侄儿回家，还是去做举子业。预备赶回家去，就赶今年的学考。学诗也因为跟了叔父若干年，虽然见做幕宾的人，有不少发了财，但是闹了一生，也是为人作嫁。叔叔说是送回去赶今年的学考，无论中与不中，好在后来日子正长，总比在四川游幕有兴趣得多。所以慕唐说回家，他就归心似箭。恰好刚要动身的时候，又接到第四个叔叔从武昌来了一封信，约定一个月内在武昌会齐，一同回家。秦学诗只是怕误了一个月的信约，虽然身上有病，也顾不得许多，叔侄二人就赶了这一条船走。柴竟见他们也是落魄的文人，自己是念过几句书，弃文就武的人，对他二人，不免起了一番同病相怜之意。偶然和秦学诗谈些古今文章得失，他也对答如流，并不见有不如之处。不和他谈话，他也不找人说话，只是躺在铺盖上，枕头叠得高高的，两手捧了书看。因就着外面的光，而靠了后舱，只管捧着书看了去。

看书的时候，时时听到舱板以后，有一种清脆流利的京白，起先还不大留意，后来越听越觉好听，在手里捧着书半天也不能翻过去一页。眼望了书上的字，却是模糊作一块，一个字也看不出来。这天下午，同舱的人都睡了午觉，只有秦学诗不分日夜地睡觉，这时却不要睡，手上捧了一本叔父手抄的八股文，正看的是"止子路宿杀鸡"一篇。那篇文字作得有些赋的意味，不觉兴致勃然。忽然后面舱里那种清脆流利的京话，又说将起来道："姥姥，到了武昌，你总得陪着我耽搁三五天儿。小孩儿的时候，就听到人说黄鹤楼，来去好几趟，都没有游逛去，真算白到了湖北。这一回无论怎么说，你得带我去逛逛。就是老人家知道，这也是很风雅的事儿，大概不能派我们一个什么罪的。再说天倒下来，还有屋顶撑着啦。你拼了，卖一卖老面子，绝不能够有什么事。你是答应不答应呢？我这儿先给你请安了。"秦学诗听得她说的那种话，非常悦耳。正听得有趣，忽听得一个苍老些的妇人声音说道："别嚷了，这就到了滟滪堆了，你瞧瞧吧。去年个五月里来，你瞧见这石头有多么高！"又听见她道："哟，这就是一大堆石头吗？去年夏天来，它不过露出一点头尖儿在水面上，敢情有这么高啊！我瞧有二三十丈吧。夏天的水，这儿是多么深啦，这要是……"那老妇道："别说了！别说了！"

秦学诗听到这话，想起了要到峡门了。这正是出蜀的头一幕景致，不能不看，丢了书，便坐将起来。当他坐起来时，同舱的客人都惊醒了。韩氏兄弟是第一次在蜀江里走，老早听得人说三峡的景致，怕错过了。这时二人首先坐到篷窗边，观看江景。水到这里，流得很急，船比扯了风帆还快，顺流而去，就钻进了一道山口。据秦慕唐说，这就是瞿塘峡了。这两边的山，壁立上去，若不是听到水声，倒疑置身在一条大而又深的巷子里了。这两边的山壁，究竟有多么高，却是估量不着。不过人在船上，抬头向上看时，那两边的石壁，由下向上，越高越窄。高到尽头的时候，几乎要联结到一处，只是中间露出一尺宽窄的白缝，那就是天了。这时候虽然还未脱过隆冬，然而那石壁上的苍苔翠树，依然还是断断续续的，依附在那朱砂般的红石上，煞是好看。这个峡里，虽然是一条深巷一样，恰又不是一直向下的，依着山势，左环右转，曲曲折折。江流远道而来，让两山一夹，窄的地方，甚至只容得两条船一来一往，因此汹涌得向下狂奔。在山壁的曲折处，打在石头上，猛地浪花四溅。纤缓一点的，水势一扑一扭，也就卷成若干水漩，急流而去。

船到这里，船家一齐出头，篙橹舵索，都在手边，要用哪一样，就用哪一样，免得一时疏忽，便出了毛病。船下面的水，扛着这船直跑。看看船家，一个个都是面红耳赤，惊心吊胆，深怕向石壁上一撞。看看船外的景致，转过一个山脚，又是一个山脚，上面的山头有平的，有尖的，也有圆的，一节一节，变幻不定。石壁上挂着有大小泉水，大的如一幅水晶帘子一般，也不知由何而来，从上面悬到山腰或山脚，小的如一条冰蛇，蜿蜒而下，最小的散开来，却又像一阵晴雨，风一吹，兀自有一阵寒冷的水气扑人。而且船经过这里，若不遇到来船，一切人世鸡鸣犬吠之声，都不会有。只有江里的流水声，和石壁上的泉声树声，阴沉沉的，幽暗暗的，冷清清的。高高在上，露出那一线天光，举目四望，仿佛大家并不是生在天地间了。韩广达生平也不知道什么叫赏玩风景，而且看了什么，也不忍不说。现在两手扶了船窗看呆了，心里好像到了古庙里拜了佛像一般，自己严肃起来，作声不得。这一带的景致，都是这样幽静，令人赏叹不置。可是山峡里只有那一线天光，天色容易昏黑。船家不敢冒昧前进，拣了一个水势平缓些的峡湾子里，就将船停住了。

韩广达到了此处，才缓过胸头那一口气来，笑道："这地方的景致，好是实在好，就是船走得太快一点，我有点……"韩广发听说，向他以目示意，不让他跟着向下说。秦学诗看到这种行动，就对秦慕唐笑道："五叔，这位大叔，真是爽快。据我看，乃是朱家郭解一流。"秦慕唐摸着胡子，点头笑了一笑。韩广达笑道："小兄弟，你可不要拿文章说我，我并不懂文章啊！"秦慕唐笑道："韩二哥，你不要误会，他不是说你别的，他说你很像古来的侠客哩！"韩广达哈哈大笑道："侠客哪里比得上？要说看见过侠客，这个我们倒老老实实地敢承认。"秦慕唐突然一伸腰，望了韩广达道："怎么样，你老哥看见过侠客吗？我就欢喜故事，你老哥既然知道，何不谈一两回好故事，让我们听听。"韩广达昂着头想了一想，正待找一件惊奇的故事，说给他们听，只听船头上哗啦哗啦一阵响，正是湾好了船，拖了锚，抖着铁链子的声音。秦学诗伸头一看，船湾进山凹子里去，山腰里一列排几家人家。人家后面又是一带竹林，斜插过屋顶去。人家前面，斜斜的山坡，拥着几方玲珑大石，一片水草，很有画意。因道："五叔，这里有个意思，我们岸上走走吧。"秦慕唐也不觉动了游兴，便约了韩广达谈笑着，和他一路走上岸来。这几户人家，就是住在江边，代人拉纤的。其中也有一家杂货店，卖些过往客人应用的东西。

在船上看岸上时，风景非常之好，及至走到岸上，却又不过尔尔。走了几步，依然又回转船来，秦学诗在前走，秦慕唐在后跟。当他们走到船边，将要踏上跳板，只见一个绸旗装女子，袅袅婷婷，在船头上一步一步走下来。额上长长的刘海发一直齐平到眉边，两颊胭脂搭得红红儿的，一望便知是位北方之美。他心里一动：一路之上，所听得的清脆流利的京

275

白，就是她所说的了。我先听了那种京白，不过猜是一位少年女子，不料却是如此秀丽的人。心里这样想着，无意之间，算是让路，闪在一旁，只管目不转睛地望了那女子出神。那女子原是低了头走的，走到跳板当中一抬头，看见有个少年书生，站在跳板头边挡了去路，不免顿了一顿。但是只停顿了一下，她还是那不介意的样子，又一步一步走下来。当她走近前时，不免向人看了一看。秦学诗说不出所以然，脸先红起来。那女子走上岸，就听到有人叫道："姑娘，你怎么也不对我说一声儿，就跑到岸上去了？这里岸又陡，水又急，可不是玩儿的。"看时，一个五十上下的妇人，由篷里推窗出来，连连向岸上招手。这女子也对她点点头笑道："岸上瞧瞧不好吗？"那老妇笑道："真淘气！"说着，也就由船上跟了下来。秦学诗本要上船的，看见这老妇人要下船，又站在一边，等了一等。

那老妇人走下船来，见他二人站在一边，却笑着点点头道："劳驾。"秦学诗的脸更红了，也不知道怎样答应好，鼻子里却哼了一阵，那老妇自去了。秦慕唐原在身后的，这时已抢到他前面，走上了跳板。秦学诗这才醒过来，跟着秦慕唐，一路上了船。上船之后，靠住船窗，向岸上闲眺。那女子笑嘻嘻的，随着那老妇走来走去。有时在地上捡一小块石头，有时又在地上掐一棵草，闹个不歇。那老妇笑道："我的姑娘，我真受不了。"说着，用手拉了她要走上船，她正笑得要扭转身躯，一见秦学诗望了岸上发呆，她立刻正了面孔，和那老妇一路走上船来。她当秦学诗的窗口走过去时，她用手牵着那长齐鞋口的衣摆，拂动了窗襟，只觉得有一阵似香非香的气味，袭入鼻端。她过去了许久，犹自有一股气味，环绕身之前后。

过了一会儿，后舱里面两个人就唧唧喁喁说起话来。秦学诗心里想着，他们这话，莫非是说我的？是好意呢，还是恶意呢？坐在一边只管猜疑着，却找不出一个究竟来。直待秦慕唐拍着他的肩膀道："这三峡的风景有得看了，你尽管推开篷来做什么？天色黑到这样了，你还看得见什么吗？"秦学诗抬头一看，岸上黑巍巍的一丛影子里，射出几点灯光，一切的景致都模糊了。一笑之下，放了铺盖，便倒头睡将下去。一时船家开了晚饭来吃，大家吃得很高兴。秦学诗却只吃了一碗，依然又躺下去。这时候后舱里那女子娇滴滴的声音，又说起来了。也不知道她们是由什么事上谈起，居然也谈到了读书。那女子道："凡是读书的人，到了咱们北京城里，就算有个出头之日了。"那老妇道："那是怎么说？"女子道："你想，要不是中了举，能到北京城里来会试吗？咱们在成都，街坊就是个举人，

276

很现着了不得。读书人到了那个样儿，那不算出了头吗？"那老妇哈哈笑道："你别说这些乡下人的话了，北京城里的翰林院，穷得在庙里待着的，多着呢！这就是为着有了官，还没受职，这个你还不懂。将来你或者找一个读书的女婿，也跟着在一处磨炼磨炼，你就知道了。"女子笑着道："你真是倚老卖老，跟你好好儿地说话，你怎么瞎说八道起来了！"只听老妇扑哧一笑，随后唧唧喁喁的，听不清说了些什么。那女子也不答话，只有那老妇一个人说。最后她又高着些声音道："现在是汉满通婚的，那要什么紧？"那女子咯咯地一笑，就啐了她一口。这句话以后，她们的话锋，就转到别件事情上去了。

秦学诗听了许久，也没有听出什么，一直到满船人都已睡静，听不到一点声音，见才安心去睡。只是这一席话，增加了他满腔的心事：据他们那些儿笑话听起来，分明把读书人指着我。后来又说什么满汉通婚，这虽然是说笑话，总也看着我还有点合身份，才肯说这话的。他这样一想，把那女子的模样儿，在心上就印得更深了。

次日天亮，后舱里那清脆的京白一开口，他就自然醒了。先还不过觉得这种京白是听得有味，后来听熟了，便觉是一剂清凉散。每一句京白，都在心头上冰凉地印了一下，又是快活，又是麻木。心想着这女子是旗人，已是无疑的了，据她那种举止和她说话的口气看起来，似乎还是仕宦之家的女子。旗人出京，除了驻防而外，其余便是以官为业。这女子一口京白，现在四川，当然是京外驻防旗官的子女了。她既是个小姐，何以只和这样一个老妇同行？而且在她口里说，过武昌的时候，还要到黄鹤楼玩玩，分明她的行程还是经过汉口了。这样看来，大概她是要由湖北回北京去的了。若是真个回北京，我哪里再上北京去找她去？除非合她的话，直待我中了举了，到北京去会试。但是我现在刚刚来走一条下场的路，连一个小秀才还不知道是否可以拿得稳，哪里敢做中举的梦？中不了举，数千里之遥，我跑到北京去做什么？不上北京，天南地北，哪里去见她？就以我们此时，同舟而论，到了宜昌，就要换船的，又能聚首多时？只这短短的时间，转眼就过去的，我又何必发一种无谓之痴想？在他的念头这样一转之间，把两日来耳朵里眼睛里所种下的情苗爱叶，却扫了一个干净。但是他虽是这样坚决地想着，那隔壁的京白一说起来，却又不由自主地听下去了。

第三十一回

促膝道奇闻同酣白战
隔窗作幻想独醉红情

秦学诗这种情形，虽然不曾十分外露，秦慕唐却看出他几分了。因笑问道："学诗，我看你上船以后，又添了什么病一样，莫非你有些晕船吗？"秦学诗道："大概有点晕吧。这倒很奇怪，从小就坐船，坐到十九岁了，而今还晕起船来？"说时，皱了眉头，将两手在额角上捶了几下。韩广达道："晕船不要紧，少吃东西多睡觉，自然就会好的。"秦学诗笑道："三峡这样好的景致，不坐起来看看，倒要睡觉吗？最好弄点晕船药吃吃，那就好了。"他这话说了过去了，大家也不留意。

这条船正是箭一般的顺水而下，已是到巫峡了。远望巫山十二峰，带着湿雾晴云，缭绕着山顶，很是好看。船正向下走着，忽然山头上飞出一群乌鸦来。那乌鸦只在船篷上飞翔，有时向下扑，直扑人面前来。却没有丝毫怕人之意。韩广发看到，在船舱里哈哈大笑起来，因道："走江湖人，若不到四川来，那真是枉费了人生一世，草生一秋！那些坐在家中享愚福的人，见不了碟子大一块天，哪比得上我们走江湖的人！"秦慕唐道："我想起来了，昨天正要和韩二哥请教，刚好是湾船，把我们的话打断。现在船正走得痛快，韩二哥何不也讲些痛快淋漓的故事，让我们愚叔侄长点见识？我们行李虽然不多，网篮里还有一小坛酒，几包路菜，拿出来大家尝一点，助助谈兴。"说着就解开网篮，先捧出一只绿色鬼脸坛子来。柴竞笑道："这一坛子酒都请客吗？"秦慕唐道："这也不值什么。原先这位韩二哥已经说了，四海之内，皆兄弟也，难道还在乎这一点酒上？"柴竞道："不是那样说，我们在船上恐怕还有几天。有这一坛酒，我们应当慢慢地喝，何必一餐就喝光了？"秦慕唐道："这一带水码头，哪里也可以买到酒，喝完了我们再买就是了。"他一面说着，一面拿出两个路菜筒来，放在船板上面。一揭开盖来，便有一种熏腊的气味，香而扑鼻。韩广达推着

278

船篷站起来，连连叫着船伙计快拿酒端子酒满子来。船伙计走来笑道："客人，这种东西，船上可没有预备。若要酒壶，我们倒有一把。"韩广达道："不要酒壶，难道我们用手捧着喝不成？既有酒壶，你就快快拿来。"船伙计听说，便赶忙拿了一角瓦酒斗来。韩广达看时，也不过盛个三四杯酒，而且酒斗上，还有一个小小的缺口。用手接过来，手一扬，向船外便抛了，笑骂道："用这大的壶装酒，难道只让我喝上一口吗？"大家看见，都忍不住笑了。还是秦慕唐将喝茶的茶壶倾倒了，将这壶来装了一壶酒。没有酒杯，索性也将茶杯来替代。分了筷子，大家围着两筒路菜，盘膝而坐。那一坛酒也不移开，就放在身边。

韩广达端起杯子，先呷了一口，哎的一声，赞了一声好酒。秦慕唐笑道："二哥且慢喝，我看诸位都是慷慨人物，同舟共济，总算幸会。今天喝酒，要每人讲一段痛快淋漓的故事来下酒，只要是真的，长短倒不拘。"罗宣武道："这倒也有趣。既然是每人一段，秦老先生又说得这样爽直，我们就不必推辞了。不过秦老先生年长，还要请老先生先说。"秦慕唐笑道："这就不对了，我原是要听诸位在江湖上所得的奇闻怪事，怎样倒让我先说给诸位听哩？我是个游幕的人，不过是终年侍候大人老爷，哪里有什么痛快淋漓的故事可说？"罗宣武道："年纪老的人，本来就阅历多，何况老先生又是走遍南北各省的，当然有好听的告诉我们了。"

秦慕唐昂头想了一想笑道："好吧，我先说一段吧。不过这件事不是我亲眼见的，乃是先严亲自看见的。据他说，壮年的时候，在山东游幕，后来又转到河南。这天渡黄河，因天色已晚，就在河北岸小饭店里住下。初更以后，忽然有五个汉子，各骑了一匹牲口来投宿。灯光之下，虽看不得十分仔细，然而那些人都不免带有一种凶狠的样子。先严知道曹州一带，黄河两岸，都是出歹人的地方，不敢冒昧惹他们，就退到自己的睡房里去。隔着屋子，听到他们和店家要二十斤面、十斤肉、一百个鸡蛋。这便有些惊讶，何以五个人都是这样食量大的？吃过了，他们忽然喧哗起来。问这客店里住了些什么人，店家说住了一个读书的先生，和一个做生意的人，带两个女眷，此外有个游方的和尚，都像是很清苦的人。那五个听说，都暴躁起来，说是清苦的人也要搜查搜查，出门的人，都会装穷的。"韩广达道："原来是五个小开眼的强盗，这也不足为奇啊！"

秦慕唐道："这没有什么奇怪，我也不是说这五个人怎样了不得。店家因为说他们不信，料着他们是要动手的，早就溜得藏到一边去了。这五个强人，不问好歹，就沿屋来搜查。他们头一下子，就是搜到先严屋里。先严是个文弱的老书生，哪里还敢抗拒他们，只得打开行李箱子，让他们拿去。第二他们就搜到那个做小生意人的屋子里了，不料那个人倒是不好惹的。他将房门反关了，自己叉腰站在房门外，说是做小生意买卖的人并没有多少盘缠。就是有，也不过是几个辛苦钱。况且自己还带有一个老娘，一个有病的老婆，一路之上，也短不了要钱用，请念在江湖上的义气，高抬一抬贵手。这一篇话，他本来说得很软的，但是他一个人都敢站在门外，挡住了强盗动手，那明明地是和强人有些为难。那些强人暴躁起来，说是他们在黄河两岸，没有人敢说挡驾的。说话未了，早有一个上前动手。那个做小生意的，一点也不惧怕，就在身后抽出一把刀来，和强人对打。一个强人打他不过，就加到两个。两个打他不过，又加到三个。先严藏在屋里，只听得院子里轰通轰通一片响声。由窗格棂子里向外张看着，只见那个人，手使单刀，满院子乱滚。其余两个强盗，见此情形，索性也加到一处来打。这个做小生意的。究竟寡不敌众，就让他们打倒在地。那五个人找了一根粗绳，四马拴蹄的，将他捆绑起来。有一个强人在院子里点了蜡烛，拿了一根长鞭子，就没头没脑地向那人身上乱抽。只在这时，那个游方和尚出来了，说是不能让他们打人。这个拿鞭子打人的向和尚就是一鞭子，以为他管了闲事。那和尚哈哈大笑，说是这样鞭子，和他止痒都止不住，就打一百一千也不妨。那人见鞭他不怕，更加恼了，对他也一顿乱抽。和尚同没事一样，将那做小生意人身上的绳索，两手搓几搓，一齐搓断了，将那人推进屋里。然后对强人说，和尚不是随便可以打的，打一下，要五十两银子，打伤了一条痕，就要一百两银子。现在我们要算算账了。那强盗见打他几十下，并没有苦处，早是停了手。和尚一说要算账，他知道这事有些不好，于是五人又一齐拿了家伙，围着和尚动手。这和尚也不知道怎样回手的，对这五个人，一人拍了一下，各打折一只手膀。他接过强人手上的刀，说是他们还不配当响马，要受些教训才好。将刀指着他们，把所有的东西，都交了出来。那个做小生意的是受了伤了，要他们次日护送五十里，还要拿出十两银子来养伤。那些强人听了这话一点也不敢违拗，共拿出十两银子来，但是护送这一层万办不到，怕让人捉住了。和尚先不肯，后来让那五个强盗磕头赔礼，才和那五个人整了手膀，让他们逃走去了。诸位，据我看，这件事和尚总算是办得很痛快了，但不知这和尚怎样生成这一副铜皮铁骨，不怕人家打。"

韩广达笑道："这是铁布衫，有什么奇怪呢？据你说，令尊碰到的是个好和尚，就是前两天，我们倒碰到了一个坏和尚……"

罗宣武知道他不免要说出来，就只管对他以目示意，叫他不要说。韩广达已是引起话端来了，哪里按捺得住，就将那天遇着恶和尚化缘，罗宣武端起石狮子的那一件事，从头至尾，说了一遍。秦慕唐对罗宣武拱拱手道："失敬失敬，原来罗兄这样好的武艺！这不必谈故事了，只要谈谈各位自己的事，就要让人眉飞色舞了。今天遇到诸位，才相信古来传说的义士侠客，果然不错。我要干一大杯了。"说着，端起一大茶杯酒一饮而尽。在此的人，除了秦学诗而外，都是能喝几杯酒的，因此大家同干了一杯。秦学诗却借着拿壶给大家斟酒，把这一杯酒混了过去。

照着年岁论，本应罗宣武跟着秦慕唐说下去的，大家现在还是推了他说。他笑了一笑道："这位秦老先生，已经夸奖我们是侠客了。我们再要说些热闹的故事，我们倒是老鼠跳到天平里，有点自称自了。我谈一段乡下人打老虎的故事吧。这个打老虎的，并不是武松那样子，有惊人的本领，不过笨得有些趣味罢了。我幼年的时候，在安徽英山舅舅家里做客，看到有打老虎的笼，就知道老虎不容易收服。这笼好像一间小屋，除了下面是地，四周和上面，都是用两尺圆的枫树木料并拢来的。有怎样的结实，不必我说，也就可以想来。"韩广达道："罗大哥不是说的乡下人打虎吗？怎么是用木笼子关虎呢？"

罗宣武道："我这不过是说了一个头子，还没有说完呢。我要说出木笼子那样结实，你才知道老虎的厉害了。这笼子里面分隔两层，前面是一层长大的，后面一层小的，小的里面，放着一条狗。前面有门，插上了活机关。老虎进来，踏着了活机关，门就向下一倒，把老虎关在里面。这里一层，是关得铁紧的，老虎要咬狗是咬不着的。狗关在里面，本来就因为出来不了，叫个不歇。老虎一进笼，它就吓破了胆，就要做一种惨叫声。附近山庄上的人，听到狗的声音不对，就知道是关住了老虎了。然后邀集村庄上的人，各拿了刀矛，站在笼外，隔着那木柱的窄缝，乱扎乱搠，把老虎扎死。这样打老虎，本来是很平稳的了。但是事情也有例外。有一次，笼子已经把老虎关住了，只因为笼门的横柱，事先让牧牛的孩子损坏了两根，大家都没有留意。这时门只有下截拦住，上截是斜着向外的。门本来就重，加上老虎在里面乱撞乱扑，就把栅栏门扑得向外倒了下来。老虎在笼里，已经是气得不得了，这一撞出了笼子，气势汹汹，一支箭样的，由山冈上跑了下来。这附近山庄上的人，听到狗的惨叫声，心中甚喜，笑嘻嘻地走上山头。这一下子，来个正着，和老虎顶头相遇。关老虎多半在夜里，打老虎就在天亮。这时大家在云雾里，老远地看见一只老虎飞奔了下来。山庄上的人，大家哎哟一声，滚的滚，跑的跑，一齐走了。就中留下一个张二蕙，他还不知道为了什么事。等到老虎走到身边，他才看得清楚，待要向后跑，老虎已是快到身边。他急忙中抓住身边一棵大竹子，就缘了竹节，爬上竹梢。竹梢是软性的，爬上一个人去，就弯了下来。老虎走到竹下，起了一个势子一耸，扑了过去。老虎扑在人身上，竹竿带了人一闪一摇，老虎倒扑了一个空。老虎落了地，竹竿也就闪回过来了。张二蕙料是跑不脱，看看自己正悬在老虎上面，他两手一放，人向下落，正骑在老虎背上。他不等老虎发作，身子向前一扑，头顶住老虎的后脑，两手抱了老虎的项脖，两腿同时也夹住了老虎的腰，手脚同时一齐用劲，死也不放。老虎身上背着一个人，它如何肯甘休，乱跳乱跑。那山庄上的人，有几个胆大些的，见张二蕙爬在老虎背上，万万不能见死不救，大家就跟在后面呐喊。那老虎本来饿极了，而且又在笼里没命地撞了出来，力气已经去了一半。因之耸跳了一阵，也就站定了，伸了舌头喘气。村庄上的人，有两个带了鸟枪，才慢慢走近，躲在大石崖后面，对准了老虎头就是一枪。正有一粒散子，打进老虎的眼睛。老虎大叫一声，满地乱滚。张二蕙松了手，滚在一边，老虎也滚在一边。有枪的放大了胆，更放上一枪，这才把老虎结果了。这个张二蕙，从小就喜欢骑赤背马，练就了两腿的夹功，不料到了后来，倒由这个救了他的性命。"

秦慕唐笑道："这人真是蕙得有味，到了后来，这人怎么样了？"罗宣武道："他又没天神一般的力量，哪里能够经得住？老虎死了，他也足足病了三个月。"韩广达道："这种人不过是一种笨力量罢了，若要把我们那个少师父比起来，那真相隔天渊了。"

秦慕唐知道他是一个直率的人，心里搁不住话的。因为心里搁不住话，他的话就不至于假。现在他说他的少师父，比张二蕙本领还大，料得这位少师父是加倍了不得，便笑问道："既是有天渊之隔，这位少师父一定是像武松那样本领，可以赤手空拳打倒老虎了？何妨说出来听听。"韩广达道："岂止赤手空拳打老虎，她真把老虎当猫玩哩！"韩广发知道他一定要说出佛珠事来，就不住地用眼睛望着他，要来止住。还好，他只从庙里会到老尼说起，却并不提到胡家寨里的一段事。这些情节，连柴竟罗宣武也未曾听到韩氏兄弟说过，就也不加拦阻，让他来说完。大家一面说着，一面喝酒。酒是用大茶壶装的，喝完了一壶，又灌上一壶。直待韩广达把话说完，秦慕唐把茶壶高高地举起，向着那茶杯子里斟酒，斟出酒来时，滴答滴答地响，便笑道："又干了一壶，真是酒逢知己千杯少了！"说着，掉过来，又拿了一只大碗，待要向酒坛子口里一伸。

秦学诗一伸手挽住了一只手臂，笑道："五叔，你的酒，差不多了。"秦慕唐回头笑道："你为什么不让我喝？在船上喝醉了酒，也无非是一睡。"秦学诗道："我正怕五叔喝醉了酒要睡，三峡这样好的景致，若是睡着过去，岂不辜负了！"秦慕唐笑道："你这话到说得很有理，我就不喝。但是这几位都是海量，就喝个三两壶，料也不会醉。还请诸位喝酒，绝不能让诸位喝得半途而废。诸位真放量喝，我心里决不会有一点舍不得；我果然是舍不得，我也不会捧了坛子出来请客了。"罗柴二韩四人听了这话，八目相视，于是老老实实的，两人共一把壶，尽管喝了下去。

一段巫峡未曾穿过，一坛子酒，约在十斤开外，便喝空了。原来约好了每人要讲的一段故事，先是韩广达两次插着说话，把次序弄乱了。后来大家喝高了兴，你一句，我一句，将江湖上的豪举，或者批评，或者述说，或者研究，就不容哪一个人整片段地向下说。直待酒喝完了，将酒器收过一边，罗宣武忽然推篷站立起来，笑道："享了口福，耽误了眼福了。柴大哥，你看这风景是多么好哇！"柴竞听说，也就跟着站立起来。

这巫峡的形势，又与瞿塘峡不同了。江两边的山，一层一层，如排班一般，蝉联而下。两山之间的江流，也是一样的奔波。但是这江一直向前，仿佛就让前面的山峰，两边一挤，将江流挤塞了一般。但是两舷的长橹，在中流咿咿呀呀，摇起两道漩涡，向前直奔，并不感到前面是此路不通。待船奔上前若干里时，那合拢的山，却自然地放展开来。展开了以前的地方，却另有一排山再来挡住。直待船到了原来遥看将阻之处，那里依然是山高水急的一条江。回头看后面，也让山闭住了。好像这里的船，都是由山里钻将出来似的。总之船行到什么地方，必定前后左右，都是山峰，将船围在中间。柴竞道："我记得从前在书房里读书的时候，曾读过两句诗，什么'山重水复疑无路，柳暗花明又一村'，我们在内河里行船，常常可以看到这种景致。现在这巫峡里的情形，又和诗上说的不同。船变了穿山甲，只管在山缝里钻了。为人怎样可以不出门？不出门，哪里看得到这些好风景！"罗宣武叹口气道："论到四川，可算是别有一个天地的所在。吃的穿的，哪一样没有？古来不少的英雄，在中原站不住脚，都可以在这里另建一番事业。却可惜石达开那样一条英雄，带了几十万人，却也落得一败涂地，连性命都不保了，设若我……"

柴竞听见，却对他以目示意。罗宣武又叹了一口气。韩广达便道："大丈夫要轰轰烈烈做一场，何必要一刀一枪去打仗。达摩祖师靠了一片芦苇叶子渡江，传下少林一派功夫，不是一样的流名万古吗？"罗宣武道："你的话是对了，不是我酒后狂言，我罗某人何尝不想自己做一根擎天柱，做一番大事业。但是机会不好，总办不成，又有什么法子呢？"韩氏弟兄并不知道他是张文祥的徒弟，在南京有报仇的举动，因之便追着问他，做过一番什么大事业。柴竞听了，心里大为着急。这话一说出来，便是丢人头的事，连忙拍着他的肩膀道："罗大哥，你的确是有些醉了。醉了的人，吹着这江上的冷风，是不大好的，你不如躺下为是。"罗宣武哈哈大笑道："你以为醉了，就会乱说话吗？我心里是很明白的。"他说毕，也就坐下去了。

他们这样说话，秦学诗听了，心里不免自作算盘。常在笔记上看到什么黄衫客古押衙这种人，身上担着血海干系，为天下有情人联成眷属，促成人家美满的姻缘。现在自己心里倒有一段美满的婚姻，也是没法子可以成功的，但不知这班人肯不肯替自己做那古押衙黄衫客。看这四个人，似乎那个韩二哥，最有力量，要请他帮忙最为合宜。不过这船到了宜昌，大家就要换船的。以后天各一方，到哪里再去找？找不着他，这一段黄衫客古押衙的故事，又叫谁来重演？从这时起，心里又添了一段计划，只计划着要怎样的去办理这件事。于是无精打采，只爱睡觉。睡的时候，不像以前捧着书，只是将面孔对着那一方后壁。

偏是事有凑巧，他却在这格扇的花格缝里，发现了一朵鲜红夺目的东西，不高不低，偏了头伸手正好拿着。先以为是一朵鲜花，心里不由得诧异起来：船走到三峡里，哪里会发现一朵花出来？因之伸出两只手，伸了一个懒腰，不经意的样子，手就触着了那一块红东西。摸在手里，乃是软绵绵的。将手抽了一抽，那东西却越抽越长。一看时，原来是一大块红绸手帕，是后舱的人塞在窗格棂子里的。先不过看到红手巾的一头，所以就认为一朵花。现在随手一拉，拉出二三寸来，正是红绸巾的一只小角。这不但自己看得见，恐怕满舱的人，都可以看见。若是让大家知道这件事情，却有些不合适。急忙之中，又想不到别的一个遮掩的法子，只好伸了手，一巴掌将红绸巾按在手心里，不让人家看见。似乎不大留心的样子。随便搓挪着，就把那手巾头一齐塞到窗格子里去。但是这样办着，究竟还嫌不大妥当。于是又突然站立起来，将身上罩住棉袍的这一件蓝布长衫脱了下来，却向舱壁上一挂，把那红手巾头，正掩藏在里面。掩藏得妥当了，他才复身躺下去。他心里也想着：好好地站立起来，把长衫脱了挂在壁上，这是什么用意？因此将面朝里面，不让人家看见他的面色。其实大家谈话谈得很痛快，绝没有注意到他身上去。平常穿一件衣服，脱下一件衣服，也不会引起别人家来查问的。秦学诗自己纷扰了一阵子，这也就过去了。

大凡在船上的人，犹之在山上居住的人一样，天色一黑，便加倍的寂寞，只有睡觉之一法。这日同舱的人，大家都睡了。秦学诗一人，却是睡不着。人都渐渐地沉睡下去了，舱隔壁的人在铺上辗转呼吸之声，都听得很是清晰。在那种辗转呼吸之声上去推测，似乎那个旗装女郎，正是横着身子，贴了这舱扇睡下去。想到古诗上说的玉体横陈，正在这时。她那一种情景，除了这一层极薄极薄的花格扇，我与她，几乎可以说是气息相通了。可惜我没有小说上说的那种人有神仙之眼，无论什么东西相隔，都可以看见。那么，我今天晚上，就可以看到那玉体横陈的样子。看她那苗条的身段，将锦被松松盖着，被头上伸出那胭脂红润的长方脸儿，在枕头上蓬松着一把乌云似的头发，睡意蒙眬，定似杨妃带醉，多么动人。可惜今天的酒，并没有送一壶到那边去，不然，让她也喝上一杯。这格扇未尝不通风，睡在这边，还可闻到那一阵吐出的如兰之气呢。心里这样想着，仿佛之间，就可以闻到一阵细微的津津汗香。仔细玩味着，果然那一阵香气也越来越浓厚。先是睡着闻，后来闻得有味，便坐起贴书壁子闻。香气倒没有，不过一阵油船的桐油石灰味罢了。再偏着头向这边嗅起来，自己不觉扑哧一笑，原来并不是隔壁美人之香，乃是那把盛酒的大茶壶，放在床头边呢。秦学诗一想，自己骗自己，闹了这半夜，未免太可笑了。倒身下去，将被盖起来，复又睡着。但头一落枕，就会想到后舱里去。心里想着，手又不免去摸索，那软绵绵的绸巾角，依然还在那里。手既捏着，慢慢地就抽起来，只管向怀里抽，那头原是虚的，就把一条绸手帕，完全抽过来了。舱里挂的清油灯，这时已经灭了，在黑暗中将手帕放在鼻边，正是香喷喷的。心里这一阵愉快，非同小可。心想无论如何，我有了她亲自用的一条手帕，足以解渴了。我们以后到宜昌分船了，我还有这样一条好表记，这一生都让我忘不了。闻了一阵，便将手巾塞在小衣里，贴肉藏下。一个人思索纷扰了半夜，也就昏然睡去。

一觉醒来，天色大亮，船已开了许久。只听得隔舱里，一老一少，纷争起来。那少女道："俗言说，船里不漏针，漏针船里人。昨天下午，我还用着呢，怎么睡了一宿，就不见了！"那老妇人道："姑娘你别急，慢慢地找，也许就找着了。你先静静儿地想一想，放在哪个地方丢的？"少女道："昨天下午，我是掖在胁下的，要不然我怎么掏出来就用了？后来我躺着看书，仿佛随手地一塞，就塞在这隔扇窟窿里，又记不起来了。这样大的一条手绢，又不是一管针，怎么丢了，就会找不着？你瞧怪不怪？"

秦学诗听到这里，不由得一阵一阵面红耳赤起来，心里也是跟着扑通扑通乱跳。所幸后面舱里纷乱了一阵子，随后就停止了，不曾再提到这件事。秦学诗迟了一会子，因为大家都已起来，只有自己躺着，未免太不像样，于是也站起来穿衣服。只在这一站之间，胸里一阵热气向上一喷，在这热气里面，另外还夹着一阵微微的香气。这香从何而来？当然是那方绸手帕上出来的。既然是自己闻到了，别人更可以闻到了。若是让叔叔闻到了，一追问起来，怎样对答？要想把这手帕拿开吧，大家都在一个舱里，又是肩背相靠，哪里有掩藏的地方。只得硬着头皮，将衣穿起，暗中把手帕牵扯到腹部上面藏着。偷眼看看舱里的人，大家都谈笑如常一般，料着不会有人知道他的事情，也就处之坦然。

到了吃早饭的时候，大家闲谈，韩广达低着声音道："奇怪，刚才后舱里说是丢了东西了，你们听见没有？她们丢了什么东西？"柴竞道："我也听见了，仿佛是丢了一条手绢。但是这后舱里，除了船伙送茶送饭而外，并没有什么人到那里，何以会在晚上丢了一条绸帕？"秦学诗听了这话，面子上还是行所无事，实在就像芒刺在背，只是把两只眼睛注视到饭碗里，所有在座人的脸色，全不敢用眼睛去看。早饭以后心里默想着，这条手帕若放在身上，总是一条迷魂帕，不如悄悄地抛到江里去，就算了事。主意想定，借着方便为由，就由船边走到后艄上来。

286

第三十二回

鬓影衣香相思成急病
晓风残月消息鉴芳心

走到船后艄，一望身边无人，正要拿出手帕来，向江里丢去，那把舵的船家一回头看见，却叫起来道："嘿！你这客人，是初次出门吗？这里水这样急，我们撑船的人，都时时刻刻担心，客人站在那里做什么？你以为是在金鱼池边钓鱼吗？"秦学诗让船家抢白了一顿，红了脸就走回来。

那船家正是一个五十余岁的老头子，一个红鼻子，配着一脸络腮胡子，板着脸，似乎不大讲情面的样子。他见秦学诗走过来，却放着脸笑道："你这位少爷，不是我言语冒犯你，在我们船上的人，都是我们的主顾，我们哪里敢得罪，由这里下去，一路都是大滩小滩，牵连不断，非常之险。最急的滩，还是要请你们客人下船去，船边上哪里是玩的？"秦学诗也觉船家是好意，不宜怪人家，因此也不说什么，自回舱里来了。

这一路之上，果然如船家的话，全是万分险恶的滩，第一个险恶的滩，又要算新滩。船到了新滩口，天色已到半下午。远远地只听得哗啦哗啦的声音，好像半天里来了一阵狂风暴雨，惊天动地。又好像无数万的锣鼓乐器，在远处同奏，让人家听了，就心惊不已。船家看看天色不早了，不再前进，就在这里湾下船了。

过了一晚，船家先做好了早饭，让大家吃饱，就对船上的客人说："这一个滩，是要空船下去的。所有的客人，都请上岸走上一程。船上的行李货包，也一律搬上岸。岸上自有搬夫代为搬运，下了滩再搬上船来。"船家一个舱一个舱把话传达了。传达到了后舱，就对两位女客人道："这一位老太太和小姐的东西，都要搬上岸去的。若是愿上岸，还是上岸去的稳当。"老妇道："这里我们来往多次了，我们情愿上岸去。最好你能给我找两个抬子。"姑娘道："不用了，不用了。过这个滩，路又不远。在船上坐得久了，上岸去松动松动也好。"

287

秦学诗在隔壁听了这话，心里倒为之一喜。在舱里虽然时时刻刻听到她说话，然而论到见面，除了那天上岸相逢之外，其余不过是芳影一闪，未免令人抱憾。现在她既要登岸，自己也要登岸，一点遮拦也没有，可以饱看一顿了。这样想着，精神立刻兴奋起来，赶紧梳了一梳头发，又把冷手巾擦了一把脸，把罩衫脱了，光穿着一件黑绿宁绸的袍子。秦慕唐道："你把罩衫脱下做什么？这岸上都是石头路，路边也有不少的刺棵。一不小心，就会把衣裳挂破了，你还是穿罩衫吧。"秦学诗一肚子风流自赏的计划，只叔叔这样说一句，把最得意的一着，就要盖过去了，十分不高兴，沉吟了一会子，站起来笑着道："那件罩衫实在不干净，我不好意思穿起来。"秦慕唐笑道："这岸上又没有生亲熟友，你为什么还换了衣服去？难道你还不好意思见那些搬夫吗？"秦慕唐只是这样说了，但是秦学诗也不辩正，也不反抗，只是微笑着靠了船窗，遥望响声发处的滩上。

　　正在这时，船家已催着客人把行李纷纷搬上岸去，秦学诗忙在一处，也不穿罩衫，就跟着船上客人糊里糊涂一路上岸去。这岸上沿着山脚下，是一条纤路过滩。船上的客人，都在这路上鱼贯而行。挑夫搬着行李，也夹在客人一处走。秦学诗走一步回头望一望，因为那女子走得缓——有时抬着头看看天上的太阳，有时站着看看江里的水流，有时又整整大襟，扎扎袜带。这样慢慢地挨着，后面的人，一批一批走上前。最后那老妇带着那少女，也就走到身边来了。在远处，秦学诗尽管不住地偷着张望，及至人家到了身边，又不好意思去看，只搭讪着低头去捡路上的鹅卵石。那女子走过去了，然后才抬起身来，遥遥地跟了下去。在后面看那女子，也回过头来看了两次，复又牵着那老妇，笑着扭了身子，靠住了老妇站定。却听到那老妇笑道："瞧你这样子，我的姑娘。路上人多，你瞧瞧人家都望着咱们了。"说着，就扶了那少女向前走了。

　　秦学诗站在路边发呆，心想这是什么意思，莫非她是笑我的吗？那不如等一等吧，让她们走远了，我再跟上去。于是索性装着赏玩风景，缓步而行。徘徊许久，心里忖度着，她二人总过去一二里路了。不料转过路边一座小山石嘴子，她二人却并肩坐在一块石头上，对着江上的景致，临风笑语。秦学诗扫了她们一眼，自低头走过去。那老妇却对少女道："这一位，不也是我们同船上的？"秦学诗听说站住了脚，回转身来对老妇望着，点了一点头。老妇手上拿一根旱烟袋，已经都没有一点火气了，她还是衔在口里吸着。见秦学诗和她点头，也就站起身来，向前相迎道："这位先生，不是同伙有好些个人吗？怎么剩了一个在这儿走着？"秦学诗笑道：
"一路上贪看风景，就走落后了。二位快走吧，省得船过了滩，倒又要船
家湾了船来等我们了。"老妇听他说，就回转头来对那少女笑道："真个
的，我们该走了，还让人家等我们吗？"那少女坐的地方，正长了一株矮
树。她掉转身背对着人，就尽管牵扯那树上的干叶子。那老妇道："走哇！
我的姑娘。你还等个什么？"她将头一偏道："还等一会儿。"老妇道："等
什么？回头山上跑下来一群猴子，把你驮着上山去就好了。"那少女回转
脸来，眼皮一撩，将嘴对秦学诗一努，低低地说了一句什么。他虽听不清
楚，看那情形，好像是不愿在一处走。自己也觉得在人家前面延迟不走，
有些不好意思。因此和那老妇点了一个头，就开步先走了。

　　这里走着，一步一步和滩相近。远远已望到滩头上的水，被石头转击
回来，翻成了一片白花。这种白花，一个接一个，一处接一处，将一江水
翻腾得狂奔乱窜，没有一寸水不是浪，没有一头浪不打着回漩。水石相
击，就发出那轰天动地的哗啦哗啦之声。那水里的船，每一只两边横七竖
八，撑着许多的篙子，仿佛一只多脚虫在水里挣扎一般，这是下水船。还
有那上水船，船上用力撑着，岸上照样的背纤，有许多人拉着。秦学诗看
见自己的船，也横在水中间。便背了两只手，步步向前看着，一直走到滩
边，仿佛人就置在万马奔腾的战场上一样。滩上汹涌不定的水浪，好像把
脚底下的地都掀动了。因此倒有些害怕，便站住了脚，向滩头赏鉴着。只
见那船上撑到水里去的篙子，将水激起，抱着篙子下面，激起一尺来高的
浪花。这江中的水流，急到那一步情形，也就可想而知。

　　秦学诗看呆了，站在路的一边，靠着棵树干。忽然有一人叫道："你
这位少先生，怎样又不走了？"秦学诗看时，正是那老妇。那少女嘴里咬
了一只方巾角，斜斜地站着，落后有五六尺路。秦学诗道："这滩是多么
险啦！我越看越害怕，出了神了。你这位老太太好像是北方人，倒比我们
南方人还自然些了。北方人善骑马，南方人善驾舟，这话也不见得很对
呀！"那老妇将冷的旱烟袋吸了两口，笑道："咱们在旗，可是到南方不止
一次了。有几回一跑，也就瞧惯了。少先生，你是哪省人？"秦学诗就把
姓名籍贯告诉了她，复又问她贵姓。她便笑道："我姓联，是个耳字旁，
这边来上两扭丝。"说着，将旱烟袋杆儿向那少女指了一指道："她是我外
孙女儿，姓德，那边是个双立人儿；这边，我可说不上，反正是个德行的
德字吧。"那少女听她说，却侧着身子笑了一笑道："瞧你说上这么些个！"

说毕，她蹲着身子在地下捡了两块石子，站起抛在水里去。秦学诗见联老太太很是和气，就趁此和她一句一句谈了下去。那德小姐依然是退后五六尺路，在后面慢慢地跟着。秦学诗谈来谈去，已经知道联老太太是带着这外孙女儿到南昌去的。德小姐的父亲，现在成都，是个候补知县，在这边情况不大十分好，打算改调到江西去。那边有几家亲友，而且联老太太也有一房儿孙在南昌，所以让她祖孙二人先行。秦学诗听了，不由一阵大喜。从前以为她们到了汉口，就要北上的，而今听她所说，她要到南昌，由汉口到湖口，还可以同行一程。但是不见得他们往内河去，还是搭往下江的船，这还要盘算一番呢。好在这位老太太已经认识了，总可以随时说合。

一路说着话走去，已将这滩头走过。所有船上的客人，都站在水边下，等船过来。那联老太太也因为认识了秦学诗，也就和秦慕唐说起话来。及至船来了，大家搬东西上船，韩广达又和她送过两件东西到舱里去，因此和这舱里人也就熟了。

次日上午，联老太太在隔舱里听到韩广发等说，到了宜昌，大家还是同搭一只船到汉口去。她就搭话了，隔着壁子问道："诸位若是要搭船的话，费心给我们包一个舱。最好是后舱，钱多一点，倒不要紧。"秦慕唐道："老太太，你是老人家，要什么紧，何不到我们这边来谈谈？"联老太太也坐在舱里，觉得太闷了，就盛了一烟斗满烟，口里衔着一抽一吸，走过这边舱里来。

秦学诗在许多人里面，是个晚辈，自然是他伺候来宾。忙着到火舱里去泡了茶，又在网篮里，找一些人家送行的糕点来请客。联老太太说着闲话，就对秦慕唐道："你这位侄少爷，人很老实，现在还在读书吗？"秦慕唐于是就把自己觉得学幕没有意思，要把秦学诗带回原籍读书下场的话，说了一遍。联老太太点了点头道："这话儿对，小哥儿们年纪轻轻的，干吗不给他找个正当出身呢？"秦慕唐道："正是这样子，学幕没有意思，像我这样大年纪，一事无成，还得靠人家吃饭。"

联老太太将衔在口里的旱烟袋抽得出来，然后打了一个哈哈笑道："秦师爷，凭你这样一说，我倒是有心取笑了。可是照说起来，都是替主子爷出力，抓印把子当老夫子也是一样。在外面混事的，就全靠老夫子请的怎么样子。别人我不知道，就打我们在南昌几个熟人说，就总找不着一位好的老夫子。"秦慕唐便笑道："老太太，你看我怎么样？要不，我跟老

290

太太到南昌去，就仰仗老太太给我找一个馆地吧。"联老太太也笑道："行哪，只要不嫌弃的话，我们八旗子弟，谁能说不是一家人，凭我多几岁年纪的分儿上，为个人儿，大概没有什么难呢。再说他们也正短人呢。"

罗宣武天性就不愿意旗人，加上这位联老太太所说的话，又有点不合他的胃口，他就推开窗篷，去望江上的风景了。柴竞解得其中之意，也是一样依靠到船边下来。秦慕唐是个老于事故的人，看到这种情形，就料这二位是不同调，因此随着联老太太口风说话，并不多增什么言词。联老太太不多时也谈得词穷，恰好她原带的听差，是搭在前舱里的，这时他有事到后舱来问话，联老太太就回舱去了。这一下子，只急坏了秦学诗，好容易把这位理想中的远亲长辈引到舱里来，满打算趁此可以亲近亲近。不料这两位同舱之客，硬用一种冷淡的态度，将嘉宾送走，心里十分不痛快。但是不高兴的颜色，又不敢露到脸上来，只是心里闷着而已。

到了这日下午，那联老太太的差人，忽然走到窗篷外，笑着向秦学诗请了一个安。秦学诗正拿了一本唐诗斜躺着在铺上看，一抬头看着他。他先笑着问道："少先生，你书带得多，借两本我看看，可以吗？"秦学诗还不曾答应，秦慕唐问道："呀！看你不出，你还能借书看？但是我们这里的书，都是正经书，没有消遣的鼓儿词。"听差的笑道："四书五经，都念过的。只要不是十分深奥的书，都勉强可以看得过来。"秦慕唐手摸着下巴上的胡子，沉吟着道："信然乎？"

秦学诗忽然灵机一动，觉得叔叔若要仔细盘问起来，未免太煞风景。因之连忙将枕头边一函唐诗，理得齐了，交给听差道："你拿去看吧，我这里还有别的书，若是你要看的话，可以来调换的。"听差的接着书，道谢而去。但是他并不上前舱，却到隔壁后舱去了。秦学诗见这事果不出自己之所料，心中非常高兴，就捧了书本躺下。借着这个机会，就静听隔壁舱里说些什么话。仿佛听德小姐笑问道："他借书给咱们，也没有问是谁要看吗？"听差答说没有问，接着又听那德小姐嘻嘻地笑了。

秦学诗这一下子，觉得坐在云端里，身子只管飘荡起来，并不是坐在船上了。心里也不是欢喜，也不是恐惧，又好像是欢喜，又好像是恐惧，就是如此闹着饥荒。斜了身子躺下，过不多时，就听到德小姐慢慢地吟起诗来。听她那声音，抑扬顿挫，极其自然，绝不是初读诗的人那种神气。自己最初只认她是个清秀的女子，其次知道这女子是个识字人，到了现在，又足见她是一个懂诗文的才女子。自己虽读了几年书，空羡慕着鼓儿词上那些风流才子的勾当，自己却实不怎样高明。于今遇到了这位德小姐，虽不见得就有崔莺莺、杜丽娘那种高才，在自己这一生相遇的女子算起来，恐怕是空前绝后的了。况且她先见着我含羞答答，未免有情。而今又叫仆人来和我借书，宛然声息相通。这真是百年难逢的奇遇，岂可轻易放过？在她的心里想，似乎有了我了，我也很明白的。但是我这样念念不忘记她，以及我知道她心事的这番意思，却要想个什么法子，才能让她明白？他这样静静地躺着想，直想了一天一夜，连变一只小蝴蝶飞过了舱去，都想到了，但是总无补于实际。

时光易过，眼见得到宜昌只有一日的水程。到了宜昌，是否同一只船到汉口，不得而知。纵然同一只船到汉口，未必又相隔一舱。这两天本来就有点神志昏昏，茶饭少进，现在更是不想吃，不想喝，就躺在铺上。秦慕唐一见他这样，以为是病了，便不住问长问短。秦学诗道："心里有点不舒服，爱睡觉，并没有什么病。"秦慕唐道："你若果有病，到了宜昌，就上岸去住几天，找个医生替你看看。"秦学诗听说，一头坐了起来，连道："不，不，我们还是大家同搭一只船坐吧。若是留在宜昌，我倒真要害起病来了。"秦慕唐道："那是什么缘故？"秦学诗不能举出什么理由，只是摇着头，又睡下了。秦慕唐以为是年轻人好动，急于要到家，也就不以为奇。

这边德小姐静中看书，隔壁只是有人闹病，也就听得一二，闲着无事，就和联老太太道："姥姥，你听见吗？那边有人闹病，不知道是谁？也许是那位老人家，咱们家里的清心丹，你带着一点没有？要是有，送一点给人家也好。"联老太太道："带着咧，出门我总带一点的。不论什么地方，也可以行行方便。"于是联老太太就打开行囊，找出一包药来，亲自送到隔壁舱里来。见秦学诗病了，便道："这药方是在京里配的，有点伤风咳嗽小感冒，一吃就好。"秦学诗点着头道了谢，因问道："老太太，明天一早到宜昌了，搭船的事情怎么样呢？我虽然有点不舒服，但是我们决定走啊！"联老太太听了他这话，倒莫名其妙。自己并没有提到搭船的话，他何以突然说起来了，莫非这人病得有点胡说了？当时也就只点点头，径自回舱去了。

秦学诗知道药是德小姐送来的，心中十分感激，就催着叔父赶快把药末冲了来吃。秦慕唐虽觉得联老太太是一番好意，然而药这样东西，纸包的老虎，不是可以胡来的。原还不敢给他吃，他只管催着要吃，好像一吃下去，就能好似的。只得分了一小半，用小茶杯冲着，由他吃下去。之后，便说心里舒服些，应该谢谢联老太太。他说这话时，面半朝着窗隔扇，声音故意提高了许多。

秦慕唐看了这种情形，就不免有点疑心，于是就不住打量秦学诗的情形。心想他害别的病也罢了，若是害那种思想上的病，他就是自讨苦吃。但是人家乃是很尊贵的人，又紧紧相处在隔舱，这种事情，是不能让她知道的。因就正着面色对秦学诗道："我们隔舱就是女眷，你虽是有病，要耐烦一点才好。我们是读书的人，不要让人家说我们不尊重。"他说这话时，声音极低，坐在秦学诗铺上，两手扶着膝盖，两眼也同时下垂，不看秦学诗的脸色。

秦学诗听了叔叔的话，脸上一阵阵发热，什么话也说不出来。自己靠了船舱板坐着，头几乎要垂到怀里来了，柴竞在一旁，早也看着有些尴尬，现在觉得秦学诗有些难堪，便拉着秦慕唐去看江景，把这事扯开。秦学诗心里这会子，自然是十分的惭愧，也就慢慢地纠正自己的念头，缓缓地躺下。但是不多久的工夫，隔壁舱里的京白念将起来，却又不由得自己兴奋起来。

到了晚上，船上的人都睡熟了，还听到隔壁舱里，有那种缓缓低吟之声。自己舱里，灯火已经熄了，那边的灯光，露着几条白道儿，印到这边黑暗里，这就是隔扇缝了。在那隔扇缝里张望着，只听德小姐点了一支红烛放在床头，头枕了高枕，在那里看书。秦学诗只管张望时，仿佛还嗅到一种香气，侧着浑身，直待颈脖有些酸痛，才觉是时候过久了。自己满舱的人，固然是睡了，就是那边舱里的联老太太，也发出一种呼声。心想要和她通一点什么消息，现在是最好的机会，万万不可放过。不过说话是不敢的了，黑暗中又不能动纸笔，这只有抛了一件什么物件过去，试试她的意思怎样。想来想去，忽然大悟，她还有一条手帕在我这里，我何不趁此机会送还她。她若是要声张起来，那是她自己的东西，谅也不能牵涉别人，她若是不声张，我明天给她去一封信。转身一想，还是不好，倘若以为是在被褥里翻出来的，我的机心，岂不是白用？于是把手帕在怀里抽出，又把系腰的丝鸾带上一块玉牌，暗中扯下，然后将手帕尖角向玉牌花眼里一穿，结了一个活疙瘩。便轻轻地站起半截身子，要找上次那个窟窿，将手帕塞了过去。暗中摸了许久，才把窟窿摸出。正要将东西塞过去，但是浑身只管发抖，总怕惹出事来，复身又坐下来了。坐了许久，只浑身筛糠似的抖。后来因为这边舱里有转侧之声，一横心的就把手帕子塞过去了。分明听得那块玉牌，落在舱板上啪的一声。这时，心里只管扑通扑通地乱跳，将被蒙了头，静静睡下，听隔舱有什么动作没有。过了许久，也不曾有什么动作，那隔扇缝里漏过来的灯光，也没有熄灭。这样看起来她竟是不声张的了，心里好生快活。于是又侧过身子，再向缝里张望。可是这边张望时，那边她灯光却不先不后地吹灭了。这晚上是不能有什么分晓的了，于是也就安心贴枕地睡觉。

到了次日早上起来，看见船外的山峰远远地聚拢，将江面围成圆形。江里的水，风浪不生，真如镜子一般。这种风景已是离宜昌不远了。隔壁船舱里发现一种浓厚的脂粉香味，直传到这边来，正是德小姐晨妆刚罢的时候。大概一到宜昌，她们就要上岸的了。昨晚塞过去的手帕，无论如何，她是看见的。若是她不满意，这时候一定要喧闹起来。现在既未曾喧闹，是此心已默契的了。正是这般想着，忽听联老太太惊异起来道："咦，你怎么把那手帕子寻到了？"秦学诗听了这话，又情不自禁的，心里扑通扑通上下跳了几下。不料那德小姐却很从容地答应了一句。她说："这条手帕，原是卷在铺盖里，现在已经翻出来了。"秦学诗一听这话，心里一块石头，才向下一落。

这天恰好又得着一帆顺风，不到正午，船已在宜昌靠了岸。在船上的客人，投店的投店，转船的转船，不到半天工夫，都走光了。秦学诗同舱的人，也都登岸散步，并找往汉口的船去了。秦学诗心乱如麻，只推不舒服，却没有上岸。后舱里联老太太登岸也上船去了，德小姐却没有走。秦学诗又觉得是个机会，待要大胆说两句话，又碍着船家的耳目，只是把古诗上那些烂熟的艳句，慢声低吟。念到那"相见时难别亦难"之句，仿佛就听到隔壁舱里有微叹之声。秦学诗因她如此，越是坐立不安。正在无计可施，船舷外来了一只小艇，上面一个穷妇人扶着桨，三四个穿破衣的脏孩子，将竹竿撑了布袋，口里叫着苦，伸到舱里来要钱。秦学诗很讨厌他们打扰，找了几个铜钱，就打发他们走了。待一回头，昨晚上送过去的那条手帕，现在又在铺上。连忙捡起一看，那块玉牌不见了，却又换了一个翡翠扳指。手巾边下，却有墨笔写了一行字，那字是："今宵酒醒何处？杨柳岸，晓风残月。"秦学诗学幕，常与一些权贵的门客盘桓，这些古人的风流佳句，不但是念，听也听熟了。这两句正是柳永传之千古的佳句，如何不省得？于是就把那阕《雨霖铃》词，默念起来。念到"方留恋处，兰舟催发"，便觉这八个字，真是为自己写照。又念到"念去去千里烟波，暮霭沉沉楚天阔"，此时此地，此人此情，怎样不由得不一阵心酸。两行热泪，直滚将下来。心想叔叔和那位老太太磋商不好，今天晚上，恐怕就要分道扬镳。真个是今宵酒醒何处，不得而知了。待要再写几句，也抛了过去，却又一部二十四史，不知从何说起。而且就在这个时候，韩广达回来了。

韩广达一见他满面泪痕，问道："小兄弟，你受了什么委屈吗？怎样哭起来了？"韩广达不问话，秦学诗也就勉强忍耐下去，现在韩广达一问，他就索性呜呜咽咽地哭将起来。韩广达道："这样说，你果然是受了委屈了，你只管说给我听。若是要朋友报仇的话，我可以帮忙。"秦学诗好容易忍住了哭，便道："这件事，我倒有心求求韩二叔，只怕韩二叔要见怪于我。"韩广达道："你只管说，说得对，我自然是帮你忙；说得不对，我不管就是了。我又何必怪你？"秦学诗道："船上说话，有些不大方便。我请二叔上岸喝一杯酒，到岸上去再说吧。"韩广达道："那倒不必，你把话告诉我，比请我喝一坛酒还要好。"秦学诗道："我并不是要请二叔喝酒，才要二叔帮忙。难道打抱不平，还在乎喝酒吗？不过此地说起来不便，要借个地方说话罢了。"韩广达道："好好，我们就去。"

秦学诗趁着这时无人，就取了一些零碎钱在身上，和韩广达一同上岸来，找了一家干净酒馆，一同在一个小阁子里坐了。店伙送过酒来，秦学诗对他说："呼唤再来。"店伙答应去了。韩广达不能等了，便道："小兄弟，现在无人，你有什么话，就对我说吧。"秦学诗面色沉了一沉，然后斟了一杯酒，放到韩广达面前，直跪了下去。韩广达连忙扶起来道："有话你就说吧。若是这样多礼，我就不好办了。"秦学诗料得他不会推辞了，就把自己的心事，完全告诉了他，又说："从来看到小说上一种古押衙黄衫客的侠士，都是肯成人之美的。我看韩二叔为人就是侠义一流，所以我认为这事很奇怪，遇着了她，又遇着韩二叔这般朋友，正是绝对的机会。"

韩广达将手搔着头发道："你要叫我帮拳打架，我决不推辞。若说到这种风流韵事，我这样粗心浮气的人，哪里办得来？不过你既找到我，我要不管，你又会大大地失望，倒叫我为难了。"望着又不住地搔着头发，笑道："有了，我替你转求那柴大哥吧，他的本事，比我高过十倍，而且他又要回江西去的。即便在路上想不到什么法子，你哪怕跟到江西去，他也会帮你一个忙。"秦学诗道："柴大哥是很精明的，只是这事人知道多了。"韩广达道："难道你还害羞吗？俗言道：三个臭皮匠，抵个诸葛亮。这事只有他能办。小兄弟，我们弟兄们，最重的是义气。只要我答应了，也就算是答应了。他纵然办不妥，也不会把你的心事告诉人，你放心吧。"秦学诗见韩广达说得如斩钉截铁，料这事有个七八成可靠，少不得又道谢了一番。

第三十三回

唯侠有情片帆甘远逐
移忠作孝匹马请孤征

　　二人回了船，韩广达重找着柴竞上岸，告诉了他自己答应了人一桩事情，非得你帮忙不可，你若是不帮忙，自己就会成了半截汉子。柴竞笑道："二哥又多什么事？多了事，又要找朋友。出门的人，你太不怕烦了。这时我答应倒可以答应，但是我心里是不大愿意的。"韩广达道："你知道什么事？"柴竞笑道："我知之久矣，不是那秦家小哥哥要你做黄衫客吗？你扰了人家的酒，我又没扰人家的酒呀！"韩广达道："原来我们在酒馆里吃酒，你知道了？"柴竞笑道："我不但知道，而且是亲眼看见。因为你们由船上上岸的时候，我正在码头上。那秦家小哥哥和你一路走，岂是无缘无故的？所以我已明白了一半，就跟着你走来了。你们在小阁子里吃喝，我也在楼上吃喝。我借大解为名，由那馆子后面，抓在楼檐上听了一个够。"

　　韩广达就向他连连作了两个揖道："既然如此，你就成全成全他们吧，这也是一件好事。"柴竞笑了一笑道："我也觉得这一双男女，可算是很相配。把他们凑成一对，倒也有趣。我看你的分儿上，我帮他们一点忙。不过这件事，急切不得，先要向女家探探口风。若是名正言顺的，能给他们联成秦晋之好，我们落得做个媒人；若是不行，我们再跟上去办第二步。"韩广达摇了摇头道："漫说是先有一层满汉之隔，就算没有，一穷一富，一贵一贱，哪谈得到婚姻上去？"柴竞点了点头道："这话也是。我们先设法再和那老太太一路搭船到汉口，一路之上慢慢想法。你去回复那秦家小哥哥，安心等着我们的回音吧。"韩广达大喜，当天回船去，悄悄地将秦学诗拉到一边，把话告诉了他。秦学诗满肚子忧愁，不由得爽然若失。秦慕唐虽要觉着奇怪，但是也看不出所以然来。

　　到了次日，柴竞极力地主张，大家搬上一条船。联老太太本也未曾将

297

船找妥，既是他们已经代为搭好了船，乐得大家在一处，又团聚一些时。因此绝不踌躇，就同搬上一船，依然还是隔一船舱而居。秦学诗这一喜，自然非同小可，暗中就写了几句简单的信柬，在晚上由窗格子里抛到那边去。德小姐见两面又凑在一只船上，已经就明白这里面安下了机关，心里已是安慰了许多。及至接到他的信，更是欢喜。由宜昌到汉口一截水程，他二人就变了一种情形，无一处不是欢愉的。但是一到汉口，无巧不成事，恰好秦学诗的三叔，派了亲信的差人，在码头上打听上游来船的消息。一见秦慕唐叔侄，好不高兴，立刻雇来两乘小轿，抬到寓所。船上的行李物件，自派人来搬取。

　　他们兄弟叔侄，一旦相会，自然有一番大欢喜。秦学诗的三叔，一定留着他们在武汉三镇游历几天，然后一同东去。秦慕唐自是一口答应了，秦学诗也不能违抗，急得如热石上蚂蚁一般，不知道怎样是好。好容易过了一天，抽了一点工夫，偷偷地跑到江边码头，再去找那原船。船是在那里，但是船上的人，已迁走一空了。站在岸上，对着那船头，不觉发了呆。忽然身后有人在肩上拍了一下，回头看时，却是柴竞。他笑道："这件事真是不凑巧，你遇到了家里的人，她们也遇到亲戚。那边亲戚，是包了一只船，要往南昌去的。联老太太今天已过了船，听说玩一玩黄鹤楼晴川阁。迟一两天，我再见机行事。我算定坐船到九江，在九江起早道赶到南昌去等她。她们由湖口到南昌上水一定到得迟的。"

　　秦学诗听这话，心里不免起了大恐慌，千里托人，这事哪里有多大的把握，只是站了发呆。柴竞道："小兄弟你不要发呆，这事只有这样做。要不然，你还有什么更好的法子吗？"秦学诗一想此话也是，倒只有多多重托柴竞，或者还能够有几希之望，要不然，自己也不能跟着人家的船，同到南昌去。于是转着笑脸，还是再三地求他帮忙。柴竞笑着拍了拍他的肩膀，一口担任这事。秦学诗把自己的详细住址，一齐告诉了他。望他以后有了好消息，就到家里去找他。柴竞并不犹豫，慨然笑应，叫他安心回籍。当日回了客店，见着罗宣武和韩氏兄弟，说是自己遇到家中一个朋友，家中有了急事，要先回江西。约了半年之后，同在南京会面。罗宣武因他离家已久，想他动了归心，这就不曾拦阻于他。

　　过了一天，柴竞就一早在黄鹤楼等候。到了半下午，联老太太和德小姐，果然同着一班女眷来了。柴竞看到，身子早向旁边一闪，联老太太这算是没有看见。德小姐也是心中有事的人，便先看到柴竞在阁子边一闪，心里就有数。不过她疑惑秦学诗也在这里，便故意走缓几步，退后一点。她所有的同伴，都由正殿上了后面门梯，她还在大殿前。柴竞于是抢上前一步，走到她后面轻轻地说道："我们在南昌码头上会面了。"一言道罢，就扬长而去。这天正有赴下游的客船，柴竞搭了这船，就直赴九江。在九江登了陆，便由陆路直到南昌。自己因为要便利起见，好打听消息，就在码头边找了一家客店住下了。等了七天之久，才见那只江船到了。自己心里计划着，等到明天她们上岸，在后跟着，就可以知道她们的寓所了。

次日，找了一家靠河沿的茶楼，凭栏品茶，遥遥望着那只江船。只见那船上有许多差役样子的人，正在忙着搬东西。但这东西不是向岸上搬，乃是向一只湾在一处的船上搬。那船艄上一根竹竿，挑出长旗子，上面大书实授江西广信府正堂，旗子被风刮得横展开来，正好看得清清楚楚。柴竞一想，难道她不在此地登岸，又要到广信去吗？正这样猜疑想着，只见岸上有两乘小轿，直抬到那新船边。轿子里下来的人，恰有德小姐在内，此外有个妇人，却不认识。大概德小姐昨天上了岸，今天又下船，要向广信去了。要是她向广信去，自己又不得不跟了去。平白地添了这一番奔波，看是意外之意外了。暂回了寓所，只待机会探听消息。晚上在一家酒店里喝酒解闷，恰好碰到联老太太的听差。据他说，这位新广信府知府，也是联老太太的女婿，就是德小姐的姨父了。姨父膝下并无儿女，听说联老太太和德小姐要来，已经上船等了三天了。德小姐昨天上岸，见了亲戚，这又下河随姨父姨母到广信去过几个月。柴竞听了这话，才知道自己所料，果然不错。一想，凭着自己的本领，未尝不可就在中途将德小姐背了走。然而德小姐能否相信我，却是一个大疑问。无论如何，总要和德小姐谈开来才好办。好在广信和浙江交界，一直跟她到广信，然后得着机会，和秦学诗送信也觉便利。无非是浪游，就到广信去一趟。

他这样想了，又搭了由南昌赴广信的客船，即日起程。那个挂着广信府正堂旗号的官船，也就一路先后走着。有两次湾在一处，柴竞故意在岸上散步，走来走去，意思是让德小姐好知道。不料船到河口，那官船的旗子，忽然卸了不挂。同时自己船上的人，也就交头接耳，议论纷纷起来。有几个人脸色都变了，立时起坐不安。柴竞一向同舱的人打听，才知道玉山有了土匪造反，在二龙山上立寨称王。不到十天，四方的土匪，都蝇趋蚁附，归到一处，已经有了一两万人。广丰州已经失陷，玉山县危在旦夕，土匪已占了玉山县，就要顺流攻广信，再扑河口。

这河口原是赣边重镇，有个马协镇在这里驻守，不过他的官虽不小，人却是上了几分年纪，十分无用。听说土匪来了，一面将告急文书，雪片似的向省中巡抚那里去呈报，一面却严饬广信张参将何游击、玉山万把总协力剿灭。他自己坐镇在这水陆要冲之地，一点办法没有。所以沿江一路之上，不见得有一点军事布置，也没有人得知消息。因为如此，所以这位要去上任的新太守，也就一点不知道了。这位太守，是镶黄旗满洲人，名叫全震。却也是个科甲出身，作得一手好五言诗，画得一手水墨梅竹，至于政治经济，却全靠他手下几位幕宾划策。他一路上，推篷看山，饮酒赋诗，好不快活。到了河口，上岸一拜马镇台，才知道赣浙交界的地方，出了土匪，而这地方正是他的治下。他这一吓，非同小可。回得船来，和太太一商量，太太连说带嚷，以为那还了得，大家赶快回南昌去。

全太守右手在口袋里掏出鼻烟壶，倒了一些在左手食指上，向鼻子眼里吸了几吸，便道："那不像话吧，太太，食君之禄，忠君之事。况且咱们八旗子弟，都是主子爷的奴才，地方有了事，不上前哪有反而退后之理？"他虽说得这样耿直，然而说话时，嘴唇皮却不住地颤动。太太听到他说这种官话，可也没有其他法子，只得默听不语。全太守闷想了一会子，实在忍不住了，就走到前舱，邀了几个幕宾，商量此事。因道："我们当然去上任，只是前任把钱也挣够了，福也享够了。到了有事，我们倒上去给他扛木梢，未免不值。"幕宾一听东家的语意，分明知道他是怕事，但是果然不去上任，有意闪避，这罪更大了。有人建议，家眷可以悄悄回南昌，只太守独上任去。有人说道："这是行不得，不带家眷倒不要紧，带了家眷又退回去，那是在上的先摇动人心了。"

全太守怕虽怕，究竟是个书呆子，把名节二字看得极重。最后还是决定了上任，只是把船艄上的官衔旗子卸下来，以免引动人的耳目。船上内自太太，外至差役，都不免垂头丧气。全太守却只是在舱中踱来踱去，背了两只手，闭着眼睛，摇着头，不住念着文天祥的《正气歌》。念到那激昂之处，不禁高声朗诵，尤其是那"当其贯日月，生死安足论？地维赖以立，天柱赖以尊"，这时得意之极，大声疾呼，连前面船头上撑篙子的船伙，都听得清清楚楚。

由河口开船起，一直到广信靠了岸，他见岸上的商民，还是照样贸易往来，不像是兵临城下的样子，这才放宽了一半心，不念《正气歌》了。他一到，文由上饶县以至四县，武由游击以至千备把总，都到接官厅里来

300

迎接。只有原任何知府和武的张参将，因为官职是平等的，只差了人来，未曾亲到。全太守见了上饶县，首先一句话，便是匪情怎么样。上饶县说："现在参将张大人已经招募开信军，日夜操练，以便出发。他的三公子是个了不得的人才，不分昼夜阴晴，督率民夫，修理城垣，又亲自精习操练新兵。靠主子的洪福，此地一定是不要紧的。"全太守听了这话，又落了块石头，下了行馆，且不去见旧知府，便着先到参将衙门来拜张参将。

　　这张参将跟随曾国藩，曾有十九年的汗马功劳，只因性情高傲，候补多年，还得了一个黄子爵的保荐，才做到一任参将，然而已是六十一岁了。当玉山土匪起事之日，恰好张参将的旧脚气病又复发了，国家有事之秋，做武官的人，要表示并没有退避的意思起见，就是有天大的大事，也要放到一边去的。张参将只得对外声张，一切都是自己来做。实在所有一切军事，都交与他的三公子了。

　　这天全太守来拜会他，正躺在一张皮榻上，在廊檐下晒着太阳。忽听得传号奉报，说是新知府来拜会，就奇怪起来。因笑道："向来没有的事。他们这两榜出身的人，又是龙子龙孙，一下马便拜会我这行伍出身的老粗。这要对不住，我只是便衣出见了。"于是加了件卧龙袋，戴上一顶红缨大帽，就在西花厅里相见。两下里叙礼之后，同在太师炕上坐下。全太守开口就说："这边的军事，听说张大人办得很好。兄弟此来，可以高枕无忧的了，其详可得而闻乎？"说着，向张参将两拳高举过额，拱了一拱手道："请公明以教我。"

　　张参将见他文绉绉地问着，料他是个书呆子，就不必和他客气。不如老实把剿匪事情，肩承过来，倒便当得多。因道："国家太平多年，这绿营的兵，也不过是每月来领一回饷罢了，平常都是各自谋生，有十八件兵器都分不开来的。这种事，府尊谅也明鉴。"全太守摇着头，将大帽子后的蓝翎，摆了一个旋风。然后在马蹄袖子里伸出两个指头来，在炕儿上画着圈圈道："吾闻其语矣，而未见其人也。"张参将道："因为这样，所以一有了事，这兵丁就要重新练起。当玉山县匪警传来以后，兄弟立刻挑选了一二百人，不分昼夜去救援。不幸土匪人多，在半路过不去，我只得让他们回来了。现在先取守势，保护城池要紧，一面练兵，以便出去游击。这事兄弟绝不假手外人，都是亲自调度。所幸三小儿，从小就习武，很能帮助我一点。土匪若是不加多，城是可保的，只是这里是府尊的治下，一

301

切计划都要彼此商量，兄弟万万不敢冒昧。"全太守道："妙极了，听说三少君英俊非凡，可否就请来同见一面。"张参将一想，以后短不了和知府衙门往来的，让他们先见一见也好。于是笑道："叫他来请教也好。"便吩咐跟班的，将张三公子叫来。

这时候他正上操，听到传唤，便直上西花厅来。全太守见他头上扎着一字包头，身上穿着青布紧身战袍战裙，足穿草鞋，裹腿扎齐膝盖，远望就雄赳赳的。他一进客厅门，就抢步上前，和太守行了一个军家的重礼，屈腿一请安。然后和张参将也请了一安。倒退三步，一按腰下挂的马刀柄，然后闪在一边，挺胸站立。全太守先欠了一欠身子，然后和张参将笑道："真个是丰颐广颡，南方之强呀！"说着又拱了一拱手道："生子当如孙仲谋！生子当如孙仲谋！"张参将直让这位太守酸够了，就端起茶瓯一拱。两边站班的，齐喝了一声送客。全太守一拱告辞，张参将送到二堂门边，约定次日过去回拜，再商军事，就不送了。

张三公子代父亲送过大堂仪门，直望着全太守上了轿，方才回转上房来见张参将。张参将摸着胡子笑道："我逆料全知府是酒色财气之徒，说不定还要要个脾气，原来却是一个腐儒。"张三公子道："是个腐儒那更讨厌了，他要咬文嚼字，论起兵书来，我们怎样应付？"张参将笑道："他倒有自知之明，所有一切军事，他都交付我们了。不过这样一来，我担的担子，是担得格外的重了。"张三公子道："本城大概是不要紧的。土匪势力还不曾十分雄厚，未必有那大的胆，就来进扑一府的府城。只是广丰失陷以后，玉山情形，至今不明。那里的万守备，虽是一个干员，就怕日子久了，孤城难守。"

张参将皱了皱眉道："我想那边的探报，就绕过匪巢也该到了。现在不到，定是城已被围。这还在其次，最大的原因，就是不明匪情，要找一个怎样胆大心细的人去打听出来，我们才好下手。只是非心腹之人不能用，心腹之人，又没有合适的。"张三公子不待思索，便道："儿子愿去。"张参将道："你去固然是好，但是这桩事，是凶多吉少的。况且这城里许多事情，也还要你料理。"张三公子道："这吉凶二字，现在哪里能去计较，据儿子自料，只要有匹马，有把刀，无论怎么样，总可以逃出命来。"张参将微笑道："你说得好大的话，我打了半生的仗，我也不敢说这句话。你不要看他们是一群毛贼，十步之内必有芳草，你焉知这里面不也有能人？"张三公子："虽然如此，但是这种重大机密的事，除了自己的人，

302

恐怕没有人愿去。"张参将道："你要去也可以，只是一个人太没有联络。有道是探不双行，探不独出。不双行，是两人不在一处；不独出，是不能一人去探敌。就算你有此胆量，也要人马前马后照应。"

父子二人，正在台阶边一棵樟树下说话，却只见一个人，在树下井里提起一桶水来，提了向后院面去。张三公子笑着轻轻地道："若是不让他喝酒，此人能去。待我去和他说说看。"张参将点了点头，表示许可他的建议，他就闲步走到后院子来。那人正站在马棚边，两手捧了一桶水，让一匹白马喝。他却偏了头，望着马发笑。张三公子道："朱砂，你今天把我那匹灰马，喂上一饱料，我连夜要出门去一趟。"

朱砂放下水桶，笑道："嘿，三少爷，你连军衣都没有脱，真辛苦啊！连夜又上哪里去？"张三公子道："说出来，要吓你一跳。我要穿过匪巢，到玉山帮着万守备打退土匪，你看我有胆量没有？"朱砂道："我的少爷，这事你要斟酌啊！有五六天了，玉山县都没有报子来，晓得是什么情形？"张三公子道："你不是常说大丈夫遇到机会，要轰轰烈烈做一场吗？我就是这个意思。"朱砂将手摸了一摸脖子，又摸了摸头，笑道："这话对，但是这里开信军是新招的，守城的事也要紧，大人能放你去吗？"张三公子道："朱砂，你跟大人多年了，你看到太平的时候，哪个不是想换顶子，加口粮？到了现在替国家出力的时候，又有哪个肯伸了头出来？实告诉你说，我此次一大半是打探，拿了八字，在手掌心里算，不是自己贴心人哪里敢去？又哪里肯让他去？一个人性命是小，军事上的胜败是大。设若有点差错，反损了自己的威风，走了自己的消息。大人的身家前程，是怎么样？我不谈什么替国家出力，能替大人想想，我只有自己去，是最靠得住的。我现在不愁别的，就愁衙门里上上下下，没有一个能同去做我帮手的。人不是没有，有这种胆量的，没有这种本领，有胆量有本领的，或者又因为不干己，不管这笔账。咳！只有养兵千日，哪见用在一朝？"

朱砂突然将胸脯一拍道："三少爷你若肯携带我朱砂一把，朱砂愿去。我一来是报答大人少爷的恩典，二来我也找一点出路，三来让弟兄们看看。我常说，薛仁贵是火头军出身，这话不是自夸，三少爷，你看朱砂行不行？"张三公子道："这是生死置之度外的事，你却不要因一时之高兴，就答应这话。"朱砂道："三少爷，我岂是贪生怕死的人？"张三公子道："不是说你贪生怕死，另外有两件事，我不能放心你去。其一是你那个朱砂脾气，其二是你太丢不下喝酒。"朱砂道："这却都不打紧，我就欢喜发

303

脾气，难道还和毛贼发脾气吗？喝酒是不打紧，命也可以不要，何况是酒？"张三公子道："你果然能够这样，我就在大人前极力保举你去，我们两个人，一个是骑马，一个是步行；一个在前，一个在后，我们也不能隔了多少路。晚上走，我看你打灯笼；日里走，你要听见我马铃声。"朱砂道："只要你能带我去，无论什么我都答应了。"三公子甚喜，于是二人各饱餐一顿，收拾小小的行李，二更时分，在大红烛之下拜别张参将起程。

张三公子装一个行商模样，戴着小帽，穿齐蓝布袍，肩上挽着包袱雨伞。骑的马也不备鞍蹬，只在马背上搭了一条褥子。马颈项下倒是挂了一个大铃，身上却寸铁未带。朱砂戴了一顶轻箬斗笠。用一根枣木扁担，斜肩一个小包袱。身穿短衣，穿了草鞋扮作一个小贩的模样。左手却提了一个白纸灯笼，在马前走。二人走了一晚上，天色渐渐大亮。朱砂道："三少爷，这就慢慢到玉山界了。我们要分开走了，不要让人家看到我们同行才好。"张三公子点了点头道："你这话说得对，我骑马在前，走急了，恐怕你跟不上；你在前，我就可以勒住缰绳，让马慢慢地走，不会靠近。"朱砂道："好吧，三少爷你小心了！"他说完了这话，放开脚步，就走快起来。

到了太阳出山，二人已离半里之遥地走着，各不相顾了。先走时，路上还有在田地里做事的庄稼人。正午以后，除了经过的庄村，偶然还有一两个男子而外，就不见有人在道上行走。而且那村上的人，看见他骑了一匹无鞍马，逍遥自在走着，也不免很奇怪的样子看。张三公子只当不知道厉害，尽管向前走。约莫到了太阳一二丈高时，走过一所风雨亭子。远远望去，就看见那亭子里有人探头探脑，这也不去理会，只提缰绳，一步一步向前走。到了亭子边，那亭子里面忽然跳出几个人来，个个手上拿着红缨花枪。张三公子猛然一惊，滚下马来，望着那些人，半天说不出话来。

第三十四回

群贼如毛装神玩蠢敌
浑身是胆率仆突重围

这个时候情形紧张极了，其中有一人道："咦，你好大胆！你知道这前面是什么地方？你要向哪里去！"张三公子道："哎哟！诸位，我我，是收账的。"那人笑道："我看这倒是个远路的客人，而且是很老实，让他过去吧。"又有一个道："我们总得盘问盘问。"那一个道："不要盘问人家了，你看他脸上都吓变色了。一个做生意的人，哪里见过我们这一套？这种绝无用的远方人，难为人家做什么？我们也有出门的日子呀！"张三公子索性靠住了马，低头一语不发，手却暗暗地摸着马褥子。

那些人早就越说越近，将张三公子围在中心。张三公子道："诸位说前面过去不得，但不知这附近有小路可以过去吗？"那些人笑了。其中有一个道："刚才过去一个呆子，现又来了一个呆子了。我告诉你吧，这里有二龙山的好汉起事，不是鞑子管的天下了，你难道一路来都没有听见说？"张三公子道："听是听说的，但是听说二龙山的大王，待百姓很好，是锄强扶弱。我是抚州人，在衡州开有买卖，由抚州到这里，一路将盘缠花光了，眼见得就要到浙江界上了，回去是不行。好在众位好汉，都是爱百姓的，所以我走来试试。"都道："原来如此，怪不得王老三常说，他会看相，果然看得不错。"那王老三很得意地走近一走，问道："你这位客人姓什么？"张三公子道："我姓王，好汉贵姓是？"王老三哈哈大笑道："你这人真糊涂了，你不见他们叫我王老三？"说这话时，这些人手里拿的花枪背在肩上了。张三公子微笑道："原来是本家。本家哥哥，你会看相吗？小弟也懂得一点。"王老三道："我会看什么相，瞎扯淡罢了。你倒会看相？"张三公子道："麻衣相法，懂得一点。"王老三笑道："我就欢喜谈相，你能不能在亭子上歇一歇，给我们大家来看一看运气？"张三公子道："若是各位好汉，不嫌在下冒昧，就和诸位相上一相。"大家一听大喜，簇

305

拥着他上风雨亭子上去。

这亭子里有一把大茶壶，许多茶碗。又有一根大蒿草绳子，绕了一大圈圈，挂在柱子上点着，那是预备吸烟用的。张三公子将马拴在柱子根上，然后对大家拱了一拱手道："若是有不到之处，诸位海涵。但不知哪位先看？"王老三笑道："我懂一点，我先看。"张三公子要了王老三掌看了一看，便道："恭喜，就在一个月之内，你老哥要走好运。就凭你这手纹，我看你老哥，虽是生长田间，却是一个胸藏大志的人。只因为没得机会，所以目下只得将就一点。莫怪在下直言，你老哥有一样短处，就是心里太搁不住事了。有什么话，就要说出来。知道的，说你心直口快；不知道的，说你多管闲事。"

王老三被他说这几句话说得眉毛眼睛都要活动起来，笑道："你果然有点本事，说得很对。你再仔细看看，我是什么年岁可以续弦？这六七年是熬够了。"张三公子道："请问贵庚是？"王老三道："三十六岁了。"张三公子对他脸上看了一看道："你老哥三十岁上运气最坏。"王老三道："那年夏天，有些灾星吗？"张三公子用手指掐了一掐道："你本人倒不要紧，五六月里，恐怕有点克妻，运气不济。这非有大劫大煞一冲，运气是不容易转的。"王老三笑道："先生，你真是半个神仙，看得太灵了，未来的事，更容易对付。"张三公子一阵恭维，把王老三恭维得心花怒放。接上那几个人，也说他相看得很好，一定要他看看。好在他们互相讨论，自己先要把身世说出大半来，顺势利导，照着他们的话来谈相，非常之容易。

把所有各人的相都看过了，太阳已经快要落土了。张三公子呀了一声道："只管和诸位谈相，把路程耽误了。这要是前面再有些留难，天色一晚，更是不好办了。"王老三道："我们既然把你的路耽误了，一定要把你送过去，才对得住你。你今天晚上，就在我们寨上住下，我们明天设法送你过去。"张三公子拱了一拱手道："若是蒙诸位照应，我是感激不尽。"王老三道："你不要急，我们换班的人来了，我们这就可以送你到寨里去。"张三公子看时，果然远远来了一批扛着武器的人。到了亭子上，这一班人就在亭子上坐下，让原来的人回去。张三公子牵着马，也跟了他们走。王老三这些人，左一声先生，右一声先生，一定要他上马。张三公子也不谦虚，乐得省走一步。约莫走五里之遥，经过几处土匪把守的地方，就到了一座乡镇上。镇口上是人家一所宗祠，门外插着大大的杏黄旗，在空中招展。敞地上几列武器架子，明晃晃地插满了武器。这镇上来来往往的人，却也不少，都是雄赳赳的样子，只是不见一个妇女。料想住家的百姓，却也逃避一空，这一些都是土匪了。

王老三这班人将他一引就引到那宗祠后面一所民房里来，那里面轰轰地住的人确是不少。有一个五十来岁的黑矮胖子，长了一脸的横肉，嘴上稀稀的有几根胡子，见王老三带张三公子进来，将他上了黄膜的眼睛，瞪得大大地向人望着。王老三道："大头目，这位先生是个看灵相的，刚才和我们谈了一谈，实在是灵。你老人家何不让他看一看？"大头目听了这话，用手摸了一摸他的短胡子，露着牙齿笑道："他会看相，让他和我看看。"张三公子连忙拱了一拱手道："这一位相，又不同了，尊驾是上月交运的，从此以后就要飞黄腾达了。"那大头目一听此话，便笑道："既是看灵相的，这样不恭敬得很，请到我房间里叙话。"于是把张三公子请到自己房里，吩咐小喽啰看茶烟侍候。张三公子一看他位分还不小，便只管将他以前不得志时，将来要得志的话，观色而谈。好在先在风雨亭谈相之时，已探得这头目一些来历，和他一谈，竟是越说越对劲儿。

当晚，这头目留张三公子一同晚餐，除了酒肉豆腐，还有一壶烧酒。张三公子让他喝得几分醉了，又谈到凡会看相算命的，总要懂得奇门遁甲，自己看相，略微有验，也在此点。大头目笑道："你要说你会看相，我倒相信，你说你能奇门，我是不肯信的。"他们两人喝酒，是对坐一张小方桌上，桌上只点着一支大红烛，红烛正抽了很高的火焰。张三公子目注着火焰，半晌不曾作声。大头目问道："先生，你看什么？"张三公子道："天机不可泄漏。"大头目道："你果然懂得奇门遁甲吗？那请你和我说明，我明天告诉这里面大将军，奏明皇上，保你做护国军师。"张三公子笑道："我在这红烛之上，看出今天晚上要出几件小事。我不说出来，大头目不肯信，说出来了又泄漏天机。也罢，请赏我一副笔砚，我将这事写下交给大头目，就放在这房里最高的地方，都出房去，锁了房门，贴上封条，明天再来开看。对与不对，那时自知。"

大头目一听，不由得高兴起来，连忙叫小喽啰备纸笔让张三公子自去将事情写了，外面另把几张白纸包得坚固，交给了大头目。那大头目非常高兴，举目四看，屋子里只有一架木橱，放得最高。就踏着木凳，将纸包放在橱顶上，然后再和张三公子开怀痛饮。张三公子一手撑住了头，皱着眉道："在下向不会喝酒，今天陪大头目勉强喝了几杯，已经醉了。请将行李交给在下，赐在下一个地方安歇吧。"那大头目一看他身子只向下沉，大有坐不住样子，猜想他是真醉，当时他就吩咐喽啰们搀扶张三公子到一间厢房里睡了。又照着张三公子的话，灭了屋子里的烛，锁上门，又贴上一张封条，然后也到厢房里来。他见张三公子侧身睡在床上，呼声大发。他吩咐两个喽啰，将这房门看守好，然后才走。

张三公子睡在床上，都听在肚里，只是装睡，连身也不曾翻一个。约莫到大半夜，这些土匪，也有点军规，却有梆子和小锣，在门外打过了三更。张三公子一想，是时候了。睁眼一看，屋子里的残烛，早已熄灭。听听那两个看守的土匪，也不知去向，于是悄悄地起了床。摸索房门，已经反扣上，不免暗中好笑。伸手摸摸床上，那条马褥子正在脚头，暗中将线头拉开，伸手到棉絮里掏出一把小匕首来。这把匕首，连刀带柄，共是一尺零五分，乃是张参将当年出征时的藏身利刃，其薄如叶，锋利无比。匕首用皮套子套了，放在马褥子棉絮里。这时张三公子就脱下长衣，拦腰用板带一紧，将匕首插在板带的中间。抬头一看，屋上是露了星光，原来是安了两块玻璃明瓦。用手扳了一扳睡的木床柱，倒是结实，并不摇撼作响。于是轻轻缘到床顶，已经到屋顶只有二三尺。轻轻将明瓦一托，便松动了。于是左手缓缓顶起，右手拿着一片取了下来，放在床顶上。他将两块明瓦都取了下来，然后顺着椽子，抹下来两路瓦，手拉着椽子来试一试，觉得也还结实。于是将那根椽子拔下，使一个金钩倒挂式，手抓着横梁，两脚向上一伸，出了瓦沟。然后身子也倒缩出来，随手带了一条小被，将屋洞盖上。然后直起腰来，四周一望，见屋后便是一所院落。竹篱外，还隐隐见着一星灯火，那地方似乎就是那镇头上人家的宗祠了。于是顺着屋脊向下一溜，溜到地下。因听到有鼾呼之声，不免在门前门后，打量一番。这地方并无房屋，鼾呼之声，从何而来？站着定了一定神，那呼声正相离不远。于是低了头，向着声音走去，原来是竹篱笆下发出来的。星光下就近一看，只见地下深草里躺着一个人，那身材和衣服，分明是朱砂。再仔细一看，正是他。心想如何会睡在这里？便用手推了一推，一面对着他的耳朵说道："朱砂，你不要叫，我来了。你听我的声吗？"朱砂突然惊醒，心里明白的，便道："三少爷，你快救我的命吧！他们把我捆在这里，天明再审问我哩。"张三公子一看他身后，果然手脚都捆在篱笆上，于是赶紧将绳索解了，扶他起来，轻轻地道："你不要作声，只管跟我走，我自有救你的法子。"朱砂也不知道他有什么解身的妙计，就暗地捏了一把汗，跟了他走去。

两人绕了竹篱笆，正是镇上一条冷巷，远远地听到更梆子之声，分明是巡更的离此很远，倒可放开胆子来走了。走着离镇有五里之遥，路旁却有一座古庙，庙旁有一所古井。张三公子到了庙门不走，绕到庙后，却爬墙进去。朱砂也不知他进去是什么用意，只得在后面跟着。张三公子进了那庙大殿，爬上佛案，抽出匕首来，就把上面三尊大佛头一齐砍了下来。自己拿了两个，让朱砂捧了一个，一齐送到庙外，就向古井一抛。朱砂忍不住了，便问道："三少爷，你这是有什么用意？这三尊菩萨，碍着我们什么事了？"张三公子笑道："天机不可泄漏，这是我的奇门遁甲呢！"因看到路边有一所稻草堆，便对他道："你在这里守候，看见哪里有火起，你也就把这草堆烧了。烧了之后，你就顺路径向西跑，那个时候，我自来会你。"朱砂道："我的少爷，你常说我有些疯癫，你不要犯了我的毛病吧？你想我们大胆闯虎穴，躲避还躲避不了，怎么放起火来？他们要寻找得了，我们由哪里脱身？"张三公子笑道："我这就是脱身之妙计。你常说我看《三国演义》有什么好处？现在用得着了。"说毕，又再三嘱咐朱砂不要离开，照着自己的话做去。朱砂听了他的话，也就将信将疑的，就在这里候着。张三公子却在身旁取出引火之物，交给朱砂，向西而去。

果不到多久时候，西边有一道火焰，突然破空而起。朱砂见话验了，放着大胆，一把火将稻草堆烧了，立刻也跟着向西方跑去。跑到两里之遥，果然张三公子迎将上来。他笑道："我办的事情，就是这两样，可以回去了。今天晚上，还不免要请你受一受委屈，你还是躺到竹篱笆下面去，我还给你绑上才好。"朱砂笑道："我好容易让你把我救了，我又到那里去送死吗？"张三公子道："我们原来是办公事，不是来躲死的。要是怕死，我们就躲在衙门里不出来了。不过我们为国家办事，虽然重要，只要能顾全私交，也不必就因公而忘私。难道我叫你再躺到竹篱笆下去，还能叫你去送死吗？我既然叫你去，自然有我的道理。不但不会送你的命，而且我们大事，也可以成功。"朱砂笑道："刚才我不过是一句笑话。我既来了，还怕什么死！走吧，我和你去。"于是二人抄着小路，再向镇上而来。

当他由小路走回来时，镇上的人，都拿着长钩水桶，向古庙里飞奔而去。张三公子轻轻对朱砂道："你看，这就有了效验了。"朱砂也不知道这里面有什么用意，只是发闷而已。二人绕到了镇上，张三公子在人家屋檐下拿了一只水桶，交给朱砂背着。自己也在人家院里拔了一根竹篙荷着，竟一点也不躲避，就在大街上走了来。镇上的人看到，问一声"火熄了吗"，张三公子急急忙忙走着，只哼了一声。那镇上的人以为他们是救火的，就不去追问了。二人走到篱笆边，竟不见有一个人在此地。张三公子依旧把原来的绳索，将朱砂捆了。然后绕一个大弯子，绕到储藏字帖的屋后。看了一棵大树，爬上树去，落到瓦上，然后由天窗里爬了进去。就把橱顶上纸包顶了下来，将身上预藏一张同样的纸取出，将原收的一张白纸换了一换。原来他刚才在古庙里西五里地放火的时候，已经在一家私塾里暗中取了笔墨，把字句写好了。当时将字纸换毕，依然由天窗中爬了出来。刚刚爬上树去，只听到一阵人声喧哗，同时火光四散，正是有许多人拿了火把站到屋子外稻场上来。听得那大头目说道："那先生会奇门遁甲，这点小事，不知他能知道不知道？"张三公子一听，他不要临时找我问话，我若不在屋子里，他岂不会疑心？于是由树上溜将下来，便由屋脊上慢慢地跑回自己所在的那间屋顶上。到了他那屋缺口，拿起小被，钻进屋下去。神不知鬼不觉地办了这件大事，好不痛快。

但是扶着床顶，正要下地时，忽然想起大大留下了一个破绽了。这破绽若是不弥补起来，今天不但一夜空忙，而且更惹着大祸。原来走的时候，只顾将瓦移开，自己却不会泥瓦匠的本领，如何盖得拢？明天若让这些土匪看见屋有漏洞，那就今晚两处放火，是我所为，不言而喻。趁此天未明亮，赶紧将这事遮盖要紧。于是复又上房，站了一站，听听四周的响动。觉得遥遥有一片犬吠之声，就由屋上向墙根一溜，脚落了地，直向犬吠之地而去。约莫有二里之遥，在一家村庄之外，就有一条犬吠，于是伏在地上，蛇行而前。及至将近，看看倒是一个大犬，正中心意。暗中将匕首拿在手中，蛇行得将近，那犬兀自有一声没一声昂头大叫。因之出其不意，猛然向上一站，然后向前一扑，左手一下按着了狗头，右手倒握着匕首扎了下去。不偏不倚，正扎在狗项下，狗当时就倒在地下。张三公子恐怕还没有死过，索性又连扎了两刀。然后脱了一件内衣下来，将犬的创伤，包裹好了，免得一路拿着滴血。地下留的血迹，却用刀子扒了一些土，一齐遮盖了。星光下仔细看看，没有什么痕迹。然后手提着死犬，赶快回到镇上。悄悄地上了房，将死犬由屋洞抛进屋里，自己也就跟着跳下去，黑暗中将匕首仍旧塞进裤子里去。费了这些手脚，镇上已是敲着五更，窗子上慢慢地现着银灰色了。

张三公子因想不必睡了，就坐着等候天亮。先把捆犬伤的内衣塞在床下一个老鼠洞内，再又把屋子顶上所取开的瓦，用手将来撅破，悄悄地撒在各处。布置齐全了，屋外已有人声，这倒可以安心大睡了。睡还不曾安稳，只听屋子外有人大喊神仙神仙，快开门。张三公子听那声音，正是大头目，因笑道："大头目，在下路过此地，并无歹意，怎样让妖怪来害我？不是在下还有点道法，今天不能起床了。"说着话打开门来。那大头目带领许多人站在门外，一见之下，不住地打拱作揖，连称神仙。及至看到地下死了一条狗，屋子又漏了一个洞，便惊问为什么。张三公子笑道："刚才在下是笑话，其实我早已算定了。就是这里的妖怪，恨我泄漏天机，晚间差了一条恶狗来害我。这狗受了妖怪的指点，立刻变成了一条猛虎，跳进了屋来。但是事先在下暗中请了六丁六甲埋伏屋里，就把它杀了。"

大头目一听，连忙跪在地下磕头道："菩萨，你是哪一位仙家下凡，指点弟子一条出路吧。"张三公子道："大头目，你行此大礼，我不敢当，有话请起来说。"大头目同来的人，都听得呆了，站在房门口，大头目跪在地下，回转头来对那些人道："你们这些蠢人，今天遇到活神仙，正是我们出头之日。为什么还不跪下求他老人家超度呢？快跪下！快跪下！"那些人听到大头目如此说了，不约而同地都跪下来了。张三公子笑道："你们都起来吧，不要信你们大头目的话。我不过是个看相算命的，怎么是神仙？"大头目道："你老人家一定是神仙无疑了。昨天留下字条，我们刚请认识字的看了。那上面说：'明日子时三刻，西边两处失火，烧却五所草堆，因有妖精藏躲。只因佛顶有宝，偷去佛头三个。此事奏达上苍，请问谁人识我？'神仙，那识字的先生，细细告诉我们了，怎么还能瞒得弟子哩？你老人家预先说的话，都像看见一样，不是神仙是什么？"张三公子笑道："我们今天相会，总是有缘。你起来，我和你们结结缘便了。"大头目大喜，磕了几个响头起来，其余也都磕了头。

张三公子将鼻子耸了一耸，因道："怎么这些人里面有凶杀之气，你们哪个预备杀人吗？"大家极力地说没有。张三公子道："你们又瞒我了，你们若不是预备杀人，那外面篱笆下为什么绑上了一个人？"大头目道："不错，是有的。但是这人是个奸细。"张三公子道："你们且不要忙，让我占上一卦。"于是闭着眼睛，将手指头轮流掐了一会儿，摇摇头道："这人大有来历，他在这儿，妨碍我的事。你们不要伤害他，把他送到西头古庙里去，多给食物。把他倒锁在大殿里头，三天三夜，我自能收服他，帮你们的忙。只吩咐庙里的和尚看守着他就行了，不要多人，把他惊走了。"

大头目对神仙，已相信到五体投地。立刻吩咐人将朱砂放了，送到古庙里去。请便张三公子和这镇上驻守的大将军相见。张三公子道："我见他未尝不可以，只恐怕他不相信我的话，那时与他不利，反而不好。"正说时，这里大将军，已经派人来了，要请活神仙去会面，而且抬了轿子来迎接。大头目就说："大将军这样待客，他已是十分相信的了，你老人家务必要去。你老人家去了，弟子也好借了这个机会往上巴结巴结。"张三公子想了一想道："去倒也可以，你可先去对他说，叫他见我不必行大礼。我见了他也只算是客位，恕我也不行大礼。"大头目只要张三公子肯去，一切都答应了。他赶着先走出门，去见大将军了。

这里一些小土匪，见首领都是这样恭维张三公子，他们越是恭敬得了不得。大家簇拥着张三公子出门来，让他上轿。他一看这轿子未免好笑，原来是一把大木椅子，绑上两根大木料。张三公子坐上轿子，却有八个人抬着，前后还有许多人拥护。到了那宗祠门口，一阵锣鼓乱敲，里面有许多人出来迎接。其中有一个，穿了短衣，身上扎了许多红绸头上却戴了戏台上戏子用的一顶假盔，上面还插着两根野鸡毛。看那样子，实是可笑，大概他就是大将军了。当时张三公子跳下轿来，那大将军早是抢步上前，深深地弯了腰一拱到地。张三公子见他们既如此恭敬，只和他们点了点头。进得那宗祠，那大将军把人祖堂的神位一齐打翻，却把神庙的公案桌在正中摆上，两旁左右各一排，分列两行大椅子。这样子又像衙门的公堂，又像强盗的分赃亭。那大将军，把张三公子请到公案旁第一把椅子上坐下，他和他的党徒，只坐在两边。他说了一些仰慕的话，后来便要问他终身大事。张三公子笑道："诸位命运，用不着我来推算。就是各位自己，也应该知道一点，将来都是开国元勋。不过我昨天夜观天象，这太白星西射，军事利在西不利在东。蒙诸位这样款待，我不能不把话实告。"

那大将军原是个当牛贩的出身，稍微认识几个字。听到这话，未免一惊。因道："我们军队，正在西去，不往东去。你老人家能够不能够仔细给我们算上一算？"张三公子道："当然可以，不过你们这里的情形，我不大熟悉，不容易仔细算的。譬如西方属金，就应用红色去克服他。若是错用黄色，那算属土，就被克了。再地方的情形，去的队伍，宜单宜双，或者宜五宜九，都不是可以胡来的。"这大将军最是相信五行生克的话，听张三公子如此说，连称有理。说是这里有人名册子，可以请你老人家去看，不过我们这里大队人马，都随皇上打玉山去了。队伍在他那边，恐怕有些变动。张三公子道："只要知道出兵时的情形，我也就好算。"那大将军心里急想立一个大功，马上就把人名册子拿了出来，请张三公子看。他接了过来看一看总数，其数不下一万多，却有八千多人，由二龙山的大王带去围玉山去了。因笑道："连夜我看天上的紫微星西射，原来是新主子御驾亲征了。今天晚上，我就在这宗祠外和你们拜斗推算，但是要借大将军的令旗号牌一用。"那些土匪一来就迷信神权，二来又没有几个认识字的，经不得张三公子合着他们的心理，又恫吓，又恭维，弄得一点也不相疑。张三公子又说，只要他们诚心，今晚上一齐闪避，他能用五鬼搬运法，搬十万银子作为他们的粮饷，但是忌人偷看，一看就坏事。这十万银子，明日天亮，一准交出。那大将军更乐糊涂了，当日盛宴款待。

　　只到天色一晚，便将令旗号牌交出，请张三公子拜斗。张三公子道："大概是三更以后，我就会站在门外旗杆上，管着五鬼搬运。你们只在天井里偷看，这旗杆上有灯笼，那就在搬运了，千万不要出来。"大将军听说天亮就要发横财，什么都信了。于是大家一齐闪避，只让张三公子在那宗祠门外，静等发财。张三公子等大家都安歇了，从从容容地，将自己那匹马，由屋后牵了出来，系到出口路上去。随后又把那大将军的一匹坐骑，也偷了出去。过了二更以后，张三公子将预备的一支长蜡插在一个大灯笼里，将蜡点了，慢慢地缘上那旗杆，就把灯笼绑在旗杆上。

　　这正是月尾，黑夜里半空中透出一点红灯，格外可以让人注意。张三公子下了旗杆，不敢停留，带了令旗号牌，溜出乡来。骑了自己的马，牵着那大将军的马，就向西飞跑。马上铃铛，早是解下了，悄悄跑到那古庙下马，由后墙爬了进去。绕到大殿上，只见殿门虚掩，佛案上有一盏豆子大小光亮的佛灯。推门进去一看，只见朱砂坐在一个破蒲团上，靠着柱子睡了。两只手绕在身后，又是绑了。便走向前，轻轻将他摇醒。朱砂是留了心的，一醒就知道了，因道："三少爷，我想你该来了。这里的和尚，他不愿意看守着我，把我关在殿里，又不放心，所以还是拿绳子将我捆了。"张三公子给他解了绳子，一面说道："现在不是说话的时候，我们一刻一分的工夫也耽误不得。"拉他出庙，各骑上一匹马，向西便跑。

　　约跑了一个更次，又经过一个小镇，远远地就听到更鼓之声。便将马一勒，轻轻对朱砂道："这里已是土匪的营寨了，骗得过去，我们就骗过去，骗不过去，我们就只好动手了。动起手来，你的马紧紧跟在我马后，一齐向前冲，万一冲不过去，你就自谋生路，不必管我了。"二人说着话，已经走近了那乡镇。还不曾下马，黑暗中早有人喝问一声是什么人。朱砂向来是会说本地话的，他就依着张三公子事先的嘱咐，将马缰一拢，突然跳下马来，答道："兄弟带有号牌令旗，有要紧的军情，要到前面去通报。后面是我们的大头目。"说话时，暗地里走出几个人，亮了灯笼火把，要了令旗号牌过去一看，都道："原来是大将军报军情，不知什么事？"朱砂道："军事我们不敢瞎说。"那几个人也就不问，其中有个人道："前面马王庙便是万岁的圣驾，二位既是有紧急军情来报，我们这里分三名弟兄，送二位去见驾。"朱砂一听这话，却不知如何是好，便回身去问张三公子。张三公子便对着他耳朵，轻轻说了几句。朱砂放大了胆，就对那几个人说："多谢他们，正要请他们送一送。"于是有三个小土匪在前面引导，主仆二人缓缓地骑着马和他们说话。

约莫走了有二里路，张三公子从马上一跃下马，就是左脚蹲地，右脚一挑，脚尖踢在那小匪小腹下，他早是哎哟一声倒地了。于是主仆二人，冷不防一人按住一名土匪。张三公子在裹腿肚里拔出小匕首，在小匪脸上冰了一冰，然后问道："你看这是什么？你只一叫，我就是一刀，送你归西。"两个土匪自料不是敌手，就躺在地下叫饶命。张三公子道："你只告诉我，前面还有多少土匪？到玉山城里要怎样才能过去？你说得清楚了，我就饶你一条狗命。"地上一个土匪，连说："好汉请你放手，我说我说。"张三公子便一把反捉住他两手，就让他说。他道："这里顺着大路，过去十五里，就是玉山县城。城门关了，吊桥早也吊起来了。我们有好几千人围了城，只是过去不得。现在我们已经去招新弟兄来帮忙，还叫弟兄们各人去找稻草一捆。等人来了，草也齐了，把草抛在壕沟里去，我们就由草上爬过去攻城。现在要到玉山去不容易，由这里到城边，都是我们的弟兄。"张三公子道："原来如此，你们自己人，由后面到前面去，是怎样的过去？"土匪道："日里呢。我们头上扎黄布，身上捆红带子，腰里挂得有腰牌，自然容易过去。晚上我们亮着火把，见了面火把摇三下。身上有洋铁叫子，拿出吹三声，就过去了。"张三公子道："你们就没有口号吗？"那两个土匪却都不晓得，答应不出来。张三公子笑道："你们这班蠢牛，做得出什么大事？杀了你脏了我的刀，朱砂把他们捆上吧。"于是撕了三个土匪的衣服，将他们捆了，又塞了他们的嘴。把他们黄布红带子，自己来用着捆戴了。又在土匪身上搜出几个小铁叫，也揣在身上。土匪们原打着两个火把，都抛在地下。这时和朱砂各拿了一个火把，骑上马掉着马

314

头，顺着大路，直向玉山县来。一路之上，遇到几处土匪，都摇着火把走过去了。半路里火把烧完了，还和守路的土匪，要了两根新的点着。

一路之上，并没有什么留难，隐隐之中，已看到一带城影了，心中好生欢喜。不过这时虽已深夜，已经到了官匪交界之地，巡查的土匪，川流不息，也就越来越多。他主仆二人，只管向前走。将近城外的河街，冷巷里忽然钻出一群人来，将马头拦住。在火把光中，看了张氏主仆，问道："两位弟兄，前面就是城墙了，你们还要到哪里去？"朱砂道："我们奉有将令，到前面去，不信你看我们的令旗。"于是便在张三公子手上，要了令旗，给他们看，其中有个土匪，似乎是个首领，看了令旗，沉吟着道："怎么不是这里元帅的令旗，倒是后面大将军的令旗哩？二位要等一等，让我们去问过元帅。"张三公子一看这群土匪，不过是十二三人，眼见得天色又快亮了，哪里有工夫和他们纠缠，便人马逼近两步，向朱砂丢了一个眼色，将手中的火把，远远一抛。朱砂会意，也将火把抛了。见土匪手上，都拿的花枪。由马上突然向地下一滚，便躺在地上。

那些土匪正不知为了什么低了头看，张三公子就地两手后撑，两脚向上一跳，一个鲤鱼跌子势，一脚踢了一个土匪的面部。借了土匪面部抵抗的力量，身子向上，人已站起，就势夺了两根花枪。右手抛出一支，给了朱砂。连忙托了左手花枪的枪柄，身子向后一坐，枪尖直绞了出去。一个毒龙腾海势，就把拿火把的土匪，胸头斜刺了一枪。那土匪也不曾提防，人和火把就一同倒在地上。其余土匪看到这种情形，就是一阵乱。张三公子不等他逼近，一个倒跳，骑上马背。于是和朱砂两匹马并行，双枪并举。向土匪直刺了去。那些土匪本不曾有什么本领，加之张氏主仆，是拼命突围的，他们哪里抵挡得住。不一刻工夫，搠倒六七个，其余呐喊了一声，拖着枪跑了。张三公子对朱砂笑道："早知道都是这样的饭桶，我们就直冲过来，何必费这些手脚。"

刚是说到这句话，忽然有人大声应道："好大话！"只是三个字说话，只见一道黑影，由侧面飞向前来。因为有几把火把乱抛在地下，虽夜深却也看得清楚，待要躲开，已是来不及。连忙身子向马后一坐，右手拿了枪，向外一横，只听得噗的一声，枪上着了一下。虎口震得麻疼，枪便拿不住，落到地下去了。张公子知道有敌手，向马这边一滚，隔了马背，看得明白：有一群人从巷口里涌将出来。他们都是步行，为首一个，手上拿了一根齐眉棍，飞舞将来。张三公子一想：大概这是首领，不杀倒他，其

315

余的人，就不容易退去。因拔出匕首，左手拍了马背，跳了过去。那个舞棍的，竟有几分内行，他却不迎上前去，反而向后倒退一步。身子一耸，两手斜着拿了棍子，却作一个势子，在那里等待。张三公子见他如此，也不迎上去。见有两个土匪直扑朱砂的马，他却赶去救朱砂。原来那两个土匪，一个拿了大砍刀，一个拿了藤牌短刀，这两样兵刃正马战者所大忌。因为由地上滚将入去，既可以砍马腿，又可以刺人下部。一个马战的人，当然使的是长兵器，使长兵器不能打近处，就不能让敌人逼近身边的。朱砂拿的是花枪，这枪倒是马上马下都好用，他一见两个使短兵刃的来了，先就把马缰一带，向旁边一闪，闪了开去。张三公子自小习武，就练的是战场上的功夫，对于藤牌练的最有心得。这时一见朱砂逢到两个劲敌，因此两个箭步，直跑到使藤牌的那匪身后。料他能使此物，必是行伍中人，便就地一滚，直滚到他身边去。

原来清时的藤牌，不是戏台上那种东西，其形如一个无顶斗笠，直径在三尺上下。牌系用软藤编的，正中略凸，牌底安有两个软柄。使藤牌的人，左手挟住牌柄掩着大半边身体，右手却使单刀砍人。和人交战的时候，总是矮桩，滚到敌人身边，无论你马上马下，他可以杀你，你不容易杀他。会滚藤牌的，讲究滚做老蚌藏珠，将整个的身子都缩在藤牌里面，刀枪箭石，打在藤牌上，都不能入。要破藤牌，只有火攻，但是火攻不能临时设置得来的。若讲短打还只有高处枪向下倒扎，或者索性低得靠他，用刀去搠，让拿藤牌的人，周转不开来。这时张三公子滚将过去，正是取矮攻之法，然而却是险着。他滚得近了，手挽了匕首，认定那人腰部，插了下去。不料那人正也不弱，早是将身子一缩，掩入藤牌，滚了开去。张三公子见扎不着，又起身一跳，一个鲤鱼跌子势，待要逼近他身边。那朱砂看得更亲切，便倒提花枪，向下一刺。那匪避得了这边避不了那边，腹部便中了一枪。张三公子将匕首向腰带里一插，夺过他拿的藤牌短刀，一脚将那匪尸踢了开去。只见这时，使短刀的那匪见势不妙，已闪避一边。使齐眉棍的，却带着他身后那一群匪，一拥而上。他也认定张三公子是个能手，却单独地来缠住，其余的便去围困朱砂了。两个人来往几个回合，他将齐眉棍向旁边一扫，张三公子一闪。他故意装着惊慌，将棍子收拢不住，让张三公子扑了进来。待藤牌刚要到身边，他便不抵抗，棍头一点地，由藤牌上直跳过去。朱砂在马上看到，心下不免为之捏一把汗，那齐眉棍只要一举，就直扑了张三公子的背心了。但是张三公子竟不知道中了人的计，身子也不掉转，藤牌由头上向下一罩，啪的一声，藤牌中了一下。也就在这一下响的时候，这使齐眉棍的，棍子飞了出去，人已倒地。原来张三公子知道他不弱，交手以后，他未尝吃力，何以有了破绽？这分明是故意了。因之索性将计就计，直扑了过去，看他怎样。及至他跳过藤牌去，心里明白，他是由身后将棍来扑。躲闪虽来得及，可不能攻人。因之将藤牌向上一盖，左腿站定，右腿伸出去一扫。

大凡技击角力，都是迅雷疾雨，在片刻间分出胜负来。本来电光石火一瞥间的事情，用笔来写，便已拖沓。当张三公子那一扑一盖一扫之间，那使齐眉棍的匪目，自觉自己有机变，不料人家事先早已料到，齐眉棍下去，藤牌已迎上来，方要收棍再来，脚下已经中了一腿。待要跳开身子，藤牌底下，一把刀向上一托，正碰了手腕。因此人和棍子，一齐倒了。张三公子进逼一步，结果了他的性命。因见朱砂被几个人围住，腿上已是鲜血直流。就大喝一声，直穿过人丛，将藤牌护了马腿，一上一下，两人放胆来杀。

但是这时天色业已大亮，匪营里已经得了消息。有几个军探，在街口上混杀，就不分好歹，先调动一二百人来接杀。张三公子一看人越来越多，虽然打翻了十几个，究竟也只有两个人，无论匪徒是怎样乌合之众，也总难于四面照顾他。因此自己抵住前面，吩咐朱砂用马冲开后路，向城墙边且战且走。

快到了壕边，张三公子大悟，若是这样，天色虽亮，城里绝不能有兵出来应救。因为自己头上身上，土匪的标帜还没有解去，城上要认得是匪杀匪了。连忙将刀尖反转将红带子挑去，头上扎巾也扯了，朱砂看了，也就一样办。但是土匪那边，见挑选一二百人，还不敢近他二人之身，重新又大队地调动起来。所幸这里只有一条横街背着壕沟，土匪只能进逼，不能包围，主仆二人倒是有一线退路。张三公子见土匪层层叠叠逼得厉害，便大喊道："我告诉你们，我是广信府张参将的儿子开信军的营官。千军万马，我也不怕，漫说是你这几个毛贼！"接上一声大喊，向人丛里扑过去，护着藤牌就地一滚，早砍翻了十几个。那些土匪看到来势如此，便站了一站。张三公子见有了机会跳了回来，拉了朱砂下马，向壕沟边就飞跑。土匪见这二人情急投河，也就不追了。

第三十五回

蔽日旌旗奇兵散股寇
连宵炮火妙策救危城

那时，张三公子主仆在水里游泳着，并不沉下去。土匪们赶来时，已隔有一二十丈远。二人跑到壕边，就向水里一跳，泅着水向城根而来。城里的万守备听到城外喊杀，天亮便已登城观看，只是不见官兵，也不见百姓，仅见一群土匪混战。不明此中原因，不敢开城出兵。现在见张三公子在壕沟里泅水过来，身上并没有标帜，料想这不是官兵，也就是善良百姓。因一面由城上放下两根绳，将二人扯上城去，一面将城上堆积的石头瓦片，向壕沟那边抛了去。那些土匪，并未正式攻城，追到城壕沟边，也就停止不进了。

张三公子上得城来，城里的万守备连忙将他叫到箭楼里问话。张三公子远远地叫了一声老伯，万守备早识得他的声音，哎呀了声道："原来是张世兄，你是怎样来的，我哪里会知道？"张三公子于是把乔装偷过贼窝，和昨夜交战的情形，大略说了一遍。万守备一听大喜，派了两名什长，去陪朱砂吃喝。自己就请张三公子到他衙门里去歇息。在街上二人并马而行，张三公子见家家户户都是双扉紧闭，路上也没有什么人走路，凄惨惨的一种围城的情况，摆在外面。

到了衙里，张三公子先要了一盆热水，洗了手脸，又要了一壶酽茶喝了。便对万守备道："小侄精神，已经复原，若有吃的东西，就请拿出来，我们一同吃，一同商量解围之法。"万守备道："老贤侄，你太累了，不要歇息一下吗？我已吩咐预备床铺了。"张三公子道："不瞒老伯说，小侄在城外，还不觉得此城可危。进了城之后，我便觉得危在顷刻了。现在急于设法，还不知道能否被救，小侄哪里敢睡？"万守备和他在小签押房里，对案而坐，两手便按住桌子问道："却是为何？"张三公子道："小侄在那匪巢里，打听得二龙山的匪徒，共有两万之多。虽然大半是乌合之众，但是他们既能起事作乱，总有一二能人在内。今早在城外交手时候，遇到几个土匪，都很有本领。据我想他们至少有一二千人可以作战。所幸他们不知调集精锐作战，把这一二千人，都散在乌合之众里面了。若是他们用精锐来战，恐怕玉山远守不到今天呢！他们现在攻城，第一是无法渡过壕沟。若渡过壕来，城墙并不甚高，怎不能攻入？小侄又打听得他们打算用稻草捆填壕，然后渡过来。试问他既能想这小小法子，过了壕沟以后，岂不会有法子扒在城上吗？"万守备哎呀了一声，身上向下一坐，便问道："这却如何是好？"张三公子笑道："草捆渡河那是笑话，我们有几个火药包，就可以了事了。"

万守备将桌子一拍道："妙哉！令尊大人常对我说，不会看兵书的人，若能熟读《三国演义》，不为无补，我却不大信。一听世兄这话，果然不错。"张三公子道："这也不是家大人杜撰的，本朝开国的一班功臣，哪个不是把《三国演义》当兵书读。洪杨这一仗，就是曾左，他们也不免借花献佛呢。不过那些土匪虽不能渡壕，他们的人，越来越多。他若把城中虚实探得明白了，他们真拼了命来攻城，窄窄一道壕沟，究竟拦他不住。而且救兵不多，消息不通，城里情形，又这样萧条，未必能支持多久。万一城里有什么意外，那怎样是好？"万守备道："依世兄意见，难道我们还要和土匪见上一阵吗？现在守备的兵士，不到五百人，其余都是抽调城里丁壮登城助威的。但是一共算起来。也不过二千六七百人，如何能出城迎击？"张三公子道："唯其是这样，所以不能困守。广信河口，现在都无救兵可调，若等到南昌调了救兵来，请问那要多少时候？小侄奉了家严的令到这里来，不得进城就罢了，既然进了城，愿把小侄在《三国演义》上偷来的本领，试它一试，横竖比困守待救总高上一筹。"万守备道："只要世兄有办法，我是无不从命，请问其计安在？"张三公子道："小侄刚才在街上过，见家家关门闭户，路无行人，民心已经恐慌到所以然了。在这些惊恐之民内，抽了壮丁去守城，徒灭自己的威风。土匪那边，恐怕也料定这里是一所空城了。依着小侄，倒有点办法。我们一边吃饭，一边商量如何？"万守备连声道好，就吩咐厨丁开了饭来吃。

张三公子就把他想的计策，从头至尾，说上一遍。而且把用计的所以然，也解说给他听。万守备一听这话，就放下碗筷，站了起来，弯着腰深深地和张三公子作了三个揖。张三公子还礼不迭。万守备道："世兄所说，真是善于临机应变，岂是鼓儿词上的笑话可比？我不吃饭了，马上就去行

319

事。世兄，你可休息，留点精神，明日杀贼。"于是叫了书启师爷，立刻写了几十张告示，分头张贴。说是广信救兵，今晚三更天可到，满城兵士，要爆竹相迎。同时城中人家，不论商民，大户缴带竿布旗一面，中小户合缴一面，至少要宽阔三尺，愈大愈妙。所缴之旗，只要成为式样，如何拼凑，在所不计。旗限下午申刻制成，一齐送到守备衙门，逾时不缴，以军法从事。告示出了之后，又令各街地保，鸣锣户喻。满城的商民见到这种告示，都莫名其妙，好在这事都轻而易举，有钱的买了布帛来做，无钱的拆了衣服被褥，也拼弄上一面旗帜来应征。不到申时正中，都缴齐了。

万守备见东西齐备了，便登城巡视了一周。只待天色黑，便密调亲信兵丁，将所有的旗帜，一齐插在城上各旗帜之下，多列着锣鼓。万守备自己调了三百名壮丁，令一百人拿着兵器，一百人拿着红枪号炮和锣鼓军号，一百人打着灯笼火把，一直到三更时分，悄悄地开了北门，一齐走出，突然将灯火明亮，锣鼓齐鸣，军号乱响。二百多人，齐声呐喊冲出城来。万守备在前，张三公子在后，拥着三百人，绕了半圈城墙，直绕到东门来。玉山城里百姓正惊慌着，街上的地保，却鸣锣沿街大喊，说是广信救兵到了。立时开了东门，这三百壮丁撞进城来，这时满街爆竹声，和军队金号声，惊天动地。说也奇怪，满城的商民都欢呼起来，说是救兵到了。这三百壮丁，都分列在四方城上，正对着贼营并不曾休息。张三公子对万守备道："现在士气大振，趁此机会，就和贼人见上一阵。事情一久，贼人探出虚实，那就空费气力了。"于是向万守备要了兵丁册子一看，内有弓箭手五十名，抬枪手十六名，红枪手十二名。这抬枪也是当年一样军家利器，长约七八尺，乃是二人抬一根。前面的人，专管瞄准；后面的人，却管点火，形势和平常打火药的红枪差不多。这里有十六名抬枪手，就是有八管抬枪了。张三公子因将枪手和弓箭手，划作两队。二十五名弓箭手配着红枪，二十五名配着抬枪，自己和守备各带着一队，趁着天色未明，吩咐满城都亮着灯火。所有城内的百姓，每户要抽一人登城观战，而且不许静默，尽管高声说话。同时又调了十几匹马在城上不断地奔跑。前后不过一个时辰，贼营里便惊慌起来。远远望见城上火光烛天，在红光里，看到满城都是旗帜，人影摇摇之中，言语喧哗，马蹄杂沓，把一座冷落无烟的玉山城，立刻杀气腾腾起来。

这匪巢里有个靖国牛军师，是当道士出身，兼能画辰州符治病，原是一个不曾入泮的老童生变的，为人却有几分机警。他一见这种情形，马上就披衣起来，对贼人的胡元帅说道："看这样子大概是城里救兵到了，三更天时分，我听得有一部分人马，由城外喊杀进城去了。只是怪我们大意，不曾在路上拦住，让他冲进城去了。据我想救兵数目不会少的，官军一定要改守为攻了。不过他们远路而来，一定受了累的，越这时候，我们先杀他一个措手不及，马上就去攻城。"

贼元帅也是围城多日，攻城数次，不曾得手，心里正是烦躁。现在见官军救兵又到了，未免急上加急。牛军师这种说法，正合他先下手为强的心事，立刻下令全部匪众，分着东西南北，向城根猛扑。刚刚天明，他们都逼近城壕了。这回城外的土匪，一共算起来，约莫有一万人，东城的人数最多，还不到壕边，老远地呐喊着。这时守城官兵，都在城墙上，张三公子扶着城堞，张望了一会儿，因对万守备道："土匪他的来势虽然凶猛，据小侄看来，他们老远地就喊，正是大众心怯，壮着自己的胆子。昨天晚上这一场游戏，总算不是白费力量。匪若全队来攻一门，我们倒是不难迎头痛击。而今他分四路来攻，我们不在的地方，就怕守城军士容易恐慌。而今只有一个法子，两门死守，两门迎击。只要有一路土匪后退，战事就不要紧。"万守备见土匪连绵不断，只管逼来，他却没有主意，便道："老弟台不才，我若离开了你，我就不知怎样是好？"张三公子道："也好，我们先把这当头一大股先打发了再说。"于是调了几个干练些的哨官伍长，叮嘱了一遍。号军一鸣，几声号炮，张三公子和万守备便带了一支兵，拥出城来。

这一支兵约有一千人，出城以后，向两边列开临壕布阵。张三公子和万守备，却亲自带了三百名壮丁，在吊桥桥头站住，分配好了的弓箭手和枪手都藏在旗帜下。那些土匪见官军拥了出来，自不免顿上一顿，及至见城上的吊桥绳子，依然高悬着吊桥，官兵似乎没有渡壕的准备。又依然拥到壕沟边，站在壕那边，只管摇旗呐喊。有一些土匪远远地抛着石头和石灰包，因为双方还隔得远，多半都落到水里去了。万守备却一再下着军令，大家镇静，不许摇动阵脚。看看土匪有一部执花枪大刀的，直逼吊桥头，他们后面许多人，捧了稻草捆，便直扑上前，将草捆向壕里乱抛。官兵只是不动，静观他们纷乱。

土匪那边，看着倒疑惑起来，以为官兵是要等这边渡过去再交手。这种办法，官兵岂不是太愚？他们正犹豫着，官兵阵里，旌旗展动。一个号炮，响入半空。四根抬枪，六把红枪，对着土匪最密的地方，一齐放了。这一排枪声响完了，立刻退入阵后去，上药安引，第二批又上。第二批响了，还是退后，就让弓箭手，藏在旗门下放箭。枪手把药上好，重复上前。土匪当头的一排人，在这时就倒了几十个，土匪人多，倒了几十个人，原不在乎。无如这枪和箭，却是连环的。枪放完了，箭又齐上。土匪在吊桥口上，站不住人，就向后退。匪军见中坚退了，自然也摇动起来。官兵阵里，接上第二个号炮，只见吊桥向下一落，满城旗帜摇动，金鼓齐鸣。城根下的官兵，齐齐地喊了一声杀，就冲过桥来。同时城里更有一阵阵的兵，拥出城门来。土匪疑惑官兵是城里出来了伏兵，摸不着虚实，只得退后去一马之路，以避其锋。

张三公子在这进兵之时，却带了一半枪手箭手，退入城中，穿城而过，直奔出西门来。西门的土匪，也正在抛草捆，打算渡壕。守城的军队，已经得了军令，只管闭门严守，在土匪未渡壕以前，不必理会。所以这边的土匪，听到东门喊杀连天，西门却全不见动静。一面进攻，一面还不断地派人四下打听。正得军报，说是东门杀败了。只听城上扑通通几声号炮，旗帜乱摇，立刻吊桥下了，城门开了，城里如狼似虎地冲出一支兵来。土匪按住了阵脚，预备接触。官兵还未过桥，便是一排枪开了过来。迎头挡着的人，出于不备，自然先倒了。张三公子这次可是换了兵器，乃是一丈八尺的长矛，同他在一处冲上前的，也有十余人，都是使着长矛，不过尺寸却短一点。原来张三公子除善使藤牌短刀而外，这长矛也是他一样最得心应手的利器。这种长矛，规定是一丈八尺长，父老相传，是传自三国张飞。但是矛子是茶杯粗细的竹子做的，只能横了下来，向前刺扎挑拨，不能回舞。人拿长矛后梢，估得宽不过四尺长，前端还有一丈多，横了下来。双手非有二三百斤力气，如何展布得开？所有力气小的，善于刺扎，也只有使一丈二三尺长的矛子的。况且矛子尖端接着锋利的钢矛头，尺寸越长，矛身自然越软。力量不够，拿起来矛子就自己颤动不已，不必刺人了。

在五六十年前我国火器未兴，步战里面，长矛却是一样主力兵刃。没有哪个营里操练兵卒，不苦苦练习矛子的。张三公子对于长矛，下过一十二年的苦功。张参将把他的十九年戎马生涯中的用矛经验，都一一指点了他。所以他使起藤牌，虽是风起云卷，还有点冒险，使起长矛来，真是生龙活虎，令人近身不得。当他用苦功的时候，端着长矛，向白粉墙刺扎。

矛头先离着墙约莫有五六丈，横着身子三步跳过去，忽然直立起来，两手端着矛后梢，不许过一丈二尺宽，矛底对着胸口，矛头对着粉墙，人也不动，矛头却要起个圆花，在白粉墙上，画一个斗大的圈圈，真把这套功夫学到了家。然后两臂力量充足，两脚桩法深沉，到了冲锋交战的时候，也就可以笨物灵用了。

这天调遣军队之时，张三公子见守城兵士里面，也有一部分使长矛的，因就将他们调到空地上，亲自考验了一番。原有二三百人使着长矛子的，考验的结果，有十几个老行伍，都还能用动长过一丈矛子。因就把他们编成了一小队，自己领头，从东城奔出西城。当这里两排枪响过之后，张三公子领了十五根长矛，由吊桥直冲向土匪丛里去。土匪队里，虽也有能手在当头，然而先让枪声一震，接上张三公子这根长矛头，如雨点一般，只管向人多处刺来。后面那些矛子，也就跟了上来。土匪的阵头，这时自然摇动起来。城里守城的兵，早受了密令，只管乱鸣金鼓，呐喊着出城来助威。吊桥上的官兵，既然撞过壕去了，城里那些兵，也就随着后面拥了出来。土匪也不知道城里有多少伏兵要迎上前来，心都慌了。加上张三公子引出来这一队长矛，却又十分凶猛，前方都是些平常懂点武术的土匪，哪里是这种长矛队的敌手。因之不曾久战，便纷纷后退。前敌一退，自然更把后方面军队牵动，立刻自己冲撞着自己，乱滚乱跑。出城的那些官兵虽是助威的，但是明见土匪逃跑，也就乐得追杀。这些人随着一队长矛抄过北门，去与东门的官兵会合。同时南北两门的土匪，得了东西两门的败讯，也就不攻自退。

张三公子到了东门，土匪已然去远。万守备老远地看见，就连连作揖，笑道："全靠老贤侄计划，把土匪打走，满城的百姓有救了。趁着土匪现在溃退，我想追杀一阵，你看如何？"张三公子对他以目示意，因道："弟兄昨天劳累一夜，应当歇息回头再作计较。"

万守备现在是十分信服他了，就依了他的话收兵进城，二人却回衙内歇息。万守备因私问何以不让追赶土匪，张三公子道："俗言说侥幸可一不可再，我们这种疑兵之计，也就只好把这种无知无识的土匪吓跑。稍微明白的人，恐怕就看得破了。至于我们的军人，刚才那样勇气百倍，也是一时奋发。真要同匪人打起来，他们支持得住吗？"万守备道："这一层，我未尝不知道，不过我们要以少胜多，就不能丢掉这样的好机会。"张三公子道："以少胜多，虽然也是兵家常事。但是这个少的一边，总要十分精锐才好。打仗的时候，胜了可以横冲直撞，败了也可以团结在一处。我们现在守城的兵，和土匪一样没有受过什么训练，不打仗还心惊胆战，现在青天白日之下，清清楚楚地看到去打土匪数倍之众，能有胆量去杀人吗？而且我们真杀上前去，土匪也会看出我们的虚实。我们的实情，让土匪知道了，这城更不容易守了。"万守备想了一想，点着头道："世兄这话，可是有理。但是我们困守围城，许多日子，难道仅仅吓上他们一阵，那就算了吗？"张三公子道："依着小侄的愚见，今天清早杀了他们一阵，今天决计不敢来攻城了。我们始终不能让他知道虚实，只有晚上出阵。今天晚上，我和老伯各带一队兵出城，分着东南两门迎杀。若是贼巢有准备，我们只扰乱他一晚，若没有准备，那更好了；我们就乘黑夜劫营，杀他一个痛快。现是月尾，四更以前，都是昏黑的，正好整夜和他们来往。"

万守备思想一番，觉得还是这样妥当一点，就传令下去，所有昨夜今晨作战的士兵，都去安歇。城墙上多插旗帜，号炮金鼓，不许久断，这些事却只派了一些少数兵士守城办理。在这时留东门吊桥不悬，城门也只是半关着。土匪受了一番打击，本疑为官军救兵到了，今见城墙上是那样热闹，东门又不关城，如何敢进兵？

双方按兵不动，支持了一日。到了晚上，张三公子带了五百人由东门出，万守备带了五百人由南门出，灯笼上套了黑罩，火把头上放了松香硝药，却不点着。大家轻悄悄的，分两路逼近贼巢。这天土匪却是分外的小心，天一黑了，四围巡哨，立刻出动，更鼓之声不绝。官兵守候了一个更次，知道无隙可乘，就改了劫营的战略。南路轰咚一下响，一个号炮飞起，灯笼去了黑罩，火引一触着火把头，立刻亮起来。只在这时，官兵由田野里爬了起来，大声喊杀，战鼓乱响。土匪慌了，连忙率着大队，向南门迎击。官兵见匪营里直拥出火把来，都将火把熄了，灯笼又上了黑罩。只一阵锣响，后队改为前队，黑暗之中，向南门急退。土匪追了来时，官兵已过了吊桥，吊桥支起，城门紧闭，城墙上也静悄悄的。土匪既追来了哪肯罢休，隔着壕，拼命地喊杀。忽然城墙上几支火箭，在黑暗里，如几道火线一般，直射入半空。土匪又不知道什么玩意儿，忽然后面喊声大起，火光烛天。后面探子来报，官兵从东门杀出来了。土匪才知道中了诱兵之计，立刻撤队回了去。看看赶回贼营时，官兵在火光里又向后退，人数似乎不多。土匪原有一小部分，在前面预备抵御，两下遥遥对峙，却未曾交锋。现在既是大队到了，便赶了上去。这里一赶，官兵息着亮光，停着呐喊，也不见了。这一次土匪看出来了，大概还是诱兵之计，就停止了不赶。但是官兵见他不赶，顿了一顿，复又灯火大明，扑了过来。土匪应战时，他们又走了。接上交锋了两次，土匪气不过，就赶过去。这次官兵不是见匪来就跑，却是且战且走，不到二里之遥。官兵阵里，忽然几声号炮，南门那支官军忽又炮火连天杀了出来。土匪认为这两路官兵，完全是和这里闹了玩的，我来他走，我走他又来，若有两边迎击，就会疲于奔命。因此就将一部匪分作两份，一支正对着东门，一支正对着南门路上，整整地守了一夜。官军果然不曾再来。不过闹了这样一夜，土匪越看不出官军的虚实，白天要休息，却不敢进兵，又对峙了一天。其实官军日里是满不提防，关了城去睡觉。

到了下午，张三公子找了万守备商议今晚的战法。万守备道："有了两天，土匪不曾来攻城，分明是他们不敢正看我们。今晚若能出力杀他们一阵，一定可以打退他几十里。不然日子一久，我们这几天的锐气，又要消失。"张三公子道："老伯的议论，正是和小侄一样，今晚我们可以出一支精兵，极力攻他一阵。凭这三天阵上的经验，我已料定土匪是不懂兵学的。大概就是杀进匪巢，未见退身不得。"万守备点首称是。正说到这里，兵士们来报，在城外捉得两名土匪的探子。万守备大喜，吩咐不可威吓他，好好地带来，要亲自问话。

不多一会儿的工夫，兵士们将两个土匪探子带了来了。万守备让他二人坐下，先用好言安慰一顿，说是他们是无辜之民，绝不难为他们。又当面写下一张无罪状，保他们无事，然后再问他匪中情形如何。两个匪探，先自料必死，现在见了万守备待得这样好，心里十分感激，就一点也不隐瞒了。据他说，这里统匪军的元帅，是胡老八，外号无毛大虫，一向不守本分。原是个武秀才，倒很有几斤力量。另外有个牛军师，我们都叫牛道士，他也很有本事，自号赛诸葛。据他说，他有能移山倒海的法术，但是也没见他现出来。昨天晚上，官军出城去，他们闹了一夜，不曾交战。牛军师猜着这里虽有救兵到了，恐怕也不多。所以总只能够两门攻，两门守。因此他们想着今晚省下两门的兵力，也来专攻东南两门。他们又说，昨夜里官兵那样来了又去，去了又来的战法，是想吓走他们的。昨晚上了当，今晚上一定要报仇。张三公子坐在一边听了这话，目视万守备而笑。万守备吩咐兵丁带他们下去，赏给他们饭菜。因对张三公子道："不料这赛诸葛，倒也不负虚名，他果然知道我们的玄虚。俗言说三个牛皮匠，抵

325

个诸葛亮。这位军师，总也算是个牛皮匠了。"张三公子笑道："我就怕这位靖国军师和元帅，并不知道我们是疑兵，而他居然知道。小侄保老伯今天晚上杀个痛快。"当时两人笑着计议了一番，甚是欢喜。

到了晚上，夜色更黑。满天的星斗，鼓钉似的齐密，望了去，在晚风中，似乎摇闪不定。城墙上打过初更，一点声音没有，只有那拂面的风，招展着那旗帜刮刮作响。满城上黑沉沉的，不见一点动静。忽然一个号炮，东南门城上，立刻灯火大亮金鼓齐鸣，早有一支火光随了人声，直由东门奔了出去。这时土匪也准备多时，就攻城了。那牛军师一看城上这种做法，就对胡元帅笑道："又是昨晚那一套，他们老是这样闹，直把我们当小孩子了。现在我们也和他捣鬼，只派几百人，也点火呐喊迎上去。你看我们这里一赶，南门的官军就要出来了，这一回我们不能再上当，趁着这个机会，一齐追了上去，非把他们杀得一个不留不可。"胡元帅将信将疑，先且照办，就调了二三百土匪装着有大队的样子，先对东路来兵去打。东路的兵，果然像昨晚上一样，等这里追兵将近，就熄灯静声而去。几支火箭射入空际，南门城上又呐着喊，一丛火光飞舞将来。胡元帅一见，果不出牛军师所料，胆子也大了，就调齐了土匪，悄悄向那南路迎击。官兵的路今天却有点不同，好像知道这里迎上去一样，却不呐喊，不再上前。只是那火焰的光，越发地分开了许多丛，似乎他们添了人在里里静等着作战了。土匪对了这路，不挟着全副精神而来。以为少数官兵，看到这边人多，一定是不战自溃，可以全数俘虏的。现在看到这边火焰增加，又疑惑官兵原不是少数人。因为这里真逼过去，却又迎上来了。这样一犹豫，原来打算一拥而上的，现在不能不慎重一点，老远的，便呐着喊一步一步逼上去。可是这里只管逼近，那边也不慌乱，也不退后，只是大大地燃着火把，在原阵地等候。这边土匪阵里胡元帅杀得兴起，便令大家冲上去。一阵拼命地喊着，冲到了火光下一看，大家为之一惊。原来火把插在土里，灯笼悬在插着土里的旗杆上，一个人也不曾看见，分明又中了官兵的计。但是冲到人这里，已经禁不住脚。那胡元帅越是恨着官兵捣鬼，倚恃着人多，尽管地追，远远地却听到一阵脚步响，分明有官兵前面逃跑，大概就是刚才在这里插旗点火布下疑阵的这班人了。由此看来，官兵没有什么作用，不过吓吓人而已。因此土匪放开胆来，索性一追。

这一追直到壕岸边，眼见官兵逃过去了，将吊桥高悬，紧闭着城门，死守不出。土匪哪里肯休，一面呐喊，一面就四处搬来灰土木料，向壕里乱窜，预备趁夜抢过壕去。正纷乱间，只见城里头一股火焰，直冲云汉。就在这个时候，身后匪营里喊声大作，火光陆陆续续地冒出来，顷刻红了半边天。同时接二连三有人来报，说是也不知由哪里杀去的官兵，把我们营寨烧了，东西也都抢去了。土匪们听到这话，心都慌了，大家齐向土匪营来救。那城里的官兵见土匪向后跑回，又开城杀了出来，紧紧地追上，只拣那人数最多地方，将枪和火药包，胡乱地放来。土匪把救老巢变了自救，只管向前跑。看看要近匪营，火光里，四面八方都是官兵，一齐扑来迎杀。土匪前后受攻，又没有约束，哪里能迎战，都像出笼的蜂子一般，四处奔逃。官兵追杀了一阵，然后分成三大队，作一路追击，一直追过二三十里，才收兵回城。县城附近的土匪，这一夜大战，总算追杀干净了。

原来张三公子自得了匪探口里的报告，知道土匪有点疑心城里官兵不多，因此和万守备商量，让他还在东南两门，设下疑兵，不论是哪一路，总让土匪追到城边。等土匪用力攻城，已是先忙乱了些时，然后城里一把火放了信号，就用伏兵去劫杀匪的营寨。这一支伏兵，却是张三公子自己领着，初更以后，黑暗里偷偷地溜出了北门，绕上一个大弯子，转出去一二十里路，老远地绕到贼营后路。看见城里火号，便直扑到贼营里去先放起火来。他们共有一千人，却三四十人一队，分作无数队，四面八方地喊杀。土匪既慌了，看到遍处是官兵，以为人多，自然是手忙脚乱，不知何方应战是好。官兵每队人虽少，却是早结合好，到处打一个痛快。

大家收兵回了城，万守备和张三公子一同进衙门，到了签押房。万守备将大帽子由头上取下，拿在手里，迎着张三公子直跪了下去。张三公子还礼不迭地也跪了下去，然后再伸两手，将万守备扶着，口里连道："老伯这样谦逊，小侄子万不敢当。"万守备起来，又作了一个揖，笑道："我这一跪，不是为我自己，乃是替满城的百姓和你道谢。老贤侄，若不是你来，这玉山县恐怕已经早在土匪手上。城里闹到了什么样子，也不得而知了。昨晚上这一场恶战，总吓破了他们的胆，不敢再来了。"张三公子道："老伯虽然这样谬奖小侄，不但小侄不敢当，而且还觉老伯太放心了。因为我们把土匪打走，他们并不是真正战败，乃是惊慌溃散。若是有训练军队，一阵溃散之下，自然算是消灭了。现在这些土匪都是本乡本土的人，他们虽然溃散，地理是熟的，他们各个散开，也去之不远。官军离开了他们，他们还是可以慢慢地聚拢来。不到三天，他们又成了队伍了。他们再聚拢来，哪里能保他不再来攻城？"万守备凝神想了一想，点了一点头道：

"土匪虽未必就有如此厉害，但是贤侄所虑极是。依着老贤侄，不放宽心又怎样呢！"张三公子道："我们两天战事，都是治标之策。若要把土匪肃清，没有饱经训练的军队，是不容易的事。依着小侄，有三个办法。"万守备道："老贤侄，我服了你了。你说出来的，一定可行。请教请教。"说着两拳比齐额头拱了拱手。张三公子道："依着小侄，现在把城里的兵，调了一半出城，就在东南角驻下。一来自壮声势，二来省得土匪就直逼城下。这是第一招。城里所有出战过的兵，胆子自然是大多了。就趁土匪不至围城的时候，加紧训练，既可自卫，将来也可和到的救兵，收夹击之效。这是第二招。小侄原是来探虚实的，家严一定很怀念。今天晚上，小侄就告辞，请派二百人给小侄，今天晚上索性追杀他们一阵。要追过去三十里，小侄就出了险地。这一次回去，小侄定要详申到上宪去催促救兵。万一救兵路远不易到，小侄斟酌情形，就可以调了广信的开信军来帮忙。这是第三招。"万守备听到他要走，不免惓惓，因他说此去还有命意，便道："既是如此，我就照着贤侄妙计去办，今天晚上我亲自送贤侄一趟。"张三公子道："老伯送我，我不敢当，但是晚上为和土匪交手起见，倒是老伯去的好。"于是休息半天，便挑选丁壮，预备夜战。这时朱砂又来告诉，张三公子来时失去的一匹坐骑，今天已经在城外找着了，更是一喜。到了晚上，万守备又挑一匹好马，让朱砂坐着。

初更以后，万张二人，带了二三百人，出城向广信大道行来。一路之上，只见一丛丛的黑影，星光下分布在沉沉旷野里。原来这都是村舍，人逃空了，只剩屋影，没有火光。这野外静悄悄的，一点什么声音都没有。因为非常的沉静，这一大群人在土地上的步伐声，噼噗噼噗，倒格外觉得响似的，远远地就惊动了几处野狗叫起来。但是虽有狗叫，这一带乡村，让土匪肆扰着日子很久，土匪不来，也就没有其他的人了。

在这寂静的夜景里，跑过了二十里之遥，果然无事。张三公子忽然勒着了马，对万守备道："老伯，你听听看，仿佛有人在后面跟着我们了。"张三公子的马一停，大家都止步了。万守备留心一听，果然有马蹄声，发现在后面。听听渐近，却没有了。万守备道："恰是奇怪，刚才听得很清楚的，怎么又没有了？但是就有人跟着，也不过土匪的探马，不要为他误了我们的路程。"于是大家又赶着向前走。张三公子因为在马上留心听，慢慢地落了后。约走了二里之遥，后面的马蹄声又发现了。张三公子将马加上一鞭，赶到万守备面前，因道："的确有人跟着我们后边，这事情却也可大可小，不能大意。老伯只管带了队伍走，小侄闪在一边，等着他过来看看是个怎样的人？”万守备道：“也好，要不要留两名弟兄帮着你？”张三公子道：“不必，有了人倒又觉掣肘。”于是张三公子将马勒到一边，让队伍过去。

在马上四周一看，见身后有一丛矮树，离路不远，因之牵着马藏在那里。自己却伏着身子，卧在干田沟里，手里拿着一把马刀，静静地等着。前面队伍的步伐声，去得远了。后面的马蹄声，也就慢慢地跟了来。等着那马蹄声近了，微微昂头一看，果然见着一个人，穿了一身黑衣，骑着一匹黑马，一颠一颠，走了过来。在沟里看得亲切，那人身上，分明带着刀，当时且让他过去了，然后跨上马去，跑上大路，跟着向下一追。那人似乎已知道了后面有人，猛然将马一偏，让到路一边。张三公子马抢了过去，回转马来，便横刀喝道：“这里正在打仗，夜静更深，你一个人骑着马，是做什么的？”那人笑道：“天下的路，天下的人走。他们打他们的仗，我走我的路，有什么要紧！我既走不得，你也是一个人，也是一匹马，你怎样就走得？”

张三公子一听这人的口气，虽然很调皮，却不是庸碌之辈说得出来，不敢小视他。便笑道：“你的话倒是有理，但是你未免明知故问吧。你在我们后面跟了有一二十里路了，你难道还不晓得我是什么人吗？”那人笑道：“我知道，我听你说话的声音，知道你是张参将的儿子。这次玉山县的仗，是你的功劳啊！怎么样？你杀了许多人，就想黑夜逃走吗？”张三公子道：“听你的话，原来你是贼党。你可知道我的厉害？”说着将马一夹，抢上前一步，手拿着刀，就探了一探。那人笑道：“我正要领教。”他口里说时，身子一偏，让过了去的刀锋，一个海底捞月式，他将刀尖由下向上一挑，直挑到那张三公子怀里。张三公子料定他是一个对手，早就提防了的，当那刀尖挑到怀里的时候，他早已将马勒着退开了好几步。那人算扑了一个空。不过他虽扑了一个空，刀尖并不收回去，索性拢着马上前一步，直逼近他身边。人在马上，却也歪到一边。张三公子看得清楚，分明是他在马上，势子已虚。心想这倒不难取巧，马不动，身子略微后坐，索性让他扑过来。看看那人差不多扑到这边马背，待要伸手过去，将他一夹，便活捉过来。不料那人更是刁滑，他不等着这里伸手过去，已经跌下了马背。张三公子伸手一捞，却捞了一个空。仔细看时，那人和马，都已抢过去好几步。只在这时，那人只平地一跳，又已骑上了马背。马横了身子，由张三公子马头上直扑到这边来。张三公子不料他手脚有如此的敏捷，便不敢取攻势，按着刀定了一定神，看他是怎样的杀来。那人并不惊慌，却将马退后了一步。笑道："这马不是我自用的马，不大合用。你敢和我下马比一比吗？"张三公子心想，这人手脚如此敏捷，步战是一定不弱，但是不肯输了这一口气，便答道："马上马下，都听你的便。"只这一句话，那人已翻身一滚，站在地下。只在马背上轻轻一拍，那马就闪到一边去。张三公子也就下了马，且退后一步远远看着他是如何起手，也好防备。

那人却哈哈一笑，然后将刀一亮，便连着浑身逼将过来，张三公子见那人来势很凶猛，不敢当面迎着。等他逼得近了，然后向旁边一闪，放了过去。那人直奔了过去，却不因扑了空停住他的脚步。他左手一抱，右手平拖着刀，伸过直的脚，做了个小八字步。这种架势，练武术的人，叫作尉迟拖鞭。你若不解他这一着要追了上去，贪他的便宜，他便将脚一扫，上面刀一倒扎。他用不着回转身来，你已中了他的毒招。张三公子很知他的用意，不敢直追，却在横面起个飞步要踢他的手腕。他将刀一收，跳上前两步，然后回转身来喝道："住手！"张三公子一停脚步，也向后一退道："为什么又要住手？"那人笑道："你不愧是个将门之子，我很佩服你，不忍伤害你，而且想和你交朋友。但是你那班同事，恐怕有些放我不过。你听听，他们的脚步响，已经追了回来，不是要来捉我吗？你们那些人，倒来捉我一个，这未免有点不讲交情了。"说毕，他跳上了马，就由旁边小路上飞跑而去。

张三公子正在犹豫，万守备却带了几十人转回来了。张三公子骑了马走上大路，将事情对万守备说了。万守备道："土匪队里，难道有这样人才？我有点不相信。若是他们队里有这种人，我们这几天这样大打特打，怎样他不出面哩？"张三公子和万守备并马而行，继续着向前走，因道："据小侄看来，这人的本领，高过小侄十倍。能有几个，真是玉山之虑！老伯回去，倒要提防一二。"万守备道："他就是有点武功，难道还有老贤侄这一肚子兵书不成？我很跟了老侄学一点歪才，不怕人蛮打了。"说毕，哈哈大笑。由这一路下去，均不见土匪的踪影，送过了三十里之外，张三公子就不由万守备再送，自和朱砂骑马回广信而来。

到了衙署，见着张参将，就把解围的事略略说了一遍。张参将道："我也得着探报，知道你打了两个胜仗，总算不负此行。不过这二龙山的事，大概我们不用担心，省里已经来了公事，调了孙道法的十五营湘军来了。"张三公子道："孙道法是个老粗，怎么用他？"张参将叹了口气道："现在朝廷信任湘军，由他去吧。湖南人现在是不愁没饭吃，没有法子就去当兵。大江南北，有的是他们亲戚故旧，走到哪里，也可以吃上一份粮。从此以后，湖南人慢慢地都会走上当兵一条大路。现在是好，三五十年之后，湖南人就要后悔了。"张参将十余年的汗马功劳，因为不是湖南人，得不着曾左彭的携带，直到如今还屈在下位，所以他一提起军功省籍之分就不免有一番牢骚。张三公子看父亲颜色，不敢多说，就默然而退。

到了第三天，探马报来，孙道法湘军来了。满城的文武官员，都迎出城十里。张参将因为孙军是一个湘军统领，又是个客位，也只好带了队伍，扶病出城去迎接。湘军的大队人马，延长着几里路，最后才是顶马旗伞簇拥着孙道法骑马而来。那孙道法头上戴着貂尾大帽，上身单穿一件马褂，下面系着战裙，赤着脚穿了草鞋，腰上挂着一把绿鱼皮套子的马刀。坐在马上，左顾右盼，气概很是雄昂。到了接官员齐集的十里亭上，他就突然跳下马来，走上前去拉着张参将的手，说着一口湖南衡州话道："将代张哥哥，晤些号斜个些候笨见各答（你是好些时不见面的了）。"说着，昂了头，哈哈大笑一阵。回转头来，他就和这些官员客气了几句。这些官员，翻了大眼睛望着他，没有谁人懂一个字的。张参将就代他翻译道："孙军门说，大家辛苦了，不敢当。"孙道法笑道："娘家拐的，我说家乡话，北京城里也去过，这小地方倒不行！"说着，他也不理会这些官员如何，一跳跳上了马，就拉着张参将并马而行。

一路之上，张参将把张三公子到玉山去打探和解了围的话，大概对他说了一遍，孙军法笑道："你有这样一个好儿子，也不枉了。进了城，你先让他和我见一见，我还有许多事，都要领教他的。"张参将道："这里新任的一位府尊，虽然是八股出身，人倒很通达。所有这广信的军事，他都听卑职去铺排。所以这里的军事，办得很痛快。要不然，卑职这里也难免有一二疏虞之处。"孙道法道："有这样的事？不知道这位太守是哪里人，大概不会是下江的书呆子吧？"张参将笑道："是一位旗下子弟。"孙道法道："旗下子弟有通达时事的？这却不容易了。我到了城里，一定去看他。刚才在亭子上，我只和张大哥说话就没有理会到他了。"说着话，进了城。孙道法先在行馆里歇了一歇，就改乘轿子到知府衙门来拜会。

这位全震知府，原先是看不起武人的，自从到广信以后，一切军事，自己调度不来，这才觉得武官也有武官的长处。孙道法是个军门，当然是要好好侍候差事。本想让他休息一下，晚上再去拜访他的，不料他倒先来，就吩咐大开中门，自己迎接出来。到了花厅里坐下，孙道法首先一句就道："兄弟听到说全太守很好，没有书呆子的脾气，所以我老孙来拜访。老孙这回来，因为公事来得忙，军粮马草，一概不足，要望多多帮忙。"全知府道："那自然，替国家办事，自是尽力而为，绝不能藏一点假。提到催办粮草军需，虽非折枝之类，却也不至于挟泰山以超北海之难。而况孙军门不远千里而来，卑府就不必说责有攸归。而地主之谊，亦毋可推诿者矣。"孙道法听到他这一遍文绉绉言语，比别人对于衡州的话，还要难懂十倍，心里大不高兴，因道："我是听了张大哥的话，说是贵府不懂军事，就也不多问军事，只要你能听着我们武官做，也就是了。"说毕，就告辞了。

第三十六回

粉壁留题飞仙讶月老
倭刀赠别酌酒走昆仑

　　全太守将孙道法送出了大门，一路摇着头走回上房。口里只顾念道："质胜文则野，质胜文则野。"全太太见他是这样走进来，便问道："又有什么事引动了你？把孔夫子请出来。"全太守就把孙道法刚才的言行，说了一遍，因道："难道说做武官的人，就可以这样不讲礼节吗？"全太太道："你可别得罪他呀！这会子，我们全仗他打土匪。打跑了，是我们坐享太平。"全太守道："你们妇女们只好坐着打鞋底，谈谈张家招女婿，李家聘姑娘，若谈到军国大事……"他正这样说着，只见那位在这里做客的德小姐，站在全太太身边，却是微微一笑，全太守道："姑娘，你笑什么？我这话说得有点不对吗？"德小姐说道："我哪敢笑姨父说得不对。但是妇女们不能全是坐着打鞋底，说张家招女婿，李家聘姑娘的。"全太守点了点头道："是啊，你就是个女学士，我怎么能一笔抹杀呢？"德小姐笑道："姨父真是喜而供诸案，恶而沉诸渊了。"

　　全太守连连点着头道："上一句话，爱而加诸膝，轻轻一改，改得很好，改得有身份。"说着话时，将头摆着小圈圈来。全太太道："你瞧瞧，谈什么你都不得劲儿，一谈到之乎者也，你就觉得浑身都是舒服的。"全太守道："你知道什么，等你懂得这个，恐怕还要读二十年书哩！"说着，笑向书房里去了。全太太笑道："我没有那长的寿命。就有那长的寿，我为了要懂之乎者也，再读二十年书去，那是个什么算法呀！"德小姐道："姨妈不提起读书，那也算了，提起了读书，我倒有一桩事要乘便求求姨妈。自从到了这里来，整天的是打听土匪的消息，每日提心吊胆，饭都吃不饱。现在是土匪打跑了，救兵也到了，大概事情可望平息。我一天到晚捧了胳膊坐着，闲得怪难受的。我想请姨妈给我腾出一间房子来，我也好写写一字。"全太太道："一说请孔夫子，你就真请孔夫子了。西右那一带厢房都是空的，我就让当差的给你收拾收拾吧。"德小姐听了，马上带了两个女仆就到西厢去看屋子。

这地方外面是道长廊，对着石阶下的四方院子。这院子里左右排列两棵高出十余丈的大樟树，屋子里一年四季是映着绿色。屋子后开着两扇高高的推窗，窗子外又是绿竹，被风吹着，将绿竹竿子，吹得一时闪过来，一时又闪去。窗子上的绿影子，不住地摇动。德小姐一见，非常的愿意，连道："这里就好，你们快些给我收拾起来吧。既幽雅，到上房又近，我一天到晚，要坐在这里了。"德小姐高兴得什么似的，只是催仆役们收拾。全太守知道德小姐要收拾书房，他已很高兴，就亲自上前，指点一切。不半天工夫，就收拾妥当了。到了次日，德小姐一早起来，就让女仆泡了一壶好茶送来，自己焚了一炉香，就抽了几本书，坐在临窗的一张桌边来看。越看越有味，只除了吃饭，终日都坐在这书房里来了。

有一天，德小姐看了一天的书，到了晚上，还想掌着灯到书房里去。全太太笑道："你这样大小，还是孩子的脾气，喜欢新鲜味儿。爱看书，慢慢地看吧，别把这一点劲头儿，几天给使完了。"德小姐也觉有点倦意，就不去了。次日到书房里去，却在雪白的窗纸上，发现了一行小字，乃是"杨柳岸晓风残月"，她忽然心里一动：这一句词却是自己心坎里一句话，何以恰好写在自己的书案边？而且这窗纸是新裱糊的，在这几日之内，都没有看见，分明是昨晚上有人写下的。这上房除了姨父，并没有第二个人懂词章，但是姨父写得一笔好殿体书，这字非常灵动，当然不见得是他写的。既不是他，难道还是前面公事房里幕宾们写的不成？那更不对了，自己纳了一会子闷儿，也想不出一个道理来。于是用墨将那一行字来涂了，也不再去理会了。

这天晚上，她在书房里看书，还看到二更后，出书房门之时，将门带拢，用锁来反锁了。又过了一天，再到书房里来，却见窗纸上，又添了一行字，仍是"杨柳岸晓风残月"那一句话。这不由得她不吃一惊了，房门昨晚锁着，今朝是自己开的，绝不能有人进来。这一行字，从何而来？难道还有什么幽灵之物，特意来写上这句词，暗射我心里的事不成？她仔细想了一下，实在想不出一个道理。坐着看书时手里捧着书，眼睛却不向着书上，只抬了头四面的观望着出神。正在四处张望的时候，忽然发现了一桩可注意的事，就是后墙向着竹丛的那两扇高窗门，却是开的。分明记得昨晚在此看书，因觉得阴凉，就自行端了一个凳子，爬着把窗户关上。现

334

在窗户开了，当然是有人由那里进来，然后在这书案边的窗户纸上，题下那一句词了。记得由四川到汉口的时候，在船上那个姓柴的，曾和我打了两个照面。后来到了南昌，在码头上，又看见过他，莫非他跟到这里，要和姓秦的做昆仑不成？我是名门小姐，现在又住在姨父衙里，非红绡可比。就是那秦学诗，有叔父管住了他，不见得就学了崔生。让姓柴的带到广信来，只是这一句词，除了我和他，不能有第三个人知道。他就是没有来，也是把这事告诉了姓柴的，有话转告我了。最好我是见他一面，当面问他几句。但是我是个深闺弱女，他是个江湖武丈夫，我在什么时候，什么地方，可以见他？若是出了什么意外，却怎么办呢？德小姐这样一想，倒反而惊怕起来。既没有心看书，也饮食无味。到晚上，深怕那个姓柴的来了，反为不美。天色一黑，她就到上房里去，索性一步也不敢到外面来了。

到了次日，天色不好，淅淅沥沥下起雨来。德小姐心中有事，不由得更因此添上一层烦闷，吃过午饭，才慢慢走到书房去。可是一到书房门口，心里一阵乱跳，反是站在廊上，不敢走了进去。凝了一凝神，自己暗笑道:我这个人真是疑心生暗鬼了！这白天，又在这上房里，难道那姓柴的还有隐身术，能飞了进来吗？于是咳嗽了两声，又喊了一声女仆倒茶，然后才走进去。进书房之后，首先便注视书案前的窗纸上可有什么，恰似很明显的，那里又添了一行字。不过不是先前那句词了，乃是“若不知，何以涂抹之；既知之，何不回报之”。

德小姐看了，愈加惊慌，觉得不理会他，岂不失了机会？而且辜负了人家千里奔波的苦心，要理会他，又不好意思见他，也没有恰当的地方敢见他。可是要永久不见他，他却纠缠不清，每晚都进衙来。若是让人知道了，那还了得！只她这一着急，当日急出一身病来，就发着烧热，睡在床上，不过人却是清醒的。这天下午，雨更连绵了，加着不断的风吹来，将那上房前后左右，一些树木，吹得如海潮一般作响。到了晚上，人声是静寂了，人坐在屋子里听到屋外的风雨斗树声，更是厉害。窗纸上摇着一线淡黄的清油灯光，越显得屋子都要让风雨来撼动，仿佛人在一只破船中一样。

这晚上，全太守晚饭后也是觉着风雨之声闷人，便找了一本古版《易经》，坐在灯下，细细地咀嚼。以为这样风雨飘摇的时候，只有古圣人经纬宇宙的大道理，可以镇定身心。正看了几页，忽听到窗外走廊下，一片惊号之声。全太守听到不由着一惊，便问怎么了，怎么了，外面答道："有……大仙，吓……死我了。"全太守更是惊慌，连连叫着道："来呀！来呀！"

在那个的时候，官吏叫他的仆役，多是无名无姓，就叫"来呀"两个字，代表一切。两个字越叫得急促，越有紧急的事情。全太守如此一闹，早惊动了上房内男女全班仆役，大家拿了灯烛，一阵风似的，就拥到走廊下来。只见厨房里一个打杂夫子，蹲在一个屋角下，脸色白得像纸一般，只管哼着，一语不发。地下倒着一个木提盒子，盒子虽不曾揭开，却是泼了一地汤汁。大家将他扶进屋里去，盘问他时，他说提了一盒东西，走过廊下，有一条黑影一闪。先还以为是眼睛花了，仔细一看，那黑影直窜到我的身边，这才看清楚，是个有手有脚又能飞的大仙。我冒犯了大仙，大仙还踢我一脚，我哎呀一声，亲自看见他由走廊下，跳上樟树上去了。全太守手上拿着一本《易经》，正着颜色道："攻乎异端，斯害也已，以后再不许说这种话。有说这种话的，我就要重办。"全太守越骂声音越大，由内室里一直骂到堂屋里来。这些仆役们，虽然怕大仙，比较起来，却是更怕大人。所以全太守一喝，大家都软起来，不敢作声。全太守在堂屋里骂着不算，又由堂屋里骂到走廊下来。随叫唤捕快来，捉拿大仙。

这些捕快，忽然见府大老爷连晚召集问话，料着有重大的事情发生，大家都战战兢兢捏着一把汗。及至到了府衙，让全太守一说，才知道是府老爷要他们捉大仙，因回答道："老爷要小的们捉贼捉强盗，小的们拼了命也是要去捉的。现在有了大仙，小的们可是不敢奉命。漫说小的们这种无用的人，就是请了剑仙侠客来，他们也没有那灌口二郎神能耐。"他们说这语时，都不住地转头来向后张望，仿佛就有大仙从屋顶上跑进来一样。全太守道："胡说，好好地叫你们捉贼，你们倒装神装鬼。有什么妖怪？有什么大仙？你们到那二堂后身去看看，那里是不是有人的手脚印？有手脚印，那还是大仙，还是贼呢？"

捕快们进衙之时，也曾在二堂后查勘了一会儿。那个手脚印，果然像是人印下来的。只是这广信地方从来不曾出这种飞檐走壁的人，突然发现，到哪里去找。要说是现在闹土匪，是由二龙山来的，这二龙山也不过是一班舞刀耍棒的人，也不见得能够半空里来去。全太守见他们站在花厅中犹豫着，他坐在凳上，突然站了起来，喝道："你们若是不去捉贼，那就是你们和贼通同一气，将你们重办。现在限你们三天期限，三天之内，

336

若采访不到一点消息，就仔细你们的狗腿！"说毕，将长袖子甩了一两甩，一转身子就回上房去了。

这些仆役们哪里禁得住吓，只得到次日，便把这话传扬出去，说是知府衙门闹狐仙。满衙门的人，到了晚上走路，都不免有戒心。可是为了他们过分的害怕，到处都显着有鬼怪出现。次日的风雨，依然未歇，二堂后有两个打更的，在二更以后，因雨地里不好走，便坐在倒檐下，避着雨打瞌睡。刚是要闭眼，就在这倒檐上啪的两声落下两块瓦来，同时又很重的一声，落在地下。两个更夫本把闹大仙的话深深地印在脑子里，现在一惊，睁眼看时，只见一个黑影在阶石下那青苔毡上，连跌了几跌，然后才一蹿蹿上墙去。再由墙上一翻，才不见了。当他翻动时，墙上落下两块整砖来，将墙里的水溅起来，两个更夫脸上都溅得有了。当那黑影子在面前时，两个人吓得成了两个呆子，只管望着。现在黑影扑过墙去，眼前没有什么了，两个人这才如发了狂一般，大叫救命。衙役齐跑了来，这才知道又是发现大仙。据两个更夫说了，大家便用灯火一照，果然地下有几个滑倒的人手足印子。再看看那面墙上，却也是有人的手印，印在湿青苔上。这一来，大家都证明更夫所说的话不错，更哄传出来。

这个时候，全太守还不曾睡，觉得这事情不能含糊过去，在西花厅传全班捕快问话。捕快们看到府太爷这样雷厉风行的样子，气得是话讲不上去，彼此相看了一会子，相率走出了花厅。又绕到二堂后来，仔细看了一看。那手脚印有几个，印得清清楚楚，果然是人留下来的。便就推了两个人，亮着灯笼火把，上屋去照了一照。在屋上墙上，又发现了好几处脚印，有几处还踏碎几片瓦，若是大仙绝不会这样重手重脚。当晚夜深，大家只在衙前衙后，查勘一番，见着没有什么行迹，也就算了。约了次日，大家在十字街一品轩茶楼上，共商一个办法。

到了次日清晨，这些捕快们，一早在茶楼上聚会。找了临街的一副茶座，大家向外面坐，正谈得有点头绪。这捕快班里有个范承才，却是他们队里的领袖。他衔着一根旱烟袋，两只手臂抄抱在胸前，正自出神。他的旱烟袋，忽然由口里落将下来。同时他将桌子一拍，指着楼下道："要破这一桩案子，除非是去问他！"

大家看时，只见张三公子带着一批新招练的兵，骑了马过去。范承才有个把弟余老七，也学习过一些武艺，他心里忽然省悟过来，笑道："是了，大哥说的这话，我已经明白。以为张少爷从过明师的，一定看得出江湖上高一等人物的行藏。但是是人呢还是大仙？他能帮助我们的忙吗？"范承才道："据我看，十成之八九是人所为。我们这种人哪里亲近得他？只好找个能手出来试试了。"大家都觉得这法子笨，但是除此之外，也无良法，于是把喝茶的时候展长。等着张三公子下操回来，大家就一阵风似的，走出茶楼，拦着张三公子的马跪下。护从有认得范承才的，就告诉张三公子，这是本城的捕快头。张三公子用马鞭指着他们笑道："你们的事情，我明白了，你们捉不了狐狸精，要来求我，是不是？我姓张，可不是天师，你们怕挨板子，不会上龙虎山请张天师去吗？恐怕也没有用呢？"大家一听这话，分明是他很知道这事情的内容了。范承才连忙道："少爷，这事就求求你吧！少爷既然知道，小的们也就不多说了。只是求你救我们一条命！"张三公子道："既然如此，你们先起来，让我今天晚上和你们到府衙前后走上一走。我生平不信什么鬼怪，你看他今天晚上还来不来？"捕快们听了这话，将信将疑，都站了起来，给他请安。张三公子也不等他们再说话，一扬马鞭子，就走开了。

知府衙门里闹狐仙的事，这时大街小巷，本来无人不晓。现在看到一班捕快围着张三公子的马这一段事，大家更觉闹狐仙乃是千真万确的了。这些捕快来求，他在马上从从容容说着大话，很像今晚上狐仙就不会出现。大家虽知道张三公子武艺很了得，不信他会降妖捉怪。今天晚上，府衙里是不是有大仙出现，那就可以看出他的本领怎样了，因此大家把这事都当了一桩奇事去传说。

范承才这班捕快，相信张三公子总不会撒谎的。但是怕他和大仙交起手来，不免要上大仙的当。因之这晚上也不敢在家里睡觉，都带了武器，悄悄地在府衙前后巡哨。但是巡哨一夜，确是不见什么动静，这些捕快们也不回家，就一直到参将衙门来，打听张三公子昨晚可曾出去。据跑差上的人说，他昨晚二更前后，在衙外喝得烂醉回来，一回上房，就睡觉了，并不曾出去。这里头更不能无缘由，大家就在号房里等着。打听张三公子起来了，大家就央告传号进去回禀，要见张三公子，求他指教办这案的法子。张三公子只叫范承才余老七两个人到小签押房里来，其余的都让回去。

范余二人到了小签押房里，只见张三公子向着太阳光的纸窗下临帖，二人便蹲着身子，请了安下去。张三公子将笔向笔架上一放，笑了起来道："你们以为我把大仙打跑了吗？昨天晚上喝酒，今天早上写字，我哪有工夫捉妖？来来来！你们也来写两个大字。"范余二人以为张三公子和他们开玩笑，站了不动。张三公子遂将那支笔交给范承才看道："要破案，就在这一支大字笔上。你们不会写字，怎样破得了案？"

范承才接过那支笔，在手上却是重颤颤的，仔细看时，这笔管却是熟钢的。只得笑道："小的实在不懂，求少爷明指教我们吧。"说着，退后一步，又给张三公子请了一个安。张三公子笑道："我料你们不懂，我老实告诉你们吧。当我由玉山回来的时候，半途路上，曾碰到一个骑马的人，他和我马上马下都交过手，本事十分了得。我就想着，土匪窝里，不会钻出这种好角色来，但是他是由哪里来的，我倒猜不出。前两天我一人走大街上过，看见一个外乡人，站在街边买东西，声音却是很熟，可认不得那人。后来我想起来了，那岂不是和我交手的人吗？我正看着他，他一回头见了我，像是认得，就笑着说：'张少爷不认识我吗？我请你喝杯酒去，肯不肯赏脸？'"范承才道："这贼不怀好意了，少爷去了吗？"张三公子笑道："那怕什么，他真是要算计我，就不去喝酒，哪里又躲得了？当时我就和他一路到酒馆子里喝酒，一谈起来，不但不是贼，而且是个大大的好人。他姓柴，单名一个竞字。他的师父尤其闻名，是长江上一个大侠客，名字不要去提了。他到广信来，不是为他自己的事，不过要和一个朋友做媒。和这里府大老爷，一点不相干，白扰他的事做什么？他随身没有大武器，除了一把刀，便是几十支真假笔。他倒送了我几支，我故意拿出来，看你们识不识？原来你们也不懂呢！"

说着，他接过笔去，将笔头一扭，只见毛笔头和一个短套，脱了下来，里面另露着一个尖而且白的针头。他手一扬，那笔啪的一声，插在画梁上一个双凤朝阳的凤眼睛里。范承才看到，心中暗暗喝彩，脸上自然也就现出一种欣慰之色来。张三公子笑道："据你们看，这就了不得了，其实这位姓柴的本领，要比这个强过十倍。他站在树下，能用这个去打树梢上鸟雀的眼睛。像你们这种的人，他何须多费事，一个送你们一箭，也就了事。这是他师父的传授。他师父本人，能够用芦秆子当袖箭用，变轻为重，这暗劲就更大了。这种本领的人，我见了都要五体投地，我不信你们有这种本事，可以去捉他？你们可以回复府太爷一句，就说不是狐仙是个人，这人也就走了。只要府衙里再不闹事，我想府尊也不和你们为难。我自去对那姓柴的说，请他早早出境，你们看是怎样？"范余二人见张三公子说得那人如此厉害，他又保了不再来，只要无过，也就不敢望赏了。当时便谢了谢张三公子。他又道："你们不要对人说这话是我说的，若说出了，下回再闹事，我就不管。"范余二人，只要府衙不闹事这一层自当遵命，很高兴地走了。

张三公子于是在家里寻出一把收藏的倭刀，一个橙色葫芦，带在身边。独自步行出衙，却到西门外一家客店里来拜访柴竞，到了店中一直向房间里排闼而入。只见柴竞在桌上放了一大荷叶包猪头肉，又是一大捧落花生，手里拿了一大瓦碗烧酒，正自吃喝着解闷。一见张三公子，便迎上前来，笑道："兄弟昨晚不敢失信，他们向张少爷说了什么？"张三公子就将对捕快说的话，叙述了一遍，因笑道："他们就是吃了豹子心、老虎胆，也不敢到这里来拜访阁下。只是阁下这个媒人，我看可以暂时不作也罢。无论那位德小姐你没有法子把她引出侯门似海的知府衙，就算你能够引出来，试问孤男少女，你有什么法子，可以送她到浙江去？"柴竞笑道："我在朋友面前，没有答应此事则已，既然答应此事，就是国法不足畏，人言不足惜。"说着，端起碗来，咕嘟一声，喝了一口酒。

张三公子微微笑道："就算你老大哥决意这样办，那德小姐年轻，也不肯放了胆子跟你走，你又当怎么样？"柴竞踌躇着道："我就是为了这个没有法子，我要是这样走了，我受了朋友之托，不忠朋友之事，那都罢了。我千里迢迢，跑到这里来，闹得满城风雨，最后是一走了之，我这未免对不住自己了。可惜上次我到二龙山去，没有找着我的师父和师妹，若是找着了他们，我的事情就好办了。"张三公子笑道："我既然劝阁下走，我自然也有个办法，不能让你阁下一走了事。要晓得虎头蛇尾，和神龙见首不见尾，却是两件事。阁下依我办，把那位姓秦的学生找了来，我可以荐他到府衙里去做一点事。万一全府尊不允，就是敝处算个冷衙门，添这样一位醉翁之意不在酒的幕宾，兄弟总可以做主。那个时候，再来设法做媒，当然不至于像现在这样费事吧？"柴竞道："张少爷，你能断定那姓秦的来了，不至于落空吗？"张三公子道："这件事和我又没有什么相干，我若是办不到，我就不必多此一番唇舌。我又何苦撒一个无所谓的谎呢？"

柴竞把酒碗举起，就一吸而尽。笑道："这就痛快多了，我自身在这里并没有事，现在和张少爷痛饮几杯。放下酒杯，马上就走。"张三公子于是将那葫芦放在桌上，然后把那柄小倭刀向桌上一插，笑着拱了一拱手道："这葫芦罢了，送阁下盛酒喝。这把倭刀，真是早年进贡来的，却是出门一件轻便利器，请一齐留下，就不另送程仪了。"柴竞笑道："这是在府上就预备好了的，分明是催我走了。有了这个葫芦，就可在城里买了酒，索性带些食物，出城五里有个玉皇阁，那里大树参天，我和少爷到那里一醉而别如何？"张三公子连声叫好，就提了葫芦出去，灌满了酒，又买了一刀咸猪肉，两只大熏鸡，用荷叶包了，提回店来。不曾进店，恰是柴竞背了包裹在店日张望，于是二人一同出城，向玉皇阁来。

一路之上，听到路上行人说话，都是说着知府衙里闹大仙的话。有的说大仙身长三丈，非常厉害。有的说，这几天大雷大雨，都是为了这妖怪，但是五部雷神，大战三日，都没有奈何他。听说后来关圣大帝亲自出马，才把那妖怪降伏了。柴张二人一路听了这话，都不由得暗笑。到了玉皇阁外，就在大树下石头上，摆上酒菜，二人席地而坐，把葫芦盖当了酒杯，传递着喝。将倭刀割鸡肉，大块地咀嚼。

正自兴酣，忽然有人在身边哈哈大笑道："大仙在这里了！我不曾进城，倒先见着。"柴竞啊呀了一声，站起来道："原来是师父。"张三公子看去，见一个五十上下老者，穿着黑衣，背着包裹。脚下的大布袜子，齐平膝盖，上面沾染遍了黄泥，分明是一个走长路的。张三公子曾听柴竞说过，他最得意的老师，是长江大侠朱怀亮。看人虽然是老者，两颊还有红光内隐，正是精气内练，神光外发的缘故。因为柴竞一站起来，就给他师父行大礼，先未便插言，一默然站着。柴竞见礼已毕，就回转身来，对张三公子道："这是我朱师父。"张三公子笑道："果然是朱老前辈，难得到此地。"说着恭恭敬敬地三揖。朱怀亮将包裹从肩上溜下来，他搓着两手，向张三公子脸上注视着，笑道："这地方不会有多少人和我徒弟交朋友的，莫非这是张参将大人的少爷吧？"张三公子谦逊一番，也就请他席地坐下。朱怀亮对柴竞道："我上个月送你师妹到皖南去完婚，就听到这边二龙山起事，道甚传言，说有我的朋友在内。我就不相信，因此独自到这广信来，打算去看看。不料今天一路之上，就听知府衙里出了大仙，闹得如何如何，我就有些疑惑。现在看到了你，莫非是你干的？"柴竞因就把自己由四川出来，和秦德二人同船，以及受了秦学诗之托，和他们做媒的话说了一遍。

朱怀亮道："既是张少爷能帮你的忙，这事不愁不成功。由这里到浙江，要穿过玉山县，我现在没有你师妹挂虑，闲云野鹤，哪都可以去，我就陪你到浙江去走一趟。这玉皇阁外有两家小客店，我这几天走得累了，今天权且在这里歇息一晚，明天再走吧。"柴竞本也无一定行期，就依了师父的话。三人将酒菜用完，柴竞向张三公子拱手道："诸有打搅，不劳久陪。阁下衙中有事，就请自便，半月之后，我们再相会吧。"张三公子一见朱怀亮，遇到这样一个老前辈，本想多攀谈几句，也好领教些武艺。转身一想，他们是江湖上人，自己是宦家之子，他们师徒会面，或有私话要说，自己夹杂在他们一处，或有不便。好在他们还是要来的，到下次会面再谈吧。于是和他们拱手而别，自回城去。

就在这时，二龙山的土匪，正在和孙道法的军队交战，浙赣边境，十分不安，过了半月，却也不见柴竞师徒回来。心想路途不好走，他们不能穿过战场，这也是人情中事，却也未曾去注意。又过了十天，那带军平匪的孙道法，忽然自前防来了一道公文，说是需要一位熟知匪情的军官，随营助理军务，就要请张参将调了张三公子到前防去。张参将见一个湘军头领会来调他的儿子随营助理军务，正平了他一口湘籍以外无才之气。当日就叫着张三公子到前面，教训了一顿，立派他到前防去。他只去了三天，却有人到号房里来三次请见。号房里说我们少爷到前防出发去了，要军事平息了，才能够回来。那人听说，就垂头丧气地走了。

这时值着黄梅天气，在江南乃是一年阴晴的日子。有一天下午，忽然起了大风，飞沙走石，终夜不息。到了天亮，飞沙里夹了几点雨，才把风息了。这一日一夜大风，广信城里吹倒树木房屋不少，知府衙门和参将衙门，是两所古署，衙里有许多古树，也有吹折的。全太守总算关心民生的，一早就派人到四城去调查灾情，同时也在衙门检点损失。不料，就在检点之中发生了一件最大的损失，就是睡在卧室里的德小姐，忽然不见了。全太守一听这话，毛骨悚然，心想难道真有什么妖怪，刮了一天一夜大风，把她摄去了？只得放了胆子，调齐十几个仆人，各拿家伙，拥进德小姐卧室去。只见床帐高挂，被褥叠得好好的，桌上一盏西式的铜胆油灯，兀自点着，灯芯草结成一个很大的灯花，这分明是未安眠以前就失踪了。德小姐所睡之处，左隔壁是全夫人房，右壁是女仆房，若有一点响动，就可以惊人的，然而却全不知道。全太守一想，像德小姐这样的女子，决计不能私奔，更也不会无故寻短见。若是让人劫了去，这上房岂是轻易能进来的？若是妖怪，自己生平就不信这件事。他想着完全不对，只将两个指头，在半空中画个圈圈，连说怪事。全夫人也是满衙内乱撞乱找，并无踪影，儿呀肉呀地嚷着哭起来。全太守就吩咐下人，这事与体面攸关，不可张扬出去。一面传捕快马快，进衙问话，却叫全夫人不要啼

342

哭，免得扰乱自己心事。

全夫人哪里禁得住，索性走进房来，倒在德小姐床上，抱枕大哭。她一个翻身，忽然指着帐子顶上道："那是什么？那是什么？"大家走上前来一看，原来是一张白纸，大笔涂抹，画了一些黑云。将那画揭下，仔细一看，满幅云影，里面藏着一条龙。这龙只有一个龙头，半个身子半隐半显，尾子却完全不见。纸边却有一首四言诗道："天马行空，非妖非鬼。记取一言，神龙无尾。"太守将这十六字，默念了几遍，摇着头道："天马行空，这是一个非常之人，如精精儿空空儿之流了，非妖非怪，自道之矣，神龙见首不见尾，然则又在何处见过他的头呢？"他自这样揣摸了一遍，只却是之乎者也，说不出一个道理来。其余那些幕宾衙役，都相信道是妖怪作祟，将德小姐摄去了。甚至有人说，就是河里龙王摄去的，所以画下一条龙为记。这话一传，满城风雨，都说知府大老爷有个小姐嫁了龙王了。全太守明知谣言不可信，或者是被江湖上异人掳去，也未可知。在古人笔记上曾读过虬髯客昆仑奴这些人传记，料得不是这些捉小偷的捕快所能擒获，责罚他们也无益，只得叫他们访访罢了。但是事有奇怪的，同时张参将衙门里，也发现了一张神龙图，只记取一言，"神龙无尾"四个字。

著书的一口气写了二三十万字，委实觉得吃力，就借那神龙无尾四个字，断章取义，做个结束。

343

图书在版编目(CIP)数据

剑胆琴心 / 张恨水著. — 北京：中国文史出版社，
2018.6

（民国通俗小说典藏文库·张恨水卷）

ISBN 978 - 7 - 5034 - 9950 - 0

Ⅰ. ①剑… Ⅱ. ①张… Ⅲ. ①长篇小说 - 中国 - 现代
Ⅳ. ①I246.5

中国版本图书馆 CIP 数据核字（2018）第 008321 号

整　　理：萧　霖
责任编辑：卢祥秋

出版发行：**中国文史出版社**
网　　址：http://www.chinawenshi.net
社　　址：北京市西城区太平桥大街 23 号　邮编：100811
电　　话：010 - 66173572　66168268　66192736（发行部）
传　　真：010 - 66192703
印　　装：廊坊市海涛印刷有限公司
经　　销：全国新华书店
开　　本：720×1020　1/16
印　　张：22.75　　　字数：384 千字
版　　次：2018 年 6 月第 1 版
印　　次：2018 年 6 月第 1 次印刷
定　　价：66.00 元

文史版图书，版权所有，侵权必究。

文史版图书，印装错误可与发行部联系退换。